Contrat de Sang

ARIEL TACHNA

CONTRAT DE SANG

ARIEL TACHNA

Publié par
DREAMSPINNER PRESS

5032 Capital Circle SW, Suite 2, PMB# 279, Tallahassee, FL 32305-7886 USA
http://www.dreamspinnerpress.com/

Contrat de Sang – Tome 2 de la série Partenariats de Sang
Titre original : Covenant in Blood.
Copyright © 2008 by Ariel Tachna
Traduit de l'anglais par Laurent Tigrou

Illustration de la couverture
© 2015 Paul Richmond
Les éléments de la couverture ne sont utilisés qu'à des fins d'illustration et toute personne qui y est représentée est un modèle.

Édition imprimée en français : 978-1-62380-889-1
Première édition française en version papier : août 2015
Édition ebook en français : 978-1-61372-889-5
Première édition française : janvier 2015
Seconde édition: octobre 2014

Édité aux États-Unis d'Amérique

Pour mes sœurs d'adoption, Nancy, Holly, Connie, Cat, Carol, Madeleine, Gwen et Julianne, qui lisent et relisent, éditent et encouragent. Sans vous, ce rêve ne se serait pas réalisé.

I

LE SOLEIL se levait aujourd'hui sur une nouvelle ère. Marcel Chavinier, Général de la Milice de la Sorcellerie et Commandant en chef de l'effort de guerre contre Pascal Serrier et ses sorciers rebelles, se réjouissait de cette pensée alors qu'il surveillait la salle d'attente de la Gare de Lyon, loin des voies principales. Ses sorciers et lui-même n'allaient plus affronter seuls cette menace vieille de deux ans. Autour de la pièce, chacun de ses vingt agents secrets encore présents était rejoint par un vampire. Ils étaient en symbiose avec la magie de leur partenaire, fruit de l'alliance qu'il avait travaillé à mettre en place durant ces six derniers jours avec Jean Bellaiche, Chef de la Cour des Vampires Parisiens. Ils venaient de faire face au premier test de leur nouvelle association, leur bataille inaugurale contre les forces de Serrier en tant que force unique, vampires et sorciers travaillant côte à côte : vingt paires d'agents de la Milice contre vingt des rebelles de Serrier. Ils en avaient capturé quinze et tué cinq autres, sans aucune perte de leur côté. Ils considéraient cela comme un succès, surtout quand ils observaient la rapidité avec laquelle ils avaient vaincu leurs ennemis.

Les détails fonctionnels de l'Alliance devaient encore être ajustés, mais alors qu'il regardait Alain Magnier, l'un de ses deux meilleurs capitaines, et son partenaire Orlando Saint-Clair, il comprit que les partenariats pouvaient fonctionner. Il avait été surpris de la rapidité et de la profondeur avec lesquelles les deux hommes s'étaient liés ; Alain avait offert à Orlando l'engagement le plus profond qu'un mortel pouvait donner à un vampire dans les jours qui avaient suivi leur première rencontre. Alain semblait heureux cependant, un fait qui confortait le vieux patriarche qui résidait toujours sous la façade militaire que Marcel était contraint de projeter.

Les soldats qu'il avait menés au combat étaient les enfants qu'il n'avait jamais eus. Le projet favori de Marcel concernait Raymond Payet, transfuge des rangs de Serrier, qui était devenu le partenaire du Chef de la Cour lui-même à peu près au moment où celui-ci avait eu des doutes sur la manière dont cette Alliance pourrait fonctionner. Raymond était méfiant dans le meilleur des cas et être contraint de partager son sang avec un vampire sur une base régulière ne donnait pas un diplôme, même dans les meilleures circonstances. Il avait promis à Raymond et aux autres qu'ils n'auraient besoin de donner leur sang que pour protéger leurs partenaires des rayons du soleil pendant qu'ils seraient en patrouille. Une promesse qu'il ferait tout son possible pour tenir. Il ne pouvait s'empêcher de s'émerveiller du tournant que prenait cette saga. Qui aurait pu penser que le sang d'un sorcier pouvait permettre à un vampire de sortir au soleil et d'y survivre ? Il n'y aurait certainement pas cru si un autre qu'Alain et son second capitaine, Thierry Dumont, le lui avaient dit.

Il jeta un regard vers l'endroit où Thierry se tenait avec son partenaire, Sébastien Noyer, le supposé mouton noir de la Cour parisienne – si le choc de Bellaiche et sa réaction presque colérique à son arrivée étaient un indicateur quelconque. Il pensait que cette correspondance était plus appropriée pour Thierry ; elle lui allait parfaitement et l'amènerait à contourner les règles comme cela lui chanterait. Il espérait seulement que Jean Bellaiche serait capable de mettre de côté toute l'animosité qui existait entre les deux vampires. Au moins pour le bien de l'Alliance si ce n'était pas pour autre chose.

Dix-sept autres séries de partenaires, nouvellement découvertes, se tenaient dispersées autour de la pièce. Sorciers et vampires accompagnaient les sorciers qu'ils avaient capturés, un de chaque côté afin de s'assurer qu'ils ne s'évadent pas. Marcel inspecta les prisonniers, notant la moindre agitation alors que les moins expérimentés cherchaient une consolation auprès des plus anciens. Il reconnut certains d'entre eux, quant aux autres, il ne les avait jamais vus auparavant. Cela l'inquiétait un peu que Serrier recrute ses sorciers ailleurs, mais il ne pouvait rien faire à ce sujet pour le moment. Certainement pas sans de plus amples informations. Il se demanda si l'Alliance pourrait tirer quelque chose de pertinent de ces prisonniers.

D'un geste de la main, il enveloppa les quinze sorciers dans des sorts qui les rendirent aveugles et sourds à tout ce qui les entourait.

— Maintenant, nous pouvons parler sans avoir à nous soucier de ce qu'ils pourraient entendre, déclara le Général. Je ne sais pas combien de temps cela prendra avant que Serrier vienne les chercher, mais nous ne voulons certainement pas être là quand il le fera. Nous devons les ramener à la base où nous pourrons les interroger proprement.

Alors qu'il parlait, un frisson distinct parcourut la pièce et les vampires commencèrent à reculer vers le mur du fond.

— Qu'est-ce... ? commença Thierry, ne sachant pas pourquoi son partenaire ainsi que les autres vampires s'étaient retirés.

Le soleil se levait et aucun des vampires – ou peut-être seulement Orlando – ne s'était suffisamment nourri pour survivre à la lumière du jour. Il regarda autour de lui, dans la salle d'attente. Dans son état actuel, il n'y avait aucun endroit privé où les paires pourraient se nourrir et Thierry suspecta qu'à cause des commentaires antérieurs de Bellaiche, aucun des vampires ne voudrait se nourrir dans une pièce ouverte.

Orlando sentit le malaise que le lever du jour apportait toujours, mais il rejeta sa première impulsion de se blottir contre le mur du fond. La grande fenêtre faisait face au nord, donc la lumière du soleil n'arriverait pas dans la pièce avant plusieurs heures. Mais même si c'était le cas, Orlando savait qu'il n'avait rien à craindre d'elle. Il pouvait toujours sentir la magie d'Alain chanter à travers son corps, l'entourant et le protégeant. Il se retourna vers les autres vampires.

— Regardez, dit-il, en se dirigeant vers la porte, sa confiance dans la magie d'Alain étant totale.

Alain combattit son envie d'éloigner Orlando de la porte. Il s'était écoulé plusieurs heures depuis la dernière fois qu'il s'était nourri et il n'avait aucune idée sur le temps que la protection durerait. Il savait cependant qu'il ne devait pas arrêter le vampire. Son amant était très indépendant et Alain savait qu'il devait croire qu'Orlando était conscient de ce qu'il faisait. S'il sentait toujours la protection l'entourer, alors Alain devait accepter que ce soit vrai, sans avoir à se soucier que cela puisse être faux. Il le regarda avec appréhension, son estomac se nouant, alors qu'Orlando passait la porte et se dirigeait vers le quai, droit vers une flaque de lumière. Il se tint là, avec un large sourire, pendant quelques minutes. Le soleil hivernal était chaud sur son visage, même avec la brise qui soufflait. Il inclina la tête en arrière, se réjouissant d'être dans la lumière du jour. Il avait également tenté de sortir la veille, mais l'expérience était suffisamment nouvelle pour qu'il en savoure le parfum. Enfin, il revint à l'intérieur. Le but était de montrer aux autres qu'il n'y avait rien à craindre une fois qu'ils s'étaient nourris.

Alain le rejoignit à la porte, ses yeux scrutant le visage et les mains d'Orlando, cherchant la moindre altération de couleur qui aurait viré au gris cendre, rappelant sa surexposition de la dernière fois. Il voulut attirer son amant contre lui et lui ordonner de cesser de commettre de telles imprudences, mais ce n'était pas l'image que les autres paires avaient besoin de voir concernant le fonctionnement de l'Alliance. Ni la dynamique qu'il voulait instituer entre Orlando et lui.

Orlando avait été abusé, contrôlé et dominé trop souvent par le passé. Alain ne lui ferait pas cet affront, qu'importe à quel point il voulait le protéger.

Les vampires, même Jean qui s'était tenu au soleil la veille, examinèrent Orlando d'aussi près qu'Alain l'avait fait, pour des raisons différentes cependant.

— Cela va-t-il vraiment fonctionner pour nous tous ? demanda Jude. Ce n'est pas simplement dû à l'Aveu de Sang ?

— Cela a fonctionné pour moi, répondit Jean, et je n'ai aucun Avoué.

Alors qu'il parlait, son regard affronta celui de Noyer. Sébastien regarda en arrière, impassible, refusant de reconnaître l'accusation silencieuse de Jean, ne détournant même pas son regard.

Thierry était au courant de l'inimitié entre les deux vampires, mais il n'avait aucune idée de ce qui causait cette tension entre eux. Il demanderait à Sébastien plus tard. Ils ne pouvaient pas se permettre que des conflits subsistent au sein de l'Alliance. Ils devaient être capables de pouvoir compter les uns sur les autres, aussi bien au sein des couples qu'entre les échanges avec les autres paires.

Une fois qu'il se fut assuré qu'Orlando n'était pas blessé suite à son exposition au soleil, Alain se retourna pour regarder la salle d'attente. Avec les souvenirs de sa propre expérience encore frais dans son esprit, il vit immédiatement le problème qu'une pièce ouverte poserait.

Il traversa la salle en direction de Marcel et murmura :

3

— Nous ne pouvons pas faire cela ici. C'est trop personnel et cette pièce est trop ouverte.

— Et pourtant ils ne peuvent pas partir, répondit Marcel tout doucement.

Il regarda autour de lui. Les chaises pouvaient être transformées pour créer des barrières physiques et la magie pourrait rendre chaque son silencieux, créant au moins une intimité minimale.

— Je m'en occupe, dit Marcel. Thierry et toi, tâchez de découvrir auprès de qui nous pourrons tirer quelques informations et vite. Je ne sais pas combien de temps cela leur prendra pour se nourrir, mais Serrier ne va pas nous accorder toute la journée.

Alain hocha la tête et retraversa la pièce vers l'endroit où Thierry se tenait toujours.

— Marcel veut que nous commencions l'interrogatoire pendant que les vampires se nourrissent. Cela ne sert à rien de commencer par Pacotte. Il est sans aucun doute le chef et il ne nous dira rien.

Sébastien toussa, mal à l'aise, lorsqu'il entendit Alain parler avec tant de désinvolture de se nourrir. Il regarda autour de la large pièce. Cela n'offrirait même pas l'illusion d'une certaine intimité. Alors qu'il réalisait cela, les chaises commencèrent à changer, se métamorphosant en murs de la taille d'un homme.

Thierry leva les yeux et suivit le regard de Sébastien.

— Intimité, dit-il avec un sourire. Ce n'est pas ce que nous aurions pu espérer, mais nous ne sommes pas complètement incultes.

Sébastien rit sous cape.

— Tout le monde n'est pas au courant de nos sensibilités et compte tenu de la façon dont nous nous sommes rencontrés…

— Nous apprenons, lui assura Alain, aussi rapidement que nous le pouvons. N'hésitez pas cependant, à nous dire s'il y a quelque chose que nous avons besoin de savoir. Comme Thierry le disait, ce n'est pas parfait, mais avec la magie de Marcel ajoutée à l'écran, ce sera aussi privé que s'ils étaient dans des pièces séparées. Cela n'empêchera pas tout le monde de savoir ce qui se passe, mais cela signifie que personne ne verra ni n'entendra quoi que ce soit.

Il risqua un regard vers Orlando et vit la faim dans ses yeux, une faim qu'il sentit se répercuter dans son propre estomac. Le vampire n'avait pas vraiment besoin de se nourrir, mais le souvenir se reflétait dans ses yeux et dans son cœur. Alain savait que cela allait être une longue journée, très active, mais il espérait pouvoir avoir quelques minutes seul avec lui, même si c'était juste pour un baiser et un câlin.

Jean vit lui aussi ce que Marcel avait fait et apprécia le geste. C'était un exemple supplémentaire du respect du Général pour les us et coutumes des vampires, et une raison de plus pour le respecter. Trois cabines se tenaient là, à différents endroits de la pièce, fournissant aux vampires un lieu pour se nourrir, loin des regards indiscrets. Maintenant, il lui incombait de s'assurer qu'elles seraient utilisées. Après la démonstration d'Orlando, Jean savait que celui-ci n'avait pas besoin de se nourrir, tout comme il savait qu'il ne pouvait pas compter sur lui pour donner l'exemple. Il devait être celui qui passerait en premier. Il grimaça à la pensée de goûter à nouveau la peur

4

de Raymond, mais il n'avait vraiment pas d'autre choix. Le soleil était levé et il ne pouvait pas rester dans la pièce toute la journée. Serrier avait découvert, en quelque sorte, leur réunion et s'attendait au retour de ses soldats. Lorsqu'ils ne rentreraient pas, il viendrait sans doute les chercher. Partir était la seule option sûre et cela signifiait se nourrir sur Raymond. Il marcha vers lui, alors qu'il montait toujours la garde auprès des sorciers.

— Viens, ordonna-t-il, montrant une des cabines.

Raymond leva les yeux vers Jean et recula instinctivement, puis il le suivit à contrecœur. Ce n'était pas comme s'il avait le choix. Toute résistance serait perçue comme un signe de trahison.

— Devons-nous le faire ? demanda Sébastien en regardant Thierry.

— Ouais, répondit Thierry. Je reviens dans quelques minutes, dit-il à Alain, et nous verrons à ce moment-là qui questionner.

Alain hocha la tête et regarda le duo partir vers la seconde cabine.

— Je suis nerveux, admit Thierry alors qu'ils atteignaient l'entrée. Je ne sais pas vraiment à quoi m'attendre.

— J'irai doucement avec toi, plaisanta Sébastien.

Puis son visage redevint sérieux.

— Je t'ai fait confiance pour me protéger sur le quai, fais-moi confiance à présent quand je te dis que je prendrai soin de toi.

— Je peux le faire, répondit Thierry et ils savaient qu'il disait la vérité.

Sébastien et lui avaient magnifiquement travaillé ensemble, anticipant les mouvements de l'autre. Il voulait croire en son vampire pour l'aider à traverser cette nouvelle expérience.

Ils passèrent derrière l'écran et, comme le reste du monde semblait s'être retiré au loin grâce au vide du silence magique créé par Marcel, Thierry comprit la préférence des vampires pour l'intimité lors d'un tel acte. Lever son poignet, offrir son bras à Sébastien était aussi chargé de tension et d'émotions que son premier baiser avec Aleth. Son esprit se révolta à la comparaison. Il avait fait la paix avec les exigences de l'Alliance et il n'aurait pas pu être plus ravi de son partenaire. La manière dont Sébastien et lui travaillaient ensemble rivalisait avec l'entente sur le terrain qu'il avait avec Alain. Ce n'était pas le partenariat qui l'effrayait. Ce n'était pas la douleur d'être mordu. Il avait déjà été mordu assez de fois pour passer par-dessus tout ça. Ce qui l'effrayait, c'était l'intimité que cela requérait et à laquelle son esprit ne pouvait faire face. Il avait vu la connexion presque instantanée entre Orlando et Alain et il avait peur. Il n'avait perdu sa femme que deux jours plus tôt, bon sang ! Il ne pouvait pas simplement l'oublier en sautant à pieds joints dans une nouvelle relation, avec la première personne qui se présentait. Peu importe que leur relation fût partie en lambeaux depuis longtemps et que tout fût fini entre eux. La fin de leur histoire avait été douloureuse et était encore cause de chagrin, mais Thierry ne voulait pas déshonorer la mémoire d'Aleth en passant si vite à quelqu'un d'autre.

Sébastien prit la main que Thierry offrait et la retourna, examinant le poignet.

5

— Cela va faire mal si je te mords ici, dit Sébastien, montrant la peau déjà perforée.

— Ce n'est que de la douleur, répliqua Thierry, sa main toujours dans celle du vampire.

Sébastien pensa une nouvelle fois à quel point leurs tempéraments étaient parfaitement assortis. Il aurait trouvé cela fort déplaisant de devoir travailler avec quelqu'un qui se plaignait constamment.

— Peut-être, reconnut-il, mais il n'y a aucune raison d'empirer les choses. Puis-je ?

Il fit un geste vers sa manche.

Au lieu de répondre, Thierry remonta la manche de son pull lui-même. Il ne pensait pas pouvoir supporter que ce soit Sébastien qui le fasse. Il ferma les yeux quand il sentit ses lèvres douces et sa langue sur son bras. Le vampire ne faisait rien pour intensifier la sensation, rien pour rendre l'acte ouvertement érotique, mais rien ne pouvait changer le fait que les lèvres et les crocs de Sébastien se déplaçaient sur sa peau comme seuls les amants le faisaient.

Sébastien pouvait sentir la tension du sorcier et il savait instinctivement qu'attendre pour le mordre n'aiderait pas, donc il laissa ses crocs glisser sur la peau de Thierry et la perforer, sentant le sang chaud couler dans sa bouche. Il avait déjà goûté au sorcier avant, mais c'était sa première véritable chance d'en apprécier la saveur.

Une fois de plus, la force et la détermination de Thierry inondèrent les sens de Sébastien, montrant au vampire toute la profondeur de son engagement. Au-delà de ça, il y avait une douleur, si forte qu'elle submergeait tout le reste. Sébastien se nourrit longuement, laissant le sang endurcir son corps et la magie l'envelopper, couche après couche, jusqu'à se sentir complètement entouré. Et à chaque gorgée, la détermination de Sébastien grandissait car Jean ne voudrait peut-être pas de lui ici. Jean préférerait rôtir en enfer au lieu de l'accepter, mais il combattrait aux côtés de Thierry, aussi longtemps qu'ils auraient des ennemis à abattre. Pendant un court instant, il connut une communion parfaite avec une autre âme.

Finalement, il releva la tête et offrit sa propre main pour que Thierry la prenne. Quand le sorcier agrippa fermement son bras, Sébastien le secoua pour sceller leur entente tacite.

— Merci mon ami, dit-il.

— Ami ?

Thierry pourrait vivre avec ça.

— Toujours, répondit-il, voyant qu'une nouvelle paire attendait leur tour pour entrer dans la cabine.

— Attends, dit Sébastien. Qui as-tu perdu pour que ton chagrin soit si fort ?

— Ma femme a été tuée dans la bataille il y a deux jours, répondit platement Thierry.

Sébastien tressaillit. Pas étonnant que la peine soit si forte.

— Je suis désolé. Je sais combien il est difficile de perdre quelqu'un qu'on aime.

6

Thierry hocha simplement la tête, entendant l'écho de sa propre peine dans la voix de Sébastien, mais il n'était pas encore prêt à en parler et ils quittèrent la cabine. Sébastien le suivit, résolu à respecter le chagrin de Thierry. Il ne voulait offrir que son amitié au sorcier, rien de plus. Ce n'était pas juste d'offrir quelque chose sachant que l'autre homme ne pourrait pas l'accepter.

Alain regarda les cabines alors que le premier duo en sortait. Raymond et Jean étaient les premiers et Raymond avait l'air pâle et effrayé. Le sorcier quitta immédiatement Jean après, se trouva une chaise dans un coin et s'effondra dessus. Alain fronça les sourcils. Ce n'était pas la réaction qu'il avait eue lorsqu'Orlando s'était nourri. Il se demanda pourquoi Raymond réagissait ainsi. Peut-être était-ce à cause de l'Aveu de Sang qu'il avait partagé avec le vampire, ce lien qui les unissait pour le reste de leurs vies. Quand Thierry sortit un instant plus tard, son visage était fixe, mais fort. Alain remarqua que Raymond était le seul qui semblait accepter difficilement le processus. Le visage d'Adèle brillait quand elle réapparut, correspondant à ce qu'Alain s'attendait à voir sur n'importe quel visage après l'échange. Il avait dû également arborer cet air lumineux lorsqu'Orlando avait fini de se nourrir sur lui le matin précédent. Il se détendit. Aussi longtemps que Raymond serait le seul à montrer cet effet négatif à la morsure de vampire, il n'y avait pas lieu de s'en inquiéter. Thierry conduisit Sébastien à l'endroit où Orlando et lui se tenaient toujours, surveillant les captifs.

Alain indiqua le jeune homme qu'Orlando et lui avaient capturé.

— Celui-là, je pense, dit-il à Thierry. Il est jeune et manifestement il ne savait pas ce qu'il faisait. Si l'un d'eux peut être brisé, ce pourrait être lui. C'est triste, vraiment, de voir une personne si jeune et si pleine de haine. Si nous savions ce qui l'a attiré du côté de Serrier dans un premier temps, peut-être pourrions-nous le persuader de changer de camp.

— Cela dépendra de la fermeté avec laquelle il croit en ce qu'il fait, répondit Thierry. S'il a des doutes, nous pourrions en profiter et peut-être les utiliser à notre avantage.

— Et si ce n'est pas le cas, nous aurons mis notre main au feu pour rien, contra Alain. Je souhaite qu'il y ait un autre moyen pour être certain.

Jean arriva à temps pour entendre la fin de la conversation.

— Mais il y a une autre façon de le faire ou avez-vous oublié qui sont vos alliés ?

I I

— SI L'UN de nous le mord, nous pourrons savoir avec certitude s'il a des doutes ou non, leur rappela Jean.

— Je n'ai pas oublié, dit Alain, mais après l'erreur que j'ai faite la dernière fois, je ne serai certainement pas celui qui le demandera.

Il frémit encore en pensant à quel point il avait insulté Orlando en insistant pour qu'il goûte au sang de Payet afin de prouver que l'autre sorcier n'essayait pas de piéger l'Alliance. Il porta la main à la marque sur son cou, la preuve de cet Aveu de Sang qu'il avait accepté comme une façon de faire amende honorable et pour garantir que plus aucun malentendu ne surviendrait à l'avenir.

— Tu n'as rien demandé. Je me suis proposé, lui rappela Jean. C'est toute la différence.

— Devons-nous le libérer avant que tu le mordes ? demanda Thierry.

— Pas encore, répondit Jean. Que leur avez-vous fait ?

— Ils ne peuvent ni nous voir ni nous entendre, expliqua Alain. Ils sont réveillés, mais n'ont pas conscience de ce qui les entoure.

— Sentira-t-il la morsure ? demanda Jean.

— Je ne sais pas, déclara Alain en haussant les épaules. Je n'ai jamais été retenu sous ce sort particulier. Cela ne semble pas juste cependant de ne pas lui laisser une chance de parler pour se défendre.

— Mais s'il est conscient de ce que je vais faire, ses sentiments à mon égard se sentiront également dans son sang et cela risquerait de masquer ce que nous essayons d'apprendre. S'il ne sait rien de ce que je vais faire, alors tout ce que je goûterai sera exactement ce qu'il ressent, expliqua Jean.

— Nous devons savoir s'il peut sentir ce que tu fais. Plus nous pourrons avoir de précisions sur ce qu'il ressent, plus nous serons à même de le questionner correctement, convint Thierry.

— C'est assez facile à découvrir, dit Alain. Mets-moi sous le même enchantement puis Orlando pourra me mordre. Quand tu m'en feras sortir, je vous dirai ce que j'ai ressenti.

Il n'avait même pas hésité à se proposer. Il avait confié sa vie à Thierry tant de fois qu'il en avait perdu le compte. Ce petit sort inoffensif n'était rien en comparaison de ce qu'ils avaient affrontés par le passé.

Orlando écoutait l'échange entre les deux sorciers et ses poils se hérissèrent aussitôt lorsqu'il entendit Alain parler d'être soumis à un sort. Pas parce qu'il ne voulait pas mordre son amant à nouveau, mais parce qu'à la pensée que quelqu'un pointe sa baguette sur Alain et lui lance un sort rendait Orlando nerveux. Et si quelque chose tournait mal ? Et si Thierry ne pouvait pas inverser le sort ? Orlando pensait ne pas être capable de regarder Alain et ne plus voir dans ses yeux le désir et la tendresse qui y brillaient chaque fois que leurs regards se croisaient ; cela le détruirait aussi certainement que de marcher au soleil sans la protection de la magie d'Alain.

Cependant, avant qu'il ait pu protester, Alain et Thierry se dirigèrent vers une des cabines que Marcel avait érigées. Orlando les rattrapa rapidement et lorsqu'ils arrivèrent à l'entrée, il se retourna vers Thierry.

— Donne-nous une minute ? demanda-t-il en indiquant de la tête l'espace privé.

Thierry accepta et les regarda disparaître derrière l'écran magique. Juste avant qu'ils n'échappent à sa vue, il vit Orlando tendre la main et prendre celle d'Alain. C'était un geste si simple qui ne faisait que combler la distance entre eux et qui pourtant résonna dans l'âme de Thierry, lui rappelant ce qu'il avait ressenti quand Sébastien s'était nourri sur lui. Cela aussi avait comblé la distance entre deux zones distinctes. Il se demanda ce que le vampire avait goûté dans son sang en plus de la douleur dont il avait parlé. Il leva la tête pour voir l'objet de ses pensées venir vers eux.

— As-tu déjà jeté le sort ? demanda Sébastien.

— Pas encore, répondit Thierry. Ils voulaient d'abord une minute ensemble.

— C'est une véritable démonstration de confiance de la part d'Orlando que de te laisser faire ça, tu sais, souligna Sébastien.

— Que veux-tu dire ? demanda Thierry.

— Quand un vampire fait un Aveu de Sang comme Orlando, son instinct de protection et de possessivité ne connaît pas de limite. Qu'il te laisse faire quelque chose à Alain, peu importe que cela soit inoffensif ou non, c'est un énorme acte de foi et nous, les vampires, ne sommes pas connus pour notre foi.

Thierry fixa la cabine en silence. Il se demanda si l'Aveu de Sang était quelque chose qui était familier aux vampires ou si Sébastien parlait par expérience. La jalousie qu'il éprouva à cette pensée le choqua. Il n'avait aucun droit de ressentir ça. Sa revendication sur les attentions de Sébastien aujourd'hui était amplement suffisante. Il n'avait certainement aucun droit sur son passé. Il ne savait pas depuis combien de temps Sébastien était un vampire, mais penser qu'il était arrivé jusqu'à aujourd'hui sans personne d'important dans sa vie serait naïf. Thierry était peut-être beaucoup de choses, mais la naïveté n'était pas l'une d'elles. Il jeta un regard en biais sur le vampire aux cheveux sombres, prêtant vraiment attention à son apparence pour la première fois. Ses cheveux noirs tombaient sur ses épaules, accentuant la ligne forte de sa mâchoire et de son menton. Thierry le savait têtu, il avait lui-même été accusé de

9

ce trait de caractère assez souvent pour le reconnaître chez les autres. Cela ne l'ennuyait pas. En fait, c'était quelque chose qu'il respectait : l'assurance et la détermination qu'il fallait pour camper sur ses positions, pour rester debout, peu importe qui ou quoi se dressait devant vous. Sébastien était un bel homme, reconnut Thierry ; quelqu'un de très attirant. Puis un sentiment de culpabilité le plia presque en deux. Aleth était morte depuis seulement deux jours, il n'avait pas le droit de penser à quelqu'un d'autre aussi vite, peu importe que leur relation ait été vide avant sa mort. Ils s'étaient séparés parce qu'elle avait insisté, mais aux yeux et dans le cœur de Thierry, ils étaient restés mariés. Il n'avait pas cessé de l'aimer parce que leur relation passait un cap difficile. Il venait seulement de la perdre et pourtant il recherchait déjà quelqu'un d'autre. Il n'aima pas ce que cela révélait de son caractère.

DÈS QU'ILS furent dans la cabine, Orlando attira Alain dans ses bras.

— Est-ce sans danger ? demanda-t-il doucement.

Alain prit son visage dans ses mains, plongeant profondément dans les yeux couleur café qui en révélaient tant sur l'âme du vampire.

— Bien sûr que c'est sans danger, dit-il pour rassurer son amant. J'ai lancé ce sort plus de fois que je ne pourrais les compter et je l'ai fait sans qu'il n'y ait jamais aucun effet secondaire sur la personne liée. Tout ce que cela fait, c'est rendre les sens muets pour un certain temps et les isoler du reste du monde. C'est comme mettre un bandeau sur les yeux et des bouchons dans les oreilles puis attacher quelqu'un sur une chaise. C'est tout simplement plus rapide parce que c'est un sort simple.

— Mais il pourrait arriver n'importe quoi pendant que tu es sous le charme, protesta Orlando.

— Que pourrait-il m'arriver ? demanda Alain. Tu es là avec moi et je sais que je suis en sécurité avec toi. Et Thierry est là pour arrêter quiconque voudrait nous déranger.

— Tu me fais vraiment autant confiance ? demanda Orlando étonné.

Alain baissa la tête et l'embrassa tendrement.

— Oui, je te fais vraiment confiance. Maintenant, Thierry peut-il venir et lancer le sort ?

Orlando prit un moment pour répondre, muet de stupéfaction devant l'ampleur de la confiance d'Alain et l'effet que cette prise de conscience avait sur lui. Il avait toujours été le plus jeune, l'innocent, l'inexpérimenté, dans toutes ses relations, quelles qu'elles soient. Il ne portait que le grade de soldat quand son créateur l'avait arraché à l'armée. Dans cette relation, Orlando avait été totalement soumis bien qu'il ne l'ait pas voulu ainsi. Jean le considérait comme un jeune frère. Les autres vampires le voyaient tout simplement comme quelqu'un de jeune. Personne ne lui avait jamais fait confiance, n'avait compté sur lui, ne lui avait demandé son avis sur quoi que ce soit. Alain, cependant, était différent. Premièrement, il était plus jeune qu'Orlando, en dépit des apparences, mais plus important que tout, il le respectait. Il ne voulait pas d'un jeune frère ou d'un esclave soumis. Il voulait un égal, ce qui était bien mieux.

— Oui, laisse-le entrer.

Alain sortit de la cabine, laissant Orlando seul un instant dans le silence magique que Marcel avait créé. Il savait que le reste du monde était toujours là, juste à l'extérieur, et que tout ce qu'il avait à faire était de repasser derrière la barrière et tout serait encore là, mais le sentiment d'isolement était tout de même intense. Il se demanda si c'était ce qu'Alain ressentirait lorsque Thierry lancerait le sort. Si c'était le cas, cela rendait la confiance du sorcier encore plus significative parce qu'Alain serait, quant à lui, incapable de se libérer s'il voulait sortir. Il lui faudrait attendre que Thierry inverse le sort et jusqu'à ce qu'il le libère, Orlando pourrait faire ce qu'il voulait de lui. Il se sentit plein d'humilité quand il réalisa qu'Alain savait qu'il ne ferait rien pour abuser cette confiance.

Il les regarda sans rien dire alors qu'Alain et Thierry revenaient dans la cabine. Il se crispa lorsque Thierry tendit sa baguette et jeta le sort.

— Est-il sous le charme ? demanda Orlando quand Thierry abaissa sa baguette.

— Oui, répondit Thierry.

— Alors, je peux te dire ceci : je sais que tu ne ferais jamais rien intentionnellement pour blesser Alain, mais si quoi que ce soit devait aller mal avec ton sortilège, s'il n'en revenait pas, tu ferais mieux de ne pas croiser mon chemin.

Thierry se crispa sous la menace, prêt à se sentir offensé qu'Orlando puisse même le suggérer alors que les mots de Sébastien lui revenaient en mémoire. Orlando ne faisait pas de vaines menaces, il protégeait la personne la plus importante de sa vie. Thierry connaissait ce sentiment. Il avait pensé la même chose exactement six jours plus tôt lorsqu'il avait réalisé pour la première fois qu'Alain avait été mordu par un vampire. Quel chemin ils avaient parcouru depuis lors !

— Il est aussi important pour moi qu'il l'est pour toi, même si c'est d'une façon différente, répondit Thierry. Tu n'as rien à craindre de moi.

Il ressortit et laissa les amants seuls.

Thierry était bien meilleur que lui pour les laisser seuls alors qu'Alain était dans cet état, reconnut Orlando tandis qu'il fixait la forme immobile de son amant. C'était un peu comme s'il regardait Alain dormir. Sauf que, dans ces moments-là, son visage était détendu, ses yeux fermés, son corps au repos et non complètement immobile comme il l'était maintenant.

Là, cependant, son visage était tendu, ses yeux ouverts mais ne voyant rien bien qu'Orlando bougeât la main devant son visage. C'était toujours son corps, mais il n'était clairement pas au repos. Un sentiment de puissance le traversa alors qu'il regardait Alain. Le sorcier était impuissant, totalement à sa merci et il pouvait faire tout ce qu'il voulait de lui. Et ce qu'il désirait, c'était en finir avec ce test pour que Thierry puisse le libérer et lui rendre son amant.

Lorsqu'Orlando l'avait marqué la première fois, Alain avait pensé qu'il voulait un esclave pour satisfaire ses désirs, si bien que le vampire avait automatiquement nié son désir. En regardant Alain à présent, voyant ce que c'était que d'avoir un contrôle total, il sut avec certitude qu'il avait fait ce qu'il fallait. Il ne voulait pas d'un esclave. Il voulait Alain, avec son propre esprit et son propre contrôle, lui laissant la liberté de décider ce qui arriverait entre eux. Il porta le poignet d'Alain à ses lèvres et mordit doucement, juste assez pour tirer un peu de sang. Ce qu'il goûta réaffirma tout ce qu'il savait sur lui : sa force, son intégrité, son désir. Ces saveurs étaient déjà si familières, si vitales, mais cette fois-ci Orlando perçut quelque chose de nouveau, d'inconnu jusqu'alors : la saveur de la confiance qu'Alain avait en lui.

Refermant les plaies, il retourna son poignet et alla rejoindre Thierry.

— Libère-le, plaida-t-il.

Thierry entendit l'urgence dans la voix d'Orlando et annula le sort aussi rapidement qu'il le put. Dès que la conscience revint dans les yeux d'Alain, Orlando se jeta dans les bras de son amant. Embarrassé de voir un tel moment d'intimité, Thierry ressortit, les laissant à leur promiscuité. Il pouvait attendre pour demander à Alain ce qu'il avait ressenti pendant qu'il était sous le charme.

— Tu vas bien ? demanda Orlando à Alain en faisant courir ses mains sur le corps du sorcier comme s'il voulait s'assurer qu'il n'était pas blessé.

— Je vais bien, assura Alain, attrapant ses mains et les portant à ses lèvres. Je vais bien, répéta-t-il, juste pour le rassurer.

— Ne me refais plus jamais cela, ordonna Orlando avec véhémence. Ne t'en va pas et ne me laisse pas seul comme ça. Tu étais là et pourtant tu ne l'étais pas.

— Orlando, c'était juste un sortilège. C'est fini maintenant et je suis là avec toi.

Il resserra ses bras autour du corps frémissant de son amant pour le rassurer définitivement.

Orlando entendit les mots d'Alain mais ils n'avaient pas encore fait leur effet. Il pencha la tête et l'embrassa avec ferveur, d'un baiser aussi profond et passionné que tous ceux qu'ils avaient déjà partagés. Alain y répondit ardemment, écartant volontiers ses lèvres pour permettre à la langue d'Orlando de l'envahir. Cela ne lui était pas venu à l'esprit que le sort puisse autant affecter son amant. S'il l'avait su, il ne l'aurait jamais suggéré.

Enfin, il releva sa tête.

— Nous devrions retourner avec les autres, dit doucement Alain. Ils voudront savoir si j'ai pu sentir tes crocs et nous devons interroger ce sorcier. Nous n'avons pas toute la journée.

Toujours main dans la main, ils sortirent de l'enceinte. Alain savait qu'ils risquaient de recevoir de nouveaux commentaires de la part des autres, voire même de la censure, mais il s'en moquait. Les vampires l'avaient sûrement deviné étant donné la marque d'Avoué qu'il avait sur son cou et les sorciers le découvriraient bien assez tôt. Orlando avait besoin du réconfort de son contact et cela l'emportait sur n'importe quelle autre préoccupation.

— Alors ? demanda impatiemment Thierry. Qu'as-tu ressenti ?

— Rien, dit Alain, jusqu'à ce que je sorte. Alors, j'ai pu sentir qu'Orlando m'avait mordu. Même si je savais que cela devait arriver, je n'ai rien ressenti.

Orlando sut que c'était de bonnes nouvelles. Cela signifiait que Jean pouvait mordre le sorcier en question et découvrir ce qu'il ressentait, mais il en fut également choqué. Il avait partagé l'acte le plus intime qu'il connaissait avec Alain et celui-ci ne s'en était pas douté.

— Cela fonctionne alors, dit Jean avec un sourire. Bien, commençons.

Alain était un peu troublé par l'enthousiasme de Jean, mais il n'allait pas le remettre en question alors qu'Orlando, Thierry, Sébastien et lui suivaient le Chef de la Cour. Alain jeta un coup d'œil à Raymond alors qu'ils se dirigeaient vers le sorcier qu'ils voulaient interroger, se demandant ce que l'autre sorcier ressentait du fait que Jean s'était dévoué pour cette tâche. Ce n'était pas une option concernant Orlando, mais Alain savait que si cela l'avait été, il aurait vivement protesté que son amant se soit proposé. Cela avait été assez dur de regarder Orlando mordre Thierry avant qu'ils ne se jurent fidélité. Le regarder mordre un sorcier aurait été plus qu'il aurait pu supporter. Raymond, cependant, semblait inconscient de la procédure. Alain haussa les épaules. Du moins, il n'avait pas l'air d'avoir l'intention d'interférer.

RAYMOND ÉTAIT en effet perdu dans ses propres pensées, mais il n'était pas aussi inconscient qu'Alain le pensait. Il avait vu le groupe se rapprocher des prisonniers et Jean prendre la main d'un sorcier qu'il ne connaissait pas. Il n'osa pas émettre la protestation irrationnelle qui jaillit en lui de peur que Jean ne l'utilise contre lui. Cela n'avait pas d'importance qu'il se soit battu à leur côté aujourd'hui, comme il le faisait depuis ces deux dernières années, il avait toujours peur que Jean déclare qu'il était un traître. Ils croiraient le vampire s'il leur disait qu'il avait senti le mensonge dans le sang de Raymond. Ils tiendraient compte de sa parole plutôt que de la sienne, pour le bien de leur précieuse Alliance. Il n'avait pas eu besoin de l'aide d'un vampire pour maîtriser sa cible. Il avait parfaitement réussi à mettre son adversaire à terre, seul. Ce n'était pas de sa faute si les autres n'en avaient pas l'aptitude. Il s'efforça de regarder Jean mordre le sorcier, comme ça il aurait cette image en tête, pour justifier le fait qu'il ne pouvait pas faire confiance aux vampires. Le Chef de la Cour voulait l'utiliser pour ce dont il avait besoin, mais sans rien offrir en retour. Les autres sorciers ne le voyaient pas encore, mais cela allait venir. Peut-être serait-il trop tard alors, mais ils s'en rendraient compte. Raymond rejoignit cependant les autres. Peut-être que l'opportunité d'exprimer ses préoccupations se présenterait et que cela ne se retournerait pas contre lui.

Jean leva les yeux vers lui par-dessus le poignet du sorcier quand il se joignit à eux, mais il continua à s'en tenir au plan, avec un air de défi. Raymond l'avait éloigné de la bataille mais il ne le laisserait pas l'isoler de ses conséquences. Il mordit avec fougue dans le poignet du garçon – car à ses yeux, il était à peine plus qu'un garçon – laissant le sang couler dans sa bouche et sur son menton. Lorsqu'il releva la tête, ses lèvres et ses dents étaient recouvertes de sang. Il vit Raymond tressaillir légèrement, mais comme il ne dit rien, Jean reporta son attention sur les saveurs qu'il avait sur la langue. Il put immédiatement goûter la souillure due à la magie noire, plus intense que les traces résiduelles présentes dans le sang de Raymond. C'était assez pour lui donner envie de l'étouffer mais il réprima cette impulsion, essayant de voir ce qu'il pouvait apprendre d'autre. Il put sentir la colère et même la haine mais en se concentrant plus intensément, il sentit également le doute et la peur. Recrachant le reste du sang qu'il avait en bouche, il regarda ses alliés.

— Il y a de la peur et du doute sous la colère. Si vous pouvez découvrir ce qui l'a provoquée, vous pourriez le rallier à votre cause avec succès. Il a fait de mauvaises choses mais je ne pense pas qu'il ait un mauvais fond.

— Comment procédons-nous ? demanda Alain à Thierry.

— Comme d'habitude, répondit Thierry, mais cette fois, j'ai un peu de renfort en extra en cas de besoin. Si cela ne dérange pas nos nouveaux alliés de lancer des regards menaçants, c'est parti.

Il sourit à Sébastien, Jean et Orlando. Jean et Sébastien lui rendirent son sourire, leurs crocs clairement visibles, cependant leurs sourires se transformèrent en grimaces lorsqu'ils virent la réaction des autres.

Orlando semblait confus.

— C'est simple, dit Alain. Je parle gentiment au garçon et Thierry le menace. Finalement, nous arriverons à le convaincre de me parler pour lui éviter de 'tomber entre les mains' de Thierry qui ne fera que le menacer que l'un d'entre vous le morde. Cela n'arrivera pas, mais s'il cède, nous aurons atteint notre but et s'il ne craque pas, j'interviendrai et nous l'enverrons simplement en prison avec les autres.

— Si cela peut aider, je serais ravi de le mordre cette fois, offrit Sébastien. Si nous y mettons le bon ton, il sera plus enclin à croire que ce ne sont pas des paroles en l'air.

— Cela ne sera pas nécessaire, dit Jean. Je le ferai, je sais déjà quel goût il a. Je serai en mesure de dire si nous arrivons à quelque chose.

Sentant un conflit arriver, Thierry intervint.

— Nous nous en inquiéterons le moment venu. Pour l'instant, voyons ce qu'il a à dire de lui-même.

D'un geste de la main, Thierry annula une partie du sort, libérant seulement les sens du sorcier, mais pas ses mains, ni ses pieds, ni sa magie. Dès qu'il sentit le sort de Marcel se dissiper, sa main se leva pour gifler la joue du garçon. Alain l'intercepta avant l'impact.

— Donne-lui d'abord une chance de parler, déclara doucement Alain. Peut-être coopérera-t-il volontairement.

Il se tourna vers le jeune homme.

— Comment devons-nous t'appeler ? demanda-t-il.

— En quoi cela te concerne-t-il ? leur cracha le sorcier en retour.

Thierry s'avança et de nouveau Alain le retint.

— Je suis concerné parce que nous t'avons pris en flagrant délit d'utilisation de magie noire contre d'autres personnes, expliqua Alain. Si tu coopères, je pourrais sûrement t'aider. Si tu ne le fais pas, je ne pourrai rien faire pour toi et tu seras à la merci de ces charmants messieurs qui, eux, ne sont pas aussi patients que moi.

Alain regarda les yeux du garçon scruter rapidement les alentours, enregistrant la grimace de Thierry, le sourire vorace de Jean, le visage impassible de Raymond, les regards noirs de Sébastien et l'air suffisant d'Orlando. Ils ne ressemblaient pas à un auditoire sympathique.

— Qui êtes-vous pour me dire quelle sorte de magie je peux pratiquer ? Personne ne devrait avoir ce droit !

Alain s'était attendu à cette réflexion issue de la propagande que Serrier utilisait pour rallier les autres de son côté, mais cela l'ennuyait toujours autant de l'entendre.

— Crois-tu vraiment cela ? demanda-t-il. Crois-tu vraiment que la magie est la réponse à tout et que les sorciers devraient avoir la possibilité de s'en servir comme ils le veulent, sans tenir compte de la manière dont cela pourrait affecter les autres ?

— Les sorciers ne devraient pas à avoir à se justifier devant des non-magiques pour l'utilisation de leur don. Qu'est-ce que les non-magiques savent de ce que nous faisons de toute façon ? le défia le garçon.

— Il ne comprend rien, grogna Thierry. Donne-moi cinq minutes et il sera bien plus réceptif.

Alain regarda le jeune sorcier.

— Dois-je lui donner ce qu'il veut ou vas-tu te mettre à parler ?

— Il ne peut pas faire pire que ce que Serrier me ferait s'il découvrait que j'ai parlé, répondit le sorcier.

— Alors, pourquoi rester avec lui ? demanda Orlando brisant ainsi l'échange.

La tête du sorcier pivota pour regarder le plus jeune des trois vampires.

— Si tu as si peur de lui, pourquoi ne pas le quitter ?

— Et pour aller où ? demanda le jeune homme, son visage montrant sa consternation. Si je pars, il me tuera. Sauf si je peux me cacher ou trouver une autre protection. Et si je me rends à la police pour m'éloigner de lui, j'irais en prison pour ce que j'ai fait.

Alain croisa les yeux de Thierry qui hocha presque imperceptiblement la tête.

— Si tu peux nous convaincre que tu es sérieux à propos de la possibilité de changer de camp et si tu nous fournis quelques informations utiles, nous pourrions mettre quelque chose au point, suggéra Alain.

— Quoi... Que voulez-vous dire ? demanda le sorcier.

— Commençons par le commencement. Pourquoi ne pas nous dire ton nom ?

— Dominique Cornet, répondit-il.

— D'accord Dominique, dit Alain. Depuis combien de temps es-tu avec Serrier ?

— Environ trois mois, répondit le garçon.

— Et qu'étais-tu supposé faire ici aujourd'hui ?

— Serrier voulait savoir pourquoi les vampires avaient une réunion. Il disait que cela ne leur ressemblait pas de se réunir, surtout dans un endroit public. Il nous a envoyés pour les espionner mais la pièce était gardée et nous n'avons rien pu entendre. Puis, vous nous avez attaqués, c'est tout ce que je sais, dit Dominique.

— Est-ce que Pacotte a un moyen de communiquer avec Serrier pendant que vous êtes sur le terrain ou fait-il seulement son rapport après les faits ? interrompit Thierry.

15

Dominique secoua la tête, se tournant vers le sorcier blond au regard menaçant.

— Je ne sais pas, balbutia-t-il. Il ne m'a jamais laissé faire partie des trucs de planification. Il me dit simplement où aller et quand. S'il vous plaît, vous devez me croire.

La lueur d'espoir qui s'échappait du regard de Dominique était presque assez frénétique pour convaincre ses sauveurs.

— Comment as-tu rejoint Serrier ? demanda Raymond, parlant pour la première fois depuis qu'il avait rejoint les autres. Tu ne sembles pas être son genre.

— Que sais-tu de son genre ? le défia Dominique avec un peu de vantardise dans la voix.

— J'en ai fait partie, répondit simplement Raymond. Maintenant, réponds à ma question.

Dominique baissa les yeux, essayant d'interpréter cette révélation. Un des sorciers qui l'interrogeaient avait échappé à l'emprise de Serrier ? Cela voulait dire que les autres sorciers le protégeraient de quiconque viendrait pour lui. Il commença à vraiment espérer qu'ils accepteraient de le faire pour lui aussi.

— Je suis né dans une petite ville, dit-il, essayant de s'expliquer. Mais j'ai grandi entouré de gens qui se méfiaient et rejetaient tout ce qui était magique. Quand mes facultés ont commencé à se manifester, j'ai été puni. Ils m'ont dit qu'ils voulaient expulser le diable de mon corps. Je n'avais pas d'entraînement. Je ne pouvais pas la contrôler alors j'ai continué à faire de la magie par inadvertance. Chaque fois que je le faisais, j'étais battu. Il y a six mois, Hector m'a trouvé et a arrêté la foule qui m'aurait probablement tué. Il m'a donné des explications sur ma magie et a commencé à m'apprendre comment la contrôler. Il m'a aussi parlé d'un groupe de sorciers qui battaient contre le genre d'injustice à laquelle j'avais dû faire face, qui se battaient pour donner aux sorciers le choix du moment et de l'endroit où ils exerçaient leur magie. Qu'est-ce que j'étais supposé faire ? Pour moi, cela avait un goût de paradis et donc, quand j'en ai eu appris assez, il m'a fait rencontrer Serrier. Il était si compatissant en entendant ce qui m'était arrivé, me disant combien il était désolé de ne pas m'avoir trouvé plus tôt. Cela m'a pris un certain temps pour réaliser que même si j'adorais faire de la magie, je n'aimais pas les méthodes de Serrier, ni sa… cruauté, mais à ce moment-là, je ne voyais pas de moyen d'en sortir.

— Tous les sorciers ont ce genre de débordements quand ils apprennent à se servir de la magie, lui expliqua gentiment Alain. Et même certains anciens perdent encore le contrôle quand ils sont assaillis par leurs émotions. Mais pour le reste, oui, il y a des limites sur la façon de se servir de la magie, même en dehors de ta petite ville, mais la magie en elle-même n'est ni bonne ni mauvaise. Nous ne tuons pas avec la magie, sauf pour nous défendre. Nous n'utilisons pas la magie pour priver les autres de leur liberté ou de leurs biens mais cela ne nous empêche pas pour autant de l'utiliser pour nous faciliter la vie. Serrier voudrait créer une oligarchie où les sorciers prendraient des décisions pour tout le monde. Tous ceux qui ne seraient pas des sorciers n'auraient rien à dire dans son gouvernement ni dans le déroulement de leurs vies. En dépit de ce que Serrier veut vous faire croire, cela ne fait pas de nous des antisorciers. Cela ne fait pas de nous des fascistes qui veulent destituer les sorciers de leurs droits individuels, bien au contraire. En donnant plus de pouvoirs aux sorciers, Serrier veut priver tous les autres des leurs.

— Tu as deux choix à ce niveau, dit Thierry pour informer Dominique. Tu peux courir te cacher et espérer que nous l'arrêterons ou tu peux nous aider à le faire tomber.

— Je ne suis pas vraiment un sorcier, dit Dominique. Je ne sais pas de quelle manière je pourrais vous aider.

— On n'est pas obligé de se battre pour gagner une guerre, dit Alain. L'information est la clef. Serrier te fait confiance pour l'instant, du moins autant qu'il a confiance dans les autres. Si tu y retournes, tu pourras nous envoyer des informations qui pourraient nous aider à gagner rapidement la guerre.

— Vous voulez que j'espionne pour vous ? demanda Dominique avec incrédulité.

— C'est une façon de dire les choses, répondit Thierry moqueur.

— Pourquoi me feriez-vous confiance ? Je veux dire, comment saurez-vous que je ne vous dis pas ce que vous voulez entendre pour ensuite reprendre ma parole et retourner chez Serrier ?

— Nous ne le savons pas encore, répondit Thierry, mais nous le saurons très vite. Je suis presque sûr que Serrier ne t'a jamais dit que d'autres personnes en dehors des sorciers avaient des pouvoirs magiques.

— Quoi ? Qui ? voulut savoir Dominique.

— Les vampires par exemple, répondit Alain. Un vampire peut lire ce que tu as dans le cœur grâce à ton sang. Donc tu vas offrir ton poignet à l'un de ces vampires et le laisser nous dire si tu nous dis ou non la vérité.

— Je peux choisir lequel ?

— L'un de ces deux-là, dit Orlando en montrant Jean et Sébastien. Je suis lié à quelqu'un par une promesse que je ne briserai pas.

Dominique regarda alternativement les deux vampires. Il ne voyait apparemment pas de grandes différences entre les deux.

— Qui choisirais-tu ? demanda-t-il à Orlando, se sentant en affinité avec la jeunesse apparente du vampire.

— Jean est mon ami depuis très longtemps, je lui fais entièrement confiance. Sébastien, je viens de le rencontrer, répondit Orlando.

— Jean, décida Dominique, tenant compte du conseil donné.

Jean adressa à Sébastien un sourire triomphant alors qu'il tirait le poignet magiquement lié du sorcier.

— Serons-nous capables de soigner cette marque ? demanda-t-il soudain. Parce que si Serrier la voit, il posera des questions auxquelles il lui sera difficile de répondre.

— C'est un sort assez facile, lui assura Thierry. Cherche ce que nous avons besoin de savoir.

Raymond ne put se résoudre à regarder Jean faire une seconde fois. Il tourna la tête avec amertume. Jean le remarqua, mais il ne pouvait pas s'arrêter pour faire face à la réaction de son partenaire. Il se demanda si ce n'était pas le moment pour eux d'avoir une petite conversation. Cependant, il devait goûter au maelstrom d'émotions de Dominique. Il le mordit et laissa le sang couler dans sa bouche. La magie noire était toujours là, bien entendu, ainsi que sa colère, mais la haine avait manifestement diminué et une nouvelle détermination avait remplacé le doute et la peur.

— Il a l'intention de faire ce qu'il dit, dit Jean, en relevant la tête.

Il ne pouvait pas prédire les actions futures de Dominique, bien sûr, mais le cœur du sorcier penchait à présent de leur côté.

Le jeune homme soupira de soulagement lorsqu'il entendit la déclaration du vampire. Les autres semblaient avoir foi en ses paroles donc il espéra qu'ils allaient le libérer.

— Marcel ! appela Thierry, captant l'attention du vieux sorcier.

C'était un nom que Dominique connaissait. Il l'avait assez souvent entendu chez Serrier et celui-ci ne se privait pas pour l'insulter. Peut-être que ce n'était pas le même Marcel, mais Dominique espérait que ce soit Chavinier. Il était curieux de voir qui était à la tête de la force qui s'opposait avec succès au chef des sorciers. Il savait à quel point Serrier était puissant et sans pitié. Que Chavinier soit assez fort pour s'opposer à lui faisait s'interroger Dominique, le sorcier serait peut-être en mesure d'assurer également sa protection. L'homme qui se joignit à eux était facilement assez vieux pour être le grand-père de Dominique, une touffe de cheveux étonnamment blancs surmontant délicatement un visage distingué arborant un sourire doux alors qu'il s'approchait.

Le chef rebelle, lui, arborait toujours un rictus, son expression était aussi froide que son attitude envers ceux qui le décevaient. Serrier était bien plus jeune, d'un âge plus proche de celui des sorciers qui l'entouraient durant son interrogatoire que de celui du Général de la Milice qui s'avançait à présent. L'ombre et la lumière. Le contraste le frappa de plein fouet alors qu'il se retrouvait à retourner le sourire du vieux sorcier, une réaction complètement différente de celle qu'il voyait dans les rangs des sorciers servant Serrier. Avec cet homme, il sentait qu'il pouvait vraiment se détendre.

— Qui avons-nous là ? demanda Marcel.

— C'est Dominique, dit Alain, présentant le jeune sorcier. Et il en est venu à la conclusion qu'il s'était trompé de camp. Il a offert de recueillir des informations pour nous. Plus nous en saurons sur le camp adverse, mieux nous pourrons planifier nos batailles.

Marcel savait cela. Il avait ses propres sources d'informations, mais toute aide supplémentaire serait un atout.

— Et comment proposes-tu de rendre cela possible ? Je présume que tu as un plan.

— Quelque chose comme ça, répondit Thierry. Voilà ce que nous allons faire…

18

III

MARCEL BAISSA les yeux vers son nouvel espion, inconscient sur le sol à ses pieds. Si Serrier recherchait des traces de magie, il détecterait le dernier sort de Marcel. Sa signature magique était assez puissante pour masquer les résidus de celle d'Alain et rendre crédible l'histoire qu'ils avaient mise au point pour expliquer 'l'évasion' de Dominique. Il espérait que cela fonctionnerait sinon il envoyait le jeune homme à la mort.

— Allons-y Marcel, dit Alain. Nous avons fait tout ce que nous pouvions pour lui. Le reste est entre ses mains. Emmenons les autres dans un endroit plus sûr avant que Serrier vienne les chercher.

Marcel hocha la tête. Un sortilège rapide envoya les prisonniers restants dans des cellules de détention sécurisées dans les profondeurs du quartier Général de la Milice, laissant seulement les sorciers et leurs partenaires dans la salle d'attente.

— Je dois aller m'occuper d'eux. Pouvez-vous aider nos nouveaux alliés à trouver leur chemin vers la base ?

— Bien sûr, assura Alain.

Alors qu'il se dirigeait vers la porte, il fit une pause aux côtés de Jean.

— Nous prendrons le métro et resterons sous terre autant que possible, mais nous devrons quand même sortir. Ce sera à Orlando et vous d'aider les vampires à traverser leur première marche au soleil. Nous avons des blessés qui ne peuvent pas s'y rendre par magie en raison de leurs blessures. Ils devront se rendre au siège le plus rapidement possible. Dès qu'ils seront à l'intérieur, je reviendrai et vous montrerez le chemin.

— C'est parfait, dit Jean. Nous vous attendons à l'intérieur du métro et vous rejoindrons à l'extérieur quand vous reviendrez.

Alain hocha la tête.

— D'accord, allons-y, ordonna-t-il.

Il attendit Orlando à la porte. Ils prirent la tête du groupe. Thierry s'occupait de l'arrière-garde, comme toujours. Les autres paires formèrent un cercle de protection autour des blessés : Caroline et Mathieu. Alain était ravi de voir leurs vampires se montrer aussi protecteurs.

Alain dirigea rapidement le groupe vers le métro, les gestes de sa baguette et l'étrange marmonnement ouvrant facilement la voie. Ils montèrent dans l'une des rames et Alain vit avec amusement les autres passagers débarquer rapidement, les laissant seuls dans la voiture.

Le trajet se passa sans incident, à son grand soulagement. Ils arrivèrent à leur station et Alain prit à nouveau la tête du groupe, montant les marches et sortant à l'air libre. Un par un, les vampires s'arrêtèrent, tous à l'exception d'Orlando. Il resta courageusement à ses côtés alors qu'ils entraient dans la lumière du soleil.

— Je reviendrai avec toi pour les encourager, murmura Orlando, mais ma confiance va en faire autant pour les convaincre que n'importe quoi d'autre.

— Toi seul sais ce que tu ressens, répondit Alain. Soit en juste conscient. Je ne veux pas te perdre.

— Je ferai attention, je te le promets, mais je veux profiter de ma liberté retrouvée.

— Et tu le feras. Amenons les blessés à l'intérieur.

Alain s'avança à travers les ruelles et les allées, se déplaçant d'un bâtiment à l'autre sans jamais réapparaître dans la rue.

— Je ne retrouverai jamais le chemin, dit Orlando avec un sourire.

— Il y a une porte d'entrée que nous utilisons si nous sommes seuls ou en couple, mais nous sommes un peu trop repérables pour l'instant. Cela permet simplement à protéger l'emplacement de la base.

Quand ils arrivèrent à l'entrée du siège de la Milice, Alain patienta jusqu'à ce que Thierry l'ait rejoint.

— J'y retourne pour les autres, dit-il.

— Je m'occupe d'installer les blessés et aider Marcel, répondit Thierry.

Alain dirigea Orlando vers l'extérieur, par un chemin beaucoup plus simple, retournant directement dans la rue qui n'était, en définitive, qu'à un pâté de maisons de la station de métro.

— C'est un vrai labyrinthe !

— Ça l'est, mais tous ceux qui nous verront entrer ne sauront rien de notre base actuelle. S'ils nous suivent à l'intérieur, ils déclencheront les alarmes que nous avons installées. C'est parfaitement sécurisé.

— On dirait en effet, convint Orlando, impressionné.

Ce n'était pas simplement un groupe de sorciers hétéroclites. Ils étaient aussi bien organisés qu'une faction militaire. Ils contournèrent le coin de la station de métro pour retrouver tous les vampires qui attendaient à l'extérieur.

— Je suppose qu'ils n'auront pas besoin de mon aide après tout, s'amusa Orlando.

Alain lui sourit.

— Retournons à la base. Il y a une cour extérieure où ils pourront aller s'ils le désirent, sinon nous allons attirer l'attention en restant ici.

— Jean, Sébastien, Mireille, appela Orlando, citant les vampires qu'il connaissait le mieux. Allons-y.

Comme un seul homme, ils rejoignirent le couple. Alain prit le raccourci cette fois. La rue était déserte donc personne ne les vit entrer. Angélique Bouaddi, propriétaire de 'Sang Froid', un établissement qui fournissait aux vampires des donneurs de sang consentants, savait qu'elle était bouche bée alors qu'elle suivait les autres, mais elle n'arrivait pas à s'en empêcher. Toute l'expérience et la sophistication qu'elle projetait dans son milieu habituel disparaissaient face à l'étonnement de voir le monde baigné de soleil. Avec l'avènement de l'électricité, elle ne vivait plus depuis longtemps dans les ténèbres, le cinéma et la télévision avaient projeté des images de la ville évoluant dans la lumière du jour, mais elle n'aurait jamais cru pouvoir les revoir de ses propres yeux. Elle savait, depuis qu'elle avait goûté à David, qu'il ne voyait que son impétuosité extérieure, et qu'il l'imaginait comme une femme volage avec une moralité douteuse en raison de sa profession et de son apparence. Elle l'amènerait à changer d'avis. En même temps, elle lui était reconnaissante de l'opportunité que son sang lui offrait.

Sébastien était plus habile pour masquer son plaisir, même s'il le ressentait aussi intensément que les autres. Il était un étranger ici, et il le savait. Les autres vampires, relativement sûrs de leur position, étaient prêts à laisser voir leurs émotions. Pour Sébastien, ce signe de vulnérabilité pourrait être mortel, son statut inconfortable d'étranger le soumettait à un examen encore plus intense dans le Jeu de Cour que la plupart des autres vampires. Il ne voulait pas prendre ce risque avec Jean à proximité. Il avait été le premier à suivre Jean dehors, au soleil, juste derrière Orlando et les autres avaient suivi simplement pour cette raison. Jean les avait tous défiés, leur rappelant qu'ils considéraient Orlando comme étant à peine plus qu'un garçon et que s'il pouvait marcher au soleil, alors ils en étaient sûrement capables également. Ils auraient pu protester, mentionner l'Aveu de Sang de nouveau, sauf que Jean, lui aussi, baignait dans la lumière du jour et son sorcier n'était pas un Avoué. Sébastien ne connaissait pas Orlando, et tout ce qu'il avait vu, en particulier l'Aveu de Sang, avait seulement gagné son respect, mais le défi dans la voix de Jean était clair comme l'eau de roche, quelle que soit la raison pour laquelle il le faisait. C'était le défi que Sébastien ne pouvait pas laisser passer, pas la comparaison à Orlando. Les autres avaient suivi le mouvement plus ou moins rapidement. Sébastien était impressionné. Jean était un leader efficace. Sébastien espérait juste que les choses pourraient être différentes entre eux, pourrait être comme avant… Il ne pouvait même pas y penser. Cela faisait encore trop mal, même après toutes les années qui s'étaient écoulées. Il se força à se concentrer plutôt sur l'endroit où ils allaient, afin d'être capable de retrouver son chemin.

MÊME SI elle était aussi étonnée que les autres d'être en plein soleil, l'esprit de Mireille était secoué par d'autres préoccupations. Caroline était blessée. Elle n'avait aucune idée de la gravité de ses blessures, mais cela n'était pas le problème. Sa sorcière était blessée et tous ses instincts l'incitaient à prendre de ses nouvelles aussi rapidement que possible. Elle continuait à se dire que cela ne devait pas être trop grave puisque Caroline arrivait à marcher, mais celle-ci avait été assez inquiète pour lui en parler.

Elles étaient derrière l'écran à ce moment-là. Par habitude, Mireille avait tendu la main pour prendre le poignet droit de Caroline, mais la sorcière l'avait arrêtée.

— Ne le fais pas, avait-elle dit. Un mauvais sortilège a frappé mon épaule et je ne sais pas si cela infecte mon sang. Je risque de te le transmettre et je ne veux pas prendre de risque.

Cela étant dit, Caroline lui avait offert son autre bras à la place. Mireille n'avait goûté aucune différence dans son sang, mais cela ne voulait pas nécessairement dire quelque chose. Si la magie pouvait se propager à travers ses veines, cela voulait peut-être simplement dire que l'infection ne s'était pas encore propagée aussi loin. Dès que les vampires passèrent le seuil de la base de Marcel, Mireille se tourna vers Alain.

— Où est Caroline ? demanda-t-elle, luttant pour contenir l'inquiétude dans sa voix.

— À l'infirmerie, certainement, la rassura-t-il. Attends juste une seconde. Je vais trouver quelqu'un pour t'y emmener.

Il fit signe à une autre sorcière et lui demanda de la conduire à l'infirmerie. Puis il se retourna vers elle.

— Va avec Catherine, elle te montrera où se trouve Caroline.

— Merci à toi, dit Mireille alors qu'elle se retournait pour suivre l'autre sorcière.

Le court trajet jusqu'à l'infirmerie se passa en silence.

— Et voilà, dit Catherine en indiquant une porte. Demande simplement à voir Caroline. Ils t'emmèneront auprès d'elle.

Mireille hocha la tête mais ne répondit pas. Toute son attention se portait sur la pièce d'à côté. Une petite partie de son esprit, toujours rationnelle, s'interrogeait sur cette réaction, mais le reste ne voulait pas s'ennuyer à lui donner un sens. Elle avait besoin de voir que Caroline allait bien. Le reste pouvait attendre plus tard.

INCONSCIENT DES événements qui se passaient à l'infirmerie, Marcel avait convoqué ses lieutenants et leurs partenaires.

— Je doute que nous arrivions à tirer quoi que ce soit des autres prisonniers, mais nous devons leur laisser une chance de montrer du remords ou d'accepter de coopérer avec nous avant de les envoyer en prison. Votre stratégie a fonctionné avec le dernier. Je vous suggère de retenter la même chose.

— Ça marche pour moi, dit Thierry, regardant Alain qui hocha la tête.

— Je suis disposé à aider à nouveau, offrit Jean.

Entendant l'offre de Jean de goûter à nouveau au sang d'un sorcier, Raymond ne put réprimer le son de son mécontentement. Du peu qu'il avait compris de l'éthique vampirique – si de telles créatures pouvaient se targuer d'avoir une éthique – mordre quelqu'un était supposé être un acte privé. Jean n'avait-il donc pas assez de considération envers lui pour lui offrir la possibilité de ne pas le regarder ? Que devait-il faire pour se montrer digne de la même considération que quiconque était en droit d'attendre ? Marcel avait montré plus d'attention pour les sentiments des vampires en leur fournissant des écrans que Jean pour les siens !

Le Chef de Cour se retourna et le regarda, contrarié que Raymond interfère. Ils avaient besoin de cette information s'ils voulaient mener cette guerre avec succès. Raymond fronça les sourcils, mais ne détourna pas le regard.

— Ne vole pas la vedette, Jean, c'est indigne de toi, l'interrompit Sébastien. Il y a d'autres vampires ici en dehors de toi et nous avons tous les mêmes talents.

Jean prit un air renfrogné mais il ignora Sébastien pour l'instant. Il avait d'autres choses à régler, à savoir un sorcier récalcitrant.

— Excuse-nous une minute, dit-il froidement, Raymond et moi avons besoin de parler.

Jean se leva et patienta tranquillement à la porte. Raymond fut tenté de le défier à cet instant, mais il se ravisa. S'il pouvait apaiser Jean, il espérait être en mesure de conserver sa position dans les rangs de Marcel. Il se leva et sortit dans le couloir.

— Où pouvons-nous parler en privé ? lui demanda Jean

— Au bout du couloir, répondit Raymond avec un haussement d'épaules, le conduisant dans une petite pièce.

Il ferma la porte derrière eux et Jean se tourna vers lui alors qu'il se tenait debout, mal à l'aise au milieu de la petite pièce.

— Par l'enfer, quel est votre problème ?

— Mon problème ? demanda Raymond incrédule. Mon problème ?

Sa voix augmenta d'un ton.

— Quel est *votre* problème ?

— Votre attitude, rétorqua Jean. Vous n'avez rien fait pour assurer la réussite de ce partenariat. Pas une seule fichue chose.

— Et vous ? Qu'avez-vous fait ? Au moins, je vous laisse vous nourrir sur moi, alors que tout ce que vous avez fait, c'est me menacer.

— Menacer… bafouilla Jean. Tout ce que je veux, c'est que cela fonctionne et pour cela j'ai besoin de votre sang. Lorsque vous n'avez pas proposé de le faire volontairement, quel autre choix avais-je ?

— M'avez-vous simplement demandé de le partager ? rétorqua Raymond. Non, vous vous êtes contenté d'exiger. Comment suis-je censé me sentir ?

— Auriez-vous accepté si je l'avais demandé ? le contra Jean.

— Peut-être, répondit Raymond en baissant les yeux, même s'il savait qu'il aurait refusé. Maintenant, nous ne le saurons jamais. Je vous donne ce que vous voulez, la moindre des choses serait de me montrer un peu de reconnaissance.

— Et comment me suggérez-vous de faire cela ? demanda Jean avec colère en faisant les cent pas.

— Vous pourriez commencer par ne pas m'obliger à regarder quand vous mordez quelqu'un d'autre, répondit-il. Je pensais que vous étiez censé ne mordre que moi.

Jean resta sans voix. De toutes les réponses qu'il avait envisagées, celle-ci ne lui avait jamais traversé l'esprit.

— Pourquoi ? Cela vous ennuie-t-il ? demanda-t-il enfin en se retournant vers lui. Vous ne voulez pas que je vous morde, pourquoi vous souciez-vous du fait que je morde quelqu'un d'autre ?

— Qu'importe ce que je veux ou non, vous êtes mon partenaire. Vous avez dit vous-même que les vampires assimilaient la nourriture au sexe. Donc la moindre des courtoisies ne serait-elle pas de ne pas imposer à votre partenaire de vous voir avec un autre ?

— Je ne me suis nourri de personne à part vous depuis la formation de l'Alliance, souligna Jean. Je n'ai même pas avalé le sang de Dominique. Je l'ai simplement goûté pour voir ce qu'il ressentait.

— Et vous avez donné un beau spectacle en le faisant, cria Raymond.

— Et alors ? le défia Jean. Vous ne voulez pas de mon attention alors pourquoi cela vous dérange-t-il tant quand je la reporte sur quelqu'un d'autre ?

— Parce que cela rend notre partenariat vide de sens, dit doucement Raymond comme s'il expliquait quelque chose à un jeune enfant.

— Quel partenariat ? rétorqua Jean. Vous n'avez pas agi comme si j'étais votre partenaire jusqu'à présent. Vous ne m'avez pas attendu pour vous aider dans la bataille. J'ai dû venir vous trouver pour me nourrir. Vous ne marchez jamais à mes côtés comme les autres sorciers le font avec leur vampire.

— Et vous ? Vous me donnez des ordres, me traitant comme un laquais au lieu de votre égal. Oui, j'ai fait une erreur quand j'ai rejoint les rangs de Serrier au début de cette guerre. J'ai cru en sa propagande, puis j'ai vu sa cruauté et je suis parti sans me retourner. J'ai surveillé seul mes arrières jusqu'à ce que Marcel me recueille. Que dois-je faire à présent pour convaincre tout le monde que je suis honnête dans mes convictions ?

Il hurla cette dernière phrase, y mettant toutes ses frustrations refoulées qui remontaient à la surface.

— Vous pourriez commencer par agir comme si vous vouliez que cela fonctionne, suggéra Jean.

— Est-ce une suggestion ou un ordre, Ô Seigneur et Maître ? demanda sarcastiquement Raymond.

— Une suggestion, répondit Jean, comprenant enfin le problème. Je ne veux pas d'un esclave Raymond, je veux un partenaire. Avez-vous vu les autres combattre sur le quai ? Avez-vous vu comment ils travaillaient ensemble ? C'est ce que je veux. Je veux que vous protégez mes arrières pendant que je surveille les vôtres.

— Vous n'avez certainement pas agi ainsi, grogna Raymond. Vous supportez à peine de me regarder.

— Ce n'est pas vrai, répondit Jean. Ce n'est pas un calvaire de vous regarder.

Raymond leva les yeux, surpris.

— Vous draguiez Adèle.

— L'avez-vous bien regardée ? Il aurait fallu que je sois mort pour ne pas flirter avec elle.

— Ce n'est pas drôle, dit Raymond même s'il riait sous cape.

— Si ça l'est, dit Jean.

Il prit une profonde inspiration.

— Pourrions-nous recommencer de zéro ? Prétendre que nous ne nous sommes jamais rencontrés et créer un nouveau partenariat ?

Raymond sourit timidement, le premier sourire authentique que Jean voyait sur son visage.

— J'aimerais bien.

— Bonjour, je suis Jean, dit-il, en tendant sa main. Quel est votre nom ?

— Raymond, répondit-il, prenant doucement la main tendue.

— Enchanté de vous rencontrer Raymond. Voudriez-vous essayer un sort pour voir si nous pouvons être partenaires ? Ce serait moins douloureux que si je vous mordais.

— D'accord, si cela ne vous dérange pas.

— Quelque chose de simple, l'avertit Jean, au cas où cela fonctionnerait.

— Un sort de lévitation, suggéra Raymond. C'est ce que les autres ont utilisé.

— Cela me va, accepta Jean.

Raymond sortit sa baguette et jeta le sort inoffensif. Jean put sentir le flux de la magie, le sentir s'enrouler autour de lui, mais ses pieds restèrent fermement plantés au sol.

— Je suppose que nous sommes partenaires, dit Jean avec un sourire.

— Je suppose que nous le sommes, acquiesça Raymond. Alors qu'est-ce que cela veut dire ?

— Cela veut dire que vous me donnerez le sang dont j'ai besoin pour pouvoir faire face à la lumière du soleil. Et cela signifie que si je vais quelque part pour me nourrir quand nous ne nous battons pas, je le ferai dans un endroit où vous ne pourrez pas me voir. Dans les limites de l'Alliance, je ne mordrai personne d'autre. Et lorsque nous livrerons bataille, ce sera en tant qu'égaux, nous nous entraiderons. Est-ce que cela te convient ?

Raymond considéra la question.

— Et quand il y aura des décisions à prendre, nous le ferons ensemble, ajouta-t-il.

Jean hocha la tête.

— Ravi de vous rencontrer, partenaire.

— Si je l'oublie, dit Jean, rappelez-le-moi plutôt que de simplement me fixer en silence. Je ne suis pas télépathe.

— Faites de même pour moi.

— Je le ferai, promit-il. Puis-je vous demander pourquoi vous étiez si effrayé par moi ? Je sais que vous ne vouliez pas de vampire comme partenaire, mais ce n'est pas de ça que vous aviez peur.

Raymond déglutit nerveusement.

— Je connaissais quelqu'un qui fréquentait un vampire, dit-il doucement. Au début, il resplendissait de santé et d'énergie. Et puis, moins de cinq semaines plus tard, il est mort. Nous n'avons jamais su ce qui lui était arrivé.

— Cinq semaines ? répéta Jean. C'est étrange. À moins que le vampire n'ait été négligent, il n'aurait pas dû y avoir d'incidence, quel que soit le temps qu'ils aient passé ensemble. C'est ça, soit votre ami s'est retrouvé pris dans une lutte entre deux vampires. Tous les miens ne sont pas honorables, pas plus que ne le sont tous les sorciers.

— Et vous ? demanda Raymond. Êtes-vous honorable ?

Jean tressaillit en pensant à un autre jeune homme pris entre deux vampires.

— Oui, répondit-il avec amertume, se souvenant de la façon dont cela s'était fini, avec lui seul, et le jeune homme dans les bras de l'autre. Maintenant, allons voir Marcel pour lui dire qu'il doit trouver un vampire non apparié pour mener les interrogatoires.

— Sébastien s'est offert, souligna Raymond.

— Je sais qu'il l'a fait, mais je ne vois aucune raison pour qu'une autre paire ait les mêmes problèmes que nous. Je connais un vampire qui serait parfait pour ce travail. Antonio est grand, musclé, et possède un air rebelle. Personne ne devinerait jamais qu'il aboie plus qu'il ne mord.

Raymond se mit à rire.

— Ça vous ressemble un peu.

Jean sourit. Si Raymond pouvait le taquiner, alors c'était signe qu'ils étaient vraiment repartis sur une meilleure base.

— Retournons là-bas. Je veux savoir ce que Marcel a prévu d'autre.

IV

— OÙ SE trouve Caroline ? demanda Mireille, sa préoccupation prenant le pas sur ses bonnes manières.

— Le médecin s'occupe d'elle, répondit un aide-soignant. Asseyez-vous.

— Je dois voir Caroline, répéta-t-elle avec plus d'insistance.

— Vous ne pouvez pas aller là-bas pour l'instant, insista l'aide-soignant. Je vous avertirai dès que vous pourrez la voir.

Il commença à s'éloigner, mais la jeune femme lui saisit le bras.

— Laissez-moi. Voir. Caroline, ordonna-t-elle en resserrant sa prise.

Quand il secoua la tête pour refuser, elle le repoussa sur le côté, entrant dans l'infirmerie.

— Caroline ! hurla-t-elle en repoussant le premier rideau.

Le corps dans le lit était celui d'un inconnu.

— Caroline !

Sa panique prit de l'ampleur alors qu'elle avançait vers le rideau suivant et celui d'après. Des mains essayèrent de la retenir, mais elle les repoussa, devenant de plus en plus frénétique à mesure que chaque cabine révélait un sorcier inconnu.

Elle fit irruption dans la dernière zone séparée par des rideaux et vit Caroline allongée sur le lit, les yeux fermés.

— Que lui avez-vous fait ? cria Mireille.

— Elle va bien, répondit le médecin d'un ton apaisant. J'ai jeté un sort de sommeil sur elle afin de pouvoir m'occuper de sa blessure. Elle devrait se réveiller d'une minute à l'autre.

— Mais est-ce qu'elle va bien ? demanda Mireille, la colère la quittant aussi soudainement qu'elle était venue.

— Elle va bien. J'ai dû faire quelques points sur son épaule, mais elle sera comme neuve d'ici un jour ou deux, à condition qu'elle se repose.

— Elle se reposera, déclara Mireille, j'y veillerai.

— J'en suis sûr, répondit le médecin. Je vous laisse seules toutes les deux. Appelez-moi quand elle se réveillera et ne la laissez pas se lever tant que je ne serais pas revenu la voir.

— Je le ferai, convint Mireille.

Dès que les rideaux se refermèrent derrière le médecin, Mireille tendit la main pour attraper le bras valide de Caroline et s'y accrocher comme à une bouée de sauvetage. Ses émotions se stabilisèrent grâce à ce contact et elle eut enfin un moment pour penser à tout ce qui s'était passé depuis le matin. Elle savait qu'elle était plutôt protégée pour un vampire. En travaillant pour Monsieur Lombard comme elle le faisait, elle n'avait que très peu de contacts avec le monde extérieur – sauf lorsqu'il lui fallait trouver de la nourriture – et elle en avait à peine plus auprès des autres vampires. Monsieur n'encourageait pas les visiteurs. Rien dans cette existence protégée ne l'avait préparée au tourbillon d'émotions que son monde était devenu.

Elle n'avait jamais connu une affinité semblable à celle qu'elle éprouvait pour Caroline. Elle se demandait si cela tenait au fait qu'elle chassait d'ordinaire aux goûts de Monsieur plutôt qu'aux siens. Elle n'avait jamais intentionnellement usé de violence avec les autres, pourtant cela avait été facile une fois que Caroline avait été menacée. Elle n'avait jamais connu un tel degré de possessivité, ou une colère, comme celui qu'elle avait ressenti quand ils ne la laissaient pas voir sa partenaire. Elle baissa les yeux vers le visage paisible devant elle. Doucement, elle balaya une mèche de cheveux blond foncé du front de Caroline. Un sentiment d'émerveillement la remplit.

Les yeux brumeux de la sorcière s'ouvrirent à ce contact. Mireille fixa ses yeux bleus alors que la confusion laissait place à la reconnaissance. Un plissement apparut avec un éclat qui ne pouvait provenir que d'un sourire.

— Bonjour, dit doucement Caroline d'une voix qui lui sembla rauque.

Cette voix éloigna la contemplation de Mireille de ses yeux.

— Ne parle pas, ordonna-t-elle en cherchant dans la pièce de quoi donner de l'eau à la sorcière.

Elle trouva un pichet et en versa un peu dans un verre, puis lui souleva la tête pour qu'elle puisse boire.

— Je ne suis pas invalide, la taquina Caroline quand Mireille reposa sa tête sur l'oreiller, sa main serrant la sienne dès qu'elle fut bien installée.

— Peut-être pas, mais le médecin a dit que tu devais te reposer.

— Lever la tête n'est pas trop difficile et là, je me repose, répondit Caroline.

— Et bien, laissons le docteur être juge de cela, insista Mireille sévèrement.

Elle relâcha sa main assez longtemps pour tirer le rideau et appeler le médecin avec lequel elle avait parlé plus tôt.

— Elle est réveillée.

Le docteur vint à l'intérieur de la cabine et sourit à Caroline.

— Alors, Mademoiselle Bontoux, comment vous sentez-vous ? demanda-t-il.

— Je vais bien, répondit-elle immédiatement.

— Dans ce cas, bougez votre bras droit pour moi.

Caroline commença à lever son bras en suivant les instructions du médecin mais la douleur lui fit retomber sa main sur le lit presque immédiatement.

— C'est bien ce que je pensais, observa-t-il. J'ai contré le sort, mais votre corps doit récupérer de son côté, un jour ou deux devraient être suffisants. Vous devez cependant garder votre bras immobilisé jusque-là. Je vais vous donner une écharpe. Puis-je vous faire confiance pour la porter ?

— Oui, répondit Caroline. Je veux que cela guérisse afin de pouvoir retourner à mon unité. Je ne ferai rien qui pourrait ralentir cela.

Le docteur tira une écharpe du tiroir de l'armoire à fournitures la plus proche et maintint l'épaule de Caroline.

— Faites attention, dit-il à Mireille. Vous devrez refaire le bandage pour elle, elle ne sera pas capable de le mettre toute seule.

Caroline commença à protester que Mireille ne serait pas là pour l'aider, mais la vampire lui serra la main.

— Montrez-moi ce qu'il faut faire, dit-elle au docteur.

Il lui expliqua encore une fois puis laissa les deux femmes seules.

— Pourquoi a-t-il cru que nous repartirions ensemble ? demanda Caroline.

— Je… eh bien, j'ai… comme qui dirait, fait une sorte de scène quand ils n'ont pas voulu me laisser te voir, expliqua Mireille, alors qu'un léger rougissement colorait ses joues. Je ne le voulais pas, mais j'avais besoin de te voir. Je n'ai jamais rien ressenti de tel et ils ne voulaient pas me laisser venir ici, j'ai dû forcer le passage.

— Je suppose donc que nous allons devoir repartir d'ici ensemble, dit Caroline.

— Je suppose oui, convint Mireille doucement. Je vais devoir faire un arrêt. J'ai un travail et je vais devoir expliquer ce qui se passe à mon employeur.

— Comprendra-t-il ?

— Je pense que oui, dit Mireille. Il m'a encouragée à aller à la réunion quand bien même il ne voulait pas y aller, lui. Il m'a dit qu'il était trop vieux pour se mêler des affaires des sorciers. Pourquoi ne viendrais-tu pas avec moi ?

— Pour rencontrer ton employeur ? Ne trouvera-t-il pas cela bizarre ?

— Il est aussi mon ami et le plus vieux vampire vivant à Paris. Il appréciera de te rencontrer et tu pourras m'aider à lui expliquer tout ce qui s'est passé. Il aura certainement des questions auxquelles je ne pourrais pas répondre.

— Et tu penses que je serai capable d'y répondre ? s'étonna Caroline.

— Tu peux au moins lui donner le point de vue des sorciers sur ce qui s'est passé. Dis que tu viendras avec moi !

— Je viendrai avec toi, acquiesça Caroline. Allons chercher mon autorisation de sortie et partons. Est-ce que la magie est assez forte pour te permettre d'aller à l'extérieur ?

— Absolument, répondit Mireille tout en se demandant si cela avait quelque chose à voir avec ses changements d'humeurs inexpliqués.

Elle allait devoir en parler à Monsieur.

MIREILLE SONNA la cloche, non pas parce qu'elle s'attendait à ce que quelqu'un réponde, mais parce qu'elle voulait prévenir Monsieur Lombard qu'il lui fallait éviter le couloir. Même alors, elle ouvrit la porte juste assez pour que Caroline et elle-même puisse se glisser à l'intérieur. Il fallut quelques minutes aux yeux de Caroline pour s'adapter à la pénombre intérieure.

— Nous avons l'électricité, dit Mireille, mais Monsieur dit toujours que la lumière artificielle le rend nerveux. Les bougies et les cierges sont tout ce qu'il peut tolérer.

— C'est bon, dit Caroline nerveusement.

Elle ne pouvait imaginer que Mireille l'ait amenée ici avec de mauvaises intentions, mais elle ne pouvait s'empêcher d'être inquiète à l'idée de rencontrer le plus vieux de tous les vampires. Elle la suivit dans une bibliothèque remplie de vieux livres. Caroline ne put s'en empêcher ; elle se dirigea vers les étagères et parcourut les titres. Elle ne doutait pas que la plupart d'entre eux étaient des éditions originales.

— Alors, cette fois, tu m'as amené une amoureuse des livres, dit une voix sortant des ténèbres.

— Seulement pour parler, déclara rapidement Mireille, s'interposant entre Monsieur Lombard et Caroline. Elle est ma partenaire dans l'Alliance.

Monsieur Lombard s'avança dans la lumière. Caroline ressentit, de prime abord, un grand âge et une grande sagesse. En dépit du pouvoir contenu dans sa voix, elle vit également l'affection dans ses yeux quand il regarda Mireille. Peut-être que tout se passerait bien après tout.

— Tu m'as quand même amené une amoureuse des livres. C'est bon, jeune femme, vous pouvez toucher.

Caroline leva la main avec révérence vers les reliures en cuir.

— Je n'ai jamais vu autant d'éditions originales, dit-elle.

— J'ai une collection que beaucoup m'envieraient, reconnut Monsieur Lombard, même si la plupart ne seraient jamais disposés à payer le prix dont j'ai dû m'acquitter pour les avoir.

— Je pense que vous avez probablement raison, répondit Caroline.

— Bien, dites-moi tout au sujet de cette réunion, incita Monsieur Lombard dominant les deux femmes jusqu'à ce qu'il prenne un siège, invitant d'un geste gracieux les deux autres à faire de même.

Mireille s'assit sur le canapé et tapota l'espace à ses côtés en guise d'invitation. Caroline prit l'emplacement qui lui était offert avec un soupir de soulagement. Mireille était beaucoup moins intimidante que l'autre vampire.

Lentement, avec hésitation, Mireille commença à décrire la rencontre, expliquant ce que Marcel et Jean avaient dit et le processus par lequel les couples avaient été formés. Elle sourit à Caroline lorsqu'elle décrivit leur rencontre.

Monsieur Lombard l'interrompit à ce moment-là.

— Caroline t'a approchée ? clarifia-t-il.

Mireille hocha la tête.

— Pourquoi ? demanda-t-il en se tournant vers Caroline.

La jeune femme se tortilla inconfortablement sous le regard pénétrant qui la fixait.

— Elle avait l'air aussi nerveuse que moi. Cela semblait être une bonne façon de démarrer une conversation et pour rendre le processus un peu moins anonyme.

— Et c'était important pour vous ? demanda l'aîné des vampires.

— Bien sûr ! répondit Caroline. Je savais qu'elle serait ma partenaire si cela fonctionnait. Je voulais quelqu'un avec qui je pourrais travailler. Alors, avoir quelque chose en commun était un bon point de départ.

Monsieur Lombard hocha la tête.

— Continue, dit-il. Qu'est-il arrivé ensuite ?

Mireille remonta le fil de l'histoire, lui parlant de l'arrivée de Sébastien et de la découverte que la magie ne fonctionnait pas entre partenaires.

— Bien, murmura Lombard. J'espérais qu'il viendrait.

— Que voulez-vous dire ? demanda Mireille.

— Sébastien et Jean sont en désaccord depuis trop longtemps. Il est temps qu'ils fassent la paix l'un avec l'autre. L'Alliance a besoin de tout le monde pour que cela fonctionne. Je me suis simplement assuré que Sébastien reçoive le message, expliqua-t-il. Maintenant, dis-m'en plus sur cette résistance à la magie.

— Juste avant que Sébastien n'entre, l'un des sorciers avait perdu son sang-froid, expliqua Caroline. Alain avait détourné la magie afin qu'elle explose près de la porte parce qu'il pensait que c'était l'endroit le plus sûr. Au moment où la magie a frappé, Sébastien entrait. Ce n'était pas un sortilège, simplement un détournement de magie non canalisée, mais cela aurait dû être assez fort pour le faire tomber. Il est simplement resté là, comme si de rien n'était. Il est alors devenu clair que Thierry, l'autre sorcier, et lui formaient une paire. Nous avons donc décidé de faire un test pour découvrir si c'était seulement Sébastien qui était immunisé contre la magie ou si cela avait quelque chose à voir avec les associations. Quelques sorts simples ont révélé que les charmes d'un sorcier ne fonctionnaient pas sur son autre moitié. Je pourrais lancer des sorts sur Mireille toute la journée et il ne se passerait rien.

— Intéressant, médita Lombard. Continuez…

Ensemble, elles décrivirent la bataille contre les sorciers et ses conséquences.

— Quand nous sommes retournées à la base de Marcel, termina Mireille, je suis allée à l'infirmerie pour vérifier l'état de santé de Caroline. Je sentais que je n'avais pas le choix. Comme si quelque chose m'obligeait à me rendre auprès d'elle. J'étais capable de me contrôler au départ, mais lorsqu'ils n'ont pas voulu me laisser la voir, j'ai perdu mon sang froid. J'ai jeté un homme à travers la pièce, Monsieur. Je n'agis jamais de cette façon habituellement. Vous savez que je ne le fais pas, mais je devais trouver Caroline. J'aurais mis l'infirmerie en pièce pour la trouver. Quand je l'ai enfin vue et touchée, toute cette rage, toute cette colère se sont envolées, et j'étais de nouveau moi-même.

— D'autres vampires ont-ils réagi de même ? interrogea Lombard, cherchant à identifier la cause du comportement étrange de Mireille.

— Pas que je sache, répondit Mireille. Cependant, j'ai remarqué que la plupart restaient très proches de leur sorcier…

— Particulièrement Orlando, commenta Caroline. Je ne pense pas qu'il laisse Alain s'éloigner plus loin que la longueur d'un bras la plupart du temps.

— Pas beaucoup plus, admit Mireille.

— Cela pourrait être un effet de l'Aveu de Sang, cependant, dit Lombard. Alain semblait-il avoir envie de s'éloigner ?

— Pas du tout, gloussa Caroline. Il regardait constamment autour de lui pour s'assurer qu'Orlando était là. Je ne l'avais jamais vu comme ça avant.

— Et en ce qui vous concerne ? demanda-t-il. Qu'avez-vous ressenti lorsque vous étiez séparée de Mireille ?

— J'avais si mal à cause du sortilège qui m'avait frappée que tout ce que je voulais c'était de me rendre à l'infirmerie. Une fois là-bas, ils m'ont rendue inconsciente. Je me suis réveillée avec la main de Mireille dans la mienne. Je n'ai pas eu le temps de réagir à son absence, répondit Caroline, ne voyant pas l'expression étonnée sur le visage de Mireille.

La vampire savait que sa partenaire avait été blessée, mais elle n'avait compris que beaucoup plus tard à quel point. Elle devrait avoir une conversation avec Caroline pour l'inciter à être plus franche au sujet de son état physique.

— Intéressant, dit Christophe.

— Vous n'arrêtez pas de dire ça, lâcha Mireille, mais que voulez-vous dire ?

— Je ne sais pas, j'ai besoin de plus d'informations. Je dois parler à Jean.

ÉRIC SIMONET et Vincent Jonnet sortirent avec précaution du métro, jetant de fréquents coups d'œil autour de la gare. Ils avaient débattu sur la manière d'arriver ici après que Serrier leur ait ordonné de se renseigner sur ce qui retenait Robert et les autres. Si la tricherie était de mise et que l'un des sorciers de Chavinier s'attardait encore, arriver de façon magique les exposerait à une attaque instantanée. Ils avaient donc décidé de prendre le métro en dépit de la perte de temps occasionnée. Cela valait le coup s'ils passaient inaperçus.

Les signes de la bataille leur sautèrent immédiatement aux yeux.

— Chavinier était ici, dit Vincent.

— J'ai vu ! Maintenant, voyons si quelqu'un peut nous dire ce qui s'est passé, répondit Éric.

Il s'engagea plus profondément dans la station à la recherche de survivants ou de témoins. Un gémissement attira son attention. Il se retourna et vit Dominique allongé sur le sol, près d'un pilier. Il se précipita à ses côtés.

— Réveille-toi Dominique, le pressa-t-il. Allez ! Réveille-toi.

Les yeux du jeune homme s'ouvrirent doucement.

— Que s'est-il passé ? demanda Éric.

— J'allais te demander la même chose.

Dominique ferma les yeux pour se concentrer.

— Je… Nous étions en train de surveiller la pièce, dit-il lentement. Nous ne pouvions rien entendre donc Robert s'est approché. Je me souviens avoir entendu un cri puis le combat a commencé. Je suppose que j'ai été touché, parce que la dernière chose dont je me souviens, c'est de mon réveil.

Éric fronça les sourcils. Dominique était relativement nouveau, mais le reste du contingent était composé de combattants expérimentés. Chavinier ne leur était pas tombé dessus par accident. Il devait avoir amené un très grand nombre de sorciers pour avoir pu enlever tous les autres.

— Nous allons te ramener, dit Éric. Pascal voudra te parler.

— Je ne sais rien d'autre, affirma Dominique. Je t'ai dit tout ce dont je me souviens.

Il ne voulait pas vraiment faire face à Serrier s'il pouvait l'éviter.

— J'en suis sûr, mais Pascal voudra l'entendre lui-même. Il pourrait avoir des questions auxquelles tu pourrais répondre. Dis-lui la vérité et tout ira bien, dit Éric avec douceur.

C'était ce qui inquiétait Dominique. Espionner pour Chavinier avait semblé être une bonne idée lorsqu'il était entouré de Marcel et de ses alliés, mais à présent, face à la perspective de devoir s'expliquer devant Serrier et de le décevoir dans le processus, Dominique se questionnait sur la sagesse de son choix. Éric n'était pas aussi mauvais que les autres sbires de Serrier, mais il ne serait pas celui qui lui soutirerait des informations si Serrier décidait qu'il mentait. Quitter les sorciers rebelles lui avait semblé une possibilité lorsqu'il faisait face à la bonté de Marcel, mais devant les regards méfiants d'Éric et de Vincent, Dominique commençait à avoir des doutes. Alors il se remémora les menaces des vampires. Blanchet pouvait le torturer, Serrier pouvait le tuer, Bellaiche, quant à lui, pouvait le condamner à la non-mort. Il préférerait la solution de rapidité et tenterait donc sa chance avec Serrier.

Éric regarda Vincent.

— Ramène Dominique. Qu'un des médecins fasse un contrôle. Les sorciers de Chavinier n'utilisent généralement pas de sorts dangereux, mais on ne sait jamais. Je te retrouve là-bas d'ici peu.

— Que vas-tu faire ? demanda Vincent.

— Continuer à jeter un œil dans les environs, voir ce que quelques sorts de recherche pourraient me révéler, répondit Éric

Dominique sentit la panique monter de nouveau. Si Éric poussait ses investigations, il trouverait certainement des preuves des sorts jetés par Marcel dans la salle d'attente. Il s'obligea à se détendre. Il plaiderait l'ignorance. Il était inconscient. Il n'avait aucune idée de ce que Chavinier avait fait avec les autres. Peut-être que les sorciers avaient utilisé cette pièce comme zone de détention pour leurs prisonniers ou comme infirmerie s'ils avaient eu des blessés.

— Est-ce que tu vois ma baguette ? demanda Dominique. C'est un cadeau et je détesterais la perdre.

— Je la chercherai pour toi, promit Éric. Même si les gens de Chavinier font habituellement un travail de nettoyage assez approfondi après leur passage. Je ne sais pas comment ils ont pu te manquer.

— Moi non plus, mentit Dominique, mais je ne vais pas m'en plaindre. Je ne veux pas aller en prison.

— Si c'est ce qu'ils font vraiment, grogna Vincent. J'ai entendu des histoires à propos de sorciers ayant lancé des sorts sur eux et…

— C'est un ramassis de conneries et tu le sais, Vincent, l'interrompit Éric. Je n'aime pas le gars et je ne suis pas d'accord avec sa politique, mais ce n'est pas un tortionnaire.

— Les choses ont pu changer en deux ans, se défendit Vincent.

— Pas tant que cela, dit Éric en secouant la tête. Emmène Dominique à l'infirmerie. Je te retrouverai là-bas.

Il s'éloigna sans un mot de plus, entamant une série de sorts complexes de recherche.

— Allons-y, gamin, dit Vincent, en donnant une tape sur l'épaule de Dominique. Éric veut qu'on vérifie ton état.

— Je me sens bien, protesta Dominique.

— Ouais, ouais, c'est ce qu'ils disent tous. Je le croirai quand je l'aurai entendu de la bouche d'un médecin. Sortons d'ici. Cet endroit me rend nerveux. Et si Chavinier revenait ?

Dominique frissonna involontairement alors que Vincent lançait son sort. Il arriva directement devant le repaire de Serrier. Il avait indiqué à Marcel son emplacement, et bien que le sorcier ait accepté l'information, il avait également prévenu Dominique qu'il ne comptait pas mener une attaque contre le site dans un avenir proche, expliquant que la Milice n'avait pas la puissance nécessaire pour un assaut frontal. Les pertes seraient trop élevées. Ils préféraient affaiblir Serrier petit à petit jusqu'à ce qu'ils puissent complètement éradiquer la menace qu'il représentait.

Presque immédiatement, Vincent apparut à ses côtés. Il suivit son aîné à l'intérieur, en direction de l'infirmerie. Vincent expliqua au médecin ce qui s'était passé. Ce dernier ordonna à Dominique de prendre place sur une des tables afin qu'il puisse l'examiner.

Le sort du médecin s'enroula autour de lui, révélant immédiatement le sort de Marcel. Il retint sa respiration, espérant que les sorts plus anciens – dont celui d'Alain qui avait permis sa capture et celui de Marcel lorsqu'il l'avait attaché – ne seraient pas visibles. Il laissa échapper un soupir de soulagement lorsque le docteur ne trouva rien d'autre.

— C'est un sort de neutralisation standard, les informa le médecin en s'adressant à Dominique et à Vincent. Il vous laisse inconscient pendant une heure ou deux, puis se dissipe. Il y a rarement des effets secondaires, et je n'en ai détecté aucun. Vous serez un peu fatigué pour le reste de la journée, mais vous serez apte à travailler demain.

— Merci, doc, dit Vincent. Nous allons donc attendre…

— Pas besoin, interrompit Éric en entrant dans l'infirmerie. Je suis de retour. Est-ce qu'il va bien ? demanda-t-il au médecin.

— Il doit se reposer aujourd'hui, mais il sera capable de remplir son devoir demain.

Éric hocha la tête.

— Allons dire à Pascal ce que nous avons trouvé.

Dominique ne parvenait pas à décider s'il était un prisonnier ou non tandis qu'Éric et Vincent l'escortaient jusqu'à Serrier, chacun de part et d'autre de lui. Ils ne le touchaient pas et ne le retenaient en aucune manière, mais leurs présences imposantes l'empêchaient également de reculer. Juste avant d'entrer dans la salle où Serrier attendait, Éric s'arrêta et sortit la baguette de Dominique de sa poche.

— Voilà, dit-il doucement. J'ai pensé que tu voudrais la récupérer.

Dominique le regarda avec surprise et un rien de respect, tandis qu'il empochait le souvenir magique.

— Merci.

— Eh bien ? demanda Pascal depuis l'intérieur, ramenant leur attention sur leur mission.

— Nous avons trouvé le jeune Dominique inconscient à la gare. Les autres ont disparu depuis longtemps, mais je ne sais pas où, indiqua Éric.

— Eh bien mon garçon, que t'est-il arrivé ? demanda Pascal.

Dominique balbutia la même histoire qu'il avait racontée à Éric.

— Alors, nous n'avons aucune idée du motif de la réunion avec les vampires ? insista Pascal.

— Non, Monsieur. Robert a tenté d'écouter juste avant que l'attaque se produise. Peut-être a-t-il entendu quelque chose mais il n'a pas fait remonter d'informations pour les partager avec nous, répondit Dominique.

— À combien estimes-tu le nombre de vampires présents ?

— Je n'ai pas compté, mais je dirais au moins deux cents, répondit Dominique.

— Deux cents ? répéta Pascal. Je ne savais pas qu'il y avait autant de vampires à Paris. As-tu vu quelques-uns des assaillants avant de perdre conscience ?

— Il y avait un vieil homme avec de courts cheveux blancs. Il semblait donner les ordres.

— Chavinier, interrompit Éric.

— Probablement, convint Pascal. Quelqu'un d'autre ?

— Hum, je pense avoir vu un grand sorcier blond, mais je n'ai fait que l'apercevoir. Il se battait avec un jeune gars aux cheveux bruns bouclés, ajouta Dominique.

Éric fronça les sourcils.

— Ce devait être Magnier ou Dumont, dit-il, mais je ne peux pas en être sûr. J'ai détecté la magie de Chavinier et celle de Rougier, mais je n'ai pu identifier aucun des autres marqueurs. Ils étaient trop mélangés.

— Qu'en est-il de l'autre, celui avec les cheveux bruns bouclés ?

Éric se concentra et essaya de se souvenir si l'un des sorciers de Chavinier correspondait à la description.

— Je ne sais pas, dit-il finalement. Il ne me semble pas du tout familier. A-t-il pu recruter des sorciers ailleurs ?

— Cela semble tout à fait possible, acquiesça Pascal. Il y a aussi la question de savoir comment ils ont découvert notre petite mission. S'il a enlevé dix-neuf sorciers, il n'a pas pu leur tomber dessus par erreur.

— Je pensais la même chose, répondit froidement Éric. Je n'ai aucune idée de la façon dont il l'a découvert, mais ce n'était certainement pas par accident. Il y avait trop de magie dans l'air pour que ce soit une simple coïncidence. À quelle heure l'attaque a-t-elle commencé, Dominique ?

— Vers les six heures, je crois, répondit le jeune homme. Robert s'était rapproché parce qu'il était surpris que les vampires ne soient pas encore partis. On était proche du lever du jour.

— Chavinier a pu installer des alarmes dans la station, suggéra Éric. Il a déjà fait ça avant. Et Robert ou les autres ont peut-être fait quelque chose qui aurait déclenché l'alarme et provoqué l'attaque. Sa magie était partout. Une partie pouvait être des avertisseurs. Si Robert et les autres étaient là depuis deux heures, Chavinier a eu tout le temps nécessaire pour préparer l'attaque.

Pascal considéra la déduction d'Éric.

— Possible, je suppose. Qu'en penses-tu Vincent ?

— Ça me semble un peu trop simple, affirma Vincent, mais sinon, Chavinier aurait vraiment eu une chance de tous les diables.

— Ce n'est que trop vrai, soupira Pascal.

Il se tourna vers Dominique.

— Es-tu déjà passé à l'infirmerie ?

— Oui, je m'y suis rendu en premier, répondit Dominique. Le médecin m'a dit de me reposer aujourd'hui, mais que je pouvais retourner au travail demain.

— Bien, va te reposer et reviens demain matin faire ton rapport. J'ai une nouvelle affectation pour toi.

Dominique remercia Serrier et partit, soulagé d'en être sorti indemne.

Quand le jeune sorcier fut parti, Pascal se tourna vers les deux autres.

— Dix-neuf sorciers expérimentés capturés ou tués et un garçon inexpérimenté qui en réchappe, cela ne vous semble pas un peu bizarre ?

— Vu comme il était caché derrière le pilier, il n'était pas facilement repérable, dit Vincent. Nous ne l'avons pas vu jusqu'à ce qu'il commence à gémir.

— J'ai retrouvé sa baguette, ajouta Éric. Elle n'était pas près de lui, donc même s'ils l'avaient trouvée, ils auraient très bien pu ne pas le voir, lui. J'ai vérifié et il n'a lancé aucun sort avec elle à la station, donc ils n'avaient aucune signature de sa part. C'est étrange mais pas impossible.

Pascal haussa les épaules.

— S'il ment, je le saurai bien assez tôt. Pour l'instant, je veux savoir pourquoi les vampires se sont réunis. Peut-être que ce n'était rien, mais je veux toujours savoir ce qui a pu inciter deux cents d'entre eux à se rassembler et à discuter jusqu'à l'aube. Messieurs, je pense que nous devons trouver un vampire.

Le sourire de Vincent devint presque aussi mauvais que celui de Pascal.

— Pour parler, simplement, ajouta Pascal. Nous déciderons ensuite quoi faire de lui.

V

THIERRY SE leva de son siège. La réunion avait été longue, beaucoup plus que les réunions habituelles de Marcel, mais cela avait été productif. À la grande surprise de Thierry et aussi pour son plus grand plaisir, Jean était revenu dans la pièce – après l'avoir quittée brusquement avec Raymond – en déclarant que, pour le bien des partenariats individuels, il pensait que pour l'instant, seuls les vampires non appariés devaient mordre les sorciers rebelles capturés. Plusieurs autres sorciers approuvèrent cette suggestion et Marcel l'accepta, au grand soulagement de Thierry. Il n'avait aucune envie de voir Sébastien mordre quelqu'un d'autre même s'il savait qu'il n'avait aucun droit sur les décisions du vampire. Ce n'était pas une réaction logique mais c'était la sienne de toute façon.

— Cela ne leur fera pas de mal de mijoter un petit peu plus longtemps, décida Marcel. Jean, peux-tu nous trouver un vampire pour ce soir ?

Jean hocha la tête.

— J'ai déjà quelqu'un à l'esprit. Je vais le contacter et m'arranger pour qu'il nous rencontre après le coucher du soleil.

Ils parlèrent un peu plus longtemps, faisant des plans, discutant des options, mais Marcel pouvait voir l'épuisement sur leurs visages suite à une autre nuit sans sommeil. C'était apparemment le prix à payer pour frayer avec les vampires. Marcel les congédia finalement en leur disant de prendre du repos et de revenir à la nuit tombée.

Thierry croisa les yeux de Sébastien avec embarras. Il ne doutait pas qu'Alain et Orlando rentreraient ensemble à la maison, et il n'était pas sûr qu'ils cherchent vraiment à se reposer, mais lui n'était pas prêt – et il ignorait même s'il le serait un jour – à étendre la même invitation à Sébastien.

— Je te revois ce soir alors, dit Thierry, essayant de trouver comment rendre tout cela moins gênant.

— Ouais, ce soir, répondit Sébastien en se retournant pour partir.

Thierry voulut s'élancer après lui pour lui dire de l'attendre mais il n'était pas encore prêt à franchir cette étape. Il s'obligea à se retourner et regarda Alain. Son ami parlait avec Marcel, Orlando à moitié collé contre lui. Thierry les rejoignit alors que Marcel prenait congé.

— J'allais chercher quelque chose pour déjeuner. As-tu faim ? demanda Thierry à Alain.

— Pourquoi pas, répondit Alain. Peut-être dans ce petit café en bas de la rue ? Ils ont en général un bon menu pour le déjeuner.

Écoutant les deux sorciers, Orlando décida de leur donner un peu de temps tous les deux. Il avait monopolisé l'attention d'Alain et il imaginait que Thierry aimerait avoir une chance de parler seul à seul avec lui.

— Je vais aller voir Jean, dit-il.

— Tu n'as pas à partir, insista Thierry.

— Je le sais, répondit Orlando, mais je dois vraiment parler à Jean. Je te retrouve à l'appartement, Alain. Peux-tu y rentrer sans clef si tu arrives le premier ? Je n'en ai qu'une.

— Pas de problème, lui assura Alain, attirant Orlando à lui pour un baiser léger. Je te retrouve à la maison. Profite bien de ta conversation avec Jean.

— Je vais le faire et toi, je te souhaite un bon déjeuner.

Les deux sorciers regardèrent Orlando traverser la pièce et se diriger vers Jean, lui parlant à voix basse. Jean hocha la tête. Le jeune vampire se retourna et dit au revoir aux sorciers.

— Il est assez étonnant, murmura Thierry.

Alain rit sous cape.

— Il l'est en effet. Viens, allons chercher à manger. Puis tu pourras me dire ce que tu as sur le cœur.

— Comment sais-tu que j'ai quelque chose sur le cœur ?

— Je peux le sentir, répondit Alain. Après trente ans, ce serait une honte de ne pas être capable de savoir quand tu as envie de me parler.

Ils quittèrent la base de Marcel et descendirent la rue, vers le café. Le propriétaire fut content de leur donner une table au fond, assez loin des autres clients qui regardaient le monde passer à travers la grande vitre. Observer les gens était le passe-temps favori des Parisiens.

Ils commandèrent rapidement et attendirent pendant que le serveur leur apportait le vin. Une fois qu'il les laissa en paix, Alain regarda Thierry dans l'attente de la suite.

— Que ressens-tu lorsqu'Orlando te mord ? demanda Thierry, brisant enfin le silence.

— Ses crocs, plaisanta Alain.

— Imbécile ! Ce n'est pas ce que je voulais dire, protesta Thierry.

— Je sais, le taquina Alain, mais c'était trop facile pour le laisser passer.

Il fit une courte pause pour considérer la question plus sérieusement.

— Je me sens connecté à lui, commença Alain, comme si je m'offrais à lui. D'une certaine manière, je suppose que c'est ce que je fais, puisqu'il peut lire dans mon cœur quand il se nourrit.

— Est-ce que cela te dérange ? demanda Thierry.

— Qu'il puisse lire dans mon cœur ou que je me sente connecté à lui ? répondit Alain.

— L'un ou l'autre… les deux…

Cela mettait Thierry un peu mal à l'aise qu'Alain ait si vite mis le doigt sur la cause de son malaise.

— Non, dit Alain après un moment de réflexion. J'ai été attiré par lui dès le moment où j'ai posé les yeux sur lui. J'étais nerveux la première fois qu'il m'a mordu, mais seulement à cause des histoires que j'avais entendues. Marcel m'a rassuré, soulignant que s'ils pouvaient réellement contrôler les personnes en les mordant, ils ne seraient pas dans la position dans laquelle ils sont actuellement. Je veux la connexion, je veux l'intimité, je veux tout ce qu'Orlando peut me donner et probablement plus.

— Plus ? demanda Thierry.

— Il a deux-cent-cinquante-et-un ans, Thierry, et il n'a jamais eu d'amant. Il a été maltraité quand il est devenu vampire et il a évité tout contact intime depuis lors.

— Mais je pensais… dit Thierry, d'une voix presque inaudible.

— Que nous étions amants ? demanda Alain. Nous le sommes, répondit-il quand Thierry hocha la tête. Mais uniquement selon ses propres termes. Je prends ce qu'il me donne et lui offre ce qu'il accepte de moi.

— Et la marque dans ton cou ?

— Elle vient de ce que nous étions, ou tout au moins ce que j'étais, ce que je ressentais déjà. Je n'aurais pas fait les choses différemment si la marque n'avait pas été là. C'est un signe de ce que je ressens pour lui. Rien de plus.

— Les autres vampires semblent penser que cela représente plus, souligna Thierry.

— Je le sais et peut-être que, d'un point de vue magique, cela signifie plus, mais c'est moi qui ai voulu rester avec lui hier soir et la nuit d'avant. Je veux continuer à me donner à lui. Je veux continuer à le laisser se nourrir. Non pas que cela m'ennuie de t'en parler, mais pourquoi me poses-tu la question ?

— J'ai senti… quelque chose lorsque Sébastien m'a mordu. Je ne sais pas vraiment comment le décrire ou ce que cela signifie. Je ne peux pas faire ça, Alain, je viens de perdre Aleth !

Le tourment était évident dans la voix de Thierry. Alain savait exactement ce qu'il ressentait. Le fait qu'Edwige et lui soient divorcés n'avait pas atténué la douleur qu'il avait ressentie lorsqu'elle avait été tuée. La brouille d'Aleth et Thierry n'avait rien changé pour lui non plus.

— Je sais et cela semble terriblement déloyal d'avoir une connexion avec quelqu'un d'autre, alors qu'elle est partie, convint Alain.

Il se souvint de ce qu'il avait ressenti après la mort d'Edwige et d'Henri. Il s'était détesté ainsi que tout le monde autour de lui. Cela lui avait pris des semaines pour se pardonner et des mois avant qu'il puisse regarder quelqu'un d'autre avec intérêt.

— Je sais en effet ce que tu ressens. Je sais aussi que la vie continue, qu'on le veuille ou non. Le nier ne ramènera pas Aleth et faire ce qu'il faut pour que l'Alliance fonctionne ne trahira pas sa mémoire.

— Ce n'est pas l'Alliance, dit Thierry. C'est de vouloir plus. Je ne peux pas. Pas encore.

Alain comprit, mais il ne put s'empêcher d'espérer que Thierry finirait par atteindre le stade où il pourrait accepter ce plus, que ce soit de la part de Sébastien ou de n'importe qui d'autre. Son meilleur ami méritait d'être heureux à nouveau, mais Alain craignait qu'afficher son propre bonheur avec Orlando, n'incite Thierry à être encore plus conscient de ce qu'il avait perdu.

— Sébastien fait-il pression sur toi pour avoir plus ?

— Non ! En aucun cas, il semblait attentif à ne pas me bousculer. Il s'interroge sur Aleth. Il a dit qu'il pouvait sentir ma douleur…

— Et qu'a-t-il dit quand tu lui as parlé d'elle ? l'invita à poursuivre Alain.

— Il a dit combien il était désolé et qu'il savait combien il était difficile de perdre un être cher, répondit Thierry.

— Alors, quel est le problème ? demanda Alain. Il n'essaie pas d'avoir plus que tu n'es prêt à donner.

— Lui non, convint Thierry… Mais mon cœur, si.

LES LÈVRES d'Alain quittèrent celles d'Orlando.

— Je te verrai à la maison… Profite bien de ta conversation avec Jean.

— Je le ferai. Bon déjeuner.

Maison. C'était un mot si merveilleux quand il sortait de la bouche d'Alain. Cela réchauffait le cœur d'Orlando de savoir qu'il ne faisait pas référence à son propre appartement quand il avait dit cela, mais au sien. C'était la première fois qu'ils étaient séparés depuis qu'ils avaient fait leur Aveu de Sang et même si l'absence du sorcier à ses côtés allait lui manquer, il savait qu'Alain et Thierry avaient besoin d'un moment pour parler. Thierry lui avait offert de venir avec eux et il était certain que l'offre était sincère, mais il savait également que Thierry serait plus enclin à parler à Alain sans sa présence contraignante. Le sorcier et lui étaient certes en meilleurs termes qu'auparavant, mais ils pouvaient difficilement se qualifier d'amis pour l'instant. Ils y viendraient, mais un simple regard sur le visage préoccupé de Thierry lui avait fait comprendre qu'il avait besoin d'un ami à cet instant. Cela signifiait Alain. Par ailleurs, Orlando voulait vraiment parler avec Jean. Il avait quelques questions pour son grand frère.

— Profitons de la magie et allons marcher un peu, suggéra Orlando avant de se placer à côté de Jean.

Jean le regarda, surpris.

— J'aimerais te parler, ajouta-t-il quand l'autre vampire ne répondit pas immédiatement.

— D'accord, convint Jean. Où veux-tu aller ?

— Les Buttes Chaumont sont seulement à quelques pâtés de maisons, suggéra Orlando en pensant aux arbres centenaires et aux sentiers tranquilles qui traversaient le parc.

En octobre, elles ne devraient pas être trop fréquentées, ainsi Jean et lui seraient en mesure de parler en paix.

— Nous pourrions marcher jusque-là, je ne les ai jamais vues à la lumière du jour.

— Moi non plus, répondit Jean.

Quand il avait été créé, Paris s'étendait à peine au-delà de l'Île de la Cité et de l'Île Saint-Louis. Le parc des Buttes Chaumont était pratiquement désert à l'époque.

— C'est aussi bien qu'ailleurs.

— Et mieux que la plupart. Allons-y.

— Donne-moi une minute, dit Jean, conscient de sa promesse de traiter Raymond comme un égal. Laisse-moi prévenir mon partenaire que je pars.

Orlando attendit pendant que Jean attirait l'attention du sorcier.

— Je vais faire le point avec Orlando, je te verrai ce soir, d'accord ?

— Pas de problème, passe un bon après-midi, répondit Raymond avec un sourire, heureux que Jean tienne sa promesse.

— Toi aussi, dit Jean, en se retournant vers Orlando, encore surpris du changement que leur conversation avait amené dans leur relation. C'est bon maintenant nous pouvons y aller.

Les deux vampires quittèrent le quartier général de la Milice et se dirigèrent vers le bas de la rue, prenant la direction du parc. Le jour était clair et ensoleillé mais frais alors qu'ils traversaient les rues tranquilles. Finalement, ils atteignirent les grands boulevards. Plus d'un passant s'arrêta pour regarder les deux hommes élégants, mais personne ne les approcha.

— Ils ne réalisent même pas, murmura Orlando. Pour eux, nous sommes aussi normaux que n'importe qui.

— Une raison de plus d'être reconnaissants envers cette alliance, répondit Jean. Au moins, pendant un certain temps, nous pouvons vivre presque comme des hommes normaux.

Ils se turent à nouveau jusqu'à ce qu'ils atteignent le parc. En descendant dans la grotte artificielle, Orlando trouva enfin le courage de poser ses questions.

— Qu'y a-t-il entre Sébastien et toi ? Je ne t'ai jamais vu réagir ainsi avec un autre vampire.

— Ce n'est rien, dit Jean.

— Alors, pourquoi réagis-tu de cette façon ? insista Orlando.

— Laisse tomber, ordonna Jean.

— Non, dis-moi ce qui s'est passé.

— Bien, cracha Jean. Il a volé celui que j'aimais et il l'a lié avec un Aveu de Sang avant même que j'aie eu la moindre chance de protester.

— Quand ? demanda Orlando, choqué par la révélation de Jean.

C'était la première fois qu'il entendait parler de cette affaire alors qu'il pensait connaître plutôt bien le vampire.

— Il y a des siècles, bien avant que tu sois créé, mais ce n'est pas le problème. Sébastien m'a trahi et c'est quelque chose que je ne pardonne pas.

— Il ne va pas partir, souligna Orlando. Il est le partenaire de Thierry, ce qui signifie qu'il sera impliqué dans presque tout ce que nous ferons.

— Je le tolérerai, dit Jean. Je vais même travailler avec lui, mais je ne serai pas aimable avec lui, et je ne l'apprécierai certainement pas.

Orlando s'arrêta devant le lac et s'assit sur l'un des bancs. Jean le rejoignit après un moment.

— Assez parlé de Sébastien ! Comment vas-tu ? dit-il.

— Je vais bien, dit Orlando.

— Vraiment ? insista Jean.

Il connaissait Orlando depuis plus d'un siècle et durant tout ce temps, il n'avait jamais vu le vampire prendre un amant. Il ne pouvait pas s'empêcher de se demander pourquoi c'était arrivé si vite.

— Il n'a pas fait pression sur toi ?

— Il a été l'image même de la patience, le rassura Orlando en souriant au souvenir de ce qui s'était passé entre Alain et lui depuis qu'ils s'étaient liés l'un à l'autre. Je ne me suis jamais senti autant en sécurité avec quelqu'un, à part toi, mon ami.

Jean sourit.

— J'en suis ravi, tu mérites d'être heureux.

— Je suis heureux, avoua tranquillement Orlando. Alain me rend heureux.

— Bien, je peux déjà voir LA différence.

— La différence ?

— Il y a une semaine, tu n'aurais jamais parlé comme tu l'as fait ces deux derniers jours. Tu n'aurais jamais participé à quelque chose comme un interrogatoire. Tu serais resté en arrière, convaincu que personne ne t'écouterait, expliqua Jean, repensant au jeune vampire timide qu'il avait sauvé.

Il avait essayé depuis de rétablir une certaine confiance en Orlando, sans succès. Alain avait réalisé en deux jours ce que Jean n'avait pas réussi à faire en une centaine d'années.

— C'est justement ça, dit Orlando, je sais qu'il m'écoute. Je n'ai pas à m'inquiéter de ce que sera sa réaction. Il peut ne pas être d'accord avec moi, mais il m'écoute. Il considère mon point de vue. Personne d'autre que toi ne l'a jamais fait.

— Et le reste ? demanda Jean.

— Il est resté à mes côtés jusqu'à ce que nous quittions le siège de la Milice.

— Et cela ne te dérange pas ?

— Me déranger ? Cela m'aurait dérangé qu'il soit parti. Sais-tu ce qu'il m'a dit avant que nous nous séparions tout à l'heure ?

Jean secoua la tête.

— Il a dit qu'il me retrouverait à la maison. Je lui ai demandé s'il pourrait entrer seul dans mon appartement, et il a répondu oui et qu'il me verrait 'à la maison'. Pas à mon appartement, Jean, 'à la maison'.

Jean fixa Orlando, stupéfait. Il avait compris que le vampire était amoureux d'Alain. Il avait su depuis qu'il les avait vus ensemble dans le cimetière deux nuits plus tôt, mais il ne s'était pas vraiment rendu compte combien Alain était amoureux d'Orlando.

— Il s'installe chez toi ?

La voix de Jean était incrédule. Si on lui avait demandé, il aurait supposé qu'Alain s'attendrait à ce qu'Orlando vienne vivre avec lui.

— Oui. Il a dit que chez moi, c'est plus grand que chez lui et que son appartement ne dispose pas d'une pièce sans fenêtre. Il ne prétend pas que je suis quelqu'un que je ne suis pas, pourtant il me voit comme tellement plus que simplement un vampire, Jean. Dès l'instant où j'ai été transformé, tout le monde en dehors de notre espèce m'a regardé de haut pour ce que je suis, et tout le monde à l'intérieur de notre communauté m'a regardé de haut pour ne pas être assez fort pour m'échapper tout seul. Alain ne me rabaisse pas du tout. Il ne voit pas un vampire sans valeur. Il me voit, *moi*.

Jean leva les mains en signe de reddition.

— Tu m'as convaincu. Sait-il ce qui t'est arrivé ?

— En partie, dit Orlando. Le pire en tout cas. Il sait que ce bâtard m'a violé de façon répétée et me retenait prisonnier. Il sait que j'ai mis fin à l'existence de ce salaud.

Les mots d'Orlando étaient glacés de la colère qui l'habitait encore. Pendant plus de cent ans, il avait vécu à la merci de son créateur, mais même s'échapper et détruire ce bâtard ne l'avait pas libéré de la prison psychique que l'autre vampire avait créée. Orlando connaissait ses limites, il savait comment son passé l'avait empêché d'expérimenter tous les plaisirs qu'on pouvait trouver dans une chambre à coucher. Et maintenant, il avait une nouvelle peur à mettre au crédit de son créateur : la crainte de la réaction d'Alain pour ses hésitations permanentes. Pour l'instant son sorcier était patient, mais Orlando ne pouvait s'empêcher de se demander s'il ne serait pas un jour fatigué de devoir respecter ses limites. Il ne pouvait pas perdre Alain, cela le tuerait.

— Et il a été attentionné avec toi ? demanda Jean, toujours préoccupé par l'idée qu'Orlando avait été poussé dans une relation plus intime qu'il n'était capable de le supporter.

— Non, j'ai été attentionné avec lui. Il m'a laissé un contrôle total, acceptant les limites que j'avais posées. Il n'a même pas essayé de prendre ce que je n'étais pas prêt à offrir. Sais-tu à quel point c'est incroyable ce que l'on ressent ? Je peux lui faire confiance, Jean. Même au plus fort de la passion, il n'a pas essayé d'empiéter là où je lui avais demandé de ne pas s'aventurer.

— Il semblerait que tu aies bien choisi, dit Jean, comprenant enfin qu'Alain avait vraiment agi au mieux pour Orlando.

— J'ai très bien choisi, acquiesça Orlando.

— Alors, fais-toi aussi confiance, insista Jean.

— Que veux-tu dire ?

— Tu dis que tu peux lui faire confiance pour ne pas dépasser les limites. Songe à ne pas les franchir non plus. Que ressent-il quand tu te nourris de lui ?

— C'est personnel, répondit Orlando, rougissant en se rappelant les orgasmes que son alimentation avait provoqués.

— Très bien. Réfléchis à ceci. Vois combien t'alimenter est un acte intime, et combien faire l'amour l'est. Maintenant, imagine la puissance des deux si tu les associais.

— J'aurais peur de perdre le contrôle, admit Orlando. Je ne veux pas le blesser, Jean. Je ne veux pas le perdre.

— C'est vrai, répondit le Chef de Cour. Tu ne peux pas le blesser. Tu ne ferais que le rapprocher encore plus de toi.

— Mais et si je lui fais mal ? s'inquiéta Orlando.

Il ne connaissait que trop bien la douleur que des crocs de vampires pouvaient infliger pendant des rapports sexuels. Son créateur s'était délecté de le mordre pendant qu'il le violait.

— As-tu jamais senti de la peur en goûtant son sang ? demanda Jean.

— Seulement une fois, répondit Orlando. Quand Raymond, lors de notre première rencontre, a jeté un sort sur moi.

— Et quelle a été ta réaction ? le pressa Jean.

— Je me suis arrêté, répondit Orlando.

Mais Jean entendit la fin de la phrase qu'il n'avait pas prononcée. *Qu'aurais-je pu faire d'autre ?*

— Alors, pourquoi serait-ce différent si tu goûtais à nouveau sa peur ou sa douleur ? Sa peur t'a arrêté une fois. Si tu le blesses accidentellement, sa peur t'arrêtera de nouveau, dit Jean. Tu n'es pas Thurloe. Il ne se souciait absolument pas de ce que tu ressentais, il ne pensait qu'à son propre plaisir. Tu ne traiteras jamais personne d'autre avec autant de mépris et surtout pas ton Avoué.

— Ne prononce pas ce nom, grogna Orlando. Il ne mérite pas d'être appelé par son nom.

— Non, en effet, convint Jean, mais mon point de vue reste le même. Tu es un vampire différent. Tu chériras Alain de la façon dont tu aurais voulu être aimé et il te traitera de la même façon. Ne te retiens pas. Ne limite pas ta relation avec des peurs imaginaires.

— Je ne sais pas, dit Orlando toujours hésitant.

— Il n'y a pas d'urgence, lui assura Jean. Tu n'as pas à rentrer à la maison et essayer de découvrir tout ce dont nous avons parlé ce soir. Je veux simplement que tu ne rejettes pas l'expérience si elle se présente. Parle avec Alain. Vois ce qu'il veut de son côté. S'il veut garder les deux séparés, alors c'est bien, mais ne prends pas cette décision seul pour vous deux. Laisse-le t'aider à faire ce choix.

Orlando hocha la tête.

— Je vais y penser.

— C'est tout ce que je demande, dit Jean.

Il sourit à Orlando qui devenait de plus en plus nerveux à côté de lui.

— Es-tu prêt à rentrer ? Tu as l'air impatient d'être à la maison.

— Je le suis, admit Orlando. J'ai besoin de le voir, de le toucher à nouveau, simplement pour me souvenir que tout est réel.

— Regarde autour de toi, dit Jean, faisant des gestes vers les arbres ensoleillés et les cascades tumultueuses. C'est réel.

— Merci Jean, dit-il, se penchant pour embrasser impulsivement la joue du vieux vampire. Merci pour tout.

— De rien, dit Jean d'une voix amusée au dos d'Orlando qui s'en allait déjà.

Il regarda le parc autour de lui et se demanda comment passer le reste de sa journée.

VI

ORLANDO ENVISAGEA rentrer à pied depuis la Buttes Chaumont, puisque le parc était du même côté de la ville que son appartement. Deux jours plus tôt, il serait rentré dans un appartement vide et aurait donc choisi de marcher, simplement pour retarder l'isolement. Il ne savait pas combien de temps cela prendrait à Alain pour manger et parler avec Thierry. Il savait qu'il était possible qu'il arrive avant Alain, mais la pensée de son amant l'attendant fut suffisante pour entraîner Orlando loin de la lumière du soleil vers le métro. Peu importe lequel d'entre eux arriverait le premier, l'appartement n'était plus synonyme d'isolement dans l'esprit d'Orlando. Alain et les souvenirs de sa présence faisaient désormais partie de cet endroit et même en l'absence du sorcier, cela ne serait plus aussi vide tant que son Avoué serait en vie. Si Orlando devait arriver le premier, il ne resterait pas seul longtemps. Son cœur battit de plus en plus fort dans sa poitrine à la pensée d'être à nouveau près d'Alain.

Le rapide trajet, les changements, et les quelques arrêts furent noyés dans une brume de désir croissant, tandis qu'Orlando imaginait différentes façons dont lui et Alain pourraient occuper ce qui restait de leur temps libre. Ils finissaient invariablement tous les deux nus et au lit. Il faillit manquer son arrêt tant il était perdu dans ses pensées. Il sauta du train juste au moment où les portes se refermaient et se dirigea vers la maison, descendant les rues familières. Familières sous la lune, en tout cas. Il ne savait pas s'il arriverait à s'habituer un jour à les voir en pleine lumière. Il monta les marches deux par deux, le désir d'être avec Alain donnant des ailes à ses pieds.

Des images de son amant nu allongé dans leur lit, les contorsions de son corps tandis qu'Orlando lui ferait l'amour tourbillonnèrent dans son esprit et firent trembler ses mains alors qu'il tentait d'insérer la clef dans la serrure. Il n'eut besoin de donner qu'un seul tour de clé, un signe évident qu'Alain était déjà rentré à la maison.

— Alain ? appela-t-il en entrant.

— Je suis là, répondit la voix de son compagnon depuis la cuisine.

Surpris qu'Alain soit dans ce qu'Orlando avait toujours considéré comme l'endroit le moins agréable de l'appartement, le vampire entra dans la petite pièce pour voir son amant ranger le contenu de plusieurs sacs.

— J'espère que cela ne te dérange pas, dit Alain, mais tu n'avais rien et je n'ai pas envie de toujours sortir manger à l'extérieur.

Orlando saisit le paquet des mains d'Alain sans même regarder ce que c'était et prit le visage de son amant dans ses paumes avant de l'embrasser. Le baiser commença lentement, démentant sa nouvelle assurance. Les hanches d'Alain reposaient contre le comptoir, ses bras incitant Orlando à s'appuyer contre lui. Le contact accru de leur corps et la volonté évidente d'Alain renforcèrent l'assurance d'Orlando et il approfondit le baiser, sa langue s'élançant pour taquiner les lèvres de son amant. Elles s'ouvrirent avec impatience, l'encourageant à entrer. Il accepta l'invitation, déversant tout son plaisir et son désir à travers le contact de leurs lèvres. Alain se détendit dans son étreinte et abandonna le contrôle de sa bouche au vampire, profitant de la montée en puissance de leur baiser. La langue d'Orlando s'élança entre les lèvres d'Alain, faisant l'amour à sa bouche. Le sorcier espéra qu'il y aurait bientôt plus que leurs bouches d'engagées.

Quand respirer leur devint à nouveau nécessaire, leurs lèvres se séparèrent mais leurs fronts restèrent l'un contre l'autre.

— Qu'est-ce qui me vaut cet accueil ? demanda Alain.

Orlando eut du mal à trouver les mots pour décrire ce qu'il avait ressenti en voyant Alain s'approprier la maison. Il fit un geste vers les sacs sur le comptoir.

— Que vois-tu quand tu regardes autour de toi ? demanda-t-il.

— Mes courses, répondit Alain, incertain quant à ce qu'Orlando voulait entendre.

Il ne voyait rien de spécial dans ce qu'il avait fait.

— Exactement, répondit Orlando comme si Alain avait déclaré quelque chose d'incroyablement profond. Tes courses. Tu as fait des courses et tu les as amenées ici.

C'était un geste tellement ordinaire, un acte du quotidien, et pourtant, dans le monde d'Orlando, c'était extraordinaire.

— Tu n'y as pas réfléchi deux fois avant de le faire.

— Pourquoi le ferais-je ? s'étonna Alain, toujours incapable de comprendre pourquoi de simples courses avaient eu un tel effet sur Orlando. Nous avions déjà parlé de mon installation ici. Si je dois vivre ici, j'ai besoin d'un minimum.

— C'est exactement ça, dit Orlando. Tu as commencé à emménager, sans chichi ni drame. As-tu la moindre idée du bien que cela me fait ?

Un sourire radieux illumina le visage d'Alain alors qu'il posait ses mains sur les hanches d'Orlando.

— Non, je ne sais pas. Dis-moi ce que tu ressens ? demanda-t-il, appréciant la joie d'Orlando à voir leur relation évoluer.

Pour lui, c'était le rappel que chaque étape de leur voyage était une nouveauté pour Orlando et qu'il devrait donc lui accorder l'importance appropriée.

— C'est tellement simple pour toi, tenta de lui expliquer Orlando. Mais peut-être que 'simple' n'est pas le mot juste, mais c'est naturel pour toi. Tu vas vivre ici, tu as besoin de certaines choses et tu les amènes. Pour toi, c'est la progression normale des choses. Je n'avais pas eu quelque chose d'aussi proche de la normalité depuis plus de deux cents ans. Chaque fois que tu me traites comme si j'étais normal, c'est comme un cadeau.

— Si te traiter correctement est un cadeau, alors c'est ce que je t'offrirais avec plaisir pour le reste de ma vie, promit ardemment Alain.

Il avait pris son emménagement dans l'appartement pour acquis, cependant il ne prendrait jamais Orlando pour acquis. En voyant le bonheur que ce geste inconscient avait procuré à son amant, Alain se promit de faire un effort pour renouveler ces petites choses qui faisaient partie de la vie quotidienne d'un couple. Si telle était la réaction d'Orlando à un simple geste, le sorcier ne pouvait s'empêcher de se demander comment il réagirait devant un réel effort de sa part.

— J'espère que tu pourras aussi accepter occasionnellement d'autres cadeaux, de ceux qui sauront te prouver à quel point tu es spécial pour moi.

— Peut-être, dit Orlando, sans trop savoir comment réagir.

Il avait passé des siècles sans que personne ne lui offre de cadeau. La dernière fois, cela avait été son créateur, attirant un garçon innocent loin de la sécurité de son régiment avec un anneau censé symboliser une vie facile.

Alain sourit et attira les mains d'Orlando sur les boutons de sa chemise.

— Pourquoi ne déballerais-tu pas ton cadeau ? susurra-t-il en souriant.

Orlando lui retourna son sourire. Il se retrouvait sur un terrain plus familier que la stupeur qu'il avait ressentie quand il avait réalisé qu'Alain avait apporté à manger. C'était toujours nouveau et excitant mais au moins, il savait quoi faire dans cette situation. Ses doigts se mirent au travail sur les boutons.

— Certainement, dit-il en réponse à la question d'Alain.

Il œuvra rapidement sur la chemise d'Alain, l'ouvrant complètement et la tirant hors de son pantalon. Il fit courir ses mains sur les abdominaux solides de son amant. Alain était un homme dans la fleur de l'âge et Orlando avait bien l'intention d'en profiter.

Les mains d'Alain se dirigèrent automatiquement vers l'ourlet de la chemise d'Orlando afin de la libérer de son pantalon. Le frisson qui traversa le vampire aurait très bien pu être du désir, mais ce fut suffisant pour rappeler au sorcier le terrible passé de son amant et la peur qui le hantait encore. Ses mains s'immobilisèrent et il se demanda s'il avait rouvert une ancienne cicatrice.

— Dis-moi quelles sont tes limites, dit-il doucement, afin que je ne les dépasse pas involontairement.

Le cœur d'Orlando fondit en entendant ces mots. Il avait dit à Jean qu'Alain n'avait pas fait pression sur lui, et c'était la vérité, mais constater qu'il recommençait, qu'il respectait non seulement ses limites mais avait aussi assez de considération pour l'interroger à leurs sujets, démontra à Orlando une fois de plus combien il avait vraiment de la chance d'avoir Alain comme amant. Il n'y avait aucune impatience dans les mots de son compagnon, seulement de la sollicitude, et cela touchait profondément Orlando.

— Au-dessus de ma taille, dit-il, et pas de morsures.

— Puis-je t'embrasser ? demanda Alain, glissant ses doigts dans la boucle de la ceinture d'Orlando. Puis-je te goûter ?

— Pas de dents, spécifia Orlando.

Son créateur l'avait torturé de cette façon bien trop souvent, utilisant ses crocs pour déchirer sa chair comme un prélude au viol. C'était l'un des cauchemars qui le hantait quand il glissait dans ce qui était appelé le sommeil vampirique. Bien qu'il sache que les dents d'Alain ne pouvaient pas faire les mêmes dégâts, il craignait de les sentir sur sa peau, de peur que ses cauchemars reviennent en force et l'obligent à cesser le peu d'intimité qu'il se permettait avec son amant. Ayant défini les caresses hors limites, il était convaincu qu'Alain ne chercherait pas à les outrepasser.

— Pas de dents, promit Alain, réalisant qu'il venait de trouver une nouvelle cicatrice invisible. Ne devrions-nous pas aller dans un endroit plus confortable ?

— Quoi ? le taquina Orlando, pressant ses hanches contre celle du sorcier. Tu ne veux pas que je te prenne sur le comptoir ?

— Je préférerais de loin que tu me prennes dans le lit, dit Alain, ainsi nous serons assez à l'aise pour faire l'amour. Tu pourras m'avoir ici une autre fois.

— Promis ?

— Absolument.

Les sens d'Orlando frémirent à cette pensée. Il imagina ce qu'il ressentirait à retourner Alain dans ses bras, à descendre leur pantalon sur leurs chevilles, et s'enfoncer dans son amant avec toute sa force. Ce serait si facile, si agréable, si érotique. Il était tenté de le bousculer, mais ce n'était pas ce que voulait Alain. Avec la patience dont il faisait preuve envers lui, il semblait équitable d'accéder à ses désirs et de le respecter. Ils allaient faire cela bien, avec toute la tendresse et l'attention qui s'était développée entre eux, la passion et l'énergie qui les unissait. Il prit la main d'Alain et le conduisit à travers le petit couloir vers la chambre.

Orlando se demanda s'il pourrait un jour parvenir à être moins nerveux à l'idée de faire l'amour avec Alain. Il avait passé la moitié de son existence entre les mains d'un monstre et l'autre moitié seul. Il n'avait aucune idée de ce que cela signifiait vraiment de faire partie d'un couple. Il commençait à croire qu'il ne blesserait pas Alain, mais Orlando ne savait toujours pas s'il savait donner ou recevoir de façon appropriée. L'inquiétude n'était pas une si mauvaise chose après tout, décida-t-il. Cela lui rappelait quel don précieux Alain lui offrait en permettant une telle intimité et il ne voulait jamais prendre cela pour acquis.

Quand ils atteignirent le bord du lit, Alain l'attira dans ses bras.

— Détends-toi, l'exhorta-t-il en sentant le malaise du vampire. Je ne ferai rien que tu ne veuilles pas, lui rappela-t-il. Quoi que tu fasses, ça me plaira.

Orlando savait ce qu'il voulait faire en premier. Il saisit les lèvres d'Alain avec les siennes, embrassant son amant avec tout le désir qui n'avait cessé d'augmenter depuis qu'il avait quitté Jean dans le parc. Ses mains glissèrent sous la chemise d'Alain, la repoussant sur ses épaules, le laissant nu jusqu'à la ceinture. Il se focalisa immédiatement sur un téton durci et des frissons le parcoururent à la pensée qu'Alain était déjà excité par leurs deux baisers et leur conversation. Il passa sa langue sur la pointe tendue, savourant l'odeur et la saveur de la peau de son sorcier.

Alain passa ses doigts dans les cheveux d'Orlando, berçant sa tête et encourageant le baiser, espérant qu'il en ferait plus. Il ne demanda rien, cependant. Il voulait laisser leur relation se développer à son rythme. Il déglutit avec difficulté quand Orlando tira plus fort sur son mamelon avec ses lèvres. Sans les dents, nota Alain. Il faudrait qu'il demande, à quel point, Orlando craignait d'utiliser ses dents, en dehors de son alimentation. Pour le moment, Alain était plus attiré par l'idée de débarrasser Orlando de sa chemise pour qu'il puisse commencer à séduire son amant dans les limites qu'il avait fixées. Il incita le vampire à relever la tête afin de pouvoir l'embrasser à nouveau. Quand leurs lèvres se rejoignirent, il chercha les boutons de la chemise d'Orlando, en les libérant de leurs trous l'un après l'autre. Les mains du vampire restaient sur sa taille, l'image miroir de leur pose dans la cuisine. Une fois les pans de la chemise d'Orlando séparés, Alain caressa la peau révélée, avec des caresses légères destinées à enflammer les sens de son amant par leur absence autant que par leur présence.

Les yeux d'Orlando se fermèrent tandis qu'Alain caressait sa peau. Son amant le touchait comme s'il était un cadeau inestimable. Quand ils avaient fait l'amour la dernière fois, il avait été nerveux à l'idée d'accepter les caresses d'Alain. Il s'était tendu chaque fois que les mains du sorcier s'étaient approchées de sa taille, prêt à l'arrêter s'il franchissait la limite. Même s'il avait apprécié les caresses, une part de lui s'était attendue à ce qu'Alain ne respecte pas sa parole. Cette fois, il n'avait pas cette crainte. Il put se détendre et profiter des prudentes et dévouées attentions de son amant. Et donc il laissa ses mains idéalement croisées sur la taille d'Alain tout en se délectant de la sensation de liberté qu'il ressentait, tandis que le sorcier déboutonnait sa chemise et touchait sa peau. L'inquiétude était toujours là, même maintenant, mais sa confiance naissante lui permit de l'ignorer, de se laisser submerger par le plaisir qu'il ressentait au contact d'Alain.

Ce dernier sentit la différence, mais il n'aurait pas su dire ce qui la causait. La raison n'avait pas d'importance. Il lui suffisait qu'Orlando semble accepter son contact au lieu de se méfier. Il baissa la tête et l'embrassa à nouveau, puis laissa errer ses lèvres sur le visage du vampire. Elles s'égarèrent sur le front large puis le long des sourcils arqués et descendirent vers le nez.

— Magnifique, murmura Alain. Mon Ange.

Orlando le repoussa.

— Je ne suis pas un ange, dit-il.

— Tu l'es pour moi, insista Alain. Tu as ramené la lumière dans ma vie.

Orlando secoua la tête.

— Je suis une créature des ténèbres, comment pourrais-je t'apporter la lumière ?

— Tu vis peut-être dans les ténèbres, dit Alain en l'embrassant tendrement, mais tu n'es pas une créature des ténèbres. Si tu l'étais, la magie de mon sang ne te ferait aucun effet.

Orlando posa sa tête sur l'épaule du sorcier pendant un moment.

— Je ne sais toujours pas comment c'est possible, mais si tu le dis alors je te crois. Tu m'as également apporté la lumière.

Alain hocha la tête vers le lit.

— Montre-moi. Partage avec moi la beauté de ce que nous créons ensemble.

Cette prière, cette demande, c'était tout ce dont il avait besoin. Orlando porta Alain dans le lit, s'allongeant sur son amant, laissant leurs poitrines nues se frotter tandis qu'il cherchait la bouche d'Alain.

Alain se détendit sur le lit, ses bras entourant les épaules d'Orlando, tenant son amant doucement en signe d'encouragement, pas de contrainte. Il voulait murmurer des mots d'amour à l'oreille d'Orlando, pour expliquer en termes clairs ce que ce dernier avait restauré exactement. Cependant, il ne pensait pas que le vampire était prêt pour de telles déclarations, pas si sa réaction à celle qu'Alain venait de lui faire était une indication. Le temps viendrait. Il devait juste se le répéter. Le temps viendrait où il offrirait son cœur à Orlando, avec la certitude de l'accueil favorable qu'il recevrait de son bel amant. Jusque-là, il montrerait à Orlando la profondeur de ses sentiments de toutes les manières qu'il pouvait imaginer.

Les lèvres d'Orlando glissèrent le long de son cou, distrayant Alain de ses pensées. *Mords-moi*, supplia son cœur. Il haussa le menton, offrant la chair tendre qui portait la marque d'Orlando aux crocs de son amant. Les lèvres de ce dernier s'attardaient, sa langue taquinant la marque qui affirmait leur promesse, mais ses crocs restèrent sagement hors de portée. Il avait faim, mais pas de sang. Il avait faim d'intimité, de l'union de son corps avec celui d'Alain, de tout le reste de ce que leur lien impliquait. Ses mains descendirent, atteignant la ceinture du pantalon d'Alain. La pensée que ce tissu, que n'importe quoi puisse les séparer était inacceptable. Il tira sur la ceinture, défaisant la boucle et le bouton, faisant glisser la fermeture éclair, soulevant les hanches d'Alain pour qu'il puisse repousser le pantalon et le boxer du sorcier vers le bas et les lui retirer. Ses mains et ses lèvres parcoururent la peau d'Alain, redécouvrant, réapprenant ce qui était déjà un territoire familier adoré. Il aurait été si facile, tandis qu'il retraçait l'arrière du genou d'Alain, l'intérieur de sa cuisse, de planter ses crocs dans sa chair et goûter son amant. Il pouvait comprendre cet appel, mais la prudence le retint. Une autre fois.

Nu sur le lit, le désir pulsant en lui, cela démangeait Alain d'attraper ce qui restait de vêtements sur Orlando, de dénuder son amant sous son regard, comme il avait lui-même été mis à nu par son compagnon. Même si le jean que le vampire portait descendait bas sur ses hanches, et même si le bouton n'était pas vraiment en dessous de la taille d'Orlando, la fermeture éclair l'aurait était lorsqu'il l'aurait descendue, et le faire demanderait que les mains d'Alain atteignent des zones qui étaient en dehors des limites qu'Orlando avait fixées. Le vampire devrait enlever lui-même son pantalon.

Orlando ne pouvait pas comprendre pourquoi Alain ne le déshabillait pas. Finalement, las d'attendre, il retira ses propres vêtements, les laissant tous les deux dévêtus. Alain l'attira contre lui immédiatement, ajustant leurs corps, se serrant contre lui avec impatience. Ses lèvres se posèrent sur la poitrine d'Orlando, sa langue pointant pour goûter la peau dorée du vampire. Il lécha et suça la parcelle de peau juste en dessous de sa clavicule.

Orlando se raidit quand il sentit la bouche d'Alain sur sa peau. C'était une réaction réflexe, acquise au cours des années où cette sensation menait à des morsures et étaient suivies par un viol. Il s'obligea à se détendre. Son créateur avait été éliminé et c'était Alain qui se trouvait dans son lit, le doux, l'attentionné Alain qui le respectait, qui s'était lié à un vampire, à Orlando, pour la vie, qui n'abuserait pas de lui, qui ne voulait pas le blesser. Les lèvres qui taquinaient sa peau glissèrent plus bas, décrivant un chemin langoureux vers son mamelon. Le souffle d'Orlando siffla entre ses dents quand elles se refermèrent sur le bourgeon durci. Le contact à lui seul envoya des étincelles dans sa colonne vertébrale, mais la tendresse, l'attention qu'Alain portait pour ne pas laisser ses dents le toucher, même quand il aspira la chair d'Orlando dans cette bouche, apaisèrent une autre cicatrice de son âme meurtrie.

Les mains d'Orlando reprirent leur errance tandis qu'Alain embrassait et léchait son torse. Il ne pouvait pas s'empêcher de toucher le sorcier et, il le découvrait, il voulait être touché par lui. Son érection palpita, exigeant son attention. Ses hanches se balancèrent inconsciemment contre celles d'Alain.

Ce dernier reconnut les signes que le corps d'Orlando émettait. Si cela avait été un autre couché là, contre lui, il aurait tendu la main vers le bas et se serait emparé de l'érection qui poussait contre ses hanches si ardemment. Cependant, il était presque sûr qu'Orlando n'était même pas conscient des signaux qu'il envoyait. Et même si ces signaux étaient intentionnels, ils étaient au-delà des limites qu'Orlando avait fixées. Alain n'était pas prêt à franchir ces lignes, pas maintenant qu'Orlando avait enfin assez confiance en lui pour le laisser participer à un certain niveau. Il se contenta de faire courir ses mains sur le dos de son amant, malaxant les muscles qui s'y trouvaient tout en continuant à lécher sa poitrine.

— S'il te plaît, supplia Orlando, son excitation croissante devenant plus exigeante.

Alain intensifia ses caresses, mais il ne les modifia pas. En faire plus nécessitait de franchir les frontières d'Orlando.

Le vampire s'accrocha à l'avant-bras d'Alain, tirant la main du sorcier qui était sur son dos pour la guider vers sa douloureuse érection.

— Touche-moi, supplia-t-il en refermant les doigts d'Alain autour de son membre, songeant uniquement combien ce contact était agréable.

Ses limites et ses craintes étaient oubliées dans le plaisir que lui procurait le contact du sorcier.

Alain garda ses caresses légères, frottant le sexe d'Orlando, mais rien de plus. Il était en territoire inconnu et n'avait rien pour le guider. Ce n'était pas le moment, mais ils allaient devoir trouver un meilleur système que celui qu'ils utilisaient.

Malgré la retenue de son amant, l'intimité accrue submergea les sens d'Orlando. Les mains tremblantes, il attrapa le lubrifiant à côté du lit, enduisant ses doigts et commençant à préparer Alain.

La main qui était restée sur le dos d'Orlando retomba sur les draps, s'y accrochant avec frénésie pour fournir un exutoire à son désir afin qu'il puisse maintenir un contact léger avec le sexe d'Orlando. Les doigts de ce dernier distrayaient Alain, volant ses pensées et son souffle. Il gémit contre la peau d'Orlando, ses hanches s'activant, essayant d'attirer les doigts de son amant profondément en lui. Il cria de plaisir lorsque ceux-ci touchèrent sa prostate, et pas seulement une fois, mais à plusieurs reprises. Sentant sa jouissance approcher à grands pas, Alain attira les hanches d'Orlando, invitant son amant à se déplacer sur lui et en lui. Le vampire céda à cette supplique silencieuse, s'installant entre ses jambes et plongeant profondément en lui. Les hanches d'Alain se soulevèrent pour faciliter l'invasion, claquant leurs corps ensemble.

Orlando essaya de ralentir, de retrouver la tendresse qu'il voulait tellement procurer à Alain, mais elle s'était échappée à l'éveil de leur passion. Les jambes de son amant s'enroulèrent autour de sa taille et ses talons se pressèrent contre les fesses d'Orlando, l'incitant à de plus grandes poussées. Il ne fallut que quelques coups avant qu'Alain ne perde son combat pour retenir sa libération. Il jouit avec un cri rauque, sa semence se répandant sur leurs ventres.

Orlando ressentit l'extase d'Alain dans le passage étroit qui l'entourait. Les muscles se contractaient fermement, de façon répétitive, massant son sexe, le propulsant lui aussi vers la jouissance. Il s'enfonça de manière erratique tandis qu'il se déversait dans le fourreau d'Alain. Haletant, il s'effondra à côté d'Alain et attira son amant dans ses bras.

Il fallut plusieurs minutes avant qu'Alain retrouve suffisamment ses esprits pour pouvoir parler.

— Je n'avais pas l'intention de franchir la ligne, s'excusa-t-il doucement en pensant à sa main sur l'érection d'Orlando.

— Je voulais que tu me touches, répondit Orlando, se rappelant à quel point cela avait été agréable lorsqu'Alain l'avait caressé. Tu ne l'as pas compris ?

— Ce n'est pas une raison, répondit Alain en attrapant Orlando dans ses bras et en attirant la tête du vampire dans le creux de son épaule. Si tu me dis à l'avance où tu veux que je m'arrête, je dois respecter la limite. Je ne peux pas me dire : 'Oh, Orlando se frotte contre moi comme s'il voulait que je le touche. Je peux me permettre d'ignorer ce qu'il m'a dit et lui donner ce que j'imagine qu'il veut'. Comment pourrais-tu un jour être capable de me faire confiance si j'agis ainsi ?

— Je ne sais pas quoi te proposer d'autre, répondit Orlando.

Il n'était pas sûr de savoir quelle était la meilleure solution, mais le fait qu'Alain ait soulevé cette question, qu'il veuille trouver une solution, était une preuve de plus qui montrait combien le sorcier le respectait, avec ses peurs et tout le reste.

Alain considéra le problème pendant un moment.

— Que penses-tu d'un mot de sécurité ? demanda-t-il.

Orlando se tortilla, mal à l'aise.

— Ce ne sont pas ceux qu'on utilise dans des… relations sado-maso ?

Rien que cette pensée suffisait pour qu'il se renferme. Il savait à quoi ressemblaient les relations abusives. Il ne pouvait même pas compter le nombre de fois où il avait désiré avoir un moyen d'arrêter ce que lui faisait son créateur. Il savait que ceci était complètement différent, mais c'était suffisant pour ramener les mauvais souvenirs, et il ne voulait pas que ceux-ci entachent ses moments avec Alain.

— Habituellement, reconnut le sorcier, mais nous pourrions l'utiliser plutôt que d'avoir des limites préétablies. Si je fais quelque chose qui te mets mal à l'aise, tu prononces simplement le mot et je saurais que je ne dois plus jamais le refaire. De cette façon, je peux réagir à tes signaux pendant qu'on fait l'amour sans m'inquiéter de savoir si je traverse une certaine ligne. Et si je le fais, tu as une façon de me le dire pour que je ne recommence pas.

Orlando y réfléchit pendant quelques instants. C'était peu conventionnel, mais une fois encore, c'était comme leur relation.

— Je suppose que nous pourrions essayer, admit-il. Qu'allons-nous utiliser ?

Alain réfléchit à la question.

— Pourquoi pas le nom du bistrot de Madame Marceline ? C'est un endroit sûr pour toi, donc si tu dis 'St Vincent', je saurai que tu as besoin de te sentir en sécurité et je m'arrêterai.

Orlando sourit. Alain avait retourné la situation. Rien qu'avec ces quelques mots, il avait apaisé ses craintes. Leur relation ne changeait pas, ou seulement pour s'améliorer. Encore une fois, Alain lui prouvait, de façon subtile, qu'il avait beaucoup d'importance pour lui. Il embrassa son amant.

— Tu devrais dormir un peu avant que nous soyons obligés d'y retourner ce soir, dit-il à Alain.

— Tu veilles sur mes rêves ? demanda le sorcier en bâillant un peu à l'idée de dormir.

— Toujours, promit Orlando.

VII

JEAN S'ARRACHA à la contemplation du dos d'Orlando qui partait. L'autre vampire avait disparu depuis longtemps, le laissant seul dans le parc tranquille. Il savait que c'était un endroit populaire en été, mais malgré le soleil, les mortels devaient le trouver désagréablement froid en cette fin d'octobre. Il n'avait vu personne depuis le départ d'Orlando, mais il n'était pas pressé. Il avait toujours aimé être entouré par les choses qui poussent. Cela venait peut-être du fait qu'il avait vécu si près de la terre avant de devenir vampire. Il se souvenait encore de la petite ville qu'avait été Paris en cet été du Xème siècle, lorsque les Normands avaient attaqué. Ils avaient remonté la Seine dans leurs bateaux, pillant et volant tout sur leur passage. Jean écarta ses souvenirs, se concentrant plutôt sur les jours précédant l'attaque fatidique. Sa vie n'avait pas été facile en tant que fils de paysan, mais Père Emmanuel, le curé local, s'était lié d'amitié avec le jeune garçon curieux qu'il avait été et lui avait enseigné beaucoup plus que la plupart de ses pairs n'en apprendraient jamais. À quinze ans, il savait lire presque aussi bien que le curé. Il avait même envisagé la prêtrise comme un moyen d'échapper à la difficulté de sa vie. Les prêtres faisaient vœu de pauvreté, mais ils n'avaient jamais à se soucier de rechercher leur nourriture pour autant. Le Père Emmanuel avait toujours assez sur sa table pour le partager avec son élève presque toujours affamé.

Le curé avait également enseigné à Jean d'autres matières que la lecture. Il avait marché avec le jeune homme dans les bois et lui avait appris à reconnaître les plantes qui pouvaient guérir et celles qui pouvaient tuer. Il lui avait expliqué les différents cycles de la nature pour une meilleure compréhension. Ces souvenirs firent sourire Jean, tant au sujet des inexactitudes des déclarations de Père Emmanuel qu'au bonheur de ces jours. Les Vikings étaient venus l'été précédant les vœux qu'il aurait dû prononcer. Cela n'avait pas d'importance pour eux d'attaquer une abbaye en même temps que le reste. Jean avait été grièvement blessé lors de l'attaque et laissé pour mort. Le Père Emmanuel l'avait trouvé, mais avait eu peu d'espoir de le guérir vu son état. Jean s'était résigné à la mort et avait alors prié pour une fin miséricordieuse et son salut.

Il avait obtenu un vampire.

Grégoire Casile avait été, avec Christophe Lombard, un des plus anciens vampires de Paris. Il avait observé Jean depuis l'enfance, espérant qu'un moment viendrait où il pourrait approcher le garçon, puis le jeune homme, mais en le voyant rejoindre l'abbaye, cela avait convaincu le vampire de s'abstenir de toute tentative. Jusqu'à ce qu'il le voit grièvement blessé et n'ayant plus aucun espoir de survie. Alors, il avait osé, donnant à Jean le choix de vivre, quoique d'une manière très différente, plutôt que de mourir. Jean avait examiné ses options et s'était rendu compte qu'il n'était pas prêt à quitter cette terre, pas prêt à réclamer sa récompense éternelle. Il avait encore des expériences à savourer, des mystères à explorer. Il s'était résigné à mourir, mais Grégoire lui offrait une autre possibilité et il l'avait saisi avec empressement.

La transformation avait été brutale. Un moment il était couché dans son lit, souffrant une grande douleur, et l'instant d'après, il était guéri. Une fois revenu du choc, il avait découvert les autres changements subis par son corps. La chandelle, qui avait été à peine suffisante pour éclairer le visage de Grégoire, illuminait soudain toute la pièce. Quand il se leva et ouvrit la porte avec sa vigueur habituelle, il la sortit presque de ses gonds. Lorsqu'il entra dans le couloir, il put entendre les battements de chaque cœur dans l'abbaye et compter exactement le nombre de prêtres et de moines présents. Et avec le bruit des battements de leur cœur, il put les sentir, sentir le sang qui coulait dans leurs veines.

— Pas ici, avait déclaré Grégoire. Ils ne comprendraient pas.

Mais Jean avait refusé de partir sans dire au revoir au Père Emmanuel. Il avait franchi le seuil de la cellule du prêtre, pour être reçu par des prières et des imprécations, tandis que l'ecclésiastique essayait de le repousser comme on le ferait d'un diable. Jean avait protesté, avait juré qu'il ne se sentait pas différent d'avant l'attaque, si ce n'était qu'il se sentait mieux. Père Emmanuel avait refusé d'écouter, chantant des *Ave Maria* et des *Pater Noster* jusqu'à ce que Jean le laisse, avec l'envie de pleurer. Seulement pour découvrir qu'il avait perdu cette capacité, en même temps qu'il avait perdu sa mortalité.

Grégoire avait conduit le jeune homme affligé dans la ville et l'avait aidé à trouver sa première victime. Il n'avait jamais su son nom, mais elle avait été consentante, et son sang avait été doux. Il avait également goûté à sa peur et avait décidé qu'il n'en aimait pas la saveur. Cette expérience l'avait depuis amené à chercher des victimes consentantes. À l'exception des personnes qui avaient menacé son abbaye. Malgré le rejet du curé, Jean avait veillé sur le prieuré tant que le Père Emmanuel y avait vécu, utilisant ses nouvelles capacités pour arrêter quiconque venait la nuit avec de mauvaises intentions. Lorsque le vieux prêtre finit par mourir, Jean s'était arrêté sur sa tombe et avait dit adieu à la vie telle qu'il l'avait connue. Le fils du paysan, le séminariste, avait disparu. Seul restait le vampire.

Il ne l'avait jamais regretté. Pendant plus de mille ans, il avait vécu comme un vampire, se contentant de la compagnie de ses semblables et la compagnie occasionnelle des mortels. En général, il restait avec eux juste assez longtemps pour se nourrir, mais de temps en temps, il en trouvait un dont il désirait la compagnie plus longtemps. Thibaut avait été le premier jusqu'à ce que Sébastien apparaisse et vole l'affection que le jeune homme lui portait. Depuis lors, il n'était retourné que vers un seul autre mortel pour obtenir plus que juste du sang. Pendant dix ans, il avait rendu visite à Karine, parfois régulièrement, parfois en laissant passer des mois entre ses visites. Bien qu'il l'ait vu quelques jours plus tôt et qu'il n'ait aucun besoin de se nourrir, Jean ne voyait personne d'autre avec qui il aurait voulu partager la lumière du soleil. Il se demanda si elle était chez elle. Il se rendit compte avec embarras qu'il n'avait aucune idée de la manière dont elle occupait ses journées ou ce qu'elle faisait dans la vie. Cela n'avait jamais compté avant parce qu'il ne pouvait avoir aucune part dans ce domaine de sa vie. Maintenant, cependant, il avait une liberté qu'il n'avait pas eue depuis un millénaire. Il pouvait se joindre à elle pour le déjeuner, la voir avant le coucher du soleil ou après son lever. Peut-être pas tous les jours, mais de temps en temps. Il pourrait enfin lui offrir quelque chose.

Le sourire aux lèvres, il quitta les Buttes Chaumont pour l'appartement de Karine. Comme Orlando l'avait fait durant leur trajet jusqu'au parc, il s'étonna qu'aucun de ceux qu'il croisait ne remarque quelque chose d'inhabituel à son sujet. Certes, il avait la peau claire, mais pas beaucoup plus que n'importe qui d'autre. S'il bougeait avec une grâce animale que peu d'autres possédaient, ils le regardaient avec admiration, en pensant seulement qu'il était plus attrayant, plus souple que la plupart. Il ne vint à l'idée d'aucun d'eux d'associer sa grâce avec celle d'un vampire, pas pendant la journée. Il descendit dans le métro, remontant jusqu'à la station Jaurès puis vers le sud en direction de la Mairie d'Ivry. Il sortit à l'Opéra et descendit la rue du 4 septembre vers l'appartement de Karine sur la rue de la Michodière. Il se souvenait quand l'Opéra avait été édifié, lorsque la façade qui reflétait maintenant une époque révolue avait été à la pointe de la modernité. Il se souvenait aussi de la controverse qui avait stoppé un moment sa construction. Les ingénieurs du XIXème siècle avaient été contrariés pendant un temps par le lac souterrain et le cours d'eau qui se trouvait caché sous les vénérables fondations de l'ancien bâtiment.

RAYMOND LAISSA échapper un soupir d'épuisement alors qu'il quittait le siège de la Milice. Il voulait rentrer chez lui et dormir. Il voulait oublier l'alliance, les vampires et tout le reste pour se détendre pendant quelques heures. C'était ce qu'il voulait faire, mais il savait que ce ne serait pas ce qu'il ferait. Il y avait tant de choses qui se passaient avec l'alliance, le lien étrange qui semblait se développer entre les vampires et les sorciers. Il n'avait rien dans sa bibliothèque qui puisse apaiser ses préoccupations, ce qui signifiait qu'il devait rendre une visite aux bouquinistes. Il espérait que parmi les étals de livres rares, il pourrait trouver quelque chose qui répondrait à ses questions. Jean-Paul avait un intérêt aussi grand pour les anciennes traditions que Raymond lui-même. Si quelqu'un le long de la rivière avait une idée de l'endroit où il pourrait trouver des réponses à ses questions, ce serait lui.

JEAN FRAPPA à la porte de l'appartement de Karine, impatient de voir l'expression sur son visage lorsqu'elle le verrait. Mais, pour la première fois depuis leur association, elle n'ouvrit pas la porte. Il laissa ses sens se déployer, mais il ne put détecter le moindre battement de cœur. Où qu'elle soit, elle n'était pas chez elle.

Avec un soupir résigné, il revint sur ses pas, essayant de décider quoi faire puisque Karine n'était pas disponible. Il pouvait rentrer chez lui, où il pouvait aller chez Christophe. Une partie de lui savait qu'il devrait se présenter chez le plus vieux vampire et lui exposer la situation, mais il espérait vraiment que Mireille l'avait déjà fait. Il pouvait toujours se promener sur les bords de la Seine, dans la lumière du jour, pour voir comment la ville avait changé depuis la dernière fois qu'il avait arpenté ces rives. Les bouquinistes seraient dehors, même par ce temps froid, à vendre livres et cartes postales à tous ceux qui avaient l'œil pour l'ancien, l'unique, ou le légèrement usagé. Il avait vu leurs étals la nuit quand il marchait, mais il ne les avait jamais vus ouverts, n'avait jamais rencontré les hommes et les femmes qui vivaient de leur amour pour l'ancien et le rare. Ou bien, il pourrait aller à l'Île de la Cité, vers le *Marché aux Fleurs*. Le marché aux fleurs était réputé dans le monde entier, et Jean avait hanté ses rues de nombreuses fois, mais toujours de nuit, lorsque les fleurs avaient disparu. Il pourrait acheter des roses pour que Karine les mette dans le vase qu'elle gardait rempli de fleurs fraîches, même en hiver, et les laisser devant sa porte avant d'aller retrouver le vampire chargé des interrogatoires, afin de l'aider. Il pourrait lui laisser un mot, lui expliquant un peu de ce qui s'était passé, la supplier de le rencontrer pour le déjeuner le lendemain. Sauf qu'il ne savait pas s'il serait libre le lendemain pour le déjeuner. Ou le dîner. Ou même dans la nuit. Il soupira. Il achèterait les fleurs et les laisserait pour elle, lui disant qu'il l'avait manqué. Au moins, elle saurait qu'il avait pensé à elle.

Avec cette pensée en tête, il se descendit l'avenue de l'Opéra vers la rue de Rivoli, à travers la place du Carrousel et sur les rives de la Seine. Il traversa le fleuve pour qu'il puisse passer devant les bouquinistes sur son chemin en direction du Marché aux Fleurs.

COMME RAYMOND s'y attendait, Jean-Paul fut fasciné par le problème de la connexion magique entre sorciers et vampires. Il avait activement fouillé son étal, à la recherche de n'importe quel texte obscur qui pourrait offrir une référence, même vague, des effets de la magie sur les vampires. C'était un nouveau sujet pour Raymond, aussi y avait-il beaucoup de tomes à parcourir tandis qu'ils examinaient les repères et les tables des matières. Jean-Paul n'était pas convaincu que l'un des livres contiendrait les réponses que Raymond recherchait, mais promit de consulter ses sources confidentielles pour obtenir plus de livres.

— Discrètement, l'avertit Raymond. Nous ne voulons pas que Serrier et ses sbires aient vent de ce que nous faisons. Déjà qu'ils nous ont attaqués ce matin pour essayer d'empêcher l'Alliance de se former. Nous avons attrapé ou tué chacun d'eux, de sorte que Serrier est toujours dans l'ignorance. Nous voulons continuer ainsi le plus longtemps possible.

— Bien sûr, le rassura Jean-Paul. Vous savez que je suis la discrétion même.

Raymond rit et paya Jean-Paul pour les livres qu'il avait trouvés et qui pourraient servir les desseins du sorcier. Il remercia le libraire et se dirigea vers le métro. Il avait à peine fait deux pas lorsqu'il sentit un picotement le long de sa colonne. Immédiatement en alerte, il glissa une main dans sa poche vers sa baguette. Il ne la sortit pas immédiatement, cela attirerait trop l'attention. Il la garda simplement à portée de main. Regardant autour de lui, à la recherche de la cause de cette conscience aiguë, il vit la dernière personne qu'il s'attendait à rencontrer. Jean descendait le quai vers lui.

Raymond resta où il était, laissant Jean venir à lui plutôt que l'inverse. Lorsque le vampire l'aperçut enfin, il eut l'air surpris.

— Qu'est-ce que vous faites ici ? demanda Jean.

— Je cherche des livres, répondit Raymond en indiquant son sac d'un geste.

— Un peu de lecture légère pour l'après-midi ? le taquina Jean, pour plus de précisions.

— Non, répondit Raymond sérieusement. C'est assez lourd.

Il tendit son sac à Jean pour prouver ses dires.

Jean rit du jeu de mots de Raymond.

— Sérieusement, dit-il lorsque son rire s'éteignit, vous devez être épuisé. Qu'est-ce qui était si important que cela ne puisse attendre ?

La première réaction de Raymond fut de répliquer à Jean qu'il n'était pas son gardien, mais il se rendit ensuite compte qu'il y avait seulement de la curiosité et de l'inquiétude dans sa voix et non de la réprimande.

— J'aime comprendre comment les choses fonctionnent, expliqua Raymond. J'ai toujours aimé étudier les mystères, l'histoire, le fantastique, pour essayer de trouver la part de vérité cachée. Ce qui passe pour la vérité est rarement la totalité d'une l'histoire. Il y a tellement de connaissances là-dedans qui ont été supprimées. Nous n'apprenons pas certains sorts parce qu'ils sont réputés mauvais, mais cela signifie également que nous n'apprenons pas comment les contrer. Le savoir n'est jamais mauvais, malgré ce que certains voudraient nous faire croire.

— J'ai goûté votre sang, je sais que vous n'êtes pas mauvais. Était-ce la recherche de la connaissance qui vous a conduit à Serrier en premier lieu ? Sa position sur la liberté prônant que les sorciers devraient être autorisés à exercer leur art ?

— Oui, reconnut Raymond. Et, alors qu'il y a quelques interrogations au sujet de sa politique, il n'y en a aucune sur ses méthodes. Quand j'ai vu au-delà de la propagande, je suis parti. Il est possible de chercher la connaissance, même le genre qui me fascine, sans la cruauté que Serrier emploie si souvent. En ce moment, je me demande comment fonctionnent les partenariats donc je suis à la recherche de livres qui pourraient contenir les réponses que je cherche.

— Ici ? demanda Jean, surpris.

— Vous seriez surpris de ce que vous pouvez trouver dans ces boutiques si vous savez où chercher, répondit Raymond. Ou à qui demander.

— Je suppose que vous, vous le savez, poursuivit Jean.

— Tout à fait, déclara Raymond. J'achète des livres ici depuis presque vingt ans, généralement chez le même bouquiniste. Jean-Paul garde un œil sur les livres rares qui pourrait susciter mon intérêt. Les textes sur l'alchimie, la sorcellerie, sur tout ce qui touche à la magie. J'essaie de venir une fois par semaine pour voir s'il a déniché quelque chose pour moi.

— Je n'en avais aucune idée, dit Jean avec un hochement de tête, étonné de cette facette fraîchement découverte chez son partenaire.

Il ne pouvait s'empêcher de se demander quel genre de discussion Raymond pourrait avoir avec Christophe. Le vampire aîné était également fasciné par l'ésotérisme.

— Alors, avez-vous trouvé ce que vous cherchiez ? demanda-t-il.

— Pas vraiment, admit Raymond. Je n'ai jamais collecté d'information sur les vampires avant, donc Jean-Paul ne conserve pas ce genre de livres pour moi. Il y a un ou deux livres qui pourraient contenir quelque chose de pertinent. Je dois les lire afin comprendre ce qu'ils disent et voir si cela concorde avec ce que je sais déjà.

— Et si je pouvais vous faire économiser le temps nécessaire pour les lire ? demanda Jean. Je pense que je sais où vous pouvez trouver tout ce que vous pourriez avoir envie de savoir sur les vampires.

— Où ? le pressa Raymond.

— Chez le seul vampire de Paris qui soit plus âgé que moi. Christophe Lombard est, de droit, le chef de la Cour, mais il s'est retiré de la société il y a des années. Maintenant, il vit entouré de livres, immergé dans la tradition de notre espèce. C'est lui qui a suggéré que le sang d'un magicien pourrait nous protéger. Si quelqu'un en sait plus sur l'effet de la magie sur les vampires, ou sur l'alimentation d'un vampire sur un sorcier, c'est lui. Nous devrions aller lui parler, dit Jean, l'excitation faisant vibrer sa voix.

— Où ? demanda à nouveau Raymond avec plus d'hésitation cette fois.

— Il a une maison pas trop loin d'ici, déclara Jean. Nous pouvons y aller maintenant. Il ne peut évidemment pas sortir pendant la journée, mais je sais qu'il appréciera de parler avec vous.

Raymond était déchiré entre sa volonté de faire plaisir à son partenaire et celle de se protéger. Il voulait parler à l'aîné des vampires, il voulait montrer à Jean qu'il avait accepté leur nouveau partenariat, il voulait faire ce geste en toute bonne foi. Cependant, la peur enracinée des vampires était trop forte. Il avait laissé Jean s'alimenter sur lui, mais c'était toujours en présence des autres. Lui et Jean parlaient à cet instant, mais dans une rue publique.

— Je ne peux pas, avoua-t-il finalement. Je le voudrais, mais je ne peux tout simplement pas. Si nous attendons la tombée de la nuit, accepterait-il de sortir, dans un café ou ailleurs, pour me rencontrer ?

— N'avez-vous pas confiance en moi ? interrogea Jean blessé que Raymond ne soit pas prêt à le suivre.

— J'ai confiance en vous, répondit Raymond, du moins plus que je n'ai confiance en tout autre vampire, mais il va me falloir du temps pour surmonter la peur avec laquelle j'ai vécu toute ma vie. Je n'en suis pas encore là.

Jean hocha la tête. Il pouvait comprendre la crainte de Raymond, ayant lui-même cru pendant plus de mille ans que le sang d'un sorcier était un poison. L'expérience lui avait clairement démontré que ce qu'il avait cru était faux. La crainte de Raymond ne pouvait pas être dissipée de manière rationnelle. La fiabilité d'un vampire n'offrait aucune garantie que les autres possédaient le même trait de caractère.

— Je vais lui parler et voir s'il accepterait de nous rencontrer plus tard ce soir. Vous devriez prendre un peu de repos, ajouta Jean. Vous ne pouvez pas vous passer de sommeil indéfiniment.

Raymond hocha la tête alors même qu'il bâillait.

— Je pense que vous avez raison, admit-il. Je vous retrouve au siège de la Milice ce soir à la nuit tombée et nous verrons ce que votre ami a dit. Nous déciderons alors quoi faire, si ça vous va.

— C'est parfait, déclara Jean.

Il leva les yeux vers le ciel, essayant de juger le temps restant jusqu'au coucher du soleil en fonction de la position de celui-ci dans le ciel.

— J'ai quelques arrêts à faire après la tombée du jour avant de revenir à la base. Antonio ne peut pas se déplacer dans la lumière du jour.

VIII

.

MARCEL PRIT une profonde inspiration pour se calmer et entra dans la salle pleine de membres du quatrième pouvoir. Il reconnut les journalistes du Monde, de TF1, de France2, de France3, de Canal +, de Libération et du Figaro. Il ne vit pas les visages habituels de TV5 ou de M6, mais il y avait aussi plusieurs visages inconnus. Peut-être s'agissait-il de remplaçants ?

— Merci d'être venu, Mesdames et Messieurs, se lança-t-il avec un sourire. Je suis sûr que vous êtes tous au courant de l'incident qui a eu lieu ce matin à six heures à la Gare de Lyon. Si vous êtes patient avec moi, je vous expliquerais ce qui s'est passé. Ensuite, s'il reste du temps, je répondrais à toutes les questions que vous pourriez avoir.

Un murmure d'approbation circula dans la salle.

— J'ai reçu un appel anonyme hier, commença Marcel, m'informant qu'un groupe de sorciers rebelles prévoyait d'attaquer une réunion de vampires prévue pour ce matin. Ne voyant aucune raison pour laquelle les vampires ne pourraient pas exercer leur droit constitutionnel à se réunir pacifiquement, j'ai commandé aux Capitaines Magnier et Dumont de prendre la tête d'une compagnie de la Milice de la Sorcellerie afin d'intervenir. À précisément six heures, ils achevaient leur mission avec succès. Quatorze sorciers ont été capturés et cinq ont été tués. Il n'y a pas eu de victimes au sein de nos forces, parmi les vampires, ou parmi la population civile. Il n'y a pas eu non plus de perturbation du trafic de banlieue à cause de cette altercation. Nous avons l'espoir que les quatorze prisonniers seront inculpés d'abus de magie, car ils ont été pris en flagrant délit d'utilisation de sorts illégaux. Y a-t-il des questions ?

La main du journaliste du Figaro se leva immédiatement.

— Pourquoi les vampires se rassemblaient-ils ?

— Il vous faudra poser la question à un vampire, répondit Marcel. Je ne veux pas paraître désinvolte, mais la raison de leur réunion était sans rapport avec ce qui nous concerne. Toute personne a droit à la liberté d'association et de réunion pacifique. C'est garanti par notre constitution, tant que cela ne perturbe pas la paix. Les seules personnes qui ont troublé cette paix ce matin étaient des terroristes, pas des vampires.

— Troubler la paix ? l'interpella le journaliste de Libération.

— Oui, répondit Marcel fermement. Les sorciers rebelles ont commencé à jeter des sorts. Les agents de la Milice ont simplement répondu de façon à assurer la sécurité des passants innocents et celle des infrastructures, comme cela a été notre politique depuis que nous avons été commissionnés il y a deux ans. Nous attaquons quand nous sommes attaqués ou lorsque cela est possible, afin de prévenir des attaques basées sur des preuves crédibles. Combien de fois aurons-nous besoin d'avoir cette conversation, monsieur ?

— Au moins une fois de plus, apparemment, répondit le journaliste de Libération.

Marcel voulut lever les yeux au ciel, mais il s'abstint. Cela aurait pu porter atteinte à sa crédibilité auprès des autres intervenants.

— Combien d'agents de la Milice ont été envoyés ? demanda la représentante de France2. Nous avons entendu une rumeur selon laquelle ils étaient en grand nombre.

— Quarante agents ont été envoyés, répondit Marcel, attentif à utiliser ce mot plutôt que de dire 'quarante sorciers'.

Jean et lui s'étaient entendus pour garder le silence sur la participation des vampires aussi longtemps que possible, afin de protéger leur avantage. Tant que Marcel serait concerné, les vampires seraient maintenant des membres de la Milice de la Sorcellerie au même titre que les sorciers et que les agents eux-mêmes.

— Sous le commandement de mes deux principaux capitaines.

— Pourquoi autant ? insista-t-elle.

— Parce que mon informateur ne connaissait pas le nombre exact de terroristes et que nous voulions nous assurer que la fin des hostilités intervienne aussi rapidement que possible et ce, avec une perte minimale de vies ou de biens. La stratégie a été efficace, expliqua Marcel.

Avant qu'on ne lui pose de nouvelles questions, Mathieu ouvrit la porte de la salle de presse.

— Excusez-moi de vous déranger, Général, mais vous êtes attendu dans la salle de commandement.

Marcel hocha la tête et se tourna vers le groupe de journalistes.

— Voilà qui conclut la séance de ce matin, Mesdames et Messieurs. On me demande ailleurs. Vous serez informés de la date de la prochaine conférence de presse dès qu'elle sera planifiée.

Des appels et des questions suivirent Marcel hors de la salle, mais il les ignora, fermant la porte derrière lui.

— Merci, Mathieu, dit le Général en se dirigeant vers son bureau. Vous savez toujours exactement quand intervenir.

— C'est un don, sourit Mathieu. Je ne sais pas pourquoi vous continuez à leur répondre.

— Parce qu'il est beaucoup plus facile de gagner les esprits et les cœurs des gens en leur parlant plutôt qu'en les laissant dans l'ignorance. Le public a besoin de voir que la Milice de la Sorcellerie est efficace et contrôle de tels événements afin qu'ils continuent à croire que nous nous battons pour le meilleur de leurs intérêts, et pas seulement pour les nôtres. Jusqu'à présent, nous gagnons sur ce front, même si nous ne faisons pas beaucoup de progrès sur le front militaire. C'est l'opinion populaire qui nous permettra finalement de changer les lois discriminatoires à l'encontre de nos nouveaux alliés. Si nous perdons la bataille de l'opinion publique, nous ne pourrons jamais nous tenir nos promesses, même si nous gagnons la guerre, rappela Marcel au jeune sorcier.

— Je sais que vous avez raison. Il me semble simplement que vous ne devriez pas être le seul à devoir à traiter avec eux.

— Qui d'autre ? demanda Marcel. Je contrecarre Serrier ; je suis un vieux monsieur à la voix douce et réservée. Je donne l'impression d'être le grand-père préféré de tout le monde, et qui est mieux placé pour leur assurer que tout est sous contrôle et que nous les protégeons, eux et leurs droits ?

JUDE FRAPPA à la porte de l'appartement de Colin. Comme lui, Colin avait trouvé un partenaire à la réunion, mais son coéquipier et lui n'étaient pas restés pour se battre. Ce n'était pas ça qui le tracassait. Beaucoup plus de vampires avaient choisi de partir plutôt que de rester. Son problème venait de sa partenaire.

— Colin, déverrouille la porte puis retourne dans ta chambre. Je vais attendre avant d'ouvrir, appela Jude quand il entendit du mouvement à l'intérieur de l'appartement.

La dernière chose qu'il voulait, c'était de le mettre en danger en l'exposant à la lumière du soleil, et ce d'autant plus si son ami n'avait pas eu le temps de s'alimenter correctement. Son ouïe sensible détecta le déverrouillage de la serrure et les pas qui s'éloignaient de l'autre côté. Lorsque les bruits s'arrêtèrent, Jude jugea qu'il pouvait ouvrir la porte et se glisser à l'intérieur en toute sécurité.

— C'est bon, précisa-t-il quand il eut fermé la porte derrière lui.

Colin sortit de sa chambre avec un sourire pour son ami.

— Que me vaut cet honneur ? demanda-t-il à Jude.

— J'avais besoin de parler à quelqu'un qui pourrait me comprendre, répondit Jude avec un froncement de sourcils. As-tu vu la coquine effrontée avec laquelle je suis assorti ?

— Elle est très belle, commenta Colin.

— Si on aime les femmes exaspérantes, odieuses, et effrontées, ironisa Jude. Elle n'a aucune idée de sa place.

— Les femmes réservées et discrètes de notre époque me manquent, mais tu sais aussi bien que moi que les temps ont changé, lui rappela Colin.

La vie avait bien changé depuis que son ami et lui avaient été transformés durant l'ère élisabéthaine. Ils avaient émigré en France lorsque George IV avait eu vent des excès d'un vampire et avait déclaré l'Angleterre fermée à tous les siens.

— C'est pourquoi j'évite leur compagnie autant que possible, rétorqua Jude. Les femmes doivent être vues, pas entendues. Il n'y a pas de place pour elles dans la guerre. C'est pour les protéger que nous nous battons. Elles ne devraient pas être de celles qui combattent.

Malgré la ferveur de ce qu'il croyait, il n'avait pas trouvé de moyen d'empêcher Adèle de se battre à ses côtés ce matin, et cet échec le dérangeait au plus haut point. Il n'avait pas non plus été en mesure de décourager sa participation inconvenante dans le conseil de guerre qui avait suivi.

— Je suis d'accord, répondit Colin. Tu le sais bien. Nous avons été élevés de la même manière. Je sais aussi que nos croyances ne sont plus aussi répandues qu'elles l'étaient.

— Alors, que proposes-tu ? demanda Jude. Devons-nous ignorer tout ce que nous avons appris et les laisser mettre leur vie en danger à nos côtés ?

— Quel choix avons-nous ? rétorqua Colin. Ta partenaire ne semble pas particulièrement docile. La mienne n'était pas aussi empressée, mais elle a clairement l'intention de participer à cette guerre. Soit nous trouvons une façon de travailler avec elles, soit nous abandonnons notre rôle dans cette alliance. Je n'ai aucune loyauté particulière à l'égard des sorciers, mais je n'aime pas l'idée de laisser nos compagnons vampires combattre sans nous. Cela va tout autant contre mes convictions, que voir des femmes combattre.

Jude soupira.

— Quel autre choix avons-nous, en effet ? Ce ne sera pas facile. Elle ne me rendra pas la tâche aisée.

Elle n'avait déjà pas rendu les choses simples, avec son insistance à se mettre en avant et à participer à tous les aspects de la discussion, même quand elle aurait mieux fait de les laisser aux hommes.

— Probablement pas, accorda Colin, pas d'après ce que j'ai vu d'elle. Elle semble vouloir tout prendre en charge.

— Oui, et Chavinier l'encourage apparemment. Je ne sais pas comment y faire face.

ANGÉLIQUE OBSERVA son bureau. C'était une expérience nouvelle que de le voir à la lumière du jour. C'est pourquoi elle avait pris un gestionnaire. François Roche s'occupait la partie diurne de l'entreprise depuis près de vingt ans. Elle baissa les yeux sur les dessins qui couvraient ses mains et remontaient en spirales le long de ses bras. Ils avaient été tatoués sur sa peau alors qu'elle était dans un harem, avant qu'elle soit transformée, et ils la suivaient partout depuis, une marque de son passé qu'elle ne pouvait pas effacer et qui ne disparaîtrait jamais. La plupart du temps, elle ne les remarquait même plus, mais de temps en temps, il se passait quelque chose qui attirait de nouveau son attention sur eux. Cette fois, cela avait été la réaction de David. Il avait vu les motifs, vu le chemin qu'ils montraient, et l'avait jugée uniquement à partir de cela. Une fois, juste une fois, elle aurait aimé rencontrer un homme qui attendrait de la connaître avant de la juger. Avec un soupir, elle repoussa ses pensées et demanda à François de se joindre à elle.

— Angélique ! Que fais-tu ici ? s'exclama ce dernier alors qu'il entrait dans son bureau. Comment as-tu fait pour arriver jusqu'ici ? Je sais que tu n'étais pas là lorsque je suis arrivé ce matin. J'ai vérifié.

— Ferme la porte, ordonna-t-elle et je vais t'expliquer.

Lorsqu'il eut obéi, elle poursuivit.

— Tout d'abord, ce que je suis sur le point de te dire ne peut pas quitter cette pièce, l'avertit-elle.

Elle lui résuma les événements de la matinée, de la réunion initiale à la formation de l'Alliance, jusqu'à la lutte et à la réunion qui avait suivi.

— Le résultat final, ajouta-t-elle, c'est que le sang de mon partenaire me protège de la lumière du soleil.

Elle négligea de mentionner que son partenaire avait fait les mêmes erreurs de jugement que faisaient beaucoup trop d'hommes. Elle savait quelle serait la réaction de François. Il volerait à son secours et insisterait pour mettre une droite à David. Bien qu'Angélique apprécie cette idée, elle savait que cela n'aiderait en aucune façon sa cause. Elle avait besoin que David puisse la voir comme quelqu'un de capable, et les mots de François, quelle que soit leur ferveur ou leur vérité, ne feraient qu'ajouter à l'impression erronée qu'elle avait besoin d'un homme pour la défendre. David apprendrait. Elle espérait seulement qu'elle ne l'aurait pas tué avant qu'il le fasse.

— Alors, que se passe-t-il maintenant ? demanda François.

— Maintenant, nous nous battons, répondit-elle. Nous savons déjà que si Serrier gagne la guerre, la vie sera difficile pour les non-sorciers, mais la vie est déjà difficile pour les vampires la plupart du temps. Chavinier nous a offert une chance de changer cela, de prouver notre valeur une fois pour toutes. Il a l'intention de faire pression pour que des lois nous garantissent la même protection et les mêmes opportunités dont vous jouissez actuellement. C'est trop beau pour laisser passer cette chance. Cependant, cela signifie qu'il y aura des moments où je ne serai pas là, même la nuit. Si je me bats pendant la journée, je vais avoir besoin de me reposer pendant la nuit. Sinon, je me battrai la nuit. Ce ne sera pas tous les jours ni tous les soirs, mais je dois être disponible. Mes responsabilités ici retomberont sur toi.

— Ce n'est pas un problème, affirma François. Je peux superviser tout ce qui doit être fait, mais qu'en est-il de toi ? Es-tu sûre que c'est sans danger ? Et si tu es blessée, voire même tuée ?

Angélique fut touchée par l'inquiétude de François.

— Nous sommes des vampires et ce n'est pas si simple de nous tuer, lui rappela-t-elle. Et nous nous battons en duo : un sorcier et un vampire ensemble. Le travail du sorcier est de s'occuper des sorts. Celui du vampire est de désarmer le sorcier rebelle. Tu as pu te rendre compte plus d'une fois que je suis plus rapide et plus forte que n'importe quel homme mortel. Une fois que j'aurai mis la main sur un sorcier, il ne me faudra pas longtemps pour le soulager de sa baguette.

François hocha la tête. Malgré la politique d'Angélique de ne vendre que du sang, parfois des mortels venaient dans le bâtiment, pensant trouver plus que ce qu'elle était disposée à vendre. Il avait vu des hommes baraqués rire de son insistance à les faire partir parce qu'elle n'avait rien à leur offrir. Il l'avait également vu jeter leurs corps par la porte. Personne ne l'avait jamais sous-estimé deux fois.

— Fais ce que tu crois être le mieux, déclara François. Comme toujours. Que veux-tu que je fasse ?

Ils passèrent les deux heures suivantes à régler les détails de l'activité d'Angélique, discutant des aspects qui nécessiteraient l'attention personnelle de François et de celles qui pourraient être remises aux personnes déjà en place, sous sa supervision. Quand ils eurent fini, Angélique quitta le bureau, convaincue que son entreprise était dans les meilleures mains possible, en dehors des siennes. Baissant les yeux une fois de plus sur ses bras tatoués, elle ferma la porte de son bureau et monta dans sa chambre pour se préparer à ce que la nuit lui réservait.

DAVID N'ÉTAIT pas vraiment un spécialiste de l'histoire, pas comme certains de ses compagnons, mais il n'était pas complètement ignorant non plus. Il avait reconnu les marques sur les mains et les bras de sa partenaire. Il savait ce qu'elle était. Une concubine, destinée à réchauffer le lit d'un sultan, une petite chose sans importance, sans autre but que d'être jolie et plaire à son maître. Il fronça les sourcils. Cela ne le dérangeait pas d'être jumelé avec une femme. Il connaissait beaucoup de femmes qui étaient des individus parfaitement capables. Et, pensa-t-il sombrement, il connaissait quelques hommes qui eux, ne l'étaient pas. Il était préoccupé d'être jumelé avec une courtisane. Et pas seulement une courtisane, mais une entremetteuse aussi, si les commentaires qu'il avait entendus étaient vrais. Il redoutait d'avoir à retourner au travail et de discuter avec quelqu'un qui ne serait probablement pas en mesure de prendre des décisions pour elle-même. Il aurait tout à lui dire : quoi faire, quand le faire, et même comment. Sauf, bien sûr, s'il s'agissait de séduire certains malheureux compatriotes. Elle serait probablement apte à se débrouiller seule pour ça. Lui indiquer la marche à suivre serait facile si tout se passait comme prévu, mais combien de fois cela était-il arrivé ? Pas assez souvent pour rassurer David, c'était certain.

Essayant d'oublier ses malheurs pour quelques instants, David alluma la télévision pour voir ce qui s'était passé pendant qu'il dormait. Le reportage des nouvelles sur France 2 attira immédiatement son attention. La présentatrice commençait son histoire sur la bataille du matin et la réponse de Marcel. S'installant avec une tasse de café, David se prépara à entendre la politique officielle de son chef. Ce fut, selon lui, un reportage assez standard. La journaliste expliquait ce qui s'était passé, décrivant les faits et mentionnant ensuite la conférence de presse. Pendant qu'elle parlait, deux images apparurent sur l'écran, celles de Marcel et de Serrier. David sourit du contraste, alors que la voix de Marcel s'élevait sur ces images.

— *Ne voyant aucune raison pour laquelle les vampires ne pourraient pas exercer leur droit constitutionnel de se réunir pacifiquement, j'ai commandé aux Capitaines Magnier et Dumont de prendre la tête d'une compagnie de la Milice de Sorcellerie afin d'intervenir.*

David fit une grimace. Il s'agissait toujours de ces deux-là, pensa-t-il amèrement. Peu importe qui d'autre participait à la mission, les chouchous de Marcel en obtenaient toujours le crédit. David n'avait pas de problème particulier avec Thierry. L'homme venait, faisait son travail et c'était tout. Magnier, par contre, l'énervait profondément. Il avait été assez sévère quand ils étudiaient ensemble, apprenant à utiliser leur magie, mais après la formation de la Milice, c'était progressivement devenu pire. Alain était un bon sorcier, mais David ne pensait pas qu'il était meilleur que tous les autres, pourtant il avait continué à obtenir promotion sur promotion, même après avoir tué la femme et les enfants d'Éric. David savait que cela s'était déroulé pendant une bataille, mais il n'y avait même pas eu d'enquête. Si cela avait été quelqu'un d'autre, le sorcier aurait été suspendu en attendant le résultat de l'enquête et aurait probablement eu droit à un tribunal martial. Mais pas Alain. Oh non, le protégé de Marcel avait échappé à tout cela. Et c'était cet écart de conduite que David ne pouvait pas pardonner. Si Alain avait eu droit à un procès et que la mort avait été jugée accidentelle, David l'aurait accepté, malgré la perte d'Éric en faveur des sorciers rebelles. Il n'aurait pas été heureux, mais il l'aurait accepté. Ce qui le gênait, c'était qu'Alain n'avait jamais été tenu responsable des sorts qui avaient tué trois personnes innocentes. Décidant qu'en entendre plus ne pourrait que le contrarier, il éteignit le téléviseur et alla se préparer pour la soirée.

IX

ADÈLE REGARDA le contenu de son placard. Elle n'avait jamais eu aucun problème pour choisir quelque chose à porter. Elle avait trois sortes de vêtements : vêtements de travail, vêtements de sport et vêtements civils. Tout ce qu'elle avait à faire, c'était d'attraper quelque chose et l'enfiler. Jurant entre ses dents, elle saisit la première chose qu'elle put atteindre et s'habilla sans y jeter un regard. Ce qu'elle porterait n'avait pas d'importance. Rien de ce qu'elle possédait ne recevrait l'approbation de Jude, surtout rien de ce qu'elle portait pour travailler. C'étaient uniquement des pantalons. Elle ne savait pas de quelle époque Jude était issu, mais elle pouvait deviner à son attitude que les femmes ne portaient pas de pantalons quand il avait été transformé. Sans même se regarder dans le miroir, elle quitta l'appartement et se dirigea vers le métro dans la nuit. Elle s'occuperait de son attitude ultérieurement.

La porte du métro se ferma derrière le dernier passager et le train commença à rouler vers la station suivante. Même si les yeux d'Adèle observaient le wagon par réflexe, son esprit vagabondait sur tout ce qui s'était passé dans les dernières vingt-quatre heures. Le rendez-vous à l'appartement d'Orlando, la planification et la mise en place du début de l'alliance, la réunion elle-même. Jude. C'est là que son esprit s'attarda, où elle sombra dans ses pensées. Les vagues de désapprobation qu'il avait diffusées à partir du moment où il avait vu les marques de morsure sur son bras avaient été tangibles. Il était de toute évidence d'un autre siècle, à en juger par ses remarques et ses critiques tacites chaque fois qu'elle faisait un commentaire ou une suggestion au cours de la réunion après la bataille. Il s'attendait clairement à ce qu'elle s'assoie tranquillement et qu'elle se contente d'un rôle de potiche. Il allait avoir un réveil brutal. Certes, elle était belle, mais cela n'avait rien à voir avec la Milice et son rôle. Marcel ne l'avait pas recruté parce qu'elle était jolie. Il l'avait recrutée parce qu'elle était intelligente, intuitive, une sorcière douée de talents qui pourraient servir dans la lutte contre la volonté de Serrier de renverser le gouvernement. Jude n'aurait qu'à accepter cela, sinon leur partenariat serait de courte durée, alliance ou pas.

Elle avait compris les avantages de l'alliance. Elle les avait vus à l'œuvre dans la bataille ce matin. Elle n'aurait pas pu maîtriser le sorcier rebelle comme Jude l'avait fait. Le duel entre eux aurait continué beaucoup plus longtemps sans son aide, ce qui aurait pu provoquer des dommages ou même des victimes, deux choses qu'elle voulait absolument éviter. Son talent pour éviter les dommages collatéraux était l'une des capacités que Marcel appréciait chez elle. Cependant, si Jude continuait avec ses manières condescendantes, elle retournerait se battre seule. Il y avait d'autres façons de minimiser les dommages collatéraux, des moyens qui ne la forçaient pas à faire face aux attitudes de Neandertal de son partenaire actuel.

Elle avait espéré un partenaire intéressant, s'attendant à une expérience aussi sensuelle que celle qu'Alain semblait savourer, mais elle n'avait obtenu que ce vampire. Elle aurait dû souhaiter quelqu'un avec qui elle pourrait simplement travailler, songea-t-elle tristement. Elle dut s'avouer qu'elle avait espéré être mordue par le sexy Jude et était sûre que cela aurait été une expérience sensuelle unique. Au souvenir de son désir, elle se rappela la chaleur qui s'était emparée de son corps. Mais la lueur avait disparu dès qu'ils s'étaient séparés et l'attitude de Jude était devenue encore plus prononcée. Elle n'avait rien demandé, mais elle avait supposé que le vampire avait dû ressentir l'indépendance dans son sang. Elle n'avait jamais compté sur un homme pour quoi que ce soit, mais elle était parfaitement disposée à travailler avec et à côté d'eux, aussi longtemps qu'ils lui retournaient la même courtoisie. Elle donnerait une nouvelle chance à Jude, mais s'il n'acceptait pas qu'elle continue à se battre et à parler à ceux qu'elle jugeait bons, elle lui dirait de trouver quelqu'un d'autre pour combattre à ses côtés. Elle lui donnerait son sang pour le protéger, mais elle ne se plierait pas à cette attitude.

Le métro arriva à la station suivante et des passagers embarquèrent et débarquèrent. En levant les yeux, Adèle reconnut un visage familier. À partir des impressions qu'elle s'était faites tout au long de la journée, elle regarda le vampire – le deuxième membre du partenariat le plus fructueux formé la nuit dernière. Lorsque Sébastien croisa son chemin, elle hocha la tête en guise de salutations et attendit pour voir s'il allait la reconnaître.

Il le fit et traversa le wagon pour la rejoindre.

— En route pour rejoindre Marcel ? demanda-t-elle inutilement à voix basse afin de ne pas attirer l'attention des autres passagers.

Sébastien hocha la tête.

— Toi aussi ? dit-il aussi doucement.

— Oui, confirma Adèle. J'ai un peu de travail à faire avant que nous ne commencions. Tu y vas très tôt toi aussi.

— Je sais, répondit Sébastien. Je pensais aller voir si je pouvais faire quelque chose, donner un coup de main.

Adèle rit.

— Il y a toujours quelque chose à faire. Marcel te mettra au travail sans attendre. Sais-tu te servir d'un ordinateur ?

Ce fut au tour de Sébastien de rire.

— Ce n'est pas parce que je vivais quand Jeanne d'Arc a été brûlée sur le bûcher que cela veut dire que je débarque dans ce siècle. J'ai suivi l'avancée technologique.

— Plus de cinq cents ans, commenta Adèle. Je suis impressionnée. Je souhaiterais que tous les vampires soient aussi évolués que toi.

— Jude ? devina Sébastien.

— Comment le sais-tu ? demanda-t-elle.

Le vampire sourit.

— Je le connais depuis environ cent cinquante ans, quoiqu'il soit probablement plus vieux que ça, je pense. Je sais tout sur son refus d'abandonner l'époque de sa création.

— Un conseil ? demanda Adèle.

— Ne le laisse pas te changer, répondit Sébastien. Il pense qu'il veut une femme faible, mais, d'après ce que j'ai vu, il te sera reconnaissant lorsqu'il s'agira de se battre. Cela va lui prendre un certain temps pour s'habituer à l'idée de combattre aux côtés d'une femme – il se pourrait même qu'il ne s'y habitue jamais – mais il n'aura pas le choix et devra admettre que tu es une combattante lorsqu'il t'aura côtoyée assez longtemps.

Adèle soupira.

— Je voudrais être en mesure d'arrêter ce combat un jour.

— Nous allons battre Serrier, déclara Sébastien, confiant.

— Oh, je sais que nous le ferons, déclara Adèle. Je ne parlais pas de ça. Je parlais de vaincre l'idée selon laquelle parce que je suis jolie, je dois être stupide ou insipide ou quelque chose dans ce style. Les hommes ne sont pas jugés de cette façon. Pourquoi devrais-je l'être ?

— Tu as absolument raison, reconnut Sébastien. Si ça peut te consoler, je ne t'ai pas jugée sur ton apparence. Mais les femmes ne sont pas les seules à être jugées sur leur apparence. Le jeune Orlando a été séquestré pendant un siècle à cause de ça.

Adèle fut choquée.

— Ouais, mais aucun de vous n'est mon partenaire. Jude lui, l'est.

Sébastien haussa un sourcil.

— C'est vrai. Les autres sorciers te regardent-ils de haut ? Je n'ai pas eu cette impression.

— Pas ceux qui me connaissent, expliqua Adèle. Ils savent que je suis dans la Milice pour une raison et ceux avec qui j'ai travaillé régulièrement – Alain, Thierry, Mathieu, Laurent – ont vu mes compétences en matière de magie et mon intelligence si souvent qu'ils ne me regardent probablement même plus. Je veux dire, ils me voient, mais ils ne tiennent plus compte de mon apparence. C'est lorsque je rencontre des gens nouveaux que j'ai un problème.

Ils se turent un moment. Puis, Adèle reprit la parole.

— J'espère que je ne t'ennuie pas, mais je n'ai pas pu m'empêcher de remarquer une certaine tension entre Jean et toi quand vous êtes arrivés hier. Y a-t-il un problème dont nous devrions avoir connaissance ?

— C'est de l'histoire ancienne, répondit Sébastien, ne voulant pas penser à Thibaut.

— Quoi qu'il en soit, insista Adèle, j'ai remarqué une fraîcheur flagrante entre vous. Cela aura-t-il un impact sur l'Alliance ?

— Pas en ce qui me concerne, déclara Sébastien sa main se glissant dans sa poche pour toucher du doigt le médaillon qui contenait le seul lien restant avec son Avoué. Je peux travailler avec lui.

— Bien, dit Adèle. Nous allons avoir suffisamment de défis à relever sans rajouter de tension interne.

— Si Jude devient trop insupportable, touches-en deux mots à Jean, insista Sébastien. C'est un chef fort. Il saura le remettre à sa place.

Malgré leurs antécédents, Sébastien savait que Jean méritait la position de chef qu'il occupait désormais. Lombard avait bien choisi lorsqu'il l'avait désigné en tant que successeur.

— Je préfère m'occuper de mes propres batailles, répliqua Adèle avec hauteur.

— C'est compréhensible, admit Sébastien, mais, comme tu l'as dit, nous ne pouvons pas nous permettre de rajouter de tensions internes. Si nous nous battons entre nous, nous ne nous battons pas contre Serrier. Laisse Jean faire son travail et maintenir l'ordre parmi les vampires. C'est la raison d'être des chefs.

— Je vais y réfléchir, répondit finalement Adèle, ne voulant pas refuser purement et simplement tout en sachant qu'il en faudrait beaucoup avant qu'elle n'atteigne ce point.

Peut-être que si le chef de la Cour avait été une femme, elle aurait réagi différemment, mais elle prendrait trop comme un échec personnel de demander ce genre d'aide à un homme.

— Tu sembles bien t'entendre avec Thierry, commenta Adèle, changeant de sujet.

— Je le comprends, répondit simplement Sébastien.

Adèle fronça les sourcils.

— Que veux-tu dire ?

— Je sais ce que c'est de perdre quelqu'un qu'on aime. Je peux comprendre sa perte, expliqua-t-il.

— Ils n'étaient pas heureux, observa Adèle. Je ne dis pas qu'il a moins de peine pour autant, mais leur mariage n'aurait pas duré beaucoup plus longtemps, même si elle n'avait pas été tuée. Aleth était une très bonne sorcière, mais elle n'était pas une femme très compréhensive.

— Pourquoi dis-tu cela ? demanda Sébastien.

— Parce que ta perte est clairement profonde. Celle de Thierry l'est aussi, mais lorsque la première vague de douleur se dissipera, il se souviendra de tout ce qui n'allait pas entre eux. Cela n'effacera pas son sentiment de perte, mais il le tempérera. Tu dois comprendre toute l'histoire et pas seulement la partie évidente, répondit-elle. Si je comprends bien, tu ressens ses émotions lorsque tu te nourris sur lui. Peut-être cela te permettra-t-il de mieux interpréter ses sentiments et de l'aider s'il en a besoin.

— Je ne sais pas comment je pourrais l'aider, objecta Sébastien. Nous nous connaissons à peine l'un l'autre.

— Tu pourrais ne pas être en mesure de l'aider, admit Adèle, mais Alain le pourrait. Ils sont amis depuis si longtemps, du moins du point de vue des mortels. Il saurait comment l'aider, mais il est tellement pris par Orlando qu'il pourrait ne pas ressentir qu'il a besoin de son aide. Tu peux lui en parler si Thierry ne le fait pas.

Cette pensée mit Sébastien mal à l'aise. Il avait toujours considéré que ce qu'il apprenait de ses proies était comme un secret dit en confidence. La pensée de briser cette confidence allait à l'encontre de son sens profond de l'honneur.

Comme si elle lisait dans son esprit, Adèle ajouta :

— Il ne contrôle pas sa magie assez efficacement lorsque ses émotions sont dans la tourmente. C'est ce qui t'a frappé à la poitrine quand tu es entré dans la salle : une explosion émotionnelle qui a trouvé une sortie magique. Il pourrait être blessé ou même tué s'il va combattre dans cet état. Ce serait le protéger.

Les paroles d'Adèle déclenchèrent les instincts protecteurs de Sébastien. Il ne pouvait pas expliquer pourquoi cela le dérangeait tellement, mais il ne permettrait pas à Thierry de se mettre en danger inutilement.

— Je me souviendrai de ce que tu as dit, répondit-il simplement.

Le métro atteignit leur arrêt et ils descendirent sur le quai. Dans la rame, un jeune homme aux cheveux noirs fronça les sourcils. Il avait reconnu la femme d'après diverses images vues à la télévision, comme faisant partie de la Milice de la Sorcellerie. Et l'homme était l'un des siens. De quoi pouvaient bien parler une sorcière et un vampire ? Il ne savait pas, mais il pensa que, peut-être, il devrait le découvrir.

LA TÉLÉCOMMANDE vola à travers la pièce, s'écrasant contre le mur et tombant au sol en plusieurs morceaux.

— Putain de bien-pensants, grommela Serrier alors qu'il éteignait la retransmission de la conférence de presse d'un geste de la main. Qui croit-il donc être ? Les droits de vampires, la protection de la Constitution, c'est un tas de conneries, voilà ce que c'est. La Constitution dit que toute personne a le droit de se réunir. *Toute personne* ! cria-t-il, à personne en particulier. Les vampires ne comptent pas. Ils sont morts. Ils n'ont pas à avoir les droits dont nous jouissons. Et comment ont-ils su pour notre présence à leur réunion, de toute façon ?

— Il a probablement découvert la réunion de la même façon que nous, souligna Vincent attentif à ne pas prononcer le nom de Marcel lorsque Serrier était dans cet état d'esprit. Quant à savoir comment il a découvert que nos hommes y allaient, ta supposition est aussi bonne que la mienne. Il a toujours été prudent de toute façon.

La réponse ne fit rien pour apaiser Serrier qui regardait autour de lui, cherchant d'autres objets à jeter.

— Dix-neuf sorciers, morts ou capturés et le seul qui revient m'en parler ne sait rien parce qu'il a été assommé avant même que la bataille commence.

— Comment pouvons-nous le contrer ? demanda Éric, essayant de détourner la colère de Serrier. Quelles mesures veux-tu que nous prenions ?

Pascal fit une pause pour réfléchir.

— Rien de ce que nous pourrions dire en réponse à la conférence de presse de Chavinier ne serait utile, décréta-t-il finalement. Même si nous disions ce nous pensons, Chavinier nous a donné le mauvais rôle en prétendant que nous avons jeté les premiers sorts. Avec Dominique inconscient durant toute la bataille, nous n'avons aucun moyen de prouver le contraire. Et nous n'avons pas plus d'informations que lorsque nous avons commencé.

— Veux-tu toujours trouver un vampire, demanda Éric, quasiment certain que rien n'avait été fait dans ce sens depuis la dernière fois qu'ils s'étaient rencontrés.

Pour un général de terrain qui tirait une grande fierté de ses compétences en matière de planification de toutes leurs tactiques, Pascal avait encore besoin d'un coup de pouce occasionnel.

— Peut-être pourrions-nous convaincre quelqu'un de nous dire quel était le sujet de cette réunion. Dans le pire des cas, nous saurons s'il y avait quelque chose en cours de réalisation dont nous pourrions avoir besoin pour les contrer. Et s'ils se réunissaient pour discuter de la célébration du solstice d'hiver, ou quelque chose d'aussi anodin, au moins nous l'apprendrons.

— Il vaudrait mieux que ce ne soit pas quelque chose d'aussi trivial, grogna Serrier. Ça nous a beaucoup trop coûté pour être quelque chose d'aussi inconséquent.

— Alors plus tôt nous le découvrons, mieux ce sera, conclut Éric.

— Très bien, déclara Serrier. Toi et Vincent, allez me trouver un vampire. Je veux savoir ce qui s'est passé lors de cette réunion.

ÉDOUARD COUTHON arpentait les rues de Paris, à la recherche d'un dîner et d'informations. Peut-être que la sorcière et le vampire du métro ne faisaient que passer le temps en discutant discrètement. Ça pouvait arriver parfois, mais pas assez souvent pour que cette explication le satisfasse. Quelque chose se tramait. Il ne savait pas quoi, mais il avait appris à écouter son instinct au fil des ans. Il l'avait gardé en vie plus de fois qu'il ne voulait en compter. Il décida de se rendre à l'établissement tenu par Madame Bouaddi. Cela lui fournirait le dîner et peut-être aussi des informations. Il doutait qu'un autre vampire à Paris puisse avoir plus de contacts et de relations qu'elle.

Affichant son sourire le plus innocent, Édouard franchit le seuil de 'Sang Froid', s'attendant à voir l'entremetteuse célèbre en personne, mais un homme, un mortel, le salua à sa place.

— En quoi puis-je vous aider ? demanda François, surpris de voir un vampire.

Il s'était attendu à ce que les activités marchent aux ralentis, les vampires étant tous à la réunion qui retenait Angélique au loin.

— J'avais espéré parler à Angélique, répondit Édouard avec un sourire désarmant.

— Madame Bouaddi n'est pas disponible, expliqua François avec un froncement de sourcils désapprobateur.

Il ne connaissait pas tous les vampires de Paris, il n'en avait pas les moyens, mais il pensait qu'il savait reconnaître tous ceux qui côtoyaient suffisamment Angélique pour la nommer avec cette désinvolture.

— Je la remplace actuellement. En quoi puis-je vous aider ?

— Je suis en quête d'informations et… d'une compagnie jetable, répondit Édouard.

— Vous ne trouverez rien de tout cela ici, déclara François froidement. De la compagnie… oui, mais pas à usage unique, comme vous semblez le sous-entendre. Pour les informations, lisez le journal ou regardez les nouvelles à la télévision.

— Mais ils couvrent si rarement les intérêts des vampires, rétorqua Édouard.

— Si ce sont les affaires de vampire qui vous intéresse, je ne peux certainement pas vous aider, déclara François. Comme vous le savez sans doute, je ne suis pas un vampire.

— Et pourtant, Madame Bouaddi vous fait confiance, souligna Édouard, insistant sur le nom d'un ton condescendant.

— Pour gérer son entreprise et non sa vie, rétorqua François.

Tout vampire qui parlait de compagnie jetable était à peine digne de confiance puisque Angélique avait une politique très stricte, aucun de ses employés ne devait être malmené, mais la réaction de François était plus instinctive. Angélique lui en avait dit assez sur l'alliance et sa genèse pour lui souffler que si ce vampire avait été exclu, c'était certainement pour une bonne raison. François ne savait pas laquelle, cependant il avait confiance en Angélique, et Angélique avait confiance en Jean. C'était suffisant pour lui.

— Je pense que vous devriez chercher ailleurs, que ce soit pour de la compagnie ou des informations.

— Ce n'est pas terminé, siffla Édouard. Angélique va en entendre parler.

— N'hésitez pas à le lui faire savoir, répondit tranquillement François. Si elle estime que j'ai outrepassé mes attributions, j'assumerais toutes les conséquences qu'elle jugera opportun de prendre. Jusque-là, je pense que vous devriez partir.

— Et qui m'y obligera ? le nargua Édouard. Vous ?

— Je n'aurais jamais la prétention de pouvoir obliger un vampire à sortir, dit François, mais je ne suis pas seul ici.

Tout en parlant, il fit un geste de la main. Deux videurs d'Angélique sortirent de l'ombre. Vampires eux-mêmes, mais sans rapport avec l'Alliance, ils représentaient un plus grand défi pour Édouard.

— Ces messieurs sont chargés de… l'enlèvement des parasites.

François recula rapidement avant qu'Édouard ne puisse se précipiter sur lui, laissant Roger et Pierre faire face au vampire furieux. Ils l'escortèrent fermement jusqu'à la porte et dans la rue, le laissant fulminer et jurer vengeance.

DÈS QU'ILS furent hors de la salle, Éric regarda Vincent et fronça les sourcils.

— 'Trouve-moi un vampire'. Comme si je savais où en trouver, se plaignit Éric. Ils valent moins que les mortels. Que m'importe de savoir où ils traînent.

— Je ne me préoccupe pas non plus de savoir où ils se retrouvent, admit Vincent, mais je crois me souvenir avoir entendu parler d'un bordel du genre à répondre aux désirs des vampires, ainsi qu'à ceux des gens normaux. C'est peut-être le lieu où chercher. Même si nous ne pénétrons pas à l'intérieur, nous pouvons juste attendre qu'un vampire entre ou sorte, cela nous permettrait peut-être de trouver quelqu'un à qui parler.

— Sais-tu où se trouve cet endroit ? demanda Éric d'un air dubitatif. Je veux dire, c'est un bon plan, et maintenant que tu le mentionnes, je me souviens avoir entendu des rumeurs à ce sujet, mais je n'ai aucune idée de l'endroit où le trouver.

— Là où l'on s'attend qu'il soit, répondit Vincent. Dans l'ombre du Moulin Rouge avec les autres sex-shops.

Éric fut impressionné. Il était parfaitement logique de situer une entreprise qui répondait aux besoins des vampires dans cette partie de la ville qui avait connu un plein essor grâce au monde de la nuit. Nul ne s'interrogerait à deux fois devant des gens qui allaient et venaient en pleine nuit. Il se demanda qui en avait eu l'idée.

— Alors, allons faire un essai, décida Éric. Quel est le pire qui puisse arriver ? Nous perdons quelques heures et revenons les mains vides, non ? Et si cela arrive, il nous suffira d'aller chercher ailleurs.

Deux heures plus tard, Éric se demandait si ses paroles avaient été prophétiques. Ils avaient vu beaucoup de gens entrer et sortir de l'établissement que Vincent avait identifié comme étant celui qui conviendrait aux vampires, mais aucun des clients n'avait la pâleur distinctive qui indiquait son appartenance à la race maudite.

— Tu avais dit qu'ils servaient les gens normaux, aussi, pas vrai ? demanda Éric à Vincent lorsqu'il en eut marre d'attendre.

— Ouais et alors ? demanda Vincent. Nous n'avons pas besoin d'une personne normale. Nous avons besoin d'un vampire.

— Je sais, mais nous sommes des gens normaux. Cela signifie que nous pourrions aller à l'intérieur, regarder autour et peut-être voir s'il y a des vampires. Peut-être que nous pourrions même faire allusion au fait que nous voudrions en rencontrer un, expliqua Éric.

Vincent frissonna.

— Pas pour faire quoi que ce soit, ajouta rapidement Éric, mais si nous pouvons le coincer seul, nous pouvons l'attraper et le ramener à Pascal.

— Je crois que cela vaut la peine d'essayer, approuva Vincent lentement, bien qu'il ne semble pas du tout convaincu.

— As-tu une meilleure idée ? voulut savoir Éric.

Vincent haussa les épaules et fit un geste vers la porte.

Se sentant terriblement repérable, Éric entra à l'intérieur, Vincent juste derrière lui.

— Puis-je vous aider ? demanda une voix masculine cultivée provenant de leur gauche.

Éric se retourna, résistant à l'envie de prendre sa baguette.

— Je… C'est-à-dire nous, nous étions à la recherche d'une agréable compagnie, bégaya-t-il en ayant l'impression d'avoir de nouveau douze ans.

— Fournir une agréable compagnie est notre spécialité, fit la voix du propriétaire tandis qu'il faisait un pas en avant et entrait dans la lumière, révélant un homme d'âge indéterminé à la peau légèrement bronzée.

Éric cacha sa déception. Ce n'était pas un vampire.

— Avez-vous des préférences particulières ?

— En fait, nous espérions rencontrer un vampire, expliqua Éric.

— Oh ? demanda François en essayant de situer pourquoi les visages devant lui semblaient familier. Et vous vous attendiez à en trouver un ici ?

— Nous avons entendu dire que des vampires venaient ici lorsqu'ils voulaient une collation, l'interrompit Vincent.

— Est-ce que vous cherchez à servir d'en-cas ? interrogea François.

— Peut-être, tergiversa Éric en essayant de ne pas montrer son dégoût.

— Je crains que vous ne soyez au mauvais endroit, s'excusa François, les nerfs tendus alors qu'il reconnaissait enfin l'un des deux hommes.

Ils étaient sur la liste des personnes les plus recherchées par la Milice. Angélique serait intéressée de savoir qu'au moins un sorcier rebelle était venu fouiner chez elle.

— Vous pouvez essayer l'un des clubs goths, suggéra-t-il dans l'espoir de s'en débarrasser avant que des vampires arrivent. C'est là que les gens vont habituellement quand ils veulent rencontrer un vampire.

Éric et Vincent quittèrent l'établissement d'Angélique et se dirigèrent vers la destination suggérée. Lorsqu'ils atteignirent le premier club et regardèrent la file de personnes qui attendaient pour entrer, il devint rapidement évident qu'ils ne seraient pas admis. Ils ne correspondaient pas du tout au genre de l'endroit, dans leurs simples jeans et tee-shirts. Résignés, ils s'installèrent pour attendre encore, en espérant qu'ils verraient un vampire entrer ou sortir du club.

Ils attendirent une heure, grelottant dans le froid de la nuit, ne voulant pas créer un sort de réchauffement au cas où l'une des personnes présentes le ressentirait. Aussi bons qu'ils soient, ils n'étaient que deux. Si les forces de la Milice arrivaient, ils seraient capturés ou tués à coup sûr.

Enfin, leur patience paya, car ils repérèrent un vampire d'allure assez jeune et une jeune femme qui quittaient le club ensemble.

Avec un clin d'œil, Éric indiqua d'un geste à Vincent de le suivre. Ils gardèrent une certaine distance, assez pour espérer ne pas être remarqué. Lorsque le couple en face d'eux entra dans une ruelle, les deux sorciers les suivirent jusqu'à l'entrée, mais n'y pénétrèrent pas. Ils n'étaient pas du tout intéressés par ce qui se passait entre eux, ils voulaient simplement parler au vampire quand il aurait fini.

Rapidement, des gémissements emplirent l'air de la nuit, pendant que Vincent et Éric se regardaient l'un l'autre, mal à l'aise. Ils savaient, au moins en théorie, ce qui se passait dans l'obscurité, mais en être témoin, même s'il ne s'agissait que de l'aspect sonore, cela ressemblait beaucoup à du voyeurisme.

Quand le silence retomba, ils s'enfoncèrent dans la ruelle, nullement préparés pour le spectacle qui les accueillit. La jeune femme qui avait été si vibrante de vie quelques minutes plus tôt, gisait morte aux pieds du vampire.

Touchant du doigt sa baguette dans sa poche, Éric fit un autre pas en avant.

— Je pensais que les vampires ne tuaient pas leurs proies, observa-t-il.

Le vampire lui sourit, du sang dégoulinant de ses crocs.

— Uniquement ceux qui ont trop peur de leur ombre pour se rappeler pourquoi ils ont été créés, répondit-il, repoussant le corps à ses pieds.

X

— POURQUOI SUIS-JE ici ? demanda Antonio à Jean tandis qu'ils traversaient les frontières magiques du siège de la Milice. Je n'ai pas trouvé de partenaire. Je ne vois pas en quoi je peux aider.

Jean soupira. Il savait que cela allait être un problème avec les vampires non appariés, mais il avait pensé qu'Antonio serait plus enthousiaste.

— Ce n'est pas parce que vous n'avez pas trouvé un partenaire que cela signifie que vous ne pouvez pas aider, précisa Jean. Quand les sorciers nous ont approchés au début, ils ne savaient rien des appariements et du pouvoir qui se trouverait dans ces partenariats. Pourtant, ils avaient besoin de notre aide. Vous pouvez patrouiller dans les rues ou écouter dans les cafés et les bars aussi facilement que je le peux, avec ou sans partenaire, du crépuscule jusqu'à l'aube. Et parce que vous n'avez pas de partenaire, vous pouvez aider d'une manière qui m'est impossible.

Antonio fronça les sourcils.

— Comment ?

Jean expliqua rapidement les interrogatoires et le rôle qu'il jouait dedans, rôle qu'il voulait transmettre à Antonio.

— Et pourquoi ne pourriez-vous plus le faire, si cela fonctionnait si bien jusqu'à présent ? demanda Antonio.

— À cause du lien qui existe entre un sorcier et un vampire et qui met mal à l'aise mon partenaire, expliqua Jean. Et aussi pour moi.

L'honnêteté l'obligeait à l'admettre pour la première fois.

— Je ne peux pas expliquer pourquoi, mais mordre ce garçon alors que Raymond me regardait m'a mis mal à l'aise. J'ai essayé de me dire que c'était à cause de la magie noire que je pouvais goûter, mais même si je ne voulais pas l'admettre à ce moment-là, j'ai eu l'impression de trahir Raymond en mordant quelqu'un d'autre. Même si à ce moment-là, nous ne nous entendions pas, Raymond l'a ressenti également. Maintenant que les choses vont mieux entre nous, j'ai besoin de continuer sur cette voie. Et cela signifie que je dois trouver quelqu'un d'autre, à savoir vous, pour prendre ma place lors des interrogatoires.

Ils entrèrent dans la grande salle de conférence où Marcel avait prévu de tenir leur réunion. Presque immédiatement, Raymond vint aux côtés de Jean. Celui-ci présenta le sorcier et le vampire. Raymond accepta Antonio avec un hochement de tête et une brève poignée de main. Jean fut agréablement surpris. Il n'avait pas été sûr de savoir comment Raymond allait réagir face à d'autres vampires. Il étudia attentivement son partenaire pendant qu'Antonio et tous les autres disparaissaient dans la pièce du fond. Il pouvait voir des cernes sous les yeux du sorcier – les yeux de *son* mage – et la profonde fatigue qu'elles indiquaient le dérangea d'une manière qu'il eut du mal à comprendre.

— N'as-tu pas dormi du tout ? demanda-t-il.

— Juste quelques heures, répondit Raymond. Je voulais être prêt pour rencontrer ton mentor ce soir, ce qui signifiait faire un peu de lecture. Je pourrai toujours dormir plus tard.

— Et si tu es tellement épuisé que tu ne peux pas te défendre dans un combat ? Alors quoi ? le réprimanda Jean.

— Alors, tu seras débarrassé de moi, plaisanta Raymond.

— Et si je ne veux pas être débarrassé de toi ?

Les yeux de Jean s'étrécirent dangereusement.

— Nous avons trop à faire et tu as un rôle important à jouer.

— Eh bien, tu n'auras qu'à t'assurer que je reste en vie pour le faire, répondit Raymond, touché par l'attitude protectrice de Jean.

— Putain, marmonna Jean en pensant que Raymond avait manifestement besoin d'un gardien et se demandant si le sorcier lui laisserait accomplir ce rôle.

Les yeux de Sébastien balayèrent la foule rassemblée quand il entra seul dans la salle de conférence, Adèle ayant dû aller prendre soin de certains documents avant la réunion. Il hocha la tête à travers la pièce vers Antonio, un geste qui aurait inclus Jean si l'aîné des vampires avait regardé, mais ce n'était pas le cas, Sébastien le remarqua. Son attention était indéniablement fixée sur son partenaire. Le regard de Sébastien dévia, parcourant les différents couples déjà présents, cherchant son propre sorcier. Il trouva Thierry presque immédiatement, les yeux attirés par l'homme blond comme par un aimant.

Thierry se tenait là, en grande conversation avec Alain et Orlando. Sébastien ne pouvait pas entendre ce qu'ils disaient, mais tout dans leurs postures proclamait une profonde et solide amitié. Il savait par Adèle qu'Alain et Thierry étaient des amis de longue date, mais il était à peu près sûr qu'Orlando les avait rejoints récemment. Cela reposait cependant entièrement sur ce qu'il savait de l'alliance, pas sur la façon dont ils agissaient. En les voyant tous les trois ensemble, Sébastien ne détecta aucun signe de distance, rien qui indique qu'Orlando faisait moins partie du cercle que les deux autres. Sébastien voulait désespérément s'intégrer à ce tableau, avoir avec Thierry le même sentiment d'appartenance que dégageaient Orlando et Alain si ostensiblement.

Alors que cette pensée lui traversait l'esprit, Thierry leva les yeux et rencontra le regard du vampire. Il tendit la main vers Sébastien, l'invitant par ce geste à les rejoindre, reculant même pour lui faire une place dans leur cercle. Alain et Orlando lui sourirent en signe de bienvenue et Sébastien put sentir que l'accueil était sincère. Chacun voulait qu'il fasse partie de leur cercle. Ils comprenaient que chaque paire était plus forte ensemble que si elles étaient séparées. Ils l'avaient tous compris, et pourtant, alors qu'il se trouvait avec les trois autres, à écouter Thierry et Orlando taquiner Alain, il savait qu'un lien vital manquait. Ils ne tentaient pas délibérément de l'exclure. Leurs sourires l'invitaient à participer. Leur rire était contagieux. Il voulait participer, contribuer au ton taquin de la conversation. Les blagues, cependant, provenaient d'une familiarité et d'une intimité que Sébastien ne partageait pas avec eux. Quand bien même ils le voulaient à leurs côtés, il ne pouvait pas les suivre sur ce chemin. Du moins pas encore.

Une agitation provenant de l'autre côté de la pièce attira son attention. Il sourit à nouveau d'admiration alors qu'Adèle entra dans la salle, mais son sourire s'effaça quand il vit la grimace sur le visage de Jude. Après avoir parlé à Adèle dans le métro, il savait combien l'attitude de Jude la gênait. Il intima silencieusement à Jude de rester où il était, avec ses amis aux opinions semblables, plutôt que de traverser la salle pour tourmenter Adèle. Malheureusement, Jude ne sembla pas capter son avertissement. Sébastien ne pouvait pas entendre ce que Jude dit à ses amis, mais il vit le jeune vampire s'avancer vers Adèle. Avec un soupir, Sébastien reporta son attention sur la conversation qui était censée l'inclure.

— Regardez-la, siffla Jude entre ses dents à Colin, debout à côté de lui. Elle ressemble à un... un... Je ne sais même pas à quoi elle ressemble, termina-t-il finalement.

Une partie de lui voulait l'ignorer, prétendre qu'elle n'était même pas digne de son attention, mais ses pieds se déplacèrent de leur propre gré, le faisant traverser la pièce pour se tenir à côté d'elle.

— Je vois que vous avez décidé de vous habiller pour l'occasion, ricana-t-il.

Adèle le fixa.

— Je ne vois pas en quoi ce que je porte vous regarde, répondit-elle froidement. Je n'ai pas à vous répondre.

Elle commença à se détourner, mais il attrapa son bras, l'obligeant à lui faire face.

— Ne vous éloignez pas de moi quand je vous parle, cracha-t-il.

— Je n'ai pas entendu de conversation, juste des insultes, rétorqua Adèle, se retenant de toutes ses forces pour ne pas gifler le vampire arrogant. Quand vous serez prêt à discuter, je vous écouterai.

Elle était sur le point de se détourner de nouveau lorsque Marcel entra et commença la réunion. Prise au piège, Adèle se résigna à endurer la présence de Jude un peu plus longtemps.

— Passons aux choses sérieuses, déclara Marcel. Plus tôt nous pourrons obtenir un bon fonctionnement de cette Alliance, plus tôt nous pourrons inverser la tendance dans cette guerre. Nous nous sommes contentés de nous défendre assez longtemps. Il est temps de faire des plans pour en terminer.

Il regarda à travers la pièce en direction de Jean.

— As-tu trouvé quelqu'un pour t'aider avec les interrogatoires ? demanda-il.

— Oui, tout à fait, répondit Jean, indiquant Antonio qui s'inclina légèrement avec tout le charme du Vieux Monde.

— Bien, dit Marcel. Antonio, vous allez travailler avec Alain, Thierry et leurs partenaires. Je comprends qu'Orlando et Sébastien ne fassent pas de morsures eux-mêmes, mais je suis sûr qu'ils pourront avoir l'air menaçant, et plus il y aura de personnes pour entendre ce qui est dit, plus nous aurons de cerveaux pour démêler tout ce que nous apprendrons.

Alain et Thierry hochèrent la tête, jetant un œil sur leurs partenaires pour confirmation. Lorsque les deux vampires opinèrent eux aussi, les deux sorciers, accompagnés d'Antonio, les conduisirent vers la sortie, avec l'intention de commencer immédiatement.

Marcel poursuivit.

— Nous avons besoin de dresser la liste des nouveaux rôles. S'il y a des partenaires qui veulent spécifiquement être de service de jour, faites-le savoir à Adèle. Elle s'occupera de l'organisation de tout le monde.

— Une femme s'en occupera ? murmura Jude incrédule alors que Jean prenait la parole.

— Angélique pourrait être utile pour l'aider avec ça, suggéra Jean. Elle dirige un empire qui rendrait jaloux la plupart d'entre nous.

David ne put s'empêcher de lever les yeux au ciel, même en sachant qu'Angélique, debout à proximité, le verrait. Il n'était pas sûr de ce qu'il devait penser au sujet des vampires qui avaient si ouvertement accepté Angélique et sa profession. Au moins, cette tâche signifierait qu'il travaillerait aussi avec Adèle. Il admirait l'attitude éminemment sensée d'Adèle. Cela rendrait cette soirée supportable, même si elle ne faisait rien pour améliorer sa situation générale.

— Cela ressemble à une excellente suggestion, convint Marcel, hochant la tête pour indiquer à David d'aider également.

Ce dernier rejoignit Adèle et Jude, attendant de voir qui se porterait volontaire pour le service de jour.

Avant que Marcel puisse continuer, Raymond prit la parole.

— Jean a organisé une réunion pour ce soir. Nous voulons en apprendre autant que possible sur les partenariats qui ont été formés, et il pense que son mentor pourrait posséder des renseignements aptes à nous aider. Il a accepté de me rencontrer avec Jean, ce soir, pour voir ce que nous pouvons apprendre.

— Bien, dit Marcel avec un hochement de tête décisif. Dois-je être présent ? J'ai toujours voulu rencontrer Monsieur Lombard.

— À toi de voir, répondit diplomatiquement Raymond.

Marcel n'avait jamais montré un quelconque intérêt pour l'ésotérisme comme lui et il soupçonnait que la conversation dévierait rapidement dans des domaines pour lesquels Marcel n'avait aucune expertise. Cependant, il n'était pas prêt à le signaler à voix haute.

— Nous verrons comment les choses se passent ensuite, décida Marcel. Je peux me joindre à vous pendant quelques minutes. Pour ceux d'entre vous qui sont encore sans missions spécifiques, votre première tâche consiste à voir Adèle et Angélique pour l'attribution de vos patrouilles. Ensuite, vous devrez travailler avec votre partenaire pour élaborer des stratégies de combat. Vous connaissez tous vos propres forces et vos faiblesses. Partagez-les avec votre partenaire. Il ou elle doit vous connaître aussi bien que vous vous connaissez vous-même, afin que vous puissiez travailler ensemble au cœur d'une bataille. Vous avez vos ordres. Allez, au travail !

Comme les deux sorciers et les trois vampires sortaient de la salle, Thierry expliqua la stratégie utilisée lors de l'interrogatoire de Dominique à Antonio tandis qu'Alain restait un peu en retrait pour marcher aux côtés de Sébastien.

— Thierry passe tellement de temps à faire attention aux autres qu'il oublie parfois de s'occuper de lui-même, dit Alain au vampire aux cheveux noirs.

— Ne vous inquiétez pas, le rassura Sébastien. Je surveillerai ses arrières.

VOYANT QUE Marcel avait terminé la réunion, Angélique rejoignit rapidement Adèle, ignorant les deux hommes également affectés à la tâche. Elle avait appris longtemps auparavant que discuter avec ceux qui ne voyaient que ses mains peintes au henné et sa beauté exubérante n'apportait rien. À la place, elle avait choisi de prouver qui elle était à travers ses actions. Elle connaissait Jude, avait vu comment il avait traité Adèle, et comment le sorcier avait réagi. David semblait avoir la même attitude à son égard. Elle ne voulait pas discuter avec lui, elle allait travailler avec Adèle et lui montrer, ainsi qu'à Jude, combien elles pouvaient être efficaces.

— Avez-vous des listes à jour ? demanda-t-elle à Adèle, ignorant la présence de Jude et le froncement de sourcils de David.

— Dans mon bureau, répondit Adèle.

— Alors nous devrions tout mettre en place là-bas pour nous occuper des volontaires. Nous serons en mesure de les entrer directement dans la base de données.

Adèle hocha la tête.

— Par ici, dit-elle, faisant un geste vers la porte. Une simple recherche sur les disponibilités et les remplacements devrait assurer un calendrier équitable.

— Plus nous pourrons être compatibles avec les jours et les nuits, plus nous pourrons attribuer les bons appariements. Il nous faudra peut-être quelques jours pour changer les affectations de ceux qui veulent modifier leurs horaires, mais ce sera plus difficile s'ils varient considérablement.

Ils atteignirent le bureau d'Adèle. Elle s'assit devant son ordinateur, tirant une chaise à côté d'elle pour Angélique. David et Jude restèrent plantés à la porte pendant un moment.

— Il y a des chaises dans la salle de conférence, c'est la porte d'à côté, rappela Adèle à David, sans lever les yeux.

Lorsqu'elle n'entendit aucun mouvement, elle jeta un regard sur eux.

— Je suis sûr que nous pouvons gérer ça nous-mêmes, si vous avez d'autres activités viriles à gérer.

— Le sarcasme ne vous va pas, dit David à voix basse.

— La condescendance ne vous va pas, répondit-elle sèchement. Soit vous entrez ici et vous nous aidez, soit vous sortez et vous nous laissez faire le travail.

Jude entra dans le bureau.

— Cela ne serait pas prudent. Quelqu'un doit s'assurer qu'il est bien fait.

Les sourcils d'Adèle se haussèrent brusquement.

— Et vous êtes un expert ? ricana-t-elle. Bien, prenez les listes et venez me montrer comment vous les ajustez.

— Je ne suis pas un secrétaire. Je vais vous dicter les listes et vous les enregistrerez.

— Vous ne savez pas taper ? demanda Adèle cyniquement. Ou vous ne savez pas écrire ?

Les yeux de Jude s'étrécirent.

— Vous ne savez pas de quoi vous parlez.

— Vraiment ? le nargua-t-elle.

Jude attrapa un crayon et écrivit son nom sur une feuille, puis la déposa sur le bureau.

— Il connaît son propre nom, dit Adèle à Angélique. Je suis impressionnée. Je ne pensais pas qu'il avait ça en lui.

Angélique ne put retenir son rire.

— Adèle, gronda David. Ça n'aide pas.

— Et votre attitude si ? contra-t-elle en se levant de son siège. Je ne vous ai pas vu agir mieux que celui-là.

— Je n'ai pas demandé à être jumelé avec une... une... servante de harem.

— Et je n'ai pas demandé à être jumelé avec un sale macho ! cria Adèle, en claquant ses mains sur le bureau. Vous deux, vous devrez le surmonter. Nous menons une guerre et vos idées archaïques nous bloquent.

— Archaïques ? l'interrompit Jude. Elle connaît de grands mots, commenta-t-il à David. Je suis impressionné.

Adèle fit le tour de la table en un clin d'œil et se posta face à Jude.

— Quel est votre putain de problème ? cria-t-elle.

— Les femmes qui ont oublié leur place, ricana Jude.

La main d'Adèle se déplaça avant qu'elle n'en ait conscience, ses doigts se fermant en un poing qui visa directement la mâchoire de Jude. S'il avait été mortel, il aurait été touché, mais ses réflexes vampiriques lui permirent de refermer sa main autour de son poignet. Ils restèrent figés comme ça, leurs yeux s'affrontant alors qu'ils luttaient pendant une longue seconde, puis une autre, et une autre encore. Le défi brillait sur leurs deux visages, mais Adèle pouvait sentir aussi une autre étincelle en elle. Elle se secoua mentalement, rejetant toute attirance pour quelqu'un qui la traitait comme l'avait fait Jude, mais elle ne pouvait pas étouffer complètement l'étincelle.

— Vous ne vouliez pas vraiment faire ça, n'est-ce pas ? demanda Jude avec un calme trompeur.

Le frisson de la chasse commençait à s'éveiller en lui. Adèle n'était pas la première à penser qu'elle pouvait le défier. Il prendrait plaisir à lui apprendre à changer, d'une manière aussi lente et minutieuse que possible. Et quand ce serait fait, elle ronronnait comme un gros chat dans son lit.

— Par l'enfer ! Bien sûr que je le voulais, cracha-t-elle dégageant son poignet. Sortez, ordonna-t-elle en montrant la porte. Vous pouvez revenir quand vous aurez résolu votre problème d'attitude.

Jude la regarda fixement un moment de plus avant de prendre un peu de recul. Ce ne serait pas un mal de se retirer maintenant. Il aurait tout le temps de l'apprivoiser plus tard. Adèle avança sur lui, le bousculant jusqu'à la porte. Quand il fut parti, elle claqua la porte derrière lui et se retourna pour faire face à David et Angélique, prête à incendier le sorcier. Angélique attira cependant son attention, et secoua la tête. Acceptant sa demande implicite, Adèle se contenta de fixer David, puis se tourna vers la porte.

— Je vais m'aérer les idées. Je serai de retour dans quelques minutes.

Angélique hocha la tête et Adèle sortit, claquant de nouveau la porte.

La vampire soupira et s'installa devant l'ordinateur, cherchant et trouvant les tableaux de service.

— Ouvrez la porte et regardez s'il y a quelqu'un qu'ils n'ont pas effrayé avec leurs cris. Cela doit être fait, donc nous allons devoir le faire, dit-elle avec pragmatisme à David.

David fit ce qu'elle demandait, un peu choqué par la facilité affichée d'Angélique face à l'ordinateur. Elle releva les yeux et surprit son expression perplexe.

— Quoi ? demanda-t-elle. Mes tatouages n'ont pas mis mes mains ou mon cerveau hors service. Je sais ce que je fais.

David l'observa avec un intérêt croissant tandis qu'Angélique prenait les noms des volontaires qui étaient venus au cours de la nuit, jonglant avec les tableaux de service pour la journée.

— Je pense que je vous dois des excuses, dit-il quelques heures plus tard. Il semble que je vous ai sous-estimée.

— J'y suis habituée, répondit Angélique sans lever les yeux. Vous n'êtes pas le premier et je doute que vous soyez le dernier.

— Cela n'excuse pas mon comportement. Pouvons-nous essayer à nouveau ?

Angélique leva les yeux cette fois, découvrant l'empressement enfantin sur le visage de David.

— Si vous le souhaitez, dit-elle en haussant les épaules avant de retourner à son travail.

Elle lança l'impression et récupéra la liasse de documents.

— Ceux-là sont pour Marcel, pour approbation. S'il les signe, il faudra les afficher ou les distribuer ou quelle que soit votre façon de procéder ici.

David prit la pile de papiers, mais ne sortit pas immédiatement.

— Comment savez-vous tout cela ? demanda-t-il.

— Je gère le 'Sang Froid', lui rappela-t-elle. Vous pouvez ne pas approuver ce que je fais, mais je dois encore garder trace de tout : les horaires, les salaires, les dépenses, les revenus, les fournitures, les prestations. J'ai fait l'erreur, il y a des années, de m'appuyer complètement sur un gestionnaire pour avoir la liberté de me faire plaisir. Il m'a volé tout ce que j'avais. Je me suis jurée de tout reconstruire et de ne plus jamais faire confiance à quelqu'un d'autre pour faire tourner mon entreprise sans ma supervision. J'ai un gestionnaire vraiment fiable maintenant qui s'occupe des affaires pendant la journée, mais même avec lui, je vérifie pour m'assurer que ses décisions sont fondées. Tous mes choix ne sont pas forcément bons, bien sûr, mais au moins je sais que c'est moi qui les ai faits, quel que soit le résultat.

— Je vois pourquoi Jean vous a proposée pour ce poste alors.

— Cela ne me prendra pas tout mon temps. Le calendrier est déjà fait. Sauf s'il y a un problème. J'espère que vous allez m'apprendre votre stratégie de bataille pour que nous soyons capables de travailler ensemble en dehors de ces murs comme à l'intérieur.

— Je vais vous apprendre tout ce que je sais, convint David, mais le plus souvent, je ne fais que suivre les ordres.

— Et je le ferai aussi, répondit Angélique, mais je dois savoir comment faire.

— Ceux-ci sont finis, non ? demanda-t-il, indiquant les papiers dans sa main.

— Oui, acquiesça-t-elle.

— Apportons-les ensemble à Marcel et nous pourrons peut-être trouver un endroit pour en parler.

— J'aimerais assez, répondit Angélique, très heureuse que David lui laisse enfin une chance.

ÉRIC REGARDA Vincent qui lui sourit en retour. Ils avaient trouvé un vampire avec aussi peu de morale qu'ils en possédaient.

— Nous avons une proposition à vous faire, commença Éric.

Édouard enjamba le cadavre et s'avança vers les deux hommes. Aucun d'eux ne bougea, mais il put sentir leur tension. Parfait ! Ils ne comptaient pas se mesurer à sa force vampirique.

— Et quelle est la nature de cette proposition ? demanda-t-il.

— Notre… ami voudrait en savoir un peu plus sur les vampires, expliqua Éric.

— Vous avez dit une proposition, souligna Édouard. Qu'est-ce que cela va me rapporter ?

— Notre ami vous l'expliquera, répondit rapidement Éric, et vous récompensera largement.

— Et où, exactement, se trouve votre ami ? voulut savoir Édouard.

— Près de Saint-Denis, déclara Vincent.

— Ce n'est pas à proximité. Je ne suis pas sûr de vouloir voyager aussi loin. Après tout, je dois rentrer à la maison avant l'aube.

— Nous pouvons être là-bas en un clin d'œil, répondit Éric, si vous nous laissez utiliser notre magie.

Édouard releva un sourcil, intrigué. Il semblait que plus d'un vampire dans Paris allait parler à des sorciers ce soir.

— Très bien, acquiesça-t-il.

Éric hocha la tête vers Vincent. Tandis que celui-ci s'apprêtait à rejoindre leur base, Éric lança un sort sur lui-même et Édouard. Vincent les suivit une seconde plus tard. Ils réapparurent dans une autre ruelle sombre, près de la Basilique Saint-Denis. Éric les amena devant une porte discrète. Rien à l'extérieur n'indiquait que les murs intérieurs de tous les bâtiments du bloc étaient percés, offrant un dédale de pièces et de salles de différentes tailles constituant la base d'opérations de Serrier. Il y avait d'autres avant-postes, mais ici, c'était son fief, si lourdement ensorcelé que c'était le seul endroit où Vincent pouvait complètement abaisser sa garde. Il ne savait pas comment Pascal avait réussi à acquérir un bloc entier d'immeubles sans que personne le sache, et il n'allait pas le demander ou s'en soucier.

Les deux sorciers conduisirent le vampire dans la salle de réunion. Ils indiquèrent à Édouard de prendre un siège et Vincent partit à la recherche de Pascal.

Le vampire prit le siège qui lui avait été offert en regardant autour de lui. Il réservait son jugement, mais il avait l'impression qu'il avait trouvé les sorciers rebelles. D'après ce qu'il savait de la Milice, ces mages auraient dû tenter de l'arrêter pour assassinat plutôt que de lui proposer une sorte de contrat en échange d'informations.

Quelques minutes plus tard, Vincent revint avec un autre homme aux cheveux noirs, portant une moustache et une barbiche. L'homme s'avança avec confiance vers Édouard.

— Mes amis me disent que vous pourriez être en mesure de répondre à mes questions, dit-il sans préambule.

— Je pourrais, répondit Édouard, si je savais de quelles questions il s'agissait. Vos amis ont également mentionné que je pouvais attendre un dédommagement de votre part.

Pascal sourit.

— J'ai cru comprendre que vous… profitez de vos victimes, observa-t-il. J'imagine que cela pourrait devenir difficile d'essayer d'éviter les questions indésirables après un certain temps.

— Je me déplace beaucoup, répondit Édouard avec un haussement d'épaules.

— Et si je pouvais vous offrir un choix de victimes avec lesquelles vous pourriez faire ce qui vous plaît, sans poser de questions ? suggéra Pascal. Cela vaudrait-il la peine de perdre un peu de votre précieux temps pour répondre à quelques-unes de mes questions ?

Édouard réfléchit à l'offre pendant un moment. Une offre illimitée en sang et qu'aucune question ne lui soit posée…

— Que voulez-vous savoir ? demanda-t-il en se carrant dans son fauteuil.

XI

JEAN POUVAIT voir la tension dans les épaules de Raymond.

— Cesse de t'inquiéter, gronda-t-il doucement. Que penses-tu qu'il va faire dans un lieu public ? S'il y a une chose qu'on peut dire à propos de Christophe Lombard, c'est qu'il est discret. Il va entrer, discuter un moment avec les serveurs, commander un expresso, puis s'asseoir à la table avec nous et le boire comme s'il était un homme ordinaire. Quand nous partirons, les serveurs ne se souviendront que d'un vieil homme poli.

— Je préférerais qu'ils ne se souviennent pas du tout de nous, dit Raymond. J'ai pris le parti de Serrier pendant un certain temps et je sais comment il agit. Je ne sais pas comment il a découvert la réunion d'hier soir, mais il l'a fait, ce qui signifie qu'il veut savoir ce que les vampires préparent. Il ne va certainement pas renoncer parce que sa première tentative a été un échec. Cela ne me surprendrait pas du tout qu'il ait envoyé des sorciers à la recherche de vampires. Je préférerais ne pas me retrouver face à face avec eux alors que nous ne sommes que tous les deux.

— Christophe sait la bataille que nous menons, lui assura Jean. Il ne va pas nous conduire à nous. C'est un vieil homme rusé, Raymond, sans oublier qu'il est également un vampire âgé. Il prendra toutes les précautions nécessaires.

Raymond réprima un soupir. Il était évident que le moment de vérité avait sonné.

— Savais-tu que Serrier avait mis ma tête à prix ? demanda-t-il à Jean. 500.000€ si je suis mort, le double si je suis en vie.

Jean haussa un sourcil.

— Cela représente pas mal d'argent.

— Il veut faire de moi un exemple, pour montrer à ses amis ce que coûte la trahison. C'est pourquoi je donne parfois l'impression d'être paranoïaque. S'ils me tuent ou essaient de me capturer, je me fous de ce qu'ils feront de mon corps. Je leur permettrai pas de me prendre vivant, poursuivit-il. Je me tuerai plutôt que de les laisser me torturer à mort. Leur cruauté n'a pas de limite.

Jean put sentir les poils de sa nuque se hérisser à la pensée que quelqu'un puisse faire du mal à Raymond.

— Cela n'arrivera pas. Tu n'auras plus jamais à leur faire face seul. Et si nous sommes en infériorité numérique, par l'enfer, sors-toi de là.

— Et t'abandonner ? Putain, certainement pas !

— Je ne te demande pas de m'abandonner. Tu devras aller chercher de l'aide et revenir me sauver, déclara Jean. Je t'ai vu faire de la magie. Tu pourrais aller jusqu'à Marcel et revenir avec des renforts bien avant qu'ils ne puissent m'abattre. Cependant, nous n'avons pas à nous en soucier pour ce soir. Pour l'instant, nous devons simplement réfléchir et comprendre ces questions de partenariats.

Raymond hocha la tête alors qu'ils atteignaient le café. Ce n'était ni le moment ni l'endroit pour en discuter, mais il savait, à sa grande surprise, qu'il ne serait pas capable de faire ce que Jean avait demandé, même pour sauver sa propre vie. Il ne s'était jamais attendu à ressentir ça pour personne, encore moins pour un vampire, mais cela semblait être le sort que lui réservait la main du destin. Il allait rester sur ses gardes, comme toujours, et il espérerait vraiment que Lombard ne conduirait pas accidentellement, les sorciers rebelles à cette réunion. Ce n'était plus seulement sa propre vie qui était en jeu. Son vampire souffrirait aussi s'il faisait une erreur.

— Il est là, chuchota Jean à Raymond quand ils entrèrent dans le petit café.

Il y a quelques jours encore, le sorcier aurait été amusé du changement d'attitude de Jean à la vue de l'aîné des vampires. Envolé le confiant, voire arrogant chef des vampires que Raymond avait appris à connaître. À sa place se tenait un soldat nerveux, tendu, en la présence de son général. En observant le café, le regard de Raymond tomba sur le vénérable ancien dont la mine ne trahissait en rien son âge hormis les rides sur son visage et le blanc de ses cheveux, et il comprit la nervosité dont Jean faisait preuve à son égard.

Jean entraîna Raymond à travers le café et s'arrêta à côté de la table, sans s'asseoir.

— Voici mon partenaire, Raymond Payet, commença Jean, présentant le sorcier au vampire. Et voici mon mentor, Christophe Lombard.

Christophe se leva de son siège et offrit une main élégante à Raymond qui la prit, refusant de laisser voir sa nervosité.

— C'est un plaisir de vous rencontrer, dit Christophe. Jean m'a dit que nous partagions le même amour des livres.

— Il m'a dit la même chose, répondit Raymond en prenant un siège lorsque Christophe reprit sa place.

Jean resta maladroitement debout devant la table.

— Oh, assieds-toi Jean, soupira Christophe. Tu me fatigues parfois, mon garçon.

Jean se laissa tomber sur une chaise comme un écolier réprimandé. Raymond eut du mal à contenir son amusement, mais il fit de son mieux. Jean et lui formaient une équipe maintenant, et même si les choses s'étaient arrangées entre eux, il ne pensait pas qu'il soit sage de rire aux dépens de son partenaire.

— J'ai fait un peu de lecture aujourd'hui, déclara Christophe, se tournant vers Raymond. J'ai quelques questions, si vous me permettez d'être indiscret. Elles sont un peu personnelles, mais la nature de ce lien entre les sorciers et les vampires semble être très personnelle.

— Je vais y répondre du mieux que je pourrais, assura Raymond. Je veux comprendre tout cela autant que vous.

— J'imagine bien, accorda Christophe avec un petit sourire.

— Que voulez-vous savoir ? demanda Raymond, en espérant lancer la conversation.

— J'ai quelques idées, expliqua Christophe. Lorsque j'ai parlé avec Mireille et à sa partenaire Caroline, elles m'ont avoué ressentir qu'un lien particulier s'établissait entre elles, une compatibilité si vous préférez, qui les liait. Mireille a même mentionné une sensation de contrainte, ou presque, qui l'a conduite aux côtés de Caroline quand elles ont été séparées. Avez-vous ressenti l'une ou l'autre de ces sensations ?

Raymond eut un petit rire.

— Nous n'avons pas pris un très bon départ, admit-il. J'ai eu un moment difficile avec les exigences de l'Alliance…

— Aucun de nous ne s'est comporté convenablement dans les premiers temps, l'interrompit Jean ne voulant pas que Raymond endosse plus de responsabilités qu'il ne lui en revenait d'assumer. Je ne suis pas sûr que nous soyons les meilleurs à interroger.

Christophe haussa un sourcil mais ne fit aucun commentaire.

— Qu'avez-vous observé alors ? demanda-t-il, reformulant sa question.

— En fait, déclara Raymond en se tournant vers Jean, nous pourrions être les meilleurs à questionner. Je veux dire, il serait presque impossible de distinguer ce qui provient du lien et ce qui tient de la simple attraction si nous devions le demander à Alain et Orlando, mais étant donné la façon dont nous avons commencé, tout ce que nous ressentons doit provenir de ce qui permet à ma magie de vous protéger. Même quand j'étais en colère contre Jean, contre l'Alliance dans son ensemble, je me suis retrouvé à traverser la pièce vers l'endroit où il se trouvait, dit-il en se tournant vers Christophe.

— Et s'il mettait trop de temps à venir me rejoindre, j'allais toujours à sa rencontre, commenta Jean.

— Quelque chose au sujet du lien pousse aussi à l'exclusivité, poursuivit Raymond. Je ne voulais pas que Jean se nourrisse de moi au début, pour diverses raisons, mais cela continuait à me gêner de savoir qu'il pouvait aller vers quelqu'un d'autre. Et lorsque j'ai dû le regarder…

Il se tut en frissonnant

— Ce n'est pas ce à quoi ça ressemble, intervint rapidement Jean en voyant le regard désapprobateur sur le visage de Christophe. Nous devions interroger un sorcier rebelle capturé et cela m'a semblé être une bonne idée pour savoir s'il disait la vérité. Je l'ai goûté juste assez pour pouvoir lire dans son cœur, c'est tout.

Voyant la détresse de Jean, Raymond renchérit à son tour.

— Nous avons résolu le problème maintenant, et nous avons trouvé un vampire sans partenaire pour nous aider lors des interrogatoires. Nous apprenons de nos essais et de nos erreurs et c'est pourquoi il est si important de comprendre cela. Plus nous en saurons, moins nous serons susceptibles de faire d'erreurs.

— Je suis d'accord, confirma sombrement Christophe. Comme je l'ai dit, j'ai fait un peu de lecture et j'ai quelques idées, mais j'ai besoin d'en savoir un peu plus sur la nature de la magie, sur la façon dont les sorciers l'appréhendent avant de pouvoir en tirer des conclusions satisfaisantes.

— La nature de la magie, répéta Raymond dans un éclat de rire. Combien de temps avez-vous ? Parce que j'ai passé toute ma vie d'adulte à l'étudier et plus j'en apprends, plus je me rends compte de mon ignorance.

Christophe eut un petit rire.

— Je ressens la même chose sur la nature des vampires. Alors, dites-moi ce que vous avez appris.

— Par où commencer ? réfléchit Raymond à haute voix. Nous enseignons aux jeunes sorciers qu'il y a une différence entre la magie élémentaire en tant que force extérieure, et la magie que nous faisons avec nos sorts et nos charmes. La force extérieure est simplement là, ni bonne ni mauvaise, maintenue en équilibre par un usage prudent et du travail, et par la propre pratique de la magie. La magie que nous faisons avec nos sorts est interne, maintenue en équilibre par nos propres actes. Il y a des sorts de magie noire, magie dont le seul but est de nuire. L'expression – magie noire – a gagné en popularité, surtout avec la récente guerre, mais la magie elle-même n'est pas sombre, seulement la façon dont elle est utilisée. Le problème est que, avec la guerre, nous avons dépensé notre énergie à combattre plutôt que de garder la magie élémentaire en équilibre. Chaque jour, le déséquilibre s'aggrave. Ce n'est qu'une question de temps jusqu'à ce que le déséquilibre commence à provoquer le chaos dans le monde normal.

— Et la force extérieure ? demanda Christophe. Est-elle limitée ?

— La comparaison la plus simple serait de prendre l'exemple d'une forêt. Elle est limitée, mais elle est renouvelable. L'un des rôles primordiaux des sorciers, c'est de renvoyer dans la magie élémentaire autant que nous en prenons, pour nous assurer qu'elle reste en équilibre. Et c'est ça le problème. Nous prenons tellement plus en luttant que nous ne pouvons en rendre.

Christophe hocha la tête.

— Est-elle… consciente ? Je suppose que c'est le mot juste ?

Raymond fronça les sourcils.

— Que voulez-vous dire ?

— La magie élémentaire pourrait-elle faire certaines choses, ou les encourager, qui aiderait à son renouvellement ? reformula Christophe.

Avant que Raymond puisse répondre, il aperçut le visage ennuyé de Jean.

— Tu n'as pas à rester, Jean. Je pense que nous sommes parfaitement capables de converser sans toi.

Jean regarda Raymond pour voir sa réaction à cette suggestion. Il ne partageait pas leur fascination et ne trouvait donc pas leur conversation intéressante du tout, mais il ne voulait pas non plus abandonner son partenaire.

— Tout va bien, dit doucement Raymond. Reviens dans une heure. Je serai ici.

Jean fronça les sourcils, leur récente conversation à propos de Serrier et de ses intentions envers son sorcier était encore fraîche dans l'esprit du vampire.

— Et si tu termines plus tôt que prévu ? Je ne veux pas te laisser seul.

— J'attendrai avec ton partenaire jusqu'à ton retour, intervint Christophe.

— Dans ce cas, je vais vous laisser parler, décida Jean en se levant.

Lorsqu'il sortit, Christophe se tourna de nouveau vers Raymond.

— C'est un bon vampire, mais il n'a rien d'un érudit.

Raymond eut un petit rire.

— On pourrait dire la même chose de la plupart de mes collègues.

Puis il redevint sérieux tandis qu'il reconsidérait la question de Christophe.

— Susceptible de favoriser son propre renouvellement ? songea-t-il à haute voix. Je n'avais jamais pensé à ça, parce que nous faisons tellement d'efforts pour maintenir l'équilibre nous-mêmes, mais il doit y avoir eu un temps où nous ne savions pas comment le faire, et pourtant le déséquilibre n'était pas si important que cela aurait pu détruire le monde. C'est une question intéressante et vous avez certainement une raison bien particulière de l'avoir posée.

— La symbiose, déclara Christophe. Si je ne me trompe pas, le vampire est protégé de la lumière du soleil et le sorcier des effets secondaires dus à l'alimentation. Et d'après ce que vous et les autres avez dit, la symbiose semble être auto-entretenue. Les instincts protecteurs, possessifs des vampires ont été ramenés à la vie, les poussant à maintenir le lien même en cas de résistance. Et vous l'avez dit vous-même, vous avez été attiré aux côtés de Jean, alors même que vous vouliez être ailleurs. Ceci est externe, pas interne, et votre description de la magie élémentaire comme une entité en soi me fait me demander si ce lien pourrait être quelque chose de créé pour la soutenir.

— Je peux comprendre pourquoi cette connaissance aurait été supprimée, commenta Raymond. Je peux imaginer qu'un grand nombre de sorciers se sentiraient contraints, même si c'est par leur propre magie.

— Est-ce de la contrainte ? demanda Christophe. Ou bien est-ce la magie inhérente à chaque sorcier qui le pousse à trouver le bon vampire, quelles que soient les différences apparentes ?

— Alain et Orlando ont été attirés l'un vers l'autre avant leur lien. Ce sont les seuls partenaires qui avaient une chance de se former naturellement. Les autres sont le résultat de l'expérimentation délibérée. Il n'existe aucun moyen de savoir ceux qui auraient pu se développer sans cela. Je n'aurais pas laissé Jean me mordre parce qu'il est un vampire. Cela n'avait rien à voir avec sa personnalité, son apparence ou quoi que ce soit d'autre, excepté mes propres peurs enracinées.

— Qu'en est-il des autres ? interrogea Christophe.

— Il semble que certaines paires aient noué un lien de sympathie. Vous avez dit que Caroline et Mireille le ressentaient. Alain et Orlando aussi, très certainement. Cependant, j'en ai vu un ou deux autres qui semblaient incompatibles. Adèle est une femme très moderne, très indépendante et j'ai l'impression que son partenaire, je crois qu'il s'appelle Jude, a un réel problème avec ça, répondit pensivement Raymond.

— Jude a des problèmes avec toutes choses, toutes idées, qui ne datent pas de moins de quatre cents ans. Lui et quelques-uns de ses amis ont refusé de laisser l'ère de leur transformation derrière eux, expliqua Christophe.

— Alors pourquoi son partenaire serait-il Adèle ? Pourquoi sa magie trouverait-elle un partenaire aussi contraire à sa nature ? Je veux dire, je peux voir Alain et Orlando ensemble. Thierry et Sébastien semblent bien appariés. Même Jean et moi sommes aussi bien assortis que je peux l'être avec un vampire. Pourquoi Jude correspondrait-il à Adèle ? Pourquoi pas quelqu'un comme David Sabatier qui est lui aussi relativement conservateur ?

— Cela doit dépendre de l'étendue de la symbiose. S'il ne s'agissait que de pratique, ce serait plus logique, mais ce lien ne trouve pas sa genèse dans votre Alliance. Il est plus âgé que moi, si mes conjectures à propos de Merlin et du vampire sont correctes. Ce n'est pas une question de travailler ensemble, mais de vivre ensemble, il semblerait. Comment se comporte ce David au sujet des hommes ? demanda Christophe.

— Vous voulez dire sexuellement, clarifia Raymond.

Quand Christophe hocha la tête, il poursuivit.

— Pour autant que je sache, il n'a jamais recherché d'autre compagnie que celle des femmes.

— La même chose est vraie pour Jude, sexuellement. Socialement, il préfère la compagnie des hommes mais veut des femmes dans son lit. Mettre Jude en partenariat avec un homme servirait l'Alliance, mais pas le lien symbiotique.

— Je ne vois pas Jude et Adèle comme des amants, dit Raymond en riant. Ils peuvent à peine supporter de se regarder l'un l'autre.

— Peut-être vont-ils se tempérer réciproquement, suggéra Christophe. Vous avez parlé d'un autre couple mal assorti.

— Angélique et David.

— Ah oui ! sourit Christophe. La belle Angélique. Les apparences peuvent être trompeuses, comme vous devez le savoir. Elle est probablement la vampire qui a le plus le sens des affaires sur Paris. Elle ressemble à la courtisane d'un harem de sultan et en effet, elle en faisait partie lorsqu'elle a été transformée, mais cela ne remet pas en cause la nature impitoyable des pratiques qui y sévissaient. Il semble que David l'ait mal jugée. Quand il la verra telle qu'elle est vraiment, peut-être son opinion changera-t-elle.

— Peut-être, reconnut Raymond. Ainsi, les couples surgiraient en raison de certains traits complémentaires sous-jacents entre le sorcier et le vampire. Et la nature symbiotique les pousse vers un niveau d'intimité qui ne ferait que perpétuer l'état symbiotique. C'est logique. La Magie doit être régénérée et maintenue en équilibre. Si quelque chose autour de ce lien l'aide, cela expliquerait beaucoup de choses. Sinon, je ne vois pas l'intérêt pour les sorciers. Les vampires gagnent une protection contre le soleil et une Alliance, nous obtenons de nouveaux alliés, mais je ne vois pas d'avantages personnels pour les sorciers.

Christophe eut un sourire carnassier.

— Vous n'avez évidemment jamais eu de vampire comme amant. Nos instincts nous poussent à agir d'une manière que vous ne pouvez même pas imaginer. Si un vampire choisit de se consacrer à vous, vous ne voudrez plus jamais connaître autre chose tant que vous vivrez. Nous mettons les choses, les gens, sur un piédestal, la construction même de notre existence, autour de l'objet de notre affection. Pour moi, ce sont les livres. Pour le jeune Orlando, ce sera son Avoué. Pour Angélique, c'est son établissement. Pour Jean, jusqu'à présent, c'était Orlando – pas sexuellement – mais son monde tournait autour d'un jeune vampire nouvellement transformé qu'il aidait à guérir. Donnez une semaine à votre ami Alain et demandez-lui s'il a déjà été aussi bien traité de sa vie. Demandez-lui s'il voudrait annuler l'Aveu de Sang s'il le pouvait. Il vous dira non et ce n'est pas la magie qui lui fera répondre ça.

— Vous semblez si sûr de ça, dit Raymond stupéfait.

La pensée lui était tellement étrangère et même s'il détestait encore l'idée de l'Alliance et de tout ce que cela lui demandait comme effort, il avait senti l'obligation d'être aux côtés de Jean. Maintenant qu'ils avaient aplani certaines de leurs différences, Raymond ne pouvait pas s'empêcher de se demander dans quelle mesure la contrainte les emporterait. Christophe avait parlé de la symbiose comme un lien à vie. Ce lien se satisferait-il d'une solide relation de travail ou d'une profonde et durable amitié ? Ou se retrouveraient-ils poussés, lui et Jean, vers une relation d'un genre différent ? Son esprit se révoltait à cette idée. Il avait encore assez de réticence à laisser Jean s'alimenter sur lui dans le cadre de l'Alliance. Il n'était pas prêt à envisager d'avoir un vampire comme amant.

— J'ai eu presque deux millénaires pour observer mon espèce et ses interactions avec les mortels. Je n'ai jamais rencontré ni même entendu parler pendant tout ce temps, que d'une poignée de vampires qui n'aurait pas agi comme je l'ai décrit. Nous avons tellement de temps devant nous après avoir été transformés, et nos instincts nous conduisent à préserver ce qui nous procure du plaisir. J'ai vu ces instincts changer des hommes, quand ils transformaient des bêtes insensibles en protecteurs enragés. Ils ne perdent pas leurs scrupules à blesser ceux qui nuiraient à leur trésor, mais la personne qu'ils avaient choisi de protéger vivait dans autant de luxe qu'ils pouvaient leur en fournir. Je n'ai jamais compris ce qui s'était passé dans les quelques cas où nos instincts n'avaient pas pris la relève. Et dans la plupart de ces cas, la menace d'être exclu de la société des vampires était suffisante pour les garder dans le droit chemin. Je ne peux penser qu'à un seul cas qui est vraiment allé au-delà de la limite. Il est maintenant détruit. Je regrette seulement qu'il ait causé tant de douleur avant qu'il ne soit tué.

Christophe ne nomma pas Thurloe, n'indiqua d'aucune façon qu'il se référait au créateur d'Orlando puisqu'il s'agissait de l'histoire d'Orlando, mais la colère sous-jacente restait présente, même un siècle plus tard.

— Donc, cela peut mal tourner ? demanda Raymond.

— De temps en temps, je suppose, mais seulement quelques rares fois en près de deux mille ans, ce n'est pas si mal, presque un record.

— Les quelques rares fois dont vous avez eu connaissance, précisa Raymond.

— Certes, convint Christophe. Combien pensez-vous connaître de sorciers qui ont mal tourné ?

— Touché, répondit Raymond, en secouant la tête.

— J'ai beaucoup étudié, plus que vous ne l'avez fait. Je n'ai pas trouvé d'autres cas d'abus dans toutes les sources dignes de confiance, depuis que nous sommes devenus assez civilisés pour ne plus tuer nos proies chaque fois.

— Je connais un jeune homme qui a été tué par un vampire, confia Raymond parlant à Christophe du garçon de son village.

— Vous rappelez-vous le nom du vampire ? demanda curieusement Christophe.

— Je pense que c'était Édouard, dit Raymond. Je n'ai jamais su son nom de famille.

Christophe fronça les sourcils.

— Je ne suis pas au courant d'un vampire de ce nom résidant en ville, mais je vais voir ce que je peux découvrir. La société des vampires dans son ensemble ne tolère pas les meurtres de mortels. Cela donne de nous une mauvaise image et cela rend notre vie encore plus difficile. Si un vampire fait étalage de cette habitude, Jean a besoin d'en apprendre plus sur le sujet.

— Pourquoi Jean ? demanda Raymond. Pourquoi pas vous ?

— Je lui ai transmis les rênes lorsqu'il m'a prouvé qu'il en était digne. J'ai des choses plus intéressantes à faire de mon temps. J'ai des livres à lire, des choses à apprendre. Je n'ai plus le temps pour de petites querelles qui dépendent des fonctions de Jean maintenant. Voudriez-vous être à la place de Chavinier ?

Raymond rit à cette suggestion.

— Cela n'arrivera jamais. Ils n'oublieront jamais que j'ai pris le parti de Serrier pendant une courte période. Je n'ai pas plus d'espoir de gagner cette guerre tout seul que je n'en ai de détenir une position d'autorité au sein de la Milice. Je suis là uniquement parce que Marcel insiste. Les autres préféreraient me voir mort.

— Peut-être que ceci les aidera à voir votre valeur en tant qu'allié, suggéra Christophe. Peut-être que cela va même aider à voir la valeur des connaissances de toutes les espèces.

— Nous ne pouvons qu'espérer, répondit Raymond avec ferveur.

XII

ANTONIO RELEVA la tête et cracha le sang de sa bouche. Après avoir interrogé tous les sorciers, il commençait à comprendre pourquoi Jean n'avait pas avalé le sang au goût infect. La simple saveur suffisait à retourner son estomac même sans réellement l'ingérer.

— Il ment, dit-il après s'être nettoyé sa bouche.

— Vous vous rendez compte que chaque fois qu'il nous dit ça, vous aggravez davantage votre situation, déclara Alain à Pacotte.

— Y a-t-il quelque chose que je puisse dire et qui pourrait améliorer les choses ? répliqua Pacotte avec un rire amer. Vous avez déjà essayé de me faire parler et m'avez jugé. Si je vous disais quelque chose, je mourrais de toute façon, alors à quoi ça sert ?

Thierry se pencha, bousculant l'autre sorcier sur sa chaise.

— À me rendre heureux, gronda-t-il.

Alain commença à s'approcher de Thierry, pour le calmer, lorsqu'Orlando vacilla à côté de lui. Alain cria le nom de son amant et l'attrapa alors qu'il s'effondrait.

— Merde ! murmura Thierry, en jetant de nouveau un sort contraignant sur Pacotte afin qu'il ne soit pas conscient de ce qui se déroulait.

— Que se passe-t-il ?

Il n'obtint pas de réponse. Alain tenait tendrement Orlando dans ses bras, le berçant doucement, tandis que les deux autres vampires se penchaient sur lui avec sollicitude.

— Qu'est-ce qui lui arrive ? demanda Alain la panique perçant dans sa voix.

Il appela le nom d'Orlando de nouveau, essayant de réveiller le vampire inconscient.

— À quand remonte la dernière fois où il s'est alimenté ? demanda Sébastien à Alain.

— Hier matin.

Les yeux d'Alain ne quittèrent pas le corps d'Orlando pendant qu'il parlait. Il répondait aux questions de Sébastien, dans l'espoir que l'autre vampire serait en mesure de l'aider, mais toute son attention était pour son vampire, son amant.

— Et quand avez-vous fait votre Aveu de Sang ? demanda-t-il.

— Le jour d'avant.

— Eh bien, pas étonnant qu'il soit inconscient. Il a besoin de manger, expliqua Sébastien. Est-ce que personne ne lui a rien appris ?

— Il disait qu'il n'avait besoin de se nourrir que tous les deux ou trois jours, répondit Alain avec impatience.

Il était plus que prêt à laisser Orlando se nourrir de nouveau, mais il s'inquiétait de savoir que son amant en avait besoin à ce point.

— Normalement, c'est vrai, convint Sébastien, mais votre situation est particulière. L'Aveu de Sang exige plus de nourriture que cela, du moins au début. À terme, il sera en mesure de tenir plus longtemps, jusqu'à deux semaines sans s'alimenter, mais au début, il aura besoin de vous au moins une fois par jour.

Il s'arrêta un moment pour réfléchir.

— La protection contre les rayons du soleil peut ne pas durer aussi longtemps. Je n'ai pas à m'inquiéter de ça pour l'instant.

Thierry regarda Sébastien fixement, résolu à interroger le vampire sur ce commentaire dès que possible. Mais pour l'instant et avant tout, ils devaient prendre soin d'Orlando.

— Que dois-je faire maintenant ? demanda Alain, un peu calmé maintenant qu'il avait compris la raison pour laquelle Orlando s'était effondré. Il est inconscient. Il ne peut pas me mordre.

— Y a-t-il un endroit privé où vous pouvez aller ? Une fois que vous serez là-bas, vous percerez votre peau juste assez pour attirer le sang à la surface et vous poserez votre blessure sur ses lèvres. Le goût le réveillera et il pourra se nourrir normalement, lui assura Sébastien.

— Utilise notre bureau, suggéra Thierry. Je suis ici et tout le monde pense que tu y es également. Personne ne vous dérangera là-bas.

Alain hocha la tête et souleva Orlando dans ses bras.

— Tu dois nous envoyer là-bas. Je ne veux pas le porter dans les couloirs, et ma magie ne fonctionnera pas sur lui.

Thierry hocha la tête et sortit sa baguette, en veillant à dire le sort clairement de façon à ce qu'Alain sache quand s'attendre à la dématérialisation. Lorsque le sorcier et le vampire eurent disparu, Thierry regarda celui qu'il avait envoûté. D'un geste du poignet, il renvoya Pacotte à sa cellule et se tourna vers Sébastien.

— Tu sembles en savoir beaucoup sur le… comment est-ce que vous l'appelez ? L'Aveu de Sang.

— C'est ça, répondit Sébastien, certain de ne pas être prêt à avoir cette conversation. Eh oui, j'en sais un peu à ce sujet.

Antonio sentit la tension dans l'air et décida que c'était le bon moment pour lui de s'éclipser.

— Messieurs, dit-il, attirant leur attention mais pas leurs regards. Il se fait tard et je dois encore me nourrir avant l'aube. Je veux me débarrasser de leur mauvais goût dans ma bouche. Si vous voulez bien m'excuser, je vais y aller maintenant.

95

Son malaise accentua son accent habituellement subtil, rendant ses origines espagnoles plus évidentes que d'ordinaire.

Sébastien et Thierry hochèrent la tête, mais leurs yeux ne quittèrent pas complètement l'autre. Antonio glissa hors de la pièce et referma la porte derrière lui.

— Cela ressemblait à plus qu'un peu, déclara Thierry lorsqu'ils furent seuls, bien qu'il ne fut pas certain d'être prêt à entendre que Sébastien ait eu un Avoué dans son passé.

Il avait vu la dévotion entre Alain et Orlando, même en un temps aussi court. Pour des raisons qu'il ne pouvait s'expliquer, cela l'ennuyait de penser que Sébastien avait déjà connu ce niveau de dévotion, peut-être même qu'il le ressentait encore.

— Cela avait l'air plutôt personnel.

Par réflexe, la main de Sébastien plongea dans sa poche. Il ne parlait pas de Thibaut. Jamais. À personne. Il ne l'avait pas fait depuis qu'il était mort presque quatre cents ans plus tôt, le laissant seul. Il n'était pas encore prêt à parler de son Avoué, son amour, mais tout en faisant courir ses doigts sur le médaillon, il décida qu'il était peut-être temps de le faire.

— C'était personnel, commença-t-il lentement. J'ai eu un Avoué, il y a longtemps.

Thierry pouvait entendre la douleur sous-jacente derrière ces simples mots. Ils évoquaient quelque chose en lui qu'il ne voulut pas identifier. Il n'était pas prêt pour une nouvelle relation, quand bien même son cœur semblait lui demander de commencer celle-là.

— Veux-tu en parler ? demanda-t-il.

— Pas vraiment, répondit Sébastien après un bref éclat de rire forcé. Mais je pense que tu mérites de savoir.

Thierry leva la main.

— À toi de voir, assura le sorcier. Je n'ai pas le droit d'être indiscret.

Il aurait aimé avoir ce droit. Il souhaitait avoir tous les droits en ce qui concernait Sébastien, mais il ne pouvait pas le dire. Pas encore, peut-être jamais. Ce ne serait pas juste envers le vampire.

Sébastien ne répliqua pas à ce commentaire. Il n'était pas prêt à avouer à Thierry qu'il pourrait avoir tous les droits qu'il voulait, et il ne pensait pas non plus que ce dernier était prêt à l'entendre.

— Il s'appelait Thibaut. Contrairement à la plupart de ses amis, il n'était pas effrayé que je sois un vampire. J'ai découvert plus tard que je n'étais pas le premier qu'il avait rencontré, ni même le premier qu'il avait laissé s'alimenter de son sang, mais j'étais celui qu'il avait choisi. Je suis immédiatement tombé amoureux. La saveur de son sang ne ressemblait à rien de ce que j'avais connu jusque-là.

Et il n'avait plus goûté quelque chose d'identique, jusqu'à sa rencontre avec Thierry. Cependant, il n'exprima pas non cette pensée. Il n'était pas prêt à la révéler non plus et il était sûr que Thierry n'était pas prêt à l'entendre.

— Nous sommes restés ensemble après ça, jusqu'à sa mort.

— Il te manque encore, n'est-ce pas ? demanda Thierry en essayant de comprendre ce que ces nouvelles révélations signifiaient.

— Sa mort a laissé un vide dans ma vie que rien n'a rempli depuis.

Sébastien n'ajouta pas que la présence de Thierry avait finalement réussi à adoucir sa peine, même s'il n'avait pas, ne pouvait pas, remplacer Thibaut. C'était trop tôt pour penser à une nouvelle relation, en particulier avec quelqu'un qui avait également subi une perte récente. Encore un autre sujet dont ils ne semblaient pas être en mesure de parler. Il se demanda s'ils pourraient un jour sortir de cette impasse. Ils pourraient travailler ensemble, mais ils ne semblaient pas être en mesure de surmonter les obstacles qui leur permettraient de devenir des amis ou quand ils y seraient prêts, peut-être même plus.

Thierry ne savait pas exactement comment répondre au dernier commentaire de Sébastien, ne se sentant pas encore prêt à faire l'offre qui permettrait de combler ce vide qu'il ressentait. Il connaissait la douleur. Il l'avait connu même avant la mort d'Aleth, après avoir regardé Alain accepter progressivement la perte d'Henry et avoir vu ce que le chagrin pouvait faire à un homme honorable, quand Éric avait changé de camp. Il n'était pas sûr que sa propre expérience puisse même se comparer à celle de Sébastien. Après tout, Aleth et lui étaient séparés depuis un certain temps avant sa mort, et alors qu'il était encore amoureux de l'image qu'il avait d'elle, il n'avait pas vu ce côté d'Aleth depuis le moment où la guerre avait commencé. Il l'avait compris, mais il avait refusé d'accepter que même la fin de la guerre n'aurait pu rétablir leur relation. Aleth était décédée seulement depuis quelques jours ; leur relation était morte depuis presque deux ans.

— Je ne sais pas comment poser cette question sans avoir l'air stupide, déclara Thierry. D'après ce qu'ont dit Alain et Orlando, il semble que l'Aveu de Sang soit un peu comme un mariage. Je sais que certaines personnes se remarient après avoir perdu un conjoint. As-tu déjà pensé à trouver un autre Avoué ?

Il ne savait pas pourquoi il posait cette question. Il ne voulait certainement pas que Sébastien trouve quelqu'un d'autre, et il n'était pas prêt à se proposer non plus. Certainement pas si tôt après la mort d'Aleth. Peut-être jamais.

La première réaction de Sébastien fut un mouvement de colère bien qu'il sache que Thierry n'essayait pas d'être délibérément cruel.

— Cela ne fonctionne pas tout à fait comme ça, répondit-il lentement, ne sachant pas s'il pouvait expliquer cette relation complexe. Il y a une… espérance chez les mortels, celle de se marier, d'avoir des enfants et de passer toute une vie ensemble. C'est différent pour nous. La vie d'un mortel ne dure qu'un clin d'œil comparé à celle d'un vampire. J'ai passé cinquante années avec Thibaut, mais j'ai été seul pendant cinq cents ans. Je me suis engagé avec lui autrefois, au début de ma vie en tant que vampire, désespéré par le manque de camaraderie et d'amour après avoir perdu tous ceux que je connaissais avant. Nous avons eu cinquante années merveilleuses ensemble, et je ne voudrais les changer pour rien au monde, mais maintenant je dois vivre avec sa perte. Je ne sais pas si je pourrai refaire face à la perte de quelqu'un comme ça.

Seul pendant cinq cents ans. En entendant le vide immense dans la voix du vampire, la réaction instinctive de Thierry fut de chercher à le réconforter mais il n'était pas sûr que Sébastien apprécierait l'offre et il n'était pas prêt lui-même à le faire. L'impulsion était là, si forte qu'il était difficile de la nier, mais il avait peur d'offrir ce que ce réconfort pourrait impliquer.

— Je suis désolé, dit-il, se sentant incroyablement impuissant.

Ces simples mots ne parvenaient pas à indiquer ce qu'il ressentait ni ce que Sébastien avait sans aucun doute besoin d'entendre.

— Je souhaiterais pouvoir t'aider.

Sébastien tenta de ne pas changer d'expression mais il ne put arrêter la frénésie des battements de son cœur provoqués par les mots impersonnels de Thierry. De toute évidence, le sorcier ne ressentait pas de la même manière la connexion qui existait entre eux et que Sébastien percevait depuis qu'il avait goûté son sang. Il réprima un soupir. Il aurait aimé avoir une chance de gagner son affection, mais il n'était manifestement pas près d'y arriver. Il devrait donc se contenter de son amitié.

Se sentant de plus en plus mal à l'aise, Thierry rompit le silence.

— Je suppose que nous devrions faire notre rapport à Marcel, à moins qu'il sache ce qui s'est passé.

Cela le gênait qu'ils n'aient pas pu obtenir d'information convaincante.

Presque autant que cela l'ennuyait de ne pas faire de progrès auprès de Sébastien. Il le voulait désespérément, mais n'était tout simplement pas prêt.

RAYMOND LEVA les yeux alors que Jean entrait dans le café, son esprit ayant encore du mal à enregistrer tout ce qu'il avait appris ce soir. Si l'aîné des vampires avait raison avec ses déductions – et Raymond ne trouvait aucune faille dans sa logique – lui-même était donc à la recherche d'un partenaire de vie dans tous les sens du terme. Il ne savait pratiquement rien au sujet de Jean et pourtant sa propre magie le poussait à accepter une éventuelle relation avec le vampire. Il frissonna un peu. Il venait à peine d'accepter les exigences de l'Alliance. Il n'avait aucune idée sur la façon de gérer ce lien qui se formait entre eux.

— Est-ce que j'ai quelque chose sur la figure ? demanda Jean alors qu'il s'asseyait.

— Quoi ? bégaya Raymond.

— Tu me regardes bizarrement. J'ai pensé que j'avais peut-être quelque chose sur le visage.

Raymond secoua la tête.

— Non, j'étais juste en train de réfléchir.

— Je vais vous laisser parler, déclara Christophe en se levant. Mais avant que je parte, Jean, il semblerait qu'il y ait un vampire rebelle qui pourrait tuer ses proies. Son prénom est Édouard. S'il est à Paris, tu dois le retrouver et y mettre bon ordre. Il nous met tous en danger.

Jean hocha la tête.

— Je vais étudier la question.

— Tu dois t'en préoccuper au plus vite.

Sur ces dernières paroles, l'aîné des vampires disparut.

— Avez-vous découvert quelque chose ? demanda Jean.

— Ouais. Allons marcher. Je vais te donner nos conclusions.

Jean acquiesça et ils quittèrent le café, marchant côte à côte à travers les rues sombres. Raymond lui lançait de petits regards de biais. Le corps du vampire était relativement maigre, son visage rude, mais pas trop. Il arborait un soupçon de moustache et de barbiche, une sophistication qui gênait Raymond sur la plupart des hommes, mais qui semblait convenir parfaitement à Jean. Ses cheveux brun clair étaient longs, atteignant ses épaules et il les tirait en arrière en queue de cheval. Quelques mèches étaient parvenues à se libérer et Raymond devait se retenir pour ne pas les repousser derrière son oreille et libérer ainsi son visage. Le vampire paraissait plus jeune que Raymond lui-même, mais il était tout à fait sûr que les apparences, dans le cas présent, étaient trompeuses. Jean n'avait pas atteint sa position de chef actuel au bout d'un an ou deux. Il avait entendu plusieurs personnes parler de Jean comme l'un des vampires les plus âgés de la ville. Il réalisa brusquement qu'il commençait à considérer Jean, non pas comme un simple allié, mais comme un amant potentiel. Une partie de lui trembla à cette pensée, mais il la repoussa. Il devait le considérer comme un individu et non comme un vampire. Il lui devait bien cela après les malentendus qui avaient empoisonné le début de leur partenariat.

Alors qu'ils marchaient, Raymond avait du mal à trouver une façon de résumer tout ce dont il avait discuté avec le vieux vampire tout en restant le moins inquiétant possible. Les révélations qui tourbillonnaient dans son esprit l'avaient clairement perturbé. Pendant des années, il avait craint les vampires à cause de ce qui était arrivé à Jacques. Il commençait à comprendre que ces événements se révélaient être un coup de malchance, mais la prudence enracinée en lui n'était pas si facile à vaincre.

— Monsieur Lombard m'a dit que les vampires construisaient souvent leur vie autour de leurs passions, quelles qu'elles soient. Il a dit que la sienne était l'étude des livres et qu'Alain était celle d'Orlando. Penses-tu qu'il a raison ? demanda Raymond après plusieurs minutes de silence.

— Je pense que c'est souvent le cas, oui, admit Jean en se demandant ce que ces questions avaient à voir avec l'Alliance.

Avaient-ils perdu une soirée à débattre sur des questions purement ésotériques sans que rien de concret ne soit ressorti de leur discussion ? Il en savait Christophe capable, mais il avait pensé que Raymond était plus concerné par la situation immédiate.

— Quelle est ta passion ?

Jean examina la question, espérant que cela mènerait quelque part. Une semaine plus tôt, il aurait répondu 'aider Orlando', mais tout ce qui concernait le jeune vampire était désormais entre les mains d'Alain et y resterait aussi longtemps que le sorcier vivrait, à moins, bien sûr, qu'il ne se révèle indigne, auquel cas Jean ferait ce qu'il fallait pour résoudre le problème.

— Je n'en ai pas en ce moment, répondit-il enfin, alors qu'une image de Karine jaillissait dans sa tête.

Elle aurait volontiers rempli cet office s'il le lui avait permis, mais il ne l'avait jamais laissée s'approcher assez près.

— Pourquoi me poses-tu cette question ?

— Nous pensons que les liens entre les sorciers et les vampires sont auto-encouragés. Si cela déclenche les instincts possessifs des vampires, cela devrait les inciter à intégrer leurs sorciers dans leurs passions et à agir en conséquence.

Jean n'avait pas de passion pour le moment. C'était la pensée qui retentissait dans l'esprit de Raymond tandis qu'il répondait à la question. Cela laisserait-il Jean plus susceptible de succomber aux exigences du lien qui existait entre eux ? Cette possibilité le fascinait tout autant qu'elle le dérangeait. Il n'arrivait pas à imaginer ce que ce serait de se retrouver dans cette situation. C'était suffisant pour qu'il souhaite être un meilleur ami pour Alain. Il pourrait certainement profiter de quelques conseils sur la question.

— À quelle fin ? demanda Jean.

— Nous ne savons pas vraiment, mais notre théorie est que l'échange de sang et de magie entre sorcier et vampire doit contribuer à l'équilibre naturel dans le monde. Sinon, il n'y a pas d'explication pour ce besoin presque compulsif d'être auprès de nos partenaires que beaucoup d'entre nous semblent avoir ressenti.

Jean frissonna, commençant à entrevoir les conséquences qui pourraient s'avérer de grande envergure en effet.

— Pas étonnant que cela ne soit pas très connu. La plupart des vampires évitent tout type de relation à long terme avec les non-vampires à cause du problème de la mortalité. Nous restons les mêmes alors que des générations de personnes vivent et meurent. J'ai plus de mille ans. Cela fait trente générations, ou plus, qui ont vécu et sont mortes depuis que j'ai été créé. La seule façon de rester sain d'esprit est de les laisser passer sans les voir. C'est également pour cette raison que si peu de vampires forment un Aveu de Sang comme Orlando l'a fait. La perte lorsque meurt leur Avoué est plus importante que beaucoup de vampires ne sont prêts à le supporter. Nous préférons chercher une subsistance anonyme et une compagnie au sein de notre propre espèce.

Le cœur de Raymond se glaça. Non seulement les vampires se retrouvaient devant un engagement qu'ils n'avaient pas demandé, mais il était probable qu'en plus ils n'en veuillent pas. Il se demanda jusqu'où ils pourraient aller pour éviter cet engagement. L'Alliance pourrait-elle survivre à la lumière de ces nouvelles informations ?

— Comment pouvons-nous expliquer cela aux vampires de telle manière qu'ils ne cherchent pas immédiatement à s'enfuir ? demanda Raymond.

Jean fronça les sourcils. Cela lui faisait de la peine que le sorcier considère que les vampires aient un si piètre sens de l'honneur.

— Nous maintiendrons nos engagements, grommela-t-il, sentant la familière, mais importune sensation de frustration qui avait caractérisé ses premiers rapports avec son partenaire, revenir en force.

— Merde, déclara Raymond en entendant le ton pincé de Jean et en réalisant ce qu'il venait de dire. Je suis désolé. Ce n'est pas sorti de la façon dont je voulais le dire.

— Et comment, exactement, voulais-tu le dire ? ironisa Jean, déterminé à rester calme et à écouter ce que Raymond avait à dire.

Ils avaient fait trop de progrès dans leur relation pour laisser une incompréhension réduire tout à néant.

— Je voulais simplement dire que c'est une véritable bombe que nous allons devoir lâcher sur tous les sorciers comme les vampires et nous devons trouver la meilleure façon de l'expliquer de telle sorte que tout le monde l'accepte et continue, expliqua Raymond. Je n'ai jamais voulu laisser entendre que vous, les vampires, alliez abandonner l'Alliance.

Jean secoua la tête.

— Je n'en ai aucune idée, répondit-il honnêtement. Je ne peux même pas imaginer une façon d'expliquer cela rationnellement. Nous ne faisons pas cela. Nous ne faisons pas ce genre d'Alliance, et tout à coup la plupart des vampires dans la ville l'ont fait sans même le savoir. Je me demande si nous ne ferions pas de mieux ne rien dire.

Raymond fit une grimace. Il pouvait comprendre le point de vue de Jean, mais…

— Est-ce juste pour les autres ? Je veux dire, ils vont commencer à ressentir les effets du lien, et cela va créer une certaine confusion entre leurs attentes et la réalité. Et si cette confusion les met en danger, alors elle est aussi préjudiciable, non seulement pour eux, mais aussi pour l'Alliance, parce que les partenaires sont supposés agir ensemble.

— Qu'en est-il des sorciers ? demanda Jean. Comment vont-ils réagir ?

— Ils vont probablement être aussi bouleversés que tu sembles penser que les vampires le seront. Pratiquer la magie exige chaque parcelle de notre esprit pour la garder sous contrôle. Tu as vu ce qui s'est passé lorsque Thierry a perdu le contrôle à la gare l'autre soir. Sa magie s'est déchaînée. Si elle avait frappé quelqu'un d'autre que Sébastien, il aurait pu y avoir des blessés. La passion irraisonnée qui semble affecter les deux parties pourrait modifier notre capacité à maintenir le contrôle nécessaire.

Jean hocha la tête. Cela revenait un peu, pour un vampire, à ce qu'il contrôle ses instincts alors qu'il était affamé, pour qu'il ne prenne que ce dont il avait besoin plutôt que de se gaver et de tuer la personne sur laquelle il s'alimentait.

— Comment vas-tu leur expliquer ?

— Je n'en ai pas la moindre idée, admit Raymond. Je vais en parler à Marcel et le laisser s'en débrouiller. Je suis bon dans les discours clairs, pas dans le genre de baratin que Marcel fournit tout le temps à la presse. Je pense que cela pourrait l'aider si nous pouvions lui donner une idée de ce qu'il devrait dire aux vampires.

— Je pense que ça, c'est mon travail, souligna Jean.

— Oui, acquiesça Raymond, mais nous devons présenter un front uni. Si vous n'êtes pas d'accord tous les deux sur la forme à présenter alors que vous faites partie de la direction de la Milice, comment pouvons-nous espérer que quelqu'un d'autre nous suive ?

Orlando m'avait fait la même réflexion une fois auparavant, songea Jean.

— Je suppose que nous devons parler avec Marcel, dans ce cas.

Alors qu'il parlait, il prit conscience de son désir de s'enfuir aussi loin qu'il le pouvait de Raymond et de ce... lien qui se formait entre eux. Il repoussa cette réaction, sachant qu'il ne pouvait pas laisser tous les autres vampires la voir, s'il voulait avoir l'espoir de les convaincre que ce n'était pas une tournure épouvantable des événements. Dès qu'il pourrait partir cependant, il irait chez Karine, ne serait-ce que pour se prouver qu'il le pouvait encore. Il travaillerait avec Raymond à poursuivre l'Alliance parce qu'il avait donné sa parole, mais il avait l'intention de choisir comment il passerait son temps en dehors de l'Alliance, indépendamment de ce que Christophe et Raymond pensaient que ses instincts le poussaient à faire. Il était peut-être un vampire, mais cela ne voulait pas dire qu'il avait perdu tout son libre arbitre. Il choisirait avec qui il voulait être, et à cet instant, il voulait être avec Karine.

XIII

ALAIN TRÉBUCHA quand il arriva dans le bureau, avec Orlando dans ses bras. Des années de pratique lui avaient appris comment garder son équilibre pendant un tel déplacement, mais il n'était pas habitué au poids supplémentaire qu'il portait à cet instant. Son déséquilibre le fit tomber à la renverse sur le canapé, ce qui convenait parfaitement à Alain. Il déplaça Orlando afin qu'il soit allongé à plat, et regarda autour de lui, essayant de trouver quelque chose qu'il pourrait utiliser pour entailler sa peau suffisamment pour saigner. Sans allumer les lumières, il se dirigea vers son bureau et fouilla dans les tiroirs pour trouver quelque chose de pointu. Le contenu vola tandis qu'il cherchait frénétiquement quelque chose, n'importe quoi, qui provoquerait un saignement. Des ciseaux, un coupe-papier, c'était un bureau, que diable ! Il devait forcément y avoir quelque chose !

Finalement, ses doigts trouvèrent du métal. Il les referma autour de l'objet qu'il extirpa. Un trombone. Il essayait de sauver son amant et tout ce qu'il pouvait trouver, c'était un putain de trombone. Très bien ! Il l'utiliserait parce qu'il ne pouvait pas attendre plus longtemps. Il avait besoin de voir les yeux d'Orlando s'ouvrir à nouveau, de sentir le regard sombre du vampire sur lui. À genoux sur le plancher à côté du canapé, Alain déplia le trombone et força sur le bout pointu à perforer sa peau. Cela fit mal. C'était en fait beaucoup plus douloureux que les crocs d'Orlando, mais ça n'avait pas d'importance. Tout ce dont Alain se souciait était d'apporter le sang à la surface de sa peau afin de pouvoir nourrir son vampire.

Attirant Orlando dans une étreinte ferme, il récupéra un peu de sang de son poignet et en frotta les lèvres du vampire. Comme cela ne provoquait aucune réaction, il enduisit de nouveau son doigt avec du sang et le glissa entre les lèvres d'Orlando pour qu'il puisse le poser sur sa langue.

Le goût du sang réveilla Orlando de son hébétude vers un cauchemar éveillé. Il était de retour dans le cachot de Thurloe, dans le noir, retenu, le sang étant enfoncé de force dans sa gorge pour le garder en vie et le guérir de la plus récente séance de torture. Il s'en était échappé, bon sang. Rien ne pouvait le ramener là-bas. Il saisit le bras le retenant, l'obligeant à s'écarter, forçant son ravisseur au sol. Furieux au-delà de la raison, il coinça le corps et attaqua, enfonçant profondément ses crocs dans la peau tendre du cou.

L'attaque d'Orlando avait été si soudaine et si inattendue qu'Alain ne put même pas y faire face. Il tomba à la renverse, sa tête heurtant le sol alors que le corps du vampire le maintenait au sol. Légèrement étourdi par le coup à la tête, il commença à prononcer le nom d'Orlando, pour l'apaiser, quand les crocs pénétrèrent violemment sa peau, transformant le nom à un cri de douleur. Le tendre amant qu'il avait connu n'existait plus, à sa place se tenait un vampire tout droit sorti des histoires d'horreur, s'alimentant cruellement sur lui, prenant son sang par la force. Sang qu'il aurait, et qu'il avait toujours, été disposé à donner sans aucune contrepartie. Son autorisation n'avait pas été demandée.

Le flot du sang chaud, vivifiant, inonda les sens d'Orlando, l'extirpant de son cauchemar et le ramenant à la réalité. Une réalité où ses actions étaient responsables de la saveur âcre, de la douleur et de la peur dans le sang de la meilleure personne qu'il ait jamais rencontrée. Il s'écarta immédiatement, horrifié de ce qu'il avait fait, toujours accroupi sur Alain, haletant. Le désir de se nourrir était toujours aussi incroyablement puissant, mais Orlando résista, reculant davantage pour se recroqueviller sur le canapé, plongé dans les abîmes du désespoir.

Alain s'assit prudemment, stupéfait et effrayé de la transformation soudaine d'Orlando. Voyant son amant blotti dans sa détresse coupable, son cœur se serra. Quelque chose avait effrayé ou blessé Orlando grièvement pour le faire se déchaîner aveuglément. Alain n'avait aucune idée de ce qu'il avait fait pour provoquer cette réaction, mais il avait besoin de savoir ce qui s'était passé pour qu'il puisse s'assurer qu'elle ne se reproduise plus. Déterminé à ne rien faire d'autre qui puisse faire sursauter Orlando, il jeta un sort d'illumination, les baignant tous les deux ainsi que le bureau dans une douce lumière.

— Orlando ? dit-il doucement, son intonation demandant une explication.

— Je suis désolé, dit Orlando. Je vais partir maintenant. Je ne te dérangerais plus.

Il se leva et se dirigea vers la porte.

Alain la verrouilla d'un geste rapide du poignet.

— Tu n'iras pas loin avec la porte verrouillée, souligna-t-il raisonnablement. Ne me fuis pas. Parle-moi.

— Qu'y a-t-il de plus à dire ? répondit Orlando amèrement. Je t'ai fait du mal. Je t'ai immobilisé et mordu sans ta permission. J'ai rompu notre promesse.

Alain se mit péniblement sur ses pieds, tremblant encore de la montée d'adrénaline qu'il avait ressentie quand Orlando l'avait attaqué, et s'approcha de son amant. Lentement, il tendit la main, attendant de voir comment allait réagir Orlando. Lorsque le vampire ne repoussa pas son contact, Alain l'attira dans une légère étreinte.

— Et ça ne te ressemble pas du tout. Pourquoi ne me dis-tu pas ce qui s'est passé pour que tu réagisses de cette façon ? J'ai besoin de savoir ce que je ne dois pas faire, tout comme j'ai besoin de savoir ce qu'il faut faire.

Orlando secoua la tête sans dire un mot.

Alain soupira et caressa les longues mèches.

— Tu peux me le dire ou vais-je devoir le demander à quelqu'un d'autre ? Sébastien semblait avoir une assez bonne idée des raisons pour lesquelles tu t'es évanoui. Peut-être qu'il saura ce qui t'a fait disjoncter. Ou Jean. J'irai voir votre vieux vampire, celui qui a le premier évoqué la possibilité de sortir en plein jour, si personne d'autre ne peut m'aider, mais je ne t'abandonnerai pas.

— Tu n'oserais pas !

— Goûte-moi si tu ne me crois pas. Jusqu'à maintenant, tu as été l'incarnation de la douceur avec moi. Quelque chose s'est passé pour changer cela et je pense que je mérite de savoir ce que j'ai fait de mal.

Le rire d'Orlando fut amer.

— La seule chose que tu as eu tort de faire a été de me prendre avec toi. Je suis une marchandise endommagée, Alain. J'ai pensé que, peut-être, je pourrais faire ça, mais comment puis-je te demander de me faire confiance alors que je ne peux même pas me faire confiance à moi-même ?

Alain mit un doigt sous le menton d'Orlando, le soulevant jusqu'à ce que leurs regards se croisent.

— Tu n'es pas une marchandise endommagée. Ne te sous-estime pas. Quant à avoir confiance en toi, qu'est-ce qui t'a fait arrêter ?

— Je t'ai fait mal. Je pouvais goûter la douleur dans ton sang.

— Et tu t'es arrêté, souligna Alain. Tu as réalisé que tu me faisais mal et tu t'es arrêté. C'est assez digne de confiance en ce qui me concerne.

— Je n'aurais jamais dû te blesser en premier lieu.

— As-tu essayé délibérément de me faire du mal ? demanda Alain.

— Oui, admit Orlando dans un murmure.

— Pourquoi ? demanda doucement Alain.

— Je pensais que…

Il ne pouvait pas le dire. Alain ne méritait pas d'être comparé avec la créature qui l'avait créé. Le sorcier était tout le contraire de ce monstre !

— Quoi ? insista Alain.

— Je pensais que j'étais de nouveau sous le contrôle de ce salaud. Il faisait sombre. Je ne pouvais pas te voir. Tout ce que je savais, c'est que j'étais maintenu et qu'on mettait du sang de force entre mes lèvres. Je ne pouvais pas revenir en arrière.

Le corps entier d'Orlando tremblait.

Alain aurait voulu que le créateur d'Orlando soit encore en vie, parce qu'il ne voulait rien de moins que pouvoir dépecer quelqu'un, membre par membre, et qui était mieux placé que le monstre qui avait brisé la magnifique créature qui était dans ses bras ?

— Tu étais inconscient. Sébastien a dit que c'était parce que tu avais besoin de te nourrir, et que je devrais te faire goûter mon sang, car cela te réveillerait afin que tu puisses te nourrir. Je n'ai pas pris la peine d'allumer les lumières parce que nous sommes dans mon bureau. Je sais où sont les choses. J'étais trop concentré sur toi pour me préoccuper d'autre chose. Je suis tellement désolé de t'avoir renvoyé là-bas, même pour une minute.

Orlando était terrassé. Alain s'excusait auprès de lui ? Alors que c'était lui qui avait blessé le sorcier ?

— Tu n'as pas à être désolé. Je suis celui qui devrait s'excuser.

— Tu n'as fait que te défendre.

— Je t'ai blessé !

— Et tu t'es arrêté dès que tu as réalisé que c'était moi. Ta colère n'était pas dirigée contre moi, elle était juste due à la situation. Je persiste à dire que tu n'as pas besoin de me présenter des excuses, mais je vais les accepter si tu acceptes les miennes.

— Tu n'as rien compris. Comment le pourrais-tu alors que je ne t'ai rien dit. Tu ne savais pas. Comment le pourrais-tu quand je ne te parle pas ?

— Donc, c'était un accident dans les deux cas. Tu vas apprendre à te sentir en sécurité avec moi, même aux niveaux les plus profonds et je vais apprendre à ne pas déclencher les mauvais souvenirs. Nous allons y arriver. Ça va juste prendre un peu de temps.

Alain déposa un tendre baiser sur la tempe d'Orlando.

— Maintenant, d'après Sébastien, tu dois être encore affamé.

— Tu continues à mentionner Sébastien. Qu'est-ce qu'il a à voir avec ça ? demanda Orlando.

— Nous étions en train d'interroger Pacotte. Tu as commencé à trembler, puis tu t'es évanoui. Sébastien a compris ce qui n'allait pas et Thierry nous a envoyés ici pour que je puisse prendre soin de toi.

Le visage d'Orlando se figea.

— J'ai aussi foutu ça en l'air, n'est-ce pas ?

Alain lui secoua doucement les épaules.

— Tu n'as rien foutu en l'air. Pacotte n'aurait rien dit à part des mensonges ; même sous la menace des vampires, il n'aurait pas parlé. Nous savions cela avant même de commencer, mais nous devions suivre la procédure réglementaire. Nous n'aurions pas parlé avec lui plus longtemps, même si tu n'avais pas perdu connaissance, et il était le dernier de toute façon. Arrête de te blâmer pour des choses que tu ne peux pas contrôler. Sébastien dit que l'Aveu de Sang provoque un besoin de se nourrir plus fréquent dans un premier temps pour cimenter le lien.

— Je ne savais pas, dit-il doucement.

Ce n'était pas la première fois qu'Orlando semblait ignorer des choses concernant les vampires alors que les autres semblaient les tenir pour acquises, mais c'était un autre sujet de préoccupation, pour une autre fois.

— Tu as besoin de manger, dit Alain doucement, ramenant Orlando sur le canapé. Viens.

Il pencha la tête en arrière, offrant son cou.

— Non, je ne peux pas…

— Pourquoi pas ? demanda Alain, en relevant la tête. Tu ne prends rien que je ne veuille te donner. Tu sais que j'ai apprécié à chaque fois…

Un sourire canaille illumina le visage d'Alain, alors qu'il parlait.

— ... et je n'avais jamais ressenti quelque chose comme ce que j'ai ressenti il y a deux jours. Même faire l'amour avec toi ne peut se comparer au plaisir de te nourrir. Si tu ne le fais pas pour toi-même, fais-le pour moi. Donne-moi la joie de savoir que c'est mon sang qui te soutient, que je fais partie de toi en quelque sorte.

Orlando trembla en entendant son plaidoyer. Sa faim était de plus en plus exigeante et l'acceptation complète d'Alain, sa demande même, ne l'aidait pas à garder le contrôle. Pourtant, il hésitait, ses propres peurs le tenant en échec. L'arrière-goût de la douleur d'Alain s'attardait sur sa langue, lui rappelant ce qu'il avait fait. Il ne savait pas comment son amant pouvait continuer à lui faire confiance, mais il ne put résister aux mots sincères. Enfin, à contrecœur, il attrapa le poignet d'Alain, prêt à le soulever vers sa bouche. Au moins de cette façon, il serait moins susceptible de nuire de nouveau au sorcier.

Alain secoua la tête.

— Pas comme ça, dit-il. Je veux sentir ton poids sur moi, ton corps contre le mien.

Il baissa les mains vers son bas-ventre où son érection devenait déjà dure à la seule pensée d'être uni à Orlando aussi intimement.

— Peux-tu sentir combien je le veux ?

Orlando ne put arrêter la course de ses doigts qui s'activèrent presque contre sa volonté. Pas plus qu'il ne put arrêter la ruée de plaisir qui le saisit lorsqu'Alain gémit et ondula des hanches sous sa caresse. C'était inutile de chercher à expliquer comment celui-ci pouvait lui faire confiance, le désirer encore après ce qui s'était passé, mais plus que tout, il était incapable d'expliquer pourquoi Alain avait voulu de lui en premier lieu. Cependant, les réactions indiscutables du corps d'Alain étaient la preuve de l'inexplicable. Orlando aurait combattu sa faim, aurait tenté de contrôler son besoin si Alain avait montré la moindre hésitation, mais il n'était pas un saint. Il ne pouvait pas se battre contre leurs désirs mutuels. Déplaçant sa main, il se pencha sur Alain, plaquant son corps contre le sien, les gardant en contact, comme ce dernier le réclamait.

— Tu n'as pas à déplacer ta main, murmura le sorcier.

Orlando ne répondit pas. C'était une conversation pour une autre fois, quand il ne serait pas désespérément affamé et quand la situation ne serait pas chargée de tension. Il prit cependant le temps d'embrasser son amant, laissant l'union de leurs lèvres rétablir l'équilibre entre eux.

La bouche d'Alain s'ouvrit si volontiers, si doucement sous la sienne qu'Orlando s'attarda à la savourer plutôt que de s'arrêter au léger baiser qu'il avait prévu de donner. Sa langue sortit pour taquiner l'accès aux lèvres d'Alain, traçant leurs contours avant de sucer la lèvre inférieure d'Alain entre ses dents. L'envie de mordre, de goûter était forte, mais il résista. Il ne mélangerait pas un baiser de vampire avec celui-ci, surtout quand son contrôle était déjà si fragile. À la place, il darda la chair tentante et fouilla plus profondément dans la bouche d'Alain, l'explorant, la taquinant, l'excitant. Il pouvait sentir la passion investir le corps du sorcier, l'amenant à se raidir sous lui. Il s'installa plus fermement contre le corps de son amant, laissant son poids l'enfoncer dans le canapé.

Alain s'agita sous Orlando. Il était stupéfait de ce qu'il pouvait lui faire avec un simple baiser. Depuis le simple contact de leurs lèvres jusqu'au poids du corps d'Orlando contre le sien, Alain palpitait douloureusement pour en obtenir plus. Il avait besoin d'Orlando. Ses lèvres, ses crocs, son membre. Il rompit le baiser et rejeta la tête en arrière, découvrant son cou pour le baiser du vampire.

Orlando renonça à résister, abaissant sa bouche sur le cou d'Alain. Humblement, il déposa un tendre baiser pour la marque sur le cou, reconnaissant, réaffirmant le lien qui les avait amenés à ce moment. Puis il glissa plus bas vers les blessures qu'il avait créées plus tôt, quand il l'avait attaqué. Le sang avait coagulé, stoppant l'écoulement, mais elles n'étaient pas complètement fermées. Tendrement, Orlando lécha, enlevant les croûtes molles, le nettoyant et apaisant les déchirures dans la chair d'Alain. Il suça doucement, des lèvres seulement, pour voir à quel point les blessures s'étaient refermées. Presque immédiatement, du sang frais jaillit à la surface, l'emplissant du désir d'Alain. Doucement, il aligna ses crocs avec les trous existants afin de ne pas ajouter à la douleur qu'il avait déjà causée.

Alain savait qu'Orlando prendrait son temps pour préparer sa peau à la morsure, mais cela ne calmait pas son impatience. Il voulait que la connexion entre eux soit restaurée, voulait que l'obstacle des craintes d'Orlando soit surmonté afin qu'ils puissent aller de l'avant. Il s'arqua contre la bouche de son amant quand il commença à aspirer, sentant son sang commencer à couler. Lorsque les crocs d'Orlando glissèrent finalement en lui, il soupira sous le sentiment d'accomplissement et de plénitude. Ses mains bougèrent de leur propre gré, l'une vers les boucles de son amant, l'exhortant à boire aussi profondément qu'il en avait besoin et l'autre dans son dos, le caressant doucement avant de tirer sur sa chemise pour la libérer et glisser sous elle pour trouver sa peau lisse.

Orlando se raidit quand le contact d'Alain ajouta une dimension physique à l'émotion déjà puissante qui le parcourait. Il fit une pause dans son alimentation pour absorber la sensation, continuant à tirer sa subsistance seulement quand il fut certain de son contrôle. Il avait blessé Alain une fois. Il n'avait pas l'intention de recommencer.

Alain sentit la pause quand il toucha la peau d'Orlando et comprit qu'il devait y aller doucement. Il voulait glisser sa main plus bas dans le pantalon de son amant et prendre en coupe les globes fermes afin d'ajuster leurs bassins ensemble. Il aurait voulu qu'Orlando les déshabille tous les deux et prenne son corps comme il prenait son sang. Cette seule pensée suffit à le faire frissonner et onduler de façon suggestive sous Orlando, même s'il savait que le vampire allait très certainement refuser. Au lieu de déplacer sa main vers le bas, Alain la fit remonter jusqu'à pouvoir la glisser entre eux et atteindre le mamelon d'Orlando.

La secousse qui le traversa quand Alain caressa son mamelon fut plus qu'Orlando ne put en supporter. Son contrôle vacilla dangereusement. Il saisit les poignets d'Alain, tirant les deux mains du sorcier au-dessus de sa tête et les coinçant en toute sécurité hors de sa route.

Alain gémit quand ses poignets furent retenus, ne lui laissant que le mouvement de son corps pour attirer davantage Orlando.

Ce dernier aspira plus difficilement quand il sentit Alain commencer à bouger sous lui. Il s'obligeait lui-même à l'immobilité, de peur de s'abandonner, de peur de perdre le contrôle. Cependant, il n'essaya pas d'arrêter les mouvements d'Alain, ni d'imposer le silence aux sons qui quittaient les lèvres de son amant tandis que son désir croissait. Le goût était enivrant, et Orlando bu intensément, la confiance de son amant nourrissant son âme comme le sang le faisait pour son corps. Son propre désir grandit à chaque gorgée du sang d'Alain, à chaque ondulation de ses hanches.

Alain luttait pour conjurer sa libération, repoussant le moment d'en finir, mais son corps avait d'autres idées, des secousses déferlèrent à travers lui quand la jouissance le frappa. Il se pressa contre Orlando, voulant entraîner le vampire avec lui dans son orgasme.

Orlando n'eut pas besoin de la stimulation physique. Le goût de l'extase dans le sang d'Alain suffit pour précipiter son propre orgasme. Il essaya de s'écarter du cou d'Alain avant qu'il surgisse, mais il ne fut pas assez rapide. Lorsque sa libération survint, ses crocs pénétrèrent plus profondément la chair, déchirant la peau d'Alain. Les sons provenant de la bouche du sorcier ne changèrent pas. Rien dans son comportement ne donna l'impression qu'il avait ressenti de la douleur, mais Orlando la sentit et une nouvelle vague de culpabilité le ravagea tandis qu'il nettoyait doucement les deux grandes plaies pour les refermer. Elles guériraient en quelques jours, comme les marques sur les poignets d'Alain l'avaient fait, mais Orlando s'en souviendrait, même quand elles seraient parties. Il savait que c'était dangereux de mélanger le sexe et l'alimentation. Maintenant, il en avait la preuve. Il pouvait en voir les dangers trop clairement. Il ferait l'amour avec Alain chaque fois qu'il le pourrait. Il se nourrirait quand il en aurait besoin, mais il ne mélangerait plus les deux.

Il libéra les mains d'Alain et se détendit au-dessus du sorcier, aimant le sentiment de sécurité fourni par les bras de son amant autour de lui durant ce bienheureux prolongement. Il laissa ce sentiment de sécurité déferler sur lui et s'installer au plus profond de son âme.

Alain s'émerveillait encore de la force des émotions inspirées par sa connexion avec Orlando. Même quand Edwige et lui étaient heureux, il ne s'était jamais senti comme ça. Cependant, aussi merveilleux que ce fut, Alain pressentait que cela pourrait être encore mieux. La première fois, qu'Orlando s'était nourri de cette façon avait été incroyable, mais cette fois, avec le corps d'Orlando se trouvant entièrement au-dessus du sien, avec la stimulation supplémentaire de leurs érections se frottant l'une contre l'autre, même à travers leurs vêtements, cela avait été époustouflant. Ils étaient déjà amants. Cela lui semblait une étape logique dans leur relation de combiner les deux aspects intimes, mais la réticence d'Orlando était palpable. Il ne voulait pas soulever la question tout de suite, pas si tôt après l'épreuve à laquelle ils venaient de faire face. La dernière chose qu'il voulait était de faire pression sur Orlando. Il pourrait peut-être en parler à Jean. Un vampire plus âgé pourrait être en mesure de faire la lumière sur la question. Si ce n'était pas le cas, Jean pourrait lui dire s'il y avait une interdiction vampirique contre l'alimentation pendant les rapports sexuels.

— Orlando ? dit-il doucement. Peut-être que tu devrais parler à Sébastien à propos de l'Aveu de Sang. Nous devons savoir à quoi nous attendre pour que quelque chose comme ton évanouissement ne se reproduise pas au cours d'un combat ou à un autre moment critique.

Orlando hocha la tête, mais ne bougea pas immédiatement. Il était trop occupé à profiter du confort des bras d'Alain et du plaisir du corps solide sous lui. Cependant, il finit par s'agiter avec une grimace.

— J'ai besoin d'une douche et de changer de vêtements avant de parler à qui que ce soit.

Alain eut un petit rire.

— Il y a des installations ici que tu peux utiliser et je vais te donner un boxer propre si cela ne te dérange pas de porter l'un des miens.

— Cela ne me dérange pas, mais pourquoi en as-tu ici ?

— Parce que je ne peux plus compter le nombre de fois où je me suis écroulé sur ce canapé, souvent sans que cela soit prévu. Au moins de cette façon, j'ai des sous-vêtements propres, même si je dois porter mes vêtements une deuxième journée.

— Que feras-tu de mes sous-vêtements ? demanda Orlando.

Alain sourit et murmura une incantation rapide.

— Sort de nettoyage, dit-il avec un rire. Je peux l'essayer sur toi, mais je doute que cela fonctionne.

— Probablement pas, acquiesça Orlando. Une douche me conviendra parfaitement. Dis-moi juste où elle est.

— Je vais faire mieux que ça. Laisse-moi me lever et je t'accompagne.

Orlando se serait cru rassasié après ce qu'ils venaient de partager, mais il sentit son corps réagir à la proposition.

— J'aimerais assez.

XIV

— IL Y avait une réunion de vampires, ce matin, expliqua Pascal. J'ai envoyé plusieurs sorciers pour enquêter, mais un seul est revenu avec des informations. Je veux savoir ce qui s'est passé.

— Une réunion ? demanda Édouard. Je n'ai pas entendu parler de quoi que ce soit. Vous êtes sûr que c'était une réunion de vampires ?

— Le rapport que j'ai reçu dit que Bellaiche avait appelé tous les vampires à une réunion et qu'une centaine d'entre eux se sont rassemblés gare de Lyon ce matin, pendant au moins deux heures.

— Je me sens insulté, déclara Édouard. Je n'ai pas été invité. Mais je ne suis pas un rejeton de la société vampirique. Bellaiche ne sait probablement pas que je suis à Paris.

— Pourquoi donc ? demanda Pascal.

— Je fais de mon mieux pour qu'il ne me remarque pas, expliqua Édouard. Je ne corresponds pas à leur idée de ce qu'un vampire devrait être.

— Tout comme nous ne correspondons pas à l'idée que le gouvernement a de la façon d'être un sorcier, observa Pascal. Y en a-t-il d'autres qui pensent comme vous ?

— Sans doute, cependant nous ne sommes pas aussi organisés que vous. Nous nous rebellons tranquillement, en évitant notre propre espèce et en nous déplaçant quand il faut.

— Il semblerait que nos situations ne soient pas si différentes. Même si vous ne pouvez pas me donner les informations dont j'ai besoin, j'ai l'impression que nous pourrions profiter l'un de l'autre. Après tout, si nous réussissons, nous lèverons les restrictions qui rendent aussi votre vie difficile.

— Vraiment ? demanda Édouard. Dites-m'en plus.

— Notre programme soutient que les sorciers devraient être les seuls à déterminer l'utilisation appropriée de leur propre magie, et non pas un gouvernement extérieur contrôlé par des non-magique.

— Et vous placeriez les vampires à côté des sorciers ? contesta Édouard. Ce serait une première. Nous n'avons aucun des privilèges et des protections dont bénéficient les sorciers en vertu de la loi actuelle.

— Ce n'est pas la plus juste des situations, n'est-ce pas ? commenta Pascal. Si nous l'emportons, nous essayerons de voir si nous pouvons réparer ce préjudice.

111

Éric écoutait la conversation en silence. Il ne savait pas qui Pascal pensait tromper, mais il n'était pas dupe. Le sort des vampires ne s'améliorerait pas s'ils gagnaient la guerre, et Éric ne serait pas surpris s'il empirait. Pascal n'était pas connu pour sa tolérance envers les autres races. Il pouvait dire ce qu'on voulait entendre pour obtenir l'aide dont il avait besoin pour gagner la guerre, mais Éric n'était pas naïf au point de penser qu'il en pensait le moindre mot.

ORLANDO REGARDA avec appréhension les douches communes. Les cabines avaient des rideaux pour les isoler, mais ceux-ci feraient peu pour les protéger contre toute personne qui entrerait.

— Es-tu sûr ? demanda-t-il.

Alain sourit.

— Tu oublies que je suis un sorcier.

Il marmonna dans sa barbe pour jeter un sort.

— C'est la même intimité que le sort que Marcel a utilisé à la gare hier matin. Personne ici ne peut voir ou entendre ce que nous faisons là-dedans, expliqua Alain. Cela ne regarde personne d'autre que nous.

— Eh bien, dans ce cas… déclara Orlando, en entrant dans la cabine.

Pendant un moment, la pièce fut silencieuse. Puis un bras se tendit à travers la barrière magique et attrapa la chemise d'Alain, le tirant dans la douche.

Ce dernier eut un sourire qui illumina tout son visage alors qu'il passait à travers sa propre magie pour entrer dans la cabine de douche. Le sourire d'Orlando était impatient.

— Tu étais trop long, gronda-t-il.

— Je suis désolé, s'excusa facétieusement Alain. Cela ne se reproduira pas.

— Il ne vaut mieux pas, répondit Orlando, essayant d'enlever ses vêtements collants.

Alain l'imita et en un instant, ils furent tous les deux nus. Mettant leurs vêtements hors de portée de l'eau, Alain alluma le jet pendant qu'Orlando saisissait le savon sur le rebord, même s'il savait qu'Alain n'en avait pas besoin. Il frotta la savonnette pour la faire mousser et tendit les bras vers son amant, déterminé à compenser la douleur qu'il lui avait causée. Ses mains savonneuses entreprirent d'explorer la chair désormais familière, la lissant tendrement, les caresses n'ayant rien à voir avec l'hygiène et tout à voir avec le désir. Rinçant la mousse, il laissa ses doigts s'attarder d'abord sur les biceps d'Alain, chérissant la force qu'il réfrénait toujours quand il était concerné, avant de se diriger vers les mains aux longs doigts qui n'avaient jamais dépassé les limites, ne lui avaient jamais causé de douleur, mais seulement apporté du plaisir. Il porta une main à ses lèvres et embrassa doucement chaque doigt, les suçant et les léchant avant de la libérer pour attraper l'autre.

— Laisse-moi te toucher, supplia Alain alors que les lèvres d'Orlando, mais jamais ses crocs, caressaient la seconde main.

Orlando releva la tête et lui sourit. C'était là sa chance de mettre les choses au point entre eux, de rétablir l'équilibre. Il s'avança dans les bras d'Alain et posa les mains de son amant sur ses hanches.

— S'il te plaît, fais-le, demanda-t-il, ses propres mains retournant à leur exploration.

Alain reprit son souffle, sa poigne se resserrant involontairement sous l'impact que le geste d'Orlando impliquait. Le vampire lui faisait confiance pour le toucher en dessous de la ceinture, pas dans le feu de la passion comme il l'avait fait l'après-midi précédent, mais avant que la passion n'ait eu la chance de vraiment monter entre eux.

— Putain, gémit Alain, collant leurs corps l'un contre l'autre, alignant leurs hanches de manière à aligner leurs organes pour qu'ils puissent se frotter ensemble.

Orlando gémit et attira Alain vers ses lèvres, sa langue envahissant et revendiquant la bouche de son amant comme son membre allait bientôt réclamer le corps d'Alain et ses crocs s'allongèrent pour revendiquer l'âme du sorcier.

Alain se pencha en arrière contre le mur de la petite cabine, le laissant le soutenir sous les assauts d'Orlando. Son corps, si récemment rassasié par l'alimentation, répondit avec ardeur, son sexe s'engorgea et ses testicules lancinants palpitèrent, comme si l'orgasme récent n'avait pas eu lieu. Dans un certain recoin de son esprit qui fonctionnait encore en dépit de la passion, Alain s'émerveilla de sa réaction face à Orlando. Même à l'adolescence, il n'avait jamais récupéré aussi vite. Il ne s'était certainement pas attendu à cela à son âge, et pourtant son érection était maintenant à nouveau dure, de leur baiser, des frottements de leur corps, et de la pensée à ce qui allait suivre, qu'elle l'avait été au moment de la libération.

Il rompit le baiser, à bout de souffle.

— Merde, tu vois ce que tu me fais ! s'écria-t-il, haletant.

Orlando sourit lascivement à son amant. Les lèvres d'Alain étaient enflées, ses cheveux mouillés et aplatis par la douche, le visage rougi par la chaleur ou la passion, ou les deux, et le vampire sentit son cœur se serrer. Il n'avait aucune idée de ce qu'il avait fait pour mériter son sorcier – comment un damné pouvait-il mériter une telle grâce ? – mais il avait la ferme intention de chérir ce cadeau.

— Dois-je arrêter ? le taquina-t-il.

— Par l'enfer, non ! cria Alain. Tu n'oserais pas !

Il attira la bouche d'Orlando vers la sienne pour un autre baiser, sa langue l'envahissant cette fois, courant le long de ses dents, puis s'insinuant plus profondément dans la bouche de son amant.

Orlando fut sur le point de reculer lorsqu'il sentit la langue d'Alain contre ses dents. Il combattit l'instinct de sortir ses crocs, sachant que, même rassasié, le goût du sang lui donnerait envie de boire, mais il réussit à contrôler l'impulsion et laissa Alain faire ce qui lui plaisait. Il avait déjà refusé une demande de son sorcier ce soir. Il ne referait pas s'il pouvait le supporter.

Enhardi par l'acceptation d'Orlando, Alain laissa ses doigts plonger dans les cheveux mouillés du vampire, s'enrouler autour des mèches soyeuses. Son autre main pressa d'encore plus près la partie inférieure du corps d'Orlando, ses doigts pétrissant doucement une fesse. Il lutta contre la brume du désir qui le consumait, essayant de juger la réaction d'Orlando à sa caresse, attendant de voir si son amant utiliserait son mot d'alerte. Il ne voulait pas que le vampire se dérobe comme il l'avait fait plus tôt.

Orlando se raidit lorsqu'il sentit la caresse sur sa fesse. Le souvenir d'autres mains, de mains cruelles, l'empoignant là, forçant sa chair à s'écarter dans l'intention de le brutaliser, l'assaillit. Il rompit le baiser et laissa sa tête retomber sur l'épaule d'Alain tandis qu'il combattait ses souvenirs. Le bâtard avait été détruit. Orlando l'avait vu lui-même, regardant avec grand plaisir, lorsque les ombres de la nuit s'étaient éclipsées pour faire place aux rayons matinaux du soleil qui avaient brûlé son bourreau et l'avaient réduit en poussière, petit à petit dans d'atroces souffrances. La main qui le touchait maintenant n'avait pas l'intention de blesser ni de le violer. Tout ce qu'il avait à faire était de dire son mot d'alerte, de montrer la moindre hésitation, et la main se retirerait pour le caresser ailleurs ou retomber sur les flancs du sorcier. Orlando le savait et cela lui donna la force dont il avait besoin pour repousser ses cauchemars.

— Orlando ? demanda Alain doucement à son oreille.

Le vampire leva la tête et sourit.

— Ces choses que tu dis que je te fais ? répondit-il. Eh bien, tu me les fais aussi. Il faut juste me laisser le temps de m'habituer à elles.

— Veux-tu que je m'arrête ?

— Par l'enfer, non ! répondit Orlando avec un sourire, faisant délibérément écho aux mots d'Alain plus tôt.

Puis son visage redevint grave.

— Mais si mes cauchemars reviennent au point où je ne peux le supporter, je te le dirais. Je le promets.

— Tu ferais mieux en effet, déclara fermement Alain.

Il accepterait n'importe laquelle des limitations qu'Orlando définirait sans se plaindre, mais il refusait de faire quoi que ce soit qui pourrait effrayer le vampire. Malheureusement, la seule manière qu'il avait de savoir ce qui faisait peur à son amant c'était de juger d'après les propres réactions d'Orlando.

— IL Y a... une complication, déclara Raymond, en entrant dans le bureau de Marcel avec Jean à sa suite. Et cela va exiger toute votre finesse d'esprit pour l'expliquer.

Marcel leva les yeux des papiers qu'il avait devant lui, détaillant les attaques et les renseignements, essayant de décider laquelle de ses sources avait envoyé l'information la plus précise pour le moment.

— Cela semble inquiétant, fit-il remarquer avec un calme trompeur.

Il n'avait pas l'intention d'encourager la nervosité qu'il avait détectée dans la voix de Raymond et dans l'attitude de Jean.

— Cela veut dire que la réunion ne s'est pas bien déroulée ?

— La réunion s'est très bien passée, répondit Raymond. J'ai appris quelques trucs et nous sommes parvenus à une théorie pour expliquer certaines choses que nous avons observées, mais la théorie en elle-même est troublante.

Jean renifla.

— Troublante était un euphémisme. Essaie terrifiante, corrigea-t-il.

Marcel leva un sourcil. Il ne s'attendait pas un tel commentaire du vampire jusqu'ici imperturbable.

— Je pense que vous feriez mieux de commencer par le commencement.

Raymond raconta, le plus simplement possible, la théorie qu'il avait développée avec Christophe et expliqua la contrainte apparente qui attirait les vampires et les sorciers ensemble, la symbiose dont bénéficiait chacune des parties et l'équilibre naturel du monde.

Marcel écouta en silence, essayant de donner un sens à l'explication de Raymond et à ses implications. Lorsque le sorcier termina, Marcel resta assis silencieusement pendant un moment, pour bien digérer tout ce qu'il venait d'entendre.

— Donc, ce que tu dis, c'est qu'à court terme, les partenariats que nous créons vont avoir des répercussions, des effets personnels à long terme.

Jean grogna intérieurement au rappel, encore une fois, que sa vie était devenue incontrôlable.

— Le problème, intervint-il, du moins de notre point de vue, c'est que les vampires existent depuis des siècles, et la plupart choisissent d'éviter les implications avec les non-vampires à cause de la perte inhérente. Lorsque cela se produit, c'est un choix volontaire de la part du vampire, comme Orlando l'a fait. La plupart des vampires, cependant, ne songeaient pas à quelque chose de permanent quand ils sont venus se joindre à l'Alliance. Si ce n'est pas présenté avec soin, ils peuvent être tentés de refuser tous les partenariats, surtout ceux qui sont les moins heureux avec leurs partenaires. Jude, par exemple, pourrait être disposé à travailler avec Adèle pendant un certain temps, mais je ne l'imagine pas être prêt à s'engager avec elle en dehors de l'Alliance.

— Et je doute qu'Adèle soit également heureuse de s'engager auprès de Jude, ajouta Raymond, si les interactions que j'ai vues entre eux sont une indication de leurs sentiments.

Marcel rit sous cape.

— Ils semblent un peu mal assortis, admit-il. Je suppose que tu as soulevé cette question avec Monsieur Lombard. Qu'en pense-t-il ?

— Il semble penser que le sang ne peut mentir et que s'ils ont été réunis de cette façon, ils sont assortis l'un à l'autre, peu importe comment ils se comportent aujourd'hui, répondit Raymond.

— Et cela ne fait qu'ajouter de l'huile sur le feu, ajouta Jean, ulcéré à la pensée de n'avoir pas son mot à dire au sujet de son destin. Nous, les vampires, avons tendance à être plutôt indépendants, nous n'aimons pas que quelqu'un nous dise ce qu'il faut faire. J'ai été surpris que personne parmi ceux venus à la réunion n'ait refusé de participer, simplement parce que c'était mon idée.

— Vont-ils essayer de revenir en arrière s'ils l'apprennent ? demanda Marcel sans ambages.

— Nous tiendrons nos promesses, répondit Jean par réflexe.

Raymond posa une main apaisante sur le bras de Jean.

— Personne n'a dit que vous ne le feriez pas, assura-t-il au vampire, mais nous devons envisager la possibilité que certains de tes amis indépendants... puissent réagir impulsivement. Ce qui m'inquiète, c'est l'effet que de telles actions pourraient avoir sur un vampire et son sorcier. Si Monsieur Lombard et moi voyons juste, ce... lien finira par en imprégner beaucoup, sinon tous les aspects de la vie des deux partenaires. Et même si je ne sais pas ce que je ressens à ce sujet sur un plan personnel, je peux voir des pièges dangereux à chaque détour pour ceux qui tenteraient de le combattre.

Marcel réfléchit au problème pendant un moment.

— Je commence à me demander s'il est utile de mentionner cela aux autres. Sachant que cela va amener les gens à faire des choses dangereuses ou stupides, ne serait-il pas mieux de garder le silence ?

— Et si un sorcier perd le contrôle en raison des émotions inspirées par le lien ? demanda Raymond. Cela pourrait être tout aussi dangereux que n'importe laquelle des autres complications possibles que nous essayons d'éviter avec le lien. Au moins, s'ils sont au courant, ils pourront se prémunir contre cela.

— S'ils ne le rejettent pas complètement.

Marcel replongea dans ses pensées. Il devait y avoir une solution.

— Peut-être un commentaire sur le fait d'avoir noté quelques... effets, et la nécessité pour chacun de signaler tout changement qu'ils remarqueraient dans la façon dont ils se sentent, afin que nous puissions en savoir plus... Serait-ce suffisant pour rendre les sorciers conscients de la nécessité de garder le contrôle tout en évitant que tout le monde réagisse de façon exagérée ?

— Serait-ce vraiment une réaction excessive ? contesta Jean. Je sais que vous n'avez pas de partenaire vous-même, mais croyez-vous vraiment comprendre ce que cela signifie... pour ceux d'entre nous qui sont impliqués dans un partenariat ? Si Raymond et Christophe ont raison, nos vies sont déjà bouleversées à l'heure où nous parlons et pas seulement celles des vampires. Vos sorciers sont sur le point de s'engager avec des partenaires vers des chemins dont ils ne sont pas conscients. Et que dire de ceux qui ont déjà des conjoints ou des amants ? Et qu'en est-il de ceux qui ne recherchent pas une relation pour une raison quelconque ? Qu'en est-il de Thierry dont la femme vient juste de mourir ? Comment cela peut-il être juste, pour n'importe lequel d'entre eux ? Et alors que je peux comprendre pourquoi leur cacher la vérité est dans l'intérêt de l'Alliance, qu'en est-il de leur santé mentale ?

— Je ne dis pas que tu as tort, répondit Marcel, d'une voix glaciale, mais sais-tu ce qui se passera si l'Alliance échoue ? Si la guerre se poursuit comme c'est le cas jusqu'à présent, la ponction sur les ressources de l'univers magique sera complètement déséquilibrée. Les marées vont changer, les saisons commenceront à s'estomper, la terre elle-même va trembler en signe de protestation. Il y aura des catastrophes à une échelle que vous ne pouvez même pas imaginer. Finalement, si l'on n'intervient pas, il ne restera rien ni personne. Alors, où serons-nous ? Nous n'aurons pas à nous soucier des époux ou des amants, ni des relations existantes ou de ceux ou celles que nous avons perdus parce que nous serons tellement occupés à essayer de rester en vie que rien d'autre n'aura d'importance. Et si Serrier obtient la victoire, les catastrophes naturelles seront peut-être évitées, mais pensez-vous que la vie sera meilleure pour quelqu'un d'autre que ses sorciers ? Si oui, tu es incroyablement naïf, ce que je n'aurais jamais imaginé de ta part. Je reconnais que cela est injuste. Si j'avais un autre choix, je le prendrais, mais je n'en ai pas. C'est pourquoi je t'ai approché en premier lieu.

— Vous avez tous les deux raison, souligna Raymond calmement, bien que son cœur se soit resserré à la pensée que Jean puisse parler de lui-même lorsqu'il avait évoqué ceux qui avaient déjà un amant. Le fait n'en demeure pas moins que ces liens ont été créés et qu'ils se renforcent probablement chaque fois qu'un vampire se nourrit sur un sorcier. En outre, si nous avons raison, à chaque fois que cela arrive, l'équilibre magique se rétablit un peu, ce qui peut nous donner beaucoup plus de temps pour gagner cette guerre et remettre les choses en ordre pour correctement rééquilibrer la balance. Nous ne savons pas combien de temps cela va durer. Il se pourrait que les liens soient trop forts, trop répandus en ce moment, à cause du déséquilibre dont Marcel a parlé. Peut-être que si nous faisons les choses normalement, cela deviendra moins nécessaire, moins exigeant. Je ne sais pas, mais peu importe ce que nous décidons de faire, nous devons le décider maintenant. Et vous êtes ceux qui doivent prendre cette décision. Arguer de l'équité de celle-ci ne changera pas la moindre fichue chose concernant la réalité de notre situation, quelle qu'elle soit. Alors, Jean, que pouvons-nous dire pour que les vampires prêtent attention à leurs sentiments et leurs actions sans provoquer une émeute ? Et Marcel, même question concernant les sorciers ?

— Les avertir qu'il pourrait y avoir des effets secondaires et leur demander de me les signaler s'ils remarquent quelque chose, déclara Jean se sentant stupide en reconnaissant implicitement que Marcel et Raymond avaient raison.

Il pouvait ne pas aimer la situation, il pouvait faire tout ce qu'il était capable de faire pour contrôler ses propres sentiments et ses actions, mais il n'allait pas saboter la seule chose qui avait une chance de les sauver tous.

— Je ne vois pas ce que nous pouvons faire d'autre.

— Nous allons dire à tout le monde la même chose, acquiesça Marcel. Les vampires peuvent tous rapporter leurs observations à Jean et les sorciers à toi ou à moi.

— Il se pourrait aussi que lorsque nous en apprendrons plus, nous constations que les effets ne sont pas aussi universels qu'ils semblent l'être. Nous fondons nos conclusions sur l'ésotérisme et un échantillon très limité de paires. Plus nous en apprendrons, plus nous serons en mesure de faire face à toutes les conséquences qui se présenteront, ajouta raisonnablement Raymond.

— ASSIEDS-TOI DONC, gronda Mireille. Je ne peux rien faire si tu te tortilles.

— Mon épaule va très bien, insista Caroline.

— Le médecin a dit que cela prendrait plusieurs jours pour guérir, répondit Mireille. Et cela ne fait même pas encore un jour. Tu peux t'asseoir ici et me laisser m'occuper de toi, ou je te ramène chez le médecin et le laisse s'en occuper. Et ne crois pas que je ne le peux pas, non plus. Les vampires sont beaucoup plus forts qu'ils le paraissent.

Caroline ne le savait que trop bien. La blessure à l'épaule n'avait pas affecté sa vue. Elle avait vu Mireille maîtriser des sorciers beaucoup plus imposants qu'elle et avait réussi à les battre en duel à la gare. Si la vampire décidait de la ramener sur son dos à l'infirmerie, Caroline n'aurait d'autre choix que de la suivre. Avec une grimace, elle s'installa sur le canapé de son appartement où elles avaient passé la journée.

— Très bien. Mais fais vite.

Mireille secoua la tête et se pencha vers sa partenaire pour attacher la sangle comme le médecin le lui avait montré. Caroline était aussi entêtée qu'elle était belle et ce n'était pas peu dire. Elle garda une main légère tandis qu'elle travaillait.

Caroline ferma les yeux quand elle sentit le doux contact des mains de la vampire. La journée avait été étrange, avec la formation de l'Alliance, la bataille, sa blessure, la réaction de Mireille, la rencontre avec l'aîné, puis les heures d'ensoleillement passées dans le calme de son appartement à apprendre à connaître sa partenaire. Un frisson la parcourut lorsque Mireille déplaça doucement son bras. Cela allait mieux qu'auparavant, mais c'était encore douloureux.

— Du calme, murmura la vampire alors qu'elle continuait à travailler.

La voix douce provoqua un frisson d'un genre complètement différent le long de sa colonne vertébrale. Mireille était une véritable contradiction. Ses mains douces et sa voix veloutée démentaient la force dont elle avait fait preuve pendant le combat.

Une telle douceur n'avait jamais fait partie de la vie de Caroline d'aussi loin qu'elle s'en souvienne. Les sorciers avec lesquels elle avait travaillé et combattu n'utilisaient pas la douceur. Pour eux, c'était faire preuve de faiblesse. Et lors d'une bataille, c'était vrai. Se voir prodiguer une telle tendresse lui rappelait tout ce qu'elle avait sacrifié afin que ses collègues la prennent au sérieux. C'était... rafraîchissant. Elle décida de se détendre et d'oublier de toujours paraître forte. Mireille ne lui avait pas demandé de prouver quoi que ce soit. Elle avait simplement traité Caroline comme une autre femme, avec compassion, respect et gentillesse. Caroline sourit. Elle pourrait s'habituer à ça.

— Merci, dit-elle, levant les yeux vers sa partenaire.

118

XV

ALAIN APPUYA ses mains contre le mur de la douche alors qu'Orlando s'écrasait sur lui.

— Encore, plaida-t-il, alors que la connexion de leurs corps le clouait au sol, l'assurant qu'il n'avait pas endommagé leur relation lorsqu'ils étaient dans son bureau.

Orlando s'exécuta avec impatience, laissant la faim évidente dans la voix et les actions d'Alain apaiser l'inquiétude de traiter son amant trop brutalement. Il écarta davantage les pieds d'Alain pour se donner un meilleur accès, ses mains s'agrippant fermement autour des hanches de son amant pour le stabiliser, tandis qu'il plongeait de nouveau à l'intérieur de l'étroit fourreau.

Alain vint à la rencontre des poussées urgentes, encourageant Orlando sans dire un mot alors même qu'il l'implorait silencieusement pour qu'il lui donne plus. Plus fort. Plus profondément.

Voyant qu'Alain était stable sur ses pieds, Orlando laissa ses mains vagabonder, cherchant fébrilement les zones les plus sensibles du corps de son amant qu'il avait trouvé : le dessous de son bras, la peau en dessous de son aisselle où les poils étaient clairsemés, le pli où sa cuisse rejoignait sa hanche... Il évita soigneusement les zones érogènes normales, voulant qu'Alain sache que même pris dans cette frénésie de passion, Orlando se souvenait avec qui il était, qui il aimait, et que ceci, ainsi que toutes leurs rencontres, était personnel et n'appartenait qu'à eux.

— Merde ! jura Alain après une poussée particulièrement bien dirigée. Si bon. Si proche, Orlando. Juste un peu plus.

Le vampire hocha la tête bien qu'Alain ne puisse le voir. Il se pencha plus près, son menton venant s'immobiliser sur l'épaule du sorcier, cherchant ses lèvres. Lorsque ce dernier tourna la tête, Orlando goûta à sa bouche succulente, ses mains glissèrent plus bas, encerclant d'une main rude sa verge, l'autre se posant sur ses lourdes bourses.

— Jouis pour moi, mon amour, murmura Orlando en serrant la main, ses doigts massant le membre engorgé.

Avec un cri, Alain jouit, son sperme giclant sur le carreau froid tandis que ses genoux se dérobaient.

Alors que sa propre jouissance le traversait, Orlando rattrapa Alain, soutenant son poids tandis qu'il s'enfonçait une dernière fois en lui.

— TRÈS BIEN, déclara Jean. Nous allons donc faire comme ça. Avec un peu de chance, cela nous donnera les informations dont nous avons besoin sans rendre cette situation plus compliquée.

— Ça va marcher, déclara Marcel avec plus de confiance qu'aucun d'eux n'en ressentait. Nous ferons l'annonce la prochaine fois que nous serons tous réunis.

— Le plus tôt sera le mieux, insista Raymond.

— Demain, au plus tard après-demain, promit Marcel.

Jean hocha la tête.

— Maintenant, si vous voulez bien m'excuser, dit-il. J'ai quelques problèmes personnels à régler. Je serai de retour demain matin.

Avant que Marcel ou Raymond puissent répondre, il avait disparu, laissant les deux sorciers avec des expressions perplexes.

— Comment tiens-tu le coup ? demanda Marcel.

ALAIN EMBRASSA doucement Orlando.

— Parle à Sébastien, le pressa-t-il. Pour en savoir autant que possible sur notre Aveu de Sang. Nous devons savoir à quoi nous attendre.

Orlando hocha la tête.

— Je vais essayer de le trouver et voir ce qu'il peut me dire. Veux-tu venir avec moi ?

— Je ne peux pas, dit Alain. J'ai quelque chose à faire pour Marcel.

Il détestait mentir à Orlando, mais il avait vraiment quelque chose de précis à faire pour le Général. Cependant, c'était quelque chose qui pouvait attendre. Pourtant, il ferait de tout ce qu'il pourrait pour protéger Orlando, même si cela signifiait déformer un peu la vérité.

— Veux-tu m'attendre dans mon bureau ou me retrouver à la maison ?

— Je vais t'attendre ici, si tu veux bien, décida Orlando. Je préfère rester là plutôt que d'être seul dans l'appartement.

— Pas de problème, l'assura Alain. Sinon, je ne l'aurais pas proposé. Va trouver Sébastien. Je te rejoins dans mon bureau quand j'en ai fini avec ce que je dois faire.

Orlando hocha la tête et quitta le vestiaire à la recherche de l'autre vampire. Alain attendit jusqu'à ce qu'il soit sûr qu'Orlando ait disparu, puis partit à la recherche d'un autre vampire. Alain avait des questions et il espérait que Jean aurait des réponses.

Ne sachant pas où, dans le labyrinthe du siège de la Milice, il trouverait le vampire plus âgé, il jeta un sort de recherche rapide et vit Jean quitter le bureau de Marcel, visiblement pour une mission. Alain espérait que ce n'était rien qui ne pouvait attendre parce qu'il avait l'intention d'intercepter le vampire.

Le rattrapant juste devant la porte d'entrée, Alain appela son nom.

Avec un juron chuchoté, Jean se retourna pour voir qui l'avait appelé. Il avait faim, était excité et tout ce qu'il voulait, c'était la présence apaisante de Karine. Lorsqu'il vit le sorcier blond qui l'empêchait d'atteindre son but, il réprima un soupir d'impatience. Magnier n'était pas du genre frivole donc il avait sûrement une bonne raison de l'avoir intercepté.

— J'ai besoin de quelques conseils, déclara Alain sans préambule, voyant l'impatience sur le visage de Jean. C'est à propos d'Orlando.

— Ne serait-il pas mieux de poser vos questions directement à Orlando ? riposta Jean.

— Probablement, convint Alain, mais il ne veut pas me répondre. Il se contente d'éviter les questions.

— Et ne pensez-vous pas que, peut-être, il a une raison pour ne pas vouloir parler de certaines choses ?

— Bien sûr que j'y ai pensé, rétorqua Alain, mais le fait que je ne connaisse pas certaines choses est à l'origine de tensions entre nous que nous n'avons pas besoin dans l'Alliance et que je ne veux pas dans ma vie personnelle non plus. Allez, répondez juste à quelques questions sur les vampires en général pour moi. Je tirerais mes propres conclusions à partir de là, si vous ne voulez pas me dire quelque chose de précis sur Orlando.

Jean leva les yeux vers l'horloge.

— Vous avez quinze minutes. Utilisez-les à bon escient.

ORLANDO DEMANDA autour de lui jusqu'à ce qu'il trouve finalement Sébastien dans une sorte de salon, peut-être une salle de repos, à en juger par le réfrigérateur, le micro-onde et les distributeurs de nourriture qui se dressaient le long d'un mur. Il s'approcha timidement du vampire aîné.

— Sébastien ? Auriez-vous une minute ? J'aurais besoin de vous demander quelques conseils.

Sébastien leva les yeux et sourit, soulagé de voir qu'Orlando était de nouveau sur pieds.

— Eh bien, tu as l'air en meilleure forme que la dernière fois que je t'ai vu, donc je suppose que ton Avoué a pris soin de toi.

Orlando rougit un peu, se souvenant à quel point Alain avait bien pris soin de lui.

— C'est ce dont je voulais vous parler. Il semble y avoir beaucoup plus à savoir sur l'Aveu de Sang que je ne le pensais et je ne veux pas créer de problèmes supplémentaires qui pourraient facilement être évités.

— Sage décision, convint Sébastien avec un clin d'œil. Prends un siège et parlons. Je vais te dire ce que je sais. Certaines choses semblent universelles tandis que d'autres varient selon chaque vampire.

121

— IL Y a un bureau vide au bout du couloir où nous pourrons parler, indiqua Alain à Jean. Je préfère ne pas discuter dans le couloir, si cela ne vous dérange pas.

— Ce sont vos quinze minutes, répondit Jean.

Alain fronça les sourcils mais descendit le couloir vers la salle vide, ouvrit la porte et fit un geste pour inciter Jean à le précéder.

Lorsque la porte fut refermée derrière eux, Alain reprit la parole.

— Y a-t-il une sorte d'interdiction au sein de la société vampire sur le mélange de sexe et de sang ?

Jean étouffa un rire.

— C'est très direct, observa-t-il.

— Vous ne cessez de me rappeler que je n'ai que quinze minutes. Je n'ai pas le temps de tourner autour du pot.

— C'est vrai. Donc, pour répondre à votre question, non. Il n'y a rien dans la loi ou la tradition vampirique qui nous obligent à séparer les deux. En fait, les vampires préfèrent combiner les deux. Cela rend les deux expériences tellement plus intenses, répondit Jean avec un sourire affamé.

Il avait bien l'intention de profiter justement de ce genre de combinaison dès qu'il pourrait sortir d'ici.

— Alors qu'est-ce qui retient Orlando ? demanda Alain, plus perdu qu'autre chose.

Jean secoua la tête.

— Vous devrez lui poser directement la question. Tout ce que je peux dire, c'est ceci : soyez patient avec lui. Qu'il soit avec vous… c'est déjà un miracle en soi, si vous croyez en de telles choses. Laissez-lui un peu de temps, même si c'est plus lent que vous le souhaiteriez.

— J'AI L'IMPRESSION qu'il y a tellement de choses que je ne sais pas, commença Orlando. Je ne sais même pas quelles questions je devrais poser.

— Commence par ce qui t'a fait prendre la décision de venir me voir en premier lieu, suggéra Sébastien. Nous partirons de là.

— Qu'est-ce qu'il m'est arrivé ce soir ? demanda Orlando. Je n'ai jamais eu besoin de me nourrir plus que tous les deux ou trois jours et j'ai toujours su bien avant que je commençais à avoir faim. Ce soir, j'étais très bien, puis je me suis évanoui. Cela pourrait être dangereux, voire mortel, si je suis seul ou sur un champ de bataille.

— L'Aveu de Sang est renforcé par ton alimentation, expliqua Sébastien. Tu as sûrement dû le ressentir. Et donc, pendant les premières semaines, tu auras besoin de te nourrir plus souvent. Chaque jour, peut-être même deux fois par jour.

— Cela va tuer Alain ! protesta Orlando.

— Tu as raison. Cela pourrait, convint Sébastien, mais cela ne le fera pas. Je ne sais pas comment cela fonctionne, mais tu pourras te nourrir sur lui jusqu'à t'en rendre malade, chaque jour, et il n'en souffrira pas. C'est dans la nature du lien. Trouvez un rythme. Dans la matinée, avant de t'endormir, ou la nuit quand tu te lèves, nourris-toi, tous les jours, pendant deux semaines. Après cela, tu devrais être en mesure de revenir à un rythme plus normal, bien que, d'ici là, je doute que tu le veuilles.

— Pourquoi pas ? demanda Orlando.

Sébastien rit.

— Se nourrir sur son Avoué est plus addictif que de lui faire l'amour.

— UNE DERNIÈRE question, dit Alain, et puis je vous laisserai retourner à ce que vous étiez sur le point de faire. Il semble qu'Orlando ne sache pas toutes les choses qu'il devrait connaître. Je veux dire, il savait au sujet de la marque, mais pas tout ce qu'elle symbolise. Et puis, il s'est évanoui parce qu'il ne savait pas qu'il aurait besoin de se nourrir plus souvent puisque l'Aveu de Sang était nouveau.

— C'est une observation, pas une question, souligna Jean.

— Pourquoi ne sait-il pas ce dont il a besoin ? reformula Alain.

— Parce que, lorsqu'il est venu à moi, il était déjà âgé de plus d'une centaine d'années. Son créateur aurait dû lui apprendre tout ce dont il avait besoin de savoir, mais Thurloe était trop préoccupé par son propre plaisir tordu pour enseigner à Orlando autre chose que de rester simplement en vie. Cependant, Orlando ne voulait pas être traité comme un vampire nouvellement créé et il ne m'a pas laissé l'éduquer comme je l'aurais fait avec un que j'aurais transformé. Alors, il reste ignorant de tout en dehors de son expérience passée. Quand je peux le faire sans le mettre en colère ou le rabaisser, je comble les vides, mais il est souvent trop tard. Vous avez dit qu'il s'est évanoui. Est-ce qu'il va bien ?

Alain hocha la tête.

— Sébastien était présent et savait ce qui n'allait pas. Nous avons pris soin de lui.

Jean fronça les sourcils. Oui, Sébastien savait ce qu'entraînait un Aveu de Sang. Il avait volé celui que Jean voulait revendiquer.

— Y A-T-IL d'autres… effets secondaires à l'Aveu de Sang ? demanda Orlando. D'autres choses auxquelles je devrais faire attention ?

— C'est la seule physique, répondit Sébastien, mais il y en a plusieurs moins tangibles qui peuvent être beaucoup plus difficiles à gérer sur le long terme.

— Comme quoi ? demanda Orlando, conscient du désir d'Alain d'avoir plus d'informations.

— J'ai déjà mentionné le sexe. Tu trouveras probablement que ton appétit pour lui va augmenter. Je pense que c'est probablement plus dû à l'intimité liée à l'alimentation qu'à toute autre chose, mais c'est un effet qui ne semble pas s'estomper, même lorsque tu n'auras plus besoin de te nourrir tous les jours. En fait, tu le ressentiras à un point tel que tu ne supporteras pas de ne pas avoir son goût dans ta bouche, même lorsque le temps viendra où tu pourras tenir plusieurs semaines sans te nourrir, commenta Sébastien.

Orlando hocha la tête. Il avait déjà remarqué qu'il avait un désir presque insatiable d'Alain.

— Va-t-il ressentir la même chose ? Je veux dire, est-ce que l'Aveu de Sang le rend aussi insatiable que moi ? Je ne voudrais pas… faire pression sur lui.

— Je ne peux pas parler au nom de ton Avoué, mais le mien n'a jamais trouvé mes attentions pesantes, lui assura Sébastien. Interroge-le si tu es inquiet à ce sujet, mais je suis presque sûr de sa réponse.

— Quoi d'autre ?

— Attends-toi à être possessif, protecteur et même jaloux, l'avertit Sébastien. Il ne te donnera pas de raison d'être jaloux, mais le reste du monde ne sera pas aussi doux.

— Qui oserait… ?

— Stop ! l'interrompit Sébastien avant qu'Orlando puisse continuer. S'il y a une chose que la loi vampire interdit, c'est de prendre l'Avoué d'un autre, de sorte que personne n'oserait essayer de te le prendre. Cela n'empêchera pas d'autres vampires ou des mortels de le regarder avec admiration. Ils ne sont pas ta priorité. Ils ne pourraient pas y parvenir même s'ils essayaient de l'attirer loin de toi. Ta priorité est de contrôler tes réactions lorsqu'elles deviendront irrationnelles et tu devras t'empêcher de faire quelque chose de stupide, parce que si tu lances témérairement un défi à quelqu'un, même à la légère, ils répondront, même s'ils n'ont rien fait. Tu sais très bien comment sont les vampires, j'en suis sûr.

Orlando hocha lentement la tête, la colère se répandant encore en lui à l'idée que quelqu'un, n'importe qui, puisse essayer de lui prendre Alain.

— Rien d'autre ?

— N'est-ce pas déjà assez ? demanda Sébastien en riant.

— Plus que suffisant, acquiesça Orlando, mais je préfère tout savoir maintenant.

— La seule autre chose que j'ai remarquée, était ma faculté à pouvoir situer mon Avoué quel que soit l'endroit où il se trouvait. Pas au point de nommer la pièce dans laquelle il était, mais suffisamment près pour le retrouver si nous étions séparés dans une foire. Ce genre de choses.

Orlando hocha la tête. Cela pourrait s'avérer être utile s'ils étaient séparés sur le champ de bataille.

— Merci, dit-il. Cela me donne beaucoup à penser. Je vous remercie d'avoir pris le temps de me parler.

— Je sais que tu as passé la plupart de ton temps avec Jean, mais le reste d'entre nous n'est pas si mauvais. Tu pourrais même trouver en certains de nous quelques amis.

Orlando acquiesça de nouveau, cette fois honteusement. Il avait évité la société vampirique par peur et par méfiance depuis des années. Peut-être était-il temps d'y remédier.

— Je… je crois que j'aimerais ça.

JEAN REGARDA l'horloge sur le mur.

— Le temps est écoulé, dit-il en se mettant debout et en se dirigeant vers la porte.

Il l'ouvrit, puis se retourna.

— Vous vous rendez compte, n'est-ce pas, qu'il vous fait confiance plus qu'il n'a jamais fait confiance à qui que ce soit, pas même à moi ? Montrez-lui que vous lui faites confiance de la même manière. Il s'ouvrira peut-être à vous.

Alain hocha la tête. C'était un conseil judicieux. Il espérait seulement qu'il pourrait le suivre au milieu de toutes les autres exigences que la guerre et l'Alliance faisaient peser sur eux. Quand il releva la tête, Jean avait disparu. Alain sortit également, verrouilla le bureau derrière lui et alla déposer les documents qui lui servaient d'excuse pour ne pas avoir accompagné Orlando lorsqu'il était parti parler avec Sébastien. Tandis qu'il travaillait à sa tâche, il réalisa qu'il avait hâte d'en terminer, le désir d'être avec Orlando grandissant à nouveau. Ce désir le surprit un peu, car il avait déjà joui deux fois ce soir, une fois sous les crocs d'Orlando et une fois sous son membre, mais cela ne l'ennuyait pas, pas quand tout ce qu'ils faisaient ensemble était si bon.

XVI

JEAN VOLA à travers les rues sombres, indifférents à qui pourrait le voir. Il était un vampire à l'affût, et n'importe qui, quelles que soient ses perceptions, pouvait le reconnaître et l'éviter. Et quiconque dépourvut de ce semblant de discernement serait expédié ailleurs sans ménagement, parce que Jean ne permettrait à rien ni personne de se mettre entre lui et sa destination. Il était tard et il le savait, mais ce n'était pas suffisant pour l'empêcher de rejoindre Karine. Elle lui ouvrirait sa porte comme elle le faisait toujours.

Cette fois, ses yeux seraient alourdis de sommeil et ses cheveux seraient emmêlés par les oreillers, mais elle n'en serait pas moins désirable pour autant. Si cela était possible, elle n'en serait que plus attirante et le seul obstacle entre lui et son corps serait une fine nuisette qu'elle porterait pour cacher sa nudité alors qu'elle répondrait à la porte. Il la transporterait rapidement à l'intérieur et dans son lit, et elle ne se plaindrait pas, offrant son cou en premier, car elle aurait détecté sa faim et elle l'assouvirait, puis elle lui offrirait son corps pour apaiser une autre faim, si tel était son désir. Parfois, cela l'était et parfois non, mais ce soir cela le serait. Ce soir, il avait quelque chose à prouver à lui-même et à personne d'autre et elle était le moyen qu'il voulait utiliser.

Il savait qu'elle allait ouvrir la porte et assouvir sa faim, et quand il serait repu, il se lèverait de son lit, comme il le faisait toujours, et la laisserait seule, en manque de lui et attendant sa prochaine visite, un jour ou une semaine, voire un mois plus tard. Il savait qu'elle voulait plus et il espérait pouvoir le lui donner. Il enviait Orlando, enviait la relation qui s'était formée entre son protégé et son sorcier. Karine accepterait de le laisser la marquer s'il le lui demandait. Elle accepterait un Aveu de Sang sans y réfléchir à deux fois. Elle le ferait, mais il ne pouvait pas. Elle n'était pas Thibaut, et ne le serait jamais. Près de quatre cents ans s'étaient écoulés depuis qu'il était mort, mais le temps n'avait pas d'importance pour un vampire. Le cœur de Jean était encore emprisonné par les souvenirs du jeune homme qu'il n'avait jamais eu la chance d'aimer, tout comme il l'était au premier jour de leur rencontre.

Bannissant ses pensées, Jean gravit les marches qui menaient à l'immeuble de Karine, appuya sur la sonnette et patienta pour lui laisser le temps de répondre.

La porte s'ouvrit, comme il s'en doutait et elle resta là, en face de lui. Il avait eu tort sur un point, remarqua-t-il alors qu'il pénétrait à l'intérieur et qu'il refermait la porte. La nuisette était en soie et non en coton ce soir.

— Tu devrais être plus prudente, la mit-il en garde. Tu n'as aucune idée de qui pourrait frapper à ta porte.

— À trois heures du matin ? se moqua-t-elle. Tu es le seul à venir à ma porte à cette heure.

— Et si un jour ce n'était pas moi ? la pressa Jean.

— Si ce n'est pas toi, pourquoi quelqu'un viendrait-il frapper à ma porte si tard ? contesta-t-elle.

Jean était déchiré. Il savait qu'une partie du succès de l'Alliance résidait dans le secret. D'un autre côté, ne rien savoir pourrait mettre Karine en danger. Il ne l'aimait pas, pas comme elle le désirait, et le méritait, mais il ne voulait pas non plus qu'il lui arrive quelque chose.

— Cela peut te sembler suffisant de savoir que je dirige les vampires, mais il y a toujours ceux qui souhaiteraient prendre ma place. Je ne voudrais pas que tu sois prise dans une lutte de pouvoir qui ne te concernerait que parce que je suis impliqué.

— Cela te chagrinerait-il s'il m'arrivait quelque chose ? Je n'en étais pas certaine, dit-elle légèrement quoique l'amertume sous-jacente soit comme une gifle en plein visage.

Tout en parlant, elle se tourna vers sa chambre.

Furieux, Jean attrapa son bras, la faisant pivoter dans ses bras. Ses lèvres descendirent sur les siennes avidement, pour la punir. Elle ne se débattit pas et il la porta dans la chambre, ses lèvres exigeant, prenant sa bouche comme il prendrait de son corps.

Elle lutta contre lui, même en sachant que c'était futile. C'était une femme menue et n'aurait jamais remporté le match, même contre un mortel. Contre un vampire, elle était impuissante. Elle l'avait toujours su, comme elle avait toujours su qu'elle ne serait jamais gagnante dans une lutte physique contre Jean, qu'il pouvait la dominer complètement s'il le voulait. Il ne l'avait jamais fait et elle appréciait ce geste, mais il semblait que les choses aient changé. Elle arracha ses lèvres loin des siennes avec l'intention de lui demander d'arrêter, mais elle n'en eut jamais l'occasion. Face au refus de sa bouche, Jean fit descendre ses lèvres plus bas, cherchant et trouvant le pouls de son cou, le suçant, bien que ses crocs ne percent pas la peau.

Farouchement, ses mains tirèrent ses cheveux, son contact brutal alimentant sa passion aussi bien que sa colère. Sa tête fut brutalement tirée en arrière et leurs yeux se rencontrèrent, le bleu affrontant le brun. Ils se cognèrent au mur extérieur de sa chambre, enfermés dans un tableau de colère érotique. Soudain impatient, Jean glissa sa main entre eux, saisit sa nuisette et l'arracha de son corps, la laissant nue sous son regard et son contact.

Se retrouvant soudain nue, Karine commença à protester, mais les lèvres de Jean recouvrirent les siennes encore une fois, sa langue envahissant sa bouche. La protestation mourut laissant place à la passion qui explosa entre eux. Elle mordit le muscle envahissant, assez profondément pour faire couler le sang. Dans d'autres circonstances, elle se serait peut-être inquiétée de l'effet que son sang aurait sur elle, mais il n'y avait pas de place aujourd'hui pour de telles pensées. Sa seule volonté était d'enflammer les sens de Jean de la même façon dont son assaut avait enflammé le sien.

Les dents de Karine marquant sa langue diffusèrent des ondes de désir à travers Jean. Il savait que son sang ne pouvait pas lui faire de mal. Il ne l'avait même pas encore mordu, et il aurait fallu la drainer complètement pour que son sang ait un effet quelconque. Sa réaction était entièrement due à l'agression réciproque. Il avait tendance à voir Karine comme une dominée, acceptant ce qu'il avait à offrir, n'exigeant jamais plus. Maintenant, elle était exigeante, et il avait bien l'intention de lui en donner plus.

Contrariée par les vêtements que Jean portait encore, Karine arracha le bouton de son pantalon, indifférente lorsque celui-ci se détacha et vola à travers la pièce. Son seul intérêt était pour ce qui se trouvait à l'intérieur. Elle déchira pratiquement la fermeture éclair et plongea sa main dans son pantalon, l'empoignant brutalement.

Jean s'arracha à sa bouche quand il sentit sa main se refermer sur lui, glissant sur sa peau sans sa tendresse habituelle. Il repoussa son pantalon sur ses hanches et se poussa avec force contre son bas-ventre.

— Fais-le, siffla-t-elle. Baise-moi ici. Tout de suite.

Il ne put résister aux mots crus sortant de ses lèvres délicates. Ses mains en coupe sur ses fesses, il la souleva pour la pénétrer. Sans même vérifier pour savoir si elle était prête, il s'introduisit dans sa chaleur. Sa tête cogna contre le mur découvrant son cou pour ses crocs. Il en profita immédiatement, ses lèvres trouvant son pouls, ses dents déchirant sa peau tandis que son sang chaud éclaboussait sa langue. Ses hanches frappant de nouveau, tandis qu'il accentuait l'aspiration sur son cou, le flot de puissance lui donnant le vertige avec le désir et la soif de sang. À chaque poussée supplémentaire, il aspirait encore plus de sang, sentant la spirale de sa passion totalement hors de contrôle, son goût demandant une accélération encore plus rapide. Pousser, aspirer, pousser, aspirer. Il voulait continuer indéfiniment, se perdre dans la chaleur de Karine, se repaître de sa passion, mais il ne pouvait pas maintenir la tension entre eux.

Sans se soucier des dégâts qu'il pouvait lui infliger avec ses crocs, Karine vint au-devant des poussées de Jean, le voulant plus profondément en elle. Sa tête dodelinait alors qu'il la prenait de son membre et de ses crocs, plongeant en elle, excitant sa passion, la stimulant vers sa libération. Elle voulait faire durer ce moment, le seul moment où il était complètement à elle, mais les sensations étaient écrasantes, ses sens échappant à tout contrôle. Avec un cri sourd, elle y céda et atteignit l'orgasme en frémissant.

Le goût de l'extase dans son sang était assez pour briser ce qui restait du contrôle émoussé de Jean. Ses hanches claquèrent en avant une dernière fois provoquant sa propre libération, sa bouche suçant automatiquement alors même que ses mâchoires se serraient.

Ils se tenaient là, liés ensemble au niveau du cou et de l'aine, leurs souffles haletants alors qu'ils luttaient pour reprendre le contrôle. Finalement, Jean releva la tête, découvrant le cou ravagé, la robe déchirée, les marques rouges sur les bras et les hanches, là où il l'avait saisie avec beaucoup plus de force que nécessaire. Il savait qu'elle l'avait désiré – il l'avait goûté dans son sang – mais elle ressemblait plus à une victime de viol qu'à une femme qui venait de faire l'amour.

— Je suis désolé, Karine, murmura-t-il d'une voix pleine de remords.

Il la souleva complètement dans ses bras, son sexe ramolli glissant hors de son corps. La berçant contre lui, il la porta jusqu'à la chambre à coucher, la déposant doucement sur le lit.

— Permets-moi de prendre soin de toi.

Karine était tranquille dans ses bras, repliée en elle-même après cette passion inhabituelle. Elle aimait Jean, l'avait aimé pendant dix ans, mais c'est tout ce qu'elle avait jamais eu de lui : du sexe et la possibilité de le nourrir. Et même cela était différent ce soir. Il n'avait jamais été si agressif, si en colère. Tandis qu'elle était couchée sur le lit où il l'avait placée, écoutant l'eau couler dans la salle de bain, elle essaya de comprendre ce qu'elle avait dit ou fait qui pourrait avoir causé son éclat.

Rongé par la culpabilité, Jean laissa couler l'eau jusqu'à ce qu'elle soit chaude, mouilla une serviette pour s'occuper d'elle. Elle méritait tellement plus que ce qu'il était capable de lui donner. Il savait qu'elle l'aimait. Il l'avait su dès le début. Cela adoucissait son sang, rendait son goût beaucoup plus irrésistible, même s'il ne pouvait pas répondre à cette émotion. Il s'était servi d'elle, avait profité de ses sentiments pour satisfaire ses propres besoins, chaque fois qu'il était venu à elle. Ce soir, il était allé un peu plus loin. Il l'avait maltraitée, avait abusé de sa confiance et de son corps de façon inexcusable. Avec un soupir torturé, il retourna dans la chambre, déterminé à trouver un moyen de se faire pardonner.

Karine tourna sa tête nonchalamment lorsque Jean revint dans sa chambre. Elle le laissa lui retirer ce qui restait de sa nuisette, le laissa laver le sang sur son cou et le sperme entre ses jambes. Les doigts doux suivirent le tracé des ecchymoses qui étaient déjà visibles sur sa peau translucide, des bleus qui correspondaient exactement à la forme des doigts qui maintenant la caressait.

— Il n'y a aucune excuse pour ce que j'ai fait, murmura-t-il, se penchant pour lécher doucement les blessures sur son cou, laissant sa salive arrêter le saignement et commencer à les guérir.

— Pourquoi l'as-tu fait ? demanda-t-elle mollement en basculant automatiquement la tête en arrière pour lui donner accès à son cou.

Jean fit la grimace.

— Tu m'as mis en colère. Je sais que tu mérites mieux que ce que je peux te donner, mais tu ne t'es jamais détournée de moi. Tu ne m'as jamais demandé de partir. Alors, je reviens parce que tu m'offres des choses que personne d'autre ne me donne.

— Personne d'autre n'écarte les cuisses pour toi quand ils te laissent te nourrir ? insista-t-elle.

Son visage se referma, mais il ravala sa colère.

— Personne d'autre ne me propose un endroit où je peux baisser ma garde et être simplement moi, répondit-il. Tu ne veux pas mon pouvoir ni ma position. Tu ne complotes pas pour me remplacer ou pour avoir un meilleur statut à travers moi. Tout ce que tu demandes, c'est un peu de mon temps et de ma tendresse.

— J'ai assez peu vu l'un ou l'autre dernièrement.

— Je sais, répondit honteusement Jean. C'est juste qu'il se passe pas mal de choses en ce moment, Karine. Tu regardes les informations. Tu sais ce qui se passe en ville.

Il n'en dit pas plus, mais il n'avait pas à le faire. Il était impossible de regarder les informations sans qu'il soit mention de la guerre entre les sorciers. Elle pâlit à cette pensée.

— Es-tu... ?

Elle ne savait même pas comment poser la question.

— C'est plus sûr que tu ne saches rien, répondit-il doucement.

Ses yeux se remplirent de larmes.

— C'était un adieu, n'est-ce pas ? C'est pour ça que tu es venu. C'est pourquoi...

— Non, s'empressa de la rassurer Jean. Ce n'est pas ça du tout. Il n'y a aucune raison qui pourrait m'empêcher de continuer à venir te voir de temps en temps. À moins que tu ne veuilles pas que je le fasse.

— Tu dis ça chaque fois que tu viens à moi. As-tu même écouté quand je t'ai dit que je n'avais pas changé d'avis, que je veux que tu me rendes visite ? interrogea-t-elle en commençant à se fâcher de nouveau.

— Bien sûr que je t'écoute. Je reviens toujours, n'est-ce pas ? Si je n'avais pas écouté, je serais resté à l'écart, rétorqua-t-il.

Sentant sa colère commencer à flamber à nouveau, il prit une profonde inspiration.

— Je ne suis pas venu pour me disputer avec toi, Karine. Je suis venu pour te voir, pour voir comment tu allais.

— Pour te nourrir sur moi et me baiser, répliqua-t-elle. Va-t'en, Jean. Je t'aime, mais je ne peux pas te parler ce soir.

— Je suis désolé, s'excusa-t-il à nouveau. Je souhaiterais tellement être ce que tu voudrais que je sois.

— Tu es tout ce que je veux que tu sois. C'est pour ça que je t'aime. Ce que je veux, c'est que tu ressentes la même chose, expliqua-t-elle patiemment, comme si elle parlait à un enfant. Je sais. Tu ne peux pas t'obliger à ressentir quelque chose qui n'existe pas. Et honnêtement, je préfère que tu me dises la vérité plutôt que de me mentir. Va-t'en, Jean.

Il voulait rester, essayer de faire valoir son point de vue mais à quoi bon ? Les seuls mots qui pourraient le sortir de cette impasse étaient ceux qu'il ne pouvait pas dire.

— Je reviendrai te voir bientôt, promit-il.

Il n'ajouta pas : *si tu veux encore de moi* comme il le faisait habituellement. Il n'allait pas l'insulter davantage.

Se levant du lit, il réajusta ses vêtements et se dirigea vers la porte.

Karine le regarda partir alors que son cœur sombrait. Elle sauta du lit et courut dans le couloir après lui, ne prêtant aucune attention à sa nudité. Il l'avait vue nue plus de fois plus qu'elle ne pouvait en compter. Cette fois encore, il n'exprima pas la moindre remarque. Se jetant dans ses bras, elle l'embrassa une fois de plus.

— Fais attention à toi, le supplia-t-elle.

Jean la serra fort contre lui.

— Je peux prendre soin de moi, la rassura-t-il en lui donnant un dernier baiser.

Karine ravala un sanglot alors qu'elle regardait l'homme qu'elle aimait disparaître dans les escaliers vers la nuit. Elle ferma la porte à clé, les yeux remplis de larmes. Elle voulait croire à sa promesse, mais elle ne pouvait s'empêcher de penser qu'elle ne le reverrait plus jamais.

XVII

ADÈLE ARPENTAIT furieusement la salle de conférence vide, sa colère se manifestant dans chaque ligne crispée de son corps. Comment osait-il, cet insupportable vampire chauvin, la traiter comme un être inférieur ? Comment osait-il la juger par rapport aux normes si vieilles qu'elles faisaient passer l'Antiquité pour une époque moderne ? Elle était une femme du XXIème siècle, libérée, indépendante, autosuffisante. Elle n'avait pas besoin de lui ou de son attitude supérieure. C'était un bon à rien, une canaille dont la seule qualité rédemptrice était la beauté de son visage. Oh, mais quelle beauté ! Malgré elle, elle pouvait sentir le désir grandir en elle en même temps que sa colère. Oui, c'était un bâtard arrogant, mais c'était un bâtard arrogant sacrément sexy.

Elle l'avait seulement nourri une fois, à la Gare de Lyon, et elle savait qu'il aurait besoin de se nourrir de nouveau avant qu'ils partent en patrouille de jour. Elle était presque... presque retournée à son bureau pour dire à David et Angélique de la mettre seule de service de nuit, ainsi elle n'aurait pas à le laisser s'approcher d'elle de nouveau. Autant elle le détestait, autant elle savait qu'il lui serait difficile de résister à son charisme s'il se nourrissait sur elle. La sensation de ses lèvres, ses crocs, sur son poignet avait été indéniablement érotique. Elle ne savait pas comment il se comportait à l'époque, mais elle ne pensait pas que le savoir maintenant allait changer l'effet qu'il avait sur elle. Elle pensa avec nostalgie à Jean et à la façon dont il l'avait regardée, avait flirté avec elle. Elle imaginait qu'il serait un amant attentionné, attentif, aussi intéressé par le plaisir de son partenaire que par le sien. Elle était à peu près sûre que Jude n'aurait pas une telle considération. Le sexe avec lui serait une lutte de pouvoir, comme celle qu'ils avaient déjà engagée.

Se moquant d'elle-même pour ses pensées contradictoires, elle essaya de mettre au point une stratégie pour dissiper l'hostilité entre son partenaire et elle. Ils ne seraient jamais capables de fonctionner en tant qu'équipe s'ils ne pouvaient pas venir à bout de leurs problèmes et la bataille durant laquelle ils avaient déjà combattu ensemble était une preuve suffisante sur la manière dont ce partenariat était essentiel à la nouvelle Alliance. Ils ne pouvaient combattre chacun de leur côté, de manière indépendante. Ils devaient faire front ensemble et non pas chercher à prendre le dessus sur leur partenaire, il était de son devoir de donner l'exemple. Pourtant, Jude l'avait provoqué à chaque occasion, comme s'il prenait plaisir à l'irriter.

Elle se rappela que son attitude était typique de son époque : un guerrier macho défendant son territoire, ou peut-être un sportif jouant pour le plaisir, mais cela ne le rendait pas plus facile à accepter. Elle savait qu'il ne voyait qu'une seule utilité aux femmes et elle se situait dans un lit. C'était le double archétype qu'elle détestait. Il voulait qu'elle soit modeste et réservée en public, mais elle était sûre que s'ils se retrouvaient au lit, il la voudrait sans réserve. La vierge et la putain. Eh bien, elle avait des nouvelles pour monsieur le vampire arrogant : elle ne l'était ni pour lui ni pour personne. Elle aimait le sexe, quand elle avait le temps pour cela, et elle n'était pas ennuyée d'exprimer ce désir, mais elle s'attendait également à ce que ses amants la traitent avec respect, dans et hors du lit. C'était, en fait, la seule qualité qu'elle demandait à un amant. Il n'a pas besoin d'être charmant, ou beau, ou riche, ou fort, ou diablement attrayant, ou n'importe quoi d'autre. Il n'avait qu'à la traiter comme une égale, digne de respect. Pas de cajolerie, pas d'attention, même si elle aimait aussi ça occasionnellement. Elle était une femme, après tout. Cependant, c'était en option. Il n'avait pas à lui tenir la porte ou à tirer sa chaise. Il n'avait qu'à accepter le fait qu'elle avait le droit de penser par elle-même et prendre ses propres décisions. Son partenaire, cependant, semblait penser qu'il était aussi son maître. Eh bien, il devrait y réfléchir de nouveau. Connard arrogant ! Elle lui montrerait, d'une manière ou d'une autre. Avant qu'ils se retrouvent dans un lit.

ANGÉLIQUE REGARDAIT fixement la carte du terrain étalée devant elle. David avait expliqué la stratégie qu'elle était en train d'étudier et elle voulait s'assurer qu'elle l'avait comprise. Accédant aux emplois du temps des patrouilles qu'ils venaient juste de terminer, elle feuilleta la liste de noms dans la compagnie de Mathieu Gastineau.

— Laissez-moi voir si j'ai compris, dit-elle en jetant un coup d'œil à David assis à côté d'elle tandis qu'elle commençait à disposer les membres de la compagnie à divers endroits sur la page.

David écoutait à moitié pendant qu'Angélique parlait des mouvements de troupes indiquées, les mains peintes au henné voyageant entre le manuel et le planning. Il voyait toujours les tatouages, bien sûr – ils étaient impossibles à éviter – mais il se rendait compte, non sans un petit choc, qu'ils avaient perdu leur stigmatisation au cours de ces dernières heures. Au lieu de les voir comme un signe d'infamie, ils étaient simplement devenus une partie de la femme pour qui il éprouvait du respect. Alors que sa manche remontait un peu plus sur son poignet fin, il vit que le motif continuait, disparaissant vers le haut de son bras dans sa manche, et il se surprit à se demander jusqu'où continuait l'encre.

Angélique fronça les sourcils imperceptiblement quand elle vit le regard distrait sur le visage de David. Elle espérait que c'était simplement de la fatigue et pas de l'impatience ou de l'irritation, mais elle ne le connaissait pas assez pour pouvoir s'en assurer. Certes, leur conversation dans le bureau d'Adèle avait un peu assaini l'air entre eux, mais elle doutait d'avoir enterré toutes les préoccupations du sorcier. Elle devait simplement continuer à faire ses preuves jusqu'à ce qu'il l'accepte pour elle-même, avec ses véritables forces et ses faiblesses, et non pas celles qu'il imaginait. Pour sa propre compréhension, elle continua à discuter du plan de bataille, même si David n'avait pas besoin de le réentendre.

Ce dernier écoutait les explications d'Angélique d'une oreille distraite tandis que son esprit poursuivait l'évaluation des charmes qu'il ne s'était pas autorisé à remarquer avant. La silhouette tout en courbes était plus qu'agréable aux sens, et la peau crémeuse semblait lisse comme du satin. Il voulait la toucher, mais il doutait que ses avances soient les bienvenues, surtout après l'avoir si mal traitée jusqu'à présent. Il devrait faire mieux à ce sujet à l'avenir, parce qu'il avait soudain envie d'avoir le droit de la toucher et il voulait que son contact soit bien accueilli.

— Donc, si je lis correctement, Guy et Jérôme doivent se déplacer sur le flanc gauche, continua Angélique.

— Non, l'interrompit David.

— Quoi ? demanda Angélique. Mais c'est écrit juste ici.

— Je ne voulais pas dire non au mouvement, se hâta d'expliquer David. Je voulais dire ces deux sorciers. Ils ne travaillent pas ensemble.

— Mais ils sont dans le même groupe.

— Ils le sont, admit David, et ils n'ont jamais donné à Mathieu de raison d'en changer, mais ils refusent de travailler l'un avec l'autre. J'ai entendu une fois qu'ils avaient été amants, il y a quelque temps. Marcel ne savait rien de leur histoire quand il les a assignés et ils ne laissent pas cela les indisposer tant qu'ils n'ont pas à travailler directement ensemble. J'ai dit une fois à Mathieu qu'il devrait transférer l'un d'eux, mais il ne le voit pas de cette façon.

Angélique hocha la tête.

— Très bien, alors continuons. Guy peut aller par ici, et Charlotte et Jérôme peuvent se déplacer sur le flanc gauche.

— Oui, c'est mieux, accepta David, les yeux de nouveau attirés par ses mains courant sur les papiers pendant qu'elle parlait.

Il réalisa subitement que le tiraillement qu'il ressentait était de la jalousie, de la jalousie pour le papier sous ses mains. Un jour, bientôt il l'espérait, il saurait ce que c'était que d'avoir ces mains sur lui comme ça.

CHARLOTTE TRESSAILLIT en écoutant sa partenaire décrire le combat auquel elles venaient de réchapper. Elles étaient sur une patrouille de routine, à la recherche d'activités hostiles, mais sans vraiment s'attendre à en trouver. Marcel avait des renseignements – il avait toujours des renseignements – qui suggéraient que les sorciers rebelles cherchaient à établir une présence dans le Quartier Latin, et avec Sophie Gasquet, sa partenaire, elles étaient parmi ceux qui avaient été affectés pour patrouiller dans la zone jusqu'à nouvel ordre. Cherchant n'importe quoi pour confirmer les renseignements de Marcel, elles avaient arpenté de façon méthodique à travers les rues étroites et sinueuses. Malgré leur prudence, elles avaient marché droit vers un groupe de sorciers ennemis alors que les rebelles quittaient un bâtiment apparemment quelconque.

Elle avait attaqué immédiatement, en essayant d'utiliser l'avantage de la surprise. Cela avait fonctionné pendant quelques minutes et l'échange de sorts avait été rapide et furieux. Cependant, les deux femmes avaient été rapidement dépassées en nombre, la force de Sophie n'étant plus d'aucune aide, et elles n'avaient pas eu d'autre choix que de battre en retraite. Charlotte avait pu les couvrir suffisamment pour qu'elles se replient en toute sécurité et elles s'étaient redirigées vers le siège pour rapporter ce qui s'était passé.

L'adrénaline continuait toujours à courir dans ses veines tandis qu'elle se souvenait ce que cela avait été, d'esquiver et de courir se mettre à l'abri pendant que les sorts fusaient autour d'eux. Charlotte n'était toujours pas convaincue que Sophie n'avait pas été touchée, mais la vampire soutenait qu'elle se portait bien et sa partenaire n'allait pas la contredire. Après tout, qu'est-ce que Charlotte, ou l'un des autres sorciers connaissaient à la physiologie des vampires ?

— Êtes-vous d'accord avec l'évaluation de Charlotte ? demanda Mathieu.

— Je le suis, répondit catégoriquement Sophie. Nous n'avons pas eu le temps de voir ce qu'ils faisaient là, mais il y en avait au moins dix d'entre eux et j'ai assez d'expérience avec la nature humaine pour savoir qu'ils étaient en train de manigancer quelque chose.

Mathieu hocha la tête.

— Je vais transmettre l'information à Marcel et nous allons doubler les patrouilles dans cette zone. Je vais aussi recommander que tous les couples vampire/sorcier appariés se déplacent en équipe double. Vous étiez vulnérable ce soir parce que Charlotte ne pouvait pas vous téléporter ailleurs. Je ne veux pas que cela se reproduise. Est-ce tout ?

— Oui, monsieur, répondit Charlotte avec un salut.

Ils n'étaient pas de vrais militaires et laissaient souvent la discipline trop stricte de côté, mais Mathieu était son commandant et elle voulait que cela soit reconnu.

— Vous pouvez disposer, ordonna Mathieu.

Charlotte et Sophie quittèrent son bureau, chacune hésitant lentement dans le couloir, ne sachant pas quoi faire ni où aller ensuite.

— J'ai vraiment besoin d'une tasse de café, déclara Charlotte après avoir cherché une excuse pendant un moment pour garder sa partenaire à ses côtés.

Elle ne remettait pas en question son désir de garder Sophie près d'elle, elle désirait simplement sa présence.

— Veux-tu te joindre à moi ?

Sophie considéra l'invitation pendant au moins une demi-seconde avant d'accepter.

— Un café serait le bienvenu.

Elle ne voulait pas dire à sa partenaire qu'elle ne pouvait pas sentir le goût de la saveur riche sur sa langue. Charlotte n'avait pas besoin de le savoir car sinon elle risquait de ne pas lui en offrir d'autres, privant ainsi Sophie d'un prétexte pour garder sa partenaire proche d'elle un peu plus longtemps. Elle n'aurait pas su dire ce qui la poussait, pourquoi il était si important d'avoir cette ouverture avec sa partenaire, mais elle ne remettait pas en cause ses instincts.

Elles s'installèrent à une table de la cafétéria de la Milice, deux tasses de café frais en face d'elles, chacune essayant de trouver un sujet anodin pour lancer la conversation.

— Merci à toi, dit finalement Sophie.

— Pour ? demanda Charlotte en sirotant le liquide chaud.

— Pour m'avoir sortie de là ce soir. Si j'avais été seule, ils m'auraient attrapée, c'est sûr.

Sophie porta la tasse à ses lèvres, sentant la chaleur, mais ne se laissant pas impressionner par elle. Il faudrait beaucoup plus qu'un café chaud pour la brûler.

— Si tu avais été seule, ils ne t'auraient pas ennuyée, contra Charlotte.

— Je n'en suis pas si sûre, répliqua Sophie. Ils manigançaient quelque chose. Même si je n'avais pas fait partie de la Milice, ils n'auraient pas voulu de témoins pour découvrir ce qu'ils faisaient. Et seule, j'aurais été une cible facile pour leurs sorts.

La pensée de Sophie étendue sur les rues pavées, victime de l'un des sorciers rebelles, projeta une vague brûlante de colère sur Charlotte. Ils ne lui prendraient pas sa partenaire, pas sans passer par elle en premier !

Elle cligna rapidement des yeux, essayant d'éclaircir ses idées. D'où cette pensée venait-elle ? Certes, elle était de nature protectrice, mais elle n'avait jamais réagi de cette façon à l'idée de perdre un membre de son escadron. Elle donnerait tout ce qu'elle avait pour protéger chacun d'eux, mais sa colère à la pensée que quelque chose puisse arriver à Sophie était nouvelle. Elle avait depuis longtemps accepté, non sans réticence, que tous ses camarades ne survivent pas à cette guerre.

Se sentant nettement perturbée, Charlotte avala le reste de son café et se leva, brisant ainsi le contact visuel qui subsistait entre elles.

— Je... Je devrais aller dormir un peu. Nous sommes encore de patrouille demain soir et je voudrais être en forme.

Incertaine quant à ce qui s'était passé pour provoquer ce retrait soudain, Sophie se leva néanmoins et se pencha en avant pour embrasser les joues de Charlotte en guise d'adieu, tentant en vain de croiser les yeux de sa partenaire pour voir ce qui avait changé.

Leurs joues se touchèrent et le temps sembla s'arrêter. Elles reculèrent, se déplaçant afin de pouvoir compléter leur étreinte traditionnelle, leurs yeux se croisant à nouveau bien que ceux de Charlotte se détournent presque immédiatement. Leurs visages se rapprochèrent l'un de l'autre, leurs lèvres frôlant la peau lisse. Alors qu'elles se séparaient à nouveau, leurs têtes tournèrent et leurs lèvres se rencontrèrent.

Instantanément, elles reculèrent, non pas par dégoût, mais simplement par surprise, fouillant dans les yeux de l'autre pour tenter de comprendre ce qui venait de se passer. Aucune d'elles ne parla alors que le moment s'étirait. Enfin, Charlotte fit un autre pas en arrière.

— Repose-toi bien, dit-elle doucement. Je te verrai quand nous serons en service ce soir.

LE PORTABLE de Thierry gazouilla sur sa ceinture, le tirant du demi-sommeil dans lequel il était tombé en attendant que Sébastien revienne de sa conversation avec Orlando. Il fut instantanément en éveil, examinant automatiquement ce qui l'entourait. À sa grande surprise, Sébastien assis là, dans l'ombre. Il n'avait pas entendu le retour du vampire, lui qui se targuait d'être conscient de ce qui se passait autour de lui, même quand il était à moitié endormi. Hochant la tête vers Sébastien, il ouvrit son téléphone.

— Dumont, aboya-t-il.

Sébastien regarda Thierry hocher la tête à plusieurs reprises, étonné de la façon dont son partenaire passait instantanément du sommeil à une vigilance complète. Il avait passé plusieurs longues minutes à regarder le sorcier blond dormir. Ses yeux avaient caressé le visage rude et les formes solides, réveillant dans son cœur des émotions qui étaient en sommeil depuis plus de quatre cents ans, depuis que Thibaut avait rendu son dernier souffle dans ses bras. Il avait cru que cette partie de lui-même était morte avec son Avoué, mais il semblait que quelques morceaux de son cœur survivaient encore. Ce n'était pas la passion dévorante qui l'avait envahi lorsqu'il avait posé les yeux sur Thibaut et qui avait perduré jusqu'à son décès. Sébastien ne pensait pas pouvoir retrouver un jour cette réaction immédiate et instinctive, mais ce qu'il ressentait était plus qu'une simple admiration pour un homme séduisant, plus qu'un désir passager et aisément assouvi. Le sorcier, qui à cet instant refermait résolument son téléphone, avait suscité l'intérêt de Sébastien. Malheureusement, cet homme ne s'intéresserait jamais à lui. Il venait d'enterrer sa femme.

Sa femme ! Même si sa douleur n'avait pas été si récente, les préférences sexuelles du sorcier empêcheraient le type d'interactions que Sébastien désirait soudain plus que tout.

— On vient de nous affecter au sauvetage d'une unité qui est attaquée. Tu viens avec moi ?

— Je ne voudrais pas manquer ça, répondit Sébastien. Où allons-nous ?

— Quatrième arrondissement. Ils sont dans le quartier du Marais, Place des Vosges. Ils ont acculé les sorciers de Serrier dans une ruelle, mais ils ne sont pas assez nombreux pour en finir avec eux. Nous y allons en renforts.

— Rien que nous deux ? demanda Sébastien.

— Non, mon équipe va nous rejoindre dans la Salle des Cartes.

— Montre-moi le chemin, indiqua Sébastien, encore un peu perdu dans le labyrinthe qu'était le siège de la Milice.

Ils coururent à travers des salles, descendirent des escaliers et passèrent devant des bureaux jusqu'à ce qu'ils parviennent à une grande salle dont les murs étaient couverts de cartes, animées par la magie pour montrer l'emplacement de tous les sorciers en patrouille dans la ville.

— Impressionnant, murmura Sébastien.

— De cette façon, nous savons où nos forces se trouvent, donc, si quelqu'un est en difficulté, nous savons exactement où envoyer de l'aide. Chaque sorcier a un médaillon relié à sa signature magique et à cette carte. Lorsque nous sommes en mission, nous les portons quelque part sur nous. En dehors des missions, nous les laissons ici.

Sébastien hocha la tête.

— Je me demande si quelque chose comme ça pourrait fonctionner également pour les vampires.

— Je ne sais pas, répondit Thierry, mais nous chercherons à le savoir. Dès que nous aurons fini cette mission.

— Bien sûr.

Alors qu'ils parlaient, les soldats de Thierry arrivèrent. Il vit trois autres vampires, en plus de Sébastien, parmi leurs effectifs. Laurent et… Blair – il lui semblait que c'était son nom – Marie et son partenaire, Georges et le sien, aucun d'eux n'ayant encore rencontré Thierry.

— J'ai déjà rencontré Blair, dit doucement Thierry à Sébastien. Qui sont les deux autres vampires ?

— Geneviève Iserin et André Perrot.

Thierry hocha la tête avec grâce.

— Écoutez-moi, dit-il, en élevant la voix.

Quand le silence retomba, il commença son explication.

— Tout d'abord, bienvenue à Blair, Geneviève et André. Et bien sûr, à Sébastien, mais je lui ai déjà dit. Maintenant, notre mission pour ce soir. Le Lieutenant Raynaud de Lage et son équipe ont acculé un groupe de sorciers rebelles, mais leurs forces sont insuffisantes pour les faire sortir.

Il se déplaça vers la carte, indiquant l'endroit où se trouvait l'impasse.

— C'est notre point de rencontre, juste à l'extérieur de la Place des Vosges. Une fois là-bas, vous connaissez la routine. Capturez-les si vous le pouvez, mais tuez-les plutôt que de les laisser s'échapper. Avez-vous des questions ?

Personne n'en souleva.

— Marie et Georges, assurez-vous que Geneviève et André vous suivent. Je vais prendre Blair avec moi. Laurent, si tu emmenais Sébastien ?

— Oui, chef, répondirent les trois sorciers.

— À mon commandement, alors, déclara Thierry alors que les vampires changeaient de place pour le déplacement. Trois, deux, un, en avant !

Trente baguettes s'illuminèrent à l'unisson, trente voix murmurant l'incantation. Et en un clin d'œil, trente-quatre corps disparurent de la salle pour réapparaître en formation juste à l'extérieur de la Place des Vosges. Les quatre sorciers appariés récupérèrent leurs partenaires et l'unité se déploya lentement à travers la place. Ils pouvaient voir et entendre les vagues de sorts échangées entre les deux factions, fusant comme des éclairs d'un côté à l'autre comme autant de coups de feu.

— Combien ? demanda doucement Thierry lorsque Sébastien et lui atteignirent leurs positions.

— Trente encore debout, monsieur, rapporta le Lieutenant Catherine Raynaud de Lage.

Thierry regarda Sébastien.

— Les vampires peuvent-ils les contourner si nous attirons leurs tirs sur nous ?

Sébastien observa la place.

— Si vous pouvez les amener à se concentrer sur ce coin de la place, je pense que nous pouvons le tenter.

— Combien de vampires avez-vous avec vous ? demanda-t-il à Catherine.

— Six.

— Et nous en avons quatre. C'est dix contre trente. Je n'aime pas cette proportion.

— Ils sont espacés, contra Sébastien en regardant l'échange continu de sorts. Nous n'aurions pas à les prendre tous, juste quelques-uns. Ce n'est pas comme si vous alliez rester ici à ne rien faire. Si nous pouvons écarter leurs baguettes loin d'eux, ils ne pourront plus nous faire de mal.

— Si tu en es certain, répondit lentement Thierry.

— Je le suis.

— Très bien. Alors, allons-y.

D'un geste de la main, il regroupa les sorciers sur la gauche, attirant l'attention des rebelles sur eux. Sébastien conduisit les vampires dans l'autre direction, leurs silhouettes disparaissant dans l'ombre tandis qu'ils se glissaient vers le flanc vulnérable de l'ennemi.

— Écartez leurs baguettes loin d'eux, déclara Sébastien. Puis abandonnez-les. Ne les mordez pas, sauf si vous ne pouvez pas l'éviter. Ils ont un goût infâme avec la magie noire qui court dans leur sang.

Les autres acquiescèrent et suivirent l'exemple de Sébastien, tels des fantômes dans la ruelle jusqu'à ce qu'ils atteignent le premier des sorciers rebelles. Silencieux comme des spectres, ils frappèrent par-derrière, envoyant voler les baguettes des sorciers alors qu'ils attaquaient. L'un des sorciers poussa un cri d'alarme avant de tomber, attirant l'attention des autres.

— Merde ! jura Sébastien dans un souffle alors que les rebelles restants se retournaient.

Presque immédiatement, cependant, trois des sorciers rebelles s'effondrèrent sous les sorts de Thierry tandis que les autres frappaient l'arrière non protégé.

Un des rebelles aboya un ordre incitant la moitié de son unité à faire face à la place, tandis que l'autre moitié se retournait contre les vampires. Voyant que les assaillants ne portaient pas de baguettes, il ricana.

— Chavinier est-il si désespéré qu'il envoie désormais des civils non armés contre nous ?

Sébastien sourit, le clair de lune faisant étinceler ses crocs.

— Qui a dit que nous étions désarmés ?

Puis il attaqua, réduisant la distance entre eux avant que le commandant puisse reprendre la parole. Une main attrapa le poignet de l'homme dans une prise serrée, forçant celle-ci à s'ouvrir jusqu'à ce que la baguette tombe. L'autre main passa autour du cou de l'homme jusqu'à ce que le manque d'oxygène le rende inconscient. Du coin de l'œil, il put voir ses camarades faire de même.

Quand il eut neutralisé le commandant, il cria en direction des sorciers restants.

— Baissez vos baguettes ou vous serez les suivants.

Six des sorciers abdiquèrent, levant leurs mains en signe de reddition, mais l'un d'eux ne s'exécuta pas, criant '*Abattoir*' tout en pointant sa baguette sur Justin.

Le sort frappa le vampire de plein fouet, le faisant reculer en titubant de quelques pas. Avant qu'un des vampires puisse réagir, une voix de femme répéta le charme et le sorcier rebelle tomba au sol, mort.

— Tout est dégagé, cria Sébastien à Thierry.

Quelques instants plus tard, Thierry était à leurs côtés, examinant la situation. Quatre sorciers étaient morts à cause des sorts de la Milice, deux par l'attaque d'un vampire – le commandant et celui qui n'avait pas voulu se rendre à Blair – et vingt-quatre prisonniers.

— Bon travail.

— Merci, répondit Sébastien. C'était un travail d'équipe.

— Tu es en vie ! Mais comment… ?

La voix de Catherine fit irruption dans leur conversation et ils se retournèrent pour voir ses mains parcourir la poitrine de Justin.

— Le sort t'a frappé. Je t'ai vu tomber.

— Que s'est-il passé ? demanda Thierry quand Sébastien et lui rejoignirent l'autre paire.

— C'est Justin Molinière, mon partenaire. Il a été frappé par un sort de mort. Je l'ai vu tomber, mais maintenant il est ici, sain et sauf, expliqua Catherine.

Thierry fronça les sourcils. Lui aussi, avait entendu le sort lancé, mais il avait supposé qu'il l'avait raté puisque tous les vampires étaient debout.

— Nous devons en parler à Marcel, dit-il à Catherine. Laurent !

Presque immédiatement, Laurent fut à ses côtés.

— Monsieur ?

— Tu as la responsabilité d'emmener les prisonniers en détention et de nettoyer les dégâts. Je dois raccompagner le lieutenant Raynaud de Lage et son partenaire à la base.

— Oui, monsieur, répondit Laurent, se tournant pour donner l'ordre de bouger les prisonniers.

— Catherine, si vous prenez Sébastien avec vous, je m'occupe de votre partenaire.

Catherine se retint de protester. Elle savait que Thierry était son commandant, elle savait qu'il allait prendre soin de Justin comme s'il s'agissait de son propre partenaire, mais elle était encore sous le choc d'avoir pensé que le vampire était perdu pour elle et l'idée d'être séparée de lui, même momentanément, avait révolté tous les instincts qu'elle possédait. Elle savait qu'elle ne pouvait pas transporter Justin elle-même, mais la pensée de quelqu'un d'autre, même Thierry, pointant sa baguette sur son partenaire pour une raison quelconque était presque plus qu'elle pouvait supporter.

— Fais-le rapidement, demanda-t-elle, en murmurant le sort qui prendrait soin de Sébastien et d'elle pour leur retour au siège de la Milice.

XVIII

LE LIEUTENANT Catherine Raynaud de Lage fit courir un regard critique sur son partenaire dès qu'il se matérialisa aux côtés de son capitaine. Ce n'était pas qu'elle ne faisait pas confiance à son supérieur, mais de savoir qu'un autre sorcier – n'importe lequel – avait pointé sa baguette sur son partenaire si peu de temps après qu'elle ait vu un sort de mort le frapper en pleine poitrine, était bien plus que l'ardente brunette ne pouvait en supporter. Elle savait que c'était le sang espagnol de sa mère qui la faisait réagir de cette façon, mais le savoir n'aidait en aucune façon à atténuer la réaction. Elle ne voulait rien de plus que tendre la main et enrouler ses bras autour de lui. Elle avait le sentiment, cependant, que ni Justin ni Thierry n'apprécieraient cette réaction.

— Votre rapport, lieutenant, demanda Marcel lorsqu'ils furent réunis dans la salle de débriefing.

— Monsieur, nous avons rencontré un groupe de rebelles place des Vosges. Réalisant que nous étions en infériorité numérique, nous avons appelé pour avoir des renforts puis nous avons essayé de les cerner. Le capitaine Dumont et son équipe sont arrivés et nous avons attiré leur feu sur nous tandis que les vampires se faufilaient derrière eux et les renversaient.

— Nous avons eu un peu d'aide, compléta Sébastien. Nous étions dix contre trente. Nous n'aurions pas pu y arriver seuls.

— Ce n'est pas ce qui vous a tant troublé, cependant, n'est-ce pas ? demanda Marcel au lieutenant habituellement si calme.

— Non, monsieur. Au cours de la dernière partie de la bataille, l'un des rebelles a lancé un sort '*Abattoir*' sur mon partenaire. Mais, monsieur, il n'est pas mort ! Justin… je veux dire, mon partenaire. Le sort l'a frappé ! Je l'ai vu trébucher, mais au moment où je suis arrivée, il était sur ses pieds comme si rien ne s'était passé.

Ses yeux dévièrent vers la droite, détaillant son partenaire, essayant de comprendre comment le sort le plus meurtrier de leur répertoire n'avait rien fait de plus qu'étourdir momentanément son mince partenaire. Elle n'était pas en mesure de savoir que cela ne fonctionnerait pas, mais elle aurait été moins surprise si le partenaire de son capitaine, plus grand, plus fort, et plus solide, y avait survécu plutôt que son propre vampire, plus élancé. Elle savait qu'il était plus fort qu'il n'y paraissait, elle avait vu les vampires combattre. Son apparence, cependant, avait fait ressortir tous ses instincts protecteurs. Encore une fois, l'envie de l'envelopper de ses bras la traversa, la faisant vaciller sur ses jambes.

Marcel fronça les sourcils.

— Thierry, vois si tu peux trouver Jean et Raymond. Nous devons éclaircir cette histoire.

Le blond costaud appuyé dans le coin se déplaça pour suivre les ordres, mais son partenaire l'arrêta.

— De quel sort s'agit-il ? demanda Sébastien. Celui qui n'a pas fonctionné.

— C'est un sort meurtrier très simple, mais très efficace, répondit Marcel. Il attaque le tronc cérébral et arrête le cœur et la respiration, tuant instantanément la cible. C'est un sort que nous évitons d'utiliser, sauf en dernier recours.

Sébastien hocha la tête.

— C'est pourquoi il n'a pas eu d'incidence sur Justin. Nous sommes déjà morts. Oh, nos corps donnent l'apparence de la vie. Nous sommes conscients et tout le reste, mais nous ne sommes pas réellement vivants, pas de la même manière que vous. Nous pouvons être blessés par des moyens conventionnels, même si un peu de sang nous guérit presque instantanément, mais la seule vraie façon de nous détruire est de nous affamer ou de nous exposer à la lumière du soleil. Et désormais, même la lumière du soleil n'est plus un problème pour ceux d'entre nous qui ont des partenaires.

— C'est logique, admit Justin parlant pour la première fois depuis sa place aux côtés de Catherine. Je suis sûr qu'il y a des sorts qui pourraient nous faire du mal, peut-être même nous détruire, mais ce ne seront pas de ceux qui peuvent tuer un sorcier. Quelque chose qui brûle serait probablement tout aussi efficace sur un vampire comme sur un sorcier, si cela nous brûle suffisamment. Mais même alors, il faudrait nous brûler si gravement que nous ne puissions pas survivre assez longtemps pour nous nourrir.

— Comment est-ce possible ? demanda Thierry.

Alors même qu'il posait la question, une part de lui était soulagée. Il avait été préoccupé par le sort des vampires – de qui se moquait-il ? De *son* vampire ! – qui se rendaient au combat sans défense contre les sorts des sorciers rebelles, hormis la vitesse et l'agilité des agents de la Milice qui les protégeaient. Ils n'étaient pas immunisés contre tous les sorts, mais il avait l'impression qu'ils avaient un mécanisme de défense efficace contre le pire d'entre eux.

Sébastien haussa les épaules.

— Ce serait une question pour un érudit, pas pour moi. Jean pourrait le savoir. S'il ne le sait pas, Monsieur Lombard le saura certainement, mais je n'irai pas lui demander.

— Ce ne sera pas nécessaire, intervint Marcel. Nous demanderons à Jean lorsque Raymond et lui reviendront de leur mission, et s'il ne le sait pas, nous enverrons Raymond rencontrer Monsieur Lombard à nouveau. Ils ont déjà eu une conversation intéressante. Je suis sûr qu'ils seraient prêts à en avoir une autre.

— Mieux vaut lui que moi, murmura Sébastien.

Il avait rencontré Christophe Lombard deux fois quand il était un vampire nouvellement créé et le trouble qu'il avait ressenti face à lui était resté profondément enraciné depuis tout ce temps, renforcé encore lorsque le vieux vampire l'avait convoqué pour l'aider à forger l'Alliance. Malgré la situation tendue avec Jean, traiter avec lui était, dans l'esprit de Sébastien, de loin préférable à rencontrer l'aîné des vampires.

Thierry entendit le commentaire murmuré et sourit, répondant au coup d'œil de Sébastien par un regard compatissant. Passer au crible des tomes poussiéreux à la recherche de renseignements n'était pas le passe-temps préféré de Thierry, et d'après ce qu'il avait entendu de Monsieur Lombard, il était l'un de ceux qui appréciaient ce genre de recherches.

Marcel prit une profonde inspiration, son esprit chancelant sous le poids de tout ce qu'il restait à faire et à découvrir. Le rapport qu'il venait de recevoir démontrait encore une fois la sagesse de l'Alliance avec les vampires, mais il ne pouvait pas se débarrasser de l'inquiétude que la révélation de Raymond avait provoquée plus tôt. Considérant que ce moment était aussi bon qu'un autre pour en toucher un mot, il se tourna vers les deux commandants.

— Une dernière chose avant que je vous renvoie pour la nuit. . J'ai besoin de vous pour passer le mot à tous ceux qui ont trouvé un partenaire. De toute évidence, les partenariats qui se sont formés ont des propriétés magiques, mais nous n'en connaissons pas encore toutes les conséquences. Nous avons besoin que chacun signale la moindre chose… inhabituelle qu'ils pourraient ressentir pour nous permettre de déterminer quels effets secondaires il peut y avoir, en plus de la protection évidente au soleil.

Les deux sorciers et les deux vampires hochèrent la tête en signe d'assentiment, mais ils ne demandèrent pas de quels effets il s'agissait. Catherine regarda Justin.

Un frisson parcourut soudain les deux vampires, ce qui leur fit froncer les sourcils devant les visages de Catherine et de Thierry.

— Qui a-t-il ? demandèrent-ils presque d'une seule voix.

— L'aube, répondit Sébastien. Nous sentons toujours quand le soleil se lève.

Thierry fit signe qu'il comprenait.

— Je me souviens qu'Orlando en avait parlé le premier matin. Vous savez que le soleil ne peut plus vous blesser.

Sébastien secoua la tête.

— Nous ne savons pas combien de temps l'effet durera, nous ne pouvons pas le dire avec certitude.

— Orlando dit qu'il est capable de ressentir lorsque la magie d'Alain l'entoure, l'isolant, je suppose, interrompit Marcel. Pouvez-vous ressentir la même chose ?

— Effectivement, répondit Sébastien, quand nous avons quitté la gare hier, et ce soir pendant la nuit, mais la sensation s'estompe. Cela pourrait signifier que la protection diminue également.

— Seulement au bout de vingt-quatre heures ? dit Thierry déçu. Ce n'est pas un effet de très longue durée.

— C'est certainement dépendant de la quantité de sang que nous ingérons, suggéra Justin. Je ne peux pas parler pour Sébastien, bien sûr, mais je sais que ce que j'ai bu hier ressemblait plutôt à un en-cas, parce que je ne connaissais pas bien Catherine et parce que d'autres vampires l'avaient déjà mordu. Il se pourrait que si nous nous étions nourris plus intensément, l'effet dure plus longtemps.

— Un peu comme ne pas avoir faim le lendemain matin, après un gros repas la veille, commenta Catherine.

— C'est logique, approuva Sébastien. Maintenant, nous avons juste à découvrir si cette magie est soumise à la logique.

— C'est donc une autre chose à dire aux partenaires, dit Marcel. Non seulement ils doivent surveiller les effets secondaires, mais ils doivent estimer la durée durant laquelle la magie les protège et la quantité dont ils se nourrissent chaque fois.

— Il peut également y avoir d'autres variables, ajouta Thierry. La force de la magie du sorcier, par exemple. Je crains que cela soit un autre paramètre source de difficulté et d'erreur.

— Et nous ne devrions probablement pas utiliser l'expérience d'Alain et d'Orlando comme référence, observa Sébastien. L'Aveu de Sang qui les lie fausse tout le reste de leur relation.

Thierry fronça les sourcils.

— De quelle manière ?

— De toutes les façons, répéta Sébastien. Par exemple, il y a une quantité limitée de sang que je peux boire sur toi avant que cela te tue. Orlando pourrait se gaver d'Alain régulièrement et cela ne le blesserait pas. La magie liée à l'Aveu lui permettra de tenir indépendamment de la quantité de sang qu'Orlando boira. Ce n'est pas le cas des autres sorciers. Nous ne pouvons pas simplement dire, 'buvez à satiété avant de sortir en patrouille chaque matin juste pour être sûrs', parce que les corps des mages pourraient ne pas le supporter. Alain le peut, mais personne d'autre.

Thierry frémit à la pensée d'Orlando et d'Alain, à la nécessité que l'Aveu avait créée et à l'intensité que cela ajoutait à leur alimentation. Il savait, pour en avoir parlé avec Alain, que son collègue sorcier avait trouvé l'expérience très enrichissante, incroyablement excitante, une expérience à répéter aussi souvent que possible. Malgré le sentiment de déloyauté envers Aleth pour ses pensées, Thierry avait envie de ressentir une intimité semblable. Cela faisait si longtemps qu'il n'avait pas senti le genre de proximité qu'Alain avait décrit et dans son cœur, il en souffrait. Il voulait aussi être soutenu, consolé de son chagrin. Il doutait que laisser Sébastien s'alimenter suffise à fournir ce confort, mais ce serait peut-être une première étape.

— Autre chose à considérer, concernant les plannings des patrouilles, déclara Marcel. Peut-être devrions-nous accorder à chaque paire un service de nuit entre deux services de jour, de sorte que le sorcier puisse avoir le temps de récupérer suffisamment afin de nourrir de nouveau le vampire.

Sébastien et Justin firent tous les deux un signe de tête.

— Ce serait probablement suffisant.

— Je vais passer en revue les horaires qu'Angélique et David m'ont apportés et voir si des changements doivent être apportés. D'ici là, ajouta Marcel en étouffant un bâillement, nous avons tous été en service depuis beaucoup trop longtemps. Prenez un peu de repos et faites vos rapports pour votre prochaine patrouille.

Les quatre agents sortirent de la salle de briefing, se séparant immédiatement par paires respectives tandis que Catherine et Thierry retournaient chacun à leurs bureaux pour finir leurs rapports, leurs vampires marchant à leur côté.

Lorsque Sébastien et Thierry retournèrent dans le bureau du sorcier, Sébastien regarda autour de lui d'un œil critique. Les volets étaient toujours fermés pour la nuit, et il espérait que tant qu'ils resteraient fermés, cet endroit resterait sans danger pour lui permettre de se reposer.

Thierry se laissa tomber sur le canapé, l'épuisement étant visible sur son visage.

— Cela a été une suite… de jours passionnants, n'est-ce pas ? commenta-t-il, essayant de garder Sébastien près de lui un peu plus longtemps.

Sébastien hocha la tête et s'assit à côté de lui.

— Tu peux le dire. En fait, je ne me souviens pas d'un enchaînement aussi excitant de journées depuis le jour où j'ai été transformé. Et je ne suis même pas sûr que cela soit comparable.

Thierry ressentit une vive curiosité lorsque Sébastien mentionna sa création en tant que vampire, mais il ne put trouver la force de le questionner à ce sujet. Au lieu de cela, il ferma simplement les yeux, dérivant dans cet état de semi-conscience qui précède si souvent le sommeil. Il pensa avec nostalgie à son lit avant de décider que cela nécessiterait trop d'énergie pour y arriver, magiquement ou non. Cette pensée lui fit ouvrir les yeux en grand.

— Tu ne peux pas rentrer chez toi, n'est-ce pas ?

— Je ne sais pas si je pourrais ou non, répondit honnêtement Sébastien, mais je ne vais pas prendre le risque. Il fut un temps où je voulais mourir, mais ce temps est passé. Je vais rester ici, si tu ne m'en veux pas d'utiliser ton canapé. J'ai dormi dans des endroits bien pires dans ma vie.

Thierry voulut acquiescer et accepter la simple déclaration de Sébastien. Il n'y avait aucune allusion, aucune suggestion dans les paroles du vampire, mais Thierry n'avait pas besoin d'une requête pour savoir qu'il pouvait permettre à Sébastien de retourner dans son propre logement, dans son propre lit. Il attrapa la manche de sa chemise, la tirant vers le haut, au-dessus du coude, dénudant la chair tendre de l'intérieur du bras pour Sébastien.

— Tu devrais manger, ainsi tu pourrais rentrer chez toi et être à l'aise.

Les yeux de Sébastien restaient rivés sur la chair tentante, un double désir s'allumant en lui – le désir de goûter de nouveau le sang de Thierry et celui d'être proche du séduisant sorcier – mais il se força à refuser.

— Tu es déjà épuisé. Cela ne ferait qu'empirer les choses. Je serais très bien ici jusqu'à la nuit tombée et puis cela ne sera pas un problème non plus jusqu'au matin. Je me nourrirai à ce moment-là.

Bien conscient de l'ironie de demander quelque chose qu'il avait voulu éviter, Thierry secoua la tête.

— Je serai tout aussi fatigué demain que je le suis aujourd'hui. Cela fait des mois que je n'ai pas pris de véritable repos, et la guerre sera finie avant que j'en obtienne un.

Sébastien ouvrit la bouche pour protester à nouveau.

— Mords-moi à la fin, bon sang ! dit Thierry avant que Sébastien puisse parler. Ainsi, nous pourrons enfin rentrer tous les deux à la maison.

— Que veux-tu dire par 'rentrer tous les deux à la maison' ? Il n'y a rien qui te retient ici.

Thierry renifla.

— Ouais, comme si j'étais capable de trouver le moindre repos à la maison en te sachant enfermé ici. Prends ce que je t'offre, Sébastien.

Acceptant l'offre sincère, Sébastien s'avança avec un empressement qui démentait sa réticence verbale. Il mit un genou sur le canapé, à côté de la hanche de Thierry, mais l'angle était maladroit.

— Pose ton bras sur le dos du canapé, suggéra-t-il.

Le sorcier blond fit ce que son partenaire demandait, étirant son bras de sorte qu'il soit soutenu par le coussin et facilement accessible aux crocs du vampire. Il se força à rester détendu. Il l'avait offert, peut-être même l'avait-il voulu, même s'il n'était pas complètement à l'aise. Il savait qu'il n'y avait rien à craindre, que Sébastien ne voulait pas lui faire de mal. Il ne restait plus qu'à réprimer sa réaction instinctive. Il s'agissait d'une routine qu'ils partageraient dans les mois à venir. Thierry croyait fermement que la participation des vampires ferait pencher la balance, serait l'avantage dont ils avaient besoin pour gagner la guerre, mais cela ne se produirait pas du jour au lendemain. Et même une fois la guerre terminée, il y aurait encore des poches de résistance qui devraient être éliminés, du nettoyage à faire.

Thierry avait assez étudié l'histoire pour savoir que le travail ne s'arrête pas avec la capitulation de l'ennemi. Par certains égards, la guerre était la partie facile. Les procès et les enquêtes qui suivraient, prenaient souvent plus de temps, étaient plus difficiles que la guerre elle-même. Cependant, ce n'était pas sa préoccupation actuelle. Son problème actuel était le vampire qui pesait sur lui, les lèvres planant à quelques centimètres au-dessus de sa peau. Incapable de supporter plus longtemps la tension de l'attente, Thierry tendit le bras au-dessus du corps et laissa sa main trouver la tête de Sébastien, ses doigts explorant la crinière épaisse et sombre qui tombait presque sur les épaules du vampire.

Le contact surpris Sébastien. Sa tête pivota vers Thierry, transformant le contact en une caresse involontaire. Il étouffa un gémissement à cette sensation tout en interrogeant son partenaire du regard.

— Vas-y, le pressa Thierry.

Il prit une profonde inspiration, aux prises avec l'aveu qui planait sur ses lèvres.

— Je veux que tu le fasses.

Voilà. Il l'avait dit.

Un désir brûlant submergea Sébastien alors qu'il cherchait le visage de Thierry. Le sorcier ne lui mentait pas. Il savait qu'il n'y avait aucun intérêt de toute façon. Sébastien pouvait goûter n'importe quel mensonge dans son sang. Il était tenté de le taquiner, de lui demander s'il avait tout à coup développé un fétichisme pour le sang, mais il ne le connaissait pas assez bien pour savoir comment il allait réagir et il désirait trop ce que Thierry lui offrait pour risquer de tout gâcher par un commentaire malencontreux. Au lieu de cela, il hocha la tête et posa ses lèvres sur le bras de Thierry. Il boirait à sa faim, s'il le pouvait, mais il surveillerait également étroitement la fatigue du sorcier. Non seulement son partenaire était devenu important pour lui, mais Thierry était visiblement l'un des pivots de l'effort de guerre. Les paroles d'Adèle lui revinrent en mémoire. Il ne contrôlait pas aussi efficacement sa magie lorsque ses émotions étaient dans la tourmente. Il pourrait être blessé ou même tué s'il se lançait dans une bataille dans cet état. Elle était convaincue que Thierry ne saurait pas prendre soin de lui-même s'il se retrouvait seul. Prenant une résolution, Sébastien se promit qu'il n'autoriserait plus Thierry à se négliger. Il s'assurerait que son sorcier obtienne le repos dont il avait besoin, même s'il devait s'en charger. Et se nourrir moins, mais plus souvent serait un bon moyen de conserver un œil sur l'état de Thierry.

Sa main berçant toujours la tête de Sébastien, Thierry se raidit par réflexe, puis soupira alors que les lèvres du vampire glissèrent sur sa peau, la fine moustache taquinant l'épiderme sensible à l'intérieur de son bras d'une façon excitante. Il n'avait pas compris l'empressement d'Alain à laisser Orlando se nourrir sur lui, s'étant même demandé si son ami n'avait pas été en quelque sorte contraint d'accepter les demandes d'Orlando, mais il commençait à réaliser ce qu'il avait dû ressentir. Lorsque les autres vampires – Orlando, Jean et les autres, quand les partenariats avaient été formés – l'avaient mordu, même, dans une certaine mesure lorsque Sébastien s'était nourri de lui la première fois, cela avait été impersonnel, presque clinique et avait laissé Thierry intact, presque dégoûté. Ce n'était pas comme maintenant. Il n'y avait rien d'impersonnel concernant les lèvres de Sébastien sur sa peau, alors que sa langue le préparait.

Au contraire, c'était le contact le plus personnel qu'il ait vécu depuis près de deux ans – depuis qu'Aleth avait déménagé. Ils s'étaient vus l'un l'autre, avaient travaillé ensemble pendant tout ce temps. Thierry avait même essayé de discuter de leurs problèmes, mais elle avait toujours repoussé ses efforts de côté en disant qu'ils avaient besoin de se concentrer sur la guerre et de rester en vie. Leurs problèmes pouvaient attendre, disait-elle, jusqu'à ce que la guerre soit gagnée. Et maintenant, elle avait disparu. Et à sa place, lui offrant une proximité qu'elle lui avait refusée, se trouvait un vampire. Non, se corrigea Thierry. Sébastien. *Son* vampire. La pénétration des crocs dans sa chair le prit au milieu de cette révélation et le plaisir de la connexion fusa en lui, lui procurant un sentiment d'appartenance qui était absent de sa vie depuis bien longtemps.

Les yeux de Thierry restèrent rivés sur Sébastien qui se nourrissait sur lui. Il ne pouvait pas s'empêcher de se demander ce qui se passait dans la tête du vampire pendant qu'il se nourrissait, se demandant ce qu'il pouvait ou ne pouvait pas lire dans son sang. Il aurait aimé avoir la même opportunité pour comprendre ce qu'il donnait à son partenaire chaque fois que Sébastien le goûtait, mais il ne connaissait aucune magie qui lui permettrait de lire dans les pensées. Un frisson le parcourut lorsqu'il se rendit compte à quel point il appréciait la connexion avec Sébastien. Une partie de lui aspirait à voir cette connexion se poursuivre, mais il savait que c'était seulement passager. Tout ce que Sébastien attendait de lui, c'était qu'il le nourrisse et l'ayant déjà offert au vampire, il n'y avait aucune raison pour lui de s'attarder quand ce serait fini. Sébastien pourrait le quitter et se promener en toute sécurité là où cela lui plairait, protégé pour un peu plus longtemps. Il reviendrait, Thierry le savait et la connexion serait rétablie pour un temps, mais à la fin, cela serait toujours temporaire et la solitude qui le hantait reviendrait.

Le mélange d'émotions qui assaillirent les sens de Sébastien avec la riche saveur du sang de Thierry était écrasant. Il lutta pour faire le tri, même lorsqu'il sentit la magie du sorcier monter en lui et l'envelopper. Il pouvait goûter le regret qui le rongeait et le chagrin qu'il savait déjà hanter l'âme de Thierry, mais en dessous de cela se trouvait une âpre solitude, beaucoup plus profonde que celle qui aurait dû se développer en quelques jours depuis la mort de sa femme. C'était une solitude qui serrait le cœur de Sébastien. C'était un isolement qu'il comprenait, celui qui provenait d'une séparation prolongée. Il savait, par Adèle, que le mariage de Thierry avait connu des difficultés, mais il se demanda combien de temps cela avait duré ? Depuis combien de temps son partenaire était-il seul ? Et pourquoi personne n'avait-il rien fait à ce sujet ?

Sébastien ne pouvait pas répondre à ces questions, mais il ajouta une autre résolution à sa liste de promesses concernant Thierry. Désormais, son sorcier ne serait seul que s'il désirait l'être. Sébastien ne lui imposerait rien, ni physiquement ni psychologiquement, mais il offrirait à Thierry son amitié, sa compagnie, et peut-être, ensemble, ils pourraient trouver un moyen de guérir les blessures de leurs cœurs, parce que s'il ne se trompait pas, caché par les émotions plus accablantes, Sébastien goûtait l'acceptation, peut-être même l'appel silencieux d'être consolé. Il attendrait que Thierry lui donne un signe plus parlant que sa solitude avant de l'aborder, mais il l'observerait – avec soin – pour déceler toutes indications suggérant que Thierry avait envie, ou besoin de plus qu'une simple amitié venant de lui.

XIX

ANGÉLIQUE SE leva de son siège et reposa le manuel de terrain sur l'étagère où David l'avait trouvé plus tôt. Elle pouvait sentir sa faim grandir et elle avait envie de goûter une nouvelle fois son partenaire. Son attitude s'était considérablement améliorée au cours de la soirée, la persuadant de laisser tomber certains de ses boucliers. Maintenant, elle pouvait commencer à le voir comme un homme et pas uniquement comme un défi à relever. Il avait des cheveux blonds vénitiens courts, des yeux bleus lumineux et l'arête du nez légèrement parsemée de taches de rousseur. Il n'était pas un bel homme de la façon dont l'avaient été certains de ses anciens amants. Il ne pouvait se comparer à Errol Flynn ou Laurence Olivier, mais il avait un charme enfantin recouvrant une force masculine qu'elle commençait à apprécier de plus en plus. Son apparence n'incitait pas à un second regard comme le faisait Orlando ou Sébastien sur leur passage, mais elle était contente, d'avoir jeté ce second regard tout compte fait. Elle avait raté son charme la première fois.

Elle retourna à la table où David était toujours assis, mais au lieu de prendre à nouveau son siège, elle fit un pas derrière lui, ses mains se posant sur ses épaules, les pressant fermement avec une expertise apprise au cours de ses années passées dans le harem du sultan.

Le contact d'Angélique fit sursauter David, mais le massage était trop bon pour l'arrêter, appuyant sur tous les points de pression le long de son cou. Il pouvait sentir la tension de ces derniers jours et particulièrement de ces deux dernières années, s'envoler alors qu'elle le massait. Ses yeux se fermèrent et sa tête retomba en arrière, presque de sa propre initiative, venant s'appuyer contre la surface lisse de son ventre. Il n'avait aucune idée de ce qu'Angélique allait demander ou offrir car il n'y avait aucune raison à ce geste, mais les caresses anodines étaient suggestives. Le frisson qui le parcourut aurait pu tout aussi bien résulter de l'ébauche du sentiment qui n'avait cessé de grandir que de la sensualité de son contact.

Angélique sourit quand elle sentit son partenaire se détendre. C'était tellement plus… agréable de se nourrir sur une victime consentante plutôt que réticente. Elle connaissait le goût de la réticence de David, même s'il n'avait pas essayé de se refuser à elle. Elle espérait que son changement d'attitude envers elle lui laisserait un goût d'acceptation cette fois. Elle remonta ses mains sur ses épaules, passa par-dessus le col de sa chemise vers la peau de son cou, le massant toujours, refusant délibérément d'adoucir le contact comme si elle ne voulait pas l'effrayer. Elle doutait qu'il soit prêt pour une séduction tous azimuts et elle n'était pas sûre de vouloir passer ce cap-là pour l'instant, mais elle n'était pas opposée à lui faire sentir certains des avantages qui pourraient découler d'un tel choix à une date ultérieure. La gorge de David, alors qu'il se penchait en arrière contre elle, était trop tentante pour l'ignorer complètement. Elle fit courir son doigt mince du coin de sa mâchoire puis descendit vers la pulsation qu'elle pouvait voir palpiter sous sa peau. Ses doigts s'attardèrent pour en apprendre le rythme, son propre cœur s'accordant pour battre en mesure... Laissant la main dont le massage berçait toujours la tête de David, elle recula d'un pas pour pouvoir se plier et goûter la peau sur son pouls.

David gémit quand il sentit ses lèvres et sa langue sur son cou et réalisa ce qu'elle désirait. Peut-être que si elle l'avait demandé, sans préliminaires, il aurait hésité, mais son corps était déjà détendu sous son doux massage et même la pensée de ses crocs dans son cou ne pouvait ébranler le sentiment de justesse qui l'enveloppait. Il souleva un peu plus le menton, donnant son autorisation.

Angélique comprit le geste et ses conséquences et sentit le frisson de son acceptation jusque dans son cœur. Elle ne le mordit pas immédiatement, cependant, en dépit de l'apparition subite de ses crocs. Ce n'était pas une rencontre d'un soir, plaisante, mais brève. Cette Alliance avec David devait durer pendant au moins toute la guerre, ce qui signifiait la construction d'une relation basée sur la confiance et le respect mutuel. Cela signifiait aussi ne rien faire à David qui l'inciterait à changer d'avis au sujet de la laisser se nourrir de lui. Elle savait, de ses amants précédents, que beaucoup d'hommes avaient besoin de temps pour accepter l'échange de rôle et s'habituer à être pris, parce que ses crocs les revendiquaient aussi sûrement qu'aucun homme ne l'avait jamais revendiqué elle. Bien que la réciprocité soit une exigence, elle connaissait assez l'ego masculin pour introduire subtilement le concept. En outre, elle appréciait l'anticipation presque autant qu'elle aimait se nourrir. Sa chevelure tomba en avant, sur la poitrine de David, ses longs cheveux sombres contrastaient avec le chandail beige qu'il portait. Elle les avait coupés court une fois, peu après avoir quitté le harem, parce que le maître des esclaves du harem avait été ravi de les utiliser comme un moyen de la plier à sa volonté, mais elle les avait depuis longtemps laissé repousser. La cascade soyeuse à la couleur automnale était la preuve qu'elle avait reconquis son passé et vivait à présent ses propres choix. Elle avait même appris à apprécier à nouveau la sensation des mains d'un homme dans ses cheveux. David, cependant, était trop perdu dans ce qu'elle faisait pour tendre la main et les toucher. C'était très bien. Elle avait le temps pour l'éduquer à ses désirs.

La langue d'Angélique dévia sur la peau rasée, goûtant le soupçon persistant de savon et de lotion après-rasage, là où David s'était visiblement rasé avant de venir au siège de la Milice, ce qui remontait au moins à douze heures. Le piquant de sa barbe récente ne la dérangea pas du tout, cela servait juste à lui rappeler que son partenaire était un homme. Son odeur emplit ses narines, la menthe fraîche de son après-rasage, le musc léger de sa sueur, et en dessous, l'odeur du sang, l'appel de la sirène, auquel il devenait de plus en plus difficile de résister.

— Angélique.

La vibration de son nom sur ses lèvres mit un terme à ses tentatives de flânerie. Ses crocs trouvèrent sa peau et percèrent l'étendue immaculée, son sang chaud coulant dans sa bouche. Elle avala avec empressement et en absorba davantage.

David retint son souffle quand il sentit les crocs d'Angélique le pénétrer, quand il sentit ses lèvres et sa bouche aspirer avec force. Le frisson qui le ravagea à cet instant n'avait rien à voir avec le froid, et tout à voir avec sa proximité, ses actions. Cette alimentation ne ressemblait en rien à celle précipitée de la veille à la gare de Lyon. Cette interaction superficielle avait laissé David résigné à les répéter à intervalles réguliers, ne les redoutant pas, mais ne voyant rien à en attendre. Maintenant, cependant, les mains d'Angélique se déplaçaient respectivement dans ses cheveux et sur sa poitrine, ses lèvres et ses dents l'attiraient, passionnantes, séduisantes. Et tout son corps réagit. Sous sa main, couverts par sa chemise et son pull, ses mamelons pointèrent. Dans son pantalon, son sexe durcit. Il sentit son corps tout entier s'enflammer de désir, battant la mesure au rythme de la succion de sa bouche sur son cou.

Angélique sourit tandis que la riche saveur du désir s'épanouissait sur sa langue. En six cents ans, elle ne s'était jamais lassé de ce goût, pas depuis qu'elle s'était rendu compte que sa force surnaturelle lui donnait l'opportunité de choisir ce qu'il voulait faire de ce désir qu'elle provoquait. Plus tard, elle serait obligée d'envisager quoi faire avec le désir de cet homme, compte tenu de toute la complexité de leur relation, mais pour l'instant, elle allait tout simplement en profiter, savourer le frisson de cette puissance féminine à pouvoir provoquer et contrôler, la passion de David.

— J'AI BESOIN de récupérer certaines affaires dans mon appartement, dit Alain à Orlando quand ils quittèrent le siège de la Milice.

Il hésita un instant, se demandant s'il oserait inviter Orlando à l'accompagner là-bas, dans ce placard froid qu'il habitait. Il n'était pas sûr de vouloir que son amant voie combien sa vie avait été vide durant les deux dernières années. L'important maintenant était de savoir à quel point cela avait changé – changeait – depuis ces cinq derniers jours.

— As-tu besoin d'aide ? offrit Orlando, ne voulant pas s'imposer, mais désireux de voir le logement d'Alain.

Le bureau qu'il partageait avec Thierry était un espace professionnel, qui laissait peu transparaître la personnalité d'Alain. Orlando voulait voir comment il vivait, ce qu'il considérait comme confortable. Le vampire savait que son propre appartement était petit et exigu, avec trop peu de choses pour en faire un foyer, mais Alain avait dit qu'il le préférait au sien. Cela donnait à Orlando des inquiétudes sur la façon dont Alain avait vécu. Il ne pouvait rien faire concernant son passé, mais son avenir était entre ses mains et il avait bien l'intention d'en faire quelque chose de bien. Avec cette pensée en tête, il espéra qu'il y aurait quelque chose dans le logement d'Alain qu'il pourrait emporter avec eux, pour l'aider à faire de son appartement, leur foyer.

Alain se demandait comment répondre tandis qu'ils marchaient vers le métro, mais en définitive, il ne voulait pas cacher quoi que ce soit à Orlando, pas même le désert aride qu'était devenue sa vie après la mort de sa famille.

— Il n'y a pas grand-chose à récupérer, admit-il. Seulement quelques vêtements et une casserole ou deux, mais tu es le bienvenu si tu veux venir avec moi.

La pensée lui vint que montrer à Orlando le vide qu'avait été sa vie avant de le rencontrer pourrait sûrement aider le vampire à réaliser à quel point il enrichissait sa vie.

— Je voudrais que tu viennes.

Le sourire qui illumina le visage d'Orlando à ces mots rassura Alain et lui indiqua qu'il avait fait le bon choix. Leurs vies étaient étroitement liées maintenant, pour le meilleur et le pire. Il leur faudrait du temps pour apprendre à se connaître l'un l'autre, pour consolider les bases de leur avenir, mais la décision était prise. Tout ce qui lui restait à faire était de prendre les mesures nécessaires.

— Allons-y alors. Plus tôt nous prendrons mes affaires, plus vite nous pourrons rentrer à la maison. J'ai besoin de quelques heures de sommeil.

— Tu ne préférerais pas y aller après avoir dormi ? demanda Orlando.

Alain y réfléchit. Retarder son retour à son appartement était incroyablement tentant, mais il savait que la vue de cet espace stérile soulèverait des questions dans l'esprit d'Orlando, et raconter l'enfer qui l'avait conduit dans un studio de la taille d'un timbre-poste serait particulièrement difficile.

— Non, allons-y maintenant. Ce sera plus facile d'y faire face en sachant que nous pourrons rentrer ensemble à la maison ensuite.

Orlando accepta la décision d'Alain sans broncher, mais il ne put s'empêcher de se demander pourquoi Alain semblait redouter d'aller à son appartement. Il ne lui avait pas échappé que son sorcier n'avait jamais utilisé le mot 'maison' quand il parlait de son logement, seulement lorsqu'il parlait de celui d'Orlando. Il demanderait plus tard, si l'occasion se présentait, mais en attendant, il le soutiendrait autant que possible.

— Je veillerais sur tes rêves pendant que tu dormiras.

La gratitude brilla dans les yeux d'Alain alors qu'ils atteignaient le métro et s'avançaient vers le wagon. Ils firent le trajet presque en silence, les mains jointes. Périodiquement, l'un ou l'autre serrait leurs mains jointes avec douceur. La poigne d'Alain se crispa alors qu'ils approchaient de l'arrêt Anvers. Il détestait se rendre à son appartement, seul ou accompagné, il détestait l'espace vide, mais il n'avait rien pour le remplir qui pourrait atténuer sa douleur.

Orlando se sentit de plus en plus concerné alors qu'il sentait la tension croissante du sorcier. Qu'est-ce qui pourrait être assez mauvais pour rendre Alain aussi mal à l'aise ? Il ne connaissait pas la réponse, mais ses instincts protecteurs le harcelaient. Quels que soient les démons qui attendaient Alain dans son appartement, Orlando se tiendrait à côté de son amant pour y faire face.

Alain libéra l'appartement de son sort de surveillance, écoutant le déclic de la serrure avant de pousser la lourde porte pour l'ouvrir sur l'atelier modifié qui était sa résidence actuelle. Il détestait cet endroit, détestait que sa vie ait été réduite à cela, mais il avait besoin de choses à l'intérieur, ce qui signifiait franchir ce seuil détesté.

— Allons-y, dit-il autant pour lui-même que pour Orlando. Plus vite nous aurons pris mes affaires, plus vite nous pourrons foutre le camp d'ici.

— Que puis-je faire pour aider ? demanda Orlando, les yeux scrutant autour de lui avec curiosité.

Il était évident que cet endroit ne signifiait rien pour Alain. Les murs étaient nus et d'un blanc à la désolation frappante. Alors que le mobilier disait clairement que quelqu'un vivait dans cet espace, rien ne donnait d'indication sur le propriétaire. Pas de photos, pas de souvenirs, pas mêmes des livres. Juste un lit pliant, un fauteuil miteux ainsi qu'une table en fer étroite et des chaises.

Alain réfléchit à ce qu'il avait dans l'appartement et ce dont il se souciait assez ou qui lui serait nécessaire au point de l'amener chez Orlando.

— Prends les vêtements dans le placard, décida-t-il avec un geste à travers la pièce pour désigner l'unique armoire. Je vais chercher ce dont j'ai besoin dans la cuisine.

Orlando ouvrit le placard et commença à en retirer les habits pour les empiler sur le canapé. Il vit une valise sur le plancher du placard. Il s'agenouilla, la sortit afin de pouvoir y ranger les vêtements quand une boîte en carton pleine attira son attention. Elle était scellée, sans étiquette, de sorte qu'il n'avait aucune idée ce qui se trouvait à l'intérieur, mais quelque chose lui disait que c'était important. Il la souleva et se tourna vers Alain.

— Veux-tu prendre cette boîte ? demanda-t-il.

Alain releva les yeux des tiroirs de la cuisine de l'autre côté de la pièce et pâlit quand il vit ce qu'Orlando tenait. Il attrapa le comptoir pour se calmer contre l'assaut de ses souvenirs et de ses émotions. Il avait emballé cette boîte le jour où il avait enterré Edwige et Henri… Le jour où il avait perdu Éric. Le jour où son autre meilleur ami s'était détourné de lui de colère et d'amertume, trahissant leur amitié et son allégeance en basculant du mauvais côté de la guerre.

— Je… commença-t-il, incapable d'atténuer le choc de la douleur même après deux ans.

L'angoisse sur le visage d'Alain était plus qu'Orlando put en supporter. Il posa la boîte avec précaution sur le canapé et rejoignit son amant, l'enveloppant de ses bras.

— Parle-moi, plaida-t-il. Dis-moi quels sont les fantômes qui s'attardent ici.

— Non, répondit Alain. La seule horreur ici, c'est le vide. Je ne pouvais plus faire face aux souvenirs, je ne pouvais plus faire face à ce que j'avais fait, donc je me suis débarrassé de tout ce qui me le rappelait. J'ai jeté ce que j'ai pu, mais les choses dont je n'ai pas réussi à me défaire sont dans cette boîte. Je ne peux pas les regarder, mais je ne peux pas m'en débarrasser. C'est un poids mort dans mon esprit et dans mon cœur qui me fait sombrer et m'isole.

— Plus maintenant, interrompit Orlando avec insistance. Je ne peux pas changer ton passé, mais tu n'es plus seul à présent.

— Je sais, répondit Alain, le visage enfoui dans le cou d'Orlando comme s'il luttait pour retrouver son calme. Tu es venu ici avec moi. Tu me soutiens maintenant et cela m'aide bien plus que tu peux l'imaginer.

— Tu n'auras plus jamais à ouvrir cette boîte si c'est ton choix, mais j'espère qu'un jour tu verras que nous sommes assez fort ensemble pour pouvoir faire face même à cela. En attendant, je sais que tu me dis ce que tu peux.

Alain hocha la tête.

— Je le ferai, mais pas ici. Je dois sortir de cet endroit avant qu'il aspire ce qui reste de ma vie. Tu me l'as rendue et je ne veux pas la perdre.

Les doigts d'Orlando s'envolèrent sur sa marque dans le cou d'Alain.

— Tu ne la perdras pas. Tu ne me perdras pas. Nous nous sommes fait une promesse.

Alain tourna la tête et déposa un baiser sur les doigts d'Orlando.

— Rappelle-le-moi lorsque je l'oublierai, demanda-t-il. J'ai été seul pendant si longtemps que j'ai oublié comment être avec quelqu'un.

Orlando rit tristement.

— Tu oublies que je n'ai jamais connu ça. Quel duo nous faisons !

— C'est vrai, admit Alain. Nous sommes faits l'un pour l'autre.

Le sourire d'Orlando s'agrandit, perdant sa tristesse. Cela le ravissait d'entendre de tels sentiments.

— As-tu tout ce dont tu as besoin ? demanda-t-il.

Il avait besoin de sortir Alain de cet espace vide et de retourner à l'appartement qu'ils aménageraient comme un véritable foyer.

— Oui. Laisse-moi juste mettre mes affaires dans un sac. Je vais l'envoyer directement à ton appartement et puis nous pourrons y aller.

— Ce n'est pas mon appartement, le corrigea Orlando. C'est notre appartement et nous allons en faire un vrai foyer.

Il regarda à nouveau la décoration impersonnelle qui l'entourait.

— Nous avons tous les deux été pris au piège de notre passé depuis trop longtemps. Il est temps de regarder vers l'avant maintenant plutôt qu'en arrière.

Alain savait que ce n'était pas aussi simple, mais il espérait qu'Orlando avait raison, qu'ils pouvaient surmonter leur passé et aller de l'avant avec un nouveau départ. Il savait, cependant, que c'était beaucoup plus facile à dire qu'à faire. Sa conversation avec Jean l'avait déjà démontré. Malgré tout, entendre simplement Orlando exprimer cette conviction était encourageant.

— Avoir de nouveau un foyer est la meilleure chose que j'ai entendue depuis longtemps.

Il fit rapidement sa valise, la remplissant de vêtements, d'une casserole, d'un couteau, d'une planche à découper et téléporta le sac et la boîte à l'appartement d'Orlando.

— Rentrons à la maison.

Ils quittèrent l'appartement d'Alain et le sorcier mit à nouveau les barrières de protection en place, même si, pour lui, plus rien de valeur ne restait à l'intérieur. Il donnerait son préavis à son propriétaire dès qu'il le pourrait. C'était une étape de sa vie avec laquelle il voulait rapidement couper tous les ponts.

Quand ils furent de retour à l'appartement d'Orlando – leur appartement – Alain ouvrit la valise pour récupérer les ustensiles de cuisine et se dirigea vers la pièce en question. Orlando se tint maladroitement dans le salon pendant un moment avant que la voix d'Alain fasse irruption dans ses pensées.

— Viens parler avec moi pendant que je me prépare quelque chose à manger, l'appela le sorcier.

Orlando alla dans la cuisine et s'assit à table tandis qu'Alain ouvrait les placards et le réfrigérateur et en sortait la nourriture qu'il avait achetée la veille. Orlando se détendit devant cette scène de vie familiale agréable alors qu'Alain se faisait une omelette. Ils parlèrent de choses sans importance alors que l'attention d'Alain était partagée entre leur conversation et la cuisine. Quand il s'assit à table avec son repas en face de lui, il prit une profonde inspiration et aborda le sujet délicat.

— La boîte... soupira-t-il. C'est tout ce que j'ai gardé des quarante-quatre premières années de ma vie.

Il se tut, clignant des yeux pour chasser ses souvenirs. Orlando ne lui demanda rien, ne le poussa pas. Il tendit simplement le bras à travers la table pour prendre la main d'Alain dans la sienne.

— J'ai tout perdu ce jour-là, dit enfin Alain. Tout, sauf Thierry.

Intérieurement, Orlando songea qu'Alain aurait plus de chance de se débarrasser de lui-même, de leur Aveu de Sang et de tout ce qui allait avec, que de se débarrasser de Thierry, mais il garda sa réflexion pour lui et attendit qu'Alain poursuive son récit.

— Je suppose que la première chose à expliquer nous concerne Edwige et moi, déclara lentement Alain. Notre relation n'était pas conventionnelle à ce moment-là. Nous nous étions mariés à cause d'Henri et j'aime à penser que nous nous aimions à notre façon. Mais au le début de la guerre, nous dormions déjà dans des lits séparés, des chambres séparées. Nous avions divorcé, mais nous avons continué à vivre dans la même maison car nous ne voulions pas qu'Henri soit tiraillé entre nous deux. Nous n'étions plus que les parents d'Henri. C'était tout ce que nous étions l'un pour l'autre. Nous n'étions plus amants, plus amoureux non plus, mais nous partagions toujours une maison, une vie construite autour de notre merveilleux enfant. Je ne sais pas combien de temps nous aurions supporté cette vie de famille atypique, mais à l'époque, nous nous en arrangions parce que nous aimions suffisamment Henri pour faire des efforts et nous entendre en tant que ses parents.

Alain sourit tristement alors que les souvenirs de son fils l'assaillaient : la naissance d'Henri, son arrivée à la maison, sa première dent, ses premiers pas, son premier mot, son premier jour d'école. Alain cligna des yeux pour retenir ses larmes.

— J'aurais souhaité pouvoir le connaître, dit doucement Orlando. Il devait être un garçon étonnant.

Alain ne put que hocher la tête, trop ému pour le moment pour parler. Il prit plusieurs profondes inspirations avant de poursuivre.

— La guerre venait de commencer et Thierry et moi étions partis pour une mission de recrutement. Nous étions censés partir trois jours, mais nous avions fini plus tôt et sommes rentrés à la maison. Je ne sais pas pourquoi il est venu avec moi. Aleth et lui n'avaient pas de problème alors, du moins personne n'était au courant si eux-mêmes en étaient conscients, mais il est d'abord venu chez moi. L'odeur de la mort, de la magie noire, était si forte que nous l'avions sentie avant même d'entrer. Une fois que nous l'avons fait...

Il s'interrompit, le souvenir de ce qu'il avait vu d'Edwige et d'Henri gisant sur le sol, le visage crispé par l'agonie de ce qu'on leur avait fait subir avant de les tuer, était plus qu'il pouvait supporter de décrire.

Orlando resserra son emprise sur la main d'Alain, sachant déjà ce qui s'était passé.

— Tu les as retrouvés morts, acheva-t-il pour lui.

Alain acquiesça, luttant contre les larmes. Le spectacle était trop dur à supporter pour Orlando. Il se leva de son siège et se plaça derrière Alain, embrassant son sorcier par-derrière.

— Tu ne seras plus jamais seul, promit-il. Tu n'auras plus jamais à y refaire face. Je suis là, et je serai toujours là.

Alain prit une profonde inspiration pour se reprendre avant d'attirer Orlando sur ses genoux.

— Et c'est ce qui me garde sain d'esprit en ce moment.

Il reprit le fil de son histoire.

— Nous les avons trouvés ainsi que le sorcier qui les avait torturés. Il était toujours là, dans la maison. Je suis devenu fou, je crois. Tout ce que je voulais, c'était tuer l'homme qui avait assassiné mon fils. J'ai jeté tous les sorts que je connaissais sur lui, déterminé à lui faire aussi mal que ce qu'il leur avait infligé. Tout est un peu flou, mais je sais que je serais mort s'il n'y avait pas eu Thierry. Il s'est assuré que les sorts de l'autre sorcier ne me frappent pas, ne me tuent pas, tandis que je le tuais.

— Thierry m'a parlé de ce combat, dit Orlando, quand Alain fit une pause. Il m'a parlé de votre ami.

— Éric, confirma tristement Alain. J'ai tué sa famille et, ce faisant, j'ai détruit la vie d'Éric aussi efficacement que la mienne l'avait été, peut-être même en pire. Non seulement il a perdu sa famille, mais il a aussi perdu ses amis.

— Il a fait un choix, le contredit Orlando. Il n'avait pas besoin de partir. Vous ne l'avez pas forcé à partir. C'était son choix.

— Un choix qu'il a dû faire à cause de ce que j'avais fait, moi.

La voix d'Alain se brisa.

— Lui et moi étions presque aussi proches que je le suis de Thierry. Il est un peu plus jeune que nous, mais nous nous entendions bien. Nous nous fréquentions au travail comme à l'extérieur. Nous avions même travaillé sur un code de sorts, un moyen de veiller les uns sur les autres sans dire un mot. Avec le recul, c'était probablement stupide, mais c'était notre truc, une série définie de noms. Chaque nom avait une signification. Nous n'avions qu'à glisser le nom dans une conversation. *Flamel* indiquait habituellement une question, car il se référait à l'inquiétude. *Merlin* était la meilleure réponse, éclaircissant tout. *Morgane* signifiait la trahison, *Niniane* signifiait que nous étions blessés, *Paracelse* indiquait un succès. Il y en avait toute une liste comme ça. À l'enterrement, lorsqu'il a été si froid avec moi, je lui ai demandé comment il allait, mais il n'a pas voulu me parler du tout alors je lui ai demandé s'il se souvenait de notre conversation au sujet de *Flamel*, dans l'espoir de lui rappeler qu'au-delà de la colère et du chagrin, nous avions une amitié, une fidélité qui méritaient d'être sauvées. Il m'a regardé avec une telle haine et a craché que *Morgane* correspondait mieux. Tout dans son intonation et son regard m'accusait d'avoir trahi notre amitié, notre loyauté. Deux jours plus tard, il s'est enfui. Nous n'avons plus entendu parler de lui depuis, à l'exception de rapport occasionnel sur son ascension dans les rangs de Serrier. Cela me hante, Orlando, que je n'aie pas pu le rallier à notre cause, que mes actions l'aient précipité dans le camp adverse.

— C'était un accident, rappela Orlando à Alain, je te connais. Tu n'aurais jamais, *jamais* blessé un témoin innocent délibérément. Putain ! Tu joues même le bon flic lors de vos interrogatoires avec Thierry. Si tu avais su qu'ils étaient là, tu aurais pris des précautions, mais tu ne le savais pas. Tu ne peux pas continuer à porter ce fardeau.

Il put voir que ses paroles n'atteignaient pas son sorcier épuisé.

— Tu as besoin de te reposer. Nous en reparlerons plus tard. Pour l'instant, je veux te tenir dans mes bras pendant que tu dormiras.

Il se leva pour permettre à Alain de se déplacer.

Le sorcier hocha la tête, la combinaison de la fatigue physique et émotionnelle le laissant complètement vidé. Il tenta de se lever, mais même cela était au-dessus de ses forces. Il jeta un coup d'œil suppliant en direction d'Orlando. Immédiatement, son vampire fut à ses côtés, le mettant sur ses pieds, l'étreignant. Orlando enroula un bras autour de sa taille, l'exhortant à s'appuyer sur lui pour le soutenir.

— Je suis tellement fatigué, avoua doucement Alain.

— Raison de plus pour te reposer, répondit Orlando en l'entraînant dans leur chambre.

Il aida le sorcier à s'asseoir, puis s'agenouilla pour lui enlever ses chaussures. Poussant doucement sur les épaules d'Alain, il fit basculer son amant en arrière sur le lit avant de s'installer près de lui.

— Dors, je serai là lorsque tu te réveilleras.

Alain essaya de hocher la tête pour montrer qu'il comprenait, mais ses yeux se fermèrent aussi sûrement que si quelqu'un lui avait jeté un sort de sommeil. Cédant à sa fatigue, il s'installa dans les bras d'Orlando et s'endormit.

Orlando veilla tandis qu'Alain dormait, méditant tout ce que son sorcier avait révélé, intentionnellement ou non. Il en connaissait quelques bribes avant, il avait su pour Edwige et Henri, pour Éric et sa famille, au sujet du sort qui a mal tourné. Il ne savait pas qu'Alain avait été tellement désespéré qu'il en avait été négligent. Il avait une dette de gratitude envers Thierry pour avoir gardé Alain vivant à l'époque, une dette qu'il s'assurerait de reconnaître la prochaine fois qu'il parlerait en privé avec l'autre sorcier. Il n'avait pas goûté un quelconque désir de mort dans le sang d'Alain, mais il serait plus attentif la prochaine fois qu'il se nourrirait. Il ne voulait pas perdre son amant par désespoir, pas maintenant qu'il avait enfin trouvé quelqu'un qui voyait au-delà de sa malédiction, qui voyait l'homme qu'il était. Il se demanda ce que l'échec de son mariage avait fait à Alain. Il avait goûté à sa détermination et à son engagement chaque fois qu'il s'était nourri. Être forcé d'accepter que tout son engagement et sa détermination n'avaient pas suffi à sauver sa relation avec sa femme avait dû être un coup terrible, mais ils avaient continué, trouvé un moyen d'assurer une certaine stabilité pour leur fils. Orlando aurait souhaité avoir connu le garçon. Tout enfant d'Alain devait sûrement être extraordinaire. Cela ne pourrait plus arriver maintenant, mais il espérait qu'Alain finirait par partager ces souvenirs avec lui.

Il avait mal pour Alain, sachant ce que la perte d'Henri devait lui avoir coûté. Plus jamais, se jura Orlando. Il serait particulièrement attentif à Alain à partir de maintenant. Rien ne serait autorisé à le blesser de nouveau. Il savait que cela signifiait non seulement la protection d'Alain, mais également celle de Thierry, puisque ce dernier était tout ce qu'il restait à Alain. La dernière chose dont son amant avait besoin, c'était de perdre son seul lien avec son passé. Il se rapprocha de lui, essayant de se mettre à l'aise pour les heures d'immobilité à venir pendant qu'Alain dormirait. Alors qu'il s'installait, il se demanda soudain s'il n'aurait pas également besoin de prendre soin de lui-même. Il ne s'était jamais soucié de savoir si sa propre existence devait continuer ou non. Sa disparition ne ferait de mal à personne, pas même à lui, et même s'il n'avait pas cherché activement à en finir, il n'avait jamais songé à sa propre sécurité. Il observa la marque sur le cou d'Alain. Est-ce que cela changeait quelque chose ? Manquerait-il à Alain s'il disparaissait ? C'était inhabituel de s'interroger sur lui-même, sur sa propre valeur. Le cas échéant, il estimait toujours qu'il n'en avait aucune, que sa propre existence ne comptait pour rien, peut-être même moins que rien. Il avait vécu avec cette certitude depuis plus de deux cents ans, mais il commençait à croire que cela avait peut-être changé.

Sa conversation de ce matin avec Alain suggérait que peut-être sa présence était devenue nécessaire à son amant, tout comme la présence du sorcier l'était pour lui. Il n'était pas encore prêt à mettre un nom sur ce sentiment, pas après avoir repoussé toutes les émotions de côté pendant si longtemps, mais un certain sentiment grandissait incontestablement en lui. Cela signifiait-il qu'il grandissait aussi en Alain ?

Si tel était le cas, alors il avait quelqu'un d'autre à ajouter à sa liste de personnes à protéger : lui-même.

Ses pensées s'attardèrent brièvement sur le code qu'Alain avait décrit, en se demandant si cela valait la peine de l'apprendre, mais il finit par décider de ne pas s'ennuyer avec ça. Si c'était quelque chose que seuls Alain, Thierry et Éric avaient partagé, le remettre sur le tapis maintenant ne ferait que réveiller des souvenirs douloureux. Il pourrait toujours en reparler plus tard s'il voyait que d'autres personnes l'utilisaient.

Orlando se laissa dériver dans un état semi-conscient qui passait pour du sommeil chez les vampires. Il n'était pas fatigué, n'avait pas besoin de se reposer comme Alain le faisait, mais il n'avait pas l'intention de s'aventurer hors de son appartement sans Alain à ses côtés, il n'y avait pas de raison pour rester complètement alerte non plus.

Le coucher du soleil le réveilla assez pour qu'il regarde l'horloge. Six heures. Alain avait dormi pendant huit heures. Orlando aurait voulu lui accorder plus de temps, mais il savait qu'ils étaient attendus chez Marcel et il pouvait sentir son désir pour son Avoué grandir en lui. Sachant maintenant qu'il ne pouvait pas faire de mal à son amant en se nourrissant aussi souvent qu'il le désirait, et sachant qu'il avait besoin de s'alimenter plus souvent, il n'allait pas remettre sa faim en question.

— Alain, murmura-t-il poussant son amant pour le réveiller. J'ai besoin de toi.

Alain se réveilla d'un sommeil sans rêves pour passer à la sensation incomparable des lèvres d'Orlando traînant sur sa peau. Il fallut un moment pour que les mots pénètrent son cerveau endormi.

— Encore ? demanda-t-il surpris, car il ne s'était pas écoulé plus de douze heures depuis Orlando s'était nourri la dernière fois.

— Sébastien m'a dit que je devais me nourrir toutes les douze heures pendant un certain temps, répondit Orlando sans écarter la bouche de la peau de son amant. Il m'a également assuré que je ne pouvais pas te blesser, peu importe combien de fois je me nourrissais. L'Aveu de Sang te protège.

Encore à moitié endormi, Alain tendit les mains vers Orlando. Elles trouvèrent l'ourlet du pull du vampire et le relevèrent, cherchant les boutons de sa chemise en dessous. Il voulait autant de contact entre eux qu'Orlando le permettrait.

Les paroles de Jean luttaient contre les craintes d'Orlando. *'Considère à quel point t'alimenter et faire l'amour seraient plus puissants si tu les associais'.* Une partie d'Orlando le voulait, désirait cette plus grande intimité, voulait répondre à la volonté évidente d'Alain, mais la peur le retenait immobile. Son attaque contre Alain, bien qu'involontaire, ne datait que de ce matin. L'expérience lui avait appris que, même avec l'application attentionnée de sa salive pour les fermer, les blessures qu'il avait infligées ce matin, quand ils se frottaient ensemble si intimement, mettraient plusieurs jours pour guérir. Comment pourrait-il même envisager quelque chose qui pourrait causer à Alain encore plus de douleur ?

'Se nourrir de son Avoué est encore plus addictif que de lui faire l'amour'. Sébastien avait parlé avec un tel calme, une telle confiance. Il ne lui avait pas

ouvertement dit de mêler les plaisirs, mais le message avait été clair, comme l'était son plaisir évident à cette évocation.

Alors qu'Orlando était là, figé par la peur, les mains d'Alain étaient occupées à ouvrir sa chemise pour révéler son torse lisse. Quand il réalisa que le vampire ne l'aiderait pas, il s'écarta de son amant assez longtemps pour retirer son propre chandail à col roulé afin de permettre à leurs peaux nues de se toucher.

— Non, murmura Orlando en s'écartant. Ce n'est pas sans risque.

Il rencontra les yeux d'Alain.

— Je sais ce que tu veux. Une partie de moi le veut, elle aussi, mais nous ne pouvons pas, Alain. Je ne permettrais pas que quoi que ce soit te fasse du mal, y compris moi, et je ne peux pas garantir que je ne le ferais pas. Je vais te faire l'amour, puis me nourrir de toi, ou me nourrir de toi et te faire l'amour ensuite, mais je ne vais pas mélanger les deux. Je ne peux pas. Je serais détruit s'il t'arrivait quelque chose, si je te blessais encore une fois.

Alain soupira de frustration. C'était si clair pour lui, si manifestement évident. Et si un peu de douleur devait accompagner une perte de contrôle d'Orlando, cela serait insignifiant par rapport au plaisir qu'il aurait à combiner les deux aspects de l'intimité, mais Orlando n'arrivait pas à le voir.

— Je ne veux pas te faire ce qu'il m'a fait, termina le vampire d'une voix rauque.

Ces mots étouffèrent les protestations d'Alain, c'était probablement les seuls qui le pouvaient. Il savait – au plus profond de son être, il le savait – qu'Orlando ne lui ferait jamais mal de la manière dont il avait été blessé, mais il savait aussi que dire ces mots à son vampire serait inutile. Seuls le temps et la confiance guériraient ces blessures.

— Alors, ne le fait pas, dit simplement Alain, laissant à Orlando le soin de les interpréter comme il le souhaitait.

Il cessa cependant ses tentatives pour le déshabiller. Il avait promis de ne pas faire pression sur lui, de n'exiger rien de plus que ce qu'il était prêt à donner et il ferait de son mieux pour tenir cette promesse. Au lieu de cela, il inclina la tête en arrière, offrant son cou à son vampire.

Comme toujours, la confiance d'Alain et son acceptation surprirent Orlando. Il espérait qu'il serait toujours digne de cette confiance. Dans l'intervalle, il serait aussi doux qu'il le pourrait avec son amant, utilisant les blessures existantes pour se nourrir plutôt que d'en faire de nouvelles. Il baissa les yeux pour trouver les incisions, mais vit seulement une peau intacte. Les sourcils froncés, il inclina la tête d'Alain dans l'autre sens, mais la seule marque présente sur le cou du sorcier était celle qui le désignait comme son Avoué.

— As-tu eu recours à un sort de guérison ? demanda doucement Orlando. Les traces de morsures de ce matin ont disparu.

Alain fronça les sourcils.

— Non, cela ne m'est pas venu à l'esprit. Je ne pense pas à elles comme à des blessures qui auraient besoin d'être guéries. En fait, je veux qu'elles s'attardent, je suis fier que tu me veuilles, que tu m'aies choisi.

Le cœur d'Orlando fondit à ces mots.

— Nous nous sommes choisis l'un l'autre, rectifia-t-il. Mais cela n'explique pas pourquoi la seule trace sur ton cou est ta marque d'Avoué. Il n'y a plus aucun signe à l'endroit où je t'ai mordu.

Alain fit courir ses doigts sur sa peau à la recherche des morsures, mais Orlando avait raison. Rien n'indiquait plus qu'il avait été mordu. Fronçant les sourcils, il regarda ses bras, là où Orlando l'avait mordu auparavant. Certes, ces marques étaient plus anciennes que celles de son cou, mais elles dataient d'à peine quelques jours. Il aurait dû y avoir encore une marque. Cette peau, aussi, était exempte de traces à l'exception du tatouage minuscule d'un H sur l'intérieur de son poignet droit.

— Je ne comprends pas, dit enfin Alain.

— Moi non plus, admit Orlando.

— Se pourrait-il que cela fasse partie de l'Aveu de Sang ? demanda Alain.

— Je ne sais pas. Sébastien n'en a pas fait mention, mais peut-être qu'il n'y a pas pensé. Il m'a dit que je ne pouvais pas te faire de mal, peu importe combien de fois je me nourrissais. Peut-être que cela en fait partie.

— Tu pourras lui demander, ou je le pourrai, la prochaine fois que je le verrai. Ça n'a pas d'importance pour l'instant. Ce qui importe, c'est que tu te nourrisses, ainsi nous ne reproduirons pas ce qui s'est passé la nuit dernière, déclara Alain. Viens, Orlando. Nourris-toi de moi.

XX

LE TON suppliant contenu dans la voix d'Alain fut suffisant accroître le désir et la nouvelle sensation de puissance d'Orlando. Il avait admiré Alain lors du sommet de l'Alliance à la Gare de Lyon. Il avait regardé les sorciers – la plupart d'entre eux – rentrer dans le rang à sa demande. Il avait combattu à ses côtés au cours de la brève escarmouche. Il savait combien son amant était respecté. Il savait combien son sorcier était puissant. Pourtant, Orlando pouvait le réduire à la mendicité. Alain lui avait accordé le contrôle lors de leurs rapports intimes depuis le début, instinctivement d'abord, puis parce qu'Orlando en avait besoin, mais là, c'était différent. Ce n'était pas le fait qu'Alain lui cède qui était important. C'était qu'il dépende de lui pour son plaisir. Aussi étrange que ce concept soit pour lui, Orlando savait qu'Alain appréciait d'avoir à le nourrir. Il le voulait autant que lui en avait besoin et cela même avant qu'ils aient fait leur Aveu de Sang. Avec le flot grisant de pouvoir enflammant son cœur et son corps, Orlando s'attarda sur le cou d'Alain, humant la peau lisse, la chatouillant doucement, sortant à peine ses crocs contre sa peau pour seulement les retirer l'instant d'après, avant de revenir pour préparer une autre parcelle de peau, comme s'il allait le mordre là.

— Allumeur ! grogna Alain quand les crocs d'Orlando le caressèrent puis se retirèrent pour la troisième fois.

Le vampire ne l'avait pas encore mordu et il était déjà dur. Il n'avait aucune idée comment il survivrait à l'alimentation alors que son désir de libération était douloureux avant même d'avoir commencé.

— Fais-le, plaida-t-il. Laisse-moi te sentir en moi. Je te veux, mon ange. Mords-moi, s'il te plaît.

'Ange'. Entendre ce mot sur les lèvres Alain remua quelque chose dans le cœur d'Orlando qu'il aurait juré impossible. Il comprenait un peu mieux maintenant quelle noirceur avait assombri la vie de son amant, mais cela continuait à l'étonner que lui, vampire solitaire, créature de la nuit, puisse en quelque sorte repousser ces ténèbres. Donnant à Alain ce que tous les deux désiraient, il cessa ses taquineries et aspira avec force sur le cou de son amant, appelant le sang à la surface. Lorsque la peau devint violette de ses attentions, il laissa ses crocs glisser sous la surface de la peau de son sorcier, goûtant le sang qui avait jailli à son appel.

Le dos d'Alain se cambra alors qu'Orlando aspirait son cou, puis lorsqu'il le mordit. Le lien entre eux surgit, se mettant en place comme il le faisait chaque fois qu'ils étaient ensemble de cette façon, même la première fois dans le cimetière quand Alain ne savait pas à quoi s'attendre. Cette fois-là, il avait craint le contact des crocs d'Orlando, mais plus jamais depuis. Maintenant, il n'en avait jamais assez. S'il avait été capable de penser rationnellement, il aurait été reconnaissant à la magie de leur Aveu de Sang qui rendait possible de partager ces moments aussi souvent que l'envie les prenait sans se soucier de ses effets sur lui. Cependant, une telle réflexion logique était au-delà de ses capacités depuis l'instant où les crocs avaient touché sa peau. Il glissa ses doigts dans de longues boucles d'Orlando, se délectant de la sensation supplémentaire des cheveux soyeux qui caressaient ses phalanges, taquinait le dos de ses mains. Il voulait les laisser s'égarer, pour rendre plaisir pour le plaisir, mais il résista à la tentation, se promettant du temps plus tard pour se livrer à ses désirs, quand ils feraient l'amour.

Avec le sang déjà à la surface de la peau d'Alain, Orlando n'eut pas à exercer une forte pression pour l'attirer dans sa bouche, ses lèvres légèrement entrouvertes sur le cou de son amant, ses crocs perçant seulement la peau plutôt que de les enfoncer profondément comme il l'avait fait auparavant. Il avait appris la finesse au cours du siècle, depuis qu'il s'était libéré de son créateur, même s'il paraissait l'oublier chaque fois qu'il s'alimentait sur Alain. *Pas cette fois*, se promit-il. Cette fois, il saurait utiliser tous les trucs qu'il avait appris au fil des ans pour rendre ce moment aussi agréable que possible pour son amant, pour en faire un prélude à l'amour comme il savait qu'Alain en avait envie, même sans la saveur du désir qui embrouillait déjà ses sens.

Il écarta le désir, le sien et celui du sorcier et se focalisa sur le fait de se nourrir, frôlant la peau d'Alain avec ses crocs, lapant le sang qui coulait sur sa langue, repassant ses lèvres encore et encore sur les petites perforations, tourmentant son amant de toutes les manières qu'il connaissait.

Alain se tortilla sur le lit, voulant plus que ce qu'Orlando lui donnait et pourtant émerveillé par le contrôle dont son vampire faisait preuve, le taquinant de façon si magistrale. C'était encore une autre facette de son amant. Il avait vu Orlando incertain, passionné, en colère, amer, triste, mais jamais délibérément séducteur.

— Encore, supplia-t-il. Donne m'en plus.

Orlando laissa sa bouche se poser sur la marque qu'il avait quittée, plongeant ses crocs une fois encore dans le cou d'Alain. Immédiatement, la richesse, la succulence du sang du sorcier assaillirent ses sens. Les saveurs capiteuses inondèrent son corps, laissant son désir échapper à tout contrôle. Il lutta pour recouvrer son assurance. Il s'était nourri seulement une demi-journée plus tôt. Il n'avait aucune raison d'être si désespéré pour en prendre plus que nécessaire. Pourtant, il était indéniable que le désespoir l'envahissait, le poussant à se gorger du sang vivifiant. Il but intensément, se précipitant désormais malgré sa promesse antérieure, sachant qu'il lui fallait d'abord assouvir sa faim physique avant que sa faim sexuelle, ou celle d'Alain, ne leur échappe et dépasse sa retenue.

Sentant la passion d'Alain l'entraîner hors de tout contrôle, Orlando s'arracha au cou de son sorcier, interrompant la connexion, haletant tandis qu'il essayait de ramener sa propre passion à un niveau gérable.

Immédiatement, Alain poussa un gémissement de protestation.

— Ne t'arrête pas, plaida-t-il.

Orlando sourit et se pencha pour l'embrasser.

— Si je m'arrête, nous pourrons faire l'amour, souligna-t-il avec ce qui était censé être la voix de la raison.

Cependant, cela sonna aussi désespérément affamé que la supplique d'Alain.

'*Nous pourrions faire les deux*', flotta sur la langue d'Alain, mais il ravala les mots.

— S'il te plaît, dit-il à la place. Fais-moi l'amour.

Orlando secoua la tête.

— Non, mais je vais faire l'amour avec toi.

La tête d'Alain se releva jusqu'à ce qu'il rencontre les yeux d'Orlando pour un bref instant, essayant de déterminer exactement ce que le vampire lui offrait.

— Je te fais confiance, insista Orlando même s'il n'était pas complètement à l'aise avec ce qu'il offrait.

Cela n'avait aucun rapport. Il refusait à Alain quelque chose que le sorcier désirait visiblement, en ne s'alimentant pas pendant qu'ils faisaient l'amour. Offrir cela à Alain était le mieux qu'il pouvait faire. Il espérait seulement que ce serait suffisant.

Si l'offre d'Orlando avait attisé la convoitise d'Alain, ces mots propagèrent une vague d'amour jusqu'à son cœur ainsi que la détermination inaltérable de se montrer digne de sa confiance. Son vampire pouvait lever ses restrictions, mais Alain n'avait pas oublié ce qu'il savait de son passé. Il profiterait de l'offre d'Orlando afin que son amant sache qu'il appréciait le geste, mais il n'irait pas trop loin. Ils avaient le temps, ils pourraient aller de l'avant progressivement. Peu à peu, de caresse en caresse, Alain montrerait à Orlando tout ce qu'il avait manqué.

— Couche-toi à côté de moi, demanda Alain en se tournant vers lui afin qu'ils puissent se trouver face à face, aucun d'eux ne se trouvant au-dessus, ou au-dessous, mais plutôt en partenaires égaux dans leur quête du plaisir.

Orlando se déplaça afin de reposer à côté d'Alain. Les nerfs à vif, mal à l'aise d'abandonner sa position de dominant, il se répéta qu'Alain ne l'avait jamais blessé, qu'il avait promis de ne jamais lui faire de mal et qu'il avait, par ailleurs, respecté les craintes d'Orlando à chaque fois. Il avait goûté à la bonté du cœur d'Alain. Il pouvait faire confiance à son sorcier pour ne pas changer brusquement, simplement parce qu'il lui avait offert un certain contrôle.

Alain attira Orlando dans une douce étreinte, cherchant ses lèvres, les prenant dans un tendre baiser, tentant de le rassurer sur la sagesse de sa décision. Orlando, cependant, était bien au-delà de la douceur, lui retournant un baiser affamé, possédant la bouche d'Alain avec toute la passion qui avait grandi entre eux pendant qu'il se nourrissait.

164

Alain gémit voracement et ses mains remontèrent vers la tête d'Orlando, attirant leurs bouches plus étroitement ensemble. Leurs langues s'emmêlèrent dans un ballet passionné, glissant d'avant en arrière d'une bouche à l'autre. Alain pouvait goûter des restes de son sang dans la bouche d'Orlando, et cela ne faisait qu'ajouter à son désir. Il n'aurait pas cru une semaine plus tôt qu'il pourrait trouver le goût du sang – et encore moins son propre sang – érotique, mais le déguster maintenant, savoir pourquoi il était là, enflammait sa passion presque de façon incontrôlable. Ses mains volèrent le dos d'Orlando, le pétrissant, le saisissant, le retenant. La voracité d'Alain prit Orlando par surprise, et pendant un moment, il ne put que rester immobile dans les bras de son sorcier. Puis sa propre faim revint au premier plan et ses mains commencèrent à se déplacer, comme celles d'Alain, volant sur la peau du sorcier, recherchant les points sensibles, fouillant audacieusement lorsque les mains d'Alain provoquaient des tremblements en lui.

Leurs lèvres s'entrouvrirent sur un souffle haletant, uniquement pour se chercher de nouveau, aveuglément, avec impatience. Leurs mains ralentirent leurs explorations frénétiques, s'installant finalement dans des endroits bien-aimés, pétrissant, caressant, touchant, pour provoquer une symphonie de gémissements et de soupirs.

Les doigts d'Alain retournèrent encore et encore sur les mamelons distendus d'Orlando, jouant avec les pointes, encerclant les grands disques. Les soupirs et les gémissements qui sortaient en permanence de la gorge de son vampire l'enhardirent. Rompant leur baiser, il glissa ses lèvres sur la mâchoire de son amant, vers sa clavicule, attentif à seulement embrasser et lécher au lieu de grignoter, la peur d'Orlando de se faire mordre étant encore vive dans sa mémoire. Le vampire avait beau n'avoir mis aucune limite cette fois, cela n'empêchait pas Alain d'être conscient de là où cela les avait menés auparavant. Il voulait commencer par des gestes familiers puis passerait à autre chose si Orlando semblait à l'aise.

Les mains et les lèvres d'Alain opérèrent leur magie sur Orlando, le renvoyant dans un royaume de félicité où le désir régnait en maître et où tout ce qui importait était de rendre l'autre heureux. Voulant retourner le plaisir que son sorcier lui procurait, Orlando fit courir les doigts d'une main dans les cheveux blonds d'Alain alors que l'autre glissait entre eux, cherchant les tétons rose sombre. Le souffle saccadé qui accompagna sa caresse le fit sourire tandis qu'il pinçait le pic tendu à nouveau, espérant susciter un autre gémissement.

Voulant accéder au reste de la poitrine d'Orlando, Alain poussa doucement sur l'épaule de son amant, le faisant rouler sur le dos et se hissant sur lui. Il ne lui était pas venu à l'esprit, avant qu'il sente son vampire se figer, que la position pourrait être un autre des cicatrices d'Orlando.

— Détends-toi, l'apaisa-t-il. Tu sais que je ne vais pas te faire de mal.

Orlando resta immobile, haletant de peur maintenant au lieu de désir. Il scandait le nom d'Alain silencieusement, une litanie destinée à ralentir la course de son cœur et détendre ses nerfs fébriles. Son sorcier n'avait jamais été autre chose que doux avec lui. Cela n'allait pas changer maintenant. Il le savait dans sa tête. Maintenant, il devait simplement en convaincre son corps.

Il se mit sur un coude quand Orlando ne se détendit pas aussi vite qu'il l'avait espéré. Il caressa la joue du vampire.

— Regarde-moi, murmura-t-il.

Quand les yeux ocre s'ouvrirent, Alain baissa la tête et embrassa doucement son amant.

— Concentre-toi sur moi, l'encouragea-t-il. Seulement moi. Rien d'autre n'existe en dehors de notre lit. Pas de passé, ni de futur, juste nous, juste ce moment précis et notre amour.

Orlando s'accrocha à la main rassurante, essayant de faire ce qu'Alain demandait. Il se concentra sur les yeux bleus bienveillants qui planaient juste au-dessus de son visage, directement dans sa ligne de mire. C'était son amant qui le touchait, son Avoué, pas son créateur. Progressivement, il fut capable de se détendre, de se concentrer de nouveau sur la douceur de la main d'Alain, sur les tendres baisers que le sorcier lui prodiguait.

— Seulement nous, murmura-t-il enfin en espérant qu'Alain comprendrait.

Ce dernier replia ses genoux sous lui pour qu'il puisse s'asseoir de manière plus stable. Gardant le regard fixé sur le visage d'Orlando, il promena ses doigts sur la poitrine de son amant, le caressant légèrement, tentateur. Puis il les laissa dériver vers le bas, taquinant l'érection d'Orlando qui était de retour et descendit le long de ses jambes avant de remonter.

— Touche-moi, l'exhorta-t-il.

Orlando acquiesça, faisant courir ses mains sur la poitrine d'Alain comme le sorcier l'avait fait pour lui. Tandis que son désir montait à nouveau, ses yeux se fermèrent par pur plaisir à ce qu'il faisait.

Voyant qu'Orlando était de nouveau avec lui, Alain tendit le bras vers la table de chevet et en sortit le lubrifiant que le vampire gardait là. Il voulait être patient, mais son corps vibrait, vide, suppliant d'être rempli. Doucement, il posa le tube dans la main de son amant, espérant qu'Orlando le préparerait rapidement.

Les yeux de ce dernier s'ouvrirent quand il sentit le tube pressé dans sa main. Il regarda Alain qui avait écarté largement ses genoux, lui donnant un accès à ses fesses et à son entrée étroite. Soudain impatient de sentir la chaleur d'Alain de nouveau, il enduisit ses doigts et glissa sa main entre les jambes de son amant, faisant une pause assez longue pour faire rouler les lourdes bourses dans sa paume. Puis, ses doigts reculèrent davantage, cherchant la voie qui mènerait à la félicité.

Alain se déplaça à nouveau, remontant pour écarter les globes de ses fesses afin d'aider Orlando. Un doigt se glissa à l'intérieur de lui, lentement, mais fermement, l'étirant doucement. Il le prit facilement, encore dilaté après leurs préliminaires dans la douche.

— Plus, exhorta-t-il, basculant vers le bas contre la main d'Orlando.

Orlando s'exécuta, ajoutant un second doigt à côté du premier. Alain siffla de plaisir, bougeant plus rapidement sous les doigts inquisiteurs. Orlando commença à le pousser pour l'entraîner sous lui afin qu'ils puissent se rejoindre comme ils en avaient tous les deux clairement envie, mais la main d'Alain l'arrêta.

— Allonge-toi.

Orlando retomba contre les draps, la consternation se lisant clairement sur son visage alors qu'Alain balançait une jambe par-dessus son corps de manière à le chevaucher. Le sorcier bascula en arrière jusqu'à pouvoir aligner le membre de son amant avec l'entrée de son corps. Lentement, il se laissa retomber, prenant Orlando en lui dans le mouvement. Son dos se cambra sous l'étirement, mais c'était une brûlure bienvenue, lui assurant qu'ils s'engageaient maintenant dans une voie surpassée uniquement par l'intimité de l'alimentation.

Pendant un instant, Orlando regarda, captivé par la passion qui transfigurait le visage d'Alain. Puis ses mains se mirent à se bouger de nouveau, glissant sur la poitrine de son sorcier puis plus bas pour se refermer autour de sa verge, accordant ses caresses à la montée et la descente des hanches d'Alain.

Le sorcier gémit de plaisir au contact des mains d'Orlando sur son corps, s'activant dans le poing serré qui entourait son organe. Il fit appel à tous les tours qu'il avait appris pour renforcer son self-control, ne voulant pas voir ce moment arriver à sa fin, en tout cas certainement pas aussi tôt. Cependant, aucune astuce, aucun jeu mental ne pouvaient le distraire de l'imminence de son plaisir, de la puissance de l'érection d'Orlando le remplissant, de la main de son vampire qui le touchait. Ils bougeaient ensemble dans un rythme intemporel qui, trop vite à leur goût, s'accéléra et leurs hanches basculèrent vers l'accomplissement. Ensemble, ils abandonnèrent la lutte et donnèrent libre cours à leurs désirs.

Alain s'effondra dans les bras accueillants d'Orlando. Le vampire l'entraîna doucement sur le côté, se dégageant à contrecœur pour bercer le corps de son amant contre lui. Il se blottit dans les bras d'Alain, ne voulant pas perdre la proximité de leur amour. Il trembla un peu en repensant à ce qu'ils venaient de faire. Pas le sexe en soi, mais la configuration. C'était un grand pas pour lui, de laisser quelqu'un être au-dessus de cette façon. Il l'avait fait cependant, et en était sorti indemne. Plus qu'indemne même ! Il était complètement rassasié. Souriant, il attira Alain plus près – si cela était possible – et ils s'installèrent pour se reposer jusqu'à ce qu'ils soient obligés de se lever afin de retourner en mission.

Alain accepta volontiers l'étreinte d'Orlando, ravi que son audace ne l'ait pas fait fuir. Il y avait eu quelques moments tendus, quand il n'avait pas été sûr qu'Orlando lui permette le changement de position, mais à la fin, il l'avait accepté et, selon toute apparence, il avait apprécié. Il sourit. Petit à petit, il montrerait à Orlando toutes les choses qu'il avait manqué durant toutes ces années, avec l'espoir qu'un jour, ils seraient capables de s'aimer totalement et sans crainte. Il jeta un coup d'œil à l'horloge et voyant qu'ils avaient quelques heures avant de reprendre du service, il s'installa contre Orlando, et d'un mouvement brusque du poignet, régla l'alarme pour les réveiller à temps.

XXI

L'AIR RENFROGNÉ de Jude s'était accentué régulièrement à mesure que la journée avançait. Il était revenu dans le bureau de sa partenaire – ce mot équivalait à une malédiction dans son esprit – avant l'aube, avec l'intention de se nourrir afin de pouvoir rentrer chez lui, mais elle n'était pas là. Il n'y avait trouvé qu'Angélique, qui semblait plus que bien nourrie ainsi que son partenaire qui lui semblait plus que bien baisé, même si Jude doutait qu'il y eût plus qu'une simple alimentation Angélique n'avait pas l'air suffisamment échevelée pour qu'il y ait eu davantage et le bureau se trouvait dans le même état que lorsqu'il l'avait quitté. Malgré tout, cela ajouta à sa frustration. Angélique était capable de partir et d'aller s'occuper de ses affaires. Lui ne pouvait pas. Son ressentiment augmenta quand il vit les vampires aller et venir, dans tous les quartiers de la Milice, dans toutes les salles où il pouvait aller en toute sécurité, protégée par la magie de leurs partenaires, alors qu'il était condamné à rôder dans les coins ou les couloirs où le soleil ne brillait pas. Les nuages qui planaient sur Paris ce jour-là lui donnait un peu plus de liberté, mais pas assez pour qu'il ose s'aventurer dehors.

La nuit tomba, mais Jude ne bougea pas, déterminé à affronter Adèle dès que possible. Il n'avait pas faim, pas particulièrement, certainement pas assez pour chasser, mais il voulait la protection que son sang lui apporterait. Quand une autre heure passa et qu'elle n'arriva toujours pas, il céda et consulta les tableaux de service qu'Angélique et David avaient terminés la veille. Minutieusement, il examina les noms jusqu'à ce qu'il trouve le sien. Ses yeux retracèrent les courbes des lettres de son nom dont il avait appris les formes afin de les reconnaître de nouveau. Neuf heures. Elle devait se rendre en mission à neuf heures. Il était – il se tourna vers l'horloge, déchiffrant pour la lire – sept heures. Deux heures. Deux heures de plus, à l'étroit dans ce putain de bureau, à l'attendre. Il était tenté de partir et de revenir, juste pour changer d'air, mais il voulait être là lorsqu'elle arriverait et il ne savait pas si elle faisait partie de ceux qui arrivaient en avance.

Il arpenta les limites du bureau sans répit, la chaleur de sa colère se muant lentement en une rage froide. Enfin, il entendit des pas provenant du couloir, le cliquetis de talons à un rythme qu'il reconnaissait déjà. Il se plaça derrière la porte pour ne pas être immédiatement visible quand elle passerait le seuil.

Adèle ouvrit la porte de son bureau dans un bien meilleur état d'esprit que quand elle l'avait quitté la veille. Huit heures de sommeil et un peu de temps passé à se choyer elle-même avaient rétabli son équilibre et l'avaient laissé une fois de plus en paix avec le monde. Dans son état d'esprit actuel, elle était même prête à supporter son partenaire, même si elle espérait que le temps passé à distance aurait également adouci son humeur.

Elle referma la porte derrière elle, se dirigeant vers son bureau lorsque des mains dures se fermèrent agressivement sur ses avant-bras, épinglant son visage contre la porte.

— Où étiez-vous ? grogna la voix de son partenaire à son oreille.

Se souvenant de sa détermination à travailler avec Jude, Adèle ne se débattit pas.

— Je n'étais pas en service. Je suis rentrée chez moi, répondit-elle aussi calmement qu'elle le put.

— Vous m'avez laissé, grogna-t-il, la bouche près de son oreille.

Le mouvement d'air à ces mots lui donna la chair de poule.

— Vous m'avez coincé ici.

Adèle fronça les sourcils, même si elle savait qu'il ne pouvait pas la voir.

— Que voulez-vous dire ? Vous n'aviez pas besoin de moi pour partir.

Ses paroles ranimèrent la colère de Jude et il la fit pivoter, les mains retournant sur ses biceps pour la plaquer à nouveau contre le mur.

— Ne vous moquez pas de moi, aboya-t-il. Vous savez que j'ai besoin de votre sang pour me déplacer à la lumière du jour et vous êtes partie sans me laisser le temps de me nourrir.

Sa propre colère s'enflammant en réponse à la sienne, Adèle referma ses mains autour des poignets de Jude, les repoussant pour lui faire lâcher prise. Ils ne bougèrent pas d'un poil. Un frisson de peur la traversa quand elle réalisa qu'elle était physiquement sans défense contre lui. Bien que cela soit contre sa nature, elle reconnut également qu'elle lui devait des excuses. Elle n'avait pas réalisé que sa magie s'était dissipée si rapidement étant donné la durée dont celle d'Alain avait persisté chez Orlando, mais cela ne l'excusait pas pour ne pas avoir vérifié auprès de lui.

— Je ne savais pas que l'effet disparaîtrait si vite, expliqua-t-elle aussi calmement qu'elle le put, essayant d'apaiser la fureur de Jude. Je suis désolée.

— Les mots ne signifient rien, répondit Jude, resserrant sa prise.

— Relâchez mon poignet et vous pourrez vous nourrir comme vous le souhaitez, suggéra Adèle, la nécessité de l'Alliance occupant le premier plan de ses pensées.

Elle ne voulait pas être la cause de l'échec de son partenariat.

— Je ne veux pas de votre poignet, répondit Jude, saisissant durement son menton et la forçant à le relever pour qu'il puisse accéder à son cou.

Instinctivement, Adèle le combattit, le frappant de sa main libérée assez durement pour mettre n'importe quel homme mortel sur les fesses. Jude bougea à peine, mais il grogna sévèrement lorsqu'il absorba la force de son coup. Elle savait déjà que l'aide d'un sort serait inutile sur lui et elle doutait que se débattre physiquement soit d'une grande utilité, mais sa fierté exigeait qu'elle le combatte, qu'elle se protège de son attaque.

— Est-ce de cette manière que vous construisez l'Alliance ? la railla-t-il. En me combattant ?

— Et vous en me forçant ? répondit-elle, se contraignant à rester immobile sous sa poigne.

Marcel avait formé cette Alliance et elle lui devait beaucoup trop pour la saborder. Elle avait passé la journée à se dorloter tout en laissant son partenaire piégé ici, peu importait que ce soit par inadvertance. Si tel était le prix qu'elle avait à payer pour arranger à nouveau les choses entre eux, elle le paierait.

— Je ne devrais pas avoir à vous forcer, souligna durement Jude. Cela faisait partie de l'accord.

Pas comme ça, songea Adèle alors qu'elle se contraignait à se détendre dans sa prise. Peut-être que si elle cessait de se débattre, il adoucirait son contact.

Les crocs qui pénétrèrent la chair fragile de son cou étaient tout sauf doux, arrachant un cri désemparé de la bouche d'Adèle. Instinctivement, elle lutta un moment avant de se forcer à s'immobiliser de nouveau.

Jude aspira avec force, remplissant sa bouche du sang qui donnait la vie, savourant la chance de dominer sa sorcière. Il n'était pas sûr du moment où il avait décidé qu'elle était à lui, mais cette pensée lui plaisait bien tandis qu'il la plaquait contre le mur, buvant son sang de tout son saoul.

La peur d'Adèle diminua lentement quand elle réalisa que Jude n'allait pas lui faire plus de mal qu'il n'en avait déjà fait par sa pénétration brutale. Comme il continuait à se nourrir sans aucune pensée pour son confort, sa colère se mua en mépris à l'idée qu'il ne puisse pas agir sans violence, qu'il avait transformé ce qu'instinctivement elle savait pouvoir être une belle expérience, sensuelle, en un insignifiant échange de sang.

La peur et la colère d'Adèle avaient stimulé Jude, le renvoyant à ses propres émotions, mais la condamnation qui aromatisa son sang le prit de court. Il était supposé lui démontrer qu'il était une force avec laquelle il fallait compter. Pourtant, ça semblait avoir eu l'effet inverse. Frustré, il termina et s'éloigna, ouvrant la bouche pour dire… il ne savait pas quoi.

Dès que Jude se fut retiré brusquement, Adèle releva sa jambe, prenant le vampire au dépourvu et frappant son genou dans ses parties.

— Demandez la prochaine fois, dit-elle en le repoussant alors qu'il était plié en deux de douleur.

Haletant, à l'agonie, Jude riposta de la seule façon qu'il connaissait, sa main frappant pour cogner tout ce qui se trouvait à sa portée, atterrissant brusquement sur ses fesses.

Ne voulant pas se retrouver à la portée de Jude, Adèle continua à marcher, refusant de prendre en considération l'effet que l'sa main sur ses fesses avait provoqué. Elle avait vu Alain et Orlando ensemble, elle savait ce que ce partenariat pourrait être, mais il semblait qu'elle n'avait pas tiré le bon numéro avec son partenaire. Il n'avait aucun intérêt pour elle en dehors de la protection que son sang pouvait lui apporter. Elle s'en ferait une raison, l'accepterait et passerait à autre chose, parce que c'était la façon dont elle fonctionnait, mais une part d'elle regrettait amèrement ce qui aurait pu – aurait dû ? – être.

MIREILLE POUSSA l'épaule indemne de Caroline.

— Réveille-toi, l'exhorta-t-elle doucement. Il sera bientôt le moment de partir.

Caroline reprit lentement conscience.

— Combien de temps ai-je dormi ? demanda-t-elle d'une voix ensommeillée.

— Une vingtaine d'heures, répondit Mireille. Tu avais manifestement besoin de repos. Comment va ton bras ?

Caroline fit une pause pour évaluer son état.

— Mieux, je pense, répondit-elle enfin. Dormir m'a aidée.

— Bien. J'étais inquiète à ton sujet.

Elle hésita, sachant qu'elle avait besoin d'aide avant de partir à nouveau en mission, mais elle n'était pas sûre de pouvoir demander.

Caroline sourit, tendant une main à sa partenaire.

— Assieds-toi ici à côté de moi, l'invita-t-elle sans se soucier d'être toujours couchée dans le lit vêtue uniquement d'un fin caraco et d'une petite culotte avec lesquels elle avait dormi.

Essayant d'éclaircir son cerveau embrumé de sommeil, Caroline chercha à calculer quand sa partenaire s'était nourrie pour la dernière fois. C'était à la Gare de Lyon, juste après la fusillade avec le groupe de Pacotte. C'était moins de douze heures avant qu'elle ne s'endorme, et elle avait dormi pendant presque une journée. Cela signifiait qu'il y avait près de trente-six heures que Mireille s'était nourrie.

— As-tu besoin de te nourrir avant de retourner en mission ? demanda-t-elle avec sollicitude.

— Notre service se termine après le lever du soleil demain, donc je devrais probablement, répondit Mireille. Je peux encore sentir ta magie, mais elle est plus faible qu'elle ne l'était et nous pourrions ne pas avoir le temps de nous le permettre une fois que nous serons en mission. Es-tu assez en forme pour ça ?

— Si je suis apte au travail, je suis apte à te nourrir. Cela fait partie de mon devoir maintenant.

Le visage de Mireille s'assombrit. Elle voulait être plus qu'un simple devoir pour sa partenaire qui représentait déjà beaucoup plus que cela pour elle.

— Merde, jura Caroline en voyant l'expression sur le visage de la vampire. Je ne le pensais pas de la façon dont c'est sorti. Je voulais dire que si je ne suis pas assez forte pour te donner ce dont tu as besoin, alors je n'ai aucune raison d'être en patrouille avec toi non plus. Nous sommes une équipe, et cela signifie veiller l'une sur l'autre. Tu m'as veillée hier et la nuit dernière, lorsque le sort de guérison m'a assommée. Maintenant, je veux prendre soin de toi en t'offrant ceci ainsi que mes pleines capacités à tes côtés. C'est mon devoir en tant que soldat, mais c'est plus que cela. C'est ma responsabilité envers ma coéquipière. Je tiens à le faire.

Les mots de Caroline adoucirent la peine de Mireille dans une certaine mesure, cependant elle savait que, pour elle, cela allait bien au-delà. Pourtant, c'était un début et elle s'appuierait sur cela. Acceptant l'offre de Caroline, elle vint s'asseoir sur le lit, laissant traîner ses doigts le long du bras nu puis vers l'épaule de sa sorcière.

Caroline leva les yeux, surprise, mais elle ne s'éloigna pas du contact inattendu. Cela faisait un bon moment que quelqu'un ne l'avait tout simplement pas touchée et elle se retrouva à apprécier la douce attention, ses yeux se fermant doucement afin de pouvoir profiter pleinement de la sensation.

Mireille hésita avant d'accepter l'invitation qu'elle crut voir dans l'attitude de Caroline. Elle voulait tout ce qu'elle offrirait et plus encore, mais cela ne signifiait pas qu'elle devait ou pouvait tout prendre tout de suite. Elle n'avait pas eu beaucoup de relations durant ses longues années, mais elle avait appris la patience. Se limitant à la poursuite de la douce caresse qu'elle accordait déjà, Mireille baissa sa tête vers le cou de la sorcière, ses lèvres venant se poser contre la peau satinée.

Les yeux de Caroline s'ouvrirent quand elle sentit les lèvres de la vampire sur son cou, mais elle ne repoussa pas Mireille. Le sommet de la tête rouge et or remplit sa vision alors qu'elle tentait de démêler ce qu'elle ressentait. Elle était entourée de soldats jour après jour, de sorciers, hommes et femmes confondus, qui s'étaient endurcis pour faire face à la réalité de la guerre, ou bien de soldats professionnels qui venaient pour leur donner des conseils et du soutien. La seule douceur qu'elle avait connue depuis deux ans était la sienne, jusqu'à Mireille. La vampire avait davantage pris soin d'elle durant la dernière journée et demie passée que n'importe qui ne l'avait fait depuis que Caroline avait quitté la maison. Elle découvrit qu'elle aimait ça, elle aimait avoir Mireille près d'elle. Ses doigts glissèrent dans les longs cheveux, retenant la tête de la vampire contre sa gorge.

— Vas-y, l'exhorta-t-elle. Prends ce dont tu as besoin.

Mireille se demanda jusqu'où Caroline étendait son offre. Elle qui avait l'habitude en tant que vampire d'utiliser son alimentation pour apaiser aussi ses besoins sexuels. Son emploi actuel rendait compliqué le maintien d'une relation qui lui permettait de combler ses autres besoins. Timidement, elle frotta sa main en descendant sur le côté de Caroline alors qu'elle préparait la peau du cou de sa partenaire, accordant une attention particulière à la réaction de la sorcière. Lorsque Caroline ne fit rien pour l'arrêter, elle fit courir ses doigts en dessous de la poitrine de la jeune femme, tandis que ses crocs pénétraient son cou.

Caroline se cambra sous la sensation combinée des crocs de Mireille glissant dans sa veine et ses doigts taquinant son sein. Une fois encore, la vampire l'avait surprise et une fois encore, elle appréciait la sensation. Aucun homme n'avait jamais pris le temps de la toucher comme le faisait Mireille. Ils – ses amants masculins – allaient toujours directement à ses mamelons, ou bien pétrissaient ses seins presque brutalement. Le contact de Mireille était léger comme une plume à travers son mince caraco, alors elle riva son attention sur la caresse de la vampire, à l'exclusion de tout le reste, même de ses crocs qui reposait, immobile, en elle.

Lorsque Caroline ne repoussa pas sa main, Mireille s'enhardit, encerclant sa poitrine jusqu'à atteindre le bord du caraco, le faisant glisser vers le bas pour mettre à nu la peau de la sorcière. Elle aurait voulu regarder autant que toucher, mais elle était trop ravie de la saveur du sang de la femme pour se détacher. Il était sucré, mais pas trop mielleux, plutôt comme la saveur d'un vin Royal Tokay, riche et plein, offrant satiété et plaisir, surtout avec le désir sous-jacent qui courait en elle. Elle l'attira plus étroitement, commençant à aspirer vigoureusement tandis que ses doigts dansaient sur le sein exposé de Caroline, taquinant ses nerfs sensibles comme ses dents et ses lèvres taquinaient la gorge de la sorcière.

Caroline tremblait, la passion, la chaleur et la douceur sous sa peau la faisant onduler entre les draps, cherchant plus de contact avec la douceur de Mireille. La pression rythmique des lèvres de la vampire provoquait des frissons de désir à travers elle, son corps se cambrant sous les crocs de Mireille comme elle se serait arquée contre l'érection d'un amant. Le sentiment d'être rempli était presque écrasant, la sensation supplémentaire des doigts délicats était suffisante pour la propulser au bord de l'explosion.

— Miri, murmura-t-elle dans un soupir alors qu'elle se laissait aller au plaisir, son corps soudain repu.

Mireille retira ses crocs, léchant tendrement la chair percée avec sa langue afin d'en accélérer la guérison, sa propre passion toujours présente. Levant la tête, elle regarda le visage rougi de Caroline. Avec des doigts tremblants, elle caressa le beau visage et les cheveux mi-longs blonds, plus courts et plus pâles que les siens. Les yeux verts, de la même couleur que l'herbe s'ouvrirent, voilés du désir assouvi, croisant les iris noisette de Mireille. Caroline dut lire quelque chose dans les yeux de Mireille, car elle leva la main et la posa lentement et la posa contre le visage de la vampire.

— Puis-je… faire quelque chose pour toi ?

— Embrasse-moi, répondit doucement Mireille.

Caroline hocha la tête et se redressa sur un coude, complètement naturelle en dépit de sa poitrine dénudée, laissant ses lèvres essuyer celles de la vampire de la moindre trace persistante de son sang pour les titiller toutes les deux. Mireille soupira sous la légère pression, s'abandonnant à la passion toujours étincelante dans son sang et s'installant dans une rémanence bienheureuse.

— Merci, murmura Mireille, en s'écartant légèrement.

— Pas encore, répliqua Caroline, attirant la tête de Mireille vers la sienne pour l'embrasser de nouveau.

Lorsque, quelques instants plus tard, elle se renversa sur son oreiller, elle leva les yeux vers la vampire comme si elle la voyait pour la première fois.

— Je pense, dit-elle après un moment, que je devrais te remercier.

XXII

JEAN ÉTAIT assis dans son salon, les rideaux hermétiquement fermés. Il fixa le scintillement de la lumière du soleil qui dansait sur les bords des rideaux. Une fois de plus, il était emprisonné à l'intérieur par ses rayons. Ce confinement ne l'avait pas dérangé pendant des siècles. Il le considérait comme l'équivalent du repos nocturne nécessaire aux mortels. Et puis, deux jours plus tôt, il avait goûté à la liberté, il avait marché à l'extérieur pendant la journée. Toute son acceptation impassible de son sort avait disparu à ce moment-là, quand il avait senti la chaleur du soleil sans devoir se soucier d'être brûlé.

Il n'y avait pas si longtemps, cela aurait été mauvais pour lui, il en était sûr, mais maintenant, il était en proie à la culpabilité. Il s'irrita contre les limitations qui le piégeaient dans son appartement au lieu de lui permettre de se rendre aux côtés de Karine pour s'excuser. Il savait que ce qu'il avait fait était inexcusable. Elle pouvait ne pas avoir prononcé la moindre protestation, mais cela ne voulait pas dire qu'elle méritait la façon dont il l'avait traitée. Il se considérait lui-même comme un gentleman, malgré ses humbles origines, et il était fier de n'avoir jamais maltraité une femme ou un enfant. Cette attitude l'avait souvent mis en désaccord avec d'autres de son espèce, en particulier à une époque moins éclairée, mais il s'était tenu à ses choix.

Jusqu'à hier.

Hier, il avait brisé tous les principes selon lesquels il avait vécu et qui l'avaient guidé jusqu'à présent. Il avait presque violé l'être qui s'approchait le plus d'une amante pour lui depuis ces quatre cents ans. Elle méritait mieux que cela, méritait quelqu'un qui pourrait l'aimer comme elle l'espérait. Dans le fond de son esprit, les théories que Christophe et Raymond avaient présentées sonnaient le glas de tous les espoirs de Karine. Il aurait souhaité qu'il y ait un moyen de changer cela pour au moins lui rendre ce qu'elle lui avait toujours donné. Elle avait mérité une grande partie de son estime. Pourtant, il ne voyait aucune option pour elle. Tout ce qu'il pouvait fare de bon pour elle, c'était de l'abandonner. Il espérait qu'elle l'accepterait et irait de l'avant, mais elle ne l'avait pas encore fait, même s'il lui avait dit à maintes reprises qu'il ne serait jamais en mesure de lui donner ce qu'elle désirait.

Il devrait éventuellement aller vers elle pour essayer de réparer les dégâts qu'il avait faits, mais pas encore. C'était trop tôt, pour chacun d'eux. Il fallait lui donner le temps de guérir, et il avait besoin de temps pour découvrir ce qu'il pouvait, en toute honnêteté, lui offrir. Ou si le temps était enfin venu de rompre ces liens pour de bon.

Il y avait une autre complication maintenant – Raymond – et cela ne faisait que s'ajouter à sa culpabilité. Il était allé vers Karine, non pas parce qu'il voulait vraiment la voir, mais pour se prouver qu'il le pouvait, que le sang de Raymond et que ses propres instincts n'étaient pas plus forts que sa propre volonté. En temps normal, il aurait attendu beaucoup plus longtemps avant d'aller la revoir, simplement pour l'empêcher d'imaginer que leur relation représentait plus que ce qu'elle était.

Il avait prouvé ce point à lui-même, mais à quel prix ? Karine pourrait-elle jamais lui faire confiance de nouveau, et même si elle le faisait, pourrait-il se faire confiance ? Il craignait que la réponse à cette question soit négative. Se levant du canapé, il se mit à arpenter les limites de la petite pièce, un signe d'agitation qu'il ne se serait jamais permis si qui que ce soit avait été présent. Il ne se l'autorisait que rarement même lorsqu'il était seul. Trop de choses dépendaient de sa parfaite discipline. Les vampires n'étaient pas un groupe scrupuleux et ils traquaient les faiblesses partout où ils les trouvaient, même entre eux.

Il avait une faiblesse maintenant, Jean le savait, même s'il ne voyait pas ce qu'il pouvait y faire. Le sang de Raymond lui avait montré un monde qui lui avait été inaccessible avant ces deux derniers jours. Un monde qui lui était fermé en ce moment parce qu'il avait laissé sa fierté prendre le pas sur son bon sens. Il avait fui Raymond la veille sans se nourrir sur lui et maintenant il était coincé entre ses quatre murs jusqu'à la tombée de la nuit. Il caressa l'idée d'appeler le sorcier, de trouver son numéro d'une façon ou d'une autre et de lui demander de venir sous un prétexte quelconque afin de pouvoir se nourrir, mais ce serait inutile. Il s'était gorgé du sang de sa douce Karine pendant la nuit. Même s'il pouvait trouver Raymond – et il n'était pas sûr de le pouvoir – cela ne lui ferait aucun bien. Il ne pourrait pas se nourrir à nouveau sans se rendre malade.

En se forçant à se rasseoir, Jean ferma les yeux et appuya la tête contre le dossier du canapé, essayant de démêler ses sentiments. Les souvenirs de la réaction de Raymond quand il avait goûté le sorcier rebelle à la gare continuaient à occuper son esprit et cela l'amena à une réflexion sur leur conversation au siège de la Milice, lorsqu'ils avaient fait la paix. Jean avait promis de ne pas l'obliger à le regarder quand il se nourrirait sur quelqu'un d'autre et il avait respecté cette promesse, mais il ne pouvait pas s'empêcher de penser qu'il avait tout de même trahi le sorcier. Il n'avait pas de relation formelle avec son partenaire, seulement une Alliance militaire, mais la culpabilité qu'il ressentait quand il pensait à lui n'avait rien à voir avec l'Alliance et tout à voir avec un genre d'intimité, un rapport personnel tel que Raymond et Christophe avaient mis à jour et qui existaient entre les paires appariées.

Proférant une série de jurons digne d'un charretier, Jean se leva et reprit ses déambulations, attendant avec impatience que le soleil se couche afin de pouvoir s'occuper de nouveau de ses affaires. Peut-être que s'il restait occupé par l'Alliance, il pourrait oublier ses doutes persistants.

175

— AVEZ-VOUS DES critères particuliers à l'esprit lorsque vous choisissez votre proie ? demanda Serrier sur le ton de la conversation alors qu'il marchait à côté du vampire à travers les couloirs de sa tanière.

— Cela dépend de mon humeur, répondit Édouard. Sauf si je suis d'humeur à me battre, je préfère généralement les femmes. Les hommes causent trop de problèmes. Je les aime jeunes, aussi. Elles sont tellement plus douces ainsi, avant que la vie les marque.

Serrier hocha pensivement la tête. Il semblait que ses acolytes avaient trouvé le parfait vampire pour leur cause.

— Je pense que nous pouvons vous satisfaire.

Un ordre rapide fut envoyé à l'un de ses sorciers de sortir dans la nuit et quelques instants plus tard, l'homme revint avec une adolescente qui se débattait dans ses bras.

— Vous convient-elle ? demanda Serrier.

Édouard regarda la jeune fille, une terreur sans nom écrite sur son visage innocent.

— Admirablement, répondit-il avec un ricanement affamé. Laissez-nous. Je n'ai pas besoin d'aide.

Serrier se crispa à cet ordre, mais fit signe à l'autre sorcier de se retirer. L'assistant fit ce qu'on lui avait ordonné, poussant la jeune fille dans un coin loin de la porte. Alors que Serrier quittait la pièce, il se retourna et lança un sort de surveillance pour pouvoir regarder ce qui se passait à l'intérieur. Trop de choses dépendaient de ce vampire pour qu'il puisse se permettre d'être trompé de quelques façons que ce soit.

Dans la salle, Édouard sourit à sa victime adolescente. Le sorcier qui l'avait amenée avait bien choisi, en effet. Il songea à jouer avec elle, mettant dans la balance son plaisir de la tourmenter avec sa faim. En fin de compte, sa faim l'emporta. Se déplaçant avec une vitesse surnaturelle, il attrapa son bras et l'attira dans une parodie d'étreinte glaciale. Elle se tortilla frénétiquement contre lui, mais ses faibles mouvements n'étaient pas de taille contre sa force. Ses crocs marquèrent sa peau, amenant le sang à la surface. Elle cria de peur et de douleur, sa lutte ajoutant uniquement au plaisir d'Édouard. Il lécha sa peau, goûtant la saveur douce du sang teinté de panique. Fermant les yeux, enivré du pouvoir qu'il avait sur elle, Édouard fit une pause pour savourer l'instant, le frisson de la chasse enflammant déjà son sang.

— S'il vous plaît, supplia-t-elle, ne me blessez pas.

Édouard savoura avec délectation sa demande, regardant dans les yeux sombres et caressant les cheveux lisses et brillants.

— Cela ne fera pas mal longtemps, promit-il, ouvrant une autre plaie de ses crocs.

Elle se débattit encore, mais plus faiblement cette fois, comme si elle venait de comprendre que ses efforts étaient vains. Édouard sourit cruellement, léchant le sang de la coupure la plus récente avant de déchirer la chair de son cou et de boire goulûment.

La saveur de son supplice, de sa douleur et de sa peur emplit ses sens. Il pouvait les sentir sur elle, les sentir dans les tremblements qui la secouaient, l'entendre dans ses gémissements angoissés, mais surtout, il pouvait les goûter dans son sang. Aspirant intensément, il remplit sa bouche avec sa force de vie, buvant avidement, sentant grandir sa puissance tandis qu'elle s'affaiblissait.

Il arracha ses lèvres de sa chair tendre et séduisante. Cela allait trop vite. Il était seul, dans un endroit sûr, avec une victime idéale. Il ne devrait pas se presser. Il devrait s'attarder, profiter de chaque minute de son tourment plutôt que de se précipiter vers l'orgasme parce que, malgré l'offre du sorcier, il ne savait pas quand il aurait à nouveau une telle opportunité.

Jetant un regard autour de la salle, Édouard regretta de ne pas avoir un lit, mais son absence n'avait pas d'importance. Il n'en avait pas besoin. Saisissant le col de la blouse de sa victime, il la déchira par le milieu, dévoilant sa chair jeune et douce à ses yeux.

— Non, supplia-t-elle, s'il vous plaît, ne faites pas ça.

Il se moqua de sa supplique, sentant la terreur de la jeune femme lui monter à la tête. Et descendre dans ses reins. C'était le frisson qui lui avait manqué : pouvoir jouer avec sa proie. Une main la maintenant immobile, il fit courir ses doigts froids de l'autre le long de son cou et sur le galbe de ses petits seins. Il se demanda vaguement s'ils pouvaient grossir avec l'âge ou s'ils avaient atteint leur taille définitive. D'un regard, il estima qu'elle devait avoir dix-huit ou dix-neuf ans peut-être. Presque l'âge qu'il avait quand il avait été transformé.

Il la fit tourner dans ses bras et la plaqua de nouveau contre le mur, la soulevant pour que sa poitrine soit au niveau de sa bouche. Ses prières s'amplifièrent, mais les mots n'avaient aucun effet. Il ne restait aucune pitié dans le cœur d'Édouard et la peur ne faisait qu'ajouter à sa jouissance. Ses lèvres jouèrent sur sa peau dans une parodie d'ébats amoureux, ses crocs laissant derrière eux coupure après coupure jusqu'à ce que sa peau pâle soit rose de sang et de salive.

Sa crainte augmenta, de plus en plus frénétique tandis qu'elle changeait ses prières en tentatives de négociation, demandant à Édouard ce qu'il voulait en échange de sa liberté. Il rit et la souleva plus haut, ses crocs se déplaçant sur son ventre, le frôlant constamment, puis s'arrêtant pour le perforer profondément juste au-dessus de son nombril.

— Du sang, répondit-il, relevant la tête après avoir bu profondément. Le prix de ta libération est ton sang.

Elle hocha la tête, comme si elle réfléchissait à sa déclaration.

— Et si je vous donne mon sang, vous me laisserez partir ?

— Oh, très certainement, acquiesça Édouard. Je n'aurai plus besoin de toi une fois que je t'aurai saignée à blanc.

La nouvelle vague de terreur et de cris à ces paroles ne servit qu'à adoucir son sang.

— Mais vous avez dit que vous me libéreriez, balbutia-t-elle.

177

— Je le ferai, répondit Édouard. Je n'ai jamais dit que je te libérerai en te laissant en vie.

Ses larmes commencèrent à couler pour de bon tandis qu'il déchirait le pantalon qu'elle portait. Ses paroles passaient de supplique en prières, mais Édouard les ignora, se concentrant sur la chair crémeuse de ses cuisses, les mutilant comme il l'avait fait avec le haut de son corps. Il savait que sa plus grande crainte, en plus de mourir, était d'être d'abord violée. La laissant redescendre pour que ses pieds touchent de nouveau le sol, il la pressa contre le mur d'une main, ouvrant ses vêtements afin qu'ils ne soient pas tachés. Il se poussa dans son corps, lui faisant ressentir la violence de son érection. Comme il l'avait espéré, une autre vague de terreur envahit son sang. Avec un ricanement, il s'enfonça dans son ventre pendant que ses crocs retournaient à son cou.

Il aspira avec force, buvant comme un homme assoiffé dans une oasis, ses hanches se déplaçant au même rythme que ses lèvres. Il goûta le changement dans son sang avant même de le sentir dans son corps : le dernier souffle de vie. Alors qu'il l'aspirait, il jouit sur son ventre ensanglanté, son sperme ajoutant à la pagaille. S'écartant un peu, il la laissa retomber sur le sol, rassasié pour le moment. Aussi agréable que cela eût pu être, il savait cependant qu'il aurait bientôt besoin de plus.

S'essuyant avec les restes de sa blouse pour se nettoyer, il se reboutonna et quitta la pièce. Les sorciers pouvaient nettoyer ses saletés.

— NOTRE JEUNE espion nous a envoyé quelques informations intéressantes, déclara Marcel à l'assemblée des capitaines et de leurs partenaires alors qu'ils étaient assis pour le briefing du matin, une moitié prête à partir se reposer, l'autre à partir en mission. Il semblerait que Serrier ait trouvé un vampire.

— Qui ? demanda brusquement Jean.

À cause des émotions qui l'avaient assailli durement toute la journée précédente, il réussit à peine à se contrôler, dans le meilleur des cas. Entendre qu'il y avait des dissensions dans ses rangs ne pouvait certainement pas être considéré comme une bonne nouvelle. Si tel était le cas, il devait le savoir maintenant afin de pouvoir y faire face.

— Dominique ne m'a pas donné de nom, répondit calmement Marcel. Soit il ne le connaît pas, soit il pense qu'il n'est pas prudent de le donner. Cependant, il le décrit comme un homme jeune, à peine une vingtaine d'années, aux cheveux noirs, à la peau pâle et aux yeux bleus incroyablement vif. Est-ce que cela te dit quelque chose ?

Jean secoua la tête.

— Non, mais je vais garder les oreilles grandes ouvertes. Il pourrait s'agir de quelqu'un de nouvellement arrivé en ville ou de fraîchement transformé. Je n'ai pas étendu l'invitation concernant l'Alliance à tous les vampires. Juste à mes amis. À ceux à qui je pouvais faire confiance pour écouter et participer. Je voulais la mettre en place avant d'ouvrir la voie à n'importe qui.

Il ne regarda pas Sébastien en parlant, certain de lire des reproches sur le visage de l'autre vampire.

— Un vampire correspondant à cette description a visité 'Sang Froid' la nuit dernière, dit doucement Angélique. Comme l'ont fait deux de nos ennemis. Mon gérant n'avait jamais vu le vampire avant et n'a pas obtenu son nom, mais il a été assez intrigué par son attitude et son comportement pour me le signaler.

— Que voulait-il ? demanda David, soudain protecteur.

— '*Une compagnie jetable*', c'est ainsi qu'il l'a exprimé, répondit Angélique avec une moue de dégoût. La compagnie agréable est notre domaine. La compagnie jetable ne l'est pas.

Elle fut surprise par le ton du commentaire de David. Était-il inquiet à son sujet ?

Le froncement de sourcils de Jean s'intensifia. Christophe l'avait mis en garde contre un vampire qui faisait étalage de ses dérives. Il espérait que c'était le même. Il détestait penser qu'il avait deux solitaires sur les bras.

— Qu'en est-il des sorciers ? demanda Alain. Ton gérant sait-il ce qu'ils voulaient ?

— Rencontrer un vampire, apparemment. Il ne les a pas laissés entrer non plus, les rassura Angélique.

— Donc, Serrier court après des informations ? supposa Thierry.

— Cela ou un cobaye, admit Raymond. S'il a compris pour l'Alliance, il voudra savoir tout ce qu'il peut sur les vampires. Leurs forces et leurs faiblesses. Et il n'est pas contre l'expérimentation pour le découvrir.

— Nous devons avertir tout le monde, déclara Jean. Mieux vaut se méfier de ce vampire renégat et rester à l'affût des sorciers. Si Serrier fait des prisonniers, il ne va peut-être pas s'arrêter à un seul.

— Il ne le fera certainement pas, intervint Raymond.

Il pensa avec nostalgie à sa propre vie privée, puis haussa les épaules. L'Alliance et son succès étaient plus importants que son confort.

— Ce ne serait pas une mauvaise idée pour chacun d'entre nous de rentrer chez nous par deux, suggéra-t-il. Et de préférence un sorcier avec un vampire. Si Serrier va à la chasse aux vampires, nos alliés pourraient être en difficulté si ses hommes les attrapaient quand ils sont seuls. Ils n'ont aucune défense contre la magie.

— C'est beaucoup exiger de chacun d'eux, souligna Marcel. Es-tu sûr que ce soit une bonne idée ?

— Fais-en un volontariat, suggéra Thierry. Avertis tout le monde des dangers. Dis-leur que nous recommandons de voyager par paire pour leur sécurité, puis laisse-les décider.

Il évitait de regarder Sébastien tandis qu'il parlait, ne voulant pas que son partenaire puisse voir le soudain désir sur son visage. Il n'avait qu'à fermer les yeux pour imaginer le vampire dans son appartement et cette vision était étonnamment séduisante.

— Il n'y a aucune raison pour qu'un sorcier ne puisse pas escorter son partenaire chez lui puis utiliser un sort de déplacement au lieu des transports plus conventionnels s'ils ne sont pas à l'aise pour rester ensemble, souligna Caroline avec logique, même si elle savait qu'elle demanderait à Mireille de rester. Nous ne pouvons pas transporter nos partenaires, mais nous n'avons pas perdu la capacité de nous téléporter.

— Et après ? demanda Sébastien, un peu agacé d'être traité comme s'il était impuissant. Les sorciers vont-ils revenir nous chercher au moment de partir ? N'est-ce pas un peu comme une assignation à résidence ?

Il n'était pas inquiet lui-même à l'idée d'être confiné – il se contenterait d'ignorer le conseil si bon lui semblait. Puis il pensa à Thierry. Le sorcier saurait-il se protéger lui-même ? Peut-être que l'idée de partager un appartement n'était pas si mauvaise après tout.

— Comme je l'ai dit, répondit Thierry, fais-en un acte volontaire. Assure-toi que tout le monde comprenne bien la situation et ensuite, si les gens choisissent de sortir seuls, vampire ou sorcier, ils le feront à leurs risques et périls.

Marcel hocha la tête.

— Nous allons informer tout le monde, faire des recommandations et les laisser décider. David, voudrais-tu veiller à ce qu'il y ait des sorciers affectés aux vampires non appariés qui le souhaitent afin qu'ils puissent se déplacer au siège en toute sécurité ?

— Nous allons l'ajouter aux tableaux de service. Nous les avons toujours sur fichier, n'est-ce pas, Angélique ? approuva David.

La vampire hocha la tête.

— Bien. L'équipe de nuit a-t-elle autre chose à ajouter ?

Jean, Raymond, Alain, Orlando, Mireille et Caroline secouèrent tous la tête.

— Bien. Adèle sera bientôt de retour de patrouille. Nous ferons le point avec elle quand elle rentrera. Pendant ce temps, reposez-vous un peu avant votre prochain service. Les patrouilles de jour, des questions concernant vos missions avant d'y aller ?

David, Angélique, Thierry et Sébastien signifièrent que non.

— Bien. Vous pouvez disposer.

Les dix agents se levèrent de leurs sièges, se divisant en deux.

— Jean, appela Marcel. Aurais-tu un moment ?

Jean se retourna vers Marcel, toujours assis au bout de la table.

— Tu m'attends ? demanda-t-il doucement à Raymond.

Le sorcier donna son accord avant de passer la porte.

— Je n'ai pas voulu le demander devant tout le monde, car j'estime que ce n'est pas à nous de gérer le problème sans ta permission, mais comment veux-tu faire pour ce vampire ? Il y a aussi ce second rapport, un nouveau rapport cette fois, d'une jeune fille de vingt ans retrouvée dans le jardin du Luxembourg ce matin. Elle a été férocement attaquée par un vampire. Je vais supposer que c'est le même que Serrier a recruté parce que c'est préférable de penser que nous n'avons qu'un vampire hors de contrôle.

Le visage de Jean se durcit.

— Il n'y a pas grand-chose que je puisse faire avant de savoir qui il est, dit-il, mais je vais faire un tour ce soir et voir ce que je peux apprendre et tant que je serais dehors, j'en profiterais pour rappeler à tous que le meurtre n'aide pas notre cause. Je sais ce que les gens disent à propos de notre espèce, mais nous sommes, dans l'ensemble, raisonnables pour rendre délibérément nos vies plus compliquées.

Marcel leva les mains pour repousser ses protestations.

— Je sais cela. Si j'en doutais, je ne t'aurais jamais approché en premier lieu. Cependant, nous devons nous assurer que les actions d'une seule personne ne détruisent pas nos efforts pour les autres. Peux-tu le rappeler à l'ordre ?

— Cela prendra du temps, répondit Jean honnêtement. Étant donné que nous n'avons pas la protection des lois civiles, nous avons développé notre propre code au fil des années. Malgré tous mes efforts, tuer un mortel n'est pas en soi un délit condamnable de manière officielle. Seulement si cela met en danger d'autres vampires. C'est déjà assez difficile à prouver, il y a donc rarement de procès pour une telle infraction. Par contre, nous nous réunissons pour des crimes commis contre d'autres vampires. La procédure est alors la suivante : nous devons prouver à la foule rassemblée que le comportement du vampire nous met tous en danger. Cela demande des preuves fiables.

Marcel écoutait, fasciné.

— Je ne savais pas que vous aviez vos propres tribunaux.

— Nous nous réunissons seulement lorsque cela est nécessaire, ce qui l'est rarement, mais nous avons les moyens de nous gouverner.

— Donc, vous avez besoin de preuves selon lesquelles les actions de ce vampire sont mauvaises pour tous les vampires. Prends Raymond avec toi ce soir quand tu feras ta ronde. Il pourrait avoir l'idée de penser ou de poser une question à laquelle tu n'aurais pas songé. La somme de ses connaissances me stupéfie.

— Tu ne penses pas, comme les autres le font, qu'il est un espion ou un maillon faible ? demanda Jean.

— Non, répondit Marcel avec conviction. Il est, à bien des égards, le maillon le plus fort parce qu'il sait d'expérience la cruauté contre laquelle nous nous battons. Nous en avons tous vu les résultats. Il a dû endurer le processus. Si nous gagnons cette guerre, il me succédera un jour. Pas dans la Milice, car je prie pour que nous ne soyons plus nécessaires, mais certainement dans l'A.N.S.

— L'A.N.S. ?

— *L'Association Nationale de la Sorcellerie*, expliqua Marcel. C'est un organisme pour l'éducation et la promotion de la sorcellerie. C'est ainsi que je me suis retrouvé à faire ce travail. Étant son président, j'étais bien connu, une figure influente dans la politique publique. Lorsque la guerre a éclaté, notre président m'a demandé de diriger la milice nouvellement constituée pour lutter contre les rebelles. Il me semblait que c'était le moins que je pouvais faire puisque j'avais insisté pour qu'elle soit formée en premier lieu.

Jean hocha la tête. Il n'avait pas suivi l'actualité depuis très longtemps, sauf quand elle affectait son propre peuple, il n'y avait donc que peu prêté attention au début de la guerre. Au moment où il avait réalisé ses conséquences pour les vampires et sur le monde entier, Marcel était déjà bien établi comme chef et Jean n'avait pas remis en cause son droit à ce rôle. Sentant le malaise qui accompagne l'aube et sachant qu'il avait perdu sa protection contre la lumière du soleil, il s'excusa auprès de Marcel, promettant de rapporter les résultats de ses investigations au briefing du lendemain.

À son grand soulagement, Raymond l'attendait toujours à l'extérieur de la salle de conférence.

— Merci d'avoir patienté, lui dit-il.

— Si Marcel t'a retenu, je suis sûr que c'était important, répondit Raymond avec un haussement d'épaules.

— Ça l'était, reconnut Jean. Y a-t-il un endroit tranquille où nous pourrions aller ? Je vais te répéter ce qu'il m'a dit.

Il rougit un peu, mal à l'aise.

— Je vais également avoir besoin de me nourrir si je dois partir. Le soleil est levé.

— L'effet de la magie a disparu ? demanda Raymond.

— Oui. Depuis hier matin. Peut-être parce que je ne me suis pas nourri suffisamment sur toi la veille.

Raymond hocha la tête. Une partie de lui voulait exhorter Jean à prendre ce dont il avait besoin si cela permettait de ne pas avoir à le faire trop souvent, mais une autre partie de lui se souvenait trop bien du garçon de son village.

— Nous pouvons aller dans mon bureau. Il est petit, mais personne ne va jamais là-bas à part moi.

— Pas même Marcel ? demanda Jean, les paroles du vieux sorcier encore fraîches à son esprit alors qu'il suivait Raymond à travers le dédale des couloirs.

— Si Marcel a besoin de moi, je vais à lui, expliqua Raymond. Je ne l'obligerais jamais à venir à moi.

— Il pense le plus grand bien de toi, observa Jean.

Une fois encore, Raymond hocha la tête.

— Plus que je le mérite.

Jean fronça les sourcils.

— Pourquoi dis-tu cela ? Tu es de toute évidence un homme intelligent, instruit, probablement plus cultivé que tous ceux qui étaient à la réunion de ce matin, pourtant tu te dénigres.

— Tu ne sais pas ce que j'ai fait, protesta Raymond alors qu'ils entraient dans son bureau.

Jean regarda autour de lui. C'était petit, comme Raymond l'avait dit, mais c'était aussi très clairement celui du sorcier. Les murs étaient tapissés d'étagères pleines de livres, beaucoup d'entre eux étant anciens d'après ce que Jean pouvait en juger. Davantage de livres étaient empilés le long des murs, les bibliothèques étant trop petites pour contenir l'abondance des connaissances de Raymond. Jean n'était jamais entré dans les bureaux des autres sorciers, mais il doutait de trouver une telle preuve de recherches dans leurs espaces.

— Non, admit Jean, je ne sais pas ce que tu as fait. Je ne peux pas extraire ce genre de détails lorsque je goûte ton sang, mais je peux te connaître à un tout autre niveau et bien que j'aie ressenti de la colère et du regret, j'ai aussi goûté à la bonté fondamentale de ton âme. J'ai déjà goûté le mal au cours de ma vie et tu n'as pas cela en toi.

Mal à l'aise avec cette conversation, Raymond changea de sujet.

— À quel propos Marcel voulait-il te parler ?

— Du renégat, répondit Jean. Il pense, à juste titre, que m'occuper de lui est de ma responsabilité, mais il voulait connaître mes intentions.

Raymond voulait les connaître aussi, mais il ne savait pas s'il pouvait le demander. Heureusement, Jean ne sembla pas avoir besoin d'incitation.

— Il a suggéré que je t'emmène avec moi ce soir quand j'irai voir ce que je peux apprendre. Cela me semble être une bonne idée. Viendras-tu avec moi ? demanda-t-il.

Pris par surprise, Raymond ne répondit pas immédiatement.

— Pourquoi ? demanda-t-il après une minute.

— Pour être une autre paire d'yeux et d'oreilles, comme une preuve de l'Alliance pour ceux qui la remettent en question, pour ajouter ta voix, ta logique à la mienne si nous devons convaincre les autres de notre point de vue. Pour être à mes côtés au cas où nos ennemis attaqueraient. Pour être près de moi.

Encore plus surpris par la réponse, Raymond hocha lentement la tête.

— Où veux-tu que nous nous retrouvions ?

— Pourquoi ne viendrais-tu pas à mon appartement ? suggéra Jean. Les idées de Thierry et de Caroline étaient judicieuses et comme j'ai besoin de me nourrir pour rentrer à la maison, j'ai eu mille ans ou plus pour m'habituer à *'l'assignation à résidence'* comme Sébastien l'a appelée.

— Ce ne sera pas nécessaire, commença Raymond. Si tu veux sortir, je pourrais…

— Tu ne pourrais rien faire maintenant, l'interrompit Jean. Tu as été debout toute la nuit et je suis sur le point d'ajouter à ta fatigue, du moins à court terme, en me nourrissant sur toi. Tu vas m'escorter à la maison puis dormir un peu. Je ne suis plus mortel mais je me souviens à quel point on peut se sentir mal à force d'insomnie.

— Puisque tu le dis, admit Raymond.

Il jeta un regard sur la petite pièce. Il n'y avait même pas une place où ils pourraient s'asseoir pendant que Jean se nourrirait.

XXIII

D'UN MOUVEMENT de sa baguette, Raymond réarrangea les piles de livres et avec une incantation murmurée les transforma en un confortable canapé.

— Tes livres ! protesta Jean.

Bien qu'il comprenne qu'aujourd'hui les livres n'étaient plus les denrées rares de sa jeunesse, il avait été élevé en pensant que de tels tomes étaient plus précieux que l'or et voir son partenaire – un érudit – les traiter avec un tel mépris était choquant.

Raymond se mit à rire.

— C'est de la magie, Jean. Un autre mouvement de ma baguette et ils seront de retour à leur état initial. Si je n'en étais pas certain, j'aurais transformé quelque chose de moins précieux comme mon bureau ou quelque chose d'autre.

Cependant, tout en parlant, il analysait la réaction de Jean. Son partenaire n'était pas un érudit, si son intérêt pour la conversation que Raymond avait échangée avec Monsieur Lombard était d'une quelconque indication, mais il avait une estime pour les livres, ce qui était plutôt rare en dehors du monde universitaire.

Jean rougit, mal à l'aise.

— Tu dois me prendre pour le roi des imbéciles, ou du moins pour un sot ignorant.

— Aucunement, certifia Raymond, simplement pour quelqu'un de peu coutumier de la magie. J'oublie que ce qui est habituel pour moi ne l'est pas forcément pour les autres. Je ne me souviens pas d'une époque sans magie. Ma mère était une sorcière, comme l'avait été la sienne et elle était si dépendante de sa magie que je doute qu'elle ait pu faire quoi que ce soit sans elle. La cuisine n'était pas faite sur un fourneau mais à coup de baguette. Le nettoyage n'exigeait pas un balai ou un aspirateur mais une simple impulsion du poignet. J'ai besoin d'un canapé, j'en fais un, et je le retransformerais en ce qu'il était plus tard, quand je n'en aurais plus besoin, ou quand j'aurais de nouveau besoin de mes livres.

Jean secoua la tête.

— Je ne peux pas imaginer une vie comme ça. Avant de devenir un vampire, j'étais séminariste, éduqué à croire que la magie n'existait pas. Devenir un vampire m'a convaincu qu'elle existait, mais même ainsi, la magie dans mon monde, c'est la magie qui me maintient animée, ou encore la magie extérieure, comme celle qui unie Alain et Orlando.

Il se dirigea vers le canapé, laissant courir ses doigts sur les coussins de velours.

— Cela semble si réel.

— C'est réel, lui assura Raymond, aussi réel que les livres l'étaient auparavant. Si tu veux vraiment une explication, je vais essayer de te la donner en termes simples, mais tu n'as pas besoin de craindre qu'il s'effondre sous ton poids.

Pour prouver sa bonne foi, il s'assit sur les coussins nouvellement fabriqués et tapota l'espace à côté de lui pour encourager Jean à le rejoindre.

Ce dernier secoua la tête.

— Tu m'as perdu avant de finir la première phrase, répondit-il. Je vais juste croire que tu sais ce que tu fais.

Il s'assit avec précaution à côté de Raymond, non pas parce qu'il avait peur que le canapé s'écroule, mais parce qu'il se souvenait de ce qui le composait en premier lieu. Il ne voulait pas endommager les livres.

Prenant une profonde inspiration, Raymond déboutonna la manche de sa chemise et la remonta ainsi que son chandail jusqu'au coude.

— Tu as dit que tu avais besoin de te nourrir, offrit-il avec une certaine inquiétude.

ADÈLE RAMENA sa patrouille à la base et les congédia pour leur permettre de prendre du repos. Elle devait encore rencontrer Marcel pour lui faire savoir qu'il n'y avait eu aucun incident pendant leur sortie. Elle imaginait que les autres chefs d'équipe avaient probablement déjà fait leur rapport, mais son périmètre la nuit dernière avait été l'un des plus importants.

Lorsque le reste de son équipe eut disparu, elle se tourna vers Jude.

— Pouvez-vous rentrer à la maison en toute sécurité ?

Jude ricana.

— Je n'ai pas besoin de la protection d'une femme.

— Ce n'est pas ce que je voulais dire, protesta-t-elle. Je dois faire mon rapport à Marcel, puis j'ai d'autres choses à prendre en charge avant de finir mon service. Je veux juste m'assurer que vous n'avez pas besoin de vous nourrir à nouveau avant de partir.

— Maintenant vous pensez à le demander, se moqua Jude. Où était cette préoccupation hier, quand j'étais coincé ici toute la journée ?

— J'ai déjà répondu à cette question, répliqua Adèle. Je suis toujours en plein apprentissage des exigences de cette Alliance tout comme vous l'êtes. Je fais de mon mieux pour que cela fonctionne.

— Un mieux pas très convaincant, murmura Jude.

Les mains d'Adèle se posèrent sur son cou avant qu'elle puisse s'en empêcher, l'attrapant là où il était peut-être le plus vulnérable et l'utilisant pour le clouer au mur.

— Avez-vous besoin de vous nourrir ? grogna-t-elle, sachant qu'elle avait seulement réussi parce qu'elle l'avait pris au dépourvu et que même maintenant, il pourrait sans doute la jeter en travers de la pièce s'il le décidait.

— Non, répondit-il laconiquement.

— Alors, dégagez hors de ma vue, cracha-t-elle en le libérant et en tournant les talons.

Elle n'avait pas fait deux pas qu'une main attrapait son bras et des lèvres fraîches se rapprochaient des siennes. Elle ne se débattit pas. Elle savait déjà qu'elle ne pourrait pas se libérer de l'étreinte du vampire et ne voyait aucune raison de s'humilier en essayant. Au lieu de ça, elle se tint parfaitement immobile, le laissant l'embrasser, mais ne répondant pas. Quand il s'écarta, elle le gifla durement et le coup porta cette fois.

— Je ne suis pas intéressée, mentit-elle tout en s'éloignant.

Elle savait que c'était un mensonge, mais elle n'était pas prête à reconnaître qu'elle était attirée par le vampire aux cheveux d'or malgré son attitude déplorable. Elle devait déjà gérer suffisamment de merde au travail. Elle refusait d'en avoir d'autres dans sa vie personnelle. Elle était sûre que le sexe avec lui serait explosif, mais ce ne serait que du sexe et elle avait depuis longtemps perdu tout intérêt pour les coups d'un soir ou les relations occasionnelles dont le seul but était de s'envoyer en l'air. Elle avait d'autres choses, bien meilleures, pour occuper son temps. Comme faire son rapport à Marcel pour pouvoir dormir un peu. Seule. Dans son lit confortable, mais vide.

— Merde, murmura-t-elle. Je ne vais pas faire ça.

JEAN BAISSA les yeux sur la peau pâle du bras du sorcier. Son partenaire avait une peau à peine plus colorée que celle d'un vampire, mais il pouvait détecter la chaleur qui courait sous cette surface d'albâtre, de celle qui manquait à la chair pâle de ceux de son espèce.

— Je ne prendrai pas beaucoup, promit-il. Juste assez pour me rendre en toute sécurité à la maison.

— Non, insista Raymond. Si tu fais cela et qu'il y a le moindre retard, la lumière du soleil pourrait te détruire. Alimente-toi normalement. Tu m'as assuré que cela ne me blesserait pas. Si je dois te faire confiance, c'est la meilleure façon de commencer.

— Es-tu sûr ? demanda Jean. Je ne veux pas te mettre mal à l'aise.

Raymond considéra sa réponse pendant un instant et opta pour une totale honnêteté.

— Il n'y a probablement pas moyen de contourner cela pour le moment, mais mes craintes sont mon problème. Si je me laissais gouverner par la peur, je serais toujours dans le camp de Serrier tout simplement parce que j'aurais trop peur de ce qu'il pourrait me faire s'il me retrouvait.

Le visage de Jean se durcit.

— Il ne le fera pas. Je ne le laisserai pas faire.

Raymond sourit doucement.

— C'est plus facile à dire qu'à faire, sauf si tu prévois de ne jamais t'éloigner de moi.

— Ton appartement est protégé, n'est-ce pas ? voulut savoir Jean.

S'il ne l'était pas, Raymond et lui resteraient là jusqu'à ce que Marcel puisse corriger cet oubli.

— Bien sûr, lui assura Raymond. Je suis aussi en sécurité là-bas que je le suis ici.

— Alors, c'est simple. Lorsque nous serons en mission, nous serons côte à côte de toute façon. Une fois que nous serons de repos, je serai avec toi pour tout ce que tu auras besoin de faire, puis tu me ramèneras chez moi pour ensuite rentrer chez toi, directement à ton appartement. De cette façon, tu seras soit avec moi, soit dans un endroit protégé, suggéra logiquement Jean.

— C'est bon, dit Raymond. Je peux prendre soin de moi. Je le fais depuis des mois maintenant, depuis que j'ai rejoint la Milice.

— Je sais que tu le fais, lui assura Jean, mais nous sommes deux à présent. Ne serait-il pas plus judicieux de surveiller mutuellement nos arrières ? Nous avons deux sortes d'ennemis : des ennemis personnels et d'autres, plus généraux comme ceux que nous combattons. Pourquoi ne pas combiner nos forces, du moins quand nous sommes loin de nos forteresses ?

Raymond réfléchit à la suggestion.

— Je pourrais élever des barrières de protection autour de ton appartement. La difficulté consistera à les adapter aux personnes habilitées à aller et venir. Pour mon propre appartement, je peux tout simplement autoriser ou non l'entrée une fois que j'ai vu qui se présente, mais tu ne peux pas manipuler ma magie de cette façon. Je pourrais facilement permettre à n'importe quel vampire de passer les barrières, mais nous savons qu'il y en a au moins un que nous voulons empêcher d'entrer. Sans le connaître, cependant, il sera difficile de l'exclure.

Jean examina le problème.

— Pourrais-tu l'adapter de sorte que seuls les vampires que je connais puissent entrer ?

— Éventuellement, répondit Raymond, mais il faudrait un sort pour identifier chaque vampire qui voudrait entrer.

— Je ne suis pas inquiet au sujet des vampires, dit Jean après un moment. Il y en a peu, le cas échéant, qui pourraient être meilleurs que moi. Je serai plus inquiet d'être acculé par un sorcier avec de mauvaises intentions.

— Qui d'autre que moi viendrait te rendre visite ? demanda Raymond. Parmi les sorciers je veux dire, s'empressa-t-il d'ajouter.

Jean réfléchit un instant.

— Peut-être Alain. Orlando était un visiteur régulier autrefois, et si cela continue aujourd'hui, je suis sûr qu'Alain viendra avec lui.

Raymond savait que Jean était le protecteur d'Orlando – il l'avait constaté le jour de leur rencontre – mais maintenant, il s'interrogeait sur la nature exacte de leur relation. Il était évident pour Raymond qu'Alain et l'autre vampire étaient amants. Jean avait-il des ressentiments à cet égard ? Son ton était impassible, mais Raymond ne connaissait pas encore assez bien son partenaire pour l'interpréter. Était-ce vraiment une indication de son acceptation ou plutôt une tentative délibérée pour empêcher Raymond de voir à quel point la situation le gênait ? Cela dépendait en partie, il en était sûr, du rapport qu'avaient précédemment les deux vampires. Avaient-ils été amants et Jean se sentait-il maintenant abandonné ? La pensée le choqua parce qu'elle était très loin de ses préoccupations habituelles. Il refusa d'approfondir ses réflexions sur le sujet, y compris celle concernant la flambée de jalousie qu'il ressentit à la pensée de Jean dans les bras du jeune vampire, essayant plutôt de se concentrer sur les autres sorciers susceptibles de visiter Jean.

— Thierry ? suggéra-t-il après un moment.

— J'en serais surpris, répondit Jean. Ne serait-ce que parce que son partenaire sait qu'il ne serait pas le bienvenu. Je vais travailler avec lui, mais je ne vais pas l'accueillir dans ma maison.

Raymond ne voulait pas admettre la curiosité qu'il éprouvait à entendre cette confession ni l'intérêt que suscitait cet aperçu de la vie personnelle de son partenaire, et il ne pouvait pas demander plus de détails, mais il enregistra l'information dans un coin de sa tête pour plus tard, se demandant si Thierry en savait plus et s'il voudrait le partager avec lui le cas échéant. Il ne pouvait que spéculer sur ce qui aurait pu mettre les deux vampires en désaccord. Malheureusement, sa spéculation encore une fois prit un tournant sexuel, et il imagina une étreinte torride suivie d'une dispute explosive qui conduisait à une irréparable rupture.

Se disant que de telles pensées étaient ridicules – et que la jalousie fondée sur de telles conjectures l'était encore plus – Raymond baissa les yeux sur son bras.

— Tu devrais te nourrir pour que nous puissions y aller. Je mettrai en place les barrières lorsque nous arriverons chez toi. Je pourrais toujours les modifier plus tard si nécessaire.

Jean hocha la tête, reportant son regard vers la chaleur de la peau pâle qui avait attiré son attention. Il leva la main et laissa glisser son doigt sur la chair lisse à la pliure du coude jusqu'au poignet de Raymond.

— Ne fais pas ça, pria Raymond.

Malgré les chemins que ses pensées avaient pris, il était encore à peine capable d'envisager d'autoriser Jean à se nourrir. Et penser à un tout autre niveau d'intimité était tout simplement insupportable. Ses craintes étaient encore trop fortes.

— N'essaye pas de rendre ceci autrement que purement fonctionnel. Je sais ce que Monsieur Lombard a dit, mais je ne peux pas…

Jean leva les yeux et croisa le regard du sorcier.

— Pas plus que moi, répondit-il avec regret. C'était une appréciation esthétique de ma part, rien de plus.

Jean était un tel mélange de contrastes que les pensées de Raymond vagabondèrent alors qu'il parlait. Il prétendait être un homme simple qui n'avait aucun intérêt pour tout ce qui concernait l'ésotérisme mais il était plus respectueux des livres que Raymond lui-même ne l'était en tant qu'érudit. Le sorcier se demanda vaguement ce qu'il s'était passé pour que Jean devienne l'homme qu'il était. Toutes ces choses que son partenaire devait avoir vues dans sa vie ! Il voulait l'interroger, partager ces expériences, connaître son partenaire à un autre niveau. Objectivement, il le percevait comme le lien que l'aîné des vampires et lui-même avait estimé devoir exister entre les paires, mais son objectivité ne permettait pas de freiner sa curiosité grandissante. L'aiguillon de la jalousie revenait, la pensée de la multitude d'amants qui avaient dû jalonner le passé de Jean, associé à la résistance du vampire pour tout ce qui n'était pas une relation professionnelle, suscitait une émotion inhabituelle.

Jean referma sa main sur le poignet de Raymond et le porta à ses lèvres, sa langue préparant la peau tendre rapidement et efficacement. Dès que cela fut fait, il perça de ses crocs la chair molle, suçant doucement pour attirer le sang à la surface. Il coula immédiatement dans sa bouche, la saveur qu'il avait déjà identifiée comme constituant Raymond emplissant ses sens. Il pouvait ressentir la peur, la colère, le regret, l'intelligence – toutes les caractéristiques qui faisaient de son partenaire l'individu complexe qu'il était – mais en dessous de tout cela, il crut percevoir un soupçon de quelque chose de nouveau. Il faillit presque l'écarter, tant cela paraissait contraire à tout ce qu'il savait au sujet de son sorcier, mais plus il se concentrait, plus il était sûr de goûter les premiers signes d'une confiance dans le sang de Raymond.

XXIV

SÉBASTIEN SE tenait à côté de Thierry, regardant les lumières clignoter sur le grand écran.

— Dis-moi encore comment cela fonctionne, demanda-t-il.

Ayant anticipé la demande lorsque Marcel leur avait donné leur mission, il mit la main dans sa poche et en sortit une petite sculpture.

— Ceci est mon repère, déclara le sorcier en le tendant à Sébastien. Chaque fois que je l'ai avec moi, il crée un point sur le tableau là-bas, permettant à quiconque le regarde de savoir où je me trouve. La carte est généralement orientée sur Paris, mais elle peut être étendue à une zone plus vaste pour montrer toute l'Île-de-France par exemple, ou même le pays tout entier. Bien sûr, plus la zone est grande, moins la localisation est détaillée, mais tu peux voir l'idée générale.

— Alors, c'est le talisman qui indique où nous sommes sur la carte ? dit Sébastien.

— Oui, reconnut Thierry, mais seulement quand il est animé par ma magie. Si tu le tenais, cela ne fonctionnerait pas. Il ne fonctionne que lorsqu'il est dans ma main, dans ma poche ou dans mon manteau, mais pas sur quelqu'un d'autre.

Sébastien examina la sculpture de plus près.

— Un faucon ! s'exclama-t-il. L'as-tu choisi ou est-ce un hasard ?

— Je l'ai choisi, répondit Thierry. J'ai toujours pensé que c'étaient de magnifiques oiseaux.

— Incroyable, soupira Sébastien. Quelles étaient les chances pour… ?

— Les chances de quoi ?

— Tu portes un faucon dans ta poche pour te protéger des sorts. Quand j'étais mortel, j'étais fauconnier. J'entraînais des oiseaux à chasser pour des seigneurs, expliqua doucement Sébastien. Et tu as raison. Ce sont des oiseaux magnifiques.

Mal à l'aise d'avoir un nouveau lien avec Sébastien, Thierry récupéra son repère et le glissa dans sa poche.

Voyant le malaise de Thierry, Sébastien changea de sujet.

— Ainsi, les talismans sont animés par la magie. Nous n'avons pas de magie, malheureusement. Est-ce que cela pourrait fonctionner pour les vampires ?

Thierry considéra le problème.

190

— Chaque être vivant a une aura unique. Peut-être que nous pouvons y relier le sort.

Il ferma les yeux et concentra ses sens magiques, cherchant à identifier l'aura de l'homme qui se tenait à côté de lui. Il pouvait sentir les sorciers vaquer à leurs occupations dans la pièce et dans les couloirs extérieurs, mais Sébastien était un vide complet.

— Merde, jura doucement Thierry. Pourquoi ne puis-je pas trouver ton aura ?

Il laissa courir ses doigts dans ses cheveux, les hérissant de façon attirante, pensa Sébastien tout à fait hors de propos. Il essaya de se concentrer sur le problème, mais ses yeux revinrent s'égarer sur l'adorable image de Thierry avec ses cheveux blonds délicieusement ébouriffés.

— Je ne sais pas, répondit le vampire à la hâte en réalisant que Thierry le regardait avec espoir. Jean pourrait peut-être le savoir.

— Ou Raymond, ajouta Thierry à contrecœur.

Il n'appréciait pas l'autre sorcier et ne lui faisait pas confiance, mais il ne pouvait nier que ses connaissances étaient parfois utiles.

Sébastien était tenté de demander pourquoi Thierry semblait ne pas aimer le partenaire de Jean. Il avait un peu côtoyé Raymond depuis le jour où l'Alliance s'était formée, mais il n'avait rien vu qui lui permettait de ne pas l'apprécier. Cependant, c'était clairement le cas de Thierry.

Thierry se débarrassa de sa frustration. C'était inutile et de toute façon Raymond n'était pas de service, il devrait donc utiliser ses propres ressources pour résoudre le problème. Il n'avait pas son érudition, mais il n'était pas stupide non plus. La pensée logique était à la base de toutes ses stratégies.

— Si t'identifier magiquement ne fonctionne pas, peut-être que nous pouvons le faire biologiquement, pensa-t-il à haute voix.

— Biologiquement ? demanda Sébastien.

— Bien sûr, répondit Thierry. Ils utilisent tout le temps des échantillons ADN dans les tribunaux pour identifier les personnes. Peut-être que nous pouvons lier le sortilège à toi de cette façon.

— Comment veux-tu mettre de l'ADN sur un talisman ? interrogea Sébastien.

Thierry saisit un stylo.

— Nous trouverons un meilleur symbole pour toi quand nous saurons si cela marche, mais nous allons essayer. Donne-moi une mèche de cheveux.

Disposé à faire un essai, Sébastien tendit la main et tira sur une mèche de ses cheveux, puis en lia quelques-uns avant de les tendre à Thierry. Le sorcier les enroula autour du stylo et leur jeta un sort de détection. Un deuxième charme changea le point de vue sur l'écran pour afficher uniquement le siège de la Milice. Le nom de Thierry apparut immédiatement dans la Salle des Cartes, tout comme les autres sorciers dans la pièce, mais il n'y avait pas de point lumineux sur l'écran à l'endroit où Thierry se tenait.

— Merde, murmura-t-il, cela n'a pas fonctionné non plus.

Sébastien regarda l'écran, souhaitant que son nom apparaisse, mais il était sûr que cela n'arriverait pas. S'il avait dû s'afficher, ce serait déjà fait.

— Serait-ce parce que je ne suis plus vraiment en vie ?

Thierry considéra la question, mais il réalisa rapidement qu'il n'avait pas de réponse à offrir.

— C'est une question pour les philosophes, pas pour moi, répondit-il. Cependant, cela pourrait l'expliquer en partie. Partons de cette logique. Tu dis que tu n'es pas vraiment en vie et je me souviens que Jean avait fait un commentaire similaire à Alain. Dans ce cas, qu'est-ce qui vous donne l'apparence de la vie ? Parce que tu me sembles parfaitement vivant en ce qui me concerne.

— Le sang, affirma Sébastien sans détour. Tant que nous pouvons boire suffisamment de sang, nous restons animés.

Thierry frémit, non pas en raison du commentaire de Sébastien, mais à l'implication soudaine qui lui vint. Il était prêt à parier une petite fortune que les vampires étaient animés par une sorte de magie du sang. Cela expliquerait certainement pourquoi ils avaient besoin de sang pour rester en vie. D'aussi loin qu'il s'en souvienne, tous les honorables sorciers qu'il avait entendus parler de ce sujet avaient stigmatisé la magie du sang comme étant mauvaise.

— Si nous devons utiliser du sang pour faire ce travail, nous devrions en parler à Marcel d'abord, dit-il à Sébastien. Je ne peux pas faire de magie de sang sans son approbation.

— Qui a-t-il de si différent à utiliser du sang ? demanda Sébastien.

Thierry repoussa les visions de sacrifice et d'autels, de magie noire et de maléfices qui s'imprimaient dans son esprit.

— C'est de la magie noire, répondit-il avec un frisson.

Sébastien vit la répulsion sur le visage de Thierry. Cela l'ennuyait fortement que la magie lui accordant une existence continue soit si répugnante pour son partenaire, mais le sorcier ne semblait pas le rejeter, lui, seulement la magie du sang.

— Peut-être que nous ne devrions pas nous en occuper alors, suggéra-t-il.

— Non, répliqua Thierry. Je n'aime peut-être pas cela, mais si c'est la seule façon de fournir aux vampires la même protection que nous avons, alors cela vaut la peine de demander. S'il dit non, alors peut-être que nous pourrons faire un sort générique, un qui n'identifiera pas les personnes, mais qui identifiera au moins la localisation. Ce sera moins précis, mais pas inutile.

— Si tu en es sûr, répondit Sébastien.

— Nous allons laisser Marcel décider, déclara Thierry. S'il pense que c'est sans danger, nous l'essaierons.

Alors qu'ils repartaient vers le bureau de Marcel, Thierry réfléchit à cette nouvelle information selon laquelle, non seulement les vampires avaient besoin de sang pour survivre, mais qu'ils étaient également maintenus en vie à leur façon par la magie du sang. Cela n'aurait pas dû être une surprise pour lui, mais il n'y avait jamais pensé. Jetant un regard à la dérobée à son partenaire, il essaya de digérer l'information. En fin de compte, cela ne changeait rien, réalisa-t-il. S'il avait su cela avant la formation de l'Alliance, il aurait hésité, mais plus maintenant. Sébastien était son partenaire et avait prouvé sa loyauté plus d'une fois en combattant à ses côtés. Cela l'emportait sur toute autre considération.

Après avoir frappé à la porte de Marcel, ils attendirent son accord pour entrer.

En découvrant qui se tenait à l'extérieur, Marcel sourit chaleureusement.

— Êtes-vous venus me signaler une victoire ? demanda-t-il.

— Malheureusement non, répondit Thierry.

Il expliqua rapidement l'absence d'aura et l'échec du travail avec les cheveux.

— Quelle est ta théorie ? voulut savoir Marcel.

— Cela ne fonctionne que sur les créatures vivantes, expliqua Sébastien. Tout ce qui nous donne l'apparence d'être vivants, c'est la magie qui nous permet d'être ainsi, pas la biologie.

— Alors, que me conseillez-vous ? interrogea Marcel.

— La seule solution que nous ayons trouvée et qui pourrait fonctionner comme talisman individuel exigerait l'utilisation de sang, répondit Thierry. La théorie de Sébastien m'a fait comprendre que les vampires étaient en vie grâce à la magie de sang. Je n'ai pas osé expérimenter ce genre de magie noire sans vérifier d'abord auprès de toi.

Marcel rit.

— Je peux presque entendre Raymond en cet instant. La magie en elle-même n'est ni bonne ni mauvaise, insisterait-il. Seule la façon dont elle est utilisée mérite ce genre de jugement de valeur.

Thierry fronça les sourcils.

— Raymond ne devrait pas prendre ce genre de décisions.

— Non, effectivement, reconnut Marcel. Cela me revient. Cependant, je suis d'accord avec lui. Si la magie de sang était foncièrement mauvaise, alors les vampires seraient foncièrement mauvais, pourtant nous nous sommes alliés avec eux. Nos alliés sont-ils mauvais, Thierry ?

Ce dernier se tortilla inconfortablement, pris au dépourvu par la logique de Marcel.

— Non, répondit-il fermement. Je ne le crois pas. S'ils l'étaient, je doute qu'ils aient participé à l'Alliance pour commencer, et s'ils l'avaient fait quand même je doute que leur perfidie n'ait pas encore été découverte à ce jour.

Sébastien faillit protester à la question de Marcel, mais il se rendit compte, après un moment, que la question était rhétorique, destinée à forcer Thierry à envisager les lacunes de sa propre logique. Il étouffa un soupir de soulagement en entendant son partenaire le défendre ainsi que ses semblables.

— Et bien que je n'aie pas fait de recherche, ajouta Marcel, je suis presque sûr que la magie qui permet à ton sang de protéger ton partenaire devrait également être considérée comme de la magie de sang. Nous devons arrêter ces jugements catégoriques si nous voulons construire un avenir pour nos espèces. Nous avons perdu beaucoup, comme nous l'avons fait avec Raymond au début, à cause de nos vues étroites sur le bien et le mal. Raymond est revenu quand il a vu que les méthodes de

Serrier étaient bien pires que notre inflexibilité. D'autres ne l'ont pas fait, et ce n'est pas quelque chose que nous pouvons nous permettre de laisser continuer. Un simple sort de suivi sur quelques gouttes de sang de Sébastien et un morceau de pierre ne peuvent pas faire grand-chose, surtout pas quand l'intention est de protéger. C'est sur cela que nous devons nous concentrer, Thierry : l'intention derrière le sort et non pas le sort en lui-même.

Thierry prit une minute pour digérer cette information.

— Alors je suppose que nous devrions voir si cela fonctionne, dit-il enfin.

— Fais-le-moi savoir si c'est le cas, répondit Marcel. Je prendrai soin d'en informer les autres. Ainsi la décision viendra de moi, pas de toi.

— Alors, comment procédons-nous ? demanda Sébastien quand ils furent de retour dans le couloir.

— Allons dans mon bureau, déclara Thierry. Je sais ce que Marcel a dit, mais je préférerais le faire en privé plutôt que dans le Salle des Cartes. Si cela fonctionne, nous nous occuperons des préjugés plus tard.

Sébastien hocha la tête et suivit Thierry dans son bureau. Ils fermèrent la porte derrière eux, s'enfermant dans l'intimité de l'espace réduit. Sébastien leva son poignet à ses lèvres avec l'intention de percer la peau pour prélever du sang.

— Ne fais pas ça, déclara Thierry, arrêtant de son partenaire. Malheureusement, l'une des conditions de la magie de sang est que la personne qui jette le sort doit extraire le sang et non celle que la magie va protéger. Cela a donné lieu à bien des abus, comme tu peux l'imaginer.

Il chercha du regard s'il y avait quelque chose qu'il pourrait utiliser pour prélever du sang.

Sébastien le pourrait, bien trop facilement, mais là, c'était différent.

— Je te donne mon sang librement et je sais que tu ne prendras pas plus que nécessaire.

Il attendit que Thierry lève les yeux et qu'ils croisent les siens.

— Il n'y a rien de mauvais dans ce que nous faisons ensemble.

Thierry baissa les yeux et poursuivit ses recherches. Enfin, il trouva un poignard d'ornement qu'il gardait comme ouvre-lettre, au fin fond d'un tiroir.

— Je sais, dit-il. Je le sais. Que veux-tu utiliser comme talisman ?

Sébastien considéra la question.

— Je ne sais pas quoi utiliser. Est-ce important ?

— Non, reconnut Thierry. Bien que parmi les sorciers, le sort semble être plus efficace si le repère est spécial pour eux. Après tout, si tout le monde avait utilisé un trombone, comment saurais-tu lequel est le tien ?

Sébastien rit.

— J'imagine que cela pourrait devenir un problème. Si cela ne fonctionne pas, ce ne sera pas un souci, mais si c'est le cas, je doute que tu veuilles avoir à relancer le sort juste pour que je puisse trouver un meilleur talisman.

— Je ne préférerais pas, acquiesça Thierry. Je vais le faire cette fois, puisque Marcel dit qu'il n'y a pas de problème, mais je ne pense pas être un jour complètement à l'aise avec la magie de sang.

Instinctivement, la main de Sébastien chercha le médaillon dans sa poche. Il ne s'en était jamais séparé depuis que Thibaut était mort. Il pourrait l'utiliser, mais Thierry avait dit que les sorciers devaient laisser leurs talismans lorsqu'ils n'étaient pas de service. Il se demanda s'il pourrait accepter de le faire.

— Aurai-je à laisser le repère ici quand je serai de repos ? demanda-t-il. J'ai quelque chose que je pourrais utiliser, mais je préfère le garder avec moi.

— C'est plus une question de vie privée qu'une nécessité, expliqua Thierry. Le repère continuera à te suivre que tu sois en service ou non. Si cela ne te dérange pas de toujours apparaître sur la carte, il n'y a aucune raison pour que tu ne puisses pas le garder.

Sébastien hocha la tête.

— Pourrais-tu me donner une minute ? demanda-t-il doucement.

Thierry fronça les sourcils, confus, mais sortit dans le couloir, donnant à son partenaire l'intimité requise.

Resté seul à l'intérieur, Sébastien sortit le médaillon de sa poche et le regarda. C'était son bien le plus précieux, la mèche de cheveux à l'intérieur était le seul lien qu'il avait encore, en dehors de ses souvenirs, de son Avoué décédé. Il lui suffisait de fermer les yeux pour voir Thibaut tel qu'il était la première fois où il avait posé les yeux sur le jeune homme qui était devenu le centre de son monde. Son esprit avait beau lui dire que quatre cents ans de solitude s'étaient écoulés depuis, son cœur remontait les souvenirs aussi clairement que s'ils dataient d'hier.

Il n'était arrivé à Paris que depuis quelques semaines seulement et il essayait encore de trouver ses marques. Il avait été accueilli chaleureusement par la communauté vampirique et commençait enfin à se sentir chez lui. Il avait rôdé dans les rues à la recherche de quelqu'un sur qui se nourrir et il avait vu Thibaut, debout sur le Pont-Neuf, baignant dans le clair de lune. L'homme s'était tourné et avait rencontré son regard avec audace, impertinence même.

— Vous êtes un vampire, avait-il dit sans hésitation.

Sébastien l'avait admis doucement au cas où d'autres se seraient trouvés à proximité avec une attitude moins tolérante que son actuel compagnon. Thibaut avait offert sa main et avait conduit Sébastien à son logement, lui offrant beaucoup plus une fois qu'ils s'étaient retrouvés en privé. L'attirance avait été instantanée et quelques semaines plus tard, sur l'insistance de Thibaut, Sébastien avait apposé sa marque dans son cou et avait estampillé le mortel en tant qu'élu : un Avoué.

Cette même nuit, Thibaut avait déposé le médaillon dans la main de Sébastien, en disant que puisqu'il ne pouvait pas le marquer comme lui l'avait revendiqué, il le faisait sien d'une autre façon. Il ne l'avait jamais quitté depuis ce jour-là et son testament d'amour leur avait survécu, longtemps après que le temps de vie de Thibaut était arrivé à son terme.

Un autre souvenir remplaça le premier.

Thibaut avait bien vieilli, mais au moment de sa mort, il était revenu sur les années qu'il avait vécu. Soixante-dix ans n'étaient pas si vieux pour les temps modernes, mais à la fin du XVIIème siècle, c'était un âge vénérable. Allongé dans le lit d'où il ne sortait plus, Thibaut avait offert à Sébastien son cou une dernière fois. Lorsque le vampire s'était nourri, seule sa condition de créature de la nuit avait empêché ses larmes de couler. Thibaut avait bercé son visage en murmurant :

— Ne pleure pas pour moi trop longtemps. Nous avons été bénis avec une vie mortelle bien remplie et je n'en regrette aucun instant. Quand un temps convenable se sera écoulé, trouve un nouvel amour. Je veux être sûr que tu seras de nouveau heureux.

Sébastien avait protesté, mais Thibaut avait été implacable et Sébastien avait donné sa parole, aussi déloyal que cela lui avait paru. Il ne l'avait pas tenue, cependant. Il avait accueilli des gens dans son lit, des hommes et des femmes indifféremment, mais c'était pour se soulager et non pas par amour. Aucun d'entre eux ne l'avait touché assez profondément pour qu'il envisage de les garder. Il se sentait déjà assez mal d'être avec eux ne serait-ce qu'une fois. Il n'imaginait pas les laisser s'installer dans sa vie plus longtemps. Pourtant, maintenant, le médaillon le narguait, lui rappelant sa promesse non tenue. Le temps était-il finalement venu de laisser partir Thibaut, pour aller de l'avant ? Son cœur se serra à cette pensée, mais la saveur du sang de Thierry taquinait ses sens et il se força à y réfléchir. Thibaut lui avait dit de le faire, il aurait voulu qu'il le fasse et il n'avait pas envisagé que cela lui prendrait quatre cents ans. Le sorcier était un homme très différent de celui que Thibaut avait été, têtu là où Thibaut avait été conciliant, fort là où Thibaut avait été doux, meurtri par la vie là où Thibaut était encore jeune et surtout naïf et réticent là où Thibaut avait été impatient.

Il savait que Thierry avait envie de lui en tant que partenaire dans l'Alliance. Cela n'avait pas été remis en cause depuis la première fois que Sébastien s'était nourri, mais il y avait une grande différence entre cet aspect et ce que Sébastien envisageait maintenant. Thierry serait-il même disposé à discuter d'un autre type de relation ? Sébastien ne savait pas si c'était un risque qu'il voulait prendre. Le médaillon le narguait, se moquait de ses doutes. '*Il est temps*', semblait-il dire.

Levant le métal froid à ses lèvres, il l'embrassa.

— Tu avais raison, comme toujours mon amour. Il est temps de passer à autre chose.

Ouvrant la porte, Sébastien fit signe à Thierry de revenir à l'intérieur.

— Je te remercie. Tu peux utiliser ceci comme repère.

Il offrit le médaillon au sorcier, sachant que Thierry en prendrait soin.

XXV

THIERRY FIXA le médaillon que Sébastien pressait dans sa paume.

— C'est d'une magnifique facture, observa-t-il avec admiration. Cela semble antique !

— Pas vraiment antique, rectifia Sébastien, mais résolument vieux. La fin de la Renaissance, pour être précis. C'était un cadeau et je me plais à croire que celui qui me l'a offert serait heureux de savoir qu'il m'aidera désormais à me protéger.

— Un bijou de famille ? demanda Thierry.

— Non, un cadeau d'engagement de mon Avoué.

Sébastien déverrouilla le fermoir pour révéler la mèche de cheveux et une minuscule miniature.

— Thibaut.

Thierry examina l'image avec soin avant de refermer le médaillon, se souvenant de ce que Sébastien lui avait dit au sujet du temps qu'il avait passé seul. Depuis quatre cents ans, le vampire avait conservé ce médaillon. Et maintenant, il allait l'utiliser comme repère. Thierry ne pouvait pas s'empêcher de se demander ce que cela signifiait. Il commençait seulement à comprendre l'importance que représentait le médaillon. Il n'avait qu'à regarder Alain pour voir… tout ce que l'Aveu de Sang pouvait signifier. Savoir que les sentiments de Sébastien avaient perduré même après quatre cents ans le conduisait à attirer son attention sur l'avenir une fois de plus. Le vampire avait déjà fait savoir qu'il n'était pas intéressé par une autre union de cette ampleur, et Thierry pensait comprendre pourquoi.

— Es-tu sûr de vouloir l'utiliser ? demanda-t-il.

— Le sort ne le changera pas n'est-ce pas ?

Lorsque Thierry secoua la tête, Sébastien répondit :

— Alors oui, j'en suis sûr.

Thierry hocha la tête et posa soigneusement le médaillon sur son bureau.

— Donne-moi ta main.

Sébastien la lui tendit, laissant Thierry la bouger afin que ses doigts flottent au-dessus du médaillon, ignorant le désir immédiat qu'il ressentit au contact de la peau du sorcier contre la sienne.

La main de Thierry trembla tandis qu'il récupérait la dague. Il n'était pas du tout à l'aise avec ce qu'ils allaient faire, le rejet profond de la magie de sang étant difficile à surmonter. Prenant une profonde inspiration pour stabiliser sa main et ses émotions, il piqua le bout du doigt de Sébastien et regarda avec fascination la perforation quand la goutte cornaline jaillit de la blessure. Une goutte tomba, atterrissant sur le médaillon. Il pressa le doigt et une deuxième puis une troisième goutte tombèrent avant qu'il porte le doigt à ses lèvres pour lécher la plaie.

Sébastien se raidit lorsque son doigt s'approcha de la bouche de Thierry. Il n'était pas inquiet par ce que son sang ferait au sorcier – il aurait dû vider totalement Thierry avant que son sang ait un effet – mais il était moins sûr de l'effet que la bouche de Thierry sur sa main aurait sur lui.

Sensible comme il l'était aux vibrations magiques dans la salle, Thierry crut goûter un peu de la puissance qui conservait Sébastien vivant dans la goutte de sang qui tomba sur sa langue depuis la piqûre qu'il avait infligée. À sa grande surprise, et malgré ses états d'âme, rien dans ce goût ne le dégoûta, contrairement à l'odeur âcre qui semblait accompagner les nombreux sorts mortels et autres magies noires que Serrier et ses sbires utilisaient. Il aspira un peu plus fort, sa langue repassant sur la pulpe du doigt de Sébastien en essayant de se faire une meilleure idée de cette magie.

— Thierry, souffla Sébastien, même s'il n'aurait su dire si c'était en signe de protestation ou d'encouragement.

Son corps réagit immédiatement à la sensation de la bouche de Thierry sur sa peau, ses nerfs le picotèrent, son rythme cardiaque et sa respiration s'accélérèrent. Son âme réagit presque aussi immédiatement, lui imposant des images de Thibaut, soulignant son infidélité, son indignité. Le jeune homme avait offert toute sa vie à Sébastien. Était-ce si déraisonnable de demander à Thierry de faire de même ? La voix de Thibaut sembla lui répondre et cette fois, le ton de son bien-aimé fit écho à son cœur. '*Je veux être sûr que tu seras à nouveau heureux*'.

La voix de Sébastien brisa la concentration de Thierry et il prit soudain conscience de la situation. Rougissant, il libéra le doigt de son partenaire et se concentra sur la tâche à accomplir. Il murmura une incantation liant le sang au médaillon et le bijou à l'écran de localisation. Une douce lueur entoura la petite pièce pendant un moment, puis disparut. Il laissa échapper le souffle qu'il retenait et sourit.

— Je pense que cela a fonctionné. Nous allons vérifier ?

Sébastien hocha la tête, ravalant son désir irrésistible d'attirer Thierry dans ses bras et de l'embrasser. Il se rappela que son partenaire avait récemment perdu sa femme et que ce n'était pas parce qu'il était prêt à aller de l'avant que cela signifiait que Thierry ressentait la même chose, malgré ce qu'Adèle avait laissé entendre au sujet de leur relation avant la mort de son épouse. Il avait attendu quatre cents ans. Il pouvait bien attendre un peu plus longtemps si cela signifiait qu'il pourrait avoir ce dont il avait besoin et ce qu'il désirait à la fin.

Ils retournèrent à travers le dédale de couloirs jusqu'à la Salle des Cartes et là, sur la carte, à côté du nom de Thierry, se trouvait Sébastien.

— Cela a fonctionné, conclut Thierry. Tant que tu gardes le repère sur toi, tu seras visible sur la carte.

L'AIR ÉTAIT froid et vif quand Alain et Orlando quittèrent le siège de la Milice, descendant la rue vers la station de métro la plus proche. Ils redescendirent dans l'air chaud avec moins d'enthousiasme.

— J'aurais préféré une longue promenade, commenta Orlando alors que l'obscurité les entourait à nouveau.

Alain sourit.

— C'est ce que je ressens également après une nuit de garde. Rentrons à la maison et nous pourrons nous asseoir sur ton balcon et profiter du soleil.

— Notre balcon, insista Orlando alors qu'ils montaient dans la rame. Nous vivons tous les deux là-bas à présent.

Ignorant les autres passagers qui se dirigeaient vers leur travail alors qu'eux rentraient chez eux, Alain se pencha et embrassa Orlando avec légèreté.

— Continue de me le rappeler jusqu'à ce que cela devienne automatique, demanda-t-il.

Le baiser prit Orlando par surprise et lorsque le choc fut passé, Alain s'était redressé et parlait à nouveau.

— Je le ferai, promit-il, quand il entendit les paroles de son amant.

Ils quittèrent le métro et passèrent devant le cimetière en bas de la rue d'Orlando.

— Arrêtons-nous ici un instant, suggéra Alain alors qu'ils passaient devant la boulangerie du coin.

Orlando suivit Alain à l'intérieur tandis que le sorcier achetait une baguette et deux croissants. Au magasin suivant, ils prirent un carré d'agneau et la supérette Casino fournit des légumes pour accompagner le plat. Orlando regarda l'étalage de marchandises d'un air médusé. Cela faisait si longtemps qu'il n'avait pas pensé à ces choses-là !

Quand il eut tout ce qu'il voulait, Alain sourit à Orlando.

— Nous allons mettre tout ça au four pendant quelques heures et le dîner sera prêt lorsque nous nous réveillerons.

Orlando sourit à cette image, glissant une main dans le dos d'Alain, s'arrêtant juste au-dessus de la courbe de ses fesses.

— Qui a parlé de dormir ?

Alain lui adressa un sourire carnassier.

— Dans ce cas, rentrons à la maison !

Orlando rit et ils quittèrent le magasin de proximité pour se diriger vers leur appartement. Sachant qu'il n'y avait rien de fragile dans les achats d'Alain, il n'hésita pas à pousser son amant contre la porte dès qu'elle se referma sur eux.

Alain laissa les sacs tomber pour enlacer la taille d'Orlando, bien que le vampire n'ait pas besoin d'encouragements pour s'approcher davantage.

— J'ai besoin de toi, marmonna Alain contre les lèvres d'Orlando avant de l'embrasser profondément.

— Je suis là, promit Orlando en le repoussant doucement après un moment. Préparons ton dîner afin que nous puissions faire d'autres choses.

Alain faillit protester quand Orlando s'écarta, mais les paroles de son amant étaient sensées. Il récupéra ses sacs et se dirigea vers la cuisine, suivi par le vampire. Ils s'occupèrent des sacs et Alain dénicha une cocotte, roula l'agneau dans le fenouil et le poivre concassé avant de le mettre dans le plat.

— Penses-tu que Thierry ait raison ? demanda Orlando alors que son amant préparait son repas.

— À quel propos ? demanda Alain, levant les yeux des pommes de terre qu'il coupait avec l'intention de les faire rôtir avec l'agneau.

— Au sujet de Serrier qui poursuit des vampires.

— Oui. Il n'a aucun scrupule, déclara Alain. Il fera tout ce qui lui viendra à l'esprit pour nous affaiblir. Quant à moi, je suis plus inquiet au sujet du vampire renégat.

— Pourquoi ? interrogea Orlando. Il n'y a rien qu'il puisse nous faire et que nous ne puissions pas contrer.

— Je pensais plutôt au fait qu'il révèle l'avantage de nos partenariats à Serrier.

Orlando hocha lentement la tête.

— Mais qu'est-ce que cela changerait ? Oui, il saurait que nous nous battons avec vous et oui, il saurait que nous pouvons nous déplacer à la lumière du soleil, mais cela n'aura toujours pas d'incidence sur nos autres capacités. Ses sorts de mort ne fonctionneront pas sur nous, pas plus dans la journée que la nuit, ajouta-t-il, se souvenant de la première partie de la séance d'information où Marcel avait révélé l'immunité apparente des vampires au sort *Abattoir*.

Alain haussa les épaules.

— Cela pourrait ne rien changer, mais moins il en sait, plus il aura de difficultés à parer nos attaques.

— Je comprends.

Il fit une pause.

— Est-ce que les autres équipes ont suivi les conseils de Thierry et voyagent par paire en dehors de leurs missions ?

Alain jeta les légumes dans le plat et recouvrit le tout d'une feuille d'aluminium. Mettant le four en marche, il considéra la question d'Orlando.

— Certains le font, déclara-t-il après réflexion. Adèle ne le fera pas. Elle ne peut pas supporter son partenaire. Je ne sais pas en ce qui concerne David. Son attitude semble s'améliorer. Raymond le fera, je pense, puisque la suggestion venait de lui, mais Jean semblait hésitant.

Orlando se mit à rire.

— Jean est connu pour être le roi de la colline. Il est le chef des vampires d'aussi loin que je m'en souvienne et il n'était pas jeune lorsque je l'ai rencontré.

L'idée qu'il puisse avoir besoin de la protection de quelqu'un d'autre lui est totalement étrangère.

— Sûrement, cependant il doit certainement voir la logique de l'argument de Raymond. Il n'est pas stupide ou il n'aurait pas conservé sa position pendant si longtemps, déclara Alain, assis en face d'Orlando tandis qu'il attendait la fin du préchauffage du four.

— Je peux me tromper, admit Orlando. C'est déjà arrivé. Et comme tu le dis, Jean n'est pas stupide.

Il s'arrêta en pensant aux personnalités disparates qui composaient la direction de la Milice.

— Qu'en est-il de Thierry ?

— Je ne sais pas, répondit honnêtement Alain. Il est un peu tête brûlée parfois, donc il pourrait résister pour le principe, bien qu'il ait eu l'air de penser que c'était une bonne idée. Bien sûr, il n'est pas le seul concerné. Sébastien semblait plutôt opposé à l'idée.

Orlando secoua la tête.

— Je ne connais pas Sébastien. Je ne l'avais jamais rencontré avant la réunion de la gare. Jean et lui ont des antécédents, évidemment, mais cela ne me dit rien de lui en tant qu'homme.

Le four sonna pour annoncer qu'il était chaud. Alain se leva et fit glisser la cocotte à l'intérieur, puis régla la minuterie pour trois heures. Se retournant vers Orlando, il sourit avec désinvolture.

— Assez de politique pour l'instant. Je connais de bien meilleures façons pour nous occuper.

— Oh, vraiment ? demanda Orlando en lui souriant en retour. Veux-tu m'éclairer ?

— Viens ici et je ferai de mon mieux, promit Alain.

Le sourire d'Orlando s'élargit et il rejoignit Alain.

— Maintenant que je suis ici, que vas-tu faire de moi ?

Alain fronça les sourcils comme s'il réfléchissait à la question.

— Eh bien, dit-il d'une voix traînante, je suppose que je peux commencer par t'embrasser.

Orlando se rapprocha d'Alain.

— Je pense que tu devrais, accepta-t-il d'une voix rauque, penchant la tête pour offrir sa bouche à Alain.

Alain inclina immédiatement la tête, capturant la courbe de ses lèvres, savourant leur douceur alors qu'Orlando lui offrait de prendre le contrôle, même temporairement, de leur étreinte. Il était sûr que le vampire n'en était pas du tout conscient, mais pour Alain, c'était un nouveau signe de la confiance qui grandissait entre eux. Cela l'encourageait. Cela pourrait prendre du temps, mais finalement, Orlando arriverait à être suffisamment confiant en ce qu'ils partageaient pour arrêter de soupeser chacune de ses actions avant d'agir.

Orlando se détendit dans la douce étreinte d'Alain que démentait l'ardeur de son baiser. Et ce contraste donna au vampire le courage dont il avait besoin pour appuyer son amant contre le comptoir, leurs corps en contact des genoux jusqu'à leur bouche.

— Je te veux, murmura-t-il contre les lèvres d'Alain.

— Je suis là, affirma Alain, balançant ses hanches en avant contre celles d'Orlando. Je suis tout à toi.

— Tout à moi ? demanda doucement Orlando.

— De toutes les façons possibles, répondit Alain, sa voix rendue rauque par la puissance de ses émotions.

Le cœur d'Orlando fit un bond dans sa poitrine.

— Cela signifie-t-il que je peux faire ce que je veux de toi ? le taquina-t-il.

— Tout, confirma Alain.

Il ne mentionna pas – il n'en avait pas besoin – qu'il avait déjà offert des privilèges au vampire qu'il n'avait jamais accordés à personne d'autre. La marque sur son cou était le signe le plus évident, mais les traces de morsures qui subsistaient sur son cou en étaient un autre.

Orlando sentit ses genoux faiblir à l'idée de l'écrasante confiance qu'Alain avait en lui. Les mains tremblantes, il étreignit les hanches du sorcier et le tourna face au comptoir.

— Comme ça, murmura-t-il atteignant l'huile dont Alain s'était servi pour arroser les légumes avant de les mettre dans le four.

Alain repoussa ses hanches en arrière contre l'aine d'Orlando.

— De toutes les façons que tu voudras, répéta-t-il, en se frottant contre l'érection qu'il sentait dans le pantalon de son amant.

Il doutait qu'Orlando puisse se souvenir de la conversation qu'ils avaient eue quelques jours plus tôt, lorsque leurs ébats avaient commencé dans la cuisine avant de finir dans la chambre, mais Alain s'en souvenait. Il se souvenait combien Orlando avait été inquiet de lui faire du mal malgré l'assurance constante d'Alain que ce ne serait pas le cas. Ces craintes s'étaient manifestement apaisées depuis lors – une nouvelle petite victoire sur le passé d'Orlando.

Le vampire se souvenait de l'incident cependant, se rappelait comment il avait rechigné à ce qui lui semblait maintenant un choix tellement évident. Il ne perdrait pas son temps à maudire son passé, mais il allait essayer de faire une pause pour apprécier le choix de son amant. Il était presque certain que la plupart des hommes n'auraient pas été aussi patients avec lui et ses innombrables blocages, comme Alain l'avait été et l'était toujours. Se frottant contre les fesses du sorcier, il se pencha en avant et arracha les boutons de la chemise de son amant, ses mains fouillant frénétiquement sous le tissu à la recherche de la peau.

Alain se cambra au contact urgent d'Orlando, un faible gémissement s'échappant de ses lèvres. Cela ne faisait que quelques heures depuis la dernière fois où ils avaient fait l'amour, pourtant il était avide du contact d'Orlando comme s'ils avaient été séparés pendant des mois.

— Dépêche-toi, le supplia-t-il.

Orlando ne put résister à la tonalité rauque de la voix suppliante d'Alain. Une main s'attarda pour pincer et tirer sur ses mamelons tandis que l'autre allait à la ceinture du pantalon du sorcier, l'ouvrant rapidement et plongeant à l'intérieur avec impatience.

Alain récupéra l'une des mains avec laquelle il s'accrochait au comptoir pour repousser son pantalon sur ses hanches, dévoilant ses fesses à son amant.

— Dépêche-toi, répéta-t-il. J'ai besoin de t'avoir en moi.

Orlando tâtonna pour ouvrir le bouchon de l'huile et inclina suffisamment la bouteille pour en renverser sur sa main. Il ne prit pas la peine d'essayer de remettre le bouchon. C'était au-delà de ses forces à ce moment-là. Son seul souci était son amant et leur plaisir mutuel.

Ses doigts plongèrent entre les fesses rebondies d'Alain, le sondant avec empressement, encouragé par les gémissements avides et les mouvements débridés du sorcier qui se repoussait contre sa main. Ses doigts glissèrent à l'intérieur de son entrée étroite, laissant l'huile glissante faciliter son passage. Il chercha et trouva rapidement la petite bosse qui apportait tant de plaisir à son amant. Il la frictionna activement, voulant qu'Alain connaisse le même désir qui traversait son corps.

Alain était avec lui, de corps, d'esprit et d'âme, balançant ses hanches contre les doigts inquisiteurs d'Orlando aussi fortement qu'il le pouvait. S'arc-boutant sur un côté, il se pencha pour masturber son membre dur en se calquant sur le rythme des doigts du vampire. Orlando repoussa sa main, la remplaçant par la sienne, s'occupant d'Alain tant à l'intérieur qu'à l'extérieur. Alain sentit ses bourses se contracter en prélude à sa jouissance.

— Stop, haleta-t-il, surprenant Orlando qui se figea.

Il tourna la tête pour capturer la bouche du vampire et le rassurer.

— Je te veux en moi quand je jouirai, murmura-t-il contre les lèvres de son amant. Je veux qu'on jouisse ensemble.

Orlando se détendit quand il entendit la requête, retirant ses doigts de l'endroit où ils étaient profondément enfoncés, à l'intérieur du corps d'Alain. Il huila rapidement son érection et s'enfonça dans la cavité serrée, ses craintes sur l'assouplissement du reste du canal s'apaisant quand Alain poussa en arrière contre lui, s'empalant sur la verge du vampire.

Les deux mains calées sur le comptoir, Alain vint au-devant de chacune des poussées d'Orlando, presque inconsciemment maintenant dans son besoin de jouir. En espérant qu'il pourrait garder son équilibre, il glissa une main derrière lui pour atteindre la hanche d'Orlando, puis plus loin, prenant en coupe les muscles fermes qui poussaient le vampire en lui. Il ne pensa pas, dans sa passion, aux craintes de son amant, à son passé, tandis que sa main se refermait sur la chair qu'il n'avait jamais touchée. Sa seule pensée était d'attirer Orlando.

La sensation de la main d'Alain sur sa fesse causa une baisse de cadence dans le rythme d'Orlando pendant un instant, mais rien ne pouvait contenir la montée du désir qu'il ressentait, pas même ce contact inhabituel. Et quand il se laissa aller, quand il réalisa qu'Alain cherchait uniquement à l'encourager, la caresse eut l'effet désiré, stimulant Orlando à redoubler d'efforts pour libérer leur excitation contenue. Baissant la tête sur l'épaule d'Alain, il suça durement la courbe du muscle, empêchant ses crocs de sortir par la seule force de sa volonté.

La sensation de la bouche d'Orlando sur sa peau fut tout ce dont Alain eut besoin pour déclencher sa libération. Derrière ses paupières fermées, il rêva du jour où ce serait ses crocs plutôt que ses lèvres qui taquineraient sa peau pendant qu'ils feraient l'amour.

Sentant les tremblements qui secouaient son amant, Orlando augmenta le rythme de ses coups, voulant accroître le plaisir d'Alain et se joindre à lui dans la jouissance. Il émit un grognement guttural pendant qu'il jouissait, accompagné par le cri rauque d'Alain. Tremblant, Orlando s'appuya contre le dos moite de son amant, sachant qu'il devait presser inconfortablement le sorcier contre le bord du comptoir. Il essaya de se retirer, mais ses muscles refusèrent de coopérer, refusèrent de bouger même d'un pouce.

Enfin, les jambes d'Alain fléchirent, donnant à Orlando la force de se déplacer, du moins suffisamment pour que l'estomac d'Alain ne soit plus compressé contre le bord du comptoir.

— Ne devrions-nous pas aller dans un endroit plus confortable ? suggéra-t-il dans un murmure rauque.

Le sourire qu'Alain lui adressa par-dessus son épaule était une invitation.

— Oh, très certainement, acquiesça le sorcier. Nous avons pris soin d'assouvir une de mes faims et mon dîner est dans le four, mais nous n'avons pas encore pris soin des tiennes.

XXVI

MARCEL SE détendit dans son fauteuil et fit tourner sa baguette entre ses doigts, un signe évident qu'il était profondément perdu dans ses pensées. Il repensa à ce qu'il avait dit à Thierry sur la magie de sang. Il maintenait ses mots, mais les nouvelles que son capitaine lui avait rapportées risquaient certainement de compliquer sa vie. Il était sûr que Raymond ne protesterait pas étant donné l'attitude du sorcier à l'égard de la connaissance et de la magie en général, et il était à peu près sûr qu'Alain abonderait dans ce sens tout simplement parce que son lieutenant ferait n'importe quoi pour garder son partenaire – Marcel renifla en silence, 'amant' serait un meilleur terme – en toute sécurité. Les autres, cependant, pourraient bien être plus hésitants.

Parcourant mentalement le registre de service, il décida que David et Angélique constitueraient son duo test. David était suffisamment conservateur pour que Marcel soit en mesure de surveiller à quel point ses arguments contrebalanceraient son incertitude, mais avait l'esprit assez ouvert pour pouvoir être convaincu par des arguments logiques bien présentés. Il semblait aussi avoir développé un rapport correct avec sa partenaire, ce qui serait essentiel si le sorcier devait lui prélever du sang. Il se demanda combien de ces ententes étaient réelles et combien n'étaient liées qu'à la magie, du moins si les suppositions que Raymond et Monsieur Lombard avaient développées étaient exactes. Mais il n'avait aucun moyen de le déterminer et n'avait aucune intention de semer le trouble en le demandant. Secouant la tête devant la complexité que l'Alliance était devenue, il poussa le bouton de l'interphone et appela David et Angélique à son bureau.

Une heure plus tard, David quittait le bureau de Marcel avec la tête qui tournait. Il avait l'impression que son monde venait d'être renversé. La magie de sang... Marcel attendait de lui qu'il fasse de la magie de sang. Il avait écouté chaque argument que son supérieur lui avait présenté, il avait compris chaque élément logique, mais ses préjugés, profondément enracinés et issus de son éducation de sorcier s'étaient tous rebellés dès que Marcel avait mentionné le prélèvement de sang pour lier un repère et un vampire à la carte de localisation. Il jeta un regard à sa partenaire de cinq jours. Elle comptait beaucoup plus pour lui qu'elle ne l'aurait dû en si peu de temps, et David attribuait cette attraction à l'intimité unique imposée par le partage de sang.

205

Et nous y revoilà. Le sang. Il semblait qu'il faisait déjà de la magie de sang, même par inadvertance, simplement en la protégeant des rayons du soleil. Bien sûr, il ne lançait aucun sortilège réel, aucune magie n'étant faite activement. C'était sa propre magie qui agissait sur le sang de sa partenaire et qui permettait sa protection, mais cela se produisait quand même. Il était déjà impliqué dans la magie de sang. Est-ce qu'un sort permettant de la lier à la carte les protégerait tous en suivant ses déplacements pendant qu'ils étaient en mission ? Et serait-ce si terrible ? Marcel avait déclaré que Thierry avait déjà effectué le sort sans aucune séquelle. David n'était pas certain que cela était une référence puisqu'il avait toujours considéré que l'autre sorcier était beaucoup trop téméraire pour être quelqu'un de bien. Pourtant, c'était la preuve qu'il ne serait pas jeté hors de la Milice ni emprisonné pour avoir utilisé ce sort. Marcel n'aurait jamais permis à Thierry de faire quelque chose de répréhensible.

Angélique marchait à côté de son partenaire, ne connaissant pas leur destination mais sachant que là où il allait, elle devait l'accompagner. Elle ressentait cette sensation depuis ces deux derniers jours, même si c'était d'une manière diffuse et elle n'était pas certaine de savoir si elle appréciait ça ou pas. Elle n'avait jamais aimé être dépendante de quelqu'un d'autre, surtout d'un homme, pour quoi que ce soit et se retrouver maintenant lié à l'un d'eux était… ennuyeux, pour le moins. Elle espérait seulement que ce n'était que temporaire, à cause de la nouveauté de la situation et de son partenariat. Une fois qu'elle saurait ce qu'on attendait d'elle exactement, cette dépendance fanerait, la laissant de nouveau confiante en ses capacités.

Chacun perdu dans ses propres pensées, David dirigea Angélique vers son bureau. Lui ouvrant la porte, il la suivit à l'intérieur et la referma derrière eux.

— Finissons-en avec ça, soupira-t-il.

Angélique fronça les sourcils.

— Je n'ai rien ici qui pourrait me servir de talisman. Marcel a déclaré que le sort serait plus efficace si l'objet signifiait quelque chose pour moi, pas vrai ?

David hocha sèchement la tête, détestant tout ce qui pourrait retarder l'inévitable. Il avait la tête préoccupée par la nécessité de faire le sort mais il n'avait aucune idée du temps que cela allait durer.

— Allons-y alors, dit-il sèchement.

Le froncement de sourcils d'Angélique s'intensifia. Elle savait déjà – bien qu'il ne l'avait pas dit à haute voix – ce que son partenaire pensait de son activité. Le forcer à la voir semblait être une très mauvaise idée, mais tout ce qu'elle avait de valeur, d'un point de vue monétaire ou sentimental, était dans son appartement au-dessus de son entreprise. Elle pensa suggérer à David de l'attendre ici pendant qu'elle rentrait chez elle pour prendre quelque chose qu'elle pourrait utiliser, mais après la réunion de ce matin, elle doutait que le sorcier veuille la laisser hors de sa vue. Elle soupira.

— Je dois retourner à Montmartre. Tout ce que je pourrais utiliser est soit dans mon bureau soit dans mon appartement. Je suppose que tu veux venir avec moi.

David fit la grimace. En toute honnêteté, c'était tout en bas de la liste des choses qu'il voulait faire mais cette guerre lui en avait déjà fait faire beaucoup de toute façon. C'était juste un autre point dans une liste déjà longue.

— Allons-y, dit-il. Plus vite nous y arriverons, plus vite nous pourrons revenir et faire ça.

Ils signalèrent leur départ du siège de la Milice et se dirigèrent au nord vers le métro de Montmartre où Angélique avait implanté son entreprise. Elle salua plusieurs de ses employés en entrant, tous visiblement surpris de la voir durant les heures du jour. Elle leur assura que tout allait bien et promit qu'elle serait de retour ultérieurement pour faire le point avec eux plus en détail. Tandis qu'elle leur parlait, elle ignora volontairement les vagues de désapprobation qu'elle sentait irradier de l'homme à ses côtés. Elle ne changerait pas ce qu'elle faisait pour gagner sa vie, ni pour lui ni pour quiconque. Elle connaissait la valeur du service qu'elle offrait, même si David ne le comprendrait jamais. Il devrait s'y habituer ou partir. Le choix était totalement sien. L'Alliance lui accordait certaines prérogatives sur son temps, tout comme il lui octroyait une certaine protection grâce à son sang pour la protéger durant la journée, mais cela ne lui donnait aucun droit d'ingérence sur sa vie personnelle. Elle avait bien l'intention que cela reste ainsi, en tout cas aussi longtemps que son attitude resterait la même.

— Attends-moi ici, lui dit-elle quand ils atteignirent son bureau.

Elle l'avait peut-être conduit jusque-là par devoir et pour des raisons de sécurité, mais elle n'avait pas l'intention de le laisser entacher sa maison avec ses ondes négatives.

David fronça les sourcils tandis qu'Angélique fermait la porte derrière elle, le laissant seul dans une pièce sans fenêtres. Il eut l'impression d'étouffer malgré une température relativement fraîche. Ses pensées se précipitèrent dans tous les sens allant d'une image non désirée à une autre : les mains d'Angélique peintes au henné ; sa tête brune pendant qu'elle plantait ses crocs dans son cou ; ses... employés. Son esprit lui adressa des images lascives de tout ce qui devait se passer derrière la porte fermée… de l'établissement d'Angélique. '*Établissement*' pensa-t-il d'un ton sarcastique. '*Bordel*' serait plus approprié. Tous ses doutes revinrent en force alors qu'il était obligé de faire face à la réalité de son existence. Oui, elle était beaucoup plus indépendante et intelligente qu'il ne l'avait d'abord cru, mais à la fin de la journée, elle vendait tout de même des individus pour vivre, une réalité qu'il trouvait répugnante.

À l'étage, Angélique ouvrit son coffre-fort et en sortit une boîte laquée originaire du Moyen-Orient. Révérencieusement, elle souleva le couvercle et regarda les trésors à l'intérieur, chacun étant un cadeau spécial d'un amant, chacun représentant un moment particulier de sa vie. Elle laissa courir son doigt sur un peigne en nacre qui était un cadeau d'Al-Marbruk, un des invités de son sultan. Elle n'avait jamais été une des concubines personnelles du sultan, ayant la peau trop foncée pour ses goûts, par conséquent, elle avait été offerte aux invités de passage comme gage de son hospitalité. La plupart de ses invités s'étaient contentés de l'utiliser pour la soirée, mais un hôte s'était attardé, réclamant sa présence nuit après nuit. Il avait été ce qui se rapprochait le plus d'un amant à cette époque et son appui lui avait probablement sauvé la vie. Avant son départ, il avait fait comprendre à son sultan qu'il s'attendait à la revoir lors de sa prochaine visite. Son seigneur voulant entrer dans ses bonnes grâces avait refusé d'offrir ses services pour une nuit à un autre visiteur qui avait si fortement brutalisé une autre concubine qu'elle avait fini par mourir de ses blessures.

Angélique frissonna à ce souvenir, ses doigts passant sur le peigne que son créateur lui avait offert. Il l'avait transformée et l'avait enlevée de son harem, l'emmenant avec lui de la Perse à travers la Turquie et, finalement, dans le nord de l'Italie. Ils étaient restés ensemble pendant un certain temps, jusqu'à ce que son besoin d'être véritablement indépendante devienne écrasant. Il lui avait donné le peigne comme cadeau d'adieu, lui disant qu'elle pourrait toujours le vendre afin de se constituer un capital de départ pour son entreprise. Elle n'avait jamais été aussi démunie mais elle l'avait utilisée comme garantie pour obtenir l'argent nécessaire pour démarrer son entreprise. Il y avait d'autres objets aussi : une broche ornée de pierres précieuses que Louis XIV lui avait offerte, un pendentif en diamant venant du maire de Paris sous l'Empire et d'autres choses, mais ils étaient moins significatifs que les deux premiers. Sa main les survola d'avant en arrière, essayant de décider lequel utiliser en tant que talisman, puis se posa définitivement sur le peigne. Son donateur l'avait déjà protégé une fois en lui accordant simplement ses faveurs. Maintenant, son témoignage d'estime la protégerait à nouveau. Retirant le peigne, elle referma le couvercle et remit soigneusement la boîte dans le coffre-fort, tourna la serrure et vérifia pour s'assurer qu'il était bien fermé.

Elle parcourut son refuge du regard une fois de plus avant de redescendre l'escalier de son bureau, se préparant psychologiquement à faire face à l'opprobre de David. Il pourrait désapprouver autant qu'il le voulait. Elle connaissait sa propre valeur et elle ne dépendait pas de son acceptation.

Elle venait de fermer la porte derrière elle, se préparant à affronter David quand un coup retentit.

— Entrez, appela-t-elle, tournant le dos à son partenaire.

Isabelle Barbier, l'une des meilleures employées d'Angélique, passa sa tête dans la porte.

— Avez-vous une minute, Madame Bouaddi ? demanda-t-elle. Je suis désolée de vous déranger, mais monsieur Roche a dit que je devais vérifier avec vous.

— Tu ne me déranges pas, répondit Angélique d'un ton conciliant.

Isabelle était aussi l'une de ses employées la plus flamboyante et la plus théâtrale.

— Que puis-je faire pour toi ?

— C'est ma sœur, Madame Bouaddi, expliqua Isabelle. Elle vient d'avoir un bébé et ma mère ne peut rester avec elle que pendant quelques jours sinon elle va perdre son emploi. Vous connaissez la situation – nous en avons déjà parlé – mais ma sœur ne peut pas rester seule à la maison avec un nouveau-né juste après lui avoir donné naissance. J'ai besoin de quelques jours, peut-être deux semaines de congés, jusqu'à ce qu'elle récupère assez de l'accouchement pour prendre soin d'elle-même.

David suivit l'échange d'un air maussade, n'écoutant pas tout ce que la femme disait. Il ne voyait que le chemisier moulant décolleté et la jupe courte qui descendait si bas sur les hanches que David pouvait voir l'anneau qui transperçait son nombril. Il était certain que si elle se penchait en avant, ses seins sortiraient de son chemisier et ses fesses de sa jupe. Il supposait qu'elle était attirante, d'une manière colorée, exagérée, mais il ne voyait que le costume étriqué, trop minimaliste pour être approprié à la fraîcheur d'octobre.

Lorsque la femme les quitta, David fusilla Angélique du regard.

— Vous n'avez pas honte qu'elle fasse ainsi étalage d'elle-même ? Elle est probablement gelée avec ce temps.

Angélique se retourna lentement, le mécontentement qui grandissait depuis qu'ils avaient quitté le siège de la Milice prenant le dessus.

— Tout d'abord, Isabelle choisit les vêtements qu'elle porte. Je n'ai pas d'exigences relatives à la tenue de mes employés. Deuxièmement, tu n'as pas la moindre idée de ce dont tu parles, dit-elle vivement.

— Ah bon ? contesta David. Vas-tu me dire que tu ne vends pas cette pauvre fille et d'autres comme elle au plus offrant tous les soirs ?

Angélique ricana, mais pas d'amusement.

— Comme je l'ai dit, tu n'as pas la moindre idée de ce dont tu parles. Je sais ce que tu penses. '*Entremetteuse*' doit être le mot le plus élégant qui te passe par la tête. '*Maquerelle*', '*Vendeuse de putes*', sont probablement ceux auxquels tu penses vraiment. Tu sais quoi ? Je m'en fous. Juge-moi si tu penses que tu en as le droit, mais juge-moi pour ce que je fais vraiment, pas pour ce que tu penses que je fais. As-tu déjà seulement pris la peine de me demander ce que je faisais ? La seule chose que je vends c'est du sang. Je ne suis pas naïve. Je sais que certains de mes employés choisissent de prendre des dispositions supplémentaires avec les vampires qui achètent le droit de se nourrir sur eux, mais c'est entre eux. Je n'ai rien à voir avec cette partie, que de l'argent change de mains ou non. Et avant de me condamner, moi ou eux pour ça, prends cela en considération. Imagine où Isabelle et certains de mes autres employés seraient si je ne leur avais pas offert un salaire et une participation sur les bénéfices de mon entreprise. Ils seraient à la rue, à se vendre, avec tous les dangers que représentent les viols, les maltraitances et les maladies dont ils sont protégés ici. Au lieu de cela, ils ont un endroit sûr et propre pour travailler et où tout ce qu'ils ont à faire est de laisser un vampire les mordre. C'est une sacrément bonne affaire. Alors, garde ton attitude bigote et fous-la-toi au cul.

David eut la bonne grâce de rougir d'embarras quand il se rendit compte des conclusions erronées sur lesquelles il avait sauté. Il ouvrit la bouche pour s'excuser mais elle s'avança vers lui, le visage figé de colère.

— Dégage !!! Je ne veux pas te parler pour l'instant.

— Mais l'Alliance…

— Tu peux coller ta précieuse Alliance à côté de ton attitude pour ce que j'en ai à foutre en ce moment, rétorqua Angélique. Dégage !!!

— Mais…

— J'ai dit, dégage, répéta-t-elle en attrapant sa chemise avec l'intention de le sortir par la force.

Il leva les mains en signe d'apaisement et commença à reculer vers la porte.

— Nous sommes encore en service, protesta-t-il. Que dois-je dire à Marcel ?

— Dis-lui que je serai de retour quand je pense que je pourrais faire face à ton attitude sans te tuer, répondit-elle.

— Mais n'auras-tu pas besoin de te nourrir ?

— Je suis sûre que si, mais je n'ai pas besoin de toi pour ça, lui rappela-t-elle. Tout ce que j'attends de toi, c'est une protection contre la lumière du soleil et puisque je suis à la maison, je n'en ai pas besoin jusqu'à la prochaine fois où nous serons en patrouille.

— Mais tu as promis... insista David, une flambée irrationnelle de jalousie le ravageant assez pour stopper sa progression vers la porte.

— J'ai promis de ne pas me nourrir sur un autre sorcier, ce que je ne ferai pas. Je n'ai aucune envie de m'associer à n'importe quel autre sorcier en ce moment. Et je pense que ton comportement doit avoir annulé à peu près toutes les promesses que j'avais faites. Si tu veux ma loyauté, si tu veux que je ne me nourrisse que sur toi, peut-être devrais-tu penser à me donner une motivation pour le faire. Je n'en vois certainement aucune à cette minute. Maintenant, je vais te le dire une dernière fois : dégage !

David se dirigea vers la sortie et tressaillit lorsque la porte se referma sur son visage. Il leva la main, impuissant, comme pour frapper mais il savait que c'était de la folie. Il avait fait une erreur et il n'allait pas le nier, mais Angélique n'était visiblement pas en état d'entendre tout ce qu'il pourrait dire. Il espérait qu'elle reviendrait plus tôt que tard parce que Marcel ne serait pas content de lui autrement. Grimaçant à l'idée de justifier son absence au Général, il prit le chemin du retour en traversant la salle avant du bâtiment, regardant avec plus d'attention qu'il ne l'avait fait, voyant ce qu'il avait manqué auparavant. Alors que la femme dans le bureau d'Angélique était habillée comme une prostituée, la plupart des hommes et des femmes dans la salle publique étaient habillés de façon décontractée et pas du tout comme quelqu'un à vendre.

LE FEU embrasa Orlando en entendant les paroles d'Alain.

— Comment le sais-tu ? demanda-t-il doucement.

Car s'il avait senti le désir grandissant de se nourrir depuis quelque temps, il avait également l'intention de laisser Alain dormir d'abord.

Ce dernier sourit, se tournant dans les bras d'Orlando afin qu'ils soient face à face, leurs corps à demi vêtus se frottant de façon alléchante.

— Parce que je suis impatient de te nourrir.

Il avait renoncé à se demander pourquoi son attitude avait autant changé depuis leur première rencontre, quand la pensée des crocs d'Orlando dans sa chair était aussi répugnante qu'attirante. La raison n'avait pas d'importance, qu'elle soit un effet secondaire de l'Aveu, de la magie qui permettait à son sang de protéger le vampire du soleil, ou simplement une part de lui-même jusque-là inexploré. À présent, la seule chose qui lui importait était d'apaiser la nécessité qui avait grandi en lui avec la même insistance que son désir sexuel : la nécessité de nourrir son amant.

— Emmène-moi au lit.

Orlando saisit la main d'Alain, n'ayant pas besoin d'un nouvel encouragement et le conduisit à travers l'appartement jusque dans leur chambre. Le lit était encore un amas de draps et de couvertures enchevêtré de la veille, quand ils avaient enfin fait l'amour. Ils ignorèrent le désordre, repoussant les couvertures sur le côté dans leur empressement l'un pour l'autre. Alain passa sa chemise par-dessus sa tête pendant qu'il enlevait ses chaussures. Il était tenté de s'occuper de son pantalon ouvert et de le baisser, mais il craignait qu'Orlando proteste et il ne voulait pas gâcher l'harmonie qui régnait entre eux. À la place, il se coucha et ouvrit les bras à son amant.

Alain était, si cela était possible, plus séduisant encore, à moitié habillé que s'il avait été complètement nu, songea Orlando, le jeu d'ombre de la braguette ouverte de son pantalon révélant autant qu'il cachait, donnant une impression de débauche absolue. S'allongeant sur le lit, à côté de son amant, il embrassa tendrement les lèvres gonflées par les baisers de son sorcier.

Alain lui retourna ardemment son baiser, ses mains se déplaçant pour bercer la tête d'Orlando, ses doigts glissant dans les boucles soyeuses. Il se disait qu'il pourrait passer des heures à toucher les cheveux noirs de son amant, à laisser les mèches souples courir sur ses paumes et s'enrouler autour de ses doigts. La guerre ne leur en laissait pas le loisir, mais Alain espérait maintenant qu'avec l'Alliance qui commençait vraiment à fonctionner, ce n'était qu'une question de temps avant que Serrier ne soit battu. Il prendrait alors le temps de passer des heures à s'attarder sur chaque centimètre de peau d'Orlando, chaque courbe de muscle, chaque os qui saillait.

La tendresse du contact d'Alain remuait Orlando au plus profond de son être. Personne, pas même Jean, ne s'était jamais soucié de lui comme Alain semblait le faire et cette tendresse apaisait un peu plus son cœur meurtri. Voulant retourner la dévotion dont il était l'objet, il inclina sa tête au niveau du cou de son amant, le mordillant de ses lèvres. Il sentit les mains d'Alain se crisper dans ses cheveux et il comprit qu'il ne devait pas le taquiner, aussi lécha-t-il la peau sensible avec sa langue, la préparant pour ses crocs. Quand son amant bascula sa tête en arrière, offrant son cou sans hésitation, Orlando ne put s'attarder plus longtemps. Ses crocs glissèrent sous la surface, aspirant le sang vivifiant dans sa bouche.

Le sang d'Alain lui avait toujours semblé doux, mais aujourd'hui il était encore plus savoureux que d'habitude avec un parfum de satiété ajouté au mélange habituel déjà gravé dans l'esprit et le cœur d'Orlando. Il goûtait la libération précédente de son amant dans son sang chaque fois qu'il se nourrissait, mais là, c'était différent. Au lieu de ressentir l'explosion de sa passion, il goûtait la satisfaction persistante, la joie secondaire qui survenait après l'orgasme. C'était nouveau et incroyablement grisant. Cela le remua jusqu'aux tripes de réaliser qu'il pourrait apporter à son amant non seulement la jouissance mais aussi cette tranquillité qui l'imprégnait maintenant. Il y avait une autre nouvelle saveur qui se cachait sous toutes les autres, quelque chose qu'Orlando ne put reconnaître ni identifier. Cependant, il l'écarta sans la prendre en considération, se concentrant plutôt pour conserver un rythme de succion doux pour s'accorder à l'humeur qu'il savourait dans le sang d'Alain.

Sous le coup de fouet de la langue suave d'Orlando et de ses dents, Alain flottait, repu, sur un nuage de béatitude, chaque tendre aspiration des crocs du vampire le berçant plus profondément, le relaxant. Il pouvait presque se sentir dériver le long d'une mer de contentement, submergé par de tendres émotions. Il avait apprécié chaque fois qu'il s'unissait à Orlando de cette façon, depuis le premier échange hésitant dans le cimetière jusqu'à l'alimentation exploratrice sur le canapé dans le salon, depuis la première fois qu'Orlando s'était nourri à son cou jusqu'à leur rencontre remplie de passion de la veille. Rien ne s'était cependant approché de la profondeur du sentiment qui accompagnait ce moment, cette alimentation. Chaque instinct possessif, protecteur enflait en lui au premier plan de sa conscience, l'amenant à envelopper plus étroitement ses bras autour des épaules de son amant, le tenant au plus près.

La saveur inconnue dans le sang d'Alain se renforça tandis qu'il continuait à s'alimenter, même si Orlando ne parvenait toujours pas à l'identifier. Finalement, il renonça, savourant tout simplement sa richesse supplémentaire, au goût déjà aimé. À la place, il se concentra pour prodiguer du plaisir à son amant, ses mains cherchant celles d'Alain, ses doigts se nouant à ceux du sorcier, les liant ensemble d'une autre façon.

Alain était si absorbé par les émotions qui agitaient son cœur que la jouissance le prit par surprise, coulant à travers lui et sur lui avec toute l'inéluctabilité mais toute la douceur de la marée. Il haleta alors que son membre se contractait brusquement, libérant sa semence en longues vagues douces. Ses mains se refermèrent imperceptiblement sur les épaules d'Orlando avant qu'il retombe sur les oreillers avec un soupir.

Le soupir d'Orlando se mêla à celui de son amant tandis qu'il relevait la tête, accordant un dernier coup de langue apaisant sur la peau perforée de son amant. Il se redressa ensuite et attrapa le pantalon d'Alain en le faisant glisser vers le bas et le retirant pour que son sorcier puisse dormir plus confortablement.

Privé du contact de son vampire, les bras d'Alain cherchèrent automatiquement Orlando.

— Chut, l'apaisa ce dernier. Laisse-moi te déshabiller et je te rejoins.

Alain hocha la tête, fermant les yeux alors que le sommeil fondait sur lui maintenant que ses deux désirs étaient comblés.

Orlando se déshabilla rapidement et se glissa dans le lit à côté de son amant, reposant sa tête dans le creux de l'épaule d'Alain, sa main glissant en douceur sur la poitrine légèrement poilue jusqu'à ce que la respiration du sorcier s'apaise tandis qu'il glissait dans le sommeil. Les yeux d'Orlando se fermèrent alors qu'il se laissait aller à rêver.

XXVII

RAYMOND N'AVAIT pas véritablement songé à l'endroit où il s'attendait à voir vivre son partenaire, mais si on l'avait pressé de donner son avis, il aurait supposé près de Montmartre qui semblait être l'endroit où il y avait une concentration de clubs et autres entreprises qui avaient de quoi séduire un vampire. Il n'aurait jamais soupçonné le quartier chic dans lequel Jean le guidait à cet instant. La rue d'Anjou était juste à côté de la rue du Faubourg St-Honoré, l'une des rues les plus branchées de la ville ! D'une certaine manière, cela ne correspondait pas à l'image que Raymond avait de son partenaire.

— Le huitième arrondissement, commenta Raymond tandis qu'ils s'arrêtaient devant un des bâtiments et que Jean cherchait ses clés. Je suis impressionné.

Jean eut un petit rire.

— C'était beaucoup moins à la mode quand j'ai emménagé ici, avoua-t-il. En fait, c'était pratiquement désert. Lorsque ces bâtiments ont commencé à s'ériger, j'ai accepté de les laisser démolir le chalet dans lequel je vivais s'ils m'allouaient l'un des appartements dans le nouveau bâtiment. Je vis ici depuis près de deux cents ans.

Raymond secoua la tête.

— Tu parles de siècles comme d'autres parlent de décennies.

— C'est la vie d'un vampire, dit Jean avec un haussement d'épaules tandis qu'il déverrouillait la lourde porte. Quand j'ai été transformé, Paris était composée de l'Île-Saint-Louis et de l'Île-de-la-Cité. Mon appartement est au troisième étage.

Ils gravirent les larges escaliers côte à côte, le bâtiment étant trop vieux pour un ascenseur. La porte de Jean était l'une des deux seules du palier au lieu des trois ou quatre qui étaient monnaie courante dans un bâtiment de cette taille, donnant à penser à Raymond qu'il avait encore bien des choses à découvrir au sujet de son partenaire.

La porte, quand elle s'ouvrit, dévoila un grand appartement qui aurait pu aussi bien être un musée si l'on exceptait l'absence de mesure de protection et de barrières. Un coup d'œil sur les murs révéla un vieux style de papier peint en soie, digne d'honorer les murs de Versailles, d'un bleu pâle qui rappela à Raymond un ciel d'été. Le plancher était un élégant parquet ouvragé. Chaque meuble du grand salon semblait tout droit sorti d'un musée. Sachant qu'il était indiscret mais incapable de s'en empêcher, le sorcier passa d'œuvre en œuvre, examinant chacune d'elle, s'émerveillant de leur facture.

— Cela a dû coûter une fortune !

— Pas tellement quand ils étaient neuf, lui rappela Jean. C'étaient des objets du quotidien de qualité quand je les ai achetés. C'est leur âge qui les rend précieux aujourd'hui. Je n'ai pas non plus meublé ma maison en une seule fois. J'ai eu le temps de rassembler le meuble parfait ici et là au fur et à mesure que je les trouvais. Il me manque encore quelques petites choses mais je ne sais pas où je pourrais les trouver à présent.

— Comme quoi ? demanda Raymond, s'interrogeant sur ce qui pouvait encore être absent de cette exposition.

— J'ai un service de porcelaine de Limoges, répondit Jean, mais il me manque la soupière. Le modèle a été abandonné il y a quelque temps, donc je ne peux même pas obtenir un substitut moderne jusqu'à ce que je trouve un original. Des petites choses comme ça. J'ai toutes les grosses pièces, le mobilier et l'équipement. Ce sont les petites choses, une lampe, un vase… des choses que je me souviens avoir vus dans un salon ou un autre et que je n'avais pas les moyens d'acquérir à l'époque.

Raymond secoua la tête, voyant son partenaire sous un jour entièrement nouveau. Il avait cru que l'autre homme était inculte mais la vérité était à l'opposée.

— Aimerais-tu voir le reste ? demanda Jean en faisant un geste vers le couloir.

Raymond hocha la tête sans dire un mot, se demandant quels autres trésors l'attendaient. Jean le conduisit dans un long couloir avec plusieurs portes de chaque côté.

— La cuisine, dit-il avec un geste dédaigneux. Ce n'est pas du tout moderne puisque je n'en ai pas l'utilité.

Un peu plus loin, il désigna les toilettes et la salle de bain.

— J'ai fait installer l'eau courante pour pouvoir prendre un bain mais les équipements sont fonctionnels.

Il ouvrit la porte au bout du couloir.

— Cette pièce, cependant, devrait t'intéresser.

Raymond suivit son partenaire et resta bouche bée, encore plus que lors de la découverte du salon.

— C'est…

Les mots lui manquaient alors qu'il fixait les étagères qui recouvraient tous les murs du sol au plafond.

— Je pensais que tu n'étais pas un érudit, accusa-t-il.

— Je ne le suis pas, répondit Jean. La plupart de ces livres sont des romans populaires, même pas de la grande littérature, mais des histoires plutôt divertissantes qui ont attiré mon attention quand ils ont été écrits. Certains ouvrages sont des cadeaux de la part des écrivains eux-mêmes ou d'autres pensant s'attirer mes faveurs en m'offrant un tome que j'avais mentionné vouloir lire. D'autres encore font partie de notre patrimoine vampirique : des textes de loi et l'histoire des vampires que je garde en sécurité pour ceux qui voudraient les consulter. La plupart d'entre eux appartiennent à Monsieur Lombard puisqu'il les consulte vraiment régulièrement, ce qui n'est pas mon cas, mais je conserve certains volumes ici pour ceux qui préféreraient ne pas ennuyer le lion dans sa tanière.

— Puis-je ? demanda Raymond, s'approchant d'une des étagères.

— Bien sûr, acquiesça Jean. Tu tireras beaucoup plus de plaisir d'eux que moi, j'en suis sûr.

Raymond regarda férocement le vampire.

— Je pense que tu joues les imbéciles afin que les gens te sous-estiment. Tu as consacré trop d'espace aux livres, même s'ils ne sont que de la fiction populaire comme tu dis, pour n'en tirer aucun plaisir.

Jean eut la bonne grâce de paraître honteux.

— Tu m'as percé à jour. Alors, vas-tu révéler la vérité à tout le monde ?

— Et gâcher une ruse parfaite qui pourrait très probablement tourner à notre avantage ? demanda le sorcier incrédule. Ai-je l'air si stupide ?

Soulagé, Jean se mit à rire.

— Je suis tellement content que quelqu'un d'autre le voit de cette manière.

— Est-ce que quelqu'un connaît la vérité ?

Jean haussa les épaules.

— Orlando a vu ma bibliothèque, bien sûr, et m'a même aidé à faire des recherches autrefois, comme quand nous avons démarré l'Alliance. Nous avons toujours cru que le sang des sorciers était un poison, tu sais. Je ne sais pas s'il mesure l'ampleur de ma tromperie ou s'il l'accepte juste parce qu'il s'agit de moi.

— Vous êtes très proches, dit lentement Raymond.

— Il est le petit frère que je n'ai jamais eu, répondit Jean avec fermeté. Peut-être à l'époque où je l'ai rencontré, j'ai pu envisager une relation différente, mais plus maintenant. Plus depuis longtemps. Alain lui convient bien mieux que je l'aurais fait de toute façon.

En dépit de la conviction de ses paroles, Jean ne pouvait pas mettre un frein à la douleur du regret, à la pensée de ce qui aurait pu se développer entre lui et son jeune ami dans des circonstances différentes. Pour la millième fois au moins, il maudit le vampire qui avait tant abusé d'Orlando que ce dernier n'avait appris que récemment à refaire confiance.

— Alain est un homme… bon, dit enfin Raymond. Nous ne sommes pas toujours d'accord, mais il n'y a aucun doute sur son intégrité ou sa loyauté. Il prendra bien soin d'Orlando.

Jean ne savait pas exactement ce qu'il entendit dans la voix de son partenaire mais il chercha néanmoins à l'apaiser.

— Tout comme toi, mon ami. Et un jour, il ouvrira les yeux et le verra.

Raymond haussa les épaules.

— Cela n'a pas d'importance. Je n'ai pas besoin qu'il m'apprécie, juste qu'il me permette de rester hors des griffes de Serrier.

En regardant autour de la pièce, il ramena ses pensées à la raison qui l'avait amené là.

— Je devrais mettre les sorts en place et te laisser te reposer.

— Jette tes sorts, accepta Jean, sachant que la protection qu'ils offraient était essentielle.

Si Serrier envoyait ses gens après un vampire, Jean serait leur première cible, ne serait-ce que pour priver les vampires de leur dirigeant.

— Mais ne te sens pas obligé de te précipiter. Tant que je suis repu, je n'ai pas besoin de repos, seulement de murs pour me protéger du soleil. Et maintenant, je n'en ai même plus besoin.

Raymond sourit, certain que Jean agissait par politesse, puis orienta ses pensées au travail de protection de son partenaire.

— N'existe-t-il qu'une seule entrée ? demanda-t-il, s'obligeant à abandonner la bibliothèque pour l'instant.

— Juste une, confirma Jean. Mais il y a des fenêtres dans presque toutes les pièces. Seule la salle de bain n'a pas de fenêtres.

— Je vais avoir besoin de les protéger également, déclara Raymond, mais il est généralement préférable de commencer par la porte et de construire le reste des barrières à partir de là. Je n'ai pas été en mesure de trouver une raison à cela, mais chaque texte que j'ai lu, toutes les expériences que j'ai faites le confirment. Les sorts sont plus efficaces s'ils sont jetés d'abord sur l'entrée principale de la maison ou sur la pièce principale.

Jean hocha la tête, se fiant à l'expérience de Raymond. Il se tint tranquillement à l'écart et regarda le sorcier scander d'anciens sorts profanes. Cela prendrait un moment, voire des heures, mais comme il écoutait, le vampire se rendit compte que la plupart de ce qu'il entendait était en vieux français. Il avait parlé cette langue lorsqu'il était un jeune séminariste, un millénaire auparavant, au lieu du langage moderne qui l'entourait maintenant. Et puis il se rendit compte que, bien que compréhensible, la prononciation était terne. Quand Raymond termina – car il ne voulait pas perturber la concentration de son partenaire – il lui en fit la remarque.

— J'ai compris '*cala*'. C'était la langue que je parlais lorsque j'ai été transformé. Je n'aurais jamais imaginé que je l'entendrais de nouveau.

ALLONGÉ DANS son lit à côté d'Alain, l'esprit d'Orlando flottait dans l'état semi-conscient qui passait pour du sommeil chez les vampires. Il ne perdait jamais complètement conscience de son environnement, de la chaleur du corps d'Alain à côté du sien, mais ses pensées erraient sans but, sans direction, d'émotion en émotion, de sensation en sensation, toutes centrées sur son Avoué. Cela prenait un sens, une partie inconsciente de son cerveau l'exprimait puisque Alain était devenu le centre de sa vie. S'opposant à la joie qu'Alain lui procurait, se trouvaient les souvenirs de son passé qui le hantaient toujours, mais plus particulièrement dans des moments comme celui-ci, lorsque ses pensées échappaient à son contrôle conscient.

Il pouvait sentir son corps être envahi, sentir la déchirure de sa chair pendant que son créateur le brutalisait avec le manche du fouet qu'il venait d'utiliser pour le battre. Le sang qui coulait le long de son dos se mêlait à celui qui suintait de son anus. Il suppliait pour une once de pitié mais il savait que cela ne servait à rien. Le bâtard n'avait aucune idée de ce qu'était la pitié. Orlando perdait la notion du temps lors de ces séances de torture, mais quand il fut pendu avec des chaînes qui le retenaient au mur, toujours trop faible pour combattre, l'objet incriminé fut retiré pour être remplacé par le pénis de son créateur, aussi épais que le fouet et manipulé presque aussi durement. Orlando se débattit de nouveau, résistant à cette autre invasion, cet autre viol. Il était lié par les poignets et par les chevilles, écartelé sur le mur pour le seul plaisir de son maître.

Lorsque le sperme de Thurloe l'envahit, se mêlant au sang de son passage à tabac, l'estomac vide d'Orlando se souleva alors qu'il tentait de vomir. Son créateur le libéra enfin du mur, pourtant les chaînes autour de ses chevilles et de ses poignets restèrent et il l'entraîna dans la pièce voisine où une jeune fille attachée était allongée. Saisissant son poignet, le monstre le perfora et le força contre les lèvres d'Orlando. Il essaya de ne pas avaler mais ses instincts étaient trop forts et une fois que le sang sucré frappa sa langue, il ne put résister. Il but et but jusqu'à ce qu'il sente la force de vie de la jeune fille décliner. Il se dégagea pour épargner sa vie, uniquement pour entendre le rire dément de son créateur.

— Si tu ne l'achèves pas, alors je le ferai, dit-il, reprenant le membre mou et aspirant ce qui restait du sang de la jeune fille.

La vue de Thurloe penché sur le corps de la jeune fille mourante couvert du sang d'Orlando et de ses propres fluides fut suffisante pour qu'il se sente de nouveau malade. Il réprima une nausée, ne voulant pas que le sacrifice de la jeune fille soit du gaspillage. Un jour, il serait assez fort pour lutter contre le bâtard et s'échapper. Un jour, Thurloe ne gagnerait pas.

Le son de la minuterie de cuisine pénétra le cauchemar, permettant à Orlando de revenir au présent. Ne voulant pas déranger Alain, il se glissa hors du lit et fit taire l'alarme, retirant l'agneau du four afin qu'il puisse refroidir un peu. Il se rendit dans la salle de bain pour se laver des vestiges du rêve, ressentant le besoin de se changer les idées avant d'affronter son amant trop perspicace. Revivre sa captivité dans ses rêves était suffisamment éprouvant. Il ne voulait pas en plus, devoir les revivre à travers des mots.

S'agitant nerveusement, entraîné dans un enchevêtrement imprécis de rêves terrifiants, Alain tendit le bras vers son amant, cherchant le confort du corps du vampire. Découvrant seulement un espace vide, il ouvrit les yeux, le sentiment d'effroi du rêve qui le poursuivait dans son réveil le laissant désorienté et plus qu'un peu confus. Sans Orlando à ses côtés pour lui permettre de garder les pieds sur terre, il ne reconnut pas immédiatement son environnement ce qui ajouta à sa panique. Il ne pouvait pas s'empêcher de penser qu'Orlando avait disparu quelque part, était perdu ou retenu contre son gré.

— Orlando ! appela-t-il frénétiquement.

Dans la salle de bain, Orlando aurait préféré quelques minutes supplémentaires pour se calmer, mais il entendit la panique naissante dans la voix d'Alain et cela déclencha ses instincts de protection renforcés par l'Aveu de Sang. En sortant de la salle de bain, il traversa la pièce en direction de la chambre.

— Je suis ici, dit-il, se forçant à sourire. Je viens de sortir ton dîner du four.

Alain se dit que c'était une explication parfaitement raisonnable mais il ne pouvait se débarrasser du sentiment de menace, de panique, qui l'avait réveillé et qui s'attardait encore. Il attira Orlando qui, heureusement, se glissa volontiers dans ses bras, laissant la réalité de la connexion physique le rassurer à un niveau plus profond tel que les mots seuls n'auraient pu le faire. Il ne pouvait pas expliquer ce qui avait déclenché sa peur irrationnelle car il savait que logiquement, il n'avait pas lieu de ressentir cela. Sa logique, cependant, n'avait rien à voir avec les émotions de son réveil solitaire ou son profond soulagement à découvrir Orlando sain et sauf.

Le bras d'Alain autour de son corps apaisa l'horreur qui s'attardait de son cauchemar et Orlando se détendit complètement dans les bras du sorcier. Son créateur avait été détruit cent ans plus tôt et Alain était ici aujourd'hui, offrant sécurité, tendresse et dévotion. Thurloe n'avait plus le pouvoir de lui faire de mal désormais. Orlando savait qu'il lui faudrait plus que ce rappel pour cesser d'être tourmenté par ses rêves, mais finalement il s'autorisa à espérer qu'une longue période dans l'étreinte d'Alain pourrait réaliser cet exploit.

Le sentiment d'urgence s'estompait avec Orlando dans ses bras, mais Alain ne voulait pas laisser le bouleversement des dernières minutes le reprendre à nouveau. Se blottissant tendrement contre le cou du vampire, il le supplia.

— Promets-moi que tu seras là lorsque je me réveillerai, à chaque fois. Promets-moi que je serai toujours dans tes bras.

L'émotion secoua profondément Orlando lorsqu'il entendit la requête d'Alain. Il savait qu'il était important pour son sorcier, mais c'était plus qu'une simple importance. C'était... il n'y avait pas de mot, réalisa-t-il, pour ce qu'il ressentait. Il savait seulement qu'il voulait toujours se sentir comme ça.

— Je le promets.

Le soulagement déferlant en lui, Alain chercha aveuglément les lèvres d'Orlando, scellant leur promesse d'un baiser. Ses mains glissèrent sur son dos, couvrant la chair nue comme il l'avait fait plus tôt dans la cuisine, attirant le vampire vers lui.

Orlando tressaillit et s'écarta. Même si son cauchemar s'estompait, il était encore trop présent pour lui permettre d'accepter la caresse de son amant.

— Non, dit-il doucement d'une voix ferme malgré le ton calme.

— Mais... protesta Alain.

Orlando secoua la tête.

— Tu as promis. Rien de plus que ce que je peux supporter. Si c'est un problème...

— Ce n'est pas un problème, l'interrompit précipitamment Alain. Tu n'avais pas l'air gêné un peu plus tôt dans la cuisine et j'ai donc pensé que c'était d'accord maintenant.

— C'était d'accord plus tôt dans la cuisine, acquiesça Orlando, mais plus maintenant, s'il te plaît.

Il se leva du lit, se tournant afin de trouver un boxer à enfiler.

— Ton dîner doit commencer à refroidir. Tu devrais aller manger.

Sans un regard pour Alain, il attrapa le pantalon du sorcier et le jeta sur le lit.

Plus qu'un peu confus, Alain sortit aussi du lit et mit le pantalon. Il voulait insister auprès d'Orlando pour avoir une explication, mais il craignait que ce soit contre-productif. Le vampire avait confiance en lui parce qu'il avait toujours donné à son amant le temps et l'espace dont il avait besoin. Alain comprenait, du moins d'un point de vue théorique, qu'Orlando avait terriblement souffert et n'avait jamais pu se défaire de ces abus. Avec un soupir, il entra dans la cuisine en espérant que le vampire se joindrait à lui pendant qu'il mangerait. Cependant, la cuisine était vide.

Alain trouva une assiette et se servit un morceau d'agneau et des légumes. Il aurait souhaité un verre de vin mais il n'en avait pas acheté et ils allaient être de nouveau en service d'ici quelques heures. Se contentant d'un verre d'eau, il prit son assiette et se mit en quête de son amant.

Sur le balcon, Orlando fixait sans la voir la façade située de l'autre côté de son appartement, incapable même de remarquer les couleurs ou la douceur du soleil. Ses pensées étaient toutes tournées vers l'intérieur pendant qu'il luttait avec sa conscience et sa peur. Alain avait raison sur une chose. Il n'avait pas rechigné à sentir les mains de son amant sur ses fesses pendant qu'ils faisaient l'amour dans la cuisine avant de dormir. En fait, il avait aimé sentir son amant le presser contre lui. Le cauchemar, cependant, avait réveillé toutes ses craintes. Il n'avait aucune idée de la raison qui poussait Alain à vouloir de lui, de la raison pour laquelle il avait décidé d'accepter l'Aveu de Sang. Dans les moments de calme, cela n'avait pas d'importance. Orlando se contentait de savoir qu'Alain l'avait accepté et le désirait. Cependant, le cauchemar l'entraînait de nouveau dans le gouffre du doute de soi, de son indignité dont il commençait à peine à s'échapper, lui faisant craindre ces motivations, craindre que le désir puisse s'estomper, que la fin de l'Alliance marque la fin de la volonté d'Alain de le supporter. Il avait suffisamment appris aux mains de Thurloe, même s'il avait résisté à toutes ses leçons à chaque instant, pour pouvoir garder Alain sous son charme avec des ruses, mais ce n'était pas le genre de relation qu'il voulait.

Il voulait… il voulait une vraie relation avec son Avoué, il voulait qu'Alain reste avec lui de son plein gré et non pas parce qu'Orlando l'avait séduit. Il voulait être accepté pour lui-même avec toutes ses insécurités et tous ses problèmes. Il avait entendu la dévotion dans la voix de Sébastien quand il parlait de son Avoué décédé. Orlando voulait cela, voulait savoir qu'Alain éprouvait pour lui le même engagement éternel que l'Avoué de Sébastien avait manifestement éprouvé pour son vampire.

Alain pénétra dans le salon qu'il découvrit désert lui aussi, la fenêtre ouverte révélait cependant l'emplacement d'Orlando. Il s'y dirigea lentement et regarda dehors. Le vampire était penché sur la balustrade, une expression songeuse, voire désespérée sur le visage.

— Aimerais-tu de la compagnie ? demanda doucement Alain. Je peux apporter une chaise ici si tu préfères ne pas venir à l'intérieur.

Orlando leva les yeux en entendant ses paroles, tellement perdu dans ses pensées qu'il ne l'avait pas entendu approcher.

— Ne t'embête pas. Je vais rentrer, répondit-il.

Alain recula pour laisser entrer le vampire, souhaitant que ses mains soient libres pour étreindre son amant. Il songea à essayer quand même d'embrasser Orlando mais ce dernier passa devant lui et l'instant fut perdu. Se sentant incroyablement guindé, Alain s'installa sur le canapé, posant son assiette et le verre sur la table basse. À son grand soulagement, Orlando vint s'asseoir à côté de lui mais le vampire ne brisa pas le silence tendu, et Alain ne savait pas par où commencer.

Assis à côté de son sorcier, Orlando cherchait quelque chose à dire en espérant qu'Alain allait parler, qu'il dirait quelque chose, n'importe quoi, pour lancer la conversation. Peut-être que s'il le faisait, le vampire serait en mesure de lui dire ce dont il avait besoin.

Le silence tendu s'étira inconfortablement pendant qu'Alain mangeait jusqu'à ce qu'il n'en puisse plus.

— Que dois-je faire ? demanda-t-il. Que puis-je faire pour arranger les choses entre nous ?

Orlando tressaillit.

— Je ne sais pas, répondit-il honnêtement. Tu souffres de mes craintes et je ne sais pas comment les arrêter.

Alain secoua la tête.

— Je ne souffre pas, Orlando, le contredit-il. Comment peux-tu penser cela alors que tu as ramené la vie dans mon existence ? Tu as vu mon appartement, tu sais ce qu'a été ma vie durant les deux dernières années. Tu m'as sauvé de ça.

Il prit une profonde inspiration, essayant de décider ce qu'il pouvait divulguer.

— Sais-tu pourquoi je suis venu au cimetière pour te rencontrer le premier soir ?

Surpris par l'illogisme apparent, Orlando secoua la tête.

— Marcel nous a parlé de cette rencontre à Thierry et à moi. J'ai insisté pour être celui qui viendrait, pas pour les raisons que je leur ai données, mais parce que si tu avais été un traître, je ne laissais rien derrière moi contrairement à Thierry. Son mariage n'était pas au mieux, mais tant qu'ils étaient tous les deux vivants, il y avait l'espoir d'une réconciliation.

Orlando cligna plusieurs fois des yeux. Il avait su qu'Alain était perdu, mais il n'avait pas réalisé jusqu'à quel point.

— Et maintenant ? demanda-t-il doucement.

— Je te rencontrerai n'importe où, n'importe quand, plaisanta Alain.

Orlando rit.

— Ce n'est pas ce que je voulais dire.

Retrouvant son sérieux, Alain hocha la tête.

— Je sais. Et maintenant, je ferais tout pour éviter de me mettre en danger. Nous sommes en guerre et le danger est inévitable, mais j'ai une raison de vivre maintenant. *Tu* es ma raison de vivre maintenant. Je suis un homme patient, Orlando. Je te donnerai le temps nécessaire pour faire face à ton passé. J'ai juste besoin de ton aide pour savoir ce qui est correct et ce qui ne l'est pas.

Orlando soupira.

— C'est ça le problème, expliqua-t-il. Je ne savais pas que je ne le supporterais pas jusqu'à ce que ça se produise, jusqu'à ce que je me fige. Je souhaiterais que ce soit aussi simple que de me dire que tu ne me feras jamais de mal. Et je le sais, vraiment, mais il semble y avoir une différence entre le savoir et agir en conséquence. Et je ne sais pas quoi faire à ce sujet.

— La première des choses à faire est de te rappeler du mot de sécurité dont nous avons discuté, déclara Alain. Je ne serai pas offensé ni blessé si tu l'utilises. Je veux que tu le fasses en cas de besoin. C'est pour ça que nous avons décidé de le choisir et en l'utilisant, tu montres en fait que tu me fais confiance pour que je m'arrête quand tu le demandes.

— J'ai oublié, répondit honnêtement Orlando, se crispant légèrement à l'idée d'avoir déçu Alain. J'ai paniqué et je me suis écarté au lieu d'utiliser le mot de sécurité. Je suis désolé.

Alain soupira de frustration.

— Arrête de t'excuser, s'il te plaît, demanda-t-il doucement. Tu n'as pas à être parfait. Je ne le suis certainement pas et je ne m'attends pas à ce que tu le sois non plus. Nous sommes ensemble seulement depuis cinq jours et nous nous connaissons uniquement depuis six. Il est normal qu'il y ait des problèmes dans notre relation, sans parler de nos passés difficiles.

Une idée lui vint.

— Quelque chose s'est-il passé pendant que je dormais, quelque chose qui t'a contrarié ?

Orlando pâlit en pensant à son cauchemar et à sa réticence à en parler.

Voyant le visage d'Orlando devenir livide, Alain prit la main de son amant.

— Parle-moi, demanda-t-il doucement. Je ne peux pas changer ton passé mais laisse-moi le partager.

— Ne me demande pas ça, supplia Orlando. Tu ne veux pas aller dans cet enfer.

— Je ne te forcerai pas, promit Alain, mais cela pourrait m'aider à comprendre. C'est une partie de ce que tu es maintenant et je veux savoir tout ce qui te concerne.

En songeant à tout ce qu'il avait subi, à la honte qu'il continuait à ressentir à la suite de son emprisonnement et ses échecs à s'échapper, Orlando grinça des dents. Il ne voulait partager cela avec personne, pas même avec Jean qui connaissait le pire de lui et ne semblait jamais le juger. Cependant, il s'agissait de son Avoué, son amant, l'homme avec qui il vivrait pour le reste de la vie du sorcier et cela signifiait la construction d'une vraie relation, pas uniquement fondée sur des apparences ou des connaissances générales. Les pensées qu'Orlando avait eues sur le balcon lui revinrent, son désir pour le genre d'engagement que Sébastien avait manifestement eu avec son Avoué. C'était peut-être la première étape dans cette voie.

— Si tu en es sûr, marmonna-t-il.

Honnêtement, Alain n'en était pas sûr du tout. Il ne connaissait qu'un peu du passé d'Orlando, mais suffisamment pour savoir que le reste devait avoir été, comme le vampire l'avait dit, infernal. Il n'avait aucun désir réel d'en savoir davantage. Cela ne le rendrait pas plus attentif à Orlando qu'il ne l'était déjà – il n'était pas sûr que cela était même possible – et il craignait que cela le fasse hésiter à toucher son amant, de peur que son contact évoque de mauvais souvenirs. Il écarta ses doutes.

— En as-tu déjà vraiment parlé ? demanda-t-il. Je veux dire, je sais que Jean en sait beaucoup, mais c'est parce qu'il était là. As-tu seulement déjà eu l'occasion de libérer toute ta peur, ta colère et ta haine ?

— Non, répondit Orlando. Jean sait le pire en tout cas, mais je n'en ai jamais parlé. Je voulais oublier, passer à autre chose et il respectait cela.

Alain entendit la critique implicite, que Jean respectait les souhaits d'Orlando d'une manière que lui ne faisait pas, mais il le pressa tout de même.

— Cela a-t-il fonctionné ? demanda-t-il à la place.

— Jusqu'à récemment, oui, répondit Orlando.

— Vraiment ? le défia le sorcier. Ta vie est-elle normale par rapport aux normes des vampires ? Où sont les amants et les amis qui ont rempli tes journées ces cent dernières années ?

— Salaud ! cracha Orlando en essayant de s'éloigner.

Alain attrapa son bras pour le retenir.

— Tu sais que tu es le seul amant que j'ai eu et que Jean est mon seul ami !

Alain l'attira contre lui, le retenant malgré sa résistance.

— Alors peut-être est-il temps de cesser de faire semblant que tout va bien et de faire vraiment face à ce qui s'est passé, dit-il doucement. Tu n'es plus seul. Je suis ici avec toi et je serai toujours là. Tant que je vivrai, je serai là. Permets-moi de t'aider à exorciser tes démons une fois pour toutes.

La lutte d'Orlando s'affaiblit en entendant les paroles d'Alain et son offre.

— Penses-tu vraiment qu'en parler m'aidera ?

— Probablement pas tout de suite, admit Alain, mais nous ne pouvons pas continuer à les ignorer quand ils interfèrent dans notre relation. Cela ne va pas disparaître tout seul, mon ange, peu importe combien nous l'aimerions tous les deux. Cela n'a pas été le cas en une centaine d'années, et ça ne le fera pas plus maintenant. Si tu préfères en parler à Jean plutôt qu'à moi, j'essayerais de comprendre, mais je pense que tu as besoin de parler – vraiment parler – à quelqu'un.

— Laisse-moi y réfléchir, demanda Orlando.

— Veux-tu au moins me dire ce qui s'est passé pendant que je dormais ?

— J'ai fait un cauchemar, répondit faiblement le vampire, et même pas un particulièrement horrible par rapport à certains, mais il continue de m'effrayer.

Il soupira.

— Je te l'ai déjà dit : je suis une marchandise endommagée.

— Et je t'ai déjà répondu que tu ne l'étais pas, insista ardemment Alain. Je ne vais pas te presser, mais pense à ce que j'ai dit, s'il te plaît.

Orlando hocha la tête.

— Je le ferai.

Il leva les yeux sur l'horloge murale, à la recherche d'un prétexte pour changer de conversation.

— Finis ton dîner. Nous devons bientôt retourner au travail.

Intérieurement, Alain maudit la Milice qui mettait fin à ce moment et à cette possibilité de faire parler Orlando, mais il connaissait trop bien son devoir. Ils allaient simplement devoir y revenir plus tard.

XXVIII

CAROLINE SE réveilla lentement, vaguement surprise de sentir un corps à côté du sien. Comme la brume de sommeil s'effaçait, elle se rappela tout ce qui s'était passé dans la matinée : le débriefing lors du changement de service, la suggestion de Thierry que les sorciers et les vampires se déplacent par paires, même en dehors du travail, la rapide acceptation de Mireille à son invitation à rester.

Sachant que la vampire n'avait pas besoin de dormir comme elle, Caroline avait encouragé sa partenaire à faire comme chez elle, à profiter de la télévision, de l'ordinateur ou des autres commodités que l'appartement de Caroline offrait, mais Mireille avait refusé, suivant la sorcière dans sa chambre et dans son lit, se déshabillant avec naturel jusqu'à ses sous-vêtements. Encore que cela lui avait été retiré par sa demande hésitante pour lui emprunter une chemise de nuit. Au plus grand plaisir de Caroline, qui avait réalisé que la vampire prévoyait de partager son lit, Mireille n'avait même pas cillé devant la finesse vaporeuse de la soie blanche que Caroline avait sortie d'un tiroir. Le vêtement voilait le corps sensuel de Mireille, mais ne le cachait en rien. Grâce au tissu vaporeux, elle entrevoyait les alléchants mamelons roses au sommet des courbes épanouies de la poitrine du vampire, raidie par le désir et tendant le tissu, et le nid de boucles au sommet des longues cuisses laiteuses qui paraissait l'appeler irrésistiblement.

— À ton tour, incita Mireille quand elle fut en vêtement de nuit, détournant l'attention de Caroline loin de la vampire pour revenir à elle.

Caroline se déshabilla, se glissant dans une nuisette noire tout aussi simple, consciente tout le temps des yeux de Mireille sur son corps. Au moment où elle grimpait dans le lit, elle était rougissante et frémissante. Elle avait à peine touché les draps doux lorsque les mains de sa partenaire s'étaient tendues vers elle, glissant sur, puis sous sa chemise diaphane, envoyant des ondes de désir le long de sa peau jusqu'à son bas-ventre, une profonde, agréable souffrance. Elle avait essayé de lui rendre la pareille, mais Mireille avait immobilisé ses mains, lui disant de se détendre et de profiter. Elle voulut protester, insister pour que la vampire la laisse lui retourner le plaisir qu'elle lui prodiguait, mais les lèvres de Mireille la réduisirent au silence avant qu'elle puisse prononcer le moindre mot.

Au moment où ces lèvres quittèrent les siennes pour glisser sur sa peau, voilée par sa nuisette, Caroline était tellement éperdue de désir qu'elle en avait perdu la capacité de protester.

— Tu peux l'enlever, avait proposé Caroline quand Mireille avait continué à la goûter à travers le tissu, mais la vampire avait secoué la tête, la laissant douloureusement frustrée même si cela augmenta son excitation.

Elle avait presque atteint l'ourlet pour arracher elle-même le vêtement gênant quand les doigts de Mireille glissèrent sous le tissu pour exécuter une danse le long de ses cuisses, les exhortant doucement à s'écarter. Caroline s'était exécutée immédiatement, s'ouvrant complètement à sa partenaire – son amante, se corrigea-t-elle, car après ce matin, il n'y avait aucun doute : leur relation avait changé. Les doigts tendres avaient exploré sa chair la plus sensible pendant que les lèvres de la vampire continuaient à taquiner ses mamelons à travers la soie noire, complètement trempée de sa salive. Caroline s'était écrasée sur le lit, aspirant à plus, jusqu'à ce que finalement les doigts de Mireille glissent en elle pour la remplir, appuyant fermement contre les parois de son passage alors même que son pouce caressait le bourgeon caché dans ses plis. Caroline avait essayé de se retenir pour prolonger le plaisir, mais les attentions de Mireille avaient été irrésistibles, la poussant de plus en plus haut jusqu'à ce qu'elle ait la sensation de s'envoler, complètement désincarnée. Ensuite, la seule chose dont elle se souvenait, c'était de s'être réveillée dans les bras de sa nouvelle amante.

Décidant qu'elle avait été suffisamment égoïste, Caroline blottit son nez dans le cou de Mireille, réveillant la vampire.

— Me laisseras-tu te rendre le plaisir que tu m'as donné ce matin ? demanda-t-elle quand les yeux noisette s'ouvrirent pour rencontrer les siens.

— Volontiers, répondit Mireille, mais demain, quand nous ne serons plus en service. J'adorerais en profiter maintenant, mais je dois vraiment passer chez Monsieur Lombard pour voir comment il se débrouille sans moi.

Caroline fronça les sourcils, ses souvenirs ayant ravivé sa passion ainsi que son désir de prendre soin de son amante, mais elle respectait le dévouement de Mireille.

— Alors nous devrions nous préparer et y aller. Je t'aurais bien invitée à me rejoindre dans la douche, mais cela ne ferait que retarder notre départ.

Mireille siffla tandis qu'elle combattait son désir d'acquiescer.

— Repose-moi la question quand nous ne serons plus en service. Je dirais oui avec plaisir.

Les yeux de Caroline s'illuminèrent. Elle aurait juré pouvoir sentir la flambée de passion de Mireille. Elle ne voulait rien de moins que de repousser la vampire sur le lit et enfouir son visage entre les jambes de sa partenaire pour qu'elle puisse enfin savourer son parfum, mais elle savait déjà que la réponse à cela serait 'quand elles ne seraient pas en service'. Avec un gémissement, elle se leva du lit et se dirigea vers la salle de bain.

— Je serai là dans dix minutes.

— Ça vaudrait mieux, plaisanta Mireille en essayant d'ignorer la vue de sa sorcière traversant la chambre seulement vêtue du petit morceau de soie noire qui ne cachait rien des fesses crémeuses ainsi révélées tandis que Caroline s'éloignait. Parce que je te rejoins dans quinze minutes.

Caroline s'appuya contre le chambranle alors que son désir la submergeait de nouveau, affaiblissant ses genoux.

— Ne me tente pas, grogna-t-elle en entrant dans la salle de bain et en fermant la porte.

Mireille se laissa retomber sur le lit, les mains tremblantes, tandis qu'elle luttait pour rester où elle se trouvait, s'empêchant de suivre Caroline dans la douche pour prendre ce qu'elles voulaient toutes les deux si clairement. Le devoir s'opposait au désir, mais elle avait travaillé pour Monsieur Lombard trop longtemps, substituant ses besoins aux siens. Elle pourrait rompre cette habitude un jour, mais pas aujourd'hui. Elle ferma les yeux, le corps endolori et vide. Même la sensation de la soie sur sa peau alors qu'elle s'agitait nerveusement sur le lit échauffait son sang. Elle avait connu la convoitise, mais jamais à un degré aussi incontrôlable. Sachant qu'elle ne serait jamais capable de remplir les tâches qui l'attendaient sans un certain soulagement, elle fit passer sa nuisette par-dessus sa tête de sorte que seuls les draps et l'air frais caressent sa peau. Puis ses propres mains prirent le relai. Fermant les yeux, elle imagina que c'était les mains de Caroline qui caressaient ses courbes, pinçaient ses mamelons et taquinaient son intimité.

Dans la douche, Caroline repoussa son esprit loin des besoins de son corps en utilisant des astuces de méditation qu'elle avait apprises lorsqu'elle était étudiante pour apaiser ses nerfs tendus et concentrer son esprit sur les questions qui occuperait sa nuit. Monsieur Lombard d'abord, parce qu'elle ne voulait pas que Mireille s'y rende seule, puis sur la Milice. Se sentant un peu plus calme, ou tout au moins capable de se contrôler, Caroline quitta la douche et se sécha. Enveloppant une serviette autour de son corps et un autre autour de ses cheveux dégoulinants, elle retourna dans la chambre pour dire à Mireille que la douche était libre.

Le spectacle qui s'offrit à ses yeux annula tous les effets de sa méditation. Mireille gisait nue sur le lit, les jambes largement écartées, se caressant comme Caroline aurait voulu le faire.

— Oh merde ! murmura-t-elle en rejoignant Mireille. Laisse-moi faire, exigea-t-elle en repoussant les doigts de la vampire hors de son corps pour les remplacer par les siens.

Les yeux de Mireille s'ouvrirent, vert et noisette se heurtant, avant de se mêler quand Caroline baissa la tête pour embrasser la vampire. Leurs lèvres fusionnèrent alors que Caroline travaillait de ses doigts l'intérieur de son amante, tournant, caressant, affriolant. Elle voulait faire perdre la tête à Mireille tout comme celle-ci l'avait rendue folle ce matin. Elle voulait toucher et goûter chaque parcelle de la peau exposée devant elle, mais elle savait qu'elles n'avaient pas le temps pour cela. Bientôt, se promit-elle alors qu'elle œuvrait pour apporter à sa partenaire une libération aussi rapide que possible.

— Tourne-toi, lui dit Mireille, le souffle coupé. Je veux te toucher, aussi.

225

Avec impatience, Caroline se décala sur le lit, s'arrêtant juste assez longtemps pour lécher délicatement les mamelons couleur de fraise qui l'appelaient si ardemment. Le gémissement qui s'échappa de Mireille à cette sensation la détermina à retrouver ce plaisir dès qu'elles en auraient le temps et de s'y attarder. Pour l'instant, cependant, elle se déplaça, installant ses hanches près les épaules de Mireille et relevant un genou de sorte qu'elle soit aussi exposée à son amante que la vampire l'était pour elle.

La bouche de Mireille saliva quand Caroline s'étendit à côté d'elle, écartant les jambes pour le plaisir de la vampire. Elle voulait – oh, combien elle le voulait ! – enfouir son visage dans les boucles blondes pour lécher et sucer la chair tendre. Cependant, ses crocs étaient sortis avant que Caroline la rejoigne et elle craignait de ne pas être en mesure de la goûter sans la mordre et ce n'était pas une étape à envisager sans une conversation sérieuse au préalable. Si elle avait su qu'elles finiraient comme ça, elle aurait gardé ses crocs rentrés, mais l'alimentation et le sexe étaient si puissamment liés pour elle qu'elle ne serait jamais capable de les séparer à cet instant. Elle devrait attendre une autre fois pour satisfaire son plaisir et celui de son amante de cette manière, mais cela n'empêchait pas d'autres moyens de se faire plaisir. Avec un sourire, elle replongea ses doigts dans les profondeurs qui les avaient accueillis la nuit précédente.

La perspective de sa nouvelle position donna des idées à Caroline. Cette relation avec Mireille l'avait prise au dépourvu à bien des égards et elle se retrouvait à la traîne de sa partenaire en matière d'intimité, reproduisant ce que la vampire avait fait pour elle plutôt que de prendre elle-même l'initiative. Cette fois, cependant, elle n'allait pas attendre qu'elle agisse. Faisant glisser ses doigts dans le corps impatient de son amante, elle baissa la tête et lapa la chair tendre humidifiée par l'essence de Mireille. Gardant à l'esprit les caresses qu'elle aimait le plus, Caroline entreprit de prodiguer autant de plaisir à sa vampire que son amante lui en avait donné auparavant.

Mireille était déjà proche de la jouissance lorsque Caroline était sortie de la salle de bain. Le contact des doigts de la sorcière l'avait fait vaciller au bord de l'orgasme. Sentir les lèvres et la langue de son amante sur son intimité la laissa gémissante, saisie d'un besoin irrépressible jusqu'à ce que le bout de la langue de Caroline dévie sur le bourgeon de chair encapuchonné dans ses plis. Ses yeux se révulsèrent, son corps se raidit puis s'abandonna dans la jouissance, ses sucs coulant abondamment, glissant sur le menton et la bouche de sa sorcière.

Caroline goûta la jouissance soudaine, lapant chaque repli comme un chaton l'aurait fait avec de la crème. La saveur ne faisait qu'ajouter au tourbillon de sensations qui la traversait à la pensée d'avoir amené Mireille à l'orgasme. Un soupir lui fut arraché quand les doigts de la vampire bougèrent en elle, suscitant son propre orgasme, la laissant une fois de plus alanguie et haletante aux mains de sa partenaire. Au moins cette fois, elle savait qu'elle avait apporté à Mireille la même joie.

Elles restèrent ainsi pendant plusieurs minutes, reprenant leur souffle, restaurant leur contrôle, jusqu'à ce que la sonnerie du réveil les fasse sursauter.

— Je suppose qu'il est temps de se lever, soupira Caroline en éteignant l'appareil incriminé. J'ai besoin d'une autre douche.

Mireille secoua la tête.

— Attends ton tour, la taquina-t-elle en se levant du lit et en donnant à son amante une vue imprenable sur les courbes de son corps, alors qu'elle marchait en direction de la salle de bain.

Caroline eut un petit rire comme si elle était ivre à la vue de sa partenaire. Retombant sur le lit, elle réfléchit à la tournure inattendue que leur relation avait prise. Marcel avait dit de lui signaler les comportements inhabituels qui pourraient être liés au partage du sang et à la magie, mais cela ne s'appliquait sûrement pas à ça. Après tout, c'était entre elle et sa partenaire. En quoi cela avait-il à voir avec quelqu'un d'autre ?

En rien.

Se levant pour aller à sa garde-robe et s'habiller pour la nuit, elle jeta un sort de nettoyage pour s'éviter le temps de prendre une autre douche et décida qu'il n'y avait aucune raison de parler de leur intimité nouvellement trouvée. Elle avait été solitaire et Mireille assouvissait son besoin de compagnie, de tendresse. C'était aussi simple que cela.

Et c'était quelque chose que les hommes ne comprendraient pas et pourraient bien tourner en ridicule. Non, il valait certainement mieux que cela reste entre les deux femmes. Attrapant une tenue sur un cintre, Caroline sifflota doucement tout en s'habillant pour la nuit, un petit sourire étirant le coin de ses lèvres.

LA FIN du quart approchait rapidement et Sébastien pouvait sentir son agitation augmenter. Cela avait été une journée intéressante, avec la mise en place du repère et le fait de regarder Thierry agir en l'absence de Marcel. C'était un côté de son partenaire que Sébastien n'avait jamais vu avant. Il l'avait déjà vu diriger une patrouille et orchestrer une bataille, mais c'était à la fois beaucoup et peu. Beaucoup parce que Thierry était responsable de toutes les patrouilles, et pas seulement de la sienne. Peu parce qu'il relayait seulement les ordres du Général. Il envoyait une patrouille à un endroit ou à un autre, mais chaque commandant devait alors prendre seul le reste des décisions. Sébastien vit leur patrouille sortir également, sans eux, et avait vu la frustration de Thierry de ne pouvoir accompagner son équipe.

— Laurent est plus que capable, dit Thierry à Sébastien lorsque la patrouille fut dehors en un clin d'œil. Je l'ai déjà recommandé pour une promotion. Mais merde, cela me fait mal de les envoyer au casse-pipe alors que je reste ici et que je me tourne les pouces.

— Qui commande les sorties en l'absence de Marcel et toi ? interrogea Sébastien, se demandant si Thierry pouvait rejoindre une autre équipe.

— Alain.

— Et quand il n'est pas en service ?

227

— Il est appelé, expliqua Thierry. De même, s'il est en service et doit partir alors que je ne suis pas là. Jusqu'à présent, nous n'avons pas eu de situation où nous étions tous les trois indisponibles. Marcel a toute une chaîne de commandement prête, mais cela n'a jamais été un problème.

— Tu pourrais l'appeler, suggéra Sébastien, si cela te dérange tant que ça de laisser la patrouille partir sans toi.

Thierry secoua la tête.

— Non, il était de service et de commandement hier soir et le sera de nouveau ce soir. Il ne serait pas juste de l'appeler sauf en cas d'urgence. Et il a aussi quelque chose d'autre sur quoi se concentrer pour l'instant.

Sébastien avait du mal à analyser ce qu'il avait entendu dans la voix de Thierry à son dernier commentaire.

— Est-ce que cela te dérange ? demanda-t-il avec une innocence trompeuse.

— Non, bien sûr que non, répondit Thierry. Je suis ravi de le voir heureux à nouveau.

Sébastien haussa un sourcil ce qui fit rougir Thierry et détourner le regard.

— Très bien, je n'étais pas très heureux au début. C'est arrivé si vite que je me demandais s'il y avait été contraint d'une façon ou d'une autre.

— Cela arrive parfois très vite, répondit Sébastien pour défendre Orlando et Alain, tout en pensant à sa première rencontre avec Thibaut. Un éclair, un coup de foudre.

— Je sais, admit Thierry. Je devrais le savoir mieux que quiconque parce que c'était la même chose, ou presque, lorsque j'ai rencontré Aleth, mais c'était aussi une sorcière. Je savais ce qu'elle était capable de faire ou pas. Orlando est un vampire et j'ai entendu des histoires…

Il leva la main pour anticiper les protestations de Sébastien.

— Maintenant, je sais que ce sont tout simplement des histoires, mais je ne le savais pas alors et les actions d'Alain semblaient correspondre à toutes les légendes que j'avais entendu raconter sur les vampires contrôlant des personnes à travers leurs morsures. Ils se connaissaient seulement depuis un peu plus de vingt-quatre heures et Alain avait une marque sur le cou. En moins de trente-six heures, il me jetait à la porte afin de pouvoir devenir amants. Il m'a tout de suite mis au courant cependant, et je suis content pour eux. Je ne vais pas perturber le peu de temps qu'ils ont ensemble juste parce que je préfère le travail de terrain à la paperasserie.

— Tu es un homme bon, Thierry Dumont, déclara Sébastien.

— Je ne sais pas, objecta Thierry, mais je fais de mon mieux pour être un bon ami.

Sébastien sourit et regarda l'horloge.

— Plus qu'une heure jusqu'au briefing. Penses-tu que Marcel sera de retour ?

— Je n'en sais rien, répondit Thierry. Alain et moi pouvons gérer la réunion si ce n'est pas le cas.

— Je n'en doute pas, lui assura Sébastien. Je réfléchissais simplement à la situation de David.

— Je vais suivre tes conseils et en parler à Jean. Il a déjà dit qu'il ferait un tour ce soir pour voir s'il pouvait en apprendre davantage sur le renégat. Marcel me l'a dit avant de partir, donc je n'attribuerai pas d'autres tâches à Jean si Marcel ne lui demande pas de revenir pour le briefing. Espérons que cela ne l'ennuiera pas d'ajouter un arrêt supplémentaire à sa liste.

— Il se peut même que ce ne soit pas un arrêt supplémentaire, précisa Sébastien. Plus d'un vampire va chez Angélique pour les informations autant que pour la nourriture.

— Est-ce ainsi que tu as entendu parler de la réunion ? demanda Thierry avec curiosité, car il savait que Jean n'avait pas prévu d'inviter Sébastien.

Il n'avait pas demandé exactement pourquoi, décidant que cela n'avait pas d'importance sur le moment.

— Non, répondit le vampire. Je préfère encore chasser par moi-même plutôt que payer pour du sang. Je suis rentré à la maison après la chasse de cette nuit pour trouver un message sous ma porte.

Il ricana.

— Une assignation en fait, de la part de Monsieur Lombard qui m'informait de la réunion et que ma présence était requise. Quand j'ai demandé pourquoi, il n'a pas répondu. Il a juste insisté pour que je m'y rende. Personne n'oppose de refus au vieil homme sans une sacrée bonne raison et je n'en avais pas, alors j'y suis allé. Tu connais la suite.

— Je suis content que tu sois venu, dit doucement Thierry, se souvenant de sa frustration devant sa difficulté à trouver un partenaire.

— Tout comme moi, répondit Sébastien.

Ses pensées revenaient sur sa révélation survenue un peu plus tôt dans la journée. Il se demanda s'il oserait poser des questions sur la défunte épouse de son partenaire. Le sorcier lui en avait parlé. Cela donnait sûrement à Sébastien la permission de demander.

— Tu as mentionné ta femme.

— Aleth, reprit Thierry, pas sûr de vouloir parler d'elle, mais Sébastien lui avait parlé de son Avoué.

Cela semblait assez juste.

— Nous nous sommes rencontrés par hasard, nous sommes tombés amoureux, puis nous sommes séparés. J'ai blâmé la guerre quand elle a commencé, mais c'était plus profond que cela. Je me suis dit – ainsi qu'à tous les autres – que nous traversions juste une mauvaise passe, que nous arrangerions les choses à la fin des combats, mais honnêtement, je doute que nous l'aurions fait. Les choses étaient trop compliquées. Nous nous étions trop éloignés. Si elle n'avait pas été tuée, tout ce à quoi cela aurait abouti aurait été la division de nos affaires et de nos vies. Maintenant, je dois décider quoi faire de ses affaires.

— Je suis désolé, dit doucement Sébastien, en essayant d'imaginer ce qu'il aurait ressenti si Thibaut avait changé d'avis.

Même maintenant, cette seule pensée était désespérante.

Thierry haussa les épaules.

— J'essaie de ne pas y penser, admit-il. C'est plus facile de se concentrer sur la guerre et l'Alliance. Les questions soulevées par sa mort n'ont pas besoin de mon attention maintenant, mais la Milice et toi, oui. Il y aura un temps pour gérer le reste plus tard.

Sébastien ne savait pas quoi ajouter, aussi laissa-t-il tomber le sujet. Il se demanda ce que les commentaires de Thierry pouvaient signifier pour ses propres espoirs, mais il n'avait aucun moyen de le savoir. Il détestait le cliché selon lequel seul le temps le dirait, mais c'était malheureusement exact dans cette situation.

Patience, se rappela-t-il. Il avait attendu pendant quatre cents ans. Il pouvait bien attendre quelques mois de plus si c'était nécessaire.

XXIX

ORLANDO REGARDA par-delà la salle vers Alain et Thierry, essayant de maîtriser la furieuse instabilité de ses émotions. Il avait été de mauvaise humeur depuis son réveil en raison de son cauchemar. La conversation avec Alain n'avait pas aidé, et ils avaient quitté l'appartement sans s'être nourris ou avoir fait l'amour comme c'était devenu leur habitude. À bien des égards, cela dérangeait Orlando plus que tout le reste. Selon Sébastien, il devrait désirer ardemment son amant et l'absence de besoin le touchait. Quelque chose n'allait-il pas avec l'Aveu de Sang ?

Et puis, dès qu'ils étaient entrés dans la salle de briefing, Thierry avait attiré Alain à part sans plus qu'un signe de tête en direction d'Orlando. Il avait cru avoir noué un début d'amitié avec l'autre sorcier, mais apparemment, il s'était trompé. Il savait que les deux hommes étaient amis et non amants, et c'était exclusivement cette certitude qui le retenait d'intervenir, mais elle éveillait aussi un désir différent en lui, celui d'avoir une amitié comme celle qu'ils partageaient, une rencontre d'égal à égal qui dépassait tout le reste et fournissait une profonde connexion que rien ne pourrait ébranler. Il voyait cette connexion quand il regardait les deux hommes, voyait combien leur confiance mutuelle était profonde.

Une partie de lui était rongée par la jalousie chaque fois que Thierry touchait Alain, mais il faisait confiance à son Avoué. Il faisait même confiance à Thierry, réalisa-t-il, pour se tenir aux côtés d'Alain et pour le protéger, quoi qu'il arrive. Une partie de lui reconnaissait combien sa jalousie était stupide car Alain ne lui avait donné aucune raison de douter de lui et toutes les raisons de lui faire confiance. Si l'un d'entre eux avait des raisons de douter de l'autre, c'était sûrement Alain, étant donné la façon dont Orlando s'était comporté ce soir. Rationnellement, il savait que ses réactions étaient hors de proportion avec la situation, mais il ne pouvait pas se contrôler complètement. C'était les effets secondaires de l'Aveu de Sang, selon Sébastien.

— Il n'est pas une menace pour toi, murmura une voix à son oreille. Ton sorcier est son meilleur ami et Thierry veut seulement le voir heureux. Et pourtant tu devras me croire sur parole pour cela, il sait que tu rends son ami heureux.

231

— Je te crois, répondit Orlando, mais cela semble ne faire aucune différence avec mes réactions. Je veux aller là-bas et les séparer, traîner Alain dans un endroit privé et…

Il s'arrêta quand il réalisa qu'il parlait à un vampire qu'il connaissait à peine.

— Et lui faire des choses indiciblement érotiques, termina Sébastien. Tu n'as pas besoin de surveiller tes paroles avec moi. Il y a peu de choses, voir aucune, que tu ne veuilles expérimenter avec ton Avoué que je n'ai déjà fait.

— Comment puis-je lutter contre cela ? demanda Orlando plaintivement. Comment puis-je faire face à ces émotions ? Je ne peux pas attendre de lui qu'il sorte pas dans le monde. Il a des responsabilités et son insistance pour les honorer est l'un de ses traits les plus admirables. Je ne peux pas lui demander de ne pas être lui-même.

Sébastien acquiesça.

— Avec du temps, répondit-il lentement. Comme l'Aveu de Sang se met en place, tu t'habitueras à lui et à ses exigences, tes émotions vont se stabiliser et tu seras plus à même de faire face à la réalité de son existence.

Il ne lui vint pas à l'esprit de préciser que s'alimenter tout en ayant des rapports sexuels permettrait d'accélérer le processus. Il n'imaginait pas que deux personnes si visiblement amoureuses s'abstiendraient de combiner ces deux plaisirs.

De l'autre côté de la pièce, Thierry expliquait à Alain ce qui s'était passé avec David et bien sûr, ce qu'il entendait entreprendre pour tenter de limiter les dégâts.

— Que faisaient-ils dans son appartement, en premier lieu ? demanda Alain.

— Partis chercher quelque chose pour l'utiliser comme repère, répondit Thierry, réalisant qu'il avait commencé son histoire par le milieu.

— Alors, ça fonctionne ? demanda le sorcier. Tu as trouvé un moyen de les connecter à la carte de localisation ?

— Nous l'avons fait, mais c'est compliqué. La seule caractéristique d'identification que nous avons pu trouver était le sang, expliqua Thierry.

Alain ne prit pas la peine de lui demander de répéter ni ne demanda si Thierry en était sûr. Ils avaient été endoctrinés depuis que leur entraînement officiel avait commencé sur les dangers de la magie de sang.

— Marcel l'a approuvé, ajouta Thierry en voyant la lueur de dégoût traverser le visage de son ami.

— Je n'en doute pas, se hâta de répondre Alain. Je sais que tu ne ferais pas quelque chose comme ça sans son approbation. Que fait-on maintenant,

— Marcel l'a expliqué à quelques personnes de l'équipe de jour, mais je pense qu'il attendait d'être en mesure de l'expliquer lui-même à l'équipe de nuit, répondit Thierry. Il m'a dit qu'il le ferait et qu'ainsi ce ne serait pas à moi de changer les règles, mais il n'est pas là.

— L'a-t-il dit à tout le monde ? demanda Alain.

— Non, juste à David et quelques autres, je pense.

Alain hocha la tête.

— Alors, nous pouvons attendre son retour pour qu'il l'annonce lui-même. Je vais parler à Orlando en privé et voir si nous pouvons également rendre son repère fonctionnel. Cela donnera à Marcel une autre réussite à mettre en avant puisque David n'a pas fait son travail.

Il fronça les sourcils à cette pensée, mais il savait que Thierry l'avait déjà traité à court terme et ce serait à Jean et Marcel d'y faire face dans le long terme.

— Stupide connard, murmura-t-il néanmoins.

Thierry ricana tristement pour confirmer.

— Faisons cette réunion, dit-il à son meilleur ami. Je suis prêt à rentrer à la maison.

— Et prendras-tu Sébastien avec toi ? le taquina gentiment Alain.

Thierry se reprit juste à temps pour arrêter le rouge qui menaçait de colorer ses joues.

— Ça dépendra de lui, répondit-il sérieusement. Je ne veux pas m'imposer ni envahir son espace.

Avant qu'Alain puisse lui répondre, Thierry s'était retourné et avait demandé à chacun de s'asseoir pour commencer la réunion. Alain prit sa place, résolu à en reparler avec lui plus tard. Il pensait avoir vu quelque chose dans les yeux de son ami, quelque chose qu'il n'avait pas vu depuis un certain temps. Mais d'abord, il devait s'occuper du briefing.

— Nous avons un problème, leur dit Thierry après avoir abordé les questions des patrouilles et des renseignements.

Cela étant terminé, il avait renvoyé les chefs de patrouille, gardant juste Sébastien, Alain, Orlando, Jean, Raymond et lui-même autour de la table.

— J'ai géré la fin de celui-ci, mais Jean, j'aurai besoin de votre aide pour le reste.

— Quel est le problème ? demanda Jean, surpris que son aide soit demandée si ouvertement.

— David a merdé, déclara catégoriquement Thierry. Et Angélique l'a envoyé promener. Je me suis occupé de lui, mais j'espère que vous pourrez la convaincre de lui donner une autre chance.

— Qu'a-t-il fait ? demanda Jean avec prudence. Elle n'est pas du genre à garder rancune déraisonnablement, mais elle a quelques points sensibles.

— Je ne sais pas ce qu'il lui a dit exactement, répondit Thierry, mais je suis presque sûr qu'il a insulté son choix d'entreprise.

Jean soupira.

— C'est ce que je craignais. Je vais lui parler et voir ce que je peux faire, mais elle est très sensible sur les services qu'elle fournit.

Il croisa un par un les yeux de chaque sorcier présents à la table.

— Elle ne vend que du sang, leur dit-il. C'est la seule transaction qu'elle propose. Certains de ses employés choisissent d'offrir plus de leurs côtés, moyennant finance ou parce qu'ils aiment ça, mais Angélique n'est pas impliquée là-dedans. Elle refuse de l'être. Les étrangers pensent qu'il s'agit d'un bordel, mais un restaurant serait une meilleure comparaison. Faites votre choix sur le menu, mangez à satiété, payez votre facture.

— Nous ne la jugeons pas, assura Alain. Nous aimerions simplement qu'elle accepte les excuses de David et rejoigne l'Alliance.

— Présentera-t-il des excuses ? demanda Jean.

Thierry renifla.

— Après le coup de pied au cul que je lui ai donné, il fera tout ce que je lui dirai.

Alain et Raymond ricanèrent tous les deux. Ils avaient été témoins des réprimandes de Thierry vis-à-vis de quelqu'un, plus d'une fois, et le robuste capitaine n'exagérait pas. Ils n'avaient jamais connu un soldat capable de se dérober après un des discours de Thierry.

— Je lui parlerai ce soir, promit Jean. J'avais prévu de m'arrêter là-bas pour voir si quelqu'un savait quelque chose au sujet de notre renégat de toute façon. Ça sera assez simple de parler à Angélique à titre privé.

Il croisa le regard sérieux de Thierry.

— Je ne peux rien promettre. La société vampirique n'est pas comme la Milice. Je dirige plus par l'exemple que par décret, sauf dans les rares cas où le droit d'un vampire a été violé. Ma participation à l'Alliance ne force personne d'autre à y être. Si elle refuse de revenir, je ne peux pas la forcer.

— Nous comprenons, lui assura Alain, et nous savons que tu fais de ton mieux. Autre chose ?

Raymond débattit pendant un instant sur l'intérêt de mentionner que Jean avait proposé de lui apprendre la prononciation correcte de certains des sorts plus anciens, mais il ne savait pas vraiment encore si ces leçons feraient une quelconque différence dans l'efficacité des sorts. Jusqu'à ce qu'il le sache, cela resterait entre Jean et lui plutôt que de donner de faux espoirs aux autres pour rien.

Comme personne ne disait rien, la réunion prit fin, les différents partenaires se dirigeant vers les tâches qui leur avaient été assignées. Thierry croisa le regard d'Alain tandis que l'autre sorcier était sur le point de partir.

— Laurent est toujours dehors avec ma patrouille, dit-il à Alain. Fais-moi savoir quand ils reviendront.

— Je le ferai, promit Alain, même si tu t'inquiètes probablement pour rien.

— Je suis sûr que tu as raison, admit Thierry, mais c'est encore mon équipe et je veux savoir qu'ils sont en sécurité.

— Je t'appellerai dès qu'ils se présenteront pour le débriefing.

— Merci.

Il quitta la salle de réunion en direction de son bureau. À sa grande surprise, Sébastien le suivit. Il attendit jusqu'à ce qu'ils soient à l'intérieur et qu'il referme la porte pour en savoir davantage.

— Je ne fais que déposer mon repère, dit-il à son partenaire. Tu n'as pas besoin de m'attendre.

Sébastien essaya de décider comment formuler sa réponse. Il avait passé la majeure partie du briefing à débattre de ce qu'il devrait faire quand son service prendrait fin. Son côté obstiné et son cœur indépendant exigeaient qu'il rentre seul à la maison, mais il n'était plus seul, se rappela-t-il. Il avait un partenaire à présent, un partenaire qui était aussi vulnérable à une attaque de vampires que Sébastien l'était à une attaque de sorciers. Non seulement cela, mais ledit partenaire avait attiré l'attention de Sébastien à un tout autre niveau.

— J'ai pensé que nous devrions peut-être rentrer ensemble, suggéra-t-il. Ton argument de ce matin était bon.

L'intimité de cette déclaration choqua Thierry. Il ne s'était honnêtement pas attendu à ce que son partenaire soit d'accord. Tout au plus, avait-il espéré que Sébastien le laisserait éventuellement mettre en place des sorts sur la résidence du vampire. Il n'avait certainement pas prévu cela ! Son esprit s'emballa. Son studio était correctement ensorcelé, mais minuscule et en désordre. Cependant, la mort d'Aleth lui laissait une autre option. Il pourrait emmener Sébastien dans la petite villa qu'Aleth et lui avaient achetée à Boulogne, juste en dehors des limites de Paris. Aleth était soigneuse dans son organisation. Sa maison – la maison de Thierry – serait impeccable, s'il pouvait se résoudre à y retourner.

— Ma maison est déjà protégée, s'entendit-il dire avant de se rendre compte qu'il avait déjà pris sa décision. Ce serait plus simple pour le moment, ajouta-t-il. Je ne peux… Je peux mettre en place des barrières à ton domicile plus tard si tu préfères.

Sébastien n'avait pas besoin de goûter le sang de Thierry pour sentir la nervosité de l'autre homme. Malheureusement, il n'avait aucun moyen de dire si cette anxiété était le signe d'un intérêt retourné ou de quelque chose de complètement différent.

— Ta maison sera très bien, répondit Sébastien, laissant les questions sur la durée de son séjour et la protection de son appartement ouvertes à une autre discussion.

Pour l'instant, du moins…

— Nous y allons ? demanda-t-il. Je suis prêt à partir.

Thierry retira le repère de sa poche et le glissa dans une boîte dans le tiroir de son bureau.

— Je suis prêt, dit-il à Sébastien. Nous devons prendre le train pour aller à la maison. Est-ce que cela convient ou dois-je demander à Alain de t'envoyer là-bas ?

Cela lui était venu à l'esprit, et pas pour la première fois, qu'il serait beaucoup plus simple s'il pouvait transporter Sébastien de la façon dont il se déplaçait lui-même. Un geste de sa baguette et une incantation rapide et il pouvait aller où il voulait. Prendre Sébastien avec lui, cependant, exigeait une planification beaucoup plus importante.

— Le trajet en train ne me dérange pas, répondit Sébastien, sauf si tu es particulièrement pressé. Je ne suis pas habitué aux transports magiques de toute façon.

Thierry considéra la question. D'un côté, le temps qu'ils passeraient dans le train, sans protection contre la magie extérieure, serait un temps durant lequel ils seraient en danger. D'un autre côté, il n'était pas pressé d'arriver dans la maison qu'il avait partagée avec son épouse, en compagnie de son… nouveau partenaire, mais c'était plus que ça. Thierry avait essayé de le nier, mais en vain. Il appréciait la compagnie de Sébastien, il la recherchait même. Il n'avait pas ressenti cela depuis sa première rencontre avec Aleth. Il n'était pas tout à fait prêt à mettre un nom sur l'émotion qui l'agitait car elle était beaucoup trop complexe pour être définie par un simple mot, mais c'était certainement beaucoup plus que de ramener chez lui un contact professionnel pour un dîner d'affaires. Et malgré leur séparation, cela revenait quand même à trahir la mémoire d'Aleth quelques jours à peine après sa mort.

— Le train sera très bien, décida-t-il, retardant l'inévitable de quelques minutes supplémentaires.

— CAPITAINE !

Orlando ne réagit pas immédiatement, n'étant pas habitué à entendre Alain être appelé par son rang. C'est seulement quand il réalisa que son sorcier avait fait demi-tour qu'il s'arrêta.

— Oui ? demanda Alain.

— Nous avons une patrouille qui a subi une attaque dans le 15ème arrondissement, signala l'autre sorcier.

— Copé ? demanda Alain, sachant que la patrouille de Thierry avait été assignée à Montparnasse.

— Oui, monsieur.

— Merde ! jura Alain. Viens, dit-il à Orlando. Thierry me tuera si quelque chose arrive à sa patrouille.

Orlando suivit Alain en silence alors qu'ils se précipitaient à travers les couloirs de la Salle des Cartes. Au grand soulagement du sorcier, la patrouille était déjà rassemblée. Il étudia la carte de localisation pendant un moment, décidant de la meilleure stratégie. Il était sur le point de donner des ordres quand il se rendit compte qu'il ne serait pas en mesure d'accompagner sa propre patrouille.

— Fouquet, dit-il en se tournant vers son lieutenant. Vous devrez le faire sans moi. Je suis de service ici jusqu'au retour de Marcel.

Le Lieutenant Hugues Fouquet hocha la tête, ravi de cette opportunité de prouver ses capacités. Par le passé, son impulsivité l'avait tenu éloigné des promotions. C'était l'occasion de montrer qu'on pouvait lui faire confiance pour commander. Il écouta attentivement les ordres de son supérieur. Le plan était assez simple. Entrer, sortir la patrouille de Copé des ennuis et revenir à la base en éliminant le plus grand nombre possible de sorciers rebelles dans le processus.

Orlando écouta la conversation en silence. Le plan était bon, pensa-t-il. Le bataillon d'Alain arriverait derrière les attaquants et les prendrait en tenaille avec l'escadron déjà présent. Ce qui le surprit, ce fut qu'Alain n'y aille pas. Quand il en demanda la raison, Alain lui expliqua succinctement le fonctionnement de la chaîne de commandement, en ajoutant d'une voix plus douce ses préoccupations quant à la témérité de son lieutenant.

— Veux-tu que j'aille avec eux ? offrit Orlando. Je peux garder un œil sur lui pour toi.

Alain ne voulait absolument rien de la sorte, mais il n'osa pas le dire à Orlando. La dernière chose dont son vampire avait besoin, c'était de se sentir materné, peu importe d'où venait cette impulsion. Le fait de refuser sa demande parfaitement raisonnable demanderait des justifications qu'Orlando ne voudrait sûrement pas entendre. D'autre part, sachant que le partenaire d'Alain était présent, peut-être cela tempérerait-il l'impulsivité de Fouquet.

— Ils ne te connaissent pas encore assez bien pour que je puisse te donner le commandement, répondit Alain doucement, mais je peux leur signifier clairement que ta participation doit être sérieusement prise en considération avant toute modification du plan établi.

Se retournant vers son escadron, il ajouta :

— Je vous adjoins mon partenaire puisqu'il ne fait pas partie de la structure de commandement ici. En cas de doute, écoutez-le. Lieutenant, j'aurais besoin de vous pour l'inclure dans vos déplacements, s'il vous plaît.

— Oui, monsieur, répondit Fouquet cachant le soupçon de ressentiment à l'idée qu'Alain n'ait pas entièrement confiance en lui.

Il n'était pas ennuyé à l'idée d'avoir le vampire à ses côtés. Il avait entendu parler de la façon dont un groupe de vampires avait brisé la résistance quelques nuits plus tôt quand Catherine et sa patrouille avaient été piégées dans le Marais. Il espérait simplement que celui-ci n'était pas envoyé pour garder un œil sur lui.

Orlando plaça à côté du sorcier qui avait parlé. Une part de lui était nerveuse à l'idée d'aller au combat sans Alain, mais c'était pour cette raison qu'il avait rejoint l'Alliance et il honorerait ses promesses au mieux de ses capacités.

Au signal d'Alain, l'équipe se déploya, le laissant seul debout dans la pièce avec pour unique compagnie celle du sorcier affecté au poste de surveillance. C'était, réalisa-t-il avec un pincement au cœur, la première fois qu'Orlando et lui étaient séparés par plus d'une pièce depuis le jour où ils étaient devenus amants. C'était une chose de savoir qu'Orlando parlait avec Jean quelque part en ville avant de rentrer. C'en était une autre de savoir que son amant était en danger sans qu'il soit à ses côtés. Alain se souvint que, bien que tête brûlée, Fouquet était un redoutable sorcier avec une incroyable capacité à survivre aux situations difficiles. Il s'assurerait qu'Orlando revienne sain et sauf. Ses yeux restèrent cloués au tableau, regardant sa patrouille apparaître sur le plan. Il ne pouvait pas suivre Orlando directement puisqu'ils n'avaient pas eu le temps de créer un repère pour le vampire, mais il pouvait suivre les mouvements généraux de l'escadron. Le premier ordre du jour lorsqu'Orlando serait de retour, décida-t-il, en plus d'embrasser son amant avec ferveur, serait de lui créer ce repère.

XXX

LES SORTS volaient furieusement quand l'équipe de secours se matérialisa derrière les attaques des sorciers rebelles. Le lieutenant Fouquet évalua la situation et comprit que c'était une bataille qu'ils ne pourraient pas gagner.

— Déployez-vous, ordonna-t-il. Nous devons donner une chance à l'équipe de Copé de se regrouper. Dès qu'ils seront à l'abri, nous retournerons à la base. C'est maintenant une mission de sauvetage, un point c'est tout.

— Oui, monsieur, acquiescèrent les autres sorciers.

Il se tourna vers Orlando.

— J'ai entendu dire que les vampires étaient plus rapides et plus silencieux que les mortels. Pouvez-vous passer derrière eux pour dire à Laurent de sortir sa patrouille de là ?

Orlando jugea la scène.

— Cela va prendre quelques minutes, répondit-il, d'autant que je ne suis pas familier avec ce coin de la ville, mais je peux me frayer un chemin à travers les rues adjacentes.

— Faites-le, ordonna Fouquet. Voulez-vous que je vous affecte un sorcier ?

— Non, dit Orlando, il risquerait de me ralentir.

Fouquet hocha la tête en espérant qu'Alain n'aurait pas sa peau pour ça.

— Assurez-vous que l'un d'entre nous vous ramène à la base.

Orlando acquiesça puis courut, utilisant ses sens affûtés pour se déplacer dans les rues inconnues et éviter leurs ennemis. Il venait d'atteindre la patrouille retranchée quand il entendit un cri d'avertissement.

— Laurent est à terre ! entendit-il une voix crier.

L'ombre qui passa devant lui à ces mots ne pouvait être autre chose qu'un vampire. Orlando regarda avec horreur la scène qui se déroulait devant ses yeux.

— Laurent ! criait Blair en étreignant son partenaire ensanglanté et haletant dans ses bras.

— Nous devons le sortir d'ici et le ramener à la base, dit une sorcière à Blair.

Le vampire ne chercha même pas à regarder pour voir qui avait parlé.

— Pas… le temps, dit Laurent en s'étouffant. Trop tard.

— Non ! protesta Blair.

238

Il leva les yeux vers la sorcière.

— N'y a-t-il pas quelque chose que vous puissiez faire ? N'importe quoi !

La sorcière secoua la tête, reconnaissant les symptômes du sort qui avait frappé Laurent. Si un médecin avait été présent au moment où Laurent avait été frappé, peut-être, mais plus maintenant, le sorcier avait raison. Il était trop tard.

— Merde ! jura Blair. Tu ne peux pas me quitter.

Ses yeux s'assombrirent alors qu'il prenait une décision.

— Il y a un autre choix, Laurent, fit-il avec urgence. Permets-moi de te transformer. Permets-moi de faire de toi un vampire.

Laurent pouvait sentir son souffle l'abandonner tandis que sa gorge se serrait, mais il hocha la tête. Blair se précipita immédiatement vers son cou avec l'intention maintenant familière de lui fournir un certain réconfort, la piqûre de la morsure n'étant que passagère.

Blair aspira avidement et rapidement, drainant chaque goutte du sang de Laurent. Lorsqu'il n'en resta pratiquement plus, il se taillada le poignet avec ses crocs et le pressa contre la bouche de Laurent. Il pouvait sentir la faible succion du sorcier.

— Prends-en plus, l'exhorta-t-il. Tu ne peux pas me faire de mal.

Laurent entendit les paroles de Blair et essaya d'aspirer plus fortement comme son partenaire l'avait supplié de le faire. Il força sa gorge pour ignorer la crampe, le sang coulant dans sa bouche et dans son estomac. Sa vision devint floue à mesure que sa conscience le désertait. Il pouvait sentir les ténèbres se refermer sur lui, mais il savait que devenir un vampire signifiait également qu'il devait mourir pour renaître à nouveau, donc il ne paniqua pas. Son regard confiant rencontra celui de Blair alors qu'il s'éloignait de plus en plus, anticipant de revoir ces yeux lorsqu'il se réveillerait.

Blair regarda les yeux de Laurent se vider, vit la poitrine du sorcier s'essouffler puis s'arrêter. Il compta les secondes qui passèrent. Une. Deux. Trois. Quatre. Cinq. Comme le temps s'écoulait sans que Laurent réagisse, il commença à s'alarmer. Dix secondes, quinze maintenant et la transformation aurait dû être achevée. Vingt secondes passèrent sans réaction, puis trente.

— Non ! cria-t-il en tirant le corps du sorcier dans ses bras. Non !

Orlando ne put le supporter. Il sortit de l'ombre et salua l'autre sorcière.

— Le Lieutenant Fouquet dit que tout le monde doit retourner au siège de la Milice.

La sorcière sidérée cria l'ordre de battre en retraite dès que possible, avant de se retourner vers Orlando.

— En ce qui concerne… ? demanda-t-elle en montrant les deux formes sur le sol.

— Pouvez-vous renvoyer les corps de Blair et de Laurent ? demanda-t-il.

Marie hocha la tête.

— Alors, faites-le et j'aurai aussi besoin d'aide.

Marie jeta un sort et Blair disparut tenant toujours fermement le corps de Laurent contre sa poitrine. Un autre sort et Orlando fut de retour dans la Salle des Cartes. Il regarda autour de lui, ne voyant pas Blair, mais trouva immédiatement

Alain. Sans se soucier des spectateurs, il traversa la pièce et enroula ses bras autour de son amant.

— Qui a-t-il ? demanda Alain. Qu'est-il arrivé ?

— Laurent est mort, déclara Orlando d'une voix blanche, encore sous le choc. Blair a essayé de le sauver, mais cela n'a pas fonctionné. Son sang n'a pas pu transformer Laurent comme il aurait dû.

Alain blêmit aux paroles d'Orlando. Gardant un bras autour de son amant alors que la Salle des Cartes se remplissait avec le retour des patrouilles, il emmena Orlando vers son bureau.

— Je dois appeler Thierry, murmura-t-il, son chagrin à la mort de Laurent étant éclipsé par son besoin d'offrir un réconfort à son meilleur ami et de s'assurer qu'Orlando n'avait pas été blessé.

Dès que la porte du bureau de Thierry et d'Alain se referma derrière eux, Orlando attira son amant dans ses bras, sans se soucier du besoin du sorcier d'appeler son ami. Il avait un besoin lui aussi : se prouver que son partenaire était bel et bien vivant. Ses lèvres se refermèrent sur celles d'Alain, les revendiquant. Il respira l'odeur de son amant alors que leurs langues s'enroulaient ensemble, le corps de son sorcier s'appuyant fermement contre le sien.

Alain ne put s'empêcher de réagir, tout le reste disparaissant au soulagement de savoir qu'Orlando était indemne et dans ses bras. Sa peur et le chagrin s'évaporaient devant la passion irrésistible qu'il éprouvait pour son amant. Ses bras encerclèrent le corps svelte, remerciant Merlin et tous les dieux qu'Orlando n'ait pas été celui qui avait été foudroyé.

Aussi merveilleux que cela soit d'avoir Alain dans ses bras, Orlando avait besoin de plus. Sa conscience se rappela à lui car Thierry attendait des nouvelles de son équipe.

— Appelle Thierry, dit-il en haletant, éloignant ses lèvres de celles d'Alain. Dépêche-toi. J'ai besoin de toi.

Hochant la tête, lui-même désespéré de ne pouvoir assouvir immédiatement son désir pour Orlando, Alain saisit son portable et composa le numéro de Thierry qu'il connaissait par cœur. Il se força à se concentrer sur son ami et sa réaction aux nouvelles. Il avait déjà été porteur de mauvaises nouvelles à certaines familles par le passé et il savait qu'il devait garder ses propres émotions sous contrôle lorsqu'il parlerait.

— Dumont, aboya la voix de Thierry au bout du fil.

— Thierry, c'est Alain, dit le sorcier. Orlando vient juste de rentrer de patrouille. Il y a eu une embuscade…

— Qui ? demanda Thierry d'une voix atone.

Les yeux d'Alain se refermèrent alors qu'il luttait pour garder le contrôle.

— Laurent.

— Merde ! Saloperie ! Putain de merde !

Les injures fusaient hors de la bouche de Thierry. Alain écarta le téléphone de son oreille pendant que les invectives se déversaient à travers la connexion. Quand l'explosion s'interrompit, Alain rapprocha le téléphone à son oreille.

— Je suis désolé, Thierry, mais personne n'a rien pu faire. Ils ont essayé.

— Je serai là dans quelques minutes, dit lentement Thierry.

— Non, l'arrêta Alain. Tu viens de partir en repos. Je peux prendre soin de ta patrouille ce soir et tu pourras gérer le reste dans la matinée. Essaye de te reposer un peu, Thierry. Tu en as plus besoin que d'être ici.

Thierry ne répondit pas, mais quand la ligne fut coupée et que l'autre sorcier n'apparut pas instantanément dans leur bureau, Alain conclut que son meilleur ami l'avait écouté. Il éteignit son téléphone et reporta son attention sur Orlando.

— Merde, marmonna-t-il en faisant courir ses mains dans ses cheveux. Ce n'est jamais facile.

— Ce n'est pas censé l'être, répliqua doucement Orlando en se penchant vers le bureau où Alain se tenait. Si c'était plus facile, cela voudrait dire que tu aurais cessé de t'en préoccuper.

Il souleva le menton d'Alain pour river son regard au sien.

— Ne cesse jamais de t'en inquiéter.

— Quand es-tu devenu si avisé ? demanda Alain avec un sourire douloureux.

— Quand je t'ai rencontré.

Le sourire d'Alain s'accentua un peu à ces mots. Il se pencha et embrassa doucement Orlando, le désespoir des minutes précédentes momentanément disparu.

— J'étais inquiet pour toi, admit-il.

— C'était horrible, reconnut Orlando en baissant la tête alors que les souvenirs remontaient à la surface. Le lieutenant Fouquet m'a demandé de contourner la bataille et de dire aux autres de partir dès qu'ils le pourraient. J'ai réussi à les rejoindre assez facilement, juste au moment où Laurent était touché. Il saignait et était à bout de souffle. Blair est arrivé là presque immédiatement, mais cela n'a rien changé. Les autres sorciers lui ont dit qu'il n'y avait plus d'espoir mais il a quand même essayé de le transformer. Cela n'aurait pas été une vie telle que Laurent l'avait connue, mais ils auraient pu rester ensemble. Laurent avait accepté, mais cela n'a pas fonctionné.

Orlando leva des yeux lumineux sur le visage d'Alain, les conséquences de l'échec de Blair le paralysant.

— Cela n'a pas fonctionné.

Alain caressa sa joue avec douceur, essayant de soulager la douleur dans la mémoire d'Orlando. Il ne trouvait rien à répondre. Sa propre mortalité, présente et future, était quelque chose avec laquelle il vivait, quelque chose qu'il acceptait chaque fois qu'il prenait part à une bataille. S'ils survivaient à la guerre, Orlando et lui auraient beaucoup d'années à passer ensemble, la magie offrant une plus grande longévité que celle des humains, mais un jour, il mourrait. À aucun moment, il ne pouvait espérer ou prétendre changer ce fait.

— Ne t'attarde pas là-dessus, insista Alain. Nous ne pouvons pas savoir de quoi demain sera fait. Tout ce que nous pouvons faire, c'est tirer le meilleur parti du temps qui nous est accordé à chaque instant de chaque jour. Je n'ai passé que dix ans avec Henri avant qu'il décède. Il me manquera toujours, mais je ne peux pas – et je ne veux pas – regretter le temps que j'ai eu avec lui.

Les yeux d'Orlando se remplirent de larmes alors qu'il hochait la tête, reprenant Alain dans ses bras.

— J'ai besoin de toi.

— Mon corps et mon sang sont à toi, promit Alain. Prends ce dont tu as besoin.

Les mains d'Orlando tremblèrent lorsqu'il attrapa le pull d'Alain, le tirant par-dessus sa tête, le dénudant jusqu'à la taille. Alain leva volontiers les bras pour faciliter le déshabillage, il avait besoin de la confirmation que les actions qu'il faisait pour Orlando fourniraient autant de répit au vampire qu'il semblait en avoir besoin.

Dans d'autres circonstances, Orlando se serait attardé sur cette étendue de chair, il l'aurait caressée, embrassée et mordillée, mais il n'avait aucune patience pour s'y attarder ce soir. Il avait besoin d'Alain et il avait besoin de lui maintenant. Déchirant sa propre chemise, les boutons s'envolant dans le processus, il exhorta Alain à grimper sur le bureau, balayant de côté tout ce qui se trouvait dessus.

— Maintenant, insista-t-il alors qu'il atteignait les boutons du pantalon d'Alain.

Le sorcier releva ses hanches, désirant aussi Orlando. Il se pencha en arrière sur les coudes, écarta les jambes, regardant avidement son amant finir de se défaire du reste de ses vêtements.

— Maintenant, dit-il comme un écho en soulevant les talons du bord du bureau de sorte qu'il soit complètement ouvert pour faciliter la pénétration. Prends-moi maintenant.

Orlando s'approcha, la main tombant sur son érection. Cela prit chaque once de volonté qu'il avait pour ne pas pénétrer d'un seul coup ce portail offert, mais il savait que, quelle que soit l'étendue de son désespoir, son degré de frénésie, rien ne pourrait le persuader de blesser Alain de cette manière.

— Lubrifiant ? grogna-t-il.

— Ce n'est pas nécessaire, insista Alain, son esprit focalisé sur une seule chose : sentir Orlando en lui. S'il te plaît.

Orlando secoua la tête.

— Je ne te prendrai pas à sec. *Il* se plaisait à le faire avec moi, en me faisant sentir chaque déchirure, chaque poussée abrasive. Je ne te ferais pas ça.

La douleur contenue dans les mots d'Orlando fut comme un seau d'eau glacée sur les besoins d'Alain. Pourtant, il était ravi qu'il lui fasse suffisamment confiance pour lui confier une telle révélation après son refus de lui parler du vampire qui l'avait transformé. Concentrant son esprit jusqu'à ce qu'il puisse visualiser clairement leur chambre, il murmura un sort d'appel et donna à Orlando le tube nécessaire.

— Dépêche-toi, gémit-il, je n'ai pas besoin de beaucoup de préparation.

Orlando huila deux doigts qu'il inséra dans le corps d'Alain aussi vite qu'il osa le faire. Sachant qu'il ne pourrait pas résister longtemps aux soupirs que poussait son amant, il se hâta d'ajouter plus de lubrifiant, écartant ses doigts pour étirer les muscles et les détendre.

— Assez, dit Alain en se redressant, j'ai besoin de toi maintenant.

Orlando retira sa main, utilisant le lubrifiant de ses doigts pour huiler sa verge palpitante. Il s'approcha entre les cuisses de son amant, posa une main sur la poitrine d'Alain, le repoussant en arrière sur le bureau et aligna son membre avec son entrée. Au gémissement de désir d'Alain, Orlando marqua une pause jusqu'à ce que le sorcier soulève ses hanches, provoquant un empalement plus rapide que le vampire aurait osé imposer.

Alain comprenait qu'Orlando ne voulait pas lui faire de mal, mais l'envie stimulée par la peur augmentait et seule la présence d'Orlando en lui pourrait atténuer ce désespoir. Il s'arqua contre les poussées encore prudentes du vampire.

— Arrête de te retenir, insista-t-il.

Le désir d'Orlando s'opposait à sa peur alors qu'il glissait toujours plus profondément dans le corps d'Alain. Visiblement, il ne blessait pas le sorcier, ce qui apaisa sa plus grande inquiétude. Cédant à son désir désespéré, il augmenta la vitesse de ses coups jusqu'à marteler son amant.

Alain eut le souffle coupé lorsque le contrôle d'Orlando céda. Les louanges et les encouragements se succédèrent sur ses lèvres alors qu'il se sentait revendiqué, conquis, comme jamais auparavant. C'était exactement ce qu'il fallait pour dissiper la peur qui avait régné tout le temps qu'Orlando avait été absent. Renonçant à tout semblant de contrôle sur lui-même ou sur la situation, il lutta contre son orgasme, resserrant son sphincter pour masser le membre d'Orlando en mouvement, espérant apporter à son amant autant de plaisir qu'il en tirait de leurs ébats frénétiques.

Orlando leva les yeux vers le visage d'Alain, ayant besoin de voir le visage aimé déformé par le plaisir et se rappeler que son sorcier était en sécurité, que la tragédie l'avait, pour cette fois, épargné. La contraction rythmique délibérée du canal d'Alain le consuma, brisant le peu de contrôle qui lui restait. Incapable de se retenir plus longtemps, il jouit dans un cri rauque, attrapant entre leurs corps en sueur le sexe d'Alain pour le masturber avec insistance. Presque immédiatement, sa semence jaillit du membre épais, couvrant ses doigts de liquide collant. Il leva sa main à ses lèvres, les léchant pour les nettoyer. Il n'arrivait toujours pas à le goûter comme il le pouvait avec le sang d'Alain, mais il songea qu'il possédait un soupçon de salinité.

Après avoir avalé chaque goutte, il posa sa tête sur la poitrine d'Alain, reconnaissant lorsque les bras de son amant l'encerclèrent pour le tenir contre lui. Il resta là pendant plusieurs longues secondes, laissant la paix et la tranquillité envahir son âme. En de tels moments, il pourrait presque – presque – croire qu'il n'était pas aussi damné qu'il l'avait toujours pensé et que peut-être son existence pourrait prendre une meilleure tournure. Avec un soupir, il releva la tête, regarda les yeux bleu azur d'Alain et ressentit brusquement un désir différent aussi puissant que celui de sa soif. Il poussa du coude le menton de son sorcier, l'exhortant à incliner la tête en arrière.

Les yeux d'Alain s'ouvrirent quand il sentit les lèvres d'Orlando sur son cou. Cela voulait-il dire que le vampire… ? Avant même qu'il puisse penser à la question, il sentit les crocs d'Orlando érafler sa peau.

— Oui, siffla-t-il.

Les hésitations d'Orlando fondirent face au désir évident d'Alain. Toujours enfoui à l'intérieur de son amant, il glissa ses crocs dans le cou du sorcier, goûtant à nouveau le contentement qu'il avait déjà ressenti auparavant, la touche subtile de quelque chose d'autre qu'il ne pouvait toujours pas identifier, mais qu'il savourait quand même. Cette fois, il pouvait aussi goûter le résidu de la peur d'Alain. La saveur était amère mais elle s'affadissait, assurant au vampire que ses actes n'en étaient pas la cause. De la peine y était mélangée, rappelant à Orlando le sorcier qu'ils avaient perdu cette nuit-là. Il aspira plus profondément, ayant besoin de cette connexion avec Alain, cette connexion que Blair avait perdue avec son partenaire. Le sang vivifiant coula dans sa bouche, le fortifiant, le soutenant, le réconfortant.

Même rassasié comme il l'était, le fait d'avoir Orlando qui se nourrissait ainsi alors qu'ils étaient nus, enlacés, Alain sentit son désir se réveiller. Il bougea nerveusement sous Orlando, frottant leurs deux corps, son sexe vibrant caressant le ventre d'Orlando.

Ce dernier se figea un instant lorsqu'il sentit le désir envahir le sang d'Alain et les réactions physiques correspondantes. Cependant, il était allé trop loin pour se retirer complètement comme la prudence lui disait de le faire. C'était trop bon d'être enfoui à l'intérieur de son amant. Il n'avait pas à se soucier de garder son sang-froid, pas alors qu'il avait déjà assouvi sa passion ce soir. Alain allait certainement jouir de nouveau, mais il le faisait toujours quand Orlando se nourrissait. La seule chose qui avait changé était leurs positions actuelles et le sentiment d'intimité. Il but de manière plus urgente dans l'espoir d'apporter à son amant le plus grand plaisir possible.

Alain s'agita délibérément sous Orlando, cherchant la friction sur son sexe gonflé. Il pouvait encore sentir la présence de son amant à l'intérieur de lui bien que son sexe épais soit maintenant au repos. Il voulait le sentir remuer en lui, le sentir gonfler à nouveau avec le même désir qui coulait dans ses propres veines, mais il se contenta de la pensée qu'Orlando était encore logé en lui au lieu de s'être retiré. Le battement régulier de son cœur faisait écho à la succion rythmique contre sa gorge, son pouls commençait à battre non seulement dans sa poitrine, mais dans tout son corps. Il haleta quand les crocs d'Orlando s'enfoncèrent plus profondément, son corps s'arqua et sa semence se répandit de nouveau, ajoutant à la viscosité entre leurs corps.

Orlando trembla quand il sentit Alain atteindre l'orgasme, chevauchant les vagues du plaisir. Il l'avait goûté avant, chaque fois qu'il s'était nourri profondément d'Alain, mais il ne se lasserait jamais de sa saveur. Il pensa qu'il pourrait volontiers passer l'éternité à prodiguer ce genre de plaisirs à son amant. Il lécha la peau du sorcier avec soin pour refermer les plaies, posant sa tête sur la poitrine d'Alain, réticent à laisser la réalité s'immiscer entre eux. Il savait qu'ils auraient à remonter rapidement afin qu'Alain reprenne ses fonctions, mais il voulait s'attarder un peu plus longtemps sur cet instant hors du temps.

XXXI

THIERRY REFERMA son téléphone portable, regardant le mur en face de lui sans le voir.

Mort.

Laurent était mort.

Il avait envoyé son lieutenant dans la bataille sans l'aide de son capitaine et maintenant il était mort.

Jetant un coup d'œil vers son partenaire à travers le salon, sa culpabilité redoubla. Si cela n'avait pas été pour Sébastien, dans l'espoir que ce dernier le laisse ensorceler son appartement, Thierry serait certainement parti à la recherche de sa patrouille quand il avait fini son service. La loyauté envers son équipe l'y aurait poussé en dépit des paroles de réconfort d'Alain et la mort de Laurent aurait pu être évitée. Thierry ne se leurrait pas en imaginant qu'il était si puissant qu'il aurait pu empêcher la mort de Laurent à lui seul, mais il avait des années d'expérience et une connaissance de la stratégie que Laurent n'avait pas possédée. Il aurait pu prendre une décision différente, déployer ses troupes dans une autre formation ce qui aurait gardé Laurent à l'abri du danger. Furieux contre lui-même et contre la situation, il jeta son téléphone à travers la pièce, le regardant se fracasser contre le mur et se briser en morceaux.

— Thierry ?

La voix de Sébastien fit irruption dans ses pensées. Il se retourna vers son partenaire, en colère et les yeux hantés.

L'expression sur le visage de Thierry prit Sébastien par surprise. Il n'avait jamais vu une telle colère ou de tels regrets sur le visage de son compagnon, même lorsqu'ils avaient parlé de la mort de sa femme.

— Que se passe-t-il ?

— Laurent est mort.

Sébastien savait que sa réaction était indigne de lui, mais sa première pensée fut de remercier le ciel que Thierry ne soit pas sorti avec sa patrouille. Il était désolé d'apprendre le décès de Laurent mais son soulagement que ce ne soit pas Thierry était écrasant. Il ne savait pas ce qu'il ferait s'il perdait son partenaire. Il en avait déjà perdu un qui était son amant et cela l'avait presque anéanti. Perdre Thierry maintenant, si tôt

245

après l'avoir trouvé… Cette pensée le fit tressaillir. Ce fut même un choc de se rendre compte qu'il pensait déjà à Thierry comme il pensait à Thibaut. Cela déclencha une autre réflexion. Est-ce que quelqu'un aidait Blair ? Il voulait le demander à Thierry mais pas tout de suite. Tout d'abord, il avait besoin de se rassurer sur son propre partenaire.

— Te trouver là-bas n'aurait rien changé, déclara doucement Sébastien en traversant la pièce pour rejoindre Thierry sur le canapé.

— Cela aurait pu, répondit Thierry sur la défensive, essayant de se rappeler ce qu'il savait de la vie personnelle de Laurent, s'il avait une famille, quelqu'un qu'il aimait, n'importe qui, qui aurait besoin d'être informé.

Il était sûr qu'Alain allait vérifier mais cela semblait injuste de demander à son ami de faire ce travail à sa place. Frustré, il se rendit compte qu'il ne savait rien, qu'il n'avait pas pris le temps de connaître Laurent sur le plan personnel et que maintenant il n'en aurait plus jamais la chance.

— J'aurais pu prendre une autre décision que celle de Laurent, l'embuscade aurait pu être évitée ou les attaquants auraient pu être repoussés. Laurent est bon, mais il n'a pas – n'avait pas – mon habileté en matière de stratégie.

La correction amena une autre grimace sur le visage de Thierry. Il ne pouvait tout simplement pas imaginer que son commandant en second ait disparu. Il avait formé Laurent, l'avait habitué à penser de la même façon que lui suffisamment souvent pour qu'il n'ait plus à expliquer tous les détails. De qui se moquait-il ? Il entraînerait une centaine de nouveaux lieutenants de bon cœur si cela pouvait ramener Laurent.

Ce n'était pas aussi simple que cela, cependant. Rien ne l'était jamais, mais sa conscience coupable insistait sur le fait que c'était beaucoup plus compliqué que cela aurait dû l'être. Il aurait simplement dû laisser Sébastien rentrer chez lui et rejoindre sa patrouille. Cependant, il ne l'avait pas fait. Son propre désir de garder son partenaire à ses côtés l'avait emporté sur son devoir et il avait cédé. Assis sur un canapé qu'il ne reconnaissait pas dans une maison qui ne l'était que sur le papier, il admit en son for intérieur qu'il voulait Sébastien avec lui, ici et partout ailleurs. Et cela ne faisait qu'ajouter à sa culpabilité, parce qu'il savait – il *savait* – qu'avant Sébastien, il serait sorti pour rejoindre sa patrouille. Même si cela n'aurait rien changé, même si Laurent serait quand même mort, il ne serait pas à cet instant assis ici, à sentir le poids de son absence, le poids de son manquement au devoir. Oh, Marcel ne verrait pas les choses ainsi. Ses actions ne seraient jamais remises en question par quiconque en dehors de cette pièce. En fait, il serait surpris si Sébastien remettait ses actions en question. Cela ne l'aidait pas à se sentir mieux. Le cas échéant, cela le faisait même se sentir encore plus mal, sachant que personne ne le comprenait.

— Donc, tu as deux choix, déclara Sébastien, interrompant ses pensées. Tu peux rester assis ici et te morfondre ou nous pouvons sortir et faire quelque chose.

— Faire quoi ? demanda Thierry frustré. Laurent est mort.

— Mais pas ceux qui l'ont tué, rétorqua Sébastien. J'imagine que tu te sentirais mieux si c'était le cas.

Thierry le regarda fixement pendant un moment.

— Es-tu sérieux ?

Sébastien hocha la tête.

— Et je pense connaître quelqu'un qui serait enchanté de nous aider si cela ne te dérange pas d'avoir un autre vampire près de toi.

Il lui fallut une minute pour suivre le raisonnement de Sébastien.

— Blair, devina Thierry.

— Exact, acquiesça Sébastien. Un vampire qui perd quelqu'un de spécial réagit souvent… mal, expliqua-t-il.

Il se souvenait de ses propres pensées désespérées après la mort de Thibaut, sa propre fascination pour le suicide dans l'espoir de retrouver son amour au-delà de ce monde. Avoir quelque chose à faire, être capable de libérer sa colère et sa frustration pourrait préserver Blair de quelque chose d'aussi irréfléchi.

Thierry eut un petit rire malgré son chagrin.

— Et aller à la poursuite des assassins de Laurent tous les trois, n'est-ce pas trop téméraire, demanda-t-il.

Sébastien lui retourna son sourire.

— Je pense que tu pourrais découvrir que le reste de ta patrouille aimerait également nous accompagner.

Le sourire de Thierry se fit féroce.

— Allons-y. Le temps que nous retournions à la base, ils seront peut-être tous partis.

— Transporte-toi là-bas et envoie quelqu'un pour moi, suggéra Sébastien. Cela prendra moins de temps que de voyager en train.

— Cela ne te dérange pas ?

Sébastien secoua la tête.

— Va. J'attendrai celui que tu m'enverras.

MIREILLE SE précipita dans le couloir, vers le bureau de Caroline. Elle avait entendu dire qu'un sorcier avait été tué, un sorcier qui avait un partenaire vampire.

— Qui est le vampire dont le partenaire a été tué ? demanda-t-elle sans préambule.

Caroline releva les yeux, surprise.

— Quoi ?

— Le sorcier qui a été tué en patrouille. Quelqu'un m'a dit qu'il avait un partenaire. Qui est avec ce vampire ? demanda Mireille avec insistance.

— Je ne sais pas.

— Nous devons savoir de qui il s'agit. Qui que ce soit, il ne devrait pas rester seul. Les vampires qui perdent quelqu'un de spécial sont connus pour se comporter… imprudemment, expliqua-t-elle.

247

— Allons-y, dit Caroline. Nous allons trouver.

Elle conduisit Mireille à travers les couloirs jusqu'à l'infirmerie où les sorciers décédés et blessés étaient généralement amenés. Un médecin vint à leur rencontre à la porte.

Caroline expliqua qui elles cherchaient, et le médecin leur désigna l'espace du fond. Les deux femmes s'approchèrent doucement, un sourire doux passant entre elles au souvenir de ce qui s'était passé la dernière fois qu'elles s'étaient trouvées à cet endroit.

— Laisse-moi entrer la première, demanda Mireille doucement. S'il réagit de manière excessive, il est moins susceptible de me faire du mal qu'à toi.

Caroline fronça les sourcils, n'aimant pas du tout l'idée que Mireille puisse être en danger mais elle accéda à la demande de sa partenaire.

Mireille écarta le rideau et entra. Le vampire sur le sol ne leva même pas les yeux, le corps refermé de façon protectrice sur le sorcier dans ses bras, comme s'il pouvait épargner à son partenaire la moindre souffrance. Elle reconnut Blair, mais ce n'était pas l'un des vampires qu'elle connaissait le mieux. Elle essaya de se souvenir de tous ceux dont il pouvait être proche, mais il n'était à Paris que depuis peu, aussi n'était-elle pas sûre qu'il avait noué des liens d'amitié ici.

— Blair ? dit-elle doucement en s'agenouillant à côté de lui.

— Pourquoi cela n'a-t-il pas fonctionné ? répondit Blair sans lever les yeux. Pourquoi n'ai-je pas pu le sauver ?

Mireille n'avait pas de réponse à cette question, elle posa simplement une main compatissante sur son épaule.

— Tu devrais laisser les sorciers le voir, suggéra-t-elle.

— Non !

Son cri était catégorique et suffisamment fort pour inciter Caroline à traverser le rideau du couloir. Mireille lui indiqua d'un geste que tout allait bien. La sorcière hocha la tête, mais ne retourna pas à l'extérieur.

— Il m'a dit qu'il voulait que je le transforme, continua Blair après un moment, comme si son éclat n'avait jamais eu lieu. Cela a toujours fonctionné quand quelqu'un acceptait d'être transformé.

Il tourna un regard abattu vers Mireille.

— Pourquoi cela n'a-t-il pas fonctionné ?

C'était la même question qu'il se posait depuis qu'il avait compris qu'il n'avait pas réussi, que Laurent était parti en dépit de tous ses efforts.

Laurent.

Blair baissa de nouveau la tête, rapprochant le corps de son partenaire plus étroitement contre sa poitrine. Cela ne faisait-il vraiment que quelques jours, depuis leur rencontre ? Blair avait du mal à y croire. Il avait l'impression d'avoir connu Laurent depuis des années. Dès la première dégustation du sang acidulé du sorcier, il avait su que Laurent était différent, spécial. Ses yeux se fermèrent alors qu'il se souvenait.

LAURENT S'APPROCHA lentement d'eux, Fabienne, Paul, Bertrand et lui. Ils braquèrent des yeux méfiants sur le sorcier et il s'arrêta à quelques mètres.

Le sorcier se racla la gorge.

— J'aimerais trouver un partenaire parmi vous, dit formellement Laurent.

Fabienne jeta un coup d'œil à Jean. Elle attira son attention et il hocha la tête d'un signe rassurant. Alors elle redressa ses épaules et fit quelques pas pour se tenir devant Laurent.

— Je vais essayer, dit-elle.

L'inquiétude sur son visage était évidente, mais Laurent hocha la tête, retira sa veste de cuir et déboutonna sa chemise. Les deux autres vampires vinrent se placer derrière elle pendant qu'elle prenait le poignet offert.

— Allez-y, l'incita-t-il en se raidissant.

Fabienne plongea la tête et but une gorgée. Blair sentit le peu de sang qu'elle avait pris et combien elle se montrait précautionneuse. Elle se recula la seconde suivante et secoua la tête.

— Merci, dit faiblement Laurent, pas sûr de ce à quoi il s'était attendu.

Fabienne lui adressa un sourire crispé et recula.

Les deux vampires se regardèrent l'un l'autre, chacun attendant que l'autre agisse.

— Oh, pour l'amour de Dieu, s'écria Fabienne. Allez Blair, fais-le.

L'homme noir cligna des yeux vers elle puis regarda Laurent qui tenait toujours son poignet tendu. Il s'avança et serra légèrement le poignet. Il était attentif à se montrer aussi délicat que possible quand il baissa la tête et le mordit. Si cela ne fonctionnait pas, le magicien devrait offrir son poignet encore et encore jusqu'à ce que ce soit le cas. Blair ne voulait pas lui faire plus de mal que nécessaire.

Il posa sa bouche sur le poignet de Laurent, inhalant tout d'abord l'odeur de sa peau et réprimant à peine un frisson alors qu'il tentait d'enfoncer ses crocs aussi délicatement que possible pour goûter son sang. Bien qu'il ait entendu la description de Jean, rien n'aurait pu le préparer à la vague chaude qui l'enveloppa, le fortifia, le réconforta, s'enroulant autour de lui jusqu'à ce qu'il se sente invincible.

Il se retira, levant ses yeux sombres pour rencontrer ceux d'un bleu brillant et en fut complètement retourné. C'était comme si le monde s'était évanoui et n'avait laissé que cet homme et sa magie, balayant tout le reste, pénétrant l'âme de Blair.

— Blair ? Hé, Blair ?

Fabienne s'approcha de lui et fit claquer ses doigts devant son visage, rompant le contact visuel. Blair cligna des yeux et revint à lui.

— Ça marche.

Fabienne hocha la tête. Paul et elle se reculèrent tandis que Blair restait figé, tenant toujours le poignet de Laurent.

— Je ne m'attendais pas à trouver un *partenaire, reconnut Laurent en étudiant les traits lisses du visage sombre de l'homme.*

249

— Moi non plus, avoua Blair paisiblement, ses doigts caressant légèrement la peau du poignet de Laurent.

— Je veux aider la cause, affirma Laurent d'une voix pragmatique. Alain est un homme bon et j'ai confiance en lui. J'ai toujours pensé qu'il y aurait un moyen de trouver des alliés...

Blair pencha la tête en écoutant Laurent parler, envoûter par le rythme musical de sa voix. Il pouvait encore sentir l'envoûtante attraction de sa présence... il n'avait tout simplement pas envie de s'éloigner. Il était fasciné.

Orlando apparut à ses côtés et regarda Blair.

— Tout va bien ? demanda-t-il calmement.

Laurent s'interrompit au milieu d'une phrase.

— Nous sommes partenaires.

Orlando regarda Blair, observant son visage. Après un long moment, ils acquiescèrent tous les deux.

— Excellent, déclara Orlando. Nous essayons de rassembler tous ceux qui sont appareillés en un seul endroit.

Blair acquiesça de nouveau et Orlando se déplaça vers le groupe suivant.

— Vous ne parlez pas beaucoup, n'est-ce pas ? dit Laurent.

Blair haussa les épaules en réponse puis resta immobile, regardant Laurent.

— Je suppose que nous devrions aller là-bas, dit ce dernier en regardant Blair, puis son poignet, puis de nouveau le vampire.

Avec un geste de la tête, Blair offrit un sourire prudent, mais il ne libéra pas le poignet de Laurent. Ce dernier se racla la gorge et regarda Blair si bizarrement que le vampire desserra ses doigts à contrecœur, ressentant immédiatement une sensation de manque déferler dans ses veines, bien qu'un pouvoir protecteur extrêmement chaud soit resté.

Laurent enfila sa veste et s'éloigna, laissant un Blair pensif le suivre. Alors que Laurent commençait immédiatement à parler avec d'autres sorciers, Blair resta en retrait, occupé par de nouvelles pensées impliquant toutes Laurent.

CES PENSÉES n'avaient cessé de l'inonder durant les quatre jours qui avaient suivi et recommençaient maintenant que Laurent était mort dans ses bras. Il avait hurlé son chagrin dans les rues pendant le combat qui lui avait arraché Laurent. Il avait murmuré sa peine dans le silence de l'infirmerie après que l'un des autres sorciers l'avait transporté ici. Il voulait pleurer son chagrin dans les bras d'un ami, mais il n'en avait pas ici, à Paris, et même s'il le faisait, il savait que les larmes ne viendraient pas. Il tourna un regard sombre vers la vampire à ses côtés.

Mireille resta silencieusement à genoux à côté de lui. Ce n'était pas la première fois qu'elle restait assise à veiller sur un autre vampire et elle savait que les effets seraient longs à s'estomper. Elle ne savait pas combien d'années s'étaient écoulées depuis que Monsieur Lombard avait aimé et perdu son Avoué, mais elle savait par contre quel mois cela s'était produit. Même maintenant, toutes ces années plus tard, il quittait Paris et retournait sur la tombe de son Avoué pour le pleurer. Elle savait que de nombreuses personnes se moqueraient des émotions de Blair, invoquant le peu de temps qu'ils avaient passé ensemble, mais en levant les yeux vers sa propre sorcière, Mireille savait que, dans ce cas, le temps était vraiment hors de propos. Quatre ans, quatre siècles, ne pouvaient pas créer un lien plus profond que celui qu'elle partageait déjà avec sa partenaire. Seul le lien magique d'un Aveu de Sang surpasserait ce que Caroline et elle partageaient déjà.

Troublée par le silence de Blair, elle étreignit son épaule. À sa grande surprise, il se laissa aller dans ses bras, le corps de son partenaire glissant doucement sur le sol. Elle l'étreignit, espérant lui offrir un certain réconfort.

Caroline observait la scène en silence, impuissante. Elle ne connaissait pas Blair et elle ne savait rien au sujet de la manière dont les vampires faisaient leur deuil, mais dans les deux cas, elle n'était d'aucune aide. Elle espérait simplement que sa présence était un soutien pour Mireille. Lorsque l'autre vampire se déplaça vers sa partenaire, la main de Caroline s'envola automatiquement vers sa baguette, une peur jalouse la conduisant à protéger ce qui était à elle, mais Mireille ouvrit simplement ses bras à l'homme en deuil et Caroline se força à se détendre. Elle se reprocha silencieusement sa réaction, se rappelant que Mireille et elle n'avaient fait aucune promesse en dehors de celle de l'Alliance et que, même si cela avait été le cas, sa partenaire offrait du réconfort, rien de plus, à un collègue vampire qui affrontait une perte incompréhensible. Sa réaction n'avait pas sa place dans cette salle ni n'importe où d'ailleurs, se dit-elle fermement.

Les doux bras enroulés autour de son corps lui fournissaient un certain réconfort, mais ce n'était pas les bras auxquels aspirait Blair. Il n'y avait eu rien de doux en Laurent à l'exception peut-être de son cœur, mais même cela était caché sous l'apparence rude que son partenaire présentait au monde entier. La veste en cuir était autant un bouclier que les sorts que Laurent avait jetés sur son appartement. Blair avait reconnu sa brusquerie comme un mécanisme de défense dès la première fois où il avait goûté le sang de Laurent mais il commençait seulement à découvrir ce qui se trouvait derrière. Chaque fois qu'il s'était nourri, il en avait vu un peu plus, en avait senti plus sur ce qu'était – avait été – son partenaire. Laurent n'était pas resté insensible aux effets de son alimentation non plus et ils avaient joui ensemble plus d'une fois. À l'idée d'avoir à chasser de nouveau, d'avoir à rechercher une subsistance pour le corps et l'âme, le chagrin s'abattit de nouveau sur lui. Il s'écarta de Mireille pour étreindre Laurent, enfouissant son visage contre la chair froide du cou de son partenaire.

XXXII

UN BRUISSEMENT à la porte attira l'attention de Caroline. Elle s'arracha à la contemplation du spectacle douloureux en face d'elle et se retourna pour voir Thierry et Sébastien dans l'encadrement de la porte. Elle recula et les rejoignit.

— Le partenaire de Laurent, dit-elle de manière superflue.

Thierry hocha la tête.

— Comment va-t-il ?

Il ne pouvait pas voir le visage de Blair, seulement le dos voûté du vampire alors qu'il s'accrochait toujours au corps sans vie de Laurent.

— Je ne sais pas, répondit-elle honnêtement. Il n'a pas bougé d'ici depuis que nous sommes arrivées.

— Il ne le fera pas, expliqua Sébastien, à moins que nous ne lui donnions une raison de le faire.

Caroline blêmit.

— Une raison ?

— Nous partons à la recherche de son meurtrier, déclara Thierry sans ambages. Je n'étais pas là pour empêcher sa mort. Je veux le venger.

— Je viens avec vous.

Thierry regarda le vampire qui, bien qu'il ait levé les yeux, étreignait toujours le corps de Laurent.

— C'est la raison de notre présence ici, assura le vampire. Nous savions que vous voudriez venir avec nous.

— Comment allons-nous le trouver ? demanda Blair, découvrant autre chose que son chagrin sur lequel se concentrer.

— La magie laisse une trace, comme une empreinte digitale, expliqua Thierry. Si tu me le permets, je peux jeter un sort sur Laurent pour faire apparaître cette empreinte. Ensuite, un sort traqueur nous conduira à son assassin.

Tous les instincts de Blair se révoltaient à l'idée que quelqu'un puisse braquer une baguette sur Laurent.

— Cela ne lui aurait fait aucun mal, même s'il avait pu le sentir, promit Sébastien, comprenant l'hésitation de Blair.

Il les avait ressenties quand Thierry avait jeté un sort sur Alain à la gare quelques jours auparavant.

— C'est juste un sort d'identification, ajouta Thierry. Cela t'aiderait-il si je lançais le sort sur quelqu'un d'autre afin que tu puisses voir comment cela fonctionne ?

En effet, Blair préférait ça mais il se dit qu'il devenait ridicule. Laurent était mort. Rien de ce que pourrait faire le sorcier ne le blesserait maintenant. Quelque chose dans son attitude cependant devait avoir montré ses hésitations parce que Thierry regarda Sébastien.

— Est-ce que cela te dérange si je demande à Caroline de me jeter le sort ?

Sébastien se tendit, mais il était reconnaissant que Thierry le lui demande d'abord et il savait que c'était le seul moyen d'aider Blair. Il hocha la tête brièvement, se raidissant cependant à l'idée de regarder un sort, même inoffensif, dirigé sur son partenaire, une attitude protectrice qu'il n'avait pas ressentie depuis la mort de Thibaut et qui revenait au premier plan.

Caroline savait exactement quel sort Thierry voulait lancer et le jeta facilement. Les étincelles de sa magie dansèrent autour de l'autre sorcier pendant un moment jusqu'à ce qu'une pâle luminescence se répande.

— Voilà la signature, dit-elle pour les vampires présents dans la salle.

Thierry sourit pour la remercier puis se retourna vers Blair.

— Un sort parfaitement inoffensif, répéta-t-il. Est-ce que je peux l'essayer sur Laurent maintenant ?

Blair hocha la tête.

Thierry regarda Sébastien et hocha également la tête. Si Blair donnait sa permission, ils pouvaient le croire.

Thierry jeta un dernier coup d'œil à Blair avant de réciter le sort. Attrapant une signature magique, il sourit férocement.

— Maintenant, voyons où cela nous mène.

Il jeta un deuxième charme, celui qui renverrait la lumière brumeuse vers sa source. À la surprise de tout le monde, la lumière se dirigea immédiatement autour de Blair.

— Merde, jura Thierry. Tout ce que j'obtiens c'est ta signature, Blair. Lorsque tu as essayé de le sauver, il se peut que tu aies effacé la trace du sorcier.

— Alors, que faisons-nous maintenant ? demanda résolument Blair, voyant son espoir de vengeance s'amenuiser.

— Je n'en ai aucune idée, répondit Thierry. Je n'ai même pas pensé à ta propre signature.

— Blair, déclara Sébastien en attirant leur attention, lorsque tu as essayé de sauver Laurent, pouvais-tu sentir le sort qui l'a tué ou sa souillure ?

Blair réfléchit à la question. Il n'y avait pas pensé sur le moment, trop pris par ce qu'il faisait pour penser à autre chose, mais maintenant, avec le recul, il y avait un goût bizarre dans le sang de Laurent. Il hocha la tête.

— Peux-tu faire le sort d'identification à partir de son sang ? demanda Sébastien à Thierry. Peut-être que tu pourrais obtenir une trace à partir de là.

— Cela vaut la peine d'essayer, répliqua Thierry.

Les hésitations qu'il avait au sujet de la magie de sang s'étaient évaporées face à sa colère et à son chagrin à la suite de la mort de Laurent.

Blair souleva son poignet à ses lèvres.

— Non, déclara Thierry rapidement en l'arrêtant. Je dois attirer le sang ou le sort ne fonctionnera pas.

Il regarda autour de lui et vit une seringue à côté du lit dans le petit box. Il ramassa et attrapa le poignet retourné de Blair, perfora la peau afin que le sang jaillisse à la surface.

— Laisse-le tomber sur le sol, ordonna-t-il, de sorte que le sort n'affecte que ton sang et non toi.

Blair retourna son poignet et massa son bras pour que plus de sang jaillisse, suffisamment pour déposer quelques gouttes sur le carrelage. Thierry lança à nouveau le sort et regarda la luminescence familière apparaître, une palette de couleurs légèrement différente de celle qui était apparue lorsqu'il avait lancé le sort sur le corps de Laurent. C'était une bonne chose. Cela signifiait qu'il avait une chance de retrouver l'assassin de son lieutenant. Le sort de traçage fût le suivant et la lumière se déplaça vers la porte, indiquant la direction à suivre.

— Soyez prudent, avertit Caroline derrière eux. Vous faire tuer ne ramènera pas Laurent.

— Nous le savons bien, dit Thierry en se tournant pour lui faire face, mais cela doit être fait.

Jetant un coup d'œil vers les deux vampires, il ajouta :

— Attendez une heure, puis dites-le à Alain. Si nous ne sommes pas de retour d'ici là, il saura quoi faire.

Caroline secoua la tête alors qu'ils disparaissaient par la porte. Elle leur donnerait quelques minutes mais elle n'attendrait pas une heure pour en parler à Alain.

JOËLLE MORVILLIERS ferma la porte derrière elle avec un sourire satisfait. Elle avait gagné la reconnaissance de Serrier ce soir en descendant un des lieutenants de Chavinier. Elle avait espéré un meilleur trophée quand elle avait mené sa patrouille contre celle de Dumont, mais le capitaine était malheureusement absent du champ de bataille. Pourtant, son sort avait supprimé le responsable de la patrouille, les laissant dans un chaos désorganisé, même lorsque la deuxième patrouille était arrivée. Mieux encore, elle avait perdu moins de troupes que toutes les patrouilles qui avaient affronté les forces de Chavinier cette semaine. Pour une raison quelconque, les victimes avaient grimpé en flèche au cours des derniers jours, de plus en plus de sorciers étaient capturés ou tués à chaque bataille. Serrier était incapable de l'expliquer ou de le contrer, un fait qui l'avait rendu furieux. Les rapports parlant de sorciers avec une force surhumaine l'alarmaient plus particulièrement. La première pensée de Serrier avait concerné les vampires, mais les rapports provenaient de patrouilles de jour autant que des patrouilles de nuit. Même le protégé de Serrier, le vampire, avait été incapable de l'expliquer et l'idée avait été abandonnée. Elle avait vu des preuves de cette force aujourd'hui, mais leur plus grand nombre avait permis de coincer la patrouille de Dumont, et les renforts, quand ils étaient arrivés, avait seulement cherché à sauver l'autre patrouille, pas à prendre son escadron. Serrier avait ordonné une réunion de ses capitaines les plus efficaces, le lendemain matin, pour discuter des moyens de faire face aux nouveaux avantages que les partisans du gouvernement avaient soudain développés. Elle était particulièrement ravie d'avoir reçu l'ordre d'y assister même si, en toute honnêteté, elle ne savait pas ce qu'elle pourrait suggérer en dehors de l'augmentation de la taille de tous les groupes qui sortaient en patrouille.

La pensée que, malgré ce qu'elle avait accompli durant la journée d'aujourd'hui, elle n'avait rien à proposer pour contribuer à celle de demain la mettait sur les nerfs. Serrier n'était pas connu pour sa patience et ses faveurs étaient aussi changeantes que les marées. Elle s'inquiéterait de cela demain. Pour l'instant, elle voulait un verre, un repas, une salle de bain et son lit, de préférence dans cet ordre.

Ouvrant le minibar, elle se prépara elle-même un Campari tonic s'arrêtant un moment pour apprécier sa couleur rouge foncé, si proche de la couleur du sang qu'elle avait fait couler cette nuit. Adressant un toast silencieux au succès et à la disparition de Copé, elle prit une gorgée et soupira d'aise à la saveur légèrement amère. Le verre à la main, elle se dirigea vers la cuisine et ouvrit le réfrigérateur pour trouver quelque chose à manger.

ALORS QU'ILS suivaient le sort traqueur, Thierry lança un autre sort, afin d'identifier le charme qui avait tué Laurent à ce moment-là. Que le sorcier ait vécu assez longtemps pour que Blair puisse tenter de le sauver lui disait que l'assassin de son lieutenant n'avait pas utilisé le sort *Abattoir*, puisque cela l'aurait tué sur le coup. Ce qu'il trouva, cependant, le glaça jusqu'aux os. Le sort était l'un des pires, destiné à provoquer des saignements dans l'estomac et les poumons, laissant le sorcier dans les affres de la douleur alors qu'il se noyait dans son propre sang. Les yeux de Thierry s'étrécirent. Celui qui avait jeté ce sort n'était pas un simple combattant dans cette guerre. C'était aussi un bâtard sadique, mais il était sur le point de payer pour cela. Thierry y veillerait !

— Faites attention à vous quand vous trouverez ce salaud, avertit Thierry. Il n'a pas seulement tué Laurent. Il l'a tué lentement et péniblement. Et s'il l'a fait une fois, il le refera.

Sébastien fronça les sourcils. Thierry les avertissait, mais d'eux trois, le sorcier était le plus vulnérable aux attaques. Il allait devoir surveiller son sorcier tout autant que lui-même lorsqu'ils trouveraient ce salaud.

AYANT TERMINÉ son dîner, Joëlle mit son assiette dans l'évier pour faire la vaisselle plus tard et descendit le couloir en direction de la salle de bain. Elle ouvrit l'eau puis alla dans sa chambre pour se déshabiller. Elle venait de retirer sa robe lorsque la porte de son appartement s'ouvrit. Elle saisit sa baguette et se rua pour faire face aux intrus.

— Comment êtes-vous entré ? siffla-t-elle quand elle vit Dumont en compagnie de deux autres hommes.

Les sorts de protection qu'elle avait posés chez elle auraient dû la protéger de n'importe quel magicien, même de ceux de son camp.

— Par la force brute, répondit Thierry, sa baguette à la main, se rappelant que cette femme, belle ou non, avait tué Laurent d'une manière délibérément douloureuse.

À côté du sorcier, Sébastien mesura son adversaire. Elle était grande pour une femme, mince et élégante dans son peignoir de soie blanche. S'il l'avait croisée dans la rue, il l'aurait trouvée attirante, mais la fureur qui entachait ses traits et la connaissance de ce qu'elle avait fait, la douleur qu'elle avait délibérément infligée à Laurent causant en retour l'angoisse du partenaire de Sébastien, tout cela était suffisant pour étouffer de tels sentiments. Il vit seulement une tueuse de sang-froid, une de celles qui seraient sans doute heureuses de les voir tous les trois rejoindre Laurent.

— Lâchez votre baguette et rendez-vous, ordonna Thierry. Vous êtes en état d'arrestation pour l'assassinat de Laurent Copé.

— Ce n'est pas un meurtre quand vous êtes engagés dans une guerre, cracha Joëlle, essayant de décider qui tuer en premier.

Dumont était le seul à porter une baguette magique, mais l'atmosphère menaçante autour des deux autres hommes était palpable. Qui qu'ils soient, indépendamment de leurs raisons d'être ici, ils étaient clairement une menace importante pour elle tout comme l'était Dumont. Pourtant, il était la part connue. Il était préférable de commencer avec lui. Elle visa et jeta un sort *Abattoir*. Autant elle aurait pris plaisir à le voir souffrir, autant elle voulait éviter qu'il ait le temps de jeter un sort avant de mourir. À sa grande surprise, l'homme à la gauche de Thierry s'interposa entre elle et l'autre sorcier, recevant son sort en pleine poitrine. Elle le regarda, horrifiée, tandis qu'il chancelait en continuant à avancer. Avant qu'elle ait pu dire un mot, la main de l'autre homme se referma autour de son poignet, écrasant ses os. Elle cria de douleur quand sa main devint inutilisable et que sa baguette tomba sur le sol.

— Je devrais vous faire ce que vous avez fait à Laurent, cracha Thierry en regardant la femme qui se tordait dans la poigne de Blair.

— Ne le fais pas, déclarèrent simultanément Sébastien et Blair.

— Ne t'abaisse pas à son niveau, ajouta Sébastien.

— Sa mort est mienne, déclara Blair, découvrant ses crocs alors qu'il faisait face à la femme qui l'avait éloigné de son partenaire. Je devrais vous faire saigner, dit-il à Joëlle. Je devrais prolonger votre mort de la manière dont vous l'avez fait à Laurent jusqu'à ce que vous me suppliiez d'arrêter. Je le dois à mon partenaire. Ne pensez pas avoir autant de chance.

— Ne déshonore pas Laurent en faisant quelque chose qu'il détestait, murmura Sébastien si doucement que seule l'audition surnaturelle de Blair lui permit d'entendre les mots.

Il tressaillit. L'image de sa gorge arrachée, de la vision de son sang coulant comme elle l'avait fait pour son partenaire lui emplit l'esprit mais les mots de Sébastien le retinrent.

— Vous ne valez pas mon âme, dit-il après un moment, brisant son cou d'une torsion efficace des mains.

Son corps s'affaissa et il la laissa tomber à terre sans la retenir.

— Ce n'est pas fini, dit-il en se tournant vers Thierry. Je ne me reposerai pas jusqu'à ce que chacun d'eux soit mort ou en prison. Je ne serai pas en mesure de sortir au grand jour lorsque les dernières gouttes de sang de Laurent se seront dissipées, mais je vais chasser la nuit et tous ceux que je tuerai seront ceux dont vous n'aurez plus à vous soucier.

L'envie était forte de protester mais Sébastien comprenait la douleur de Blair. Si combattre dans cette guerre de cette manière contribuait à atténuer sa souffrance, le vampire ne pouvait pas la remettre en question. Il secoua la tête en direction de Thierry, décourageant son partenaire de parler.

— Rentrons à la base, dit Thierry simplement. Je ne veux pas qu'Alain nous envoie la cavalerie.

Les deux vampires hochèrent la tête et ils prirent le chemin du retour vers le siège de la Milice, chacun perdu dans ses pensées. Le seul objectif de Blair désormais était de trouver une patrouille pour sortir avec elle jusqu'à l'aube. Il se cacherait de nouveau de la lumière du soleil, rôdant dans les rues la nuit, il serait une arme entre les mains des commandants de la Milice. Lorsqu'il n'y aurait plus aucun sorcier rebelle vivant, il déciderait quoi faire ensuite.

Sébastien et Thierry auraient été déconcertés de réaliser à quel point leurs pensées étaient en harmonie. Chacun concentré sur tout ce qui s'était passé, de la mort de Laurent jusqu'à l'exécution de son meurtrier. Tandis qu'ils se déplaçaient à travers les rues sombres, ils faisaient face à la possibilité très réelle de se retrouver dans la peau de Blair un jour, chacun espérant désespérément que cela n'arriverait jamais, qu'ils survivraient à la guerre assez longtemps pour voir ce qui pourrait advenir des nouvelles sensations surprenantes qui grandissaient entre eux.

Une autre pensée occupait l'esprit de Thierry : Alain allait sûrement demander une explication, même si Marcel ne le faisait pas. Il pourrait faire face à son général s'il en arrivait là, mais il redoutait d'affronter le regard pénétrant d'Alain et ses questions inquisitrices.

XXXIII

— NOUS DEVONS passer par mon appartement avant de commencer, indiqua Jean à Raymond lorsqu'ils quittèrent le siège de la Milice. Il y a certains signes relatifs à ma position dont j'aurais besoin de faire étalage à bon escient et qui seront du plus bel effet. Je ne les porte pas régulièrement, mais ce ne serait pas un mal de rappeler subtilement à mes pairs mon autorité.

Raymond hocha la tête, impressionné encore une fois par la ruse que possédait son partenaire sous la façade insouciante qu'il projetait. Ils arrivèrent à l'appartement de Jean et Raymond patienta dans le salon pendant que Jean récupérait ce dont il avait besoin. Il suffisait au sorcier de fermer les yeux et il pouvait se représenter la chambre de Jean aussi clairement que s'il s'y trouvait avec lui. Chaque pièce de l'appartement du vampire contenait quelques merveilles, quelques trésors, mais la chambre était certainement le fleuron. Il s'y était rendu en dernier la veille après avoir ensorcelé le reste de la maison de Jean. La chambre n'était pas grande mais elle était décorée de manière somptueuse, la pièce maîtresse et le point central étant bien entendu le grand lit à baldaquin.

Installé sur une estrade contre le mur du fond, en acajou massif, le lit était drapé d'un baldaquin aux rideaux de brocart noir, les deux tons du tissu offrant le plus subtil des motifs. Le modèle reporté sur les murs était peint d'une nuance aussi sombre avec une pointe de gris pour rompre la monotonie. Raymond avait regardé la vue saisissante, sans voix, pendant de longues secondes avant que Jean le rappelle à sa tâche. Il avait rougi en espérant que le vampire ne lirait pas plus, dans sa fascination, que l'intérêt de l'historien devant un artefact, écartant résolument l'image de la peau pâle de Jean entre les draps sombres. Une image qui revenait le hanter maintenant.

Il ne connaissait pas et n'avait pas demandé quels étaient les signes distinctifs de dirigeant que Jean avait décidé de revêtir. Cela pouvait être quelque chose d'aussi simple qu'une bague ou un collier, un gage transmis de génération en génération au chef des vampires, mais la possibilité n'empêchait pas Raymond d'imaginer son partenaire se glisser hors du jean et du chandail qu'il portait habituellement pour quelque chose de plus élaboré pour la tâche à venir. La vivacité de cette image – du pull et du jean étant retiré – surprit suffisamment Raymond pour qu'il ouvre les yeux et qu'un soupir involontaire s'échappe de ses lèvres. Il avait toujours été assez souple quant au choix sexuel de ses amants, mais ça… il ne s'agissait pas simplement d'être intéressé par un homme. Cet intérêt concernait un vampire ! Malgré ses réserves et en dépit de ses craintes – ou peut-être à cause d'elles – Jean avait toujours soigneusement atténué les effets secondaires pendant qu'il se nourrissait et après les combats, le sorcier avait cessé de remarquer les effets secondaires de la perte de sang. Peut-être que ce n'était pas aussi impossible qu'il y paraissait, sauf pour une chose. Jean devait être intéressé par lui également mais jusqu'à présent, il n'avait montré aucun signe – du moins de ceux que Raymond pouvait identifier – d'avoir un tel penchant.

La porte de la chambre de Jean s'ouvrit et son partenaire sortit, interrompant les réflexions de Raymond. Le vampire avait changé de vêtements, une tenue qui envoya un frisson dans le dos du sorcier alors qu'il revoyait l'image de la peau pâle contre les meubles sombres. Ses yeux détaillèrent l'apparence de Jean en essayant de voir quels étaient les signes de dirigeant qu'ils étaient revenus chercher. Le jean avait été remplacé par un pantalon noir, en laine peut-être, surmonté d'une chemise de soie couleur de blé mûr ou des champs de colza qui poussait autour de sa ville natale de Laon. Autour du cou se trouvait un médaillon en or d'une époque indéterminée. C'était ça, décida Raymond, c'était le rappel que Jean voulait que les autres vampires voient.

— Puis-je jeter un coup œil au pendentif ? demanda-t-il en se levant de son siège et en s'approchant de son partenaire.

Jean hocha la tête et souleva le disque lourd pour le montrer à Raymond. La sculpture était celte, l'érudit en Raymond la reconnut immédiatement, mais il ne ressemblait à rien de ce qu'il avait pu voir auparavant. Il l'étudia de plus près, essayant de donner un sens à ce qu'il voyait.

— Il raconte une histoire, déclara Jean sans attendre d'être interrogé. L'histoire de l'origine des vampires. Du moins, c'est ce que Monsieur Lombard m'a raconté. Je ne peux pas le lire et apparemment personne ne peut. Sa possession me confère la direction de ceux de notre espèce.

— Fascinant, murmura Raymond. J'aimerais bien savoir ce qu'il dit.

— Tout comme moi et la moitié de mes pairs, dit Jean en riant. Peut-être, lorsque la guerre sera finie, auras-tu alors tout le loisir de l'étudier en paix. Qui sait, peut-être qu'un sorcier réussira à dévoiler ces mystères, là où les vampires ont échoué.

— Si nous survivons tous les deux, je savourerais cette opportunité, répondit Raymond, relâchant sa prise sur le médaillon.

— C'est un rendez-vous alors, dit Jean en plaisantant. Maintenant, que pouvons-nous faire au sujet de ce renégat ? Un combat après l'autre, après tout.

Raymond signifia son accord et suivit Jean une fois de plus, au nord de Montmartre.

— J'ai l'impression d'être déjà passé par ici, commenta le vampire avec un rire aigu, il n'y a même pas une semaine pour convoquer ceux de mon espèce à une réunion.

— Ils t'ont écouté, alors. Espérons qu'ils le fassent encore aujourd'hui.

Jean approuva et conduit Raymond dans un café animé. Il n'y avait personne de sa connaissance, il le sut tout de suite, mais il fit signe à Raymond de prendre un siège à l'une des tables tandis qu'il se dirigeait vers le bar. Quelques mots avec le barman lui donnèrent la réponse à sa question et il rejoint Raymond à la table.

— Laetitia sera bientôt là, dit-il à son partenaire. Elle doit venir pour neuf heures.

Raymond hocha la tête et commanda un expresso auprès d'un serveur qui passait. L'air de rien, cela les aiderait à se fondre dans la masse et il supposait que Jean ne cherchait pas à se démarquer, du moins pas ici. Quelques minutes avant neuf heures, une femme grande et mince aux cheveux châtain clair passa la porte.

— Elle est là, murmura Jean, sans bouger de sa place.

Raymond sirota sa boisson chaude et attendit, curieux de voir comment Jean allait gérer la situation. Le sorcier ne se faisait aucune illusion, sa présence n'était rien d'autre qu'une politesse de la part de Jean et une protection pour le vampire s'ils devaient faire face aux sorciers. Il n'avait aucun rôle dans la communauté vampirique après tout et n'avait aucun désir réel d'en faire partie.

Laetitia discuta avec le barman, se tournant avec surprise pour découvrir les deux hommes assis dans le coin reculé. Elle hocha la tête avec force et disparut à l'arrière du café. Raymond fronça les sourcils.

— Ne t'inquiète pas, le rassura Jean. Elle sera avec nous dans un instant. Tout, avec les vampires, est une question de pouvoir. Nous faire attendre est sa façon de me rappeler que je suis ici sur son propre terrain. Si je lui avais couru après ou si j'avais exigé son attention immédiate, elle aurait gagné davantage de pouvoir parce que j'aurais joué à sa façon. Elle viendra à nous dans un instant en raison de qui je suis et je pourrai de nouveau être maître de la situation.

Raymond secoua la tête.

— Je n'imaginais pas à quel point c'était complexe.

Jean eut un petit rire.

— Tu n'es pas le seul. Nous avons appris les jeux de l'intrigue et du pouvoir dans toutes les grandes maisons d'Europe, mais seul Louis XIV, roi de France, en a vraiment maîtrisé toutes les subtilités. Il a dû en apprécier toutes les finesses, vu sa longévité, bien que je ne sois pas sûr qu'il ait pu jouer contre les vampires de son époque, seulement contre le reste de l'aristocratie.

— Encore quelque chose que tu m'apprends, observa Raymond. Les sorciers vivent plus longtemps que le commun des mortels, à condition que nos vies ne soient pas raccourcies par quelques sortilèges. Je ne voudrais pas te faire perdre accidentellement la face.

Il ne prit conscience de ce qu'il venait de dire qu'après que les mots aient quitté sa bouche. Il ne pensait pas seulement à l'Alliance, mais également à leur association.

Avant que Jean puisse répondre, la porte à l'arrière du café s'ouvrit et Laetitia revint, se frayant un chemin vers la table où les deux hommes étaient assis.

— Deux fois en une semaine, dit-elle doucement à Jean alors qu'elle prenait place sur la chaise qu'il avait tirée pour elle. Certains pourraient penser que mon aide vaut quelque chose.

Les lèvres de Jean se recourbèrent en un sourire mais Raymond remarqua qu'il n'atteignait pas ses yeux.

— Avez-vous aidé ? demanda-t-il froidement. Je ne vous ai pas vue à la gare l'autre soir. Ou peut-être ne me considérez-vous plus comme un ami.

Laetitia se tortilla, mal à l'aise sur sa chaise, ne voulant pas avoir cette discussion. Ses yeux se posèrent sur le médaillon autour du cou de Jean et elle gigota à nouveau.

— Que puis-je faire pour vous ce soir ?

— Rien, répondit Jean. Simplement, je pensais que vous devriez savoir qu'il y a un vampire à Paris qui tue des gens.

— Vous ne pensez pas…

— Non, je ne pense pas que ce soit vous, l'interrompit Jean. Je voulais que vous soyez au courant. Il est dans votre intérêt de le voir arrêté.

— Comment comptez-vous faire cela ? demanda Laetitia. Ce n'est pas contre nos lois.

— C'est vrai, admit Jean, mais une partie de ce que vous avez manqué en ne venant pas à la réunion à laquelle je vous avais convié est une proposition de nous accorder une égalité de droits et de protection en vertu du droit français. Et si cela arrive, alors tuer quelqu'un sera illégal pour nous. Les renégats comme celui-ci mettent en danger chacun d'entre nous.

Laetitia ouvrit la bouche pour faire un commentaire mais Jean lui fit signe de garder le silence.

— Avant de vous dire que vous ne vous en souciez pas, réfléchissez au sujet. Vous dirigez ce café anonymement, en espérant que personne dans le voisinage ne se rend compte qu'il appartient et est géré par un vampire. La plupart de vos clients savent probablement que vous en êtes un, mais ils ne savent pas que vous êtes la patronne. Que se passerait-il, actuellement, s'ils le découvraient ? Qu'arriverait-il si vos voisins le savaient ?

— Vous n'oseriez pas ! siffla Laetitia.

— Non, je ne le ferais pas, reconnut Jean. Je n'ai pas l'intention de retirer à un vampire son entreprise, quelle qu'en soit la raison, à moins qu'il ou elle ne viole le droit des vampires. Mais si cette initiative est couronnée de succès, la question ne se posera plus. Ils ne seront pas en mesure de vous chasser. Et s'ils essaient, vous pourrez avoir des recours en vertu de la loi, comme n'importe quel autre propriétaire de café. Imaginez, Laetitia, ne plus jamais avoir à cacher ce que vous êtes.

La femme réfléchit sur la portée des mots de Jean, ses ongles tapant nerveusement sur la table.

— Très bien, je vois les avantages de votre initiative. Qu'attendez-vous de moi ?

— Des informations le cas échéant si vous en avez, répondit Jean. Le renégat doit être arrêté. J'ai sa description mais pas son nom. Je sais qu'il est à Paris mais je ne sais pas où. Je ne vous demande pas de le rechercher vous-même, mais si vous entendez quelque chose, je veux le savoir.

— D'accord, répondit Laetitia après une courte pause. Recueillir des informations, c'est quelque chose que je peux faire.

— Et si vous changez d'avis et voulez en apprendre plus sur ce qui s'est dit lors de la réunion, vous savez où me trouver, ajouta Jean en se levant de sa chaise

Raymond se leva lui aussi et le suivit hors du café.

— Ne penses-tu pas qu'elle serait plus encline à t'obéir si tu avais mentionné les avantages de l'Alliance ? demanda-t-il alors qu'ils marchaient vers leur deuxième arrêt.

— Elle le serait sans doute, admit Jean, mais je suis sûr que tu as remarqué qu'il y avait bien plus ici, avec elle, que l'Alliance. Elle est assez assoiffée de pouvoir pour venir si je lui ordonnais, mais je ne suis pas persuadé qu'elle resterait avec l'Alliance et je préfère ne pas la voir rompre sa parole, non pas pour son bien, mais pour la perception qu'ont les autres des vampires en général dans la Milice. Sa défection, si cela se produisait, nous ferait bien plus de mal que les promesses tenues par tous les autres.

— C'est malheureusement probablement vrai, convint Raymond en repensant à la manière dont il était encore traité par la majorité de la Milice.

Son travail auprès d'eux était constamment éclipsé par sa décision initiale de rejoindre Serrier.

— Alors quelle est notre prochaine étape ?

— Des endroits et des gens très différents, répondit Jean. Les clubs goths sont des terrains de chasse populaires chez les vampires parce que les gens qui les fréquentent veulent rencontrer mon espèce. Ils seront également le premier endroit, pour cette même raison, pour tous ceux qui veulent chasser. Les vampires qui y vont pour se nourrir ou pour le plaisir doivent être mis en garde pour leur propre protection, même s'ils n'ont aucune information à nous donner.

Ce raisonnement était tout à fait censé et Raymond suivit Jean dans l'un de ces clubs. Le videur reconnut Jean immédiatement comme étant un vampire et lui fit signe d'avancer. Il hocha la tête et Raymond le suivit.

— Êtes-vous sûr que votre ami ne serait pas plus heureux ailleurs ? demanda le videur en regardant dédaigneusement la tenue conservatrice de Raymond. Il n'a pas du tout sa place ici.

Jean haussa un sourcil, ses yeux brillants dangereusement.

— Il est avec moi, répondit-il froidement.

Le videur secoua la tête, prêt à refuser. Jean s'avança, coinçant l'homme imposant contre le mur.

— J'ai dit qu'il était avec moi. Vous ne voulez pas vraiment que je dise à mes vampires que nos amis ne sont pas les bienvenus, n'est-ce pas ? Ils pourraient reconsidérer leurs appuis.

Avant que l'homme puisse répondre, le directeur les rejoignit à l'extérieur.

— Quel est le problème ? demanda-t-il d'un ton conciliant.

— Ce type ne veut pas laisser mon partenaire entrer avec moi, déclara Jean sans ambages. J'étais juste en train de lui expliquer que s'aliéner le chef des vampires de la ville pourrait être très mauvais pour les affaires.

Le gérant jeta un simple coup d'œil à la menace évidente dans les yeux de Jean et céda.

— Ce ne sera sûrement pas nécessaire, l'assura-t-il. Tout ami d'un vampire est le bienvenu ici.

— Assurez-vous de le dire à votre personnel, l'informa Jean. Je pense que vous nous verrez beaucoup plus souvent avec des mortels au cours des prochains mois et nous n'irons pas là où nos amis ne seront pas les bienvenus.

— Je serai très clair, promit le directeur en conduisant les hommes à l'intérieur. Que puis-je vous offrir pour compenser le désagrément ?

Jean fit signe à Raymond de choisir ce qu'il voulait mais Raymond refusa. Il était en service. L'alcool n'était certainement pas une bonne idée. Le gérant les laissa seuls après leur avoir fait promettre de l'appeler s'il y avait quelque chose qu'il pouvait faire pour eux. Raymond était intérieurement impressionné par la capacité d'adaptation de Jean. Il semblait connaître exactement le ton à utiliser avec chaque personne qu'il abordait. Lorsqu'un autre vampire les rejoignit quelques minutes plus tard, il sentit son estime augmenter encore plus. Contrairement à Laetitia, Jean s'adressa à ce vampire sans animosité et aborda le sujet du renégat sans préambule. La réaction de l'autre vampire indiqua immédiatement à Raymond qu'il comprenait les implications.

— Avez-vous une description ?

Jean répéta les informations dont ils disposaient.

— Je crois qu'il était ici il y a une ou deux nuits, dit le vampire à Jean. Il ne valait rien de bon. Ils ont retrouvé la jeune fille avec laquelle il était parti dans une ruelle. Je ne pense pas que cela ait été signalé car ce serait mauvais pour les affaires, mais j'étais encore là quand c'est arrivé.

— Avez-vous son nom, Julien ? Ou autre chose qui pourrait nous aider à le localiser ? demanda Jean.

Julien se concentra un bref moment.

— Je me tenais près du bar quand il a ramassé son rencart. Je pense qu'il lui a dit que son nom était Édouard. C'est un sale type si c'est le même gars. Il a l'apparence d'un gamin, doux et innocent, à peine assez vieux pour venir dans un endroit comme celui-ci. Personne ne le suspecterait en le voyant.

Raymond se raidit en entendant ce nom. Il n'avait aucun moyen de savoir avec certitude si c'était le même vampire qui avait tué son ami lorsqu'il était adolescent, mais le nom était le même. Il ne voulait pas les interrompre mais il en parlerait à Jean avant que la nuit se termine.

— S'il revient, j'ai besoin de le savoir, déclara Jean. Vous savez comment me joindre. Je peux être ici en quelques minutes.

Julien promit d'informer Jean s'il revoyait Édouard.

— Je n'ai pas eu la chance de vous le dire l'autre soir, continua Julien, en changeant de sujet, mais je pense que ce que vous faites avec la Milice est merveilleux. Je ne sais pas ce que je peux faire puisque je n'ai pas trouvé de partenaire, mais vous avez mon soutien si vous en avez besoin.

— Si vous pouvez nous aider à trouver cet Édouard, vous y contribuez déjà, l'assura Jean. Au-delà de cela…

Jean se tourna vers Raymond.

— Il y avait au moins un escadron de sorcier qui n'était pas là ce soir-là parce qu'ils étaient en patrouille et qu'ils n'ont pu revenir à temps, indiqua Raymond. Si vous voulez essayer, vous pourriez trouver un partenaire parmi l'un d'eux. Et même si ce n'était pas le cas, vous pouvez toujours sortir le soir avec une équipe.

— Je vais y réfléchir, promit Julien.

— Nous avons une visite de plus à faire, indiqua Jean à Julien avec un sourire. Nous attendrons chaque information que vous pourrez obtenir.

En quittant le club, ils descendirent le Boulevard de Clichy vers le Moulin Rouge et l'établissement d'Angélique. Ils frappèrent et furent admis par le gérant. Il accueillit les deux hommes avec un sourire de bienvenue.

Jean présenta Raymond et lui demanda :

— Angélique est-elle là ?

— Dans son bureau, répondit François. Et d'une humeur de chien.

— Nous en avons entendu parler, répondit Jean avec un sourire triste. Je vais voir ce que je peux faire pour l'amadouer.

— Si quelqu'un le peut, ce sera vous, répondit François en toute confiance.

— J'espère que vous avez raison, s'esclaffa Jean en conduisant Raymond vers le bureau d'Angélique.

Il frappa à la porte qui s'ouvrit pour les laisser entrer.

— Je ne veux pas en entendre parler, déclara-t-elle, en jetant un coup d'œil aux deux hommes.

— Nous ne sommes pas ici pour parler de David, l'assura Jean tranquillement. Nous avons d'autres chats à fouetter.

XXXIV

ANGÉLIQUE FRONÇA les sourcils, mettant sa colère de côté face au visage préoccupé de Jean.

— Que se passe-t-il ? demanda-t-elle en fermant la porte.

— Tes caméras de sécurité fonctionnent-elles ? demanda-t-il en réponse.

— Oui, bien sûr, répondit-elle.

— Peux-tu récupérer la bande du vampire qui est venu à la recherche de… compagnie jetable ? Je veux voir à quoi il ressemble.

— Donne-moi une minute, pria Angélique.

Elle retourna à la porte et appela François à son bureau, lui demandant quand exactement l'autre vampire était venu. La réponse obtenue, elle récupéra l'enregistrement du soir concerné et recherpha l'heure approximative. Trouvant la scène, elle se raidit et recula pour que Jean et Raymond puissent voir.

— Que se passe-t-il ? répéta-t-elle.

Jean ne répondit pas tout de suite, étudiant le visage sur l'écran. Il avait déjà eu la description d'Angélique auparavant, donc ce n'était pas tellement ses caractéristiques physiques qui intéressaient le vampire, mais son expression. Cette… créature – Jean ne voulait même pas honorer son comportement du nom de vampire – était responsable d'au moins deux morts au cours des derniers jours, et Jean voulait voir si cela se voyait sur son visage. Ce qu'il vit le glaça. Si cet Édouard avait été laid, défiguré, difforme d'une manière ou d'une autre, cela aurait été plus facile, car quelque part son mal aurait été affiché sur son visage, mais aucun signe n'était apparent, autre que ses yeux froids. En eux, Jean vit plus que ce qu'il voulait voir. Pas de remords, aucune émotion ne colorait les yeux bleu pâle.

— Fais attention à lui, déclara Jean doucement. S'il revient, fais-moi passer un mot immédiatement, mais ne le laisse pas seul avec un de tes employés. Il a déjà tué deux fois en seulement quelques jours. Ce serait bien son genre de tuer de nouveau.

Angélique hocha la tête.

— Je ferai ce que je peux, promit-elle, mais je ne mettrais pas François en danger non plus. S'il devient vindicatif, il sera jeté dehors comme tout le monde.

Jean sourit.

— Toujours aussi directe, dit-il avec un sourire, puis son visage redevint sérieux. Il doit être arrêté, Angélique. Je n'ai pas à te dire quel genre de répercussions cela pourrait avoir pour nous tous, mais surtout pour vous et les autres propriétaires d'entreprise. Les gens ne vont pas attendre pour savoir quel vampire est responsable. Ils vont nous traquer tous autant que nous sommes. Au pire, nous serons persécutés de nouveau comme nous l'étions par le passé.

Angélique hocha la tête, fixant le visage sur l'écran.

— Tout ça à cause de son irresponsabilité, murmura-t-elle. Si les conséquences n'étaient pas si graves, je le traînerais moi-même au soleil et je le laisserais brûler.

Jean eut un petit rire.

— J'ai eu la même pensée, mais ce n'est pas dans nos habitudes, pas tant qu'il ne commet pas un crime contre l'un d'entre nous. Jusqu'ici, il a été assez intelligent pour l'éviter. Cependant, cela ne signifie pas que nous ne pouvons pas mettre un peu la pression de nos pairs sur lui. Il a besoin de savoir que nous ne tolérerons pas ses meurtres, même s'ils ne sont pas à proprement parler contre nos lois.

— Peut-être est-il temps de modifier vos lois, suggéra Raymond, intervenant pour la première fois dans la conversation.

Il avait besoin de parler avec Jean au sujet de ce vampire, mais il préférait ne pas le faire devant Angélique. Comme il en était encore à apprendre les règles du Jeu des Cours, il ne voulait pas faire quelque chose qui pourrait mettre en danger le statut de son partenaire par sa propre ignorance.

— J'ai essayé, répondit Jean, mais quand on ne donne pas la protection du droit accordé aux mortels, il est difficile de convaincre mon espèce que nous devons les protéger.

— Alors peut-être que la politique du secret de Marcel concernant l'Alliance n'est pas la meilleure, observa Raymond. Peut-être qu'il est temps de présenter des projets de loi au Parlement qui permettraient de protéger les vôtres en échange de votre engagement à respecter nos lois. Ensuite, vous pourriez recourir à la loi pour arrêter une éventuelle chasse aux sorcières que l'attitude d'Édouard pourrait provoquer.

— N'est-ce pas trop tôt ? demanda Jean.

— Ce n'est pas à moi de prendre la décision, souligna Raymond, mais nous risquons de perdre davantage qu'une espèce de nettoyage ethnique si nous laissons Serrier découvrir l'existence de l'Alliance. Je ne parle pas de tout révéler, mais seulement que les vampires se battent aux côtés du gouvernement et que, en retour, le gouvernement devrait reconnaître leurs droits en tant que citoyens.

— Si vous voulez discuter de l'Alliance, j'apprécierais que vous le fassiez ailleurs, intervint Angélique avec humeur. À l'heure actuelle, je ne fais confiance à aucun sorcier, surtout pas avec le 'mien' comme exemple. Je ne veux rien avoir à faire avec ce bâtard à l'esprit étroit.

— Allons, Angélique, la réprimanda gentiment Jean. Il n'est pas nécessaire de l'insulter.

— Pas nécessaire ? siffla-t-elle. Dis-le-lui. Tant qu'il ne se sera pas sorti la tête du cul et excusé, je ne veux plus rien avoir à faire avec lui ou avec l'Alliance. Cet accord avec ce renégat est différent. Cela me touche, Alliance ou pas, mais le reste... Je ne veux plus en faire partie pour l'instant.

— Il est prêt à présenter des excuses, lui assura Jean. Tu as juste à revenir afin qu'il puisse le faire.

Angélique étudia cette possibilité. Elle détestait les implications de ce que David avait dit, détestait l'idée qu'elle puisse profiter, de quelques manières que ce soit, de ses employés alors qu'elle travaillait si dur pour les protéger. Elle aurait voulu l'envoyer au diable, lui et l'Alliance et tout ce qui ne concernait pas son entreprise. Cependant, les mots ne sortaient pas, peu importe comment elle essayait de les dire. Elle ne pouvait tout simplement pas s'écarter autant des promesses qu'elle avait faites ou de l'attraction inexplicable qui la poussait vers David, même si elle aurait voulu ne rien avoir à faire avec lui.

— Pas ce soir, décida-t-elle. Peut-être pas demain non plus. J'ai besoin d'un peu de temps pour me calmer, sans quoi je serais susceptible de lui faire du mal. Je vous ferai savoir quand je serai prête, mais même alors, il devra venir à moi.

— C'est tout ce que je te demande, répondit Jean. Nous allons te laisser à ton travail, alors. Nous avons encore quelques tâches à faire de notre côté.

Raymond regarda Jean, surpris, mais tint sa langue. Il s'était attendu à ce que son partenaire essaie d'influencer davantage Angélique, mais il semblait que le chef des vampires n'avait pas l'intention d'appliquer son autorité. Retenant ses propres conseils, il souhaita une bonne soirée à Angélique et suivit Jean à l'extérieur.

— Je pensais que c'était notre dernier arrêt, dit-il. Avons-nous d'autres affaires à traiter ?

— Aucune, lui répondit Jean, mais la laisser après sa déclaration sans une excuse appropriée aurait été comme perdre la face dans le jeu. Même avec mes 'amis', j'ai mon rôle à considérer. Exercer des pressions sur Angélique n'aiderait pas. Je la connais depuis des siècles et elle n'aurait pas été convaincue au-delà de ce que j'ai fait ce soir. Nous attarder n'aurait servi qu'à nous mettre tous très mal à l'aise sans raison.

Raymond secoua la tête.

— Je comprends pourquoi cela prend des décennies, voire plus, pour apprendre ce jeu qui est le tien. Alors, où allons-nous maintenant ?

— Retour à mon appartement, répondit Jean. Je veux déposer le médaillon et me changer pour enfiler des vêtements plus confortables. Après cela, c'est à toi de choisir.

De sombres images érotiques traversèrent son esprit. Raymond secoua la tête, se rappelant que c'était dû au lien et non pas à un véritable intérêt pour son partenaire qui l'amenait à de telles pensées.

— Nous verrons bien, éluda-t-il, en se dirigeant vers le métro.

Le trajet de retour jusqu'à l'appartement de Jean se déroula dans le silence, chacun perdu dans ses pensées. Alors que Jean rejoignait sa chambre pour se changer, Raymond s'occupa en étudiant les livres dans la bibliothèque de son partenaire dans l'espoir de trouver quelque chose d'intéressant qui détournerait son attention des visions du vampire se déshabillant dans la pièce voisine. Malgré tous ses efforts pour se détourner du spectacle qui se déroulait dans la chambre ses pensées s'égarèrent hors de son contrôle. Il se demanda si la peau de Jean était partout aussi pâle que sur son visage, si la peau de sa poitrine était lisse ou recouverte d'une fine toison comme sur son menton. Lorsque Jean le rejoignit dans la bibliothèque, Raymond releva les yeux avec un sourire, la chaleur de ses pensées se répandant sur son visage.

— Je ne voulais pas en parler plus tôt, mais te rappelles-tu de l'histoire dont je t'ai parlé à propos du garçon de mon village ?

— Celui qui a été tué par un vampire ? demanda Jean.

Il remarqua l'expression inhabituelle sur le visage de Raymond et s'arrêta assez longtemps pour que son corps digère la réaction à cette vision. Retenant un froncement de sourcils, il se rappela toutes ses résolutions concernant Karine.

— Oui, répondit Raymond, son sourire s'évanouissant en l'absence de réaction de Jean et de la gravité de leur conversation. Son nom était Édouard et au vu du vampire auquel nous avons affaire maintenant, il pourrait être une seule et même personne.

— C'est tout à fait possible, acquiesça Jean. Tu ne l'as pas reconnu sur la vidéo du 'Sang Froid' ?

— Non, mais je ne l'ai jamais rencontré à l'époque. Mon ami était très discret sur tout cela. Il mentionnait son nom, mais il n'a jamais voulu qu'aucun d'entre nous le rencontre, presque comme s'il avait eu peur que nous lui volions son vampire.

Raymond frémit de nouveau à cette pensée.

— Tu as dit qu'ils s'étaient fréquentés pendant un certain temps avant sa mort. Je ne sais pas si c'est un bon ou un mauvais signe.

— Que veux-tu dire ? demanda Raymond avec curiosité.

— Il a tué sa victime à l'extérieur du bar presque immédiatement, expliqua Jean. Cela pourrait signifier qu'il est en pleine escalade, ce qui n'est pas bon, parce que s'il l'est, les meurtres deviendront de plus en plus brutaux et probablement plus fréquents.

— Je vois en quoi c'est un mauvais signe, mais en quoi pourrait-il en être un bon ?

— Cela signifie qu'il était autrefois capable de se nourrir sans tuer, répondit Jean. Peut-être possède-t-il encore assez d'humanité en lui pour le persuader de changer ses manières.

SERRIER ENTRA dans la pièce plongée dans l'obscurité.

— Avez-vous apprécié votre joujou la nuit dernière,

Édouard ouvrit les yeux, les ombres n'étant pas un obstacle pour sa vue.

— Beaucoup.

— J'en suis heureux, répondit Serrier. J'ai accompli ma part du contrat. Maintenant il est temps pour vous de respecter la vôtre. J'ai besoin d'informations.

J'ai besoin de savoir pourquoi les vampires se sont réunis la semaine dernière. Mes forces sont décimées par des adversaires d'une force extraordinaire. Si la moitié des batailles ne s'était pas déroulées au cours de la journée, je suspecterais que Chavinier a formé une alliance avec votre espèce. C'est peut-être ça, ou peut-être pas, mais j'ai besoin de savoir contre qui mes hommes se battent.

— Que voulez-vous que je fasse ? demanda Édouard sur la défensive. Je vous ai déjà dit que j'étais un parfait étranger dans leurs cercles.

— Ce que vous faites ne regarde que vous, répondit froidement Serrier. Mais si vous ne respectez pas votre part du marché, je vais faire en sorte que l'enregistrement que j'ai de vous avec cette fille soit déposé à un poste de police. Vous ne serez plus en sécurité nulle part en Europe lorsque l'identité du vampire tueur en série sera révélée.

— Tueur en série ? contesta Édouard avec un froncement de sourcils.

— Oh, oui, lui assura Serrier, parce que si vous ne coopérez pas, je vais m'assurer que de nombreuses autres jeunes filles se retrouvent avec les mêmes marques sur le corps que celles présentes sur votre dernière victime. Vous serez blâmé que vous soyez impliqué ou non.

Les yeux d'Édouard s'étrécirent. Il aurait dû savoir qu'il n'aurait jamais dû faire confiance à un mortel, un sorcier de surcroît.

— Je ferai ce que je peux, cracha-t-il, mais réfléchissez bien à vos menaces, humain. Je pourrais vous faire subir des choses qui feraient passer les tortures que j'ai infligées à cette fille pour des jeux d'enfants.

Serrier sentit la froideur contenue dans cette menace mais il n'en laissa rien paraître sur son visage. Il n'était pas homme à montrer de la faiblesse. Jamais.

— Ne me menacez pas, mon garçon, répondit-il froidement, sa colère provoquant des étincelles de magie qui dansèrent autour de leurs têtes. Vous êtes peut-être plus fort que moi physiquement mais vous n'avez pas idée de la puissance que je peux commander. Faites votre travail comme un bon petit vampire et je vous récompenserai. Contrariez-*moi* et vous le regretterez à jamais.

AVEC UN profond soupir plein de fatigue et de frustration, Marcel se glissa dans son bureau et s'effondra dans son fauteuil, le poids de ses cent-dix ans pesant sur lui quand il pensait à sa journée et aux exigences des responsables gouvernementaux qui voulaient savoir quand la guerre se terminerait. Il n'avait pas osé parler à l'un d'eux des vampires, ne voulant pas risquer que le secret s'ébruite prématurément. Après un autre soupir, il appela Alain dans son bureau, souhaitant savoir ce qui s'était passé pendant son absence.

À sa grande surprise, non seulement Alain et Orlando vinrent à son appel, mais Thierry, Jean, Sébastien et Raymond se joignirent à eux également, avec un autre vampire dont Marcel ne connaissait pas le nom.

— Qu'est-ce que tu fais encore ici ? demanda-t-il à Thierry.

— Il cherche les ennuis, répondit Alain avec un regard noir pour son meilleur ami.

— Comme si tu n'aurais pas fait exactement la même chose à ma place, rétorqua Thierry avec un regard furieux.

Orlando considéra Marcel d'un air suppliant.

— Ils ne cessent de s'envoyer des piques comme ça depuis une heure. S'il vous plaît, faites-les cesser.

Alain et Thierry ignorèrent totalement le vampire, continuant à se critiquer l'un l'autre à la façon de meilleurs amis ou de frères. Marcel haussa un sourcil et s'éclaircit la gorge.

— Au rapport, ordonna-t-il sèchement.

Les deux sorciers cessèrent leurs échanges et lui portèrent leur attention, se concentrant sur leur Général.

— Oui, monsieur, répondirent-ils immédiatement, même si chacun d'eux attendait que l'autre commence.

— Alain, rapport, dit Marcel avec un soupir de frustration.

Il n'avait pas prévu de trouver ce genre de chaos parmi ses seconds habituellement très disciplinés.

Sur un ton concis mais clairement désapprobateur, Alain relata les événements qui avaient conduit à la mort de Laurent et à la décision de Thierry de se lancer à la poursuite du tueur du sorcier.

— Elle n'était pas seulement une combattante ennemie, protesta Thierry. Elle l'a abattu, Marcel, ni gentiment ni rapidement. Le sort qu'elle a utilisé l'a fait mourir d'une façon lente et douloureuse. Ce fut probablement une bénédiction que Blair ait essayé de le transformer au lieu de laisser le sort agir jusqu'au bout.

Marcel fronça les sourcils.

— Quoi ? demanda-t-il.

En se tournant vers Blair, il demanda :

— Pouvez-vous me dire ce qui s'est passé avant que ces deux-là n'interviennent ? J'ai l'impression qu'il me manque la moitié de l'histoire.

Alain et Thierry voulurent ouvrir la bouche pour protester.

— Et pas un mot de l'un de vous jusqu'à ce que je le demande, ajouta sévèrement Marcel. J'ai besoin de savoir ce qui s'est passé pour pouvoir décider quoi faire maintenant.

Pendant ce temps, Jean regardait Blair qui arborait un air surpris et inquiet sur le visage. Que le vampire ait perdu son partenaire était assez choquant, mais apprendre qu'il avait essayé de le transformer en vain était encore pire.

— Nous étions en patrouille, expliqua Blair, n'ayant clairement pas l'habitude de faire des rapports. Laurent était aux commandes parce que Thierry devait rester ici.

— Parce que je n'étais pas là, dit Marcel en l'encourageant d'un sourire.

— Oui. Donc nous sommes allés à Montparnasse. Tout allait bien et puis je suppose que nous sommes tombés dans une embuscade. Nous étions au pied du mur. Laurent a appelé à l'aide.

— J'ai reçu l'appel et j'ai envoyé le lieutenant Fouquet pour aider la patrouille, intervint Alain en dépit de la demande de Marcel de laisser Blair faire son rapport.

Marcel hocha la tête mais son attention resta concentrée sur Blair.

— Laurent a appelé à l'aide et puis que s'est-il passé ?

— L'autre patrouille est venue pour nous aider, mais dès qu'ils nous ont rejoints, Laurent est tombé. Je n'ai pas entendu le sort ni vu qui l'avait jeté. Je l'ai seulement vu s'effondrer comme une poupée de chiffon. Je suis arrivé aussi vite que j'ai pu, mais les autres sorciers m'ont dit qu'il n'y avait rien à faire, qu'il était en train de mourir et que personne ne pouvait arrêter ça. Je ne pouvais pas arrêter la mort, mais je pouvais le garder près de moi – j'aurais dû être capable de le garder près de moi – en le transformant, finit Blair, sa voix chancelant sous la force de ses émotions. Je ne sais pas pourquoi cela n'a pas fonctionné.

— Pense à ce qui était différent cette fois, suggéra Jean, demandant des yeux la permission d'intervenir à Marcel qui hocha la tête en signe d'approbation.

— Je ne sais pas, répondit Blair. Je pouvais sentir le goût de la souillure de la magie du sorcier mais je pouvais également retrouver le goût de Laurent. Il ne voulait pas mourir. Il se battait pour rester en vie. Il a compris ce que j'avais proposé et l'avait accepté. Il l'avait librement choisi.

— Il l'a fait, confirma Orlando, voulant dire très clairement que Blair avait fait très distinctement sa proposition et que Laurent y avait consenti.

Il avait vu plus d'un vampire traqué parce que les gens doutaient de sa parole après qu'il ait transformé quelqu'un de leurs familles ou de leurs amis.

— Tu as dit que tu pouvais sentir le goût de sa magie, précisa Raymond. Tu as aussi dit qu'il se battait pour rester en vie. Es-tu sûr de cela ?

— Autant que je peux l'être, rétorqua Blair.

Raymond leva les mains en signe d'apaisement.

— Je ne doute pas de tes paroles, j'essaie juste de comprendre ce qui s'est passé.

— As-tu une idée ? demanda Marcel avec urgence.

— Une hypothèse tout au plus, suggéra Raymond. Si la magie de Laurent luttait pour le maintenir en vie, elle pourrait tout aussi bien avoir combattu la magie du sang de Blair tout comme elle a combattu la magie du sorcier rebelle qui l'a tué. Malheureusement, il n'y a aucun moyen de confirmer mon idée.

— Rien n'aurait pu inverser ce sort, insista Thierry interrompant les réflexions de Raymond. Laurent avait des saignements aux intestins et aux poumons. Blair l'a sauvé de longues minutes d'agonie, rien ne l'aurait empêché de mourir.

— Personne n'est à blâmer, assura Marcel à tous ceux qui se trouvaient dans la salle. Du moins personne ici. Les vampires m'ont plus que prouvé leur loyauté. Si Blair dit que Laurent a accepté d'être transformé, je n'ai aucune raison de douter de lui. Je suis toutefois préoccupé par le fait qu'il n'ait pas pu transformer Laurent lorsqu'il a essayé. Raymond, vois si tu peux trouver quelque chose pour soutenir ta théorie. Encore une fois, nous nous trouvons confrontés aux limites des partenariats que nous avons faits et nous devons les comprendre.

Il se tourna vers Thierry.

271

— À ton tour, capitaine. Qu'est-ce qui t'as pris d'aller rechercher l'assassin de Laurent tout seul ?

— Je n'y suis pas allé seul, protesta Thierry. Sébastien et Blair sont venus avec moi.

— Alors qu'est-ce qui vous a pris tous les trois d'aller rechercher l'assassin de Laurent, seuls ? répéta Marcel.

— C'était mon idée.

Sébastien prit la parole afin de détourner l'attention de tout le monde de Thierry.

— Je savais quels étaient les sentiments de Blair après la perte de Laurent et j'ai pensé que rechercher la garce lui donnerait autre chose sur laquelle se focaliser.

— La motivation était bonne, intervint Jean. La souffrance des vampires suite à la perte d'un partenaire est connue et il risquait de prendre des décisions hâtives. Il arrive parfois que cette souffrance se retourne contre eux-mêmes et qu'ils se blessent. D'autres fois, elle se tourne vers l'extérieur et ils font du mal à ceux qui les entourent. De toute façon, ce n'était pas une bonne idée de laisser un vampire faire seul son deuil.

— Quoi qu'il en soit, répondit Marcel en reprenant le contrôle de la conversation, Thierry sait qu'il n'aurait pas dû partir tout seul en ignorant complètement le protocole. Je suis d'accord sur le fait que le sort utilisé sur Laurent était inhumain et que son auteur a mérité son sort et probablement même pire, mais nous avons des procédures pour une raison bien précise, comme tu le sais, Thierry, puisque tu m'as aidé à les rédiger. Comment se serait senti Alain si vous aviez eu des problèmes là-bas, alors qu'il ne savait pas où tu étais ? Avais-tu seulement ton repère avec toi ?

Thierry eut la bonne grâce de rougir sous le reproche de Marcel.

— Non, je ne l'avais pas, admit-il. Et je sais comment Alain se serait senti. J'ai ressenti la même chose quand il m'a dit que Laurent avait été tué.

Marcel secoua la tête.

— Tu es trop impétueux pour ton propre bien, parfois, déclara-t-il avec un soupir. J'avais espéré que ton partenaire aurait tempéré ton humeur, mais il semble que non. Ne repars pas en vendetta seul. Je ne pourrais pas supporter de te perdre.

Thierry croisa le regard de Marcel et offrit une promesse silencieuse. Il n'avait pas réfléchi avant de poursuivre le sorcier rebelle ce soir, avec si peu de précaution, mais il ne comptait pas recommencer. Il y pensait rarement, les exigences de son travail l'empêchaient de s'attarder sur les risques qu'ils prenaient, mais il savait que Marcel les considérait tous comme ses enfants, peu importe leur âge. Le prix pour le vieux sorcier, chaque nuit quand ils partaient en patrouille, au péril de leur vie par fidélité pour lui, devait être énorme. Il décida de ne plus l'oublier à l'avenir.

— Bon, que s'est-il passé d'autre pendant mon absence ? demanda Marcel.

— Nous avons réussi à faire fonctionner les repères comme tu le sais, rapporta Thierry, mais le second test a été un échec.

— David n'a-t-il pas réussi à activer le sort ? demanda Marcel surpris. Ce n'était pas un sort difficile.

— David n'a jamais eu la chance d'essayer le sort, rectifia Thierry. Lorsqu'il est allé avec Angélique afin de trouver quelque chose à utiliser comme repère pour elle, il a dit des choses stupides et elle l'a jeté dehors. Jean est allé lui parler ce soir, pour voir ce qu'elle avait à dire.

— Elle n'est pas vraiment heureuse en ce moment, ajouta Jean en prenant le relais. Il a insulté le fondement même de ce qu'elle est. Elle a dit qu'elle envisagerait de le laisser s'excuser finalement, mais ça va exiger beaucoup d'humiliation de sa part avant qu'elle le traite avec quelques égards à partir d'aujourd'hui.

— Je lui ai déjà sonné les cloches, reconnut Thierry. Il va s'excuser dès qu'elle lui en laissera l'occasion, mais il n'y a aucun intérêt à l'envoyer là-bas tant qu'elle n'est pas prête à l'écouter.

— C'est tout à fait exact, confirma Raymond après avoir vu l'attitude d'Angélique par lui-même. Nous avons également été en mesure d'obtenir une image du vampire renégat dont votre espion nous a parlé.

— J'ai fait passer le mot pour qu'on le recherche et qu'on me prévienne s'il réapparaît, précisa Jean, mais cela pourrait prendre des jours ou des semaines. Je ne sais pas où il trouve ses victimes, mais d'après ce que je sais de notre ennemi, Serrier pourrait bien le nourrir. Si c'est le cas, il peut ne pas avoir besoin de visiter l'un des repaires habituels des vampires. Ce qui m'inquiète le plus, c'est l'absence totale d'émotion dans ses yeux. C'est comme si son âme était morte. Je sais ce que les histoires racontent sur nous mais pour la plupart, seuls nos corps sont modifiés lorsque nous devenons vampires. Nous ne devenons pas mauvais en soi simplement parce que nous sommes des vampires. Celui-ci, cependant, est le vampire issu de toutes les histoires d'horreur.

Marcel soupira.

— Bien sûr. Quel autre genre de vampire serait attiré par les ténèbres de Serrier ? Alors, que faisons-nous maintenant ?

— Nous rendons l'alliance publique, décréta Raymond. Je regardais les autres vampires ce soir et la raison pour laquelle ils ont accepté d'aider Jean à trouver cette créature, c'est parce qu'ils craignent des représailles contre eux – une sorte de génocide. Ce dont nous avons besoin c'est de leur montrer que ce qu'il fait est mal, et pas seulement en menaçant leur mode de vie. Ils ont besoin de voir au moins un mouvement de notre part, la présentation d'un projet de loi au parlement, une sorte de reconnaissance officielle du rôle de Jean au sein de la Milice. Ils ont besoin d'avoir une raison de nous faire confiance et de nous aider, autre que la peur.

Marcel haussa un sourcil.

— C'est beaucoup plus rapide que ce que nous avions prévu, fit-il observer.

— Ça l'est, reconnut Raymond, mais cela ne veut pas dire que c'est trop rapide. Les choses ont changé, Marcel. Si l'on s'en tient aveuglément à un plan obsolète, nous nous condamnons.

— Qu'en penses-tu Jean ? demanda Marcel.

— Raymond et moi en avons discuté plus tôt. Je pense que ses arguments sont valables. La seule question est de savoir si nous avons suffisamment contribué à vos efforts jusqu'à présent pour convaincre les parlementaires de prendre notre demande en considération. Si ce n'est pas le cas, si leur estime nous concernant est toujours au plus bas et qu'ils ne sont pas encore ouverts à la discussion, alors il est préférable d'attendre afin que nous ayons plus pour les convaincre.

— Mais si rien n'est fait, la folie meurtrière d'Édouard ne fera qu'ajouter aux doutes, protesta Raymond en espérant que Marcel verrait ce que Jean ne voyait pas.

— Je vais commencer à tâter le terrain dès demain, décida Marcel, après que j'aie pu prendre un peu de repos et que je ne me sente plus aussi décrépi qu'une vieille semelle de chaussure. Alain, j'ai besoin de te parler encore. Pour le reste d'entre vous, vous pouvez y aller.

Les autres se levèrent et se dirigèrent vers la porte. Comme demandé, Alain resta assis. À la grande surprise de Marcel, Orlando aussi.

— Je suis content que vous soyez resté Orlando, dit Marcel, adressant un sourire au vampire. Ce que Sébastien a dit au sujet des vampires face à la perte d'un partenaire me préoccupe en ce qui concerne Blair. La patrouille de Thierry a déjà subi la disparition d'un de ses membres. Je ne voudrais pas en perdre un autre si nous pouvons l'empêcher.

— Vous voulez que *moi*, je garde un œil sur lui ? demanda Orlando abasourdi.

Il ne s'attendait pas à une telle responsabilité de la part du vieux sorcier.

— Il y a certainement quelqu'un d'autre qui ferait un meilleur travail !

— Qui ? l'interrompit Alain. Et qu'est-ce qui te fait penser que tu ne ferais pas un bon travail ? Tu dois arrêter de te dévaloriser, Orlando. D'après ce que j'ai entendu dire, tu as largement contribué à ramener la patrouille de Thierry en toute sécurité. Si tu as pu le faire, tu peux parfaitement surveiller Blair, jusqu'à ce que nous soyons sûrs qu'il est stable.

La foi aveugle qu'Alain avait en lui renforça la confiance d'Orlando. Peut-être pourrait-il le faire. Il ne voulait pas échouer, mais même si c'était le cas, il aurait essayé. Il ne pourrait pas supporter de voir la déception sur le visage d'Alain s'il refusait.

— Très bien, accepta-t-il après y avoir réfléchi un moment. Je ferai de mon mieux.

— C'est tout ce que je demande à ceux de mon peuple, lui assura Marcel alors que le vampire se levait.

Alain saisit la main d'Orlando avant que son partenaire puisse quitter la pièce.

— Je viendrai te retrouver quand j'en aurai fini ici et nous pourrons décider comment gérer à long terme la situation de Blair s'il est encore instable.

Il aurait voulu attirer la tête d'Orlando pour un baiser, mais il n'était pas sûr de savoir comment Orlando ou Marcel réagiraient à ce geste. Au lieu de cela, il serra la main de son amant, rencontrant ses yeux avec un sourire complice. Orlando lui rendit sa pression et son sourire, puis s'éclipsa par la porte pour retrouver Blair.

Dès que la porte se referma derrière le vampire, Alain se retourna vers Marcel.

— Qu'est-ce qui est si important ou si secret pour que tu ne puisses pas en discuter avec moi en face d'Orlando ? Je ne veux pas lui cacher de secrets.

— Rien d'aussi grave que cela, promit Marcel. Je voulais juste vérifier comment tu allais et je voulais que tu sois en mesure de t'exprimer librement. Ton partenariat, d'après ce que je comprends, est beaucoup plus… impliqué que les autres. Nous n'avons pas eu la chance de parler depuis que tout cela est arrivé. Je voulais m'assurer que tu allais bien.

Alain sourit en pensant à ce que tout son partenariat impliquait.

— Je vais bien, affirma-t-il. En fait, je ne me souviens pas d'avoir jamais été mieux. J'ai aimé Henri, mais je n'étais plus amoureux d'Edwige depuis longtemps quand elle a été tuée. Ils me manquent, mais c'est lui qui me manque vraiment, pas elle, non pas la compagne ou l'amante. J'ai manqué d'un compagnon, mais plus maintenant.

— Tu as emménagé avec lui, c'est exact ? demanda Marcel.

Alain hocha la tête.

— Tu sais quel enfer vide était ce studio pour moi. Je n'aurais pas demandé à quelqu'un de s'installer là-bas avec moi, et son appartement est parfait pour ses besoins, avec une pièce où il peut échapper à la lumière du jour si jamais il en a besoin.

— Son besoin de sang n'est pas trop exigeant ?

Alain secoua la tête.

— Cela m'en protège, dit-il en désignant la marque sur son cou. La magie qui nous unit lui permet de prendre autant qu'il le veut, aussi souvent qu'il le souhaite, sans que cela me fasse le moindre mal.

— Es-tu sûr ? interrogea Marcel.

— Ça semble en prendre le chemin en tout cas, répondit Alain. Sébastien a eu un Avoué avant. La plupart de ce que nous savons sur notre Aveu de Sang vient de lui, mais jusqu'ici, tout ce qu'il nous a dit se vérifie.

— C'est une bonne chose et vous devez continuer à lui parler de tout ce qui se produit, mais n'oubliez pas que son Avoué n'était pas un sorcier, prévint Marcel. Ta magie peut affecter le lien d'une manière que Sébastien n'a pas connue.

— Orlando préfèrerait se renier plutôt que de me faire du mal, assura Alain à son mentor en repensant à leur rencontre plus tôt dans la nuit. Je n'ai rien à craindre de lui.

— Qu'en est-il des autres ? demanda Marcel avec un calme trompeur. Ont-ils quelque chose à craindre de leurs partenaires ?

Alain fronça les sourcils.

— Que veux-tu dire ? De la suralimentation ?

— Je ne sais pas, répondit Marcel. À toi de me dire. Tu as discuté avec plus de groupes de partenaires que moi. Est-ce que l'un des sorciers s'est plaint de son partenaire ou du fait que celui-ci attendait trop d'eux ?

— Personne ne m'a rien dit, répondit Alain, mais ils pourraient ne pas le faire, connaissant la relation entre Orlando et moi. As-tu posé la question à Thierry ?

— Non et je n'en ai pas l'intention. Thierry a suffisamment d'autres choses auxquelles penser sans ajouter cela à la liste, surtout maintenant que Laurent a disparu.

J'avais espéré que ce jeune homme prendrait une partie de la charge qui incombait à Thierry, mais maintenant nous sommes de retour à la case départ pour ainsi dire et il va devoir former un autre lieutenant. J'ai besoin de toi pour garder à l'œil ce problème pour moi, si c'est bien un problème.

— Penses-tu vraiment que ça va être un problème ? demanda Alain en réfléchissant aux partenariats avec lesquels il avait des contacts en dehors du sien avec Orlando.

Thierry avait exprimé une certaine inquiétude le premier jour, mais depuis lors, tout semblait bien aller entre Sébastien et lui. De toute évidence, Laurent et Blair s'étaient bien rapprochés si on se fiait aux réactions de Blair. David avait des problèmes, mais c'était plus parce qu'il était un idiot pompeux qu'en raison de quelque chose d'inhérent aux partenariats. Même Raymond semblait avoir trouvé un moyen de faire fonctionner son partenariat en dépit de ses préoccupations initiales. Le seul autre problème qu'il pouvait identifier venait de Jude et d'Adèle, mais cela ressemblait plus à un affrontement de deux personnalités que d'une question d'exigence du partenariat.

— Je ne sais pas, répondit Marcel, mais je préfère être préparé que pris au dépourvu.

— Bien, dit Alain. Je vais poser des questions autour de moi, voir si quelqu'un a des préoccupations qu'il n'aurait pas remontées jusqu'à toi pour une raison quelconque.

Marcel regarda partir son capitaine, se demandant s'il devait confier à Alain la théorie que Raymond avait partagée avec le vieux Général. *Pas encore*, décida-t-il. Pas jusqu'à ce qu'il sache que c'était plus qu'une simple hypothèse de deux philosophes. Si Raymond et Lombard avaient raison, il n'aurait pas besoin de faire un Aveu de Sang pour lier deux partenaires ensemble. La magie du sang des sorciers qui permettait de protéger leurs partenaires créerait ce lien toute seule.

XXXV

THIERRY PALPA les traces de morsures sur son cou, les yeux rivés sur le dos de Sébastien qui s'éloignait. Le vampire voulait aller vérifier l'état de Blair pour s'assurer que ce dernier faisait face à sa perte. Thierry l'avait incité à y aller, disant qu'il allait finir la paperasse en l'attendant. Ce qu'il voulait cependant, c'était un peu de temps pour réfléchir. Chaque fois que Sébastien se nourrissait de lui, et c'était beaucoup plus fréquemment et beaucoup moins accaparant que ce qu'il avait prévu, Thierry sentait le partenariat se renforcer, sentait que les liens entre eux se resserraient. Une partie de lui voulait se laisser aller à l'incendie qui le ravageait chaque fois que Sébastien le touchait, se nourrissait de lui.

Il observait Alain et Orlando quand ils ne faisaient pas attention, voyait le profond dévouement qui existait entre eux, les étincelles qui semblaient voler chaque fois que leurs regards se croisaient ou que leurs mains se touchaient et qui créaient cette connexion, cette passion.

Il était séparé d'Aleth depuis le début de la guerre, mais il était resté fidèle dans l'espoir qu'ils puissent réconcilier leurs différences. Ce n'était plus possible, mais sa mémoire le retenait, comme emprisonnée par l'échec de leur mariage comme il l'avait été par ses vœux de mariage. Comment pouvait-il faire marcher une relation avec une créature aussi différente de lui que l'était Sébastien, alors qu'il n'y était pas parvenu avec quelqu'un de sa propre espèce ?

Même s'il pouvait mettre de côté ses craintes de voir une autre relation échouer, une autre peur le retenait. Alors qu'il ne s'était jamais soucié de la préférence sexuelle d'Alain, ce n'était pas celle qu'il partageait. Il n'avait jamais regardé un homme avec plus que de l'amitié à l'esprit, n'avait aucun moyen de dire si ce qu'il ressentait pour Sébastien était réel ou un pur produit dû à la solitude et à la proximité, à l'incroyable sensualité, voire même à la sexualité ressentie lors de son alimentation.

Et s'il était intéressé, qu'en était-il de Sébastien ? Comment pouvait-il savoir si le vampire ressentait la même chose ? Il savait que pour son partenaire ce ne serait pas un problème d'être avec un homme – l'Avoué du vampire avait été un mâle – mais leurs conversations antérieures avaient suggéré que Sébastien n'était pas intéressé par une nouvelle relation. Le vampire avait parlé de son Avoué et de la perte de l'homme comme si elle était récente, aussi récente que la propre perte de Thierry, et pourtant il avait dit à son partenaire qu'il était seul depuis quatre cents ans.

Quatre cents ans. Si cela faisait aussi longtemps et que Sébastien était toujours amoureux de cet homme, quel espoir Thierry avait-il de réussir à attirer son attention ? Devait-il s'ouvrir davantage quitte à ressentir plus de chagrin encore s'il agissait sur ce qu'il ressentait peut-être ?

Il n'avait pas de réponses à ses questions. Avec un soupir, il s'affaissa contre le canapé en espérant qu'Alain passerait par leur bureau avant que Sébastien soit de retour de sa visite à Blair. Peut-être son meilleur ami aurait-il une perception différente de certains de ses problèmes. Il était tentant, dans l'intervalle, de faire quelque chose au sujet de la douleur lancinante qu'il ressentait au niveau de l'aine. Il supposa que c'était une petite bénédiction que Sébastien ne l'ait pas sentie alors qu'il se nourrissait, mais encore une fois, le vampire s'était positionné à côté de lui, légèrement penché sur sa poitrine et n'avait esquissé aucun mouvement pour une plus grande intimité. Il pouvait encore sentir la main chaude de son partenaire sur sa mâchoire lorsque Sébastien avait renversé sa tête pour accéder à son cou. Il pouvait sentir l'écho persistant de son corps ferme contre son flanc. Sa main glissa plus bas pendant que son esprit évoquait la présence de Sébastien, se caressant à travers la laine de son pantalon.

Avant qu'il n'ait pu faire plus que de renforcer l'excitation qu'il ressentait déjà, la porte s'ouvrit et Alain entra, son visage reflétant délibérément une expression neutre que Thierry reconnut comme étant celle que son ami affichait lorsqu'il était vraiment troublé par quelque chose. Ses propres problèmes quittèrent instantanément son esprit tandis qu'il se concentrait sur ce qui avait pu mettre Alain dans un tel état.

— Quel est le problème ?

Alain leva les yeux, surpris de voir que Thierry était toujours là.

— Je pensais que tu étais en chemin pour rentrer chez toi, voire même déjà arrivé.

La main de Thierry monta automatiquement à son cou, révélant par inadvertance à Alain ce que Sébastien et lui avaient fait durant la dernière demi-heure. Le masque de son ami se brisa sous la force de son sourire.

— Je suppose que tu as changé d'avis sur les exigences de l'Alliance, le taquina-t-il légèrement, ses yeux cherchant sur le visage de Thierry un signe quelconque de ses sentiments concernant la situation.

Alain n'avait pas répondu à sa question et Thierry avait la ferme intention d'y revenir, mais en attendant, son ami lui avait permis de trouver l'ouverture dont il avait besoin pour lui poser les questions qu'il avait à l'esprit.

— Ouais, je suppose qu'il suffisait de trouver le bon partenaire.

Le sourire d'Alain s'élargit, incapable de résister à l'opportunité de se moquer gentiment de son ami habituellement si sérieux.

— Je n'aurais jamais pensé te voir t'attacher à un autre homme.

Dans le passé, Thierry aurait tempêté et nié tout intérêt de ce genre et leur jeu aurait continué, mais les paroles d'Alain étaient beaucoup trop proches de la vérité pour qu'il puisse continuer le jeu désormais.

— À ce propos, commença-t-il, ne sachant pas exactement ce qu'il voulait demander.

Sentant la gravité de Thierry, Alain arrêta ses taquineries et rejoignit son ami sur le canapé, poussant ses jambes de l'autre côté afin d'avoir une place pour s'asseoir.

— Qu'est-ce qui te tracasse ?

— Je ne sais même pas, répondit Thierry, même s'il le savait. Ça évolue d'une manière très différente de ce que j'attendais.

— Dans quel sens ? interrogea précautionneusement Alain.

Thierry prit une profonde inspiration, incroyablement mal à l'aise au sujet de cette conversation, mais sachant qu'Alain n'allait pas se moquer de lui. Pas vraiment.

— Est-ce que... cela t'excite quand Orlando se nourrit ?

Encore une fois, la conversation avait pris une tournure inattendue, mais Alain l'accueillit sans sourciller. Thierry et lui n'avaient jamais eu de secrets l'un pour l'autre et si sa réponse à cette question personnelle pouvait aider son meilleur ami, il le ferait en toute honnêteté. Malgré cela, ses yeux se dirigèrent inconsciemment vers les genoux de Thierry, cherchant à savoir si l'autre sorcier partageait sa réaction.

— Plus que n'importe quoi d'autre.

Il fit une pause, puis décida qu'il valait mieux donner trop d'informations à Thierry que pas assez.

— Il peut me faire jouir uniquement avec ses crocs dans mon cou.

Les yeux de Thierry se fermèrent aux souvenirs agréables qui remontaient en lui : le corps de Sébastien si proche du sien, de sa bouche et des dents de vampire sur son cou, semblant trouver infailliblement l'endroit le plus sensible. Son corps pulsait désespérément au désir de sentir Sébastien de nouveau contre lui, encore plus qu'il ne l'avait été auparavant. Il y avait si longtemps que Thierry n'avait pas senti un autre contact que sa propre main que la seule pensée d'une autre source de jouissance bousculait son contrôle déjà précaire.

— Je me sens de nouveau comme un adolescent excité, admit-il. Il me touche et je suis prêt à exploser. Je ne l'ai pas fait mais uniquement parce que je n'ai pas osé. J'ai été seul pendant si longtemps, Alain. Est-ce mal pour moi de me sentir comme ça ? Aleth est morte depuis seulement une semaine.

Le visage d'Alain s'assombrit. La dernière phrase de Thierry était certainement vraie, mais elle ne disait pas toute l'histoire.

— Non, ce n'est pas mal. Elle t'avait quitté il y a longtemps, en dépit de ce que tu espérais. Il est logique que tu sois prêt à passer à autre chose, surtout depuis que tu as trouvé quelqu'un qui a attiré ton intérêt.

— Alors, que dois-je faire maintenant ? demanda Thierry.

Alain ne put s'en empêcher. Il éclata de rire.

— Marque ce jour sur ton calendrier. Le jour où le grand Thierry Dumont m'a demandé de l'aide pour faire une conquête.

— La ferme ! rétorqua Thierry, rougissant malgré lui. C'est différent. Si je m'étais jumelé avec une nana, je saurais exactement quoi faire, mais Sébastien n'est pas une femme.

— Non, admit Alain en laissant tomber le ton taquin.

Même s'il aimait se moquer de son ami, il comprenait aussi l'étape monumentale que l'autre sorcier envisageait de franchir.

— Que veux-tu savoir ? proposa-t-il à la place. Tu sais que je t'aiderais autant que je le pourrais.

Que voulait-il savoir ? La mécanique des relations sexuelles avec un homme était un sujet trop intimidant à aborder aussi tôt. D'ailleurs, il soupçonnait que si jamais il arrivait à ce stade-là, Sébastien serait heureux de le guider.

— Comment puis-je savoir s'il est intéressé ?

Alain considéra la question, non seulement à la lumière de l'orientation sexuelle de Sébastien mais aussi du fait qu'il soit un vampire.

— À quelle fréquence se nourrit-il ? interrogea-t-il au bout d'un moment.

— Pratiquement tous les jours, répondit Thierry avec un rougissement révélateur en songeant à quel point il aimait ces moments.

Les sourcils d'Alain se haussèrent.

— Si souvent ?

Thierry hocha la tête.

— Est-ce un problème ?

— Pas si tu te sens bien, répondit Alain, mais Orlando m'a dit qu'habituellement les vampires n'avaient pas besoin de se nourrir plus d'une fois tous les quelques jours. Cela semble certainement être un signe d'intérêt de mon point de vue. Il veut être proche de toi. Et s'il se nourrit aussi souvent, cela indique presque certainement qu'il ne va pas nulle part ailleurs pour chercher du sang. Je suis certain que trop de sang est aussi mauvais pour un vampire que trop peu.

— Quoi d'autre ? demanda Thierry. Je ne vais pas me lancer si je dois échouer avant d'avoir quitté la grille de départ. C'est déjà assez difficile comme ça.

— Vous êtes arrivés ensemble lorsque vous avez décidé d'aller à la recherche du meurtrier de Laurent. Êtes-vous rentré ensemble à la maison ? demanda Alain.

Thierry hocha la tête.

— Il l'a suggéré. Pas que nous allions dans ma maison, je veux dire, mais que nous restions ensemble.

— Un autre bon signe, souligna Alain.

— À moins qu'il ne soit venu uniquement pour être en sécurité, répliqua Thierry.

— C'est également possible, admit Alain, mais il ne me semble pas du genre à faire quelque chose s'il n'en a pas envie. Il ne me paraît pas non plus du genre à *suggérer* quelque chose qu'il ne veut pas faire.

— Alors, que dois-je faire maintenant ? demanda Thierry. Je veux dire, si tu as raison et qu'il est bien intéressé ?

— Que voudrais-tu faire ? l'interrogea Alain en retour. Sachant que tu n'as pas à faire quoi que ce soit. Tu peux continuer à le traiter comme tu le fais, comme un simple partenaire de travail pour le bien de l'Alliance et lui serrer la main en guise d'au revoir quand la guerre sera finie.

Thierry fronça les sourcils. Il n'avait même pas envisagé de ne rien faire, du moins pas s'il y avait une chance que Sébastien soit intéressé.

— Je ne sais pas ce que je veux, mais je sais que je veux plus que ce que j'ai.

Alain se mit à rire.

— Voilà tout à fait ton genre de pensée alambiquée, mais je comprends ce que tu veux dire. Tu cherches quelque chose de permanent ? demanda-t-il, allant droit au cœur du sujet.

— Je ne sais pas, déclara Thierry à nouveau. Je sais juste que je veux plus. Je suis si fatigué d'être seul.

Le cœur d'Alain se serra en percevant la douleur dans la voix de son ami. Thierry avait été un tel roc après la mort d'Edwige et d'Henri. Il se sentait un peu coupable maintenant d'avoir négligé son ami au cours des jours qui avaient suivi la mort d'Aleth.

— Je sais ce que tu ressens, dit-il à la place. Je veux que tu sois heureux. Si tu crois que Sébastien peut te rendre le sourire, alors tu as mon soutien inconditionnel. Tu le sais. Dis-moi juste comment je peux aider.

— Tu pourrais lui demander s'il est intéressé, ironisa Thierry cachant son embarras derrière la plaisanterie taquine.

Même maintenant, en regardant son meilleur ami, un homme indéniablement attrayant, il ne ressentait aucune attraction pour lui. Il ne s'était jamais remis en question auparavant parce qu'il n'avait jamais été attiré par un homme. Maintenant, cependant, il se demandait ce qu'il y avait en Sébastien qui pouvait captiver son attention alors qu'aucun autre homme ne le faisait, pas même celui avec lequel il était si proche depuis si longtemps.

En regardant la situation d'une manière analytique, il reconnut que le sorcier et le vampire partageaient un grand nombre des traits que Thierry trouvait si attirants chez Sébastien : leur sens de l'humour, leur courage, leur volonté d'être aux côtés l'un de l'autre peu importe la raison. Alain était la lumière là où Sébastien était l'obscurité, mais Aleth avait également été ainsi, donc cela n'aurait pas dû faire de différence. Il ne put trouver que deux différences : son enfance passée aux côtés d'Alain, une histoire commune qui les avait jetés dans le rôle de frères avant que l'un d'eux n'ait eu le temps de considérer le sexe, et le lien unique entre lui-même et Sébastien qui découlait de la nécessité pour le vampire d'avoir son sang. Il frissonna un peu, se demandant ce que cela disait de lui.

Le rire d'Alain tira Thierry de ses pensées.

— Si c'est vraiment ce que tu veux que je fasse, je vais aller le trouver dès maintenant.

Thierry secoua énergiquement la tête.

— Merde, Alain ! Tu sais que je parlais en l'air. Je m'en occuperais moi-même, merci bien. En fait, j'avais juste besoin de t'entendre dire que tu ne pensais pas que je faisais une erreur.

— Je ne pense pas que tu fasses une erreur, l'assura Alain. Prends ton temps, profite de l'attente, mais fonce si c'est ce que tu veux.

— C'est le cas, déclara Thierry fermement. Maintenant, je dois juste trouver une façon de le lui dire.

— C'est toujours la partie la plus difficile, accorda Alain. Si tu as besoin d'autres conseils, comme sur la façon de séduire un homme, fais-le-moi savoir.

— Je suis sûr que tu es un puits de sagesse, répliqua Thierry, mais je me débrouillerais tout seul.

— Je suis sûr que Sébastien se fera un plaisir de t'aider.

Dans le couloir, Sébastien sourit. Il avait été sur le point d'entrer dans le bureau lorsqu'il avait entendu la voix de Thierry. Il lui avait fallu un moment pour reconnaître l'autre voix comme étant celle d'Alain. Il était sur le point de partir dans n'importe quelle direction lorsque les mots de Thierry avaient attiré son attention. '*Tu pourrais lui demander s'il est intéressé*', avait dit Thierry. Curieux maintenant, se demandant de qui il parlait, il s'était arrêté pour écouter. Ses yeux s'étaient agrandis lorsqu'il avait réalisé, peu importe de qui il s'agissait, que Thierry était sérieusement attiré par l'homme en question. *Dis un nom*, pensa Sébastien avec urgence. *Dis que c'est moi.* Les deux hommes savaient manifestement de qui ils parlaient, c'est pourquoi ils n'utilisaient pas de nom. Sébastien écoutait silencieusement alors qu'Alain se moquait de Thierry et de son inexpérience avec les hommes. Les yeux de Sébastien s'écarquillèrent de surprise. Donc son partenaire était totalement innocent dans ce domaine. Ce qui rendait la perspective encore plus attirante. *Je suis sûr que Sébastien se fera un plaisir de t'aider.*

— T'aider à quoi ? demanda Sébastien en entrant dans la pièce comme s'il n'avait pas écouté leur conversation. Je t'aiderai certainement de toutes les façons que je pourrais.

XXXVI

ALAIN RIAIT encore de l'air de lapin pris dans les phares d'une voiture qu'avait eu Thierry, quand il quitta le bureau pour retrouver Orlando. Il s'était attendu à ce que son amant y revienne à un moment, mais jusqu'à présent ce n'était pas le cas. Sébastien avait indiqué avoir laissé les deux autres vampires dans la salle d'entraînement, donc Alain prit cette direction en espérant que l'absence prolongée d'Orlando n'était pas un mauvais signe.

S'arrêtant à la porte, il regarda les deux vampires s'affronter. Orlando se jetait sur Blair, ses mouvements presque trop rapides pour qu'Alain puisse les suivre. Si son amant avait combattu un mortel, même un sorcier, il aurait sûrement pris le dessus. Blair, cependant, lui échappa facilement.

— Tu es trop prévisible dans ton attaque, dit-il au jeune vampire. Contre un mortel, peut-être aurais-tu le dessus, mais il est raisonnable de penser que des vampires se joindront à l'ennemi, alors tu dois être prêt à combattre ceux de ta propre espèce et pas seulement la leur.

Alain resta en arrière, donnant à Blair l'occasion de montrer à Orlando ce qu'il voulait dire, observant les deux attentivement pour voir s'il pouvait repérer ce dont l'autre vampire parlait, pour voir s'il pouvait lire les intentions d'Orlando dans ses mouvements. Regardant attentivement, il déduisit qu'il le pouvait, mais uniquement parce qu'il reconnaissait certains des gestes de son amant. S'il ne l'avait pas si bien connu, il n'était pas sûr d'avoir été en mesure d'anticiper les actions du vampire.

— Désolé de vous interrompre, dit-il finalement pour attirer leur attention, mais Orlando et moi avons quelque chose dont nous devons nous occuper. As-tu reçu une nouvelle affectation, Blair ?

— Pas encore, répondit le vampire.

— Il est trop tard ce soir pour que tu ressortes en patrouille. Le soleil va se lever dans une heure ou deux et nous n'avons aucune idée du temps pendant lequel la magie de Laurent continuera à te protéger. Viens me voir demain soir après le coucher du soleil et je te trouverai une patrouille.

Blair hocha la tête, la peine reprenant ses droits au rappel de son partenaire disparu.

— Ne t'y attarde pas trop, annonça Orlando. Il aurait voulu que tu continues à te battre.

— Je sais, répondit doucement Blair. Je devrais rentrer à la maison tant que je le peux encore.

Une volonté renouvelée se lisait sur son visage tandis qu'il hochait la tête en direction des deux hommes avant de quitter la pièce.

Orlando rejoignit immédiatement les bras d'Alain.

— Ne t'avise pas de me quitter, ordonna-t-il.

— Laurent était un bon sorcier, répondit Alain. Je suis meilleur.

Il n'y avait pas de vantardise dans sa voix, juste un simple état de fait.

— Je pense cependant que Blair et toi avez eu une bonne idée. Je pense que tout le monde devrait pratiquer le duel. Ce serait une bonne chose maintenant que nous nous battons par paire au lieu d'une simple patrouille de sorciers. Pas ce soir, cependant. Ce soir, nous avons besoin de te créer un repère.

— Un quoi ? demanda Orlando.

Alain lui expliqua rapidement, exhibant le dinosaure en plastique qu'il avait fauché à Henri quand la guerre avait commencé.

— Et maintenant, nous avons besoin d'en faire un pour toi.

— Comment cela peut-il fonctionner pour moi ? demanda Orlando. Je n'ai aucune magie.

— Thierry a dit que cela avait fonctionné quand il avait tiré quelques gouttes de sang de Sébastien, expliqua Alain. As-tu confiance en moi pour le faire ? Si tu ne préfères pas, je comprendrai, mais c'est une mesure de sécurité importante.

Orlando examina la question. Il faisait confiance à Alain plus qu'en n'importe qui d'autre hormis Jean, mais laisser le sorcier prendre son sang lui faisait peur.

— Es-tu sûr que c'est le seul moyen ? demanda-t-il.

— C'est le seul que Thierry ait trouvé, répondit Alain, se demandant s'ils arriveraient un jour à surmonter les craintes d'Orlando. Nous n'avons pas à le faire si tu ne le veux pas.

Cette offre, plus que toute autre chose, apaisa la nervosité d'Orlando. Il s'agissait de son choix et non pas de quelque chose qu'un autre le forçait à faire.

— J'ai besoin de quelque chose à utiliser comme repère, non ?

Alain hocha la tête.

— Cela peut être n'importe quoi, mais au moins pour les sorciers, cela semble mieux fonctionner si l'objet a une certaine signification pour la personne.

— Je n'ai vraiment rien d'autre que mon anneau, hésita Orlando. Jusqu'à il y a quelques jours encore, je ne l'aurais pas qualifié de spécial, cependant.

— Il est spécial, le contredit Alain. C'est le symbole de tout ce que tu as surmonté.

— C'était un symbole de ce que j'avais vaincu, répliqua Orlando, mais c'est tellement plus que ça maintenant. Maintenant, c'est le symbole de notre lien.

Il sourit. Peut-être que c'était le parfait objet à utiliser.

— Après tout, sans lui, sans nous, je ne serais pas ici. Il est à la maison, cependant. Je ne l'ai pas sur moi.

— Nous devrons faire le sort ici afin que nous puissions vérifier si cela a fonctionné, précisa Alain, mais je ne peux faire un saut à la maison et le ramener. Si cela ne te dérange pas ?

Orlando secoua la tête.

— Cela ne me dérange pas. Ce qui est à moi est à toi.

— Et ce qui est à moi est à toi, assura Alain à son amant en réponse. Je serai de retour avant même de te manquer.

Il murmura l'incantation qui l'enverrait à la maison.

— Tu me manques déjà, murmura Orlando à l'espace vide où Alain s'était tenu.

Il resta où il se trouvait, ne voulant pas se déplacer et être dans le chemin lorsqu'Alain reviendrait.

En quelques secondes, le sorcier réapparut, la chevalière de Thurloe dans la main. Orlando la prit, son autre main se posant sur la brûlure à peine guérie du cou de son amant. Le désir de plonger ses dents dans la marque était si fort que le besoin le fit trembler. Tournant la tête, il réprima ses désirs, déterminé à se concentrer sur l'affaire en question.

— Alors, que dois-je faire maintenant ?

Alain posa sa main sur celle d'Orlando et la serra doucement avant de retirer les doigts du vampire loin de son cou.

— Tu n'as pas besoin de faire quoi que ce soit. Je vais juste te piquer le doigt pour faire couler assez de sang sur l'anneau et puis je lancerais le sort qui le liera à la carte de localisation.

Orlando hocha la tête et sa main trembla légèrement quand il réalisa qu'il allait laisser quelqu'un l'entailler, aussi légèrement qu'Alain envisageait de le faire, pour effectuer le sort.

Comme s'il sentait ses doutes, Alain leva la main de son amant à ses lèvres et embrassa doucement le bout de chaque doigt.

— Juste une petite piqûre, promit-il.

— Je sais.

Voyant la dague de cérémonie de Thierry sur son bureau, Alain la récupéra rapidement et lança un sort de nettoyage.

— Ne bouge pas, avertit-il en utilisant la pointe de la lame pour percer le doigt d'Orlando. Je suis désolé, murmura-t-il quand il entendit le sifflement de douleur.

Il appuya doucement, obtenant ainsi quelques gouttes, puis il frotta le métal sur la petite plaie de sorte que la tranche en soit recouverte. Libérant la main d'Orlando, il lança le sort de traçage sur l'anneau, regardant la lueur qui l'entourait s'étendre momentanément avant de disparaître.

— C'est fait.

Orlando leva son doigt à sa bouche dès qu'Alain le libéra, sa salive guérissant aussi bien sa propre chair qu'elle guérissait celle de ses proies.

— Nous devons nous assurer que cela a fonctionné puis nous pourrons rentrer à la maison, ajouta Alain.

Maison. Le mot eut l'effet prévisible sur la libido d'Orlando. Et sur son cœur.

— Dépêchons, le pressa-t-il en avançant vers la porte.

Alain suivit son amant à la porte et descendit vers le tableau de localisation. À leur plus grande joie, une petite lueur apparaissait maintenant sur la carte à côté du nom d'Alain avec le nom d'Orlando dessous.

— Rentrons à la maison.

Alain hocha la tête, regardant autour de la salle, heureux de voir que Mathieu Gastineau était en service. Si cela n'avait pas été un sorcier en qui il avait confiance, il aurait insisté pour qu'ils prennent le métro pour rentrer à la maison plutôt que de risquer un déplacement magique.

— Sergent, appela-t-il. Pouvez-vous envoyer mon partenaire vers une destination après moi ?

— Si vous êtes encore sur la carte, je peux, monsieur, répondit le sergent Gastineau avec assurance.

Alain se tourna vers Orlando.

— Cela nous ramènera plus vite à la maison, murmura-t-il d'un ton cajoleur tandis qu'il demandait la permission de son partenaire.

Orlando hocha la tête, son désir pour son amant surpassait ses craintes habituelles.

Alain lança le sort et disparut, arrivant au milieu du salon d'Orlando – de leur salon, se reprit-il, sachant combien cela dérangeait Orlando d'entendre Alain ne pas s'inclure dans la propriété de leur maison. Quelques instants plus tard, Orlando apparut à ses côtés. Le regard de passion sans entrave sur le visage du vampire coupa le souffle d'Alain. Il recula par réflexe avant que les bras d'Orlando se referment autour de lui et que leurs lèvres se rejoignent.

ÉDOUARD SE cachait dans l'ombre, ne voulant pas entrer et faire face à Serrier, mais il savait qu'il n'aurait bientôt pas d'autre choix. Ses instincts lui criaient que le soleil se lèverait bientôt, le forçant à se réfugier à l'intérieur. Avec un juron murmuré, il lança une bouteille d'eau vide dans la rue et fit irruption dans le siège du sorcier rebelle.

Il toisa tous ceux qu'il croisa jusqu'à ce qu'il soit de retour dans la salle où il rencontrait toujours Serrier. Son pied tambourinait avec impatience en attendant que le sorcier se joigne à lui. Il ne s'embêta pas avec la lumière, préférant la lampe terne à une pièce plus brillante. Il n'avait aucune réelle idée de ce qu'il dirait au sorcier étant donné qu'il ne revenait pas avec l'information que l'homme avait demandée, mais il avait une idée.

— Eh bien ?

La voix de Serrier venait de l'ombre.

Édouard se retourna, n'ayant pas vu le sorcier entrer. Il avait compté sur ses sens vampiriques pour l'alerter du danger, mais maintenant il se demandait s'ils étaient suffisants. Fréquenter des sorciers semblait être une activité dangereuse.

— Rien, cracha-t-il avec dégoût. Quelqu'un leur a dit que je travaillais avec vous et ils ne m'ont pas dit un mot, sauf pour m'ordonner de partir. Ils semblaient penser que mon association avec vous était de mauvais augure. Y a-t-il une raison pour qu'ils vous haïssent tant ?

Il ne pouvait toujours pas croire à l'animosité dont ils avaient fait preuve lorsqu'il s'était arrêté à ses différentes destinations au cours de la nuit. Du club au café, puis au bordel, cela avait été pareil.

'*Nous ne voulons rien avoir à faire avec vos façons de tuer,* lui avait-on répondu dans le bordel. *Repartez chez votre précieux sorcier et laissez-le vous donner ce dont vous avez besoin*'.

'*Pourquoi devrions-nous vous dire ce que vous voulez savoir quand vous avez mis en danger notre existence même avec votre imprudence ?*' avaient demandé les patrons de café.

Le videur du club ne l'avait même pas laissé passer la porte. '*Pas ici. Faites votre chasse ailleurs*'. Si le videur avait été un mortel, Édouard aurait argumenté, mais le propriétaire du club avait un vampire pour garder la porte. Édouard s'était éloigné, la queue entre les jambes.

— Pas que je sache. Vous êtes le premier et le seul membre de votre race que j'ai jamais rencontré, répondit Serrier. Ai-je besoin de reconsidérer notre alliance ?

— Pas encore, répondit hâtivement Édouard. J'ai une autre idée, mais elle nécessitera votre aide. Notre illustre chef a une concubine mortelle, paraît-il, expliqua-t-il sa voix empreinte de sarcasme. Je suis certain qu'elle pourrait nous donner l'information dont nous avons besoin.

Serrier haussa un sourcil alors qu'un mauvais sourire se dessinait sur son visage.

— Et savez-vous où trouver cette femme ?

— Je connais son nom, répondit Édouard, mais elle ne devrait pas être trop difficile à trouver.

— Si vous avez son nom, nous pourrons la trouver, convint Serrier.

— Karine Gaudier.

LA SENSATION des lèvres d'Orlando sur les siennes ne cesserait jamais de l'étonner et de l'exciter, conclut Alain alors qu'il se trouvait de nouveau emporté dans une étreinte torride avec son amant, les étincelles entre eux s'embrasant dès que leurs corps se touchaient. Il suffisait d'un regard, du soupçon d'une invitation et son désir s'enflammait aussi éblouissant que s'il était encore un adolescent, repoussant les limites de son contrôle comme jamais auparavant.

Décidant qu'ils avaient besoin d'être dans leur chambre au lieu du séjour, Alain recula d'un pas, puis d'un autre, attirant Orlando avec lui jusqu'à ce que ses genoux heurtent le matelas. Retombant sur le lit, il attira le vampire sur lui. Il rompit le baiser, roulant Orlando sur le dos en baissant sa tête pour mordiller la peau du cou du vampire.

Orlando se raidit quand il sentit les dents d'Alain sur sa peau. Se libérant de l'étreinte, il repoussa Alain.

— Ne fais pas ça.

Alain se redressa, se frottant les mains sur son visage. Il avait espéré qu'ils étaient au-delà de ça, que l'amour qu'ils avaient éprouvé dans son bureau, quand Orlando s'était nourri sur lui si peu de temps après l'amour, était un signe que les choses s'amélioraient finalement. Prenant une profonde inspiration, il se tourna vers lui.

— Parle-moi, Orlando. Ne te contente pas de me repousser.

Orlando frissonna. Il avait déjà donné à Alain plus de détails sur ce qui lui était arrivé qu'il ne l'avait jamais fait avec quiconque, mais il semblait que son partenaire en voulait toujours plus.

— Je ne veux pas revivre ça, protesta-t-il. C'était l'enfer la première fois. Pourquoi voudrais-je y penser à nouveau ?

— Parce que tu y penses manifestement chaque fois que nous sommes ensemble, souligna Alain avec plus de calme qu'il n'en ressentait. Je me sens impuissant, comme si je ne pouvais ni te toucher ni t'embrasser au-delà de la plus innocente des caresses, de peur de te faire fuir.

— Je ne… protesta Orlando par réflexe avant de réaliser que c'était exactement ce qu'il avait fait.

Peut-être pas au sommet de leur passion ou quand il se nourrissait, mais sûrement quand ils se laissaient emporté vers la passion. Il baissa les yeux.

— Je ne sais pas quoi faire.

— Parle-moi, répéta Alain. Dis-moi ce qu'il t'a fait. Laisse-moi arranger les choses.

— Arranger les choses ? répéta Orlando, pas très sûr de savoir comment Alain proposait de le faire.

— Permets-moi de remplacer les mauvais souvenirs par de nouveaux, pria doucement son amant.

Orlando hocha lentement la tête, essayant de penser à quelque chose de relativement inoffensif qu'il pourrait partager, quelque chose qui ne pouvait pas vraiment lui faire du mal indépendamment de la façon dont les souvenirs le hantaient. Il faisait confiance à Alain intellectuellement parlant pour ne pas lui faire du mal. Son amant s'était arrêté chaque fois qu'Orlando l'avait demandé, mais ça, c'était différent. Cela l'invitait délibérément à un contact, une caresse qui le mettrait mal à l'aise.

— Il m'attrapait par les cheveux et les utilisait pour me forcer à faire ce qu'il voulait.

Le cœur d'Alain se serra comme il le faisait toujours à l'idée qu'Orlando avait été victime de violence.

— Fais-moi confiance, plaida-t-il. Laisse-moi arranger les choses.

Orlando prit une profonde inspiration, luttant contre le refus instinctif de donner à quiconque la moindre once de contrôle sur lui. Finalement, il hocha la tête, donnant sa permission.

Alain se rapprocha d'Orlando, enroulant ses bras autour de son amant, frottant sa joue du bout du nez. Se déplaçant, il se mit à genoux, face à Orlando.

— Concentre-toi sur moi, murmura-t-il alors qu'il faisait gentiment courir une main sur les cheveux du vampire.

Il ne les tira pas, n'emmêla pas ses doigts dans les mèches soyeuses, comme il l'aurait voulu. À la place, il caressa simplement la tête d'Orlando comme s'il calmait un cheval ombrageux, de longs mouvements souples de sa paume sur le cuir chevelu de son amant jusqu'à ses épaules, encore et encore, jusqu'à ce que son partenaire s'abandonne finalement sous ses doigts.

Le contact de la main d'Alain sur ses cheveux fit sursauter Orlando même s'il l'avait vu venir, même s'il s'attendait à la caresse. Il se répéta qu'Alain était son amant et pas son ravisseur, que le sorcier ne lui avait jamais fait de mal – ne voudrait *jamais* lui faire de mal – comme avait fait Thurloe. La chaleur de la main de son partenaire lui réchauffa le cuir chevelu, le relaxant avec ses mouvements calmes, répétitifs. Sa respiration saccadée se stabilisa alors qu'il se détendait, laissant la tendresse d'Alain remplacer la haine et la rage qui avait caractérisé l'approche de son créateur envers le jeune vampire. Son pouls se stabilisa enfin et il sentit sa confiance grandir jusqu'à ce qu'il sente la nette inclinaison de sa tête dans la main d'Alain, l'invitant à une caresse plus approfondie.

Sentant Orlando se déplacer pour l'encourager, Alain recommença, en utilisant le bout de ses doigts cette fois, caressant de haut en bas le cuir chevelu d'Orlando, laissant ses doigts s'enfoncer suffisamment pour toucher sa peau mais sans s'emmêler dans ses cheveux ou les tirer d'une quelconque façon. *Étape par étape, en douceur*, s'encourageait-il. La dernière chose qu'il voulait, c'était effrayer Orlando de nouveau.

La sensualité du massage d'Alain envoya un léger frisson dans le dos du vampire. Immédiatement, les doigts de son amant s'immobilisèrent.

— Ne t'arrête pas, murmura-t-il en inclinant la tête pour quémander plus de ces tendres caresses.

— Je ne le ferai pas, promit Alain en reprenant le doux massage. Pas tant que tu ne le veux pas.

Orlando sourit et se tourna sur ses genoux, si bien qu'il était agenouillé face à son amant, leurs jambes se heurtant quand il se précipita en avant pour embrasser le sorcier.

Alain ne fit aucun effort pour reprendre le contrôle de leur baiser malgré ses mains dans les cheveux d'Orlando. Thurloe – le salaud ! – avait utilisé les cheveux d'Orlando comme un moyen de le contrôler, de forcer ses avances importunes sur le vampire. Bien qu'Alain soit à peu près sûr que ses avances n'étaient plus malvenues, il voulait que rien ne rappelle son incarcération au vampire. Il était censé lui fournir de nouveaux souvenirs, pas évoquer les anciens. À la place, il laissa Orlando diriger le baiser tout en continuant le massage relaxant, utilisant ses doigts pour ajouter au plaisir de son amant.

Sa confiance grandissant de plus en plus envers les caresses d'Alain, Orlando approfondit le baiser jusqu'à ce que sa langue s'insinue entre ses lèvres, s'appropriant férocement sa bouche. La tête d'Alain bascula sous l'assaut alors qu'il était assis sur ses talons. Orlando se leva devant lui. Les mains d'Alain se resserrèrent dans ses cheveux, l'obligeant à incliner la tête d'un côté. Immédiatement, Orlando se raidit.

— Détends-toi, l'exhorta Alain, s'écartant suffisamment du baiser pour parler. Tout ce que je veux, c'est ton plaisir. Permets-moi de prendre aussi soin de toi.

Orlando prit une profonde inspiration, luttant contre ses vieux démons. Il savait qu'Alain ne voulait pas lui faire de mal. Son amant n'avait jamais rien fait d'autre que de lui donner du plaisir. Les moments de peur, de malaise venaient de sa mémoire et non pas de ce qu'Alain avait l'intention de faire. Expirant lentement, il se détendit à nouveau sous le contact, laissant son amant lui incliner la tête de la façon que le sorcier jugeait adéquate. Il fallut une minute pour accepter complètement la perte de contrôle, mais une fois qu'il l'eut fait, il se rendit compte que la façon dont Alain avait placé leurs têtes autorisait un baiser plus profond, une rencontre plus intense de leurs bouches. Il gémit doucement tandis que leurs langues s'emmêlaient de nouveau, la sensation des mains du sorcier dans ses cheveux ne l'important plus.

Oui, Alain utilisait le contact pour le guider, mais contrairement à son créateur, son amant voulait que ce contrôle augmente le plaisir d'Orlando et non sa douleur.

XXXVII

SERRIER ARPENTAIT la pièce avec impatience. Il avait ordonné à ses lieutenants de se réunir à huit heures, et tous étaient arrivés à l'heure, sauf un. Malheureusement, elle était celle avec laquelle il désirait le plus discuter, car sa patrouille était revenue victorieuse la veille. Jetant un regard sur sa montre, il pivota face à la table.

— Simonet, aboya-t-il sèchement. Ramène-moi Morvilliers ici. Je me fous que tu doives la traîner nue hors de sa douche. Quand je dis huit heures, ça veut dire huit heures pétantes.

Éric grimaça à cet ordre, mais se téléporta immédiatement dans l'appartement de Joëlle. Il savait pourquoi Serrier la voulait : sa patrouille avait été l'une des rares au cours des deux dernières semaines à engager un combat contre les hommes de Chavinier sans subir de graves pertes. Il était réellement surpris qu'elle soit en retard. Tout le monde connaissait l'insistance de Serrier sur la ponctualité, et Joëlle avait essayé d'attirer son attention, prenant ce qu'Éric considérait comme des risques inutiles pour le faire.

Ses sortilèges s'écartèrent facilement pour le laisser entrer, leur relation de longue date lui donnant un accès qu'elle n'avait accordé à personne d'autre.

— Joëlle, appela-t-il en traversant l'appartement. Dépêche-toi, ma chérie. Serrier est prêt à sacrifier ta tête pour ton retard.

Le silence qui accueillit ses paroles envoya un frisson le long de sa colonne vertébrale.

— Joëlle ? appela-t-il à nouveau, avançant davantage dans la pièce.

Un éclair blanc attira son attention et il se dirigea vers le canapé. Là, couchée sur le plancher à côté du canapé, il vit celle qui était sa maîtresse depuis presque deux ans, la robe ouverte révélant son corps nu, la peau cireuse et les yeux vides. Tombant à genoux, il tâtonna immédiatement à la recherche d'un pouls mais n'en trouva aucun. La colère enfla en lui malgré le caractère quelque peu intéressé de leur relation. Elle avait été, surtout au début, une façon pour lui de montrer sa loyauté envers sa nouvelle équipe. Coucher avec lui avait été, pour elle, un moyen d'attirer l'attention du Serrier. Aucun d'eux n'avait jamais prétendu le contraire, mais une véritable affection avait germé entre eux malgré les machinations du début.

291

— Qui t'a fait ça ? demanda-t-il à son corps mort, cherchant du coin de l'œil sa baguette.

Tandis qu'il fouillait, il remarqua que la porte avait été forcée. Celui qui avait fait ça avait utilisé la force brute, pas la magie.

Il la trouva, la glissa dans la poche de son manteau puis entra dans la chambre à coucher pour récupérer le drap de son lit. Il enveloppa tendrement son corps, la soulevant dans ses bras avant de les téléporter tous les deux pour revenir dans la salle de réunion de Serrier.

— Elle est morte, dit-il en guise d'explication.

Le chaos éclata dans la pièce alors que tout le monde criait et posait des questions en même temps.

— Silence ! hurla Serrier quand le bruit ne montra aucun signe d'apaisement. Qu'est-il arrivé ? demanda-t-il à Éric quand ses lieutenants firent silence.

— Je ne sais pas, répondit-il avec honnêteté. Ses sorts étaient encore en place, mais elle était couchée sur le sol, morte. J'ai attrapé sa baguette et l'ai apportée ici avec elle.

— Voyons voir ce que sa baguette peut nous dire, suggéra Serrier, en tendant la main.

Éric sortit le mince bâton de bois, attendant que le sorcier effectue le sort qui pourrait révéler le dernier charme à être passé à travers le conduit magique.

— Un *Abattoir*, commenta Serrier au bout d'un moment. Il n'y avait pas d'autre corps ?

— Non, répondit Éric, juste le sien. Mais personne n'aurait dû pouvoir pénétrer chez elle. Ses barrières étaient intactes – je les ai senties quand je suis entré. J'ai vérifié la porte et elle avait été forcée. Elle avait pourtant plusieurs serrures. Il a fallu quelqu'un d'incroyablement fort pour les briser.

— Physiquement forcée ? clarifia Serrier. Pas de magie ?

— Physiquement, confirma Éric. Le cadre de porte était brisé.

— Un être surnaturel ? suggéra Claude. Un vampire, un loup-garou ou un autre métamorphe ?

Serrier regarda Édouard

— C'est possible, répondit le vampire, mais quelle raison aurait l'un d'entre eux de s'en prendre à elle ? Pour forcer sa porte et la tuer ?

— La tuer pour le plaisir, souligna Serrier.

— Oui, convint Édouard, mais ce serait beaucoup trop de travail pour moi, sauf si j'avais une raison de m'en prendre à elle en particulier.

— Qu'en est-il de Chavinier ? demanda Vincent. Il a sûrement des raisons de vouloir sa mort, surtout après la nuit dernière.

Éric ne pouvait pas débattre là-dessus, mais il se sentit obligé de défendre son ancien mentor.

— Il ne l'aurait pas fait rechercher elle en particulier. Dans une bataille, les morts sont acceptables, mais il ne fermerait jamais les yeux sur un meurtre de sang-froid.

— Tu as été absent pendant deux ans, lui rappela Serrier. Les choses peuvent avoir changé.

Pas à ce point-là, pensa Éric en lui-même mais il hocha simplement la tête.

— Quand bien même, ses sorts auraient dû tenir à l'écart un sorcier et elle aurait dû être en mesure de se défendre contre n'importe quelle chose qui serait venue à elle.

— Et là encore, clairement, elle n'a pas pu, observa Serrier. Sais-tu comment elle est morte ?

— Pas avec certitude, répondit Éric, mais son cou forme un angle bizarre. Je ne suis pas médecin, cependant, alors je ne sais pas.

Avec un froncement de sourcils, Serrier jeta un autre sort sur le corps enveloppé. Aucune luminescence n'apparut.

— Elle n'est pas morte par des moyens magiques. Quoique soit ce qui l'a tuée, cela a été fait sans l'aide de sorts.

— Comment est-ce possible ? demanda Vincent. Elle aurait dû être en mesure de se défendre contre n'importe quoi ou n'importe qui, même des attaquants multiples. Je n'étais pas toujours d'accord avec elle, mais c'était une sacrée bonne sorcière.

— Ce ne sont pas seulement ses sorts, pourtant, insista Simon Aguiraud. Nos patrouilles ont été décimées à gauche et à droite, les sorts ne fonctionnant pas, et nous avons eu des patrouilles entières capturées ou tuées. Je ne sais pas ce que Chavinier fait, mais quelque chose a changé et pas en notre faveur.

— Joëlle a su gérer la nuit dernière, dit Éric défendant son amante morte.

— Donc, qu'est-ce qui a fait que la nuit dernière était différente de celles où les patrouilles échouaient ? demanda Serrier. C'est ce dont nous étions censés discuter ce matin. Qu'a-t-elle fait correctement que personne d'autre n'avait encore fait ? Et si c'était un sorcier qui en avait après elle la nuit dernière, alors pourquoi cela ne l'a-t-il pas sauvée ?

— Le nombre, déclara succinctement Vincent. Sa patrouille était tout simplement trop importante pour la patrouille contre laquelle elle s'est battue. Selon son rapport, même quand ils ont envoyé des renforts, ils ont seulement porté secours à leurs collègues plutôt que d'essayer de la combattre.

— Puis-je voir le rapport ? demanda Éric, n'ayant pas eu le temps de le regarder.

Serrier le lui envoya à travers la table. Éric le parcourut rapidement, survolant chaque détail à la recherche d'un indice qui pourrait expliquer la mort de Joëlle. Il ne ralentit pas jusqu'à ce qu'il atteigne l'annonce de la mort de Laurent Copé. Il sentit un petit pincement au cœur pour le jeune homme dont il se souvenait vaguement, du temps où il était dans les rangs de Chavinier.

— Dumont aurait dû être à la tête de cette patrouille, dit-il à haute voix en terminant sa lecture, mais il n'y a aucune mention de sa présence sur place. Cela a peut-être joué un rôle. Si c'était la défaite de son lieutenant, il a peut-être cédé à la pression. L'importance de la patrouille a sûrement aidé, mais nous ne pouvons pas nous permettre de négliger l'esprit de Dumont. Pas quand il s'agit de stratégie.

— Nous avons besoin de plus d'informations, s'écria Serrier avec colère. Il doit y avoir une explication pour les sorts qui échouent, tout comme il doit y avoir une limite à la capacité de Dumont à inventer de nouveaux plans de bataille, mais nous ne semblons pas capables de les trouver non plus.

Il regarda Éric d'un air pensif.

— Te croiraient-ils si tu y retournais et que tu jurais avoir réalisé que tu étais dans l'erreur avec tes choix ? Chavinier a bien récupéré cet idiot de Payet.

Éric se figea, se sentant sur la sellette d'une façon dont il ne l'avait pas été depuis la première fois qu'il avait changé de camp.

— Je ne sais pas, répondit-il lentement. Payet a quitté notre groupe plus tôt que moi, avec beaucoup moins de sang sur les mains. Il n'avait pas non plus mes raisons de haïr leur saleté de groupe. J'ai un visage impassible assez convaincant, mais tu me demandes de travailler avec l'homme qui a tué ma femme et mes enfants. Avec cela entre nous, je ne sais pas s'ils vont me croire ou pas.

— Penses-y, ordonna Serrier. Nous avons besoin de quelqu'un à l'intérieur. Je suis fatigué de perdre cette guerre.

— J'AI BESOIN d'un peu de soleil, s'excusa Caroline quand Mireille et elles eurent terminé leur service. Quand j'ai une série de postes de nuit, je ressens le besoin de prendre un peu le soleil ou je deviens nerveuse et déprimée.

— J'avais pensé rendre visite à Monsieur Lombard, commenta Mireille, mais il préfère hiberner pendant les heures de la journée. Il est sorti pour te rencontrer la dernière fois où nous y sommes allés, après que tu aies été blessée, mais je préfère ne pas le déranger. J'ai besoin d'aller chercher certaines choses dans la maison, cependant. Pourrions-nous nous y arrêter pour un instant, mais sans y rester ?

— Bien sûr, nous pouvons aller là-bas, répondit Caroline. Je pourrais toujours aller plus tard dans le parc près de mon appartement.

Mireille sourit.

— Ou bien nous pouvons prendre le métro sur une partie du trajet et finir en marchant. Je n'ai pas besoin de dormir comme tu le fais et l'exposition au soleil est encore une nouveauté pour moi. Ce sera une belle façon de passer la matinée.

Caroline sourit avec un plaisir évident sur le visage. Elle avait observé quelques-unes des autres équipes au cours de la nuit, essayant de voir si l'un des autres sorciers avait trouvé avec son partenaire une relation incroyable comme celle qu'elle avait trouvée avec Mireille. Elle savait déjà que c'était le cas d'Alain, mais il semblait que la plupart des autres couples étaient beaucoup plus réticents dans leurs relations que celle qu'elle avait avec sa partenaire. Cela la rendait doublement heureuse de ce qu'elles avaient partagé la nuit dernière.

Elles prirent le métro en direction du Pont Marie et traversèrent le pont de l'Île Saint-Louis vers la maison de Monsieur Lombard. Les volets étaient hermétiquement fermés pour empêcher la lumière du soleil d'entrer, ce qui signifiait que son employeur pouvait être n'importe où dans la maison. Déverrouillant la porte, elle sonna la cloche pour avertir le vieux vampire de son entrée imminente en regardant vers le soleil levant pour s'assurer qu'il n'enverrait pas des rayons à l'intérieur.

— Entre rapidement, dit-elle doucement.

Caroline entra, Mireille se glissant derrière elle. Même si elle était déjà venue une fois, Caroline ne pouvait pas s'empêcher de regarder les riches décorations. Mireille regarda elle aussi, dans les ombres qui bordaient le long couloir, sentant les yeux de son employeur sur elles. Elle ne savait pas quand il s'était nourri pour la dernière fois depuis qu'elle n'était plus là pour chasser pour lui. Peut-être qu'elle imagina la faim dans son regard alors qu'il fixait la silhouette mince de Caroline, mais elle laissa néanmoins courir sa main le long de la courbe élégante de son dos, guidant avec possessivité sa partenaire vers l'escalier qui menait à sa chambre.

Caroline regarda Mireille avec surprise, bien qu'elle frissonne au doux contact et à la furtivité de son geste avant de se glisser dans l'escalier. Cela lui rappelait le temps où elle essayait d'introduire en douce son premier petit ami dans la maison sans être prise par le regard d'aigle de sa mère.

— J'aurais pu tout simplement attendre en bas.

— Je préfère t'avoir près de moi, déclara Mireille en guise d'explication.

Elle était presque sûre que Caroline aurait été en sécurité avec Monsieur Lombard, mais de cette manière, elle éludait complètement la question et avait le plaisir de voir sa partenaire chez elle comme elle-même l'avait été chez Caroline.

Les anciens quartiers des serviteurs dans le grenier avaient été réorganisés, formant un grand espace de vie avec une chambre à coucher remplaçant les quatre anciennes chambres de servantes. Comme dans la partie principale de la maison, les fenêtres étaient étanches à la lumière, mais Mireille ouvrit les volets métalliques pour laisser passer le flot lumineux du soleil.

— Tu peux prendre un siège si tu veux, ou…

Elle rougit en se dirigeant vers la chambre à coucher.

— Je dois me changer. J'en ai juste pour une minute.

Caroline la laissa s'éloigner, lui accordant un peu d'intimité en laissant la porte se refermer entre elles mais elle décida d'abolir cette dernière barrière dès que possible.

À l'intérieur de la chambre, Mireille se changea rapidement, souhaitant trouver le courage d'inviter Caroline à entrer. Vêtue de vêtements propres, elle jeta quelques objets indispensables dans un sac et se dirigea vers le salon. Caroline l'accueillit avec un sourire et un rapide baiser.

— Tu n'as pas à te cacher de moi, tu sais.

— Je sais. Je suis désolé. Je ne suis pas habitué à…

— Ne t'inquiète pas pour ça, l'interrompit Caroline. Tu as tout ce dont tu as besoin ?

— Oui, répondit Mireille, au moins pour quelques jours. Retournons à ton appartement et faisons cette promenade en chemin.

— Nous pourrions prendre le métro jusqu'à la Place d'Italie et marcher à partir de là. Ce sera une bonne marche de trente minutes, parfaite pour m'exposer au soleil comme j'en ai besoin, suggéra Caroline.

Elle prit le sac de Mireille et lança un sort pour l'envoyer à son appartement, ne voyant aucune raison pour elles de le porter tout le chemin.

Mireille sourit.

— Cela semble parfait.

Le trajet en métro se déroula sans incident, comme d'habitude, personne ne faisant attention à elles.

Les deux femmes prirent leur temps pour descendre les larges boulevards, se tenant amicalement le bras pendant qu'elles marchaient. Elles n'étaient pas pressées, n'ayant rien qui requérait leur temps ou leur énergie jusqu'à ce soir. Caroline aurait besoin de dormir, mais il était encore temps de profiter de l'air frais et du doux soleil.

Atteignant le boulevard Montparnasse, elles regardèrent les vitrines, ne cherchant rien de particulier, se réjouissant simplement de la liberté de se promener. Mireille n'avait rien dit à haute voix mais Caroline remarqua que sa partenaire s'attardait devant certains magasins.

— Veux-tu entrer ? demanda la sorcière quand Mireille s'arrêta devant la troisième boutique de vêtements qu'elles dépassaient.

— Quoi ? Oh, non. C'est bon, insista Mireille, rougissant légèrement d'être prise sur le fait.

— Ils ont de belles choses, commenta Caroline.

Elle hésita un moment avant de laisser sa main se poser sans pudeur sur le bas du dos de sa partenaire.

— C'est bon de se faire plaisir.

— Quand aurais-je besoin de ces fringues ? demanda sérieusement Mireille. Je suis un vampire. Je ne sors pas. Quelle est l'utilité d'une robe moulante ou de chaussures de luxe pour moi ?

Saisissant la main de Mireille, Caroline l'attira dans le magasin.

— J'aurai vingt-quatre heures de repos dans quelques jours, ce qui signifie que toi aussi. Il y a un nouveau club près de mon appartement, je voudrais l'essayer. Nous sortirons danser.

— Vraiment ? demanda Mireille, ses yeux s'illuminant avant de pouvoir l'empêcher. Je n'ai pas dansé depuis des années.

Caroline sourit, ravie du plaisir qu'elle voyait sur le visage de son amante.

— Trouve-toi quelque chose de joli, l'exhorta-t-elle en voyant le désir et l'insécurité dans les yeux de Mireille.

Elle avait de la résolution pour deux.

Mireille jeta un coup d'œil autour de la boutique, observant toutes les tenues qu'elle se refusait habituellement, n'en ayant aucune utilité pour travailler chez Monsieur Lombard. Même quand elle chassait, elle ne faisait pas d'effort de présentation. Cependant, pour sortir le soir avec Caroline, elle voulait paraître à son avantage.

— Prends ton temps, l'encouragea Caroline en voyant le regard de Mireille naviguer entre les différentes tenues. Il n'y a pas d'urgence à rentrer à la maison.

Elle s'approcha de son amante, passant une main tendre dans le dos de la vampire alors qu'elle se penchait pour murmurer à son oreille :

— Imagine-nous toutes les deux au club, enlacées l'une contre l'autre pendant que nous dansons, incapable de garder nos mains pour nous, mais pas totalement capable de nous lâcher non plus. Je veux te montrer de quoi je suis capable.

Mireille se détendit contre sa sorcière, le désir la submergeant simplement à ces paroles murmurées.

— Tant que je peux te montrer aussi de quoi je suis capable, accorda-t-elle.

Caroline eut un rire rauque, ses mains entourant la taille de Mireille.

— Autant que tu le désires.

— Puis-je vous être utile ? les interrompit la vendeuse. Mesdames ?

— Mon amie a besoin d'une robe, répondit Caroline en s'écartant juste assez pour satisfaire à la bienséance.

Sa main s'attarda cependant de manière possessive sur le dos de Mireille. La pause dans la voix de la femme avait été suffisante pour susciter l'irritation de la sorcière. Jeune et habillée tendance, la vendeuse semblait néanmoins enfermée dans des préjugés obsolètes.

La vendeuse hocha la tête mais sa désapprobation était évidente dans son regard acide. Elle connaissait cependant son travail et n'avait pas l'intention de perdre une commission. Elle travaillait à la boutique depuis assez longtemps pour estimer la taille de la rousse.

— C'est pour quelle occasion ? demanda-t-elle en se dirigeant vers le portique des robes en taille trente-six.

— Nous allons danser, répondit Caroline en rassemblant chaque parcelle de son contrôle légendaire afin de ne pas remettre la femme agaçante à sa place.

Quel droit avait la commerçante de les juger Mireille et elle ?

— Je veux exhiber ma partenaire, ajouta-t-elle, tout à fait sûre que cela irriterait la jeune femme encore plus.

Mais plus important encore, elle voulait que Mireille l'entende le dire, sache qu'elle la trouvait désirable. Elle sourit presque en voyant la femme grimacer au mot partenaire. Elle ne pouvait pas s'empêcher de se demander comment la vendeuse réagirait si elle désignait Mireille comme son amante.

En voyant quelle taille la vendeuse avait choisie, elle secoua la tête.

— Non, nous voulons un trente-quatre. Je suis persuadé que Mireille taille moins qu'un trente-six ans et je veux que tout le monde puisse voir la chance que j'ai, indiqua Caroline, sa main glissant élogieusement sur la courbe élancée de la silhouette de son amante.

Le visage de l'employé s'assombrit encore mais elle les conduisit à la section appropriée. Prise en charge, Caroline passa en revue les robes, en essayant de trouver celle qui irait à Mireille. Elle rejeta immédiatement les rouges et les pastels. Aucune n'irait avec le teint de son amante. Un éclat de soie or brûlé attira son attention. Le tirant hors du portant, elle le leva pour le montrer à Mireille.

— Qu'en penses-tu, Miri ? demanda-t-elle en imaginant la robe sur les courbes généreuses de son amante.

Les yeux de Mireille s'illuminèrent alors qu'elle regardait la création moulante que Caroline lui offrait.

— C'est très beau, mais je ne peux pas…

— Mais si, tu peux, insista Caroline refusant de laisser Mireille se dévaloriser. Nous aimerions l'essayer, ajouta-t-elle en se tournant vers la vendeuse.

Les sourcils froncés, la vendeuse les conduisit à l'un des vestiaires à l'arrière de la boutique, une petite cabine avec un rideau pour permettre un peu d'intimité.

— Merci, déclara Caroline avec un geste de renvoi. Nous vous ferons savoir si nous avons besoin d'aide supplémentaire.

N'ayant aucune raison d'insister, la vendeuse hocha la tête et se retira à l'avant de la boutique. Caroline ne lui prêta plus aucune attention, attirant Mireille dans le vestiaire.

— Essaie là, la pressa-t-elle, ses mains défaisant déjà les fixations du manteau de Mireille.

Riant, la vampire repoussa au loin les mains de Caroline.

— Je vais l'essayer, mais tu vas devoir m'attendre à l'extérieur. Je veux l'ajuster convenablement avant que tu la voies.

— Rabat-joie, la taquina Caroline.

Elle vola un baiser rapide et la pelota avant de reculer derrière le rideau pour offrir à Mireille une certaine intimité pendant qu'elle se changeait.

À l'intérieur de la cabine, Mireille s'appuya contre le mur pendant un moment, essayant de reprendre son sang-froid, son corps frissonnant déjà de ces quelques contacts et de la possessivité avec laquelle Caroline la traitait. Elle avait vu son amante dans une variété de situations depuis qu'elles étaient devenues des partenaires et Caroline n'avait jamais été faible mais sous cet aspect, sa sorcière était une force de la nature.

Prenant une profonde inspiration pour se calmer, elle ôta son manteau et ses vêtements, se dépouillant de ses sous-vêtements pour pouvoir essayer la robe que Caroline avait choisie. Elle passa ses doigts avec envie sur la soie lisse, espérant que la robe lui irait mais persuadée qu'elle ne serait pas aussi belle sur elle que sur le cintre. Elle avait depuis longtemps accepté qu'elle était mignonne – ou adorable – plutôt que belle ou sexy. Tout en faisant glisser le tissu par-dessus sa tête et le lissant le long de ses hanches, elle se résigna à voir la déception sur le visage de Caroline quand elle verrait qu'elle ne correspondait pas aux attentes de son amante.

Sans prendre la peine de se regarder dans le miroir, Mireille sortit de la cabine d'essayage, se préparant psychologiquement à la réaction de sa partenaire. Elle s'était préparée à beaucoup de choses, mais pas à être repoussée derrière le rideau et embrassée fougueusement.

— Je savais que tu étais belle, murmura Caroline entre deux baisers, mais je n'avais aucune idée que tu étais aussi sexy. Je vais provoquer l'envie de tous les hommes dans ce club et aussi de la plupart des femmes.

Mireille cligna des yeux sous le choc, son corps répondant indépendamment de son esprit, se cambrant vers les mains baladeuses qui glissaient sur ses courbes enveloppées de soie. Sexy ? Elle avait été qualifiée de beaucoup de chose mais jamais de celle-là. Les mains de Caroline la caressaient et sa bouche qui dévorait la sienne racontait une autre histoire. Certes, les longs doigts élégants ne s'attarderaient pas sur la courbe de sa taille et la rondeur de ses fesses si sa sorcière ne la trouvait pas attirante. Certes, les lèvres charnues ne couvriraient pas les siennes si ardemment si son amante ne pensait pas qu'elle était belle. Sans réfléchir, elle se pressa contre Caroline, l'invitant à des caresses plus ardentes. Son amante lui rendit immédiatement ce service, une main glissant le long de sa jambe pour trouver la peau nue à travers la fente qui courait le long de sa cuisse. L'autre se déplaça vers le haut, vers le 'V' profond plongeant entre ses seins, englobant l'un à travers le tissu avant de glisser dessous pour taquiner son mamelon déjà tendu.

— Je te veux, chuchota Caroline, soufflant doucement dans l'oreille de Mireille, ravie de la réaction de l'autre femme. Penses-tu que la prude le remarquera si je te faisais l'amour maintenant ?

Mireille tenta en vain d'étouffer le gémissement qui s'échappa de ses lèvres à cette pensée. Elle voulait les mains, les lèvres de Caroline sur elle, sans le moindre tissu pour les séparer. Son corps réagit, lançant une invitation silencieuse, s'embrasant comme il le faisait habituellement uniquement quand elle se nourrissait, une lancinante impulsion palpitant dans son cou, dans sa poitrine, entre ses jambes. La cuisse que Caroline caressait toujours se leva, s'enroulant autour des jambes de la sorcière, l'attirant plus près dans le berceau des hanches de la vampire. Ses mains s'attaquèrent aux boutons du manteau de son amante, enlevant les couches qui les séparaient.

— Avez-vous besoin d'autre chose ?

La voix de la vendeuse brisa le sortilège, Mireille se raidit et tenta de s'écarter. Les mains de Caroline ne lui permirent pas de s'éloigner, mais si le désir restait toujours présent, le manque d'inhibitions avait disparu.

— Pas ici, haleta Mireille, le retour à la réalité étant trop brutal pour elle pour l'assimiler complètement. Emmène-moi à la maison et tu pourras me faire tout ce que tu voudras.

— Tout ce que je veux ? la taquina Caroline tout en mordillant le lobe de son oreille avant de relever la tête.

Elle aurait pu jurer de frustration, mais ce n'était pas la faute de sa vampire.

— C'est une offre plutôt généreuse.

— Je le pense vraiment, jura Mireille. Ramène-moi juste à la maison.

Rencontrant les yeux de la vampire, voyant la faim désespérée qui traînait là en dépit de l'interruption, Caroline hocha la tête.

— Donne-moi la robe. Je vais payer pendant que tu te rhabilles.

Mireille hocha affirmativement la tête puis fit signe à Caroline de retourner à l'extérieur. Elle était trop sur les nerfs pour se déshabiller devant elle sans une promesse de satisfaction immédiate. La sorcière partit et Mireille se déshabilla avant d'enfiler ses sous-vêtements, puis passa la robe à son amante avant de revêtir ses affaires. À sa grande surprise, le sentiment écrasant de sensualité ne disparut pas alors qu'elle retrouvait ses habituels vêtements simples. Sous le chandail lâche et le pantalon large, elle était toujours la même femme qui avait inspiré une telle passion quelques instants auparavant à sa sorcière. Se sentant soudain excitée, elle quitta le vestiaire pour rejoindre Caroline dans la boutique. Celle-ci venait de finir de payer quand elle sortit.

— Rentrons à la maison, répéta-t-elle, ses doigts glissants à travers ceux de Caroline pour les enlacer ensemble.

Regardant toujours fixement la vendeuse qui les avait interrompues, Caroline tira Mireille hors du magasin dans la rue.

— Quinze minutes, dit-elle à la vampire. Nous pouvons être à la maison en quinze minutes si l'on se dépêche.

— Alors, dépêchons-nous, admit Mireille en accélérant le pas pour suivre Caroline.

Elle aurait pu avancer beaucoup plus rapidement seule, mais elle préférait rester auprès de son amante, leurs doigts toujours entrelacés tandis qu'elles se hâtaient de descendre la rue.

La rougeur du désir colorait ses joues tandis qu'elles marchaient, hâtant le pas, car elle pouvait voir l'étincelle dans les yeux de Caroline qui reflétait ce qu'elle ressentait. Elle était tellement envahie par leur passion qu'il lui fallut un moment pour reconnaître l'autre sensation qui l'assaillait.

— Caroline !

La panique et la douleur dans la voix de Mireille étaient en totale contradiction avec le désir qui avait régné sur elles depuis le magasin.

— Qu'est-ce qui ne va pas ? demanda-t-elle de toute urgence, se retournant vers son amante.

— Le soleil… haleta Mireille, la douleur la submergeant. Il est en train de me brûler.

XXXVIII

CHERCHANT DÉSESPÉRÉMENT des yeux un abri aux premiers mots de la vampire, Caroline aperçut un hôtel bon marché à l'angle de rue.

— Allez, la pressa-t-elle en saisissant la main de Mireille et en la tirant vers la sécurité.

Maintenant paralysée par la brûlante douleur partout où sa peau était exposée, Mireille s'appuya lourdement sur Caroline alors qu'elles approchaient de l'hôtel. L'obscurité de la réception fut un soulagement bienvenu, mais la brûlure ne disparaissait pas, elle se stabilisait un peu, mais sans s'aggraver ni diminuer.

— J'ai besoin d'une chambre, aboya Caroline. Maintenant.

Le directeur de l'hôtel les regarda d'un air dubitatif mais accepta la carte de crédit de Caroline puis leur donna la clé.

— Il pense… commença Mireille, tandis qu'elles grimpaient les escaliers, souffrant encore de toute évidence alors que la panique avait reculé.

— Cela n'a pas d'importance, l'interrompit Caroline en ouvrant la porte, se sentant coupable d'avoir exposé inutilement Mireille à la douleur.

Aussi agréable que le shopping ait été, ce n'était pas une raison pour mettre en danger sa partenaire.

— Attends-moi ici pendant que je ferme les volets.

Mireille s'appuya lourdement contre le chambranle pendant que Caroline traversait la pièce en direction des fenêtres et fermait les volets, bloquant la lumière du soleil maintenant mortelle.

— Laisse-moi prendre soin de toi, pria-t-elle en attirant Mireille à l'intérieur.

Même dans la pénombre, elle pouvait voir la couleur gris cendré qui teintait la peau généralement pâle de son amante.

— Je dois me nourrir, expliqua Mireille tandis que Caroline l'aidait à entrer dans la chambre. C'est la seule façon de guérir les brûlures.

Caroline hocha la tête, desserrant son écharpe et son manteau sans hésitation. S'allongeant sur le lit miteux sans se soucier de l'état de la pièce, elle pencha sa tête en arrière et ouvrit les bras à son amante.

Avec plus de peine qu'elle ne le laissa voir, Mireille s'étendit le long du flanc de Caroline, caressant légèrement la peau lisse avant de pencher sa tête vers la gorge gracieusement offerte pour elle. Malgré son besoin très réel, elle prit un moment pour lécher la chair d'ivoire, laissant sa salive préparer la zone qu'elle avait choisie. Bien que son état ne s'améliore pas, il ne s'aggraverait pas non plus jusqu'à ce qu'elle se soit nourrie. En tout cas, pas maintenant qu'elle était à l'abri du soleil, lui donnant le temps dont elle avait besoin pour traiter son amante de la manière dont la sorcière le méritait.

— Vas-y, la pressa Caroline, ouvrant les yeux pour rencontrer ceux de Mireille et voyant la douleur persistante dans le vert profond. Tu ne me blesseras pas.

Le cœur de Mireille se gonfla en voyant la confiance dans les yeux de Caroline. Inclinant sa tête pour qu'elle puisse maintenir le contact tout en en initiant un autre, elle laissa descendre ses crocs et pénétra la peau tendre. Dès la première projection de sang chaud sur sa langue, elle sentit refluer la douleur et les brûlures commencer à guérir. Cependant, l'inquiétude et l'amour qu'elle goûtait dans le sang de Caroline étaient addictifs et elle continua à se nourrir longtemps après que sa peau eut été guérie.

— Est-ce que ça t'aide ? demanda Caroline après que Mireille se soit nourrie pendant plusieurs minutes.

Peu disposée à arrêter de s'alimenter, Mireille chercha les doigts de Caroline, les pressant doucement avant de remonter sa main sur le bras de son amante pour taquiner sensuellement la courbe pleine d'un sein, préférant le goût du désir à la saveur de la peur dans le sang de la sorcière.

— Mireille ! haleta Caroline

Mais elle n'aurait pas su dire si c'était en signe de protestation ou d'encouragement. Sa crainte de perdre sa partenaire avait chassé toutes les pensées érotiques de son esprit. Il suffit cependant d'un seul contact de la main de son amante pour que tout son désir déferle de nouveau, son corps se cambrant sous la double caresse des doigts et des crocs, excitant son désir comme ils le faisaient toujours.

La vague de passion dans le sang de Caroline déclencha celui de Mireille, une spirale toujours croissante qui les emporta hors de contrôle, les laissant exténuées et tremblantes autant que repues.

Levant enfin la tête, Mireille lécha tendrement les perforations sur le cou de Caroline, refermant les plaies avec soin. Quand elle fut satisfaite, elle baissa les yeux sur son amante.

— Ce n'était pas ta faute, précisa-t-elle. Je ne faisais pas attention. La prochaine fois nous serons plus prudentes.

— Oui, nous le serons, affirma Caroline. Je ne peux pas te perdre, Miri.

Les mots sincères amenèrent un sourire sur les lèvres de Mireille et le picotement des larmes à ses yeux verts mais aucune humidité ne vint s'ajouter à leur lueur vacillante. Baissant la tête de nouveau, elle embrassa tendrement la courbe rose des lèvres de Caroline lorsqu'un bruit dans le couloir attira son attention.

— Je n'irai pas plus loin, excepté chez toi où nous n'aurons pas à nous inquiéter d'un directeur d'hôtel fouineur à l'écoute derrière la porte pour imaginer ce que nous faisons. Et quand nous y serons, tu dormiras. Et lorsque tu te réveilleras, je tiendrais cette promesse que je t'ai faite dans le magasin.

— VOUS VOULEZ faire quoi ? demanda sévèrement Jude, certain d'avoir mal entendu sa partenaire.

— J'ai besoin de vous créer un repère, répéta Adèle, rassemblant sa patience. Et le seul moyen de le faire pour un vampire est de prendre un peu de votre sang et de le lier à l'objet de votre choix. C'est pour votre protection.

Voyant que Jude ne répondait pas immédiatement, elle fronça les sourcils.

— Auriez-vous peur d'une petite piqûre ? demanda-t-elle franchement.

La fierté de Jude se hérissa instantanément.

— Je n'ai peur de rien de ce que vous pourrez me faire, rétorqua-t-il avec colère.

— Eh bien, alors, choisissez quelque chose que je peux utiliser comme repère et finissons-en avec ça, suggéra-t-elle froidement, fatiguée de se battre avec lui avant même que leur service ait commencé.

Déterminé à ne pas la laisser prendre le dessus sur lui, Jude réfléchit à ce qu'il pourrait utiliser. Décidant que cela n'avait pas d'importance, il retira sa montre et la lui tendit. La prenant, elle la posa sur la table et lui tendit à nouveau la main.

— Je dois être celle qui tire le sang, lui dit-elle, se préparant à une autre explosion.

À sa grande surprise, cela n'arriva pas alors que Jude la fixait durement pendant un long moment avant de lentement lui tendre la main et la poser dans la sienne.

Le vampire la surveilla de près tandis qu'Adèle retournait sa main pour exposer son poignet au couteau cérémoniel dans sa main. Ses doigts menaçaient de trembler, mais il refusa de montrer la moindre faiblesse devant sa partenaire. La morsure du couteau était à peine perceptible, certainement pas suffisante pour justifier le frisson qui le traversa quand elle perça la peau, le réduisant à l'état de proie plutôt qu'à celle de prédateur, une rupture totale avec son rôle habituel. Il prenait le sang, pas l'inverse.

Adèle massa son poignet fermement jusqu'à ce que suffisamment de sang soit recueilli pour le sort, le contact entre leurs peaux envoyant une étincelle électrique à travers Jude. Il réprima sa réaction avec force alors même qu'il se trouvait à regarder sa partenaire sous un angle nouveau. Son visage apparaissait concentré tandis qu'elle chantait doucement, tissant le sort qui lierait son sang au métal et ce dernier au panneau de contrôle. Il avait déjà vu sa sorcière exercer ses talents une fois avant, mais en public et seulement quand il était occupé à se défendre.

En l'observant maintenant, en voyant la concentration sur son visage alors qu'elle jetait un charme pour le protéger, il commençait à se demander s'il n'avait été trop hâtif à la juger uniquement sur son apparence. Le pouvoir qu'il voyait en elle à présent l'appelait là où sa seule beauté n'avait pas réussi. Il avait supposé qu'elle était le jouet des sorciers qui l'entouraient, plus prisée pour sa beauté que pour n'importe quelle compétence réelle qu'elle possédait. Ainsi étaient jugées les femmes à l'époque de sa création et ainsi les jugerait-il toujours. Même s'il pouvait sentir l'attirance en dépit de sa réaction à son manque de modestie, il pouvait aussi y résister. La puissance qui jaillissait d'elle, de sa baguette et de ses doigts alors qu'elle travaillait était beaucoup plus difficile à rejeter, à ignorer.

Puis elle libéra sa main, l'écarta et lui rendit sa montre.

— Gardez-la avec vous quand vous êtes de service, précisa-t-elle. Contrairement au mien, il sera toujours présent sur la carte, mais il n'indiquera votre emplacement que si vous l'avez sur vous. Sinon, il montrera uniquement l'emplacement de votre montre.

Toujours fasciné par la démonstration de magie d'Adèle, Jude prit sa main au lieu de la montre et l'attira vers lui avec l'intention de la prendre dans ses bras. Sa résistance immédiate ne le surprit pas, pas après la nature quelque peu orageuse de leurs relations précédentes, mais sa force n'était pas de taille contre la sienne.

Adèle comprit son intention presque immédiatement et envisagea de se battre contre lui, mais elle avait appris la futilité de cette réaction la dernière fois qu'il l'avait embrassée. À la place, elle se tint parfaitement immobile, refusant d'être tourmentée alors que ses lèvres se refermaient sur les siennes, les caressant de façon agréable. Une part d'elle souhaitait que ce soit réel, souhaitait qu'il soit le genre d'homme qui saurait vraiment l'apprécier, mais il avait déjà prouvé que cet espoir était vain. Quand il la libéra enfin, elle prit un peu de recul en s'essuyant la bouche avec dédain, du dos de la main. Son regard furieux fut assez puissant pour le faire reculer lui aussi.

— De quel siècle venez-vous ?

La pointe de dénigrement qu'il vit dans ses yeux vifs endurcit le cœur attendri de Jude. Aussi belle, aussi puissante puisse-t-elle être, elle n'avait rien des traits de caractère qu'il désirait vraiment chez une femme, rien de la modestie, de l'amabilité qui avait caractérisé son époque révolue.

— Le seizième, répondit-il cinglant, tournant les talons pour partir.

— Cela explique vos attitudes de néandertalien, cracha-t-elle. Ils se sont éteints il y a longtemps de ça. Dommage que ce ne soit pas votre cas.

— Soyez heureuse que ça ne soit pas le cas, rétorqua-t-il, sans quoi vous n'auriez pas de partenaire aujourd'hui.

Son rire était amer.

— Ou peut-être que j'aurais un vrai partenaire au lieu d'un ogre dominateur qui ne comprend pas ce qu'un 'non' veut dire.

Jude s'avança vers elle de nouveau, impressionné malgré lui qu'elle ne recule pas.

— Je n'ai pas encore entendu ce mot sur vos lèvres, ma chérie, souligna-t-il en saisissant son menton et en l'embrassant à nouveau avec plus d'exigence cette fois.

— Sortez, ordonna-t-elle. Et pour que les choses soient claires entre nous. Non, je ne veux pas que vous m'embrassiez. Non, je ne suis pas intéressée par tout ce que vous pourriez proposer d'autre. Si ce n'est pas requis par l'Alliance, je n'en veux pas !

Le visage de Jude se durcit alors qu'il quittait la pièce. Pendant un moment, il avait imaginé, espéré même, qu'ils pourraient trouver un certain équilibre entre eux mais il semblait que c'était impossible. Cherchant la bagarre, il tourna au coin du couloir pour trouver un autre couple isolé dans une étreinte serrée. L'homme respira tendrement le cou de la femme avant de reculer en délivrant une petite claque espiègle sur ses fesses alors qu'elle repartait dans le couloir.

— Aucune chance de se glisser sous ses jupes ? dit Jude d'une voix traînante.

Justin se retourna, cherchant l'auteur du commentaire désagréable.

Jude. Il aurait dû s'en douter.

— Que je sois un homme capable d'accepter un partenaire de sexe féminin ne veut pas dire que j'essaie de la mettre dans mon lit, répliqua Justin, malgré le fait que Catherine avait jusqu'ici été plutôt encline à le laisser faire.

Elle s'était approchée de lui et non l'inverse, et leur temps ensemble ne ressemblait en rien aux insinuations grossières de Jude.

— Contrairement à certaines personnes, je peux accepter que le monde ait changé.

— Pas pour le meilleur, répondit vivement Jude, se souvenant avec une parfaite précision du temps où une femme comme Adèle aurait été flattée d'accepter son attention.

— Encore trop timoré pour admettre que ta partenaire pourrait être ton égal dans un combat ? contra Justin.

Il connaissait Jude depuis de trop nombreuses années pour tolérer la misogynie de l'autre vampire.

— Aucune femme n'est mon égale, répliqua Jude.

— Oh, vraiment ? dit Justin d'une voix traînante. Je connais plus d'une femme qui serait en désaccord. Si l'on me donnait le choix, je sais que je choisirais Catherine plutôt que toi dans un combat. J'ai confiance en elle pour surveiller mes arrières.

Il fit une pause en faisant semblant de réfléchir.

— Réflexion faite, ajouta-t-il, je prendrais également ta partenaire plutôt que toi. Son dévouement doit être monumental pour accepter de te supporter.

Sans attendre la réponse de Jude, Justin reprit son chemin dans le couloir. Il avait pitié d'Adèle, coincée avec un partenaire aussi indélicat, mais il se sentait désolé pour Jude aussi, en quelque sorte. La vie du vampire allait tout simplement devenir de plus en plus difficile au fil du temps. Secouant la tête, il tourna ses pensées vers des choses plus agréables. Catherine l'attendait dans son bureau. Il avait besoin de se nourrir et s'il avait de la chance, elle le laisserait lui faire l'amour en même temps. Il était vraiment un sacré veinard. Non seulement il était associé avec une sorcière formidable, mais elle était aussi incroyablement désirable.

La porte du bureau de Catherine était entrouverte quand il arriva sur place et il l'ouvrit sans frapper. Elle avait été parfaitement claire, il devait considérer cet espace comme s'il était aussi le sien. Elle était au téléphone quand il entra, un stylo à la main tandis qu'elle prenait des notes. Il resta là, debout, jusqu'à ce qu'elle ait terminé d'écrire, se contentant d'admirer sa beauté luxuriante. Son épaisse chevelure noire tombait sur ses épaules et dans son dos, encadrant son visage et sa svelte silhouette qui s'épanouissait avec abondance dans tous les endroits intéressants, attirant ses mains et ses yeux. Un sourire fendit son visage assez sombre pour suggérer des origines latines quand elle leva les yeux et le vit. Elle lui fit signe, désignant le fauteuil dans le coin.

Lui souriant en retour, Justin prit le siège offert et attendit patiemment qu'elle finisse son appel. Quand elle finit par refermer le téléphone dans sa main et tourna son attention vers lui, il sentit son sourire s'élargir. Il reconnaissait ce regard. Il l'avait vu le soir où elle l'avait pour la première fois invité dans son lit.

Elle se leva de son siège et se dirigea vers lui, ses hanches se balançant sensuellement quand elle s'installa sur ses genoux, à cheval sur ses hanches.

— N'est-il pas temps pour toi de te nourrir ? ronronna-t-elle sur un ton destiné à éveiller tous ses appétits.

— Qu'est-ce que tu proposes ? la taquina-t-il en réponse, bien que la façon dont ses bras autour de ses épaules étaient drapés rende la question purement rhétorique.

Elle baissa la tête et l'embrassa, ses lèvres s'ouvrant immédiatement comme une invitation. Glissant ses doigts dans ses cheveux soyeux, il pencha sa tête pour lui donner un meilleur accès à sa bouche. Elle gémit dans le baiser lorsqu'il mordilla ses lèvres, ses crocs sortant par anticipation, taquinant la chair tendre sans la percer. Il se nourrirait d'elle, mais pas là, pas à cet endroit où le bleu qui résulterait inévitablement de ses attentions lui causerait plus tard de l'embarras.

Ses mains fines se glissèrent entre eux, caressant sa poitrine, puis plus bas, détachant son pantalon et le prenant dans sa main.

— Putain, Catherine, gémit-il alors qu'elle le caressait.

— Tu peux faire mieux, répondit-elle en plaisantant et en se soulevant suffisamment pour libérer le tissu de sa jupe d'entre leurs corps. J'ai attendu ce moment avec impatience toute la journée.

Ses mains bougèrent immédiatement pour la soutenir, glissant sur la soie de ses bas. Alors qu'elles se déplaçaient, il rencontra le bord de dentelle, puis la peau nue. Et plus de peau nue encore.

— Toute la nuit ? demanda-t-il, les doigts explorant ses fesses nues, réapprenant la forme des muscles, la texture de la peau.

Elle gloussa et secoua la tête.

— Non, je les ai enlevés pendant que je t'attendais. Je ne voulais pas attendre plus longtemps.

Elle mordit légèrement son cou.

— Cela ne te dérange pas, n'est-ce pas ?

Comme si n'importe quel mâle viril serait ennuyé d'avoir une belle femme comme Catherine impatiente de s'occuper de lui !

— Pas du tout, gronda-t-il, la soulevant et changeant de place sur le fauteuil afin que son érection pousse contre ses plis humides.

Ses lèvres glissèrent le long de son cou à la recherche de l'endroit idéal pour la mordre. Son cou était marqué de contusions décolorées, preuve de la fréquence et de l'avidité avec laquelle elle s'offrait à lui. Écartant le col de son chemisier, il opta pour une place juste en dessous de la fine clavicule, sa langue préparant la peau avant que ses crocs ne plongent profondément, la revendiquant au moment même où son sexe pénétrait son passage étroit. Elle cria brusquement mais il pouvait goûter l'aiguillon de la passion dans son sang et il ne relâcha donc pas ses attentions, aspirant fortement à la place tandis qu'elle commençait à se mouvoir, le chevauchant frénétiquement.

Elle jouit rapidement, se resserrant autour de lui pendant qu'il continuait à pousser profondément en elle, ses crocs continuant à aspirer le sang vivifiant. L'expérience lui avait déjà enseigné qu'elle trouverait sa libération de nouveau s'il pouvait attendre assez longtemps. Ses hanches ralentirent très légèrement, lui donnant une chance de récupérer et de coordonner leurs rythmes encore une fois. Il fallut quelques instants, mais il pouvait goûter le désir renaître et la sentir recommencer à se mouvoir avec lui. Cette fois, il ne se retint pas, laissant son orgasme déclencher le sien, leurs corps encore unis s'affaissant dans le fauteuil.

XXXIX

FERMANT DOUCEMENT la porte de la chambre, Sébastien traversa le couloir vers la salle de séjour. Il s'installa sur le canapé, se rappelant qu'il n'avait pas le droit de fouiller dans les affaires de Thierry. Que le sorcier ait admis – à quelqu'un d'autre – qu'il était attiré par lui n'y changeait rien. Pas encore. Pas avant que Thierry puisse admettre lui-même son attirance pour Sébastien. Cependant, ce rappel ne faisait rien pour apaiser sa curiosité et finalement, il céda, se disant que ce n'était pas fouiner s'il se contentait d'observer les choses qui étaient exposées à la vue de tous.

Tandis qu'il se promenait dans la pièce, il s'aperçut avec étonnement qu'il ne voyait rien appartenant à Thierry ici. Il ne ressentait pas l'influence de son partenaire ni même sa présence. Les sourcils froncés, il examina les photos sur le manteau de la cheminée. Beaucoup d'entre elles montraient la même femme – la défunte épouse de Thierry, présuma-t-il. Il se demanda qui était l'homme présent sur plusieurs de ces photos. Il ne ressemblait en rien à Thierry ou à sa femme, laissant le vampire se demander si la défunte avait trouvé un nouvel amant. La pensée le dérangeait au nom de Thierry parce qu'il savait que son partenaire avait entretenu l'espoir de se réconcilier avec sa femme une fois la guerre terminée. L'idée qu'elle avait si peu pris en considération l'autre sorcier en agissant ainsi, sachant sûrement les espoirs de Thierry, mettait le vampire en colère. Son sorcier méritait mieux que ça.

Prenant une profonde inspiration, Sébastien se rappela qu'il sautait sur les conclusions. Oui, les photos semblaient accablantes, mais il ne savait pas qui était l'autre homme. Cela pouvait tout aussi bien être un cousin ou un vieil ami, des relations qui pourraient expliquer l'intimité facile qu'il lisait dans leur langage corporel.

Il se demanda pourquoi Thierry avait choisi de l'amener ici au lieu de l'endroit où le sorcier résidait actuellement. Était-ce la manière de Thierry de garder ses distances, de lui rappeler qu'il avait été marié et était toujours amoureux de sa femme ? Sébastien n'avait pas besoin d'un rappel autre que le goût du sang de Thierry. Le chagrin de l'homme avait été palpable dès le début et il avait à peine commencé à s'estomper dans les jours qui précédaient malgré la révélation que Sébastien avait entendue dans le bureau de Thierry, ce matin.

Se forçant à penser avec son cerveau plutôt qu'avec sa libido débridée, Sébastien tenta de prendre en considération tout ce qu'il avait vu et entendu depuis qu'il avait rejoint l'Alliance. Il avait vu les partenariats se développer entre les vampires et les sorciers, avait vu des vampires qu'il connaissait depuis des années et qu'il aurait qualifiés de créatures solitaires, travailler soudain côte à côte avec des sorciers qu'ils connaissaient à peine, se battant pour protéger ces mêmes sorciers avec une férocité qu'il était incapable d'expliquer. Blair en était un parfait exemple. Quatre jours à peine semblaient suffisants pour que la mort de son compagnon entraîne le vampire dans un état de détresse indéniable, pourtant Sébastien ne pouvait pas nier la preuve qu'il avait eue sous les yeux. Blair avait tué une femme la nuit dernière, de sang-froid, parce qu'elle avait sauvagement assassiné son partenaire.

Peut-être le plus révélateur de tous, cependant, restait Orlando. Sébastien connaissait à peine l'histoire du jeune vampire, cherchant à éviter Jean depuis très longtemps, mais tout ce qu'il savait indiquait qu'Orlando n'était pas homme à faire confiance facilement ou rapidement. Pourtant, le vampire s'était lui-même lié à un sorcier avec un serment inviolable moins de trois jours après leur première rencontre. Sébastien comprenait l'attraction instantanée – il était tombé amoureux de Thibaut en quelques semaines – mais il n'avait pas les cicatrices du passé que portait le jeune vampire.

Pourtant, de tous les partenariats, celui d'Orlando était le plus complet, le plus inconditionnel. Sébastien n'avait aucune idée de ce qui se passerait quand la guerre serait finie, mais victoire ou défaite, Orlando était attaché à Alain pour le reste de la vie du sorcier. L'empressement d'Orlando à nouer ce genre de lien frappait Sébastien par son caractère inhabituel, bien qu'il en ait assez vu pour se rendre compte que Jean – qui connaissait Orlando mieux que n'importe qui – ne semblait pas trop inquiet. Certes, s'il y avait eu de la magie noire à l'œuvre, Jean l'aurait senti et aurait empêché l'Alliance de se former dès le début. L'attrait de la légitimité sociale et juridique était fort, mais sûrement pas assez important pour que Jean brise la foi de la communauté des vampires. Lui et Sébastien ne s'entendaient pas, mais il refusait de croire une telle chose de la part de l'autre vampire, quelles que soient leurs difficultés passées. Jean n'avait qu'un seul aveuglement – l'Aveu de Sang de Sébastien avec Thibaut. Cela ne faisait pas de lui un mauvais chef, seulement un homme imparfait, comme tous les autres.

Écartant ses pensées de son Avoué, Sébastien retourna plutôt son attention sur l'homme endormi dans la pièce voisine et sur les possibilités que la confession entendue soulevait. Son propre désir pour son partenaire remontait à la première fois qu'il s'était profondément nourri sur Thierry, mais il l'avait réprimé par respect pour la douleur de l'homme. Il pouvait encore goûter sa peine quand il se nourrissait, mais il semblait que le désir qu'il pensait le fruit de son imagination était en fait réel. Le reste de la conversation, cependant, lui donnait à réfléchir. Il ne doutait pas de son attrait, mais il trouvait cela étrange que Thierry conçoive soudainement un intérêt pour un homme alors qu'il n'avait jamais manifesté ce genre de penchant avant. Dans le même temps, ses bas instincts réclamaient la possibilité d'initier le sorcier aux plaisirs de la chair entre deux hommes. La pensée d'être le premier à toucher, à étirer, à prendre ce derrière vierge le fit se raidir instantanément. Il repoussa cette réaction, se concentrant sur le fait que Thierry méritait d'être séduit, pas seulement baisé inconsidérément.

Une partie de lui hésita, se demandant si c'était son désir qui donnait ce genre de pensées à Thierry ou s'il réagissait juste à l'intimité indéniable de l'alimentation. Sébastien avait découvert longtemps auparavant que, même quand il ne mélangeait pas le sexe et l'alimentation, la proie choisie était beaucoup plus à l'aise si elle pouvait accepter l'idée de le voir comme un amant. Il trouvait rarement un homme honnête disposé à offrir volontairement et avec aisance, son cou à un vampire masculin. Pourtant, Thierry l'avait fait à plusieurs reprises au cours des quatre derniers jours. Chaque fois que Sébastien l'avait demandé en fait. Thierry était-il vraiment intéressé par lui ? Ou ses sentiments étaient-ils provoqués par le mélange de son deuil récent et l'intimité incroyable de l'alimentation, qui reflétaient si étonnamment une intimité qui manquait dans la vie du sorcier depuis deux ans ? Autant il voulait que ce soit la première possibilité, autant il craignait que cela se révèle être la seconde. Malheureusement, la seule façon de le savoir était de s'exposer lui-même au risque d'un rejet.

Sur la pointe des pieds, il traversa le couloir jusqu'à la chambre où dormait Thierry, ouvrant suffisamment la porte pour scruter l'intérieur. Malgré le froid environnant, le sorcier n'était habillé que de son boxer et d'un tee-shirt pour dormir. Ses rêves avaient dû être agités car les couvertures s'étaient emmêlées autour de ses jambes, laissant ses bras nus face à l'air matinal. Même avec les volets fermés, une faible lumière flottait dans la chambre, assez pour que la vision surnaturelle de Sébastien puisse discerner les légers tremblements qui parcouraient la peau de Thierry. Les sourcils froncés, il entra rapidement dans la pièce, démêlant les couvertures et les remontant sur les épaules de son partenaire. Thierry se tourna dans son sommeil, attrapant la main de Sébastien. Ses yeux étaient toujours fermés mais il tira sur le bras capturé.

— Reste, marmonna-t-il avant de retomber dans un sommeil agité.

Sébastien envisagea de se dégager des mains de Thierry et de laisser le sorcier seul, mais la demande avait été claire. Même s'il se sermonnait d'exposer son cœur au risque d'une déception, il se glissa dans le lit à côté de l'autre homme, se positionnant en cuillère derrière lui et enveloppant d'un bras la silhouette allongée. Il ferma les yeux et se résigna aux prochaines heures de torture jusqu'au réveil de Thierry.

Ce dernier se réveilla de cinq heures de sommeil ininterrompu à la sensation d'un corps dur derrière le sien et d'un bras l'enveloppant étroitement. Il resta là pendant quelques instants, se réchauffant tout simplement au plaisir d'être étreint. Cela faisait deux longues années qu'il n'avait pas partagé un lit avec quelqu'un, même si c'était uniquement pour dormir. Le confort que cela lui procurait était incommensurable.

S'étirant doucement, il roula sur le dos, se déplaçant légèrement contre le corps qui l'avait tenu. Immédiatement, Sébastien commença à s'éloigner, mais Thierry attrapa son bras, pas encore tout à fait prêt à se lever.

— Pas encore, murmurait-il, s'accrochant à la sensation de paix qui s'évanouissait. Je n'ai pas dormi aussi bien depuis que la guerre a commencé.

La calme acceptation ravit Sébastien, le convaincant de s'attarder un peu plus longtemps et d'offrir du réconfort.

— Tu n'as qu'à demander. Ce n'est pas une épreuve que de te tenir.

— Je ne voudrais pas abuser, commença Thierry.

Sébastien rit.

— Jusqu'il y a quatre jours, je passais mes journées, piégé à l'intérieur par la lumière du soleil, à passer le temps comme je pouvais jusqu'à ce qu'il fasse de nouveau sombre. Je ne dors pas de la même façon que toi, mais j'ai besoin de me reposer. Aussi longtemps qu'être à tes côtés t'aide à dormir, ce n'est pas si différent que de me reposer n'importe où ailleurs.

Pas si différent, mais pas tout à fait la même chose non plus, alors que la chaleur du corps de Thierry chauffait le sang de Sébastien, donnant lieu à ce genre de pensées lascives qui conviendrait mieux à un tout autre type de relation. Il se déplaça avec soin en veillant à ne pas frôler le corps de Thierry, ne voulant pas que le sorcier sente l'érection inspirée par les heures passées dans ce lit.

— Si tu es sûr, accepta Thierry.

Il ne se plaindrait certainement pas de l'occasion d'être proche de l'objet de son affection. Refermant les yeux il se réjouit de la sensation d'avoir Sébastien à côté de lui, du sentiment de justesse qui l'emplissait d'avoir le bras de Sébastien sur sa poitrine. Cela aurait dû être un sentiment étrange d'être allongé dans un lit avec un homme de cette façon. Alain et lui avaient dormi dans le même lit auparavant, en de rares occasions quand la situation ne leur laissait pas d'autre option, mais il ne s'était jamais senti ainsi. Il n'y avait jamais eu aucune gêne entre lui et son meilleur ami, mais ils ne s'étaient jamais détendus de cette manière, presque dans les bras l'un de l'autre, avec un sentiment d'intimité qui se construisait entre eux.

Tournant la tête, Thierry sourit au vampire.

— As-tu besoin de te nourrir ?

Tout le corps de Sébastien se tendit du désir incroyable et immédiat de faire rouler Thierry sous lui et de le ravir avec ses crocs et sa verge, de prendre ses aises dans la chair tendre du cou et les fesses du sorcier.

— J'irai bien jusqu'à la fin de notre service, se força-t-il à dire. Il fera bientôt nuit de toute façon.

Thierry hocha la tête, déçu de ne pas avoir cette excuse pour se rapprocher de Sébastien.

— Alors je devrais manger, déclara-t-il paresseusement.

Sébastien sourit.

— Tu ne sembles pas très enthousiaste.

— J'ai bien mieux dormi que je ne l'avais fait depuis des années, mais cela ne veut pas dire que c'était suffisant, dit Thierry en se mettant à rire. Ça va prendre plus d'une nuit – ou d'un jour – dans tes bras pour rattraper complètement mon retard.

— Autant qu'il le faudra, répondit Sébastien immédiatement.

Il désirait avoir Thierry contre lui, mais il se rappela soudain quel prix la guerre avait exigé de son partenaire. S'il pouvait être du moindre secours de cette manière, il le ferait, quel que soit le prix à payer pour son self-control.

Roulant sur le côté pour faire face au vampire, Thierry étudia intensément les yeux sincères, loyaux, à la recherche de tout ce qui pourrait l'aider à interpréter les mots de Sébastien. Il savait ce qu'il souhaitait qu'ils lui disent, mais un vœu pieux ne faisait pas tout. Il prit une profonde inspiration, cherchant le courage de l'interroger, lorsque l'odeur du shampoing Aleth sur les oreillers inonda ses sens, l'envahissant de culpabilité.

Sébastien perçut immédiatement le changement d'humeur de Thierry, avant même que le sorcier roule loin de lui et hors du lit, marmonnant une excuse inaudible. Le vampire n'avait aucune idée de ce qui avait brusquement changé mais il surprit une angoisse sur le visage de son partenaire dans le miroir tandis qu'il disparaissait dans la salle de bain. Résistant à l'envie de jurer et de crier sa frustration, Sébastien roula sur le dos et fixa le haut plafond, se demandant ce qui s'était passé. Il combattit la tentation de suivre son partenaire et de demander une explication, mais Thierry ne lui en devait aucune. Leur seul devoir qu'ils avaient l'un vis-à-vis de l'autre tournait autour des contingences de l'Alliance, quoi que puisse désirer Sébastien de son côté. Que ces événements imprévus les aient projetés dans un arrangement beaucoup plus intime plus rapidement que la normale ne changeait pas la réalité, n'augmentait pas le temps écoulé depuis le décès de l'épouse de Thierry, ne rendait pas le début d'attraction soudaine que Thierry avait avouée, moins déconcertante. Même si Sébastien voulait en obtenir plus, il devrait se montrer patient ou il n'obtiendrait jamais ce qu'il désirait si désespérément.

Dans la salle de bain, Thierry ouvrit le robinet à fond et appuya son front contre le carrelage froid alors qu'il attendait que l'eau se réchauffe et que la baignoire se remplisse. Il se maudit dix fois d'être aussi fou. Oui, la maison d'Aleth – sa maison à nouveau – était beaucoup plus sûre que son appartement si Serrier décidait d'attaquer, mais cela ne constituait pas un meilleur choix étant donné la nature de ses dernières pensées. Il se sentit incroyablement coupable de s'être allongé dans le lit d'Aleth, le lit qu'ils avaient autrefois partagé, et d'y convoiter quelqu'un d'autre. Le sexe de Sébastien le dérangeait toujours à un certain niveau, mais cette question ne figurait plus sur le haut de sa liste face à sa réaction actuelle. Homme ou femme, il trahissait la mémoire d'Aleth en amenant quelqu'un d'autre ici, si tôt après sa mort.

Entrant dans la baignoire, il dévia l'arrivée d'eau sur le jet et leva la pomme de douche, laissant l'eau couler sur son visage et ses épaules, emportant les derniers vestiges de son sommeil avec elle. Malgré la culpabilité encore vivace en lui, il ne pouvait nier à quel point il avait bien dormi la nuit dernière, ni combien cela lui avait paru légitime de se réveiller dans les bras de Sébastien. Aussi étrange que le concept soit, à bien des égards, être proche de Sébastien semblait la chose la plus naturelle au monde la plupart du temps. Il se doutait que sa réaction ce matin aurait été bien différente s'ils s'étaient rendus dans son appartement hier soir plutôt qu'à la maison. Avait-il inconsciemment cherché une excuse pour retarder les questions entre eux ?

Diminuant la pression de la pomme de douche, il nettoya ses cheveux et son corps, essayant de séparer ses désirs de ses craintes.

Il craignait l'aspect physique de cette relation naissante, mais surtout parce que c'était l'inconnu. Il n'avait aucun doute, Sébastien pourrait le guider à travers cette expérience avec une facilité déconcertante, et s'il avait d'autres questions ou préoccupations, il pourrait s'adresser à Alain. Son meilleur ami pourrait le taquiner un peu, mais il ferait de son mieux pour répondre et dissiper les craintes de Thierry.

Il craignait la trahison, non pas en ce qui concernait l'Alliance, mais en ce qui concernait sa capacité à pouvoir maintenir l'intérêt de Sébastien. Ses antécédents de séduction auprès des femmes étaient élevés. Aleth avait été la seule qu'il ait jamais réussi à garder à ses côtés plus de quelques mois et même elle, avait fini par l'abandonner. Il ne savait pas comment attirer les hommes, encore moins comment garder un amant. Et si Sébastien s'ennuyait avec lui ? Que faire si le vampire voulait un amant plus expérimenté ? Que faire s'il voulait un amant plus soumis ? Les commentaires du vampire sur son Avoué avaient conduit Thierry à croire que Sébastien avait été le seul actif dans leur relation, mais il se connaissait assez bien pour savoir qu'il ne pourrait jamais se contenter de se donner gracieusement, simplement parce que Sébastien le voulait ainsi.

Plus que tout, cependant, il craignait de perdre Sébastien comme il avait perdu Aleth. Les patrouilles de l'Alliance subissaient beaucoup moins de pertes qu'auparavant et jusqu'à présent, aucun vampire n'avait été perdu, mais Thierry n'était pas assez naïf pour croire que ce serait toujours le cas. Le sort *Abattoir* ne fonctionnait pas sur eux, mais d'autres sorts pouvaient bien les détruire. Une fois que Serrier saurait pour l'Alliance – et Marcel semblait envisager de faire cette annonce bientôt – les sorciers commenceraient à utiliser des sorts différents, des sorts qui pourraient mettre en danger Sébastien et les autres vampires. Son partenaire s'était déjà montré prêt à entrer dans le cœur d'une bataille, ou à faire face à un sorcier, et son seul moyen de défense serait l'habileté de Thierry. Il voulait envelopper Sébastien et le garder en sécurité, mais il savait qu'il valait mieux ne pas le suggérer. Son partenaire ne serait pas plus d'accord avec cela que lui le serait si Sébastien le suggérait.

Ses craintes énumérées, il tourna ses pensées vers ses désirs. Que voulait-il de Sébastien ? Son corps répondit immédiatement à cela : du sexe. Chaque fois que le vampire s'alimentait sur lui, Thierry sentait son corps affamé de sexe devenir hyperactif. Personne ne l'avait touché aussi intimement – quel concept que de penser que donner son sang à Sébastien était un acte d'intimité ! Après deux années passées sans amour, il faudrait être mort pour ne pas réagir à la chaleur d'un autre corps proche du sien qui se pressait contre son flanc, se penchait sur lui, ses lèvres et sa langue léchant sa peau. Ce n'était pas tout à fait surprenant, d'une certaine manière, qu'il réagisse à Sébastien comme il le faisait.

Il désirait de la camaraderie. Durant la majorité de sa vie, Alain avait répondu à ce besoin, tous les deux passaient leur temps libre ensemble même après s'être tous les deux mariés. Et Alain avait fait de son mieux ces deux dernières années pour continuer à fournir à Thierry ce dont il avait besoin, mais il ne pouvait pas comparer cela avec le fait d'avoir quelqu'un qui reviendrait à la maison tous les soirs, à avoir un corps chaud dans son lit contre soi, le tenant pendant la nuit, veillant sur ses rêves. Sébastien l'avait fait la nuit dernière et avait offert de le faire aussi souvent que Thierry en aurait besoin. Chaque soir, pour le reste de sa vie serait un bon début.

Il désirait de l'amour. Il pensait l'avoir trouvé avec Aleth mais il avait des doutes à présent. Peut-être que les émotions étaient différentes pour les vampires ou lorsqu'ils s'impliquaient, mais Thierry voyait la façon dont Alain et Orlando se regardaient l'un l'autre, la façon dont ils gravitaient vers l'autre, comme si même la largeur d'une pièce mettait trop de distance entre eux, et le cœur de Thierry criait pour trouver une dévotion similaire. Il savait que Sébastien était capable de ce genre d'engagement, ce genre de dévotion, car il l'avait donné une fois auparavant, quand il avait fait un Aveu de Sang avec cet amant, mort depuis longtemps. Thierry n'était pas tout à fait à l'aise avec la magie inhérente d'une telle promesse, pas plus qu'il ne rêvait d'essayer de remplacer l'amour perdu de Sébastien, mais le fait que le vampire avait déjà été capable de prendre ce genre d'engagement assurait à Thierry qu'il pourrait être disposé à se tenir de nouveau aux côtés d'un homme pour la durée de vie de celui-ci. Tout en rinçant le savon et le shampoing, il se demanda s'il pourrait s'engager en retour. Pourrait-il promettre de se tenir aux côtés de Sébastien pour toute sa vie ? La réponse est étonnamment simple.

En se levant et en se séchant, il prit sa décision. Plus de culpabilité. Plus d'hésitation. Si Sébastien le voulait, Sébastien pourrait l'avoir. Il espérait que le vampire serait disposé à prendre son temps, à lui laisser le temps de s'adapter à la nouveauté des expériences physiques, mais qu'il prendrait ce qu'il pouvait obtenir. Et ce, dès maintenant.

Ouvrant la porte de la salle de bain, il trouva la chambre vide mais il pouvait entendre Sébastien dans l'autre pièce et sentir l'arôme d'un café fort. Bon. Cela lui donnerait quelque chose à faire de ses mains pendant qu'il tenterait d'expliquer ses pensées à son partenaire. S'habillant rapidement, il pénétra dans la salle de séjour, un sourire aux lèvres.

Sébastien leva les yeux depuis le canapé où il s'était finalement installé quand Thierry réapparu, propre, habillé et souriant. Il résista à l'envie de secouer la tête aux humeurs changeantes de son partenaire. S'il comptait construire quelque chose de plus de ce partenariat, autre qu'une simple alliance militaire, il allait devoir apprendre à s'adapter aux humeurs de Thierry. Il mit de côté l'image qu'il avait encore en tête et lui sourit en retour.

— Je suis désolé pour tout à l'heure, commença Thierry en s'asseyant à la table et en faisant un geste à Sébastien pour qu'il se joigne à lui. Je dois t'expliquer.

— Tu ne me dois rien, contredit Sébastien, ses ruminations précédentes encore fraîches dans son esprit.

— Alors, disons que je voudrais te donner une explication, reprit Thierry. C'est ma maison, mais je n'ai pas vécu ici depuis deux ans. Quand Aleth et moi nous sommes séparés, elle est restée ici et j'ai déménagé dans un appartement en ville, mais il est petit, sale et pas aussi confortable que cette maison. Donc, lorsque tu as décidé de venir chez moi, cela m'a paru logique de venir ici.

Cela expliquait beaucoup de choses, réalisa Sébastien, les photos, l'absence totale de la présence de Thierry dans la maison, même la tension de son partenaire la veille quand ils étaient venus ici pour la première fois, avant que Laurent soit tué, avant de partir à la recherche de son tueur. Les commentaires de Thierry ne semblaient pas exiger de réponse, aussi attendit-il de voir si le sorcier continuerait.

— J'ai dormi dans notre – son – lit la nuit dernière et quand je me suis réveillé dans tes bras, je me sentais à la fois complètement à l'aise et totalement gêné. Je pensais que ça allait jusqu'à ce que je sente son parfum sur l'oreiller, continua lentement Thierry. Et alors, la culpabilité est entrée en jeu.

— De quoi devrais-tu te sentir coupable ? demanda sérieusement Sébastien. Nous n'avons fait que dormir. Tu avais toujours ton boxeur et j'étais complètement habillé. Je ne me suis même pas nourri sur toi.

Ça y était. Le moment de vérité était enfin venu. Thierry prit une profonde inspiration et rencontra les yeux de Sébastien.

— Ce n'était pas ce que nous faisions, mais ce que je voulais faire, admit-il doucement.

Sébastien se raidit, sentant la révélation à portée de main. Il se força à rester assis et à parler calmement, ou aussi calmement qu'il le put.

— Qu'est-ce que tu voulais faire ?

— T'embrasser, répondit Thierry d'un ton égal, son cœur battant violemment alors qu'il attendait la réaction de Sébastien.

XL

— Et MAINTENANT ? demanda Sébastien, le désir rendant sa voix plus rauque. Que veux-tu maintenant ?

— Que tu m'embrasses, répondit honnêtement Thierry, encore un peu nerveux de l'avouer et de faire le premier pas.

La brusque inspiration de l'autre côté de la table assura à Thierry que Sébastien partageait son désir. Les yeux noisette se plissèrent alors que le vampire se levait de son siège et faisait le tour de la table. Il tendit une main ferme, tirant Thierry sur ses pieds quand il attrapa le bras offert.

Maintenant qu'il avait finalement la chance d'embrasser Thierry, Sébastien avait l'intention de prendre son temps et de savourer le moment. Glissant ses mains dans les cheveux blond platine du sorcier, il inclina le visage de l'homme en arrière, suffisamment pour croiser les émouvants yeux verts. Il lut la nervosité de son partenaire dans les profondeurs d'émeraude, mais aucun doute. S'obligeant fermement à garder le contrôle, il baissa la tête et effleura tendrement les lèvres de Thierry.

Ce dernier expira brusquement quand il sentit Sébastien prendre le contrôle de leur échange, la nouveauté de cette expérience suffisant à elle seule à lui rappeler ce qu'il faisait. Alors qu'il restait hyper-conscient de qui embrassait ses lèvres dans ce premier baiser tendre, il s'aperçut avec une certaine surprise qu'il n'avait aucun intérêt à se retirer ou reprendre le contrôle. Il était parfaitement satisfait de laisser le vampire le guider, d'être embrassé, plutôt que d'embrasser.

Peut-être parce qu'il n'avait pas assez de moyens de comparaison, Thierry n'avait jamais accordé vraiment beaucoup d'attention à la légère moustache et à la barbiche qui entourait la bouche de son partenaire quand Sébastien se nourrissait de lui, mais maintenant, alors que leurs lèvres se rencontraient, la sensation inattendue des poils sur son visage le rendait extraordinairement conscient de la personne qui l'embrassait. Il ne pouvait pas fermer les yeux et prétendre que c'était juste un autre baiser – non pas qu'il l'aurait vraiment voulu. Non, le frottement des poils courts sur sa peau le remettait face à la réalité de ce qu'il était exactement en train de faire. La pensée ne le dérangea pas autant qu'il avait imaginé qu'elle le ferait.

Les doigts de Sébastien massèrent le cuir chevelu de Thierry en même temps qu'ils berçaient sa tête. Il s'écarta un instant, croisant le regard du sorcier, cherchant de nouveau un signe que son partenaire avait changé d'avis mais il ne voyait que les mêmes timides étincelles de désir qu'il avait remarqué un peu plus tôt. Enhardi, il baissa la tête de nouveau, scellant leur bouche ensemble plus pleinement cette fois, pinçant légèrement la lèvre inférieure de Thierry avant de sucer la chair tendre dans sa bouche. Il lutta pour empêcher ses crocs de jaillir, pour ne pas mordre l'arc tentateur. Il ne s'autoriserait pas à le faire sans la permission explicite de Thierry et ce n'était pas le moment de demander. Au lieu de cela, il le titilla avec sa langue, demandant la permission pour un autre type d'intimité.

Thierry eut le souffle coupé sous la pression séduisante des lèvres de Sébastien sur les siennes, au frôlement des dents du vampire. Pas ses crocs, remarqua le sorcier hébété, une courtoisie qu'il apprécia tout en la regrettant. Ce n'était pas le moment d'en parler, mais il espérait que Sébastien se rendrait compte finalement qu'il n'avait pas besoin d'être aussi prudent. Puis la langue de Sébastien caressa les lèvres de Thierry et il renonça complètement à réfléchir, ouvrant sa bouche en une invitation que le vampire accepta avec empressement.

Dès que les lèvres de Thierry se séparèrent en signe d'invite, Sébastien se pressa à l'intérieur, assaillant sa bouche chaude avec une passion et une possessivité qu'il n'avait pas ressenties depuis la mort de Thibaut. Il n'avait pas passé chastement les années qui avaient suivi son décès, mais ce baiser était différent, une connexion puissante et passionnée qui laissait le vampire tremblant de désir. Ses mains glissèrent de la tête de Thierry, descendant sur son cou puis son dos, sentant la tension envahir le corps du sorcier, une qui égalait la sienne. Il voulait attirer fermement son partenaire contre lui, l'adosser contre le mur et le prendre profondément. Chaque gémissement, chaque mouvement du corps de Thierry lui assuraient que l'autre homme était prêt, mais le souvenir de la conversation de ce matin le retint. Thierry pouvait être consentant mais il était également vierge, du moins sur ce plan et Sébastien avait assez de sensibilité – à peine – pour être en mesure de se retenir. Son partenaire méritait une première fois digne de lui, pas une baise effrénée contre un mur, peu importe la jouissance que Sébastien en retirerait.

Levant la tête, il chercha le regard de son partenaire, seulement pour découvrir les paupières cachant les pupilles émeraude.

— Regarde-moi, Thierry, murmura-t-il doucement.

Thierry gémit en signe de protestation lorsque son partenaire mit fin à leur baiser, ses mains se mouvant automatiquement pour inciter la tête du vampire à redescendre vers la sienne. Il avait oublié la force de Sébastien, cependant, son vampire ne bougea pas d'un pouce.

— Regarde-moi, répéta Sébastien en attendant que les yeux du sorcier s'ouvrent enfin.

Ils le firent lentement, les paupières papillonnantes se relevèrent pour révéler une expression contenant un désir si profond que Sébastien sentit ses propres convictions vaciller. Se rappelant les vertus de la patience, il déposa un baiser rapide sur les lèvres de Thierry avant de dire :

— Nous devons arrêter maintenant.

— Pourquoi ? demanda Thierry d'une voix enrouée par le désir, si rauque qu'elle glissait sur la peau de Sébastien comme du velours.

— Parce que si nous n'arrêtons pas, tu vas aller beaucoup plus loin que tu es prêt à le faire, expliqua le vampire.

— Comment sais-tu ce que je suis prêt à faire ?

— J'ai entendu une partie de ta conversation avec Alain, ce matin, admit Sébastien. Je ne voulais pas écouter, mais je suis ravi d'une certaine façon d'avoir entendu ce que tu as dit. M'aurais-tu dit que tu n'as jamais connu d'hommes avant si je t'avais attiré dans la chambre maintenant ? Aurais-tu fait en sorte que je sois prudent avec toi comme tu le mérites ?

Thierry fronça les sourcils.

— Je ne suis pas un puceau craintif, rappela-t-il à son partenaire. Tu ne me fais pas peur.

Sébastien baissa la tête et se blottit dans le cou de Thierry, ses lèvres traçant les marques que ses crocs avaient laissées.

— Je n'étais pas inquiet à ce sujet, promit-il. Mais je refuse de te faire du mal et ne prétends pas que je ne le pourrais pas, même sans le vouloir. Nous y arriverons – n'en doute pas un instant – mais pas aujourd'hui et pas dans un tel brouillard de passion que je n'aurais plus aucun contrôle. J'imagine que ça arrivera un jour, mais pas la première fois. La première fois que tu auras des relations sexuelles avec un homme – avec moi – je te ferai l'amour. Je ne me contenterai pas de te baiser brutalement, même si tu pourrais apprécier.

Thierry gémit.

— Tu ne peux pas dire des choses comme ça et puis t'attendre à ce que je m'arrête !

Le sourire de Sébastien devint sauvage.

— Je n'ai pas dit que nous devions arrêter. Juste que nous ne ferons pas certaines choses aujourd'hui. Je serais heureux de t'embrasser jusqu'à ce que nous retournions en mission si c'est ce que tu veux, mais cela n'ira pas plus loin.

— Se bécoter sur le canapé comme des adolescents excités ?

Thierry en resta bouche bée.

— Quel âge avons-nous, quatorze ans ?

Sébastien rit sous cape.

— C'est à prendre ou à laisser.

Thierry envisagea de refuser simplement pour le principe, mais il pouvait encore sentir les lèvres de Sébastien sur les siennes et le baiser qu'ils avaient partagé comptait à peine pour une mise en bouche. S'il ne pouvait pas avoir le repas complet – et il pouvait dire d'après la posture inflexible des épaules de Sébastien que son partenaire ne comptait pas changer d'état d'esprit – il pouvait au moins se gaver de ce qui lui était offert. Et, du moins l'espérait-il, laisser le vampire plus désespérément affamé qu'il l'était déjà. Se soulevant, il s'empara de sa bouche, son baiser transmettant sa réponse.

Sébastien laissa Thierry l'entraîner dans le salon vers le canapé en chintz où la nuit dernière il s'était assis et avait contemplé les photos. Thierry essaya de le pousser en arrière sur le tissu de couleur vive, mais Sébastien résista, entraînant son partenaire en dessous, sur les coussins rembourrés à sa place. Un juron sourd le surprit tandis que Thierry se cambrait et se retournait pour regarder le canapé sous lui.

— Qu'est-ce que c'est ? murmura-t-il en attrapant la photographie que Sébastien avait examinée ce matin-là et qui se trouvait entre les coussins.

Sébastien grimaça, certain que la révélation suscitée par la photo allait ruiner ses plans et les transformer en une soirée frustrante, mais Thierry ne semblait pas bouleversé pendant qu'il examinait la photo.

Thierry étudia l'image stoïquement en identifiant l'intimité entre Aleth et l'autre homme sur la photo. Il redessina le visage souriant de son épouse, découvrant un bonheur qu'il n'avait pas vu depuis des années. Le pincement attendu de la jalousie, de la trahison, ne se manifesta pas et il se rendit compte qu'il était heureux qu'elle ait trouvé quelqu'un capable de lui rendre le sourire qu'il avait si lamentablement échoué à faire fleurir sur son visage ces dernières années. Levant les yeux, il croisa le regard inquiet de Sébastien alors qu'il mettait la photo de côté sur la table basse devant le canapé.

— Je suis content qu'elle ait été heureuse avant de mourir. Nous avions tous les deux été seuls et misérables pendant trop longtemps.

— Plus maintenant, déclara Sébastien doucement, s'installant sur le canapé à côté du sorcier.

Il voulait attirer Thierry dans ses bras, mais l'ambiance avait changé. Pas de la façon dont il l'avait craint lorsque le sorcier avait mis la main sur la photographie. Il tendit le bras sur le dossier du divan, entourant les épaules de Thierry, ses doigts caressant doucement son cou de haut en bas et attendit de voir comment l'autre homme réagirait.

Thierry se détendit sous la douce caresse, laissant s'apaiser le dernier de ses doutes. Il ne savait pas exactement comment une relation entre le vampire et lui pourrait fonctionner, mais il savait qu'il était prêt à tenter le coup.

— Ça fait du bien, murmura-t-il, inclinant la tête afin que ses lèvres remuent contre la peau du cou de Sébastien quand il parla. Ça fait du bien de t'avoir ici avec moi.

Sébastien laissa retomber sa tête contre les coussins rembourrés du canapé, découvrant son cou à Thierry comme il ne l'aurait jamais fait avec un autre vampire, mais entre eux, il n'était pas question de domination et de soumission, pas question d'alpha ou de bêta, simplement deux âmes perdues et meurtries cherchant chacune quelqu'un pour aider à arrondir les angles de leurs cœurs brisés et rendre la vie un peu moins difficile pour un temps. Les doigts de Thierry jouèrent avec les pointes des cheveux mi-longs tandis que sa bouche se blottissait contre la peau lisse de son cou avant de tracer un chemin par-dessus sa barbiche jusqu'à ses lèvres. Elles s'entrouvrirent avec impatience pour le sorcier, acceptant le baiser avec le même enthousiasme qu'il avait montré plus tôt quand il avait accordé un baiser à son partenaire. Son corps réagit immédiatement, réclamant plus, mais il l'ignora. Il voulait séduire Thierry en prenant son temps, suivant son propre rythme et aujourd'hui ce n'était pas le bon jour pour pousser son avantage.

DAVID SE tenait nerveusement devant l'entrée du 'Sang Froid' et il frissonna de nouveau à toutes les implications du nom de l'établissement d'Angélique. Un restaurant, Jean l'avait comparé ainsi d'après sa fonction devant Marcel, plutôt que comme un bordel, mais de toute façon, cette idée aussi le mettait incroyablement mal à l'aise. Pourtant, il connaissait son devoir et à cet instant, cela signifiait convaincre la propriétaire de ladite entreprise d'accepter ses excuses et de revenir dans l'Alliance.

Prenant une profonde inspiration, il poussa la porte et entra.

— Puis-je vous aider ? demanda une voix depuis l'ombre.

David pivota, instantanément en alerte.

— J'ai besoin de parler à Angélique, expliqua-t-il.

Un froncement de sourcils modifia les traits du visage de l'homme qui sortit de l'ombre. David fut soulagé de voir que celui-ci était un mortel, pas un vampire, mais il affichait sa désapprobation malgré sa banalité.

— Mademoiselle Bouaddi est occupée, fit-il froidement.

— Je vais attendre alors, répondit David en essayant de garder sa voix stable, alors qu'il frémissait à l'idée de passer des heures dans la tanière de la vampire.

Les ordres de Marcel résonnaient dans sa tête, cependant. '*Ne reviens pas sans ta partenaire*'. Cela ne lui laissait pas d'autre choix que d'attendre que la colère d'Angélique s'atténue.

— Si vous vouliez bien lui faire savoir que David Sabatier est là et que je souhaiterais la voir quand elle aura le temps de me recevoir.

Le froncement de sourcils s'approfondit.

— Je ne sais pas ce que vous avez fait pour contrarier mademoiselle Bouaddi, mais ne le refaites pas, l'avertit l'homme. Sinon vous verrez que ses amis sont très protecteurs envers elle.

David aurait voulu se défendre, tout nier dans un premier temps, mais il ne voyait aucune pertinence à le faire. Même s'il avait quelque chance de convaincre un autre mortel de son point de vue, ces gens prendraient tous le parti d'Angélique. Elle était la seule garante de leur gagne-pain et leur loyauté envers elle semblait ne connaître aucune limite. Il supposait qu'il devait lui dire quelque chose au sujet de la vérité de ses paroles et de celle de Jean, dans la mesure où les affirmations d'Angélique sur son entreprise étaient concernées, mais il ne pouvait pas rejeter les scrupules qui l'avaient troublé, au premier abord. Que ce soit pour le sang, le sexe ou les deux, Angélique vendait des êtres humains. Qu'elle se soucie de ses employés n'atténuait que partiellement l'indignation qu'il ressentait. Cependant, il ne pouvait pas laisser tout cela l'affecter davantage. Marcel avait été très clair en lui donnant ses ordres et David avait assez de loyauté envers le vieux sorcier et la cause pour laquelle ils se battaient pour mettre de côté ses scrupules pour le moment. Il ferait des excuses comme on le lui avait ordonné, ferait de son mieux pour que les choses fonctionnent entre eux aussi longtemps que l'alliance durerait et il garderait sa colère pour plus tard.

— Je ne suis pas ici pour causer des ennuis, dit-il enfin à l'homme qui attendait impatiemment sa réponse.

— Bien, déclara le gérant, parce que nous ne les tolérons pas ici. Vous pouvez attendre là-bas.

David prit le siège indiqué et s'apprêta à attendre. Il n'avait aucune idée de quand, ou si Angélique accepterait de le voir, mais il n'aurait qu'à s'armer de patience.

À l'intérieur de son bureau, Angélique observait la scène se jouer entre le gérant et son partenaire. Elle ne pouvait pas entendre ce qu'ils disaient mais elle pouvait facilement imaginer la défense acharnée de François. Elle ne lui avait donné aucun détail, mais il avait travaillé avec elle assez longtemps pour connaître les nuances de ses humeurs. Elle n'avait aucun doute que François avait montré à David le côté le plus acéré de sa langue. Basculant la scène de l'écran de sécurité, elle fit le tour du bâtiment, s'assurant que tout était en ordre. Cela fait, elle reporta son attention sur le reste de son travail sur son bureau. Elle finirait par voir David quand elle le déciderait. Il pouvait poireauter pendant quelques heures, une petite preuve supplémentaire de la sincérité de ce qu'il était venu lui dire. Elle savait qu'elle allait le reprendre s'il lui présentait ses excuses en dépit de ses déclarations à Jean la veille, parce qu'elle voyait les avantages de l'Alliance, et le prix à ignorer la situation, beaucoup trop clairement pour faire autrement. Elle écouterait ses excuses, boirait son sang pour obtenir sa protection et se battrait comme elle le pouvait pendant toute la durée de la guerre, mais elle ne lui ferait pas confiance en dehors de cela.

Finalement, n'ayant plus aucune excuse pour le faire patienter, elle abandonna le sanctuaire de son bureau juste assez longtemps pour appeler David.

— Vous vouliez me voir ?

— Je vous dois des excuses, commença David quand la porte se referma derrière lui.

— En effet, acquiesça froidement Angélique.

— J'ai réagi de façon excessive, poursuivit-il. J'espère que tu vas me donner une autre chance.

— Pourquoi le devrais-je ? demanda-t-elle, insatisfaite de son approche.

— Nous avons besoin de toi dans l'Alliance, expliqua-t-il, nous avons besoin de l'aide de tout le monde. Il y a trop en jeu pour que nous perdions la guerre.

— Comme tu l'as dit. Cela n'explique pas pourquoi je devrais te donner une autre chance. Je peux travailler avec l'Alliance sans avoir à traiter avec toi.

David était dans une impasse. Que voulait-elle qu'il dise, il s'était excusé. Dans une capacité limitée, convint-il, mais s'ils devaient travailler ensemble, ses options seraient considérablement élargies.

— Donc, ton intérêt concerne uniquement ce que je peux faire pour la Milice, précisa Angélique.

Une fois encore, David eut le sentiment d'une catastrophe imminente sans avoir la moindre idée du comment ni du pourquoi.

— Qu'y aurait-il d'autre ? voulut-il savoir. C'est le but de l'Alliance.

Angélique hocha la tête une fois, surprise par le sentiment de résignation qu'elle ressentait. Alors qu'elle regardait ses cheveux roux, ses yeux bleus et ses caractéristiques juvéniles et ressentait un certain attrait, elle accepta que ce soit seulement purement physique. Ce n'était pas un homme qui attirait son attention ni ses sens comme l'avait fait avec autorité Al-Marbruk, son premier protecteur. Durant sa longue existence, elle avait couché avec des sultans et des rois, des cardinaux et des prélats, des hommes avec tant de pouvoir et d'autorité que personne n'osait leur tourner le dos de peur de se retrouver dans une situation qui n'était pas désirée. Elle avait ressenti un soupçon de l'autorité de Marcel dans quelques-uns de ses capitaines, mais David n'avait pas ce rang, cette présence, ni cette autorité. Avec un bref hochement de tête, elle lui tendit la main, paume vers le haut.

Perplexe, David mit sa main dans la sienne, la regardant alors qu'elle la tournait pour révéler son poignet dans l'air de l'automne. Elle le porta à ses lèvres et mordit franchement. Pas durement, mais sans la préparation séduisante qu'elle avait utilisée par le passé. Il sentit une pointe de regret à cette perte, mais se dit-il fermement que c'était mieux ainsi, qu'ils travailleraient ensemble en tant que partenaires, mais pas en tant qu'amants. Il avait assez à s'inquiéter sans ajouter la tension sexuelle à sa liste. Peut-être après la guerre… il repoussa cette pensée de côté. Cela n'avait pas sa place dans leurs interactions actuelles.

Le sang chaud qui s'étalait sur sa langue et pénétrait ses veines réchauffa Angélique, mais les émotions qu'elle pouvait goûter l'attristèrent davantage. Si seulement les choses avaient été différentes… mais elles ne l'étaient pas et c'était la triste réalité avec laquelle elle devrait vivre.

XLI

— OÙ ALLONS-NOUS ce soir ? demanda Raymond quand il vit Jean prêt pour leur service portant déjà son médaillon.

— D'autres clubs et d'autres bars, répondit le vampire. Plus je pourrais atteindre de gens de mon espèce, plus mon message sera efficace et plus nous aurons de chance de tomber sur notre voyou.

Raymond hocha la tête.

— Allons-y alors. Marcel m'a dit que nous étions dispensés de patrouilles régulières aussi longtemps que nous aurions besoin de prendre soin des affaires relatives aux vampires. As-tu ton repère ?

Jean mit la main dans sa poche et en tira le chapelet que le père Emmanuel lui avait donné. Raymond secoua la tête et eut un petit rire.

— Penses-tu que je pourrais un jour m'habituer à te voir le porter ?

Jean haussa les épaules tandis qu'il glissait à nouveau l'objet sacré dans sa poche.

— Les vampires ont autant d'idées fausses concernant les sorciers que les mortels en ont en ce qui nous concerne. Nous ne pouvons qu'espérer que cette Alliance fera disparaître certaines d'entre elles.

Raymond sourit.

— Cela a déjà commencé.

D'un commun accord, ils quittèrent tous les deux le siège de la Milice, se dirigeant vers le métro et Montmartre. Ils s'arrêtèrent d'abord dans un cybercafé géré par Malika Robin afin que Jean puisse s'informer auprès d'elle et répéter l'avertissement de la veille sur Édouard. Trouvant tout en ordre et la propriétaire tout à fait disposée à les aider, ils se dirigèrent de nouveau dans la nuit.

— Bellaiche !

Jean se raidit au son de la voix profonde l'appelant par son nom. À côté du vampire, Raymond se tendit, sa main attrapant automatiquement sa baguette, cependant il ne la tira pas encore. Même s'il devait défendre son partenaire contre toute menace, il attendrait un signe indiquant que Jean avait besoin de cette aide. Il ne voulait en aucune façon saper l'autorité du vampire.

— Cabalet, répondit Jean avec un hochement de tête royal, saluant le nouvel arrivant comme un égal, sans céder un pouce de terrain. Tu es loin de chez toi.

— Amiens n'est pas si loin et j'ai entendu des rumeurs intéressantes, répondit l'autre vampire.

Jetant un regard aux alentours, Jean secoua la tête.

— Pas ici. Trouvons un endroit où nous pourrons parler sans être entendus.

Il se tourna vers Raymond.

— 'Sang Froid' est juste au coin de la rue. Angélique nous permettra d'utiliser une pièce.

Raymond hocha la tête, gardant le silence alors qu'il suivait les deux vampires. Il n'avait aucune idée de qui était l'autre, mais c'était de toute évidence une personne importante étant donné la réaction de Jean. Il retomba dans son rôle habituel d'observateur, sa garde toujours en place, son attention se concentrant entièrement sur leur environnement et sur les deux vampires devant lui. Cabalet, comme Jean l'avait appelé, était grand, bien plus d'un mètre quatre-vingt, avec de larges épaules et une présence imposante qui s'exprimait beaucoup moins par sa force physique que par le même genre de charisme que Raymond avait vu Jean projeter la veille. Qui qu'il soit, il convenait d'être prudent dans leurs rapports avec lui.

Comme Jean l'avait prédit, une demande pour une pièce isolée et une certaine intimité les amena à un bureau vide.

— Alors, qu'est-ce qui t'amène à Paris ? demanda Jean avec un calme trompeur. Tu as mentionné des rumeurs.

— Tu ne vas pas me présenter ton compagnon ? le défia Cabalet.

Ses yeux détaillèrent durement l'autre homme. De toute évidence, ce n'était pas un vampire mais cela n'indiquait rien sur le rôle qu'il jouait dans la vie de Jean à l'heure actuelle. L'homme était dans la quarantaine avec un front haut et légèrement dégarni qui ne faisait qu'accentuer les solides traits de son visage. Cabalet se demanda un instant si l'homme était le nouveau consort de Jean, mais le mortel, qui qu'il soit, rayonnait trop de confiance et d'autorité pour être simplement l'amant de Bellaiche. Il avait vu le chef vampire consulter l'autre homme, mais silencieusement, une attitude que des vampires de leur statut effectuaient rarement avec quelqu'un et encore moins avec un mortel, et l'homme était toujours là, malgré le caractère sensible de leur conversation. Qui qu'il soit, il devait désormais clairement être considéré comme faisant partie intégrante du jeu politique en cours.

— Raymond Payet, déclara le sorcier en tendant la main mais ne fournissant aucune autre explication sur sa présence.

Il savait qu'il avait encore beaucoup à apprendre sur le jeu que les vampires pratiquaient mais il en avait déjà suffisamment appris pour savoir que la connaissance apportait le pouvoir et que ne rien céder lui serait plus profitable qu'à son adversaire. D'autant plus si son adversaire lui était inconnu.

— Luc Cabalet, répondit le vampire.

— Mon homologue à Amiens, ajouta Jean également sans expliquer la place de Raymond dans sa vie. Alors, ces rumeurs ?

— Elles disent que tu fais équipe avec les sorciers de la Milice, expliqua Luc.

— Quelle intéressante rumeur, dit Jean d'une voix traînante en se détendant sur sa chaise. Que disent-elles d'autre ?

Luc fronça les sourcils.

— Laisse tomber le cabotinage, Jean. Je n'ai pas le temps de jouer. S'il se passe quelque chose que je dois savoir, je te remercie de m'en informer.

— Nous vivons pour jouer, contra Jean.

Mais il se redressa et croisa le regard de l'autre homme avec sérieux.

— Tu demandes une information qu'il ne m'est tout simplement pas permis de donner. Supposons un instant que les rumeurs soient vraies. Quel intérêt cela pourrait-il avoir pour toi ?

— Je voudrais savoir ce que tu as fait et si cela peut m'être bénéfique ainsi qu'à mes vampires, répondit Luc sans prendre de gants.

Jean tourna son attention vers Raymond, assis à ses côtés. Le sorcier hocha légèrement la tête, espérant que Marcel approuverait. Plus d'alliés ne pouvaient que les aider et s'aliéner ce vampire pourrait l'envoyer lui et les siens dans le camp opposé.

— Il semblerait que tu aies bien entendu, répondit Jean, se penchant en avant et fixant Luc avec un regard perçant que l'autre vampire retourna dans la même mesure.

— Alors, quel est l'accord ?

— Je n'ai pas à te parler de la guerre en cours, commença Jean, mais Chavinier m'a convaincu que les conséquences d'une défaite de la Milice serait d'une portée suffisamment considérable pour nous affecter aussi.

— Alors, qu'as-tu fait ? demanda Luc.

— J'ai formé une Alliance, expliqua Jean. Nous les aidons à gagner la guerre, ils font en sorte que nos contributions soient reconnues, non seulement vis-à-vis du public, mais aussi officiellement.

— Comment ?

— Dans une semaine, deux tout au plus, les législateurs fidèles à Chavinier introduiront des projets de loi auprès du Parlement pour garantir une protection égale pour les vampires devant la loi, comme n'importe quel autre citoyen, répondit Raymond, intervenant enfin dans la conversation.

Luc siffla doucement.

— Et tu fais confiance à ce Chavinier pour tenir parole ? demanda-t-il à Jean.

Raymond se hérissa à cette question mais la main de Jean sur son bras l'empêcha de réagir.

— Marcel tiendra sa parole, déclara-t-il avec une conviction totale. Tu sais que le sang ne ment pas.

Son partenaire put lire la surprise et l'incrédulité qui traversèrent le visage de l'autre vampire quand il enregistra l'importance de l'information donnée.

— Non, ajouta Jean, après un moment, le sang d'un sorcier ne nous fait pas de mal. Au contraire, il peut même nous protéger.

— Nous protéger de quoi ? se moqua Luc. Il n'y a pas grand-chose dans le monde, à part la lumière du soleil, qui pourrait endommager un vampire au-delà de la guérison.

Jean se mit à rire doucement.

— À quand remonte la dernière fois que tu as senti le soleil sur ta peau ?

— Je ne savais pas que tu étais cruel, rétorqua Luc, ses yeux se plissant de colère.

— Je ne peux pas te le prouver jusqu'à l'aube, admit Jean, mais depuis quatre jours maintenant, je peux marcher au soleil sain et sauf.

— En buvant le sang d'un sorcier ? clarifia Luc.

— En buvant le sang de mon partenaire, spécifia Jean. Le sang de n'importe quel sorcier ne fonctionnera pas. Pour faire simple, pour moi, c'est celui de mon partenaire : Raymond. Pour toi, il te faudra un autre sorcier.

— Très bien, et comment puis-je trouver ce sorcier ?

Alors même qu'il parlait, il réévaluait mentalement la valeur de l'homme assis à côté de Jean. Ce Payet – Raymond – un sorcier dont le sang laissait soi-disant Jean marcher à la lumière du soleil sans être blessé… Luc détailla son visage, cherchant le moindre signe de ce genre de pouvoir sur le visage long et étroit, n'importe quel signe pouvant faire allusion à la puissance de la magie courant dans les veines de l'autre homme. Jean avait désigné le sorcier comme son égal, son partenaire, une idée qui rendait Luc nerveux. Jusqu'où ce partenariat se prolongeait-il ? Cela signifiait-il que Luc devrait partager sa position avec un mortel ? Il n'était pas tout à fait certain que ses vampires accepteraient cela.

— Tout d'abord, il faut que tu t'engages à rejoindre l'Alliance avec le plus grand nombre de vampires en qui tu as confiance pour tenir leurs engagements et pour les faire combattre pour la Milice, expliqua Jean. Ensuite, nous travaillerons pour trouver ton partenaire.

— Trouve-moi un partenaire et je verrai si je veux rejoindre l'Alliance, contra Luc. Il n'y a rien là-dedans pour moi jusqu'à ce que je sache si tu dis la vérité.

Encore une fois, Jean regarda Raymond et le sorcier hocha la tête. Si Monsieur Lombard et lui avaient raison sur le lien créé par l'échange de sang, une fois que Luc aurait goûté au sang de son partenaire, il aurait beaucoup de mal à changer d'avis au sujet de l'Alliance.

— Très bien, accepta Jean. Même si avec quelques sorciers en patrouille et d'autres en repos, nous ne sommes pas sûrs de trouver ton partenaire ce soir. Combien de temps peux-tu rester ?

— Il y a des chambres au siège de la Milice que vous pouvez utiliser pendant un jour ou deux, ajouta Raymond, même si elles ne sont pas des plus confortables.

— Deux jours, décida Luc, après un moment de réflexion. Je vais vous donner deux jours pour me convaincre et ensuite nous verrons.

— D'accord, répondit Jean.

ÉRIC ET Vincent glissèrent dans l'obscurité en évitant les flaques de lumière projetées par les réverbères, vers la rue de la Michodière où Serrier leur avait dit qu'ils trouveraient la malheureuse Mademoiselle Gaudier. Éric ne se faisait aucune illusion quant à son sort. Même si elle coopérait et qu'elle donnait à Serrier tous les détails qu'il pouvait désirer, le sorcier ne la laisserait jamais partir. Il ne pouvait pas se le permettre. Le mieux qu'elle pouvait espérer après avoir répondu à ses questions était une mort rapide et indolore. Éric doutait qu'elle ait une telle chance.

— C'est ici, murmura Vincent si doucement qu'Éric put à peine l'entendre.

Éric hocha la tête, tirant sa baguette et vérifiant s'il y avait des sorts sur la porte. Ils n'avaient aucune raison de croire que leur objectif avait la moindre implication dans la magie, mais cela ne voulait pas dire qu'aucun sorcier ne vivait dans le voisinage. Ils ne voulaient pas alerter accidentellement quelqu'un de leur présence. Ne détectant rien capable de les entraver, il fit signe à Vincent d'avancer et ils arrivèrent à la porte avec des mouvements furtifs. Une psalmodie à voix basse libéra le verrou de la porte de l'immeuble, une autre fit taire le grincement des gonds anciens alors qu'ils ouvraient la porte d'entrée et se faufilaient à l'intérieur. Ils montèrent l'escalier, évitant l'ascenseur grinçant, privilégiant une ascension silencieuse.

Trouvant l'appartement avec son nom inscrit près de la sonnette, ils répétèrent les sorts et entrèrent, faisant une pause alors que la porte se refermait derrière eux afin d'évaluer la situation. Rien ne bougeait dans l'appartement, seul le bourdonnement sourd du réfrigérateur brisait le silence. Voyant deux portes fermées, Éric fit signe à Vincent de fouiller une pièce alors qu'il fouillerait l'autre. Serrier avait pu découvrir l'emplacement de l'appartement de la femme mais pas son agencement.

Les portes intérieures s'ouvrirent aussi silencieusement que les autres. Vincent disparut à l'intérieur de la première tandis qu'Éric entrait dans la seconde. Le clair de lune filtrait à peine à travers les volets fermés, laissant la pièce enveloppée dans l'obscurité, les meubles n'étant rien de plus que des taches plus foncées sur un fond sombre.

Un bruit sourd et le grognement de Vincent attirèrent son attention vers l'autre pièce. Il franchit le seuil en jetant un sort d'illumination, juste à temps pour voir Vincent tenir sa tête d'une main, l'autre tendue pour frapper la petite blonde qui tenait une lourde mallette dans la main.

— N'essaie pas, ordonna-t-il à Vincent, jetant un second sort pour figer la femme sur place.

Il devait accorder intérieurement à la femme un certain respect pour son courage d'avoir osé attaquer Vincent qui faisait facilement le double de sa taille, voire plus. Elle était légère, avec des traits délicats et de doux cheveux blonds, exactement le genre de femmes qu'il trouvait en général attirantes. Ses yeux scrutèrent son cou à la recherche d'un quelconque signe des marques du vampire, mais la peau lisse était irréprochable, le faisant se demander si leur information était exacte. Bien sûr, il avait laissé des morsures d'amour sur ses amantes dans des endroits autres que leur cou, alors peut-être que Bellaiche avait simplement choisi d'être discret en la marquant.

327

— Tu t'adoucis, Simonet, cracha Vincent. Elle a essayé de me fracasser le crâne avec sa valise. Quoi qu'il y ait dedans, ça pèse une tonne.

— Pascal veut l'interroger, rétorqua Éric, connaissant l'attraction naissante, mais futile, qui l'avait conduit à la protéger maintenant, même s'il en était incapable plus tard.

Si le vampire avait raison sur son rôle dans la vie de Bellaiche, rien ne pourrait la sauver. Si le vampire avait tort… il arrêta le train de ses pensées avant qu'elles prennent forme. Même si elle leur était inutile en matière d'informations, Éric connaissait son sort. Serrier avait toujours besoin de victimes pour garder Craig satisfait.

— Si tu lui brises la mâchoire avec le jambon sanglant que tu appelles un poing, elle ne sera pas en mesure de répondre à ses questions et il sera en rogne contre nous. Je n'ai aucun désir de voir sa colère se retourner contre moi. J'ai vu ce qu'il faisait aux gens qui le mettait en colère.

Vincent frissonna par réflexe, se souvenant des personnes qui avaient subi la colère de Serrier pour avoir omis de remplir une tâche assignée. Peut-être que la sagesse était meilleure que le courage dans ce cas.

— Nous allons la ramener à la base. Plus tôt elle sera hors de nos mains et dans les siennes, plus vite je serai heureux.

LE CHAOS accueillit Raymond, Jean et l'autre vampire alors qu'ils revenaient au quartier général de la Milice. Avec un froncement de sourcils, Raymond saisit le bras du premier sorcier qui se précipita après lui.

— Que se passe-t-il ? dit-il sèchement

— Un typhon, à La Réunion, expliqua l'autre sorcier dans la précipitation.

— Où est Marcel ? demanda immédiatement Raymond. Où sont Alain et Thierry ?

— Marcel est avec le Président. Les capitaines sont de repos.

— Et merde ! murmura Raymond en laissant l'autre homme repartir.

Il se tourna vers Jean, sentant le poids des regards des deux vampires.

— Jusqu'à ce que l'un d'eux arrive ici, déclara Raymond, tu es le plus haut gradé dans l'Alliance, informa-t-il son partenaire, ce qui signifie que nous devons régler ce chaos.

— Je ne saurais pas par où commencer, admit Jean doucement, ses yeux se posant furtivement sur l'autre vampire.

Comprenant ce que son partenaire ne disait pas, Raymond hocha la tête d'un air décidé.

— Laissez-moi vous trouver une chambre, Cabalet. Nous allons devoir mettre de côté la recherche de votre partenaire pour quelques heures jusqu'à ce que nous puissions voir qui est là.

— Ne vous occupez pas de moi, intervint Luc aimablement. Je vais observer tranquillement.

'*Et nous juger à chaque faux pas*', pensa cyniquement Raymond, mais un coup d'œil à Jean et le haussement d'épaules du vampire ne lui offrait pas d'autres solutions.

— Comme vous voulez. Ne restez simplement pas dans le chemin.

Sans un autre regard au nouveau venu, Raymond s'enfonça plus profondément dans le bâtiment, vers la Salle des Cartes. Le lieutenant d'Alain était en service et Raymond estima qu'il était le plus haut gradé de la pièce.

— Lieutenant Fouquet, que se passe-t-il et pourquoi n'y a-t-il aucun des officiers supérieurs ici ?

— Nous venons de recevoir un rapport nous indiquant qu'un typhon frappe La Réunion, monsieur, signala le Lieutenant Fouquet. Il va atteindre les côtes dans quelques heures. Il est arrivé de nulle part.

— Avez-vous prévenu le Général ?

— Oui, monsieur ! Nous l'avons appelé tout de suite mais il était en réunion avec le président et nous attendons pour voir quels seront les ordres en provenance de l'Élysée. J'ai appelé les capitaines Magnier et Dumont, mais aucun des deux n'est encore arrivé, expliqua le lieutenant.

— Y a-t-il quelqu'un sur le terrain en ce moment ? voulut savoir Raymond.

— Personne ne répond, mais avec une tempête de cette amplitude, ils pourraient ne pas être en mesure de le faire.

Raymond étouffa un juron. Marcel avait prévenu que cela pourrait arriver. Les catastrophes naturelles surgiraient sans les signes avant-coureurs habituels en raison du déséquilibre dans les forces magiques qui régissaient le monde, mais jusqu'à présent, ils avaient réussi à prévenir ou à éviter les tragédies. Cette fois, ils ne seraient pas aussi chanceux. Un préavis de quelques heures pour évacuer toute la côte d'une île n'était tout simplement pas suffisant. Des vies seraient perdues et les dégâts matériels seraient sûrement immenses. Mais, ils ne pouvaient rien y faire à présent. Les habitants de l'île devraient faire de leur mieux jusqu'à ce que la tempête soit passée et que les secours puissent intervenir.

C'est là-dessus que l'attention de Raymond résidait maintenant.

— Nous aurons besoin de fournitures d'urgence, dit-il au Lieutenant Fouquet. Contactez le responsable des approvisionnements de l'armée et dites-lui que nous allons envoyer une équipe de vingt personnes dès que l'orage sera passé. Nous aurons besoin de rations, de tentes et de fournitures médicales pour cette première vague d'intervention.

— Choisis des sorciers avec des partenaires, murmura Jean en poussant Raymond du coude. Leurs forces valent une baguette.

Raymond hocha la tête.

— De quoi auront-ils besoin en termes de matériel ?

— Les équipements de sauvetage, des outils pour creuser, ce genre de chose, répondit Jean. Tant qu'ils peuvent se nourrir de leurs partenaires, ils n'auront pas besoin de se protéger du soleil ni de beaucoup de repos.

— C'est le matériel standard pour ce genre d'opération, reconnut Raymond. Lieutenant Fouquet, nous aurons besoin de volontaires pour la mission de sauvetage, la priorité est donnée aux sorciers et vampires appariés. Faites passer le mot et transmettez-moi une liste.

— Oui, monsieur, répondit le sorcier.

— Mets nos noms sur la liste si tu veux, offrit Jean doucement.

Raymond sourit chaleureusement.

— Lieutenant Fouquet, cria-t-il alors que le sorcier se retirait, si quelqu'un nous demande, mon partenaire et moi serons à la tête de l'équipe.

ALAIN S'AGITA lentement dans le lit, la nouveauté de se réveiller spontanément plutôt qu'avec son réveil lui rappelant qu'il avait une de ces rares nuits de repos. Il pouvait sentir la chaleur d'Orlando dans le lit à côté de lui, ce qui facilitait la transition du rêve à l'état de veille, le rendant particulièrement conscient de son érection matinale. Il s'enfonça plus profondément sous la lourde couette qui retenait sa chaleur contre l'air piquant de la nuit, se blottissant à tâtons entre la mâchoire et le cou d'Orlando, cherchant le réconfort de la présence de son amant.

La sensation des lèvres sur son cou et son oreille sortirent brusquement Orlando de sa rêverie, seule l'odeur des cheveux d'Alain l'empêcha de s'écarter vivement. Se rappelant la tendresse avec laquelle Alain avait apprivoisé ses craintes la dernière fois qu'ils avaient fait l'amour, il s'obligea à se détendre et à accepter la caresse. Le souffle régulier du sorcier lui indiqua que son amant était encore probablement endormi et qu'il ne représentait absolument pas une menace pour lui. Silencieusement, il se reprocha cette pensée. Même éveillé et empli de passion, Alain n'était pas une menace pour lui. Il devait arrêter de penser de cette façon. Thurloe était mort depuis une centaine d'années et Alain s'était montré digne de la confiance d'Orlando à de nombreuses reprises. Il se battit contre lui-même en silence quand il sentit Alain bouger de nouveau contre lui, s'éveillant lentement. La peur s'accrochait à lui mais il avait déjà fait un premier pas et il voulait en faire un autre. Il devait à Alain d'en faire un autre.

En tournant la tête à la recherche des lèvres qui caressaient sa peau, il embrassa doucement Alain, attendant que ses yeux bleu azur s'ouvrent, pour y voir s'éveiller sa conscience. Quand ils le firent, il approfondit le baiser, sentant le sexe d'Alain tressauter ardemment contre ses hanches. Pendant quelques instants, il s'abandonna au simple mouvement de leurs lèvres les unes contre les autres, le tendre échange apaisant ses craintes à nouveau, lui donnant la force de se confier.

— *Il* utilisait ses crocs pour déchirer ma chair. Aucun endroit n'était trop sensible, trop privé, pour échapper à ses attentions.

— Ses abus, rectifia Alain.

Il hésita un instant avant d'appuyer ses lèvres sur la clavicule d'Orlando.

— Me laisseras-tu faire ?

— J'ai peur, admit Orlando, mais je pense qu'il le faut.

— Tu sais que je ne te blesserai jamais.

— Ma tête le sait et mon cœur le sait, lui assura Orlando, mais mon corps l'oublie encore parfois.

Il glissa ses doigts dans les cheveux blond-roux.

— Aide-moi à oublier ce qu'il m'a fait.

Alain espéra que céder à la demande d'Orlando était le bon choix. Il pouvait lire l'anxiété dans les yeux noirs de son amant, dans les lignes tendues de son corps. Il désirait goûter la chair fauve, peut-être même refermer ses lèvres autour du membre épais qui lui donnait du plaisir si régulièrement, mais il ne voulait pas renvoyer Orlando dans ses cauchemars et annuler tous les progrès accomplis la veille. Lentement, il écarta les lèvres et les ferma sur la crête de l'os sous la poitrine lisse de son amant, laissant sa langue humide sur la peau avant de le sucer doucement. Levant la tête un moment, il croisa le regard d'Orlando. L'inquiétude était toujours là mais en dessous, il pouvait voir les premiers frémissements du désir.

— Arrête-moi si tu en as besoin.

— Je le ferais, promit Orlando, même s'il espérait ne pas avoir à en arriver là.

Alain méritait une relation dans laquelle il n'aurait pas à réfléchir à chaque caresse avant de la prodiguer. Il méritait un amant qu'il pourrait aimer en retour.

Confiant en cette promesse, Alain baissa la tête de nouveau au même endroit, suçant la peau délicate avec un peu plus de force avant de glisser ses lèvres plus bas sur la poitrine d'Orlando vers un grand mamelon brun. Il l'effleura de ses lèvres à plusieurs reprises, attendant que le vampire se tortille sous lui avant de l'attirer dans sa bouche.

Orlando se tendit un instant quand il aspira doucement son téton, s'attendant à sentir des crocs percer sa chair, mais il ouvrit les yeux et se concentra sur les cheveux d'Alain. Thurloe avait les cheveux noirs, rien à voir avec l'homme qui lui faisait l'amour. En aucune façon.

Comme il se détendait à nouveau, son désir devint encore plus évident, ses doigts entortillant la chevelure d'Alain, le pressant de continuer. Il avait fait l'amour à son amant de cette façon plus d'une fois, pour leur plaisir mutuel. Il commençait à en voir l'attrait tandis que les lèvres du sorcier taquinaient son mamelon pour le redresser. Le désir le submergea et il cambra le dos sous la pression de la succion. Il se tendit un moment quand les dents d'Alain se joignirent à la mêlée mais elles ne pouvaient pas le percer, se rappela-t-il. Au lieu de cela, le doux pincement des dents de son amant envoya des étincelles supplémentaires directement dans les nerfs du vampire.

Lentement, la conscience s'effaça sous la chaleur de son désir. Il perdit la trace des contacts isolés tandis qu'ils se fondaient dans une mosaïque de passion et de tendresse, la bouche d'Alain lui faisant l'amour avec une telle dévotion qu'Orlando abandonna toute crainte. Même lorsqu'elle glissa plus bas et s'approcha de sa verge, le vampire ne ressentit que de la joie.

Alain se déplaça lentement le long du corps d'Orlando, la plupart du temps embrassant et léchant, laissant seulement à l'occasion ses dents attraper la peau sensible. Le vampire se tordit sous ses caresses, l'encourageant à continuer, à le goûter comme il avait souhaité le faire depuis la première fois qu'ils avaient fait l'amour. Il apprécia la saveur salée, le poids de la chair contre sa langue. Une partie de lui voulait continuer d'apporter à Orlando le plaisir ultime de cette manière, mais encore plus que cela, il voulait le sentir à l'intérieur de lui.

Il leva la tête, accordant un dernier coup de langue sur le sexe humide. Le gémissement de protestation d'Orlando lui réchauffa le cœur, mais ne le dissuada pas. Il se pencha en avant et embrassa son amant, laissant le vampire goûter sa propre saveur sur la langue d'Alain.

— Je te veux en moi, murmura-t-il. Fais-moi l'amour.

Sans hésitation, Orlando fit rouler Alain sur le dos, recouvrant le corps de son amant du sien, ses hanches poussant avec force contre celles d'Alain, savourant la sensation du frottement du membre du sorcier contre le sien. Il était tenté de les prendre tous les deux dans sa main et de les faire jouir de cette façon, mais Alain avait exprimé une demande très précise, une de celle qu'Orlando voulait désespérément exaucer. Saisissant le gel sur la table de chevet, il lubrifia ses doigts et les glissa sur son ouverture, étirant et préparant l'entrée douillette et le passage serré. Alain s'anima immédiatement à son contact, prenant Orlando dans les profondeurs de son être. Il espérait que le plaisir de la réactivité d'Alain ne faiblirait jamais.

Satisfait de sa préparation, Orlando retira ses doigts en souriant au gémissement impatient d'Alain. Très vite, il présenta son gland, glissant dans la chaleur accueillante, laissant la sensation de velours lisse l'enfermer à nouveau. Rien n'était comparable à cela, pas même l'alimentation. Autant il aspirait à la saveur du sang de son amant, autant il ne pouvait résister à la façon dont son corps impatient l'étreignait, l'électrisait. Beaucoup de gens lui avaient fait confiance pour lui permettre de se nourrir d'eux au fil des ans depuis qu'il avait échappé aux griffes de Thurloe, mais seul Alain lui avait fait l'amour.

Leurs mouvements restèrent lents, la familiarité de leur union permettant une patience et un contrôle qui avait manqué auparavant, mais rien ne pouvait arrêter les vagues inexorables de leur désir pour l'autre. Sans jamais accélérer, ils se balancèrent jusqu'à jouir ensemble, s'effondrant sur le lit en restant unis.

Essoufflé par son orgasme et la force écrasante de ses émotions pour le beau vampire au-dessus de lui, Alain lutta avec les mots qui menaçaient de bondir hors de ses lèvres. *'Il est trop tôt',* insista son esprit. Orlando et lui n'étaient amants que depuis dix jours seulement, pas assez longtemps pour qu'il tombe si complètement amoureux. Son cœur refusa d'écouter sa logique, cependant, proclamant catégoriquement qu'il connaissait son propre état et qu'il était irrévocablement amoureux. Tout ce qui restait, selon cet organe déterminé, était de faire sa déclaration et d'entendre celle d'Orlando en retour. Il ne se leurrait pas en imaginant que dire ces mots serait un remède contre les craintes d'Orlando, mais il espérait que cela ajouterait une autre couche de confiance dans la quête de son amant pour surmonter son passé. Inclinant la tête, il se blottit doucement contre le cou d'Orlando avant de mordiller la peau lisse.

La réaction d'Orlando fut aussi rapide qu'irrationnelle, mais rien n'aurait pu arrêter le réflexe de tressaillement quand il sentit les dents une fois de plus à l'endroit même où Thurloe l'avait mordu en premier, deux siècles plus tôt.

Fermant les yeux, Alain imposa le silence à ses lèvres, stoppant les mots qui étaient sur le point de s'échapper. Il semblait que rien de ce qu'il pouvait faire ne pourrait effacer la souillure de l'autre vampire. Ses actions n'avaient pas suffi. Les mots ne changeraient rien. À la place, il s'allongea sur les oreillers, se résignant au statu quo. Il aimerait Orlando en silence, dans les limites que son partenaire avait fixées. Le vampire n'avait manifestement rien de plus à lui donner.

Orlando aurait donné tout ce qu'il possédait et plus encore pour revenir en arrière, mais c'était impossible. Tout ce qu'il pouvait faire c'était s'excuser et espérer que son amant l'accepterait.

— Je suis désolé, murmura-t-il, mais c'est l'endroit exact où Thurloe m'a mordu quand il m'a transformé. Je ne voulais pas…

— C'est bon, Orlando, déclara faiblement Alain. Tu ne me dois pas d'explications. Tu m'as parlé de ton passé. J'ai eu tort de te pousser vers quelque chose pour lequel tu n'étais pas prêt. N'en parlons plus.

Ce n'était pas la réaction qu'Orlando avait espéré, mais il avait perdu son droit de protester quand il avait blessé son amant. Alain n'avait pas eu à dire le moindre mot, il n'avait pas eu besoin de tempêter pour qu'Orlando sente le froid qui avait surgi entre eux. Il n'avait aucune idée de la manière d'arranger les choses mais il était à peu près sûr que harceler son amant augmenterait seulement le gouffre. Malheureux, il roula sur le côté et regarda le plafond, ne sachant pas quoi dire.

Lorsqu'Orlando ne dit plus rien, ne fit aucune tentative pour réfuter ses affirmations, Alain réprima un soupir et se redressa pour s'asseoir.

— Je vais prendre une douche, dit-il en espérant que le vampire proposerait de le rejoindre, ce qui lui permettrait de remettre en quelque sorte les choses à plat.

Orlando ne bougea pas et garda un regard fixe et vitreux. Fermant brièvement les yeux, Alain se leva du lit et laissa le vampire à la solitude qu'il souhaitait visiblement.

Orlando se maudit intérieurement lorsque la porte se referma derrière Alain. Il souhaita inutilement pouvoir toujours pleurer. Peut-être que cela aurait convaincu son amant de la sincérité de ses regrets. À présent, il n'aurait qu'à accepter ce qu'Alain déciderait au sujet de leur avenir. Une partie de lui voulait pousser la porte de la salle de bain et demander à Alain de lui parler, mais il avait perdu sa capacité à continuer de formuler des demandes envers son amant quand il avait réagi de manière excessive à ce qu'il savait – il savait ! – être un contact amoureux. Fermant les yeux, il feignit de dormir quand Alain revint dans la chambre pour s'habiller, son imagination prenant le relai sur la scène qu'il ne pouvait pas voir. Alain accepta la ruse, implicitement dupe ou voulant éviter toute déception supplémentaire et il partit dès qu'il fut habillé. Quelques minutes plus tard, Orlando entendit la porte principale s'ouvrir et se refermer et il sut qu'il était seul dans son appartement. Il ne s'était jamais senti aussi désespérément vide qu'à cet instant.

XLII

— QUE SE passe-t-il qui ne pouvait pas attendre jusqu'au matin ? exigea de savoir Thierry.

Sa voix était rauque de frustration et de tension sexuelle non assouvie. Il regarda la pièce dans son ensemble, sachant qu'il perdrait toute retenue s'il regardait le sourire satisfait de son partenaire.

Souhaitant pouvoir traiter avec n'importe qui d'autre plutôt qu'avec un Thierry de mauvaise humeur, Raymond exposa la situation en terminant par sa détermination à mener l'équipe de sauvetage.

— Tu sais que je suis le mieux placé pour faire face à d'éventuels déséquilibres persistants après le passage de la tempête, ajouta-t-il sur la défensive.

Être en accord avec Raymond agaça Thierry par principe, mais il ne pouvait nier que l'autre sorcier, avec son type de connaissances, était beaucoup plus sensible aux variations de la magie élémentaire et avait beaucoup plus de tours à sa disposition pour traiter avec elles qu'aucun autre à Paris.

— Essaie simplement de ne pas trop te perdre dans ton charabia et d'oublier que nous menons une guerre ici, dit-il sèchement.

Raymond laissa l'insulte glisser sur lui, acceptant le commentaire pour ce qu'il était mais Jean fut loin d'être aussi conciliant.

— D'où diable est-ce que tu viens ? le défia-t-il. Raymond a travaillé aussi dur que n'importe qui pour s'assurer que cette Alliance soit un succès. Je ne t'ai pas vu te porter volontaire pour aider à recruter de nouveaux vampires ou pour traquer le renégat.

— C'est bon, Jean, tempéra Raymond en posant une main apaisante sur l'épaule de Jean.

— Non ce n'est pas bon, rétorqua son partenaire. Ils ne font que te mépriser alors que tu travailles aussi dur que n'importe qui pour descendre Serrier. Si je suis fatigué de leur attitude après ces quelques jours, je ne peux qu'imaginer ce que toi, tu dois ressentir.

— Leur attitude est un petit prix à payer pour la protection de Marcel, rappela Raymond à son partenaire, même s'il ne pouvait pas contenir le frisson qu'il éprouvait à voir Jean prendre sa défense. Laissons tomber. Si nous partons pour La Réunion dans une heure, nous avons du travail à faire.

Jean fronça les sourcils et lança un dernier regard en direction de Thierry.

— Le lieutenant n'avait-il pas dit avoir appelé Orlando ainsi que son partenaire ?

— Oui, pourquoi ? demanda Raymond.

— Parce que j'ai besoin de parler à Orlando, expliqua Jean. Puisque je pars avec toi, j'ai besoin qu'un autre vampire s'assure que Cabalet trouvera un partenaire. Il ne fera pas confiance à un sorcier, du moins pas un sorcier non apparié, pour gérer ça et il n'y a aucun vampire en qui j'ai plus confiance qu'Orlando.

Le jeune vampire entra dans la pièce au même moment, l'air abattu et plus qu'un peu perdu.

— Le voilà justement, remarqua Jean. Je te rejoindrai dans ton bureau dès que je lui aurais parlé si cela te convient.

— C'est parfait, convint Raymond laissant Jean à son affaire.

Il avait largement de quoi s'occuper jusqu'à ce que le vampire en ait terminé. Avec la distance et toutes les fournitures à déplacer, ils devraient utiliser une concentration beaucoup plus importante de magie pour se rendre à La Réunion au lieu de simplement sauter à travers la ville comme ils le faisaient tous aussi aisément. Raymond voulait être sur le terrain à Madagascar d'ici trois heures de sorte que dès que la tempête aurait quitté l'île, ils seraient en mesure d'y arriver et de commencer avec le travail de sauvetage qui devait être mis en place. Chaque minute perdue pouvait signifier autant de vies perdues.

— Est-ce que tout va bien ? demanda Jean doucement tandis qu'il s'approchait d'Orlando.

— Bien, répondit le vampire d'une voix grave, ses yeux balayant la salle dans l'espoir qu'Alain ait également reçu le message et qu'il soit retourné au quartier général.

Si tel était le cas, il devait être ailleurs dans le bâtiment.

Jean fronça les sourcils à ce qui était clairement un mensonge, mais il avait appris à ne pas presser Orlando quand il était de cette humeur. Son ami lui parlerait lorsqu'il serait prêt. Dans l'intervalle, ils avaient d'autres choses à discuter.

— Je dois me rendre à La Réunion avec Raymond. J'ai besoin de toi pour prendre soin des choses ici à ma place.

Orlando secoua automatiquement la tête en signe de protestation, mais Jean continua avant qu'il puisse prendre la parole.

— La seule chose urgente est de s'occuper de Cabalet. Il est arrivé d'Amiens ce soir. Nous devons le convaincre de se joindre à l'Alliance et d'apporter ses vampires avec lui.

— Comment suis-je censé faire cela ? demanda Orlando.

Il savait que, quel que soit le respect que les autres vampires lui accordaient, il provenait entièrement de son association avec Jean. Sans le chef des vampires à proximité, ils ne lui accorderaient pas la moindre attention.

— Il a besoin de trouver un partenaire, expliqua Jean, plus conscient que jamais de la théorie de Raymond concernant les liens entre paires. Il a accepté de rester pendant deux jours.

Orlando secoua la tête.

— Je n'ai aucune autorité, protesta-t-il. Comment suis-je censé obtenir des sorciers qu'ils soient d'accord avec tout cela ?

— Fais-toi aider par Alain.

Orlando renifla.

— Oui, bien sûr. Toutefois, je doute qu'il soit d'humeur à être indulgent envers moi pour l'instant.

— Que s'est-il passé ? demanda Jean.

La dernière fois qu'il les avait vus tous les deux – en fait, chaque fois qu'il les avait vus – Alain avait semblé prêt à faire tout ce qu'il pouvait pour aider Orlando, pour accroître sa confiance en lui. Il ne pouvait pas imaginer ce qui avait pu arriver pour changer cela.

Orlando baissa les yeux, incapable de croiser le regard de Jean. Il savait déjà quelle serait la réaction de l'autre vampire. Hésitant, il raconta les événements du début de la soirée.

Jean secoua la tête à la bêtise des deux hommes. Cependant, il n'avait qu'un seul des deux en face de lui, alors il s'occuperait d'Orlando maintenant et botterait les fesses d'Alain plus tard.

— Il est mort, répéta-t-il fermement au jeune vampire. Tu l'as regardé brûler douloureusement centimètre par centimètre. Alors, pourquoi le laisses-tu encore te garder prisonnier ? Tu l'as dit toi-même, Alain ne te ferait jamais de mal, mais tu n'agis pas comme si tu le croyais. N'est-il pas temps d'oublier le passé ?

— J'essaie ! répliqua Orlando. Si je ne le faisais pas, rien ne serait arrivé ce soir. Alain savait ce que je ressentais quand il m'a mordu. Il ne l'aurait pas fait si je ne l'y avais pas autorisé et même alors, c'était à peine ce qu'on aurait pu appeler une morsure.

— Est-ce que tu t'écoutes parler parfois ? le pressa Jean. Qu'est-ce qui te retient ? Tes mots disent que tu es prêt à passer à autre chose.

Le visage d'Orlando était abattu.

— Je ne sais pas.

— Peut-être qu'il est temps de le savoir, parce que ce n'est plus seulement toi que tu blesses désormais. Tu fais du mal à Alain et à l'Alliance par la même occasion.

Jean fronça les sourcils, considérant à qui il pouvait confier cette responsabilité à la place d'Orlando. Si Marcel avait eu un partenaire, ce vampire aurait été un choix évident mais étant donné que le vieux général n'en avait pas, Jean devait trouver quelqu'un d'autre. Son regard se posa sur Sébastien qui se prélassait paresseusement contre le mur tandis qu'il attendait Thierry. Avec Marcel non appareillé et Alain indisponible, Thierry était le sorcier le plus gradé, faisant de Sébastien le choix le plus logique. Jean détestait l'idée de demander quoi que ce soit à l'autre vampire, et encore moins quelque chose de cette importance.

Se résignant à l'inévitable, il traversa la pièce.

— Noyer, grommela-t-il, j'ai à te parler.

— Dommage que tu ne puisses pas toujours obtenir ce que tu veux, répondit Sébastien avec désinvolture, les années passées en solitaire lui faisant parfois oublier de tenir sa langue.

Dès que les mots eurent quitté sa bouche, il les regretta. Il avait assuré à Thierry qu'il ne ferait rien pour exacerber la tension entre Jean et lui. Le regard sur le visage de son aîné lui indiqua qu'il venait de faire exactement le contraire.

— Désolé, ajouta-t-il, levant les mains en signe d'apaisement. C'était hors de propos.

Jean se força à faire preuve de retenue, la présence d'étrangers étant à peine suffisante pour l'empêcher de jeter son ennemi contre un mur. Les excuses calmèrent un peu son irritation, lui donnant le contrôle dont il avait besoin pour désigner la porte d'un signe péremptoirement de la tête. Heureusement pour eux deux, Sébastien lui signifia son accord et le précéda dans le hall.

Lorsque la porte se referma derrière eux, ils se retournèrent et se fixèrent l'un l'autre, chacun attendant que l'autre prenne la parole en premier. Le silence s'étira pendant plusieurs secondes inconfortables avant que Sébastien hausse les épaules et prenne la parole.

— De quoi as-tu besoin ? demanda-t-il en s'efforçant de garder un ton de voix égal.

— L'information a filtré concernant l'Alliance et les vampires commencent à venir poser des questions, répondit bientôt Jean. Pendant que je suis à La Réunion avec Raymond, j'ai besoin de quelqu'un pour aider Cabalet, et toute autre personne qui se présenterait, à trouver des partenaires. Penses-tu pouvoir gérer cela sans tout faire foirer ?

Sébastien prit une grande inspiration pour se calmer avant de répondre, répétant sa promesse à Thierry comme un mantra. Seule la pensée de décevoir son partenaire l'empêcha de réagir physiquement à l'insulte, de provoquer un combat dont il n'aurait pu prédire l'issue.

— Thibaut est mort depuis quatre cents ans, dit-il lentement en serrant les dents. Et même alors, je n'ai jamais compris pourquoi tu me détestais. Je ne lui ai jamais forcé la main, quoi que tu puisses en penser. Je n'ai même rien su à ton sujet jusqu'à plusieurs semaines après que nous ayons fait notre Aveu de Sang. Si j'avais su, j'aurais fait en sorte qu'il t'explique les choses d'abord. Combien de temps vas-tu me reprocher le choix de Thibaut ? N'est-il pas temps de le laisser partir ?

Les mots frappèrent Jean comme un coup de fouet, faisant si fort écho de son propre conseil à Orlando qu'il faillit chanceler. Il avait besoin de temps pour digérer tout ce que Sébastien venait de lui dire, mais il fallait d'abord obtenir son accord pour les aider.

— Désolé, ce que j'ai dit était hors de propos, répondit-il, répétant les paroles précédentes de Sébastien. Nous aideras-tu ?

Sébastien envisagea de dire non, mais plus les vampires adhéraient à l'Alliance, plus ils étaient susceptibles de réussir. Et plus tôt ils réussiraient, plus tôt il pourrait cesser de s'inquiéter de la sécurité de Thierry.

— Je ferai de mon mieux, répondit-il, incapable de résister à lancer une dernière pique à Jean.

Les yeux de l'aîné s'étrécirent mais il laissa passer le commentaire. Il avait trop de choses à penser pour s'occuper de Sébastien en ce moment.

— Parle à ton partenaire de la meilleure façon de gérer cela, indiqua-t-il. Il faut agir rapidement. Cabalet a accepté de rester seulement pendant deux jours, et je veux qu'il parte avec un partenaire.

Sébastien hocha la tête en espérant que les compétences en stratégie de Thierry s'appliqueraient également à cette situation-là.

— Laisse-le avec nous. Nous allons en prendre soin.

Jean prit son temps pour rejoindre le bureau de Raymond, sa tête tournant tandis qu'il repensait à toutes ces années en arrière, à Thibaut et tout ce qui s'était passé à l'époque. Thibaut n'avait jamais montré l'agitation habituelle que la plupart des mortels ressentaient en discutant avec des vampires, ce que Jean avait trouvé incroyablement attractif. Il avait agi rapidement pour s'assurer l'attention de l'homme et avait toujours cru que son affection lui était retournée. Si Noyer disait la vérité, cependant, Thibaut l'avait abandonné sans avoir besoin d'y réfléchir. Jean n'était pas tout à fait prêt à l'accepter aveuglément, mais c'était suffisant pour lui donner à réfléchir. Quand il en aurait le temps, il poserait des questions à d'autres qui avaient été présents à l'époque et il verrait ce qu'il pourrait apprendre. En arrivant au bureau de Raymond, il frappa brièvement et entra.

— Alors, que fait-on maintenant ?

JEAN ÉTAIT heureux de voir combien de vampires s'étaient portés volontaires avec leurs partenaires pour contribuer au sauvetage de La Réunion. Il voyait cela comme une preuve de ce qu'il avait toujours su : les vampires pourraient être forts, des membres contribuant à une plus grande société si on leur laissait juste une chance. Il avait rencontré presque tous les vampires personnellement, voulant s'assurer qu'ils comprenaient à la fois ce qu'ils entreprenaient et les mesures qu'ils auraient à suivre pour garder leur nature cachée. Jusqu'à ce que l'Alliance soit annoncée officiellement et que les effets des partenariats soient de notoriété publique, il était plus prudent de dissimuler leur force comme leur magie. Ils travailleraient en équipes avec leurs sorciers et porteraient des baguettes factices en espérant que toute incohérence dans leur comportement passerait inaperçue dans la confusion après le typhon.

Son dernier arrêt fut pour le bureau de Caroline. Il frappa à la porte et attendit qu'on l'invite à entrer. Il trouva les deux femmes assises côte à côte sur le canapé contre le mur.

— Oh, bien, dit Caroline dès qu'elle le vit. Pourrais-tu m'aider à convaincre Mireille qu'elle serait un atout à La Réunion ? Elle a décidé qu'elle devait rester en retrait.

— Pourquoi ? demanda Jean à la vampire aux cheveux roux. Chaque petit coup de pouce est important.

— Mais c'est plus que cela, ajouta Caroline, ne laissant pas une chance à Mireille de s'expliquer. N'importe qui peut déplacer des débris, que ce soit avec la magie ou du matériel ou même de la force brute. Cependant, tu as un don avec les gens, ce sera aussi important que toutes nos forces réunies. Ces gens auront été déplacés, auront perdu tout ce qu'ils possédaient, peut-être même des proches. Je t'ai vu avec Blair après que Laurent ait été tué. Tu as un don pour rassurer les gens et ce sera beaucoup plus important au cours des prochains jours que n'importe quoi d'autre.

— Elle a raison, Mireille, reconnut-il. Je ne saurais pas quoi faire avec une mère bouleversée ou un enfant qui pleure, mais je t'ai vu offrir du réconfort à des inconnus et les ai vus te rendre la pareille. À défaut d'autre chose, la bonne volonté que cela dénotera sera un bénéfice inestimable pour nous et pour l'Alliance quand elle sera annoncée.

— C'est bon, c'est bon, concéda Mireille avec un hochement de tête. Je pense toujours que quelqu'un d'autre serait plus utile que moi mais je vais venir.

Le carillon de l'horloge sur le mur attira l'attention de Jean.

— Venez à la Salle des Cartes dès que vous le pourrez, leur dit-il. Raymond veut partir dans moins d'une demi-heure.

Lorsque la porte du bureau se referma derrière le chef des vampires, Caroline passa une main douce sur la joue de Mireille.

— Tu seras merveilleuse et je serai là avec toi. Ils ont besoin de notre aide, Miri.

Mireille prit une profonde inspiration, ravalant ses scrupules.

— S'il te plaît, ne cesse jamais de croire en moi, pria-t-elle en se tournant pour déposer un rapide baiser contre la paume douce.

— Jamais, promit Caroline.

RAYMOND OBSERVAIT les visages réunis, la détermination marquant chacun d'eux.

— Prenez votre temps avec les sauts. Les vampires, en particulier, ne sont pas habitués à ces déplacements. Nous nous retrouvons sur la zone de transit à Madagascar dans un peu plus de deux heures.

Il regarda Jean pour voir si le vampire voulait ajouter quelque chose, mais l'homme aux cheveux sombres secoua la tête. Avec un brusque hochement de tête final à ceux qui se trouvaient actuellement sous son commandement, il agita sa baguette pour s'expédier ainsi que Mireille vers l'île.

XLIII

ALAIN ARRIVA au siège de la Milice, le col de son manteau relevé pour le protéger de la pluie mêlée de neige qui avait commencé à tomber alors qu'il marchait dans les rues de la ville. Il s'était disputé avec lui-même pendant des heures, avait débattu de la meilleure voie à suivre en ce qui concernait Orlando. L'Aveu mis de côté, il aimait le vampire et le voulait à ses côtés, même si cela signifiait brider ses propres désirs à ce que son amant pouvait accepter sans crainte. Leurs ébats amoureux pouvaient difficilement être considérés comme une épreuve, après tout. Alors qu'il serait facile de ne pas avoir à se soucier d'effrayer son partenaire, il pourrait vivre avec quelques limitations en échange de tout ce qu'il avait trouvé dans les bras d'Orlando. Sa décision finalement prise, il regarda l'heure pour se rendre compte qu'il était en retard pour prendre son service.

Thierry l'accosta dès qu'il passa la porte.

— Où diable étais-tu, demanda le sorcier blond. J'ai essayé de te joindre pendant des heures.

— Je marchais, répondit évasivement Alain. Que se passe-t-il ?

Thierry mit son ami au courant de la situation dans l'océan indien.

— Putain ! murmura-t-Alain. Payet est parti, dis-tu ?

— Il voulait y aller et il était le mieux adapté à la tâche.

— Je suis d'accord, commenta Alain, mais il y aura une limite à ce qu'il peut faire là-bas, même avec dix-neuf sorciers pour l'aider. Marcel a-t-il dit de quelle façon nous allons gérer la situation qui a provoqué la tempête ?

— Il a dit qu'il ferait face à cela une fois que l'équipe de sauvetage serait sur place, répondit Thierry, ce qui devrait être le cas d'un instant à l'autre maintenant. Payet est parti il y a quelques heures. Même avec des sauts multiples et des arrêts pour les vampires, ils devraient être à Madagascar bientôt. Quand la tempête aura quitté l'île, ils pourront sauter directement là-bas.

— Alors il est temps de parler à Marcel.

Thierry secoua la tête, se souvenant combien Orlando avait semblé désespéré en arrivant seul quelques heures plus tôt.

— Non, il est temps pour toi de parler à ton partenaire. Marcel peut attendre quelques minutes de plus.

Les sourcils d'Alain se soulevèrent. Thierry mettait toujours le devoir avant tout.

— Et j'ai perdu Aleth à cause de cela, observa Thierry en devinant les pensées d'Alain à partir de l'expression sur son visage. Il n'y a aucune raison pour que tu fasses la même erreur que moi. Au moins, fais savoir à Orlando que tu es ici et demande-lui de nous rejoindre. En l'absence de Bellaiche, il semble que le rôle de leader ait été délégué à Orlando et Sébastien puisqu'ils sont nos partenaires. D'après ce que j'ai pu voir, cela met ton vampire plutôt mal à l'aise.

— Il a une si piètre opinion de lui-même, dit tristement Alain.

Thierry avait remarqué cette caractéristique et se demandait encore pourquoi ; rien de ce qu'il avait vu ne fournissait d'explication à son attitude. Orlando était souvent silencieux, se contentant d'écouter, mais les suggestions qu'il faisait étaient bonnes.

— Tu dois le faire travailler sur ce point.

'*Si seulement il me laissait faire*', pensa Alain en silence.

— Je vais voir ce que je peux faire, dit-il à Thierry à la place.

— Il est dans notre bureau, l'informa son ami, donnant à Alain une légère poussée dans cette direction. Parle-lui, puis amène-le au bureau de Marcel. Nous avons du travail.

Cette remarque, aussi involontaire soit-elle, rappela à Alain la gravité de la situation. Oui, Orlando et lui avaient besoin de parler, mais il doutait qu'une courte conversation suffise et surtout, une fois qu'elle aurait commencé, il voulait que rien ne puisse les interrompre. Parler pourrait attendre jusqu'à ce que leur service soit terminé.

Atteignant le bureau, il entra et trouva Orlando assis sur le canapé, semblant visiblement malheureux. Il fut tenté de prendre son amant dans ses bras et lui offrir le réconfort dont il avait besoin, mais savoir que Marcel, Thierry et Sébastien les attendaient, le retint.

— Nous avons une réunion, nous devons y aller, dit-il simplement, ses paroles faisant sursauter son partenaire.

Les yeux d'Orlando s'étaient illuminés lorsqu'il avait vu Alain, mais son cœur se serra quand son partenaire ne parla que de travail. Il savait que s'occuper du déséquilibre magique était important, mais il ne voyait pas quelle contribution il pourrait apporter face à de tels problèmes. Il n'était pas sorcier, pas plus qu'il ne connaissait suffisamment la tradition des vampires comme Jean la connaissait. Il n'argumenta pas, cependant, puisqu'assister à la réunion lui donnait une excuse parfaite pour au moins se trouver dans la même pièce qu'Alain. Ne pas savoir où se trouvait son partenaire durant ces dernières heures avait été un véritable enfer. Revoir son amant aurait dû apaiser les craintes qui l'avaient assaillie tout ce temps mais la retenue d'Alain, son souci constant du service, redonnait à Orlando son sentiment d'insécurité. Alain avait-il changé d'avis à leur sujet ? Il espérait que non car cela signerait sa perte. Il envisagea de dire quelque chose, mais le sorcier avait déjà reculé dans le couloir, le laissant le suivre ou rester seul dans le bureau. Il se leva lentement et suivit silencieusement Alain vers le bureau du Général.

Le sourire de bienvenue de Marcel, quand ils se joignirent à lui, trahit la pression qu'il subissait, son expression figée en un tourment évident, aussi Orlando écarta-t-il ses préoccupations personnelles. De toute évidence, la situation était plus grave qu'il ne le pensait. S'exhortant mentalement à penser et agir comme Jean le ferait, Orlando s'installa pour écouter et réfléchir à ce qu'il entendrait.

Thierry croisa le regard d'Alain quand le couple entra et fronça les sourcils à l'attention de son meilleur ami. Alain n'était pas resté suffisamment longtemps pour avoir dit plus que quelques mots à Orlando et la tension entre eux était palpable. Peut-être pas pour quelqu'un qui ne les avait jamais rencontrés avant, mais Thierry les surveillait depuis la seconde fois où ils s'étaient rencontrés et il savait comment ils interagissaient, gravitant l'un autour de l'autre, n'étant jamais éloignés plus que nécessaire. La distance entre eux maintenant n'aurait soulevé aucun commentaire, sauf pour quelqu'un qui les avait déjà vus ensemble avant. Thierry n'avait aucune idée du motif de leur querelle, mais il savait sans aucun doute que ce n'était pas normal. Son froncement de sourcils s'accentua. Avec son propre bonheur soudain à portée de main, il voulait s'assurer qu'Alain était également pris en charge. La dernière fois qu'il avait vu son ami, il n'avait eu aucun souci à ce sujet. Maintenant, cependant, il se demandait dans quelle mesure il allait oser s'en mêler.

— Messieurs, commença Marcel quand tout le monde fut assis, nous avons un problème et le président a clairement fait savoir qu'il attendait que nous le résolvions. Immédiatement.

— ICI ! CRIA Jean en commençant à parcourir les décombres de ce qui avait été autrefois une école.

L'édifice avait soi-disant été construit pour résister aux genres de tempêtes qui s'étaient abattues sur l'île et les gens s'y étaient regroupés pour leur sécurité. Seule une aile du bâtiment avait résisté.

Raymond avait cessé de remettre en question les appels de Jean. Il stabilisait les débris aussi vite qu'il le pouvait, Jean en poussant davantage de côté, faisant confiance à son partenaire pour s'assurer qu'il ne faisait pas de dégâts. Ils formaient une sacrée paire, pensa Raymond en passant, alors qu'il ajoutait sa magie à la force de Jean pour déplacer un morceau particulièrement imposant de béton. Et là, dans une petite poche entre une poutre et le sol, était allongée une petite fille.

— Mireille ! cria Raymond tandis que Jean et lui luttaient pour déplacer l'acier.

La vampire aux cheveux roux fut là presque avant qu'il ait terminé de dire son nom, comme si elle aussi avait senti l'enfant. Dès que les jambes de la fillette furent libérées, Mireille la ramassa et l'emporta dans l'une des tentes médicales que les autorités locales avaient mises en place, la berçant doucement pendant que les médecins l'examinaient. Elle était trempée et grelottait malgré la chaleur du soleil qui régnait à nouveau depuis que l'orage était passé.

— Elle est en état de choc, déclara le médecin. Quelques égratignures et des ecchymoses, mais sinon, elle semble indemne. Nous allons garder un œil sur elle pendant quelques heures en espérant que nous pourrons retrouver sa famille.

Mireille hocha la tête et commença à relâcher la fillette mais elle s'accrocha désespérément à la vampire.

— Ne me laisse pas, sanglota l'enfant.

Mireille était déchirée. Là-bas dehors, dans les décombres où d'autres travaillaient frénétiquement, des personnes étaient sûrement blessées ou peut-être même mourantes. Ses sens exacerbés pourraient aider à localiser ceux qui avaient survécu à leurs blessures, mais pour ce faire, elle devait partir et c'était la raison de sa présence : fournir du confort aux gens qui en avaient besoin.

— Puis-je l'emmener avec moi ? demanda-t-elle au médecin.

L'homme à la peau sombre fronça les sourcils mais accepta finalement quand il vit la façon dont la fillette s'accrochait.

— Ramenez-la si son état se détériore.

Mireille promit et porta la fille sans effort vers l'école.

— Veux-tu m'aider à trouver d'autres personnes qui ont été prises au piège ? demanda-t-elle en espérant pouvoir consoler cette enfant et continuer à aider les autres membres de la Milice en même temps.

La fillette hocha la tête, se tortillant pour descendre. Sa prise sur la main de Mireille ne faiblit pas pour autant. Ensemble, elles retournèrent vers l'école. La vampire essaya de se renseigner au sujet de la famille de la fillette mais l'enfant ne voulait pas parler, secouant juste la tête pour dire oui ou non ou haussant les épaules pour répondre.

Quand elles atteignirent le bord des débris qui avaient été autrefois l'école, l'enfant lâcha la main de Mireille et s'accrocha à sa jambe.

— Non, gémit-elle si doucement que Mireille pouvait à peine l'entendre à cause du bruit de l'équipe de sauvetage. C'est dangereux.

— Nous ferons attention, promit la vampire en s'agenouillant pour être à sa hauteur sans se soucier de la boue qui maculait ses genoux. Regarde, ils ont fait des chemins, souligna-t-elle en désignant les planches disposées en grille et stabilisées par la main de Caroline. Si nous restons dessus, nous ne craindrons rien.

L'enfant posa un pied hésitant sur une des planches, réchauffant le cœur de Mireille de la confiance que la fillette plaçait manifestement en elle.

— Comment t'appelles-tu ? demanda-t-elle de nouveau en espérant qu'elle obtiendrait une réponse maintenant que l'enfant parlait.

— Romane.

— Prête, Romane ? demanda-t-elle en tendant sa main. Allons voir si nous pouvons trouver quelqu'un d'autre.

La main de Romane serra fermement la sienne encore une fois et Mireille marcha sur les planches, les sens en alerte, guettant le son d'un battement de cœur, l'odeur du sang ou de n'importe quoi pouvant aider à retrouver et à sauver une autre victime.

— Par ici ! appela Caroline avant que Mireille ait pu situer quelqu'un.

Aussi vite qu'elle le pouvait avec Romane dans son sillage, Mireille rejoignit l'endroit où se trouvait sa partenaire.

— Romane !

La voix de la femme était tendue mais soulagée quand elle vit l'enfant derrière son sauveur.

— Tatie Isabelle !

Mireille poussa un soupir de soulagement. Au moins un membre de la famille de la fillette avait survécu au cataclysme.

— Laissez-moi vous emmener voir les médecins, suggéra Mireille.

— Sa jambe est brisée, murmura Caroline.

— Je vais la porter, répondit Mireille en soulevant la femme dans ses bras.

— Comment ? demanda Isabelle, surprise que la femme svelte puisse si facilement supporter son poids.

— Magie, expliqua simplement Mireille.

Cela sembla satisfaire l'insulaire puis elles partirent vers la station médicale où la vampire livra la femme et sa nièce au personnel avant de retourner à la tâche peu réjouissante de retourner les débris.

— Tu as hérité d'une sacrée partenaire, dit Raymond à Caroline alors qu'il la rejoignait, regardant Mireille aider la famille réunifiée.

— J'en suis bien consciente, convint Caroline, bien que tu ne t'en sois pas trop mal sorti non plus.

Raymond haussa les épaules d'un air mal assuré.

— Peux-tu gérer les choses ici ? Je dois m'assurer que la magie élémentaire a suffisamment retrouvé son équilibre et qu'une autre tempête ne va pas surgir de nulle part comme cela a été le cas ici.

Caroline hocha la tête.

— Vas-y. Nous nous occupons de tout ici.

— Merci.

Raymond se retira dans la petite tente qu'il avait montée pour quand ils seraient trop épuisés pour travailler davantage. Il n'avait pas encore atteint ce point, mais il aurait besoin de sa force et du calme de la tente pour ce qu'il allait faire. Versant de l'eau dans un bol, il promena ses doigts dedans et s'installa dans une transe légère, son esprit se connectant avec les forces primitives de la magie qui gardait la terre en équilibre. Immédiatement, il perçut les restes de la perturbation causés par le typhon. Elle était centrée à l'est de l'île, projetant encore des ondes de choc perceptibles. Se laissant revenir à la pleine conscience, Raymond réfléchit à ce qu'il avait ressenti. Il était clair que le déséquilibre persistait encore mais pas assez sérieusement pour qu'ils aient besoin de faire une annonce dans les prochaines heures. Il pouvait concentrer son énergie sur les efforts de sauvetages pour l'instant. Il devait retourner là-bas pour faire face aux horreurs qui résultaient d'une tempête de cette ampleur, mais il prit quelques secondes pour se recentrer, pour absorber l'énergie frénétique de la recherche, la flambée de soulagement chaque fois qu'ils trouvaient quelqu'un de vivant, l'aiguillon de douleur chaque fois qu'ils trouvaient quelqu'un qui n'avait pas survécu. Pour le moment, il était trop occupé pour faire face aux émotions individuelles, les repoussant de côté dans le but de maintenir son objectif.

— Raymond ?

— Ici, Jean, dit-il en réponse à la voix de son partenaire.

— Est-ce que ça va ?

— Oui, ça va, répondit Raymond en soulevant le rabat de la tente pour inviter Jean à l'intérieur. Je voulais simplement vérifier l'état de la magie élémentaire, j'essayais de m'assurer que nous ne subirions pas une seconde tempête. As-tu besoin de quelque chose ?

— Je ne pensais pas que les jours seraient plus longs ici, expliqua Jean en tendant les mains pour que Raymond puisse voir sa peau commencer à virer au gris. J'ai besoin de me nourrir si je veux continuer à travailler.

— Bien sûr ! s'écria-t-il, refusant de s'arrêter sur son empressement tandis qu'il faisait signe à son partenaire de s'asseoir. J'aurais dû y penser moi-même.

Jean haussa les épaules, ne sachant comment interpréter ce commentaire étant donné l'incertitude de leur relation. Au lieu de cela, il attendit simplement que Raymond lui offre son bras dénudé en raison de la chaleur du jour. En penchant la tête, il ne put s'empêcher de remarquer les coupures et les égratignures sur la peau auparavant sans tache.

— Il faut que tu montres ces coupures, l'avertit-il. Les infections sont fréquentes dans les régions tropicales.

Ce fut au tour de Raymond de hausser les épaules bien que la préoccupation que Jean montrait à son égard lui fasse chaud au cœur.

— Je vais jeter un sort et nettoyer tout ça ce soir quand tu auras terminé de te nourrir. Il n'y a aucune raison d'en faire plus que ça pour l'instant alors que nous devons retourner dans la boue.

Jean hocha la tête et prépara la peau du poignet de Raymond, ne s'attardant pas comme son instinct le lui dictait. Il savait d'où provenait cette impulsion et aussi tentant que cela soit, il s'était promis, ainsi qu'à Raymond, de lui résister. À la place, il limita ses mouvements pour la rendre aussi impersonnelle qu'il le pouvait, se rappelant que la transaction magique avait un seul but : la poursuite de l'Alliance. Cependant, le sang qui frappa sa langue n'avait pas le goût d'une opération commerciale. Il percevait trop les émotions qui troublaient Raymond quand il se nourrissait sur lui, sentait l'écho de ces mêmes émotions en lui trop fortement pour prétendre qu'il ne se souciait pas de son partenaire plus que comme un simple allié. Presque immédiatement, la brûlure légère qui dénotait une surexposition au soleil commença à s'estomper, guérie par l'ombre de la tente et le sang frais dans ses veines. Tout aussi rapidement, il sentit un retour de la magie qui le protégeait contre les effets habituels de la lumière du jour. Il prit son temps pour se nourrir, sans pour autant s'attarder à savourer l'interlude paisible, si différent de l'extravagant chaos qui filtrait jusqu'à eux à travers les murs de toile qui garantissaient leur intimité.

— En as-tu pris assez ? demanda Raymond avec sollicitude lorsque Jean releva la tête plus vite qu'il s'y attendait.

Il combattit l'envie d'attirer de nouveau les lèvres du vampire à son poignet, se rappelant que le lien magique conduisait à cette contrainte, même s'il sentait une certaine part de responsabilité, car son sang protégeait son vampire et que leur partenariat avait amené Jean ici en premier lieu.

Le chef des vampires de Paris tendit les mains en réponse, laissant Raymond voir leur retour à une saine, quoique pâle, coloration. Il savait qu'ils devraient retourner aux gravats à l'extérieur de la tente, savait que ses sens et la magie de Raymond devaient être utilisé pour sauver les victimes toujours prises au piège, mais il ne se leva pas immédiatement.

— Tu as parlé de la magie élémentaire, commença-t-il.

L'érudit soigneusement caché en lui était curieux d'en savoir plus sur les forces qui gouvernaient l'univers de la magie qu'il venait tout juste de commencer à explorer.

— Comment cela fonctionne-t-il ?

Le visage de Raymond s'éclaira de joie devant l'intérêt de son partenaire.

— C'est lié aux éléments, expliqua-t-il. La terre, l'eau, le vent et le feu. Chaque sorcier a une affinité pour l'un de ces quatre éléments, mais tous les sorciers ne prennent pas le temps de trouver celui qui lui convient le mieux. Ceux d'entre nous qui ont pris le temps de développer la connexion peuvent l'utiliser pour surveiller l'équilibre de la magie de la terre. Là, laisse-moi te montrer.

Attrapant le récipient qu'il avait utilisé plus tôt, Raymond retomba dans la transe et canalisa sa magie dans l'eau, se connectant à la magie élémentaire. Lorsque le liquide commença à s'agiter, il leva la tête.

— Regarde, dit-il, montrant du doigt les ondulations à la surface. C'est la perturbation qui a provoqué la tempête.

— Cela semble si petit, commenta Jean avec une ironie désabusée.

— À l'échelle, dit Raymond avec un petit rire.

Puis il s'arrêta et regarda l'eau à nouveau.

— C'était pire que cela il y a seulement quelques instants, s'émerveilla-t-il. Cela n'aurait pas dû se dissiper autant en seulement quinze minutes.

— Quelque chose aurait-il pu se passer pour aider à restaurer la balance ?

Sa conversation avec Monsieur Lombard lui revint soudain à la mémoire, Raymond fixa Jean d'un regard perçant.

— Tu t'es nourri sur moi. Monsieur Lombard et moi avons pour théorie que la connexion entre un sorcier et un vampire devait servir un plus grand dessein. Cela laisse à penser que nous avions raison. Si nous pouvions le prouver…

Il s'arrêta.

— Cela pourrait mener sur le chemin de la réhabilitation des vampires aux yeux de la société, acheva Jean lentement. Mais comment pouvons-nous le prouver ? Cela reste une preuve circonstancielle.

— Nous devons surveiller la perturbation pendant qu'un autre partenariat se nourrit.

XLIV

— ALORS, VOUS êtes les seconds de Bellaiche ? demanda Cabalet, en scrutant les deux hommes en face de lui.

Le sorcier aux cheveux blonds, yeux verts et traits anguleux, croisa son regard sans broncher. Tout dans son attitude et son expression suggérait qu'il n'avait rien à cacher. Cabalet n'était pas arrivé à sa position actuelle en se fiant aux apparences. Le vampire, lui, était plus difficile à déchiffrer que ses yeux noisette aux paupières tombantes le suggéraient, son attitude était assurée sans être arrogante et le léger sourire qui se dessinait sur ses lèvres, sous la moustache noire et une barbiche, indiquait qu'il était confiant. Luc ne le connaissait pas, mais il ne doutait pas que Noyer était un joueur très habile du Jeu des Cours qui régissait les interactions de ceux de son espèce pour montrer trop tôt sa main.

— Il m'a demandé de vous aider à trouver un partenaire car il ne pouvait pas être ici lui-même, répondit calmement Sébastien.

Il ne savait pas ce que Jean avait dit plus tôt à l'autre chef des vampires, et il ne voulait pas être responsable de faire perdre la face de son propre chef devant un autre vampire se faisant prendre à mentir. Il devait s'arrangeait pour rester en dehors du jeu qui déterminait le statut parmi les vampires, mais cela ne voulait pas dire qu'il ne pourrait pas y jouer s'il le fallait. Pour le bien de l'Alliance, il jouerait maintenant avec tout le talent qu'il possédait.

— Jusqu'à quel point vous a-t-il expliqué le fonctionnement des partenariats ?

— Il a mentionné la protection contre les rayons solaires, répondit Luc.

— A-t-il précisé que ça ne fonctionne qu'avec le bon sorcier ?

Cabalet hocha la tête.

— Mais il ne m'a pas dit comment trouver ce sorcier.

À côté des deux vampires, Thierry sourit.

— Par magie. Comment, sinon ?

Luc fronça les sourcils.

— Je n'ai aucune magie.

Thierry ne daigna pas le contredire, ne voulant pas perdre du temps avec des explications qui étaient de peu d'intérêt pour leur projet actuel. À la place, il sortit sa baguette et jeta un sort de lévitation aux deux vampires. Comme prévu, les pieds de

Sébastien restèrent plantés fermement sur le sol tandis que Cabalet flottait lentement vers le plafond.

— Notre magie, pas la vôtre, répondit-il, mettant fin au sort d'un geste du poignet.

— Quel enfer était-ce là ? demanda Luc alors que ses pieds touchaient de nouveau le tapis. Répondez et vite.

— Vous ne voulez pas vraiment menacer mon partenaire, intervint Sébastien d'une voix sèche, les yeux durs comme de la glace, le corps prêt à se battre. Je me rends compte qu'il vous a pris au dépourvu, mais il ne vous a pas fait de mal.

— Qu'allez-vous faire à ce sujet ? le défia Cabalet, sa dignité blessée s'ajoutant à la belligérance de sa voix.

Thierry regarda alternativement les deux vampires, pas tout à fait sûr de savoir comment le ton de la conversation était allé de la prudence amicale à l'hostilité en un clin d'œil. Quoi qu'il en soit, une bagarre entre les deux hommes, dont il ne pouvait pas prévoir l'issue, n'aiderait en rien leur situation à tous. Il ne voulait pas penser à la réaction de Marcel s'il trouvait un allié potentiel pieds et poings liés parce qu'il avait agressé le partenaire de Thierry. Et le sorcier était assez honnête avec lui-même pour savoir qu'on en arriverait à ce résultat si Cabalet attaquait.

— Messieurs, les interrompit-il en posant une main apaisante sur le bras de Sébastien. Peut-être pourrions-nous revenir à nos affaires.

Il tourna son attention toute entière vers le vampire inconnu.

— Cela, comme vous avez choisi de l'appeler, était une démonstration de la façon dont votre partenaire sera en mesure de vous identifier. J'ai jeté le sort sur vous deux mais il n'a fonctionné que sur vous. Sébastien est à l'abri de ma magie, tout comme vous serez à l'abri des sorts de votre partenaire.

— Alors je vais rester là et laisser les sorciers me jeter des sorts ? grogna Cabalet.

— C'est un sort tout à fait inoffensif, fit remarquer Sébastien de façon raisonnable. Si le sorcier qui le jette n'est pas votre partenaire, vous flotterez simplement en l'air pendant quelques secondes. Et si le sorcier est votre partenaire, vous resterez solidement plantés au sol.

— Il y a une patrouille à l'extérieur en attente de vous rencontrer, ajouta Thierry cachant un sourire au regard de malaise qui traversa le visage du vampire.

Il lui faudrait un peu de temps avant qu'il oublie la menace faite à son partenaire.

— Dois-je les faire entrer ?

LUC GRIMAÇA alors qu'il flottait ignominieusement dans l'air une fois de plus. Cela durait depuis des heures, lui semblait-il, avec le même résultat chaque fois qu'un sorcier lançait le sort de lévitation. S'il n'avait pas vu de ses propres yeux que le sort n'avait pas fonctionné sur Noyer, il y aurait déjà mis un terme. Sa patience s'amenuisait rapidement cependant. Il fronça les sourcils alors qu'il retombait sur ses pieds, heureux que sa grâce innée l'empêche de trébucher. Cela aurait été l'insulte ultime.

— Combien encore ? grogna-t-il, attirant l'attention de l'autre vampire et de son partenaire.

— Trois de plus, répondit Thierry en regardant dans le couloir où le reste de la patrouille attendait. Si votre partenaire n'est pas parmi eux, nous ferons une pause et essaierons à nouveau quand la prochaine patrouille rentrera aux alentours de midi.

Luc faillit refuser, mais il avait accepté de rester deux jours et si Bellaiche disait la vérité, s'il pouvait marcher en toute sécurité dans la lumière encore une fois, cela vaudrait les indignations destinées à lui trouver un partenaire.

— Eh bien, faites entrer le suivant, grogna-t-il.

Thierry cacha son amusement – il se souvenait de sa frustration de ne pas être en mesure de trouver un partenaire – et ouvrit la porte pour faire entrer le prochain des sorciers restants. Une fois de plus, le sort fut lancé et une fois de plus, Cabalet flotta doucement au-dessus du sol.

— Cache ce sourire narquois, murmura Sébastien à ses côtés. Tu ne veux pas faire face à un vampire offensé.

— Je suis compatissant, lui murmura Thierry en réponse alors qu'il faisait entrer l'avant-dernier. Je ressentais la même chose que lui avant que tu apparaisses à la gare, ce soir-là.

— Bien entendu, si je n'avais pas été en retard, Luc aurait dû mordre chaque sorcier aujourd'hui pour voir s'ils étaient partenaires, lui rappela Sébastien.

— C'est vrai, mais cela n'en était que plus frustrant à ce moment-là, répondit Thierry alors que Luc planait à nouveau dans les airs. J'avais un bras couvert de morsures et aucun partenaire au final.

Ses doigts tapant impatiemment contre sa cuisse, Magali Ducassé, la dernière sorcière de la patrouille, entra. Elle venait juste de revenir de sa mission particulière, capturant tous ceux qui venaient du contingent de Serrier et enquêtant sur le site de leur dernière bataille. C'était un combat particulièrement sanglant et elle ne voulait rien d'autre que se nettoyer et se reposer un peu. À la place, elle avait été poussée ici pour rencontrer un vampire qui ne vivait même pas à Paris. Elle n'avait absolument aucune illusion sur les chances de réussite ni aucun désir que ce soit le cas. Bien sûr, les vampires étaient utiles jusqu'à présent, mais elle n'avait pas ressenti le besoin de s'encombrer de l'un d'eux. Surtout pas du grand mâle lançant actuellement un regard furieux sur toute la pièce en général et sur elle en particulier. Son attitude était évidemment aussi imposante que sa stature, et elle n'avait aucune patience pour ce genre d'ego. En outre, avoir un partenaire rendrait l'exercice de ses fonctions spécifiques plus difficile. Étant donné que sa magie ne fonctionnerait pas sur son partenaire, elle devrait soit le renvoyer avec le reste de la patrouille et l'écouter râler d'avoir à la laisser seule, soit garder quelqu'un d'autre avec elle pour effectuer le déplacement quand son travail serait terminé et écouter râler le sorcier sur ses responsabilités supplémentaires. Non, elle n'était clairement pas la meilleure candidate pour un partenariat.

— Thierry, protesta-t-elle dès qu'elle le vit, c'est vraiment une mauvaise idée. Tu connais les risques que je prends. Demander à quelqu'un d'autre de partager cela avec moi, un vampire qui plus est, qui ne pourra pas se sortir seul d'une situation difficile si nécessaire est tout simplement ridicule.

Thierry appréciait Magalie, il l'admirait pour le travail qu'elle faisait, mais elle était également connue pour son manque de tact même dans les meilleures circonstances. Ce n'était manifestement pas un de ces moments et le sifflement qu'il entendit provenant du vampire le confirma. Thierry soupçonna qu'il y aurait de sérieuses réconciliations à faire s'il ne voulait pas que le chef des vampires sorte de ses gonds dans un accès de colère.

— Allez, Magalie, commença-t-il pour l'apaiser.

— Et que pensez-vous au juste pouvoir faire que je ne puisse faire moi-même ? les interrompit Luc en fonçant sur la petite femme.

Il faisait probablement deux fois son poids et avait facilement une tête de plus.

Magalie le foudroya du regard. Elle connaissait ce style de vampire : tout dans les muscles et rien dans la tête.

— Tout ce que je veux, répondit-elle. Je tiens tête au pire de ce que Serrier peut m'envoyer tous les jours. Ne pensez même pas essayer de m'intimider. Je suis désolée, Thierry, mais je ne peux pas faire cela. Surtout pas avec lui.

Son attitude enragea Luc au-delà de la raison. Bloquant la porte, il tendit la main pour attraper son bras. Elle se retourna, outrée et d'une pression du doigt lança un sort qui aurait dû l'épingler au mur. Rien ne se passa.

— Merde alors !

— Soyez heureux que cela n'ait pas fonctionné, rétorqua Thierry. Si cela avait été le cas, vous auriez dû vous expliquer devant Marcel. Magalie Ducassé, je te présente Luc Cabalet, chef des vampires d'Amiens, ton partenaire.

Ils eurent l'un pour l'autre un air renfrogné.

— Nous allons vous laisser seuls pour vous familiariser l'un avec l'autre. Et n'oublie pas que Cabalet a besoin de se nourrir avant que tu t'en ailles, Magalie.

Il saisit la main de Sébastien et s'échappa par la porte sous l'écho des imprécations de Magali.

— Est-ce une bonne idée ? demanda Sébastien en regardant en arrière vers le bureau.

— Elle ne peut pas lui faire de mal, rappela Thierry à son partenaire. Et ce serait mieux pour tout le monde s'ils crevaient l'abcès entre eux maintenant plutôt que plus tard. Nous ne voulons pas d'une répétition de ce qui s'est passé entre Bellaiche et Payet.

Sébastien n'avait aucun argument contre cela, même si l'expression inquiète sur son visage ne disparut pas.

Décidant qu'une distraction serait la bienvenue, Thierry serra la main de Sébastien.

— As-tu besoin de te nourrir avant que nous ne partions ? Cela fait presque vingt-quatre heures.

Quand Sébastien croisa son regard, il ajouta :

— Et c'est au moins douze heures de trop.

XLV

LE DÉSIR s'abattit sur Sébastien à l'invitation inattendue, son besoin de sang compensé par son désir pour le sorcier aux cheveux d'or. Prenant les devants, il dévala les couloirs, traînant Thierry derrière lui, jusqu'à ce qu'ils atteignent la porte du bureau qu'il partageait avec Alain.

— S'ils sont toujours là…

— Ils ne le seront pas, l'interrompit Thierry en poussant la porte de la pièce obscure. Ils sont de repos depuis une heure et n'avaient aucune raison de rester. Ils sont à la maison maintenant, à déchirer les draps. Si mon appartement n'était pas aussi loin, je t'aurais suggéré de faire la même chose mais je ne veux pas attendre aussi longtemps ni que tu t'aventures à la lumière du soleil.

— Ne dis pas des choses comme ça si tu ne les penses pas, le mit en garde Sébastien, fermant la porte du pied et poussant Thierry vers le canapé contre l'un des murs.

Il ne prit pas la peine de chercher l'interrupteur. L'aube se levait et la lumière filtrant à travers la fenêtre était suffisante pour les guider en toute sécurité.

Tombant à la renverse sur le canapé et tirant Sébastien pour l'entraîner avec lui, Thierry pencha la tête en arrière, découvrant son cou pour son partenaire.

— Je le pense vraiment.

Sébastien étouffa un juron alors que son corps se projetait instinctivement en avant, ses hanches frottant contre son sorcier. Il lui fallut chaque once de son sang-froid pour éviter de déchirer les vêtements du corps de l'autre homme et le pénétrer profondément. Seule la promesse qu'il avait faite de faire l'amour à Thierry correctement le retint. Rien, cependant, ne put l'empêcher de baisser la tête sur le cou de son partenaire, profitant de l'offre si tentante pour son plaisir. Ses crocs perforèrent immédiatement la peau et le corps de Thierry sous lui tressaillit sous les vives piqûres d'épingle. Il lécha la chair du plat de sa langue tandis qu'il suçait avidement, aspirant gorgée après gorgée le sang vivifiant. Le désir de Thierry enflammait ses sens. Il avait goûté beaucoup de choses au cours des siècles depuis la mort de Thibaut, même du désir occasionnellement, mais pas comme ça. Pas cette reddition écrasante, universelle de la passion qui l'invitait à la connivence. Son esprit s'envola avec elle. Le sang ne mentait pas. Qu'importe ce qui arriverait, quelle que soit la série de circonstances imprévues qui les avait conduits à être appariés à la gare de Lyon, Sébastien ne pouvait qu'en être reconnaissant.

351

Thierry siffla fortement quand les crocs de son vampire perforèrent la peau de son cou, s'introduisant profondément dans sa veine. Il avait vu les crocs de Sébastien, il savait qu'ils n'étaient pas assez longs pour faire plus que légèrement percer sa peau, mais il en sentait les réverbérations profondément, comme si les crocs ne s'introduisaient pas simplement dans son cou mais dans ses reins, dans son ventre, dans son cœur. Son pouls battait au rythme de la succion de la bouche de Sébastien, son souffle le faisant durcir dans son pantalon quand il ébouriffa les cheveux de son partenaire. Il gonfla jusqu'à la dureté totale avec la pression du corps de Sébastien contre le sien et la traction de sa bouche éveilla Thierry au-delà de la cohérence. Avant, sa réticence avait tempéré les sensations, l'empêchant de céder à la pleine puissance de l'expérience. Cette barrière disparue, la passion secouait ses sens, l'amenant à son paroxysme avec une rapidité remarquable. Recherchant désespérément plus de contact, il glissa vers le bas de façon à se retrouver presque à plat sur le canapé, accrochant sa jambe autour des hanches de Sébastien et le rapprochant, s'activant en dessous du corps dur, non pour le déloger mais pour gagner plus de friction érotique qui l'entraînait déjà au bord de la libération.

La chaleur des émotions de Thierry transmises par son sang combinées avec les mouvements lascifs de son corps, rompit le contrôle de Sébastien. Il suça plus fort, se noyant dans le goût de Thierry et son désir de lui. Il avait toujours pris soin de se nourrir légèrement afin de pouvoir le faire souvent, mais cette résolution s'enfuit face à son désir croissant. Il se gorgea, ne pouvant rien faire pour s'arrêter ni même ralentir. Sa tête lui tournait alors qu'il goûtait la sensation du plaisir de Thierry, déclenchant une réponse concordante dans son propre corps qui était renforcée par le frottement déterminé du sorcier.

S'il avait été en état de penser rationnellement, Thierry aurait été embarrassé de jouir tout habillé comme un adolescent excité, mais son esprit était complètement dépassé par le contact du moment, par l'extase d'avoir enfin Sébastien bougeant sur lui.

Contre lui.

En lui.

La prise de conscience soudaine brisa le peu de volonté qui lui restait, ses mains frottant les épaules et le dos de Sébastien, cherchant le contact, cherchant la stabilité. Sa tête retomba tandis que ses hanches se soulevaient, écrasant sa verge douloureuse contre la dureté correspondante de Sébastien. Avec un long gémissement sourd, il céda à la passion qui bouillonnait en lui.

La saveur de l'orgasme de Thierry explosa dans son sang, secouant Sébastien par sa puissance. Savoir qu'il pouvait apporter à son partenaire un tel plaisir était un aphrodisiaque capiteux. Son corps s'effondra contre le sorcier, la satiété rayonnant à travers lui. Ses inspirations haletantes répondaient à celles de Thierry alors qu'il luttait pour redescendre de la dégustation de la jouissance de son amant en devenir pour la première fois.

La tête lui tournant encore, Thierry gémit de plaisir quand Sébastien s'effondra au-dessus de lui, clairement aussi affecté par leur échange. Contrairement à lui, cependant, le vampire était toujours dur là où il appuyait contre la cuisse de Thierry. Déterminé à ne pas agir égoïstement – et, s'il était honnête avec lui-même, parce qu'il voulait savoir s'il

352

pouvait amener Sébastien au même summum de jouissance – il laissa retomber sa main, la faisant glisser vers la hanche de son partenaire pour lisser l'érection toujours raide. Immédiatement, l'autre homme tressaillit, son orgasme lui arrachant un brusque coup de hanches.

— Thierry, gémit-il, attrapant sa tête de son amant pour la basculer en arrière et pouvoir enfin capturer les lèvres douces avec les siennes.

Il devait être trop alangui pour répondre, pensa vaguement Thierry tandis qu'il sentait la passion recommencer à tourbillonner en lui, mais il n'était pas immunisé contre le contact de Sébastien. Pas plus qu'il ne voulait l'être. Il faillit protester lorsque le vampire releva la tête. Seul son sens du devoir l'empêcha d'attirer la tête de son amant à lui et d'exiger un autre round.

— Cela n'a jamais été aussi intense avant, commenta-t-il doucement alors que Sébastien se décalait pour s'asseoir.

Thierry s'assit aussi, emmêlant délibérément ses jambes avec celles de son vampire pour maintenir un certain contact.

— Je ne me suis jamais laissé aller de cette façon auparavant, répondit honnêtement Sébastien. J'ai toujours pris soin de ne pas me nourrir trop profondément, de ne pas trop en prendre. Tu n'es pas protégé par un Aveu de Sang comme l'est Alain. Si je dois me nourrir presque chaque jour pour maintenir l'immunité à la lumière du soleil, alors je dois faire attention de ne pas prendre trop au risque de te vider.

Thierry ne put empêcher le sourire qui envahit son visage.

— Tu as perdu le contrôle.

L'idée était incroyablement réconfortante.

Sébastien ne put arrêter la rougeur qui embrasa ses joues, mais il lui rendit son sourire.

— Tu es un homme diablement sexy, souligna-t-il. À quoi t'attendais-tu ?

Thierry était à présent aussi rouge que Sébastien.

— Tu ne semblais pas être affecté avant aujourd'hui.

— Tu te retenais aussi avant aujourd'hui, lui rappela Sébastien. J'ai pu goûter la différence dans ton sang et cela m'a pris au dépourvu. J'y serai mieux préparé la prochaine fois.

— Ne te retiens pas à cause de moi, insista Thierry en se penchant en avant pour mordre la lèvre inférieure de Sébastien. J'aime savoir que je peux te procurer autant de plaisir que tu m'en donnes.

— Nous devons quand même être prudents, contra Sébastien. Je ne peux tout simplement pas me nourrir aussi souvent comme je viens de le faire sans te blesser. Et je refuse de te blesser.

Thierry haussa les épaules.

— Alors nous allons être prudents, mais ne nous refusons pas le plaisir que nous avons eu tous les deux. S'il te plaît ?

Sébastien hocha la tête, puis changea de sujet.

— Alors, explique-moi ce rituel dont Alain, Marcel et toi discutiez. Quand vous parlez des affaires de la Milice, vous oubliez parfois qu'aucun de nous n'est au courant des sujets qui concernent la magie.

— Désolé, s'excusa immédiatement Thierry. As-tu suivi la partie sur la magie élémentaire qui se déséquilibre ?

— Oui, mais c'est à peu près tout ce que j'ai compris. Vous parliez de la magie dans laquelle nous puisons tous pour exister, non ?

— En résumé, oui, admit Thierry. L'une des tâches de l'A.N.S. est de maintenir l'équilibre. Avec la guerre, plus de magie est utilisée sans pour autant être remplacée, ce qui provoque le chaos – des catastrophes comme celle de La Réunion, par exemple. Si ça devient incontrôlable, tout ce qui dépend de la magie cessera d'exister. Et cela pourrait bien détruire complètement le monde. Lorsque nous n'étions pas en guerre, nous n'avions pas besoin des rituels anciens car nous gardions les choses en équilibre par d'autres moyens. Maintenant, cependant, ces petites corrections ne seront pas suffisantes. Le rituel que Marcel a mentionné est probablement le moyen le plus efficace pour rétablir l'équilibre, du moins à court terme, et il est plus efficace les jours des vieilles fêtes – Beltane, Samhain, Yule, Imbolc, Litha, Ostara, Mabon, et Lughnasad. Samhain est dans quelques jours. Nous le ferons à ce moment-là.

— Qu'est-ce que cela implique ? voulut savoir Sébastien, ses instincts de protection se hérissant à l'idée de tout ce qui pourrait menacer son sorcier.

— Cela dépend, répondit le magicien blond. Nous devrons découvrir quel est le problème – trop ou trop peu – mais généralement, cela signifie canaliser notre magie dans les éléments pour les stabiliser.

Cela n'éclairait absolument pas Sébastien.

— Est-ce dangereux ? demanda-t-il sans ambages.

— Seulement si nous en canalisons trop à la fois, affirma Thierry. Et même alors, un repos de quelques jours suffit généralement pour nous en remettre.

Sébastien accepta l'explication. Il pouvait difficilement argumenter sur le sujet après tout et Thierry semblait parfaitement à l'aise avec l'idée. Il lui traversa l'esprit, cependant, que son partenaire était à peine reposé à cet instant. Il ne pouvait s'empêcher de se demander ce qu'une telle fuite de ressources provoquerait. Résolu à garder un œil encore plus attentif que d'habitude sur son sorcier, le vampire fit semblant de bâiller, espérant que le subterfuge allait convaincre Thierry de rentrer à la maison et de se reposer, ne serait-ce que pour s'assurer que Sébastien ferait de même.

Cela fonctionna.

— Tu aurais dû le dire ! s'écria immédiatement Thierry. Nous allons passer à mon appartement pour que tu puisses te reposer. Il n'a rien de spécial, mais c'est beaucoup mieux que de prendre le train pour la maison. Viens, je vais trouver quelqu'un pour t'envoyer là-bas, tu pourras aller directement au lit.

Sébastien cacha son sourire alors qu'ils quittaient le bureau à la recherche d'un autre sorcier. Alors qu'ils s'enfonçaient plus profondément dans le dédale des couloirs, les premières personnes qu'ils virent furent la sorcière et le vampire qu'ils avaient quittés plus tôt. Finie l'attitude combative de l'heure précédente. Les deux hommes se regardèrent avec des sourires de connivence alors que le Chef de la Cour d'Amiens levait la main de sa partenaire à ses lèvres et déposait un baiser chaste sur les doigts minces. Leurs visages étaient un peu rouges et Thierry pensa que les lèvres de Magalie semblaient pulpeuses, mais il avait trop bien développé son sens de l'auto-préservation pour le dire à voix haute.

— Désolé de te déranger, Magalie, l'interrompit-il, amusé de les voir surpris comme s'ils avaient oublié que le reste du monde existait. Mais j'ai besoin d'une faveur.

Largement mieux disposée qu'auparavant à présent qu'elle comprenait tout ce qu'impliquait le fait d'avoir un vampire pour partenaire, Magalie se tourna vers le capitaine et son compagnon.

— Monsieur ?

— J'ai besoin de quelqu'un pour envoyer mon partenaire chez moi, à mon appartement, puisque ma magie ne fonctionne pas sur lui.

Une heure plus tôt, Magalie aurait fait un commentaire à ce sujet, demandant sarcastiquement pourquoi le vampire avait besoin d'aller à l'appartement du capitaine et pas chez lui, mais maintenant, face à une séparation imminente d'avec son partenaire nouvellement découvert, les mots ne vinrent pas.

— Bien sûr, accepta-t-elle à la place.

— Et je vais demander au Général de te transférer à Amiens aussi rapidement que possible, ajouta Thierry, gagnant un sourire reconnaissant de la petite femme.

AU MOINS, Alain était revenu à la maison avec lui.

Orlando se répéta à plusieurs reprises que cela devait prouver que son partenaire ne s'était pas totalement lassé de lui, même si une petite voix insidieuse – celle qui croyait qu'il était sans valeur – soulignait que tous les effets personnels d'Alain étaient là et qu'il n'avait nulle part où aller.

— Il aurait pu rester à son bureau, murmura-t-il pour se convaincre.

Ce réconfort l'aida seulement un peu tandis qu'il continuait d'arpenter le salon.

— As-tu dit quelque chose ? demanda Alain de la cuisine où il se préparait quelque chose à manger avant d'aller au lit.

Il n'avait toujours pas réussi à combler le fossé entre eux, en partie par sa faute, il le savait, mais Orlando n'avait pas semblé particulièrement désireux de sa compagnie non plus, ce qui le rendait un peu nerveux. Il avait bouleversé sa vie pour son amant, confiant dans la force de tout ce qui les unissait pour les aider à traverser tous les écueils sur leur route. Se disant qu'il faisait une montagne d'une taupinière, il remua les œufs pour son omelette.

— Orlando ?

— Non, rien, répondit le vampire, souhaitant pouvoir voir l'expression sur le visage d'Alain.

Sa voix avait semblé presque normale, presque accueillante, mais il avait peur de faire confiance à son instinct. Il l'avait égaré beaucoup trop souvent et Alain avait précisé le soir précédent qu'il ne voulait pas de sa compagnie sans y être invité. Aucune invitation n'avait été reçue. Il aurait simplement à faire de son mieux pour ne pas s'imposer au sorcier plus que nécessaire pour sa survie. Sébastien avait dit qu'il avait atteint le point où il pouvait laisser passer deux semaines entre ses repas et Alain ne lui reprocherait sûrement pas ça. Il doutait d'en être déjà là, mais il pouvait commencer à repousser ses limites et attendre aussi longtemps qu'il le pourrait avant de s'imposer à nouveau à son partenaire. Cela faisait près de vingt-quatre heures depuis qu'il s'était nourri pour la dernière fois, depuis qu'il avait siroté tendrement du cou d'Alain la veille au matin après avoir fait l'amour pendant que les mains du sorcier s'étaient promenées dans ses cheveux. Il ne ressentait pas le besoin de se nourrir à nouveau, donc s'il pouvait attendre un peu plus, jusqu'à ce qu'Alain ait un peu dormi au moins. Cela lui faisait mal de penser à mettre ce genre de distance entre eux, mais il fallait le faire. Il ne pouvait pas attendre du sorcier qu'il soit à son entière disposition. Peut-être que si les choses avaient été différentes, s'ils avaient pris le temps de traiter certaines de ses questions avant de faire leur Aveu de Sang, il aurait pu rester, mais dans la situation actuelle, il avait déjà trop demandé à son partenaire. Avec un sanglot étouffé, il se dirigea vers la porte, ignorant la voix d'Alain qui l'appelait. Il pensait comprendre maintenant ce qu'Alain avait dû ressentir la veille, la nécessité de marcher, de tout simplement s'échapper.

— Putain ! jura Alain en entendant claquer la porte derrière Orlando.

Son poing frappa durement le mur, brisant le plâtre et abîmant ses articulations, l'incitant à jurer une nouvelle fois. Il marmonna un sort pour réparer le mur mais il laissa sa main telle quelle, un rappel de la douleur qu'il avait causée à son amant par son égoïsme. Il devait des excuses et une explication à Orlando. Une partie de lui voulait courir après le vampire, insister pour qu'il revienne à l'intérieur, loin de la lumière du soleil qui pourrait lui être fatale si sa magie disparaissait, mais il craignait qu'une telle démarche n'incite Orlando à se sentir traqué plutôt qu'aimer. Alain soupira de frustration. Il était hésitant, son instinct combattant la réalité de sa situation. Il avait le sentiment angoissant que ce serait désormais le schéma de leur relation, chaque mot, chaque action seraient aussi pesés à l'extérieur du lit, de peur qu'il fasse quelque chose par inadvertance capable de réveiller le spectre des abus. Il espérait seulement que le vampire reviendrait bientôt pour qu'il puisse s'excuser avant d'aller dormir. L'omelette qu'il avait préparée quelques minutes plus tôt avait un goût de cendre dans sa bouche. Il se força à manger, sachant qu'il ne pouvait pas se permettre de risquer de s'affaiblir, mais ses pensées étaient ailleurs, avec Orlando où qu'il se soit enfui.

Il se demanda où le vampire était allé. Jean était encore à La Réunion et Alain ne connaissait pas d'autre confident à son partenaire. L'idée qu'Orlando soit simplement en train d'errer dans les rues, seul et blessé, le déchirait. Le fait qu'il se soit nourri hier matin, avant de s'endormir, mais pas depuis, s'ajouta aux préoccupations d'Alain. Sébastien avait dit qu'il aurait besoin de se nourrir plus souvent que d'habitude jusqu'à ce que le lien entre eux soit bien établi. La dernière fois qu'Orlando était resté trop longtemps sans boire de sang, il s'était tout simplement effondré. À ce moment-là, Alain avait été présent. Si cela se reproduisait maintenant, alors qu'il était à l'extérieur et seul, il pourrait mourir avant même qu'il sache qu'il y avait un problème. Orlando avait pris son repère avec lui. Il lui serait facile de faire un saut au siège de la Milice et vérifier ses allées et venues, mais cela impliquerait qu'il n'avait pas confiance en son amant pour prendre soin de lui-même.

Compte tenu de l'histoire d'Orlando, l'envoi de ce genre de message pourrait détruire la relation qu'ils avaient encore.

Malgré les abus de son passé, Orlando n'avait pas de désir de mort. Ils s'étaient disputés – leur premier conflit – mais même les couples les plus unis avaient parfois des désaccords. C'était un caillou sur la route, pas la fin de la route. Orlando reviendrait, ils parleraient, il se nourrirait. Cette simple pensée faisait réagir son corps, lui faisant réaliser à quelle vitesse il avait pris l'habitude des attentions de son amant. Il se demanda brusquement si l'Aveu de Sang n'avait pas créé un besoin chez le partenaire humain qui correspondait à la nécessité pour le vampire de se nourrir. Que ce soit le cas ou que le désir de sentir les crocs d'Orlando en lui soit simplement dû à la profondeur de ses sentiments pour son amant, une chose était certaine : ils devaient trouver un moyen de résoudre cette tension entre eux, pour leurs biens à tous les deux.

En entrant dans la chambre, il se déshabilla pour ne garder que son boxeur et grimpa dans le lit, laissant l'odeur d'Orlando et de leurs passions combinées le rassurer. Le vampire n'était pas hypocrite pour un sou. Il n'aurait pas pu faire l'amour à Alain comme il l'avait fait tant de fois au cours de la semaine sans ressentir quelque chose pour son amant. S'il avait été capable de ce genre de désinvolture, il aurait pris un amant depuis longtemps. Alors qu'en fait, il avait permis à Alain des libertés qu'il n'avait jamais partagées avec quiconque. Réconforté à cette pensée, il s'endormit en dépit de ses bonnes intentions, seul pour la première fois depuis qu'il avait formulé son vœu à Orlando.

— LIEUTENANT RAYNAUD de Lage, appela Raymond, en voyant la svelte sorcière et son partenaire dès qu'il sortit de sa tente, pourrions-nous parler quelques instants ainsi qu'à ton partenaire,

Catherine fronça les sourcils, se demandant ce qu'elle et Justin avaient fait pour mériter d'être interpellés mais elle fit signe à son binôme de se joindre à elle alors qu'elle traversait les décombres en direction de la tente et des deux hommes en charge de l'effort de sauvetage.

— Monsieur ?

— Que sais-tu de la magie élémentaire, lieutenant ? demanda Raymond.

— Pas grand-chose, admit-elle. Simplement que nous avons ce gâchis à nettoyer car il est le résultat du déséquilibre.

— C'est vrai, convint Raymond. Et si nous ne rétablissons pas l'équilibre, nous aurons de plus en plus de dégâts à nettoyer jusqu'à ce que le déséquilibre détruise complètement le monde.

— Oui, chef, mais c'est plus ton domaine d'expertise que le mien.

Raymond sourit.

— C'est mon domaine d'expertise, reconnut-il, mais tout sorcier qui le choisit peut aider

— As-tu besoin de mon aide ? demanda-t-elle, de plus en plus confuse à chaque minute.

— La tienne et celle de ton partenaire, intervint Jean. Tu sembles avoir un peu faim, Justin.

Ce fut au tour du vampire de paraître confus.

— Cela fait un moment que je ne me suis pas nourri, admit-il, mais ce n'est pas encore urgent.

— Urgent ou non, nous avons besoin de toi, continua Jean. La magie de Raymond en moi a commencé à se dissiper il y a quelques minutes et après que je me sois nourri nous avons remarqué une diminution des restes de la perturbation. Nous devons nous assurer que ce n'était pas une coïncidence.

— En la surveillant pendant que Justin se nourrit ? clarifia Catherine.

— Exactement, répondit Raymond.

Catherine regarda son partenaire. Le nourrir conduisait généralement à davantage ces jours-ci, un fait qu'elle appréciait particulièrement, mais elle ne savait pas ce que Justin en penserait si son chef s'en rendait compte. Elle n'était pas heureuse à l'idée que le sien le découvre mais elle en savait assez sur la magie pour comprendre l'importance de l'expérience. Justin avait l'air aussi mal à l'aise mais il inclina la tête en signe d'accord.

— Bon, déclara Raymond, voyant l'échange silencieux. Avez-vous déjà dressé une tente ? Nous pouvons suivre la situation de l'extérieur, sans envahir votre intimité.

— De l'autre côté de l'école, les informa Justin en attrapant le coude de Catherine et en l'entraînant dans cette direction.

Raymond récupéra le récipient qu'il avait utilisé plus tôt et les suivit jusqu'à leur tente. Il attendit jusqu'à ce qu'ils se glissent à l'intérieur pour canaliser sa magie dans l'eau. Immédiatement, les rides réapparurent exactement comme elles l'avaient fait quelques minutes plus tôt.

— Donc, cela ne s'est pas seulement dispersé de sa propre initiative, murmura Jean.

— Apparemment pas, confirma Raymond. Nous sommes prêts, annonça-t-il au duo sous la tente.

La toile épaisse étouffa les sons qui venaient de l'intérieur, le sifflement aigu de la respiration qui accompagna la morsure de Justin étant à peine audible pour les deux hommes à l'extérieur. Comme toujours, Justin se perdit presque immédiatement dans la richesse du sang de Catherine, toute pensée de la présence de Jean et de Raymond de l'autre côté de la toile envolée, incapable de restreindre ses désirs avec son besoin de se nourrir. Tout disparut quand la magie de son amante emplit ses veines et que son parfum envahit ses sens. Un coup d'œil sur son visage lui indiqua qu'elle était complètement avec lui, aussi perdue dans l'instant que lui. Avec un sourire, il reporta son attention sur son alimentation, ses mains errant sur les courbes sveltes pendant qu'il suçait tendrement à sa gorge.

À l'extérieur de la tente, Raymond se tortilla inconfortablement. Il se sentait comme le pire des voyeurs, sachant par expérience combien l'alimentation était incroyablement intime. Il se rappela que le duo à l'intérieur avait accepté cela et que l'information qui en résultait pourrait contribuer à cimenter le rôle des vampires dans la communauté magique. Marcel devrait décider comment utiliser l'information au mieux si cette expérience confirmait leurs suppositions, mais au moins Raymond pourrait lui fournir des preuves concrètes pour appuyer ses hypothèses.

Malgré la barrière entre lui et le couple à l'intérieur, Jean pouvait imaginer exactement ce qui se passait, le rythme de l'alimentation, les petits bruits qui l'accompagnaient, si familier après tant de siècles. Il gardait les yeux sur le récipient dans l'espoir de voir la preuve qu'ils cherchaient. Imperceptiblement tout d'abord, les ondulations se calmèrent un peu, encore visibles, mais moins intenses.

— Je ne m'imagine pas les choses, n'est-ce pas ? demanda-t-il doucement.

— Non, convint Raymond. C'est effectivement en train de diminuer. Il semblerait que l'échange de magie serve un dessin au-delà de la simple protection des vampires, après tout.

— Comment se fait-il que nous ne nous en soyons pas aperçus ? demanda Jean, incrédule. Comment nos deux races peuvent-elles être autant dans l'erreur et ce, depuis si longtemps ?

Raymond eut un petit rire.

— Les préjugés ? La peur ? L'inflexibilité ? Peu importe le nom, nos peuples en ont à revendre. Dans une certaine mesure, c'est contre cela que nous nous battons dans cette guerre. Serrier est un maître de la propagande, jouant sur les peurs et les préjugés des sorciers qui ne sont pas suffisamment futés pour voir à travers ses mensonges. Si ce n'était pas pour sa xénophobie, il aurait essayé de l'utiliser sur les autres races magiques, aussi.

— Il n'aurait pas trouvé de vampires aussi faciles à berner, insista Jean. Le Jeu des Cours est là pour faire face à ce genre de jeux subtils.

— Tu en sais certainement plus que moi à ce sujet, répondit Raymond, prêt à partir maintenant qu'ils avaient la preuve dont ils avaient besoin. Mais il ne faut pas sous-estimer la capacité de Serrier à déformer les choses. Je me suis laissé prendre dans ses mensonges pendant un certain temps et je ne me considère pas comme quelqu'un de crédule. Il savait simplement exactement sur quels boutons appuyer avec moi et me disait ce que je voulais entendre.

Le changement subtil des sons à l'intérieur de la tente déconcentra Jean de leur discussion.

— Nous devrions leur laisser de l'intimité.

Raymond ne put arrêter le rouge qui lui montait aux joues quand il réalisa ce qu'il entendait. Il détourna les yeux pour éviter le regard de Jean, son regard atterrit sur le bol où le sort était encore actif. Son cri étouffé attira aussitôt l'attention de Jean.

— Ne dis rien, murmura Raymond alors qu'il finissait rapidement le sort. Je ne veux même pas y penser. Impossible que je raconte à Marcel que les relations sexuelles entre partenaires pendant l'alimentation augmentent les effets.

— Nous aurions dû le voir venir, fit remarquer Jean. L'alimentation et le sexe sont étroitement liés pour les vampires et nous avons déjà vu l'attirance qui pousse les partenaires ensemble.

— Est-ce que tu dis que tu es à l'aise avec ça ? demanda Raymond, incrédule.

— Bien sûr que non, répondit Jean, embarrassé.

Il était toujours aussi incapable de résoudre le conflit entre le lien magique et son propre désir d'indépendance, qu'il l'avait été quand Raymond avait initialement évoqué cette possibilité.

— Mais il n'est pas difficile de voir pourquoi cela fonctionne de cette façon. Monsieur Lombard et toi l'avez dit vous-mêmes : le lien devait servir à quelque chose. Vous avez même émis l'hypothèse que c'était le but. Si c'est le cas, alors pourquoi le sexe n'entrerait-il pas dans l'équation ?

— Cela ne semble pas juste pour les gens qui n'ont accepté les partenariats que pour gagner la guerre, lui rappela Raymond, un soupçon de panique teintant sa voix.

Il s'était laissé aller à oublier les facteurs qui avaient compliqué leur relation, au plaisir de la compagnie de Jean. Il n'était pas prêt pour que cela devienne plus que du travail ou de la simple amitié.

— J'ai besoin de retourner à Paris, déclara soudain Jean. Quelle que soit la façon dont cela finira, j'ai besoin d'être là pour aider à faire accepter les faits. Marcel peut gérer les réactions des sorciers mais il ne peut pas s'attendre à traiter de la même manière avec les vampires et surtout pas avec Cabalet également impliqué désormais.

— Est-ce qu'il va devenir un problème ? demanda brusquement Raymond.

— La même contrainte va le gouverner s'il trouve un partenaire, rappela Jean au sorcier. Et s'il ne le fait pas, il est susceptible de ne pas traîner longtemps. Il est habitué à être le seul responsable cependant, donc le faire rentrer dans le rang avec ce que nous voulons, peut exiger une certaine… persuasion. Marcel n'est pas encore habitué à la manière de faire des vampires. Je devrais être là pour aider.

— Je ne peux pas y aller avec toi, lui rappela Raymond. Du moins pas avant que les choses se soient stabilisées ici.

— Je viens de me nourrir, répondit Jean en essayant de ne pas penser à tout ce qu'ils avaient appris, à tout ce que lui et Raymond n'avaient pas encore fait.

Le goût du sang de son partenaire s'attardait dans sa bouche, le tentant. Magiquement induit ou pas, le lien croissait entre eux, devenant plus difficile à ignorer à chaque alimentation. Il espéra que cette séparation pourrait lui donner une chance de remettre ses émotions sous contrôle. Peut-être que le goût du sang de Karine et les charmes de son corps contribueraient à atténuer la contrainte qu'il ressentait.

— J'irai bien pendant plusieurs jours, tant que je resterais à l'abri du soleil. Ta magie se dissipera avant que j'aie de nouveau faim. Si nécessaire, je peux trouver quelqu'un à Paris qui me permettra de me nourrir jusqu'à ton retour.

Raymond ne put retenir la grimace qui traversa son visage à la pensée de Jean se nourrissant ailleurs, mais il n'avait pas d'autre alternative à proposer. Il devrait juste terminer son travail à La Réunion le plus rapidement possible afin de pouvoir rentrer à Paris avant que son partenaire ait besoin de se nourrir.

— Je vais en parler à Caroline, dit-il. Elle peut te ramener à Paris puisque je ne peux pas. Je t'y rejoindrai dès que je peux.

— Fais ce que tu as besoin de faire, insista Jean, cachant sa joie à l'idée que Raymond ne veuille pas que leur séparation dure plus longtemps que nécessaire.

XLVI

— NOUS AVONS appréhendé l'accusé à la gare de Lyon au milieu d'un tir croisé avec des agents de la Milice, expliqua froidement David.

Il était à la barre depuis trente minutes, le procureur l'avait déjà amené sur ce terrain. Les avocats le laissaient perplexe. Il n'avait aucune idée de ce que l'avocat de la défense espérait gagner en reposant les mêmes questions. Il n'avait pas l'intention de changer son histoire maintenant.

— Un sort révélateur indiquait que les derniers sorts lancés par sa baguette étaient tous étiquetés comme étant de la magie noire d'après les codes établis par le Parlement concernant l'utilisation appropriée de la magie. Je ne vois pas pourquoi nous sommes encore ici.

— Nous sommes ici, Monsieur, répliqua Christian Pellegrin, l'avocat de la défense, parce que tout le monde a le droit à un procès devant un jury en vertu de la Constitution actuelle. Qui a appréhendé l'accusé ?

— Je vous l'ai déjà dit, insista David. Des agents de la Milice.

— Donc, vous ne l'avez pas arrêté personnellement ?

— Personnellement, non, mais je participais à l'opération et j'ai été témoin des événements en question, affirma David. Pacotte était parmi les vingt sorciers qui ont attaqué un groupe pacifique de vampires ce matin-là.

— Vampires ? ricana Pellegrin. Depuis quand la Milice de la Sorcellerie protège-t-elle les vampires ?

— Objection, protesta le procureur. Ce n'est pas pertinent.

— Tout va bien, signala David. Cela ne m'ennuie pas de répondre à la question.

— Continuez, indiqua le juge.

— La Milice prend en considération la protection de tous les êtres vivants, magiques ou non, comme faisant partie de sa mission. Étant donné que les vampires ne violaient aucune loi ou ordonnance en se réunissant comme ils le faisaient, nous avons jugé de notre devoir d'intervenir lorsque nous avons été avertis de l'attaque dans laquelle le défendeur était impliqué. Ce jour-là, je m'étais porté volontaire, avec d'autres agents, pour contrer l'attaque, expliqua David.

Fixant Pacotte avec un regard torve, il ajouta :

— Une question plus pertinente serait : pourquoi Serrier a-t-il initialement envoyé vingt sorciers pour les attaquer ?

— Objection, protesta Pellegrin. Cela n'a pas été établi.

— Qu'y a-t-il à établir ? le défia David, de plus en plus en colère à présent alors qu'il pensait à Angélique ou l'un des autres vampires face à Serrier et ses seuls sorciers. Les vampires étaient réunis, Pacotte et compagnie ont attaqués.

L'avocat jeta un œil à ses notes, l'air troublé.

— Selon les déclarations de mon client, les agents de la Milice ont démarré le combat. Il ne faisait que se défendre. Il n'existe aucune preuve que lui ou quiconque ait attaqué les vampires.

David ravala sa réaction. Il ne pouvait pas proclamer devant les instances présentes que la moitié des agents faisant face au contingent de Serrier ce jour-là étaient des vampires.

— Peu importe ce qu'il faisait là, il a utilisé des sorts illégaux et a été arrêté pour cela, affirma David à la place.

— Vous avez dit que vous n'étiez pas celui qui avait arrêté mon client. Pourquoi, dans ce cas, êtes-vous celui qui représente ici la Milice ? Où est l'officier qui prétend avoir effectivement engagé le combat avec lui ? exigea Pellegrin.

— Objection, interrompit à nouveau le procureur en se levant. Sans rapport avec le sujet.

— J'essaie de vérifier la capacité du témoin à expliquer les actions de mon client, riposta calmement Pellegrin.

Le procureur sembla prêt à s'opposer de nouveau, mais David secoua la tête.

— Le capitaine Dumont est occupé par des questions de sécurité nationale, répondit-il. Comme j'étais le membre de la Milice le plus proche après lui, le général Chavinier m'a demandé de remplir ce rôle pour lui aujourd'hui. Et même si je n'étais pas près de lui, les derniers sorts qu'il a jetés étaient tous illégaux. À moins que vous ne suggériez que le Général Chavinier ait en quelque sorte raté le sort révélateur ?

La voix de David était forte. Les prouesses magiques de Marcel étaient légendaires. Si l'avocat s'engageait dans cette voie, c'était voué à un échec certain.

— Nous ne contestons pas que les sorts lancés à partir de cette baguette étaient illégaux, expliqua rapidement Pellegrin, seulement la propriété de la baguette. L'accusé n'était guère le seul sorcier présent ce jour-là, comme vous l'avez dit.

David sourit avec une expression presque joyeuse.

— Si Votre Honneur le permet, dit-il en se tournant vers le juge, je pense que je peux régler cette question assez facilement.

— Comment ? demanda prudemment le juge.

Il n'avait pas l'intention de permettre que sa salle d'audience se transforme en cirque.

— Un simple sort, répondit simplement David. Un sort de pistage, afin de déterminer l'origine de la magie.

— Allez-y, autorisa le juge avant que l'autre avocat puisse objecter.

— Je vais avoir besoin de la baguette en question, demanda-t-il.

Le juge ordonna qu'elle soit sortie du casier des preuves. Lorsque l'huissier arriva avec elle, David tira sa baguette et lança un sort de révélation, le même que

Marcel avait utilisé pour identifier la magie noire. Puis il jeta la variation sur le sort du traceur, qui brilla autour de la baguette, puis autour de Pacotte.

— D'autres questions ? demanda avec ironie le juge à Pellegrin.

MARCEL LEVA les yeux lorsque la porte de son bureau s'ouvrit. Le sourire sur le visage de David en disait long.

— Je présume que ton témoignage s'est bien passé.

— Extrêmement bien, reconnut David, son sourire s'élargissant plus encore. Pellegrin n'aurait pas pu mieux aider notre objectif sauf si j'avais écrit ses questions pour lui.

— Je suppose que les vampires ont été mentionnés dans ton témoignage ?

David hocha la tête.

— Pellegrin partage clairement la xénophobie de Serrier, mais cela m'a donné la parfaite opportunité de déclarer l'intention de la Milice de protéger tous les êtres vivants, magiques ou non. Et le sort du traceur a fonctionné comme un charme, pointant droit vers Pacotte, même après que tu aies travaillé sur sa baguette. Pellegrin ne s'attendait clairement pas à ce que je l'essaie puisque dans le passé, le sort n'identifiait que la dernière personne qui avait utilisé la baguette au lieu du dernier sort jeté.

— Bien, déclara Marcel. Raymond sera content de savoir que son nouveau sort pour éviter qu'un sorcier-enquêteur n'interfère avec une preuve magique fonctionne pour d'autres personnes que lui.

— Cela rend certainement la chose plus facile, convint David.

Il jeta un œil à sa montre.

— Je devrais y aller. J'ai une garde ce soir et je voudrais dormir un peu avant d'aller en mission.

— Comment ça va ? demanda Marcel, retardant momentanément le départ de David. Je sais que les choses étaient tendues entre vous pendant un certain temps.

David fit une grimace. C'est le moins qu'on pouvait dire et il était bien conscient que le blâme de cette situation lui était imputable.

— Nous gérons, répondit-il honnêtement. Cela prendra du temps, mais elle semble disposée à me laisser une chance de prouver ma sincérité.

— C'est une bonne chose. Nous avons besoin de cette Alliance.

— Je sais, répondit David. Au début, je ne le voyais pas vraiment, pour dire la vérité, mais je vois la différence que cela fait déjà et qui ne peut qu'augmenter si plus de vampires s'impliquent.

Marcel hocha la tête.

— Et il semblerait que ce soit plus tôt que tard. Un des chefs vampires, celui d'Amiens, est venu chercher des informations. Il est parti ce matin avec une partenaire. Cela implique de déplacer certaines de nos ressources, mais plus nous pourrons impliquer de vampires, mieux ce sera.

— Si je peux me permettre, je pense qu'Angélique pourrait nous aider à recruter, proposa doucement David, faisant taire sa réaction subsistante quant à son choix d'entreprise. Un grand nombre de vampires entrent et sortent du 'Sang Froid' et avec l'Alliance qui permet aux vampires de se nourrir principalement de leurs partenaires, ceux qui fréquentent toujours son établissement doivent être ceux qui ne se sont pas encore joints à nous.

— Cela semble prometteur, convint Marcel, heureux de voir que David travaillait sur l'acceptation de sa partenaire comme elle était plutôt que de la condamner. Nous allons voir ce que Thierry aura à dire sur la façon dont ils ont traité le nouveau vampire et s'il a des idées pour accélérer les choses. Ensuite, une fois que nous aurons annoncé l'Alliance, nous pourrons commencer à recruter pour de bon. Peut-être qu'Angélique et toi pourriez aider à déterminer la meilleure façon d'aborder ses clients. Nous allons en discuter dans la matinée avant que vous ne partiez en repos. Pour l'instant, cependant, j'ai une réunion avec les présidents des comités du Sénat. Si je suis chanceux, je serai de retour ici avant que vous rentriez chez vous demain.

David hocha la tête, mal à l'aise. Il n'avait pas vraiment envie de passer plus de temps au 'Sang Froid', mais il savait qu'il était en quelque sorte en probation après sa débâcle à la suite à l'affaire du repère plus tôt dans la semaine et il ne voulait pas décevoir Marcel encore une fois. Cela aurait été pire que n'importe quelle réprimande faite par Dumont ou n'importe qui d'autre.

LES RUES de Paris étaient froides et sombres après la chaleur et la lumière de La Réunion, rappelant à Jean qu'octobre touchait à sa fin. Une autre année était arrivée et touchait presque à sa fin. Il en avait vécu tellement, un automne impossible à distinguer de celui d'avant ou de celui d'après, à l'exception de quelques rares occasions. Il pensait plutôt que cette saison serait de celle dont il se souviendrait. Il pouvait en toute honnêteté dire qu'il n'avait pas connu un mois aussi mouvementé que celui-ci depuis qu'il avait sauvé Orlando des griffes de Thurloe, plus d'une centaine d'années auparavant.

Jean se renfrogna à nouveau en pensant aux aspects qui rendaient ce mois mouvementé si troublant, son beau visage s'en trouvant entaché. Il en voulait au fait que la magie qui lui avait permis d'exister toutes ces années était maintenant en train d'essayer de contrôler son existence. Comment pourrait-il jamais être en mesure de faire confiance à son attirance pour Raymond, et Raymond à la sienne, sachant comme c'était le cas, que chacune de leur interaction était dirigée par la magie qui gouvernait leurs vies ?

Frustré – et excité, s'avoua-t-il – il se dirigea vers le seul endroit où il serait toujours sûr d'être le bienvenu. Il était encore tôt, seulement quelques minutes après le coucher du soleil, beaucoup plus tôt que les visites qu'il avait jamais rendues à Karine, mais cela ne le dérangeait pas de l'attendre si elle n'était pas encore arrivée à la maison. Cela lui donnerait le temps de formuler des excuses pour la façon dont il l'avait traitée la dernière fois qu'il était venu la voir. Sur une impulsion, il s'arrêta au bout de sa rue et acheta un bouquet de roses chez la fleuriste qui faisait le coin. Elle avait toujours un arrangement de fleurs ou autres sur la table dans son entrée. C'était un gage, vraiment, mais même si elle les lui jetait au visage, elle saurait qu'il se souciait assez d'elle pour y avoir pensé.

Elle ne répondit pas à son coup à la porte, aussi s'installa-t-il sur le sol pour attendre, fermant les yeux et poussant son esprit dans la transe de repos qui passait pour du sommeil. Ses pensées voulaient vagabonder et il refusa de les laisser aller dans la direction qu'elles semblaient toujours vouloir prendre dans ses moments sans surveillance. Raymond était à La Réunion de toute façon, alors cela ne lui faisait aucun bien de partir dans cette direction.

Les sons des autres occupants de l'immeuble allant et venant pénétrèrent sa conscience mais il n'entendit pas la voix ni les traces de pas qui l'intéressaient. Il resta donc là où il était, les laissant vivre leur vie autour de lui alors qu'il attendait.

La pierre dure du sol du couloir devint inconfortable, le froid pénétrant son chandail, trop épais pour La Réunion, pas assez cependant pour Paris, perturbant son repos. Il se remit debout, s'étirant avec la grâce d'un lion. Le soleil s'était couché pendant qu'il attendait, l'obscurité s'installant sur la ville, plongeant à nouveau les élégants bâtiments dans le mystère. Les siens et lui-même connaissaient peu de choses de la ville pendant le jour, ayant été bannis de ces heures par le mode même de leur existence, mais c'était son royaume. Accrochant le bouquet à la porte de Karine pour qu'elle le trouve quand elle rentrerait, il sortit dans la nuit en humant les odeurs familières de la ville, si différentes des arômes tropicaux de l'île qu'il avait récemment laissée derrière lui. Son air renfrogné revint alors qu'il marchait. Il ne voulait pas penser à Raymond, au travail qu'ils avaient abattu ensemble, aux découvertes qu'ils avaient faites. Il savait qu'il avait besoin de faire un rapport à Marcel, mais après avoir posé une question lors de son retour dans la capitale, il avait appris que le Général de la Milice serait en réunion toute la soirée et qu'il ne devait pas revenir au siège avant minuit. Jean le rencontrerait alors, mais les heures d'ici là lui appartenaient, il en ferait ce qui lui plaisait. À l'heure actuelle, il lui plaisait de renouer avec sa ville natale, celle de sa mort, de sa renaissance, et maintenant de sa Cour.

Son chemin sinueux le fit passer par l'Opéra et descendre dans les parties les plus anciennes de la ville : le jardin des Tuileries, les portes closes n'étant pas un obstacle pour lui ; le Louvre où des générations de rois et de reines vivaient autrefois ; l'Hôtel de Ville illuminé pour la nuit, le quartier du Marais, construit sur un ancien marécage, et enfin, l'Île de la Cité et Notre-Dame. Il s'arrêta sur le parvis, étudia les lignes de l'église. Elle n'avait pas été aussi grande quand il l'avait admiré la première fois, plus d'un millénaire auparavant. Le summum de l'architecture gothique, avec ses arcs-boutants et ses ogives, ses statues et ses bas-reliefs qui se tenaient devant lui maintenant n'avaient commencé à apparaître que deux cents ans après qu'il soit transformé. Il avait hanté le chantier de construction à l'époque, fasciné par les nouvelles méthodes, celles qui avaient permis aux architectes de créer des nefs plus hautes, plus longues avec des trous béants plus tard remplis par du verre coloré aux teintes variées. L'intérieur était principalement en pierre nue maintenant, mais il se souvenait quand chaque surface était couverte de peintures, les images racontant les histoires de la Bible pour ceux qui n'avaient pas les capacités de lire les mots eux-mêmes. Il avait passé des heures sur les bancs étroits, l'équivalant d'une vie sans doute s'il les mettait bout à bout. Sa fascination pour la structure, avec tout ce qu'elle représentait, n'avait jamais faibli. Il espérait qu'elle ne le ferait jamais. Marchant sur le côté ouest de l'église, il trouva la petite pierre qui était la seule indication de l'emplacement de la tombe de son premier mentor. S'installant à côté d'elle, il commença à parler, déversant tout ce qui s'était passé depuis que la première lettre de Marcel était arrivée, expliquant l'Alliance et ses espoirs à son sujet, les complications qui avaient surgi tandis qu'ils en apprenaient davantage sur les implications des partenariats ainsi formés.

— Je crois en ce que nous faisons, dit-il à la pierre anonyme.

Quand le Père Emmanuel était mort, Jean n'avait pas eu l'argent pour payer un graveur et quand il avait finalement eu de l'argent, il n'avait plus aucun moyen d'expliquer comment il savait qui était enterré dans la tombe anonyme sans devoir expliquer qui et ce qu'il était et devoir le partager avec ceux qui n'étaient pas de son espèce.

— J'y croyais avant même que nous partions pour La Réunion et j'ai vu les ravages causés par le déséquilibre, mais je ne peux pas tout à fait digérer ce qu'il semble nous faire à tous. Pas les partenariats, pas la capacité de se déplacer librement dans la lumière du jour de nouveau, pas même le sexe, mais le sentiment que j'ai d'être contraint – non, c'est un mot trop fort, mais poussé, de toute façon – dans une relation que je n'aurais pas poursuivie autrement. Mon partenaire est un homme fascinant au sang le plus riche que tout ce que j'ai pu goûter, mais je suis quand même effrayé de lui faire confiance désormais. Est-il riche à cause de qui il est, ou est-ce que je goûte quelque chose qui n'est pas là, parce que chaque fois que je le fais j'aide à fixer une partie de ce qui est induit par la magie élémentaire ? Et même alors, cela ne me dérangerait pas si je sentais que je pouvais le contrôler, si je pouvais choisir. Cela ne fonctionne pas comme ça, cependant. Quand il est à proximité, lorsque nous travaillons ensemble, je me sens invincible, mais quand il est ailleurs, même juste dans la pièce à côté, il y a cette contrainte d'aller le retrouver. Et maintenant, en sachant que nous ne sommes même pas sur le même continent, je peux à peine rester tranquille.

Il ne reçut aucune réponse, bien sûr, mais il n'en attendait pas. Il venait ici comme il l'avait toujours fait, pour penser à voix haute et mettre de l'ordre dans ses pensées. Glissant mélancoliquement ses doigts sur la pierre une fois de plus, il se redressa et retourna se glisser dans l'agitation de la ville des lumières. Traversant la Seine sur la rive gauche, il erra sans but dans les rues, laissant ses pieds l'emmener où ils le voulaient. Il vadrouilla vers le sud jusqu'à ce qu'il approche de la Sorbonne. Ses pas ralentirent et il tourna dans la rue Champollion. Quelques pas de plus et il s'arrêta complètement, les yeux fixés sur le balcon d'un appartement mansardé.

— C'est ridicule, se dit-il, mais il ne pouvait pas s'opposer à la conviction qu'il avait trouvé la demeure de son partenaire.

Regardant autour de lui pour s'assurer qu'il était seul, il se hissa sur l'escalier de secours et escalada l'échelle de métal jusqu'à se tenir sur le balcon qui avait attiré son attention.

Il se sentait complètement fou, mais il regarda par la fenêtre ouverte, espérant une quelconque confirmation de sa ridicule certitude. La chambre était encombrée de livres, autant qu'il pouvait s'y attendre de la part de Raymond, mais beaucoup de gens avaient de grandes bibliothèques, même aussi vaste que celle-ci l'était. Forçant ses yeux, il essaya de lire les titres. Les dos de ceux qui étaient assez proches de lui étaient tournés du mauvais côté, mais les nuages se séparèrent, laissant les rayons de la lune transpercer la fenêtre. Là sur la table reposait le croquis de son médaillon que Raymond avait fait il y a trois jours quand il avait offert de rechercher ses origines.

— PAR L'ENFER, que se passe-t-il ? demanda Karine à l'homme aux cheveux noirs qui entrait dans la pièce où elle avait passé les deux derniers jours.

La nourriture apparaissait sur la table à intervalles réguliers, mais c'était la première fois qu'elle voyait quelqu'un depuis sa perte de conscience dans son appartement aux mains de ses deux agresseurs. Elle avait été naturellement effrayée de se réveiller dans une chambre inconnue, sans fenêtres et de trouver la lourde porte verrouillée de l'extérieur, mais sa crainte avait depuis longtemps cédé la place à une colère justifiée.

— Pourquoi suis-je ici ?

— Mademoiselle Gaudier ? demanda le sorcier avec une révérence courtoise. Je suis Pascal Serrier. Je voulais vous rencontrer.

— Je ne peux pas en dire autant, rétorque Karine d'un ton acerbe. Je suis ici depuis deux jours.

— Je m'en excuse, mais je suis un homme occupé, expliqua calmement Serrier. Mais vous avez toute mon attention maintenant.

— Vous n'avez pas répondu à ma foutue question, insista Karine. Pourquoi suis-je ici ?

Serrier secoua la tête et se dirigea vers la table pour tirer une chaise et inviter Karine à s'asseoir d'un geste.

— S'il vous plaît, Mademoiselle Gaudier, il n'est pas nécessaire d'être grossière. Venez prendre un siège et nous parlerons civilement. Aimeriez-vous quelque chose à manger, à boire ? Je n'ai même pas eu la chance de savoir si notre nourriture était à votre goût.

Les yeux de Karine rétrécirent, mais l'ordre de Serrier indiquait clairement qu'il contrôlait la discussion. Décidant qu'elle obtiendrait des réponses plus rapidement si elle abondait dans son sens, elle prit la place offerte à la table.

— J'adorerais un expresso, répondit-elle honnêtement.

— Bien sûr, répondit immédiatement Serrier.

Un coup de la baguette dans sa main produisit une demi-tasse fumante d'un café riche et noir.

Karine ne réagit même pas au spectacle de la magie. Compte tenu des apparitions et disparitions des assiettes au cours des deux derniers jours, elle savait qu'elle avait affaire à des sorciers. Elle leva simplement la tasse à ses lèvres et but avec délicatesse, le goût explosant délicieusement sur sa langue.

— Merci, offrit-elle, espérant qu'une légère courtoisie de sa part pourrait accélérer les choses.

— Cela vous dérange-t-il de discuter pendant que vous dégustez votre café ? demanda suavement Serrier, projetant l'image de l'hôte parfait avec une facilité consommée.

'*Que pensez-vous que j'ai essayé de faire depuis que vous êtes ici ?*' pensa Karine caustique, mais elle s'obligea à se limiter à un simple geste de politesse pour accéder à sa demande.

— J'ai cru comprendre que vous connaissiez Jean Bellaiche, observa Serrier. Le… comment l'appellent-ils ? Chef du jour de Paris.

— Chef de la Cour, corrigea Karine avant de considérer la sagesse de révéler sa relation. Oui, je le connais, ajouta-t-elle.

Si être sa maîtresse occasionnelle depuis dix ans pouvait être considéré comme le connaître.

— Il a convoqué une réunion de vampires la semaine dernière et certains de mes sorciers ont été tués dans le même temps, expliqua Serrier. Je n'aime pas ne pas savoir ce qui se passe dans ma ville.

Karine fronça les sourcils au commentaire de Serrier concernant sa ville, mais elle ne le contredit pas. Ça n'avait pas d'intérêt.

— Je suis sa maîtresse, pas sa secrétaire, répondit-elle. Il ne me parle pas des affaires de la Cour.

— Allons, Mademoiselle Gaudier, gronda Serrier, la voix toujours aussi claire malgré le durcissement caractéristique. Vous ne pouvez pas me faire croire qu'il ne vous parle pas de sa journée avant que vous vous endormiez le soir.

Karine dut détourner le regard, incapable d'arrêter l'insupportable douleur que ses mots éveillaient. Elle doutait qu'il ait été délibérément cruel – après tout, elle avait utilisé le mot 'maîtresse' pour décrire leur relation – mais se voir jeter ses rêves au visage de cette façon la bouleversait profondément.

— Croyez ce que vous voulez, dit-elle d'une voix rauque. Il n'a jamais eu confiance en moi.

Serrier était impressionné. Avec un public différent, son objection et la douleur exprimée sur son visage, auraient été impressionnantes et auraient certainement provoqué des expressions de sympathie et de pitié chez lui. Tant pis pour elle s'il ne ressentait pas de telles émotions.

— Alors, c'est comme ça que cela va être ? la défia-t-il.

— Comment quoi va-t-il être ? répondit Karine. Je ne sais pas pourquoi vous vous souciez de ce que Jean fait avec ses vampires, mais je ne peux pas vous aider.

Le sourire de Serrier devint cruel.

— Oh, je suis sûr que vous le pourrez avec la bonne motivation.

Sa main serra sa baguette à nouveau alors qu'il écoutait son cri.

— Je peux le faire toute la nuit, lui dit-il négligemment. Combien de temps pouvez-vous tenir avant de me dire ce que je veux savoir ?

XLVII

ORLANDO REVINT à pas de loups dans son appartement, ne voulant pas réveiller Alain si son partenaire dormait encore. Il avait marché pendant des heures. Loin de se reposer, ses cauchemars l'avaient hanté depuis qu'il était parti, mais la promesse qu'il avait faite à son amant ne lui permettait pas de rester à l'écart plus longtemps. Silhouette fantôme dans la chambre, il s'assit sur la chaise près de la porte et regarda le sorcier dormir. Il n'avait aucune idée du temps qu'Alain resterait comme ça, mais Orlando serait là quand il se réveillerait, ainsi qu'il l'avait promis.

Le désir de traverser la pièce et de se glisser sous les couvertures pour s'enrouler autour de la forme puissante de son amant était presque irrésistible, mais le vampire se contraignit à rester sur son siège. Il en avait tellement imposé à Alain au cours des deux dernières semaines – pratiquement à partir du moment où ils s'étaient rencontrés – prenant ce dont il avait besoin et ce qu'il voulait sans jamais vraiment demander au sorcier ce qu'il préférait. Certes, Alain n'avait protesté en aucune manière, mais Orlando ne pouvait s'empêcher de se demander maintenant si certaines de ces choses ne venaient pas de l'urgence de construire l'Alliance. Il étudia le beau visage comme s'il pouvait lire les pensées du sorcier si seulement il se concentrait suffisamment. Il avait fait confiance à sa capacité à lire dans le cœur de sa proie pour le guider à travers les méandres d'une vraie relation, la première qu'il ait jamais osé avoir en dehors de son amitié avec Jean. Alain avait ressemblé à un livre ouvert, le cœur sur la main, paraissant aussi facile à déchiffrer à travers son sang que des mots sur une page. Avait-il mal jugé les émotions dans le sang d'Alain comme il avait une fois mal interprété des mots inconnus ?

Il voulait parler à Jean, mais le chef de la Cour était à La Réunion, et même s'il était à Paris, il aurait à goûter lui-même le sang d'Alain pour dire si Orlando avait interprété correctement les saveurs. Chaque instinct possessif, jaloux d'Orlando se récriait en signe de protestation à cette pensée, comme si Jean pouvait ne serait-ce qu'envisager de violer un lien aussi puissant que l'Aveu de Sang. Reposant sa tête dans ses mains, le désespoir se dessinant dans chaque ligne de son corps, Orlando attendit qu'Alain se réveille, espérant trouver une indication que sa présence était toujours la bienvenue.

Alain émergea d'un sommeil agité, ses yeux se promenant paresseusement dans la chambre obscure. Ses mains se tendirent automatiquement vers le corps qu'il avait pris l'habitude d'avoir à côté du sien, pour seulement trouver un espace vide à la place.

— Orlando, murmura-t-il doucement, en regrettant le fossé qui avait laissé son amant tout seul.

Le son de son nom attira l'attention d'Orlando.

— Je suis ici, répondit-il en levant la tête dans l'ombre épaisse. Je ne voulais pas te déranger.

C'est l'espace vide où tu aurais dû te trouver qui me dérange, songea Alain plein de frustration. *Savoir que je t'ai chassé de ton propre appartement m'a dérangé.*

— Je m'inquiétais pour toi, dit-il à la place.

— Je peux prendre soin de moi, riposta Orlando sur la défensive.

Alain soupira. Ce n'était pas ce qu'il avait voulu insinuer du tout, mais il semblait que tout ce qu'il dirait serait mal interprété.

— As-tu apprécié ta promenade ?

Orlando renifla. En étaient-ils vraiment réduits à converser comme deux étrangers ?

— C'était intéressant de voir la ville de jour, répondit-il.

En dehors de la veille du jour où l'Alliance s'est formée, et d'une courte promenade avec Jean le lendemain, je ne l'avais jamais fait.

Alain hocha la tête, se redressant dans le lit, les couvertures retombant sur sa taille.

— Je suis heureux d'avoir pu te donner cette opportunité.

Il voulait donner tellement plus à Orlando, mais il ne savait pas comment aborder le sujet sans faire empirer les choses.

Le vampire baissa les yeux sur ses mains, ressentant de la douleur en lui, mais ne sachant pas comment l'exprimer.

— J'aurais préféré être ici avec toi, murmura-t-il en toute honnêteté.

Effrayé de croire en ce qu'il pensait avoir entendu, Alain se pencha en avant.

— Quoi ? demanda-t-il.

Orlando releva à nouveau les yeux pour rencontrer ceux du sorcier. Il pouvait voir la douleur qu'il ressentait se refléter dans le regard azur.

— J'aurais préféré être ici avec toi, répéta-t-il, plus fort cette fois.

— Alors pourquoi es-tu parti ? demanda Alain.

— Tu m'as rendu la possibilité de rester impossible, expliqua Orlando.

Alain le regarda, incrédule. La dernière chose qu'il voulait était de faire partir Orlando, pourtant son amant avait clairement reçu un message différent.

— Qu'est-ce qui t'a donné cette impression ?

— Je ne suis pas stupide, Alain, rétorqua Orlando en se levant pour arpenter la pièce. Tu es parti le premier, hier, au cas où tu l'aurais oublié. Puis la nuit dernière au siège de la Milice, tu pouvais à peine soutenir mon regard et tu ne m'as parlé que lorsque tu le devais. Je sens quand je ne suis pas désiré.

— Je suis désolé, dit doucement le sorcier. Je n'ai jamais voulu te faire ressentir ça.

371

— Alors qu'est-ce que tu voulais dire ? Tu t'es écarté loin de moi, tu m'as laissé seul quand tout ce que je voulais c'était être avec toi. Je sais que c'est nouveau pour nous deux, mais j'avais besoin de toi et tu m'as laissé seul. Qu'étais-je censé penser d'autre ?

Alain prit une profonde inspiration, se souvenant de tous les traumatismes qu'Orlando avait subis.

— Tu m'as repoussé le premier, rappela-t-il à son amant.

— J'ai fait quoi ? s'écria Orlando. Je sais que j'ai réagi de façon excessive, mais j'ai essayé de t'expliquer et tu n'as pas écouté. Tu es sorti du lit et tu m'as laissé là.

— Tu ne m'as pas suivi, souligna Alain.

— Bien sûr que je ne l'ai pas fait, cria presque Orlando. Combien de fois dans une journée, t'attends-tu à ce que je prenne une gifle ? Tu m'avais clairement signifié que tu ne voulais pas de ma compagnie. Je ne suis pas masochiste.

— Je pourrais te poser la même question, cria Alain en retour. Tu m'avais demandé de te mordre, et non l'inverse.

— Et tu avais dit à plusieurs reprises que tu arrêterais chaque fois que j'aurais besoin que tu le fasses, lui rappela amèrement Orlando.

— Tu ne m'as pas demandé d'arrêter, tu n'as pas utilisé ton mot de sécurité, tu m'as juste repoussé !

— Et j'ai essayé de m'excuser et tu ne m'as même pas laissé finir ma phrase !

— Parce que c'est la même excuse à chaque fois. Tu dis que tu crois en moi, mais tu continues à agir comme si j'étais *lui*.

— Tu savais ce que j'étais quand tu as accepté de porter ma marque, d'être mon amant. Si tu ne peux pas l'accepter, tu aurais dû dire quelque chose à ce moment-là, avant que nous nous retrouvions dans cette situation, car il n'y a pas moyen d'en sortir maintenant, sauf par ta mort ou par mon suicide. J'ai juré il y a une centaine d'années que je ne mettrais pas fin à ma vie, aussi ratée soit-elle. Je ne vais pas changer d'avis maintenant.

La pensée d'Orlando entrant dans la lumière du soleil sans protection fut plus qu'Alain ne put en supporter.

— Ne… plaida-t-il, toute colère envolée à la pensée de perdre Orlando de cette façon. Ne pense même pas à cela. Je ne pourrais pas supporter l'idée que je t'ai conduit à…

Il ne put même pas finir sa phrase.

— Je ne te veux pas hors de ma vie, ajouta-t-il quand il put parler à nouveau malgré la boule dans sa gorge. Je te veux tout simplement.

Le changement de ton, la prière sincère dans la voix d'Alain apaisèrent la colère d'Orlando. Toujours incertain de son accueil mais maintenant plein d'un espoir qu'il n'avait pas encore quelques minutes auparavant, il s'approcha lentement du lit.

— Alors pourquoi je ne le ressens pas de cette façon ? demanda-t-il d'un ton plaintif, toute hostilité disparue.

Le découragement dans la voix d'Orlando brisa ce qui restait de la réserve d'Alain. Il attira le vampire dans ses bras.

— Je suis désolé, murmura-t-il contre les cheveux noirs. Je continue de penser que j'ai compris ta situation et je découvre que je me suis trompé. J'ai juste eu besoin de réfléchir, de retrouver mes repères. Je ne voulais pas que tu te sentes rejeté.

Orlando s'effondra dans les bras d'Alain, laissant le sorcier le tenir, son contact le rassurant. Aussi tendu qu'avait été leur lien au cours de la journée précédente, il ne s'était pas rompu.

— Alors que faisons-nous maintenant ? demanda-t-il finalement.

Alain savait ce qu'il voulait faire. Il voulait faire rouler Orlando sous lui et faire l'amour au vampire afin qu'il ne doute plus jamais de ses sentiments à nouveau, mais il savait ce qui arriverait s'il suivait cette impulsion. Leurs premiers pas dans cette voie avaient été suffisants pour provoquer cette rupture entre eux. Il frissonna en pensant à ce qui aurait pu arriver s'ils étaient allés plus loin.

— Tout d'abord, déclara-t-il à voix basse, basculant le visage d'Orlando de sorte que leurs regards se croisent, tu dois te nourrir parce que ça fait déjà deux jours depuis la dernière fois. Je suis surpris que tu aies pu rester aussi longtemps sans le faire étant donné ce que Sébastien a dit au sujet de l'Aveu de Sang, à moins que ma magie n'ait aussi accéléré ce processus. Après ça, nous verrons où vont les choses. Nous sommes de service ce soir, mais pas plus tard.

Orlando hocha la tête, sa première résolution lui revenant. Il s'était promis de ne pas imposer, plus que nécessaire pour sa survie, ses besoins à Alain, mais ce dernier le proposait, et à vrai dire, il pouvait sentir la magie de son sorcier et sa propre force décliner. Son amant avait raison. Il avait besoin de se nourrir.

PÉNÉTRANT DANS le quartier général Milice, Jean haussa les épaules en essayant de se débarrasser du sentiment de malaise qui s'était installé en lui dès l'instant où il avait trouvé l'appartement de Raymond. Il avait depuis longtemps accepté l'idée qu'être un vampire entraînait une prise aiguë de conscience des deux mondes, le naturel et le surnaturel, mais cela ne l'avait pas préparé à se trouver sur le seuil de l'appartement de son partenaire sans jamais y être allé avant. La complexité des partenariats formés avec cette Alliance continuait de l'étonner. Le déroutait aussi, s'il devait être honnête. Il ne pouvait rien faire à ce sujet cependant, et il avait une mission à remplir puisque son partenaire ne pouvait pas quitter La Réunion pour le moment. Frappant à la porte du bureau de Marcel, il essaya à nouveau de décider comment il allait expliquer ce que Raymond et lui avaient appris.

— Entrez, lança Marcel, le coup à la porte le sortant de sa torpeur alors qu'il contemplait son discours pour la conférence de presse qu'il avait prévue pour le lendemain soir.

Il avait relu les mêmes phrases tant de fois qu'il ne savait plus ce qu'il voyait. Il savait qu'il avait besoin de dormir mais il n'aurait jamais assez de temps pour terminer ce qu'il avait à faire s'il le faisait. Et chaque tâche semblait plus importante que la précédente. Avec un soupir fatigué, il mit de côté le papier quand la porte s'ouvrit.

— Jean, quand es-tu rentré ?

— Il y a quelques heures, répondit le vampire. Tu étais en réunion, j'ai donc pris soin de quelques affaires de la Cour.

— Raymond est-il revenu avec toi ? demanda le Général, espérant un rapport sur la situation, surpris que le sorcier soit parti si vite.

— Non, il a dit que cela prendrait quelques jours de plus avant qu'il puisse suffisamment stabiliser la situation et revenir, expliqua Jean, la douleur du vide laissé par l'absence de son partenaire le retournant complètement.

Il repoussa le sentiment, se rappelant que cela était dû aux liens magiques du partenariat et non à ses véritables émotions.

— Eh bien, prends un siège et dis-moi ce que je peux faire pour toi, offrit Marcel.

Il avait besoin de discuter lui aussi de son discours avec le chef des vampires puisque la réaction de Jean en tant que Chef de la Cour serait certainement intéressante pour les médias, mais cela pouvait attendre.

— Les efforts de sauvetage se passent bien, commença Jean. Je n'y aurais pas pensé quand nous avons envoyé des vampires avec leurs partenaires, mais j'ai peut-être trouvé une nouvelle profession pour certains de mes gens quand la guerre sera finie.

— Vraiment ? demanda Marcel. Comment ça ?

— Je pouvais sentir le sang des blessés dans les décombres et cela nous a permis de les trouver plus rapidement, expliqua Jean. Nous n'avons pas eu à passer aléatoirement au crible les débris, nous pouvions commencer là où nous savions qu'il y avait des survivants pris au piège.

— C'est un réel avantage, convint Marcel en se demandant comment il pouvait l'utiliser dans son discours sans révéler les détails de la magie qui permettait aux vampires de se déplacer à la lumière du jour.

— Il y a plus, ajouta Jean lentement. Un côté plus sensible.

— Sensible ? interrogea Marcel.

— Raymond et Monsieur Lombard avaient raison, déclara Jean. Quand un vampire se nourrit sur son partenaire, cela aide à rétablir l'équilibre magique. Nous l'avons testé pendant que nous étions sur l'île et les résultats ont été assez concluants.

— Je pense que je vais laisser ça de côté lors de mon discours demain, commenta Marcel avec amusement avant de redevenir plus sérieux. C'est un argument puissant en faveur de l'Alliance, des partenariats et des projets de loi que nous voulons faire passer au Parlement, mais je ne sais pas si le grand public a besoin de cette information.

— Serrier n'en a diablement pas besoin, admit Jean.

— Tout à fait. Ils n'ont pas besoin non plus de savoir que l'échange de la magie permet aux vampires de sortir durant la journée.

— Je ne sais pas quel impact cela aura, avertit Jean, ou s'il sera durable. Raymond m'a montré comment il le surveille et nous avons remarqué une nette amélioration quand un vampire se nourrit, mais nous étions à La Réunion, près du lieu où la perturbation s'est manifestée. Et cela a aidé, mais cela n'a pas effacé complètement la perturbation.

Marcel considéra l'information.

— Nous maintiendrons le rituel de Samhain, réfléchit-il à voix haute. Il ne peut pas nuire, même si la situation n'est pas aussi grave que nous l'avions cru, et il peut encore être nécessaire puisque le typhon a frappé après que de nombreux partenariats se soient noués. Nous aurons besoin de regrouper un bon nombre de sorciers pour ce soir. Peut-on compter sur les vampires, même ceux non appariés, pour aider à couvrir les équipes de nuit durant ce soir-là et au cours des quelques jours qui suivront, pendant que les sorciers impliqués récupéreront de leur dépense magique ?

— Tu...

Le vampire fit une pause, se souvenant des sermons d'Orlando dès les premières heures de l'Alliance.

— Nous pouvons faire appel à ceux qui sont déjà engagés envers l'Alliance d'une façon qui servira au mieux la Milice. Si tu veux que je commence à contacter les autres Chefs de Cour ou que j'approche les vampires qui ne sont pas activement associés à ma cour, nous aurons besoin de rendre l'Alliance publique pour que je puisse les approcher officiellement. Sinon, le Jeu des Cours va nous faire négocier pendant des mois.

Marcel indiqua le bloc-notes sur son bureau.

— La conférence de presse est prévue pour dix-neuf heures demain soir. Je n'attendais pas ton retour et ton travail à La Réunion était plus important, mais puisque tu es là, peut-être aimerais-tu te joindre à moi ?

LA TÊTE inclinée, le cou nu représentait la tentation pour Orlando, encore plus parce qu'il savait que sous le drap le couvrant, Alain était nu. Une partie de lui, la partie qui avait désespérément besoin d'être rassurée, voulait ramper sous les couvertures et s'enfoncer dans le corps solide, trouver le contentement qu'il avait toujours ressenti dans les bras de son amant, mais il s'était promis de ne pas céder à cette faiblesse, de ne compter sur lui que pour sa subsistance. Il était presque résolu à prendre le bras du sorcier plutôt que de se régaler de son cou, mais il ne pouvait se résoudre à creuser le fossé entre eux alors qu'Alain attendait clairement qu'il morde la peau ombrée d'un début de barbe. Bougeant pour pouvoir se nourrir sans s'approcher trop près de son partenaire, Orlando étouffa un soupir alors qu'il préparait la peau tendre avant d'y plonger ses crocs.

Le sang d'Alain se précipita dans sa bouche, inondant ses sens et le catapultant dans les émotions du sorcier. Il se rappela que même s'il avait cru le comprendre clairement, il avait manifestement mal interprété les signes. Et cela signifiait qu'il pouvait se tromper à nouveau maintenant. Il ne pouvait pas se laisser influencer par tout ce qu'il goûtait, ou croyait goûter.

Alain sentit l'hésitation dans les actes d'Orlando, la différence dans la façon dont le vampire s'approchait de lui et il maudit silencieusement la distance entre eux. Il avait essayé d'aider son amant mais cela semblait n'avoir fait qu'empirer les choses. Il tendit la main vers celle d'Orlando, serrant doucement les doigts avant de les entrelacer aux siens. Il ne voulait pas faire pression sur l'autre homme, mais il ne referait pas l'erreur de laisser Orlando penser qu'il n'était pas le bienvenu. Inclinant un peu plus la tête en arrière, il se détendit sous la sensation croissante, désormais familière, qui envoyait le plaisir courir le long de ses nerfs.

Les doigts d'Orlando se fermèrent autour de sa main de leur propre initiative, se félicitant de la connexion avec un désespoir qu'il n'osait pas reconnaître à haute voix. Le rythme de sa succion ralenti tandis que le désir d'Alain le balayait, par et à travers lui. Il pouvait avoir mal interprété beaucoup de choses, mais pas cela étant donné la façon dont son partenaire s'agitait sans relâche sur le lit. Se détendant très légèrement à la pensée que cela, au moins, n'avait pas changé, il se pencha doucement contre Alain, s'arrêtant pour s'assurer qu'il était le bienvenu.

Sentant Orlando se presser contre lui, Alain leva sa main libre sur les cheveux acajou du vampire, les caressant doucement pour encourager son amant.

— S'il te plaît, murmura-t-il, ses lèvres balayant le front d'Orlando. Bois tout ton soûl.

Orlando leva les yeux pour croiser le regard d'Alain, séduit une fois de plus par la chaleur qui brillait dans le profond regard bleu. Le sorcier ne pouvait pas le regarder de cette façon sans ressentir autre chose qu'un simple devoir. Il aspira plus profondément, cédant à l'érotisme du moment, poussant et retirant ses crocs dans le cou d'Alain, l'odeur du désir flottant d'en dessous les draps alors que son amant commençait à s'agiter au rythme de sa bouche, le souffle rauque ébouriffant les mèches de ses cheveux qui encadraient son front. Il frissonna quand la passion grandit entre eux, quand le désir impétueux le submergea au point qu'il craignit de perdre le contrôle. Ne voulant pas blesser Alain, il commença à s'écarter.

— Non, protesta Alain. Prends-en plus. Prends-moi.

Orlando hésita, toujours tenté par le recul de la tension entre eux mais ses instincts réclamaient de céder à la demande de son partenaire. Abandonnant sa résistance contre-productive, il retourna son attention sur Alain pour lui prodiguer autant de plaisir que possible. Le sorcier soutiendrait Orlando pour le reste de sa vie. Il n'y avait pas de raison de lui refuser le plaisir qu'il pouvait trouver dans le processus.

Alain n'aurait pas pu dire ce qui changea à ce moment, mais il sut exactement à quelle seconde Orlando cessa de résister au lien entre eux. Ses yeux se révulsèrent quand il lutta pour assimiler l'afflux de sensations, mais son inquiétude et la fatigue avaient usé toutes ses réserves habituelles de volonté. Le plaisir et l'amour déferlèrent à travers lui, surchargeant ses sens et lui arrachant un orgasme déchirant. Haletant durement tandis qu'Orlando se retirait brusquement, Alain caressa la joue lisse.

— Ne me fuis plus de nouveau, supplia-t-il. J'étais fou d'inquiétude, j'avais peur de t'avoir chassé.

— Est-ce que ça t'aurait vraiment dérangé ? demanda doucement Orlando, mettant à nu sa profonde insécurité.

— Bien sûr que oui ! s'écria Alain. N'as-tu pas compris que je t'aime ?

XLVIII

— TU M... M'AIMES ? bégaya Orlando, complètement abasourdi par la révélation. Tu m'aimes, moi ?

L'étonnement contenu dans la voix d'Orlando faisait mal à entendre. Que la pensée de quelqu'un capable de l'aimer puisse l'étonner autant laissait Alain au bord des larmes pour son amant.

— Oui, répondit-il simplement, les mains enveloppant doucement le visage du vampire. Cela ne veut pas dire que je ne vais pas encore tout bousiller une prochaine fois, ne pas te blesser sans le vouloir, mais ne doute jamais de ce que je ressens pour toi.

Les mots peinaient à pénétrer les pensées brouillées d'Orlando. Une seule phrase avait un sens.

— Tu m'aimes, répéta-t-il dans un murmure alors qu'il réalisait ce qu'il avait entendu.

Son regard, quand il le releva pour croiser celui de son amant, était lumineux.

— Tu...

Le reste de ses mots se perdit dans la bouche d'Alain alors que le sorcier l'embrassait tendrement mais profondément.

La surprise contenue dans la voix et le regard d'Orlando déchirait Alain, et il se promit de répéter ces mots encore et encore jusqu'à ce que le vampire les croie. Il inonderait son amant de son affection jusqu'à ce qu'il ne puisse plus douter de ce qu'il ressentait, en commençant avec ce baiser. Avec précaution, il embrassa son vampire, attirant leurs corps ensemble jusqu'à ce que son torse effleure la poitrine vêtue d'Orlando. Ses mains glissèrent jusqu'aux épaules de son amant pour jouer avec les extrémités de la longue chevelure sombre. Lorsqu'Orlando ne l'arrêta pas, il fit glisser ses mains plus haut, vers la nuque et inclina sa tête pour approfondir le baiser.

Les mains qui le touchaient étaient tendres et Orlando refusa de laisser le souvenir de son créateur le déranger à nouveau dans leurs interactions. Alain avait raison sur un point : il devait laisser partir son passé et cesser de confondre son amant avec son bourreau. Essayant de montrer à Alain ce qu'il ressentait, il rompit le baiser et pencha la tête en arrière, offrant son cou à son amant.

— Je ne sais pas si je peux te laisser me mordre, même légèrement, mais embrasse-moi. S'il te plaît.

Sachant ce que cela devait coûter à Orlando, Alain hocha la tête, la baissant vers la peau lisse, ses lèvres glissant de haut en bas le long du cou, se blottissant contre la chair chauffée par le sang que le vampire avait récemment avalé. Il posa ses lèvres sur la ligne de la mâchoire d'Orlando, attentif à garder ses dents bien loin de la peau du vampire.

— Crois-moi, murmura-t-il alors que ses lèvres bougeaient. Je ne te blesserais pas, je ne te ferais jamais de mal.

Rien de ce qu'Alain aurait pu demander n'aurait pu être plus difficile pour Orlando mais sa déclaration lui fit souhaiter qu'il soit en mesure d'accorder tous les désirs de son amant.

— Je sais, chuchota-t-il en s'écartant et en étudiant attentivement le visage d'Alain.

Il pouvait y lire, maintenant qu'il le regardait, tout l'amour que son sorcier venait de déclarer. Prenant une profonde inspiration, il se leva, ôta ses vêtements et souleva le drap avant de se glisser dessous. En s'approchant de son amant, il sentait le frôlement du tissu sur sa peau. S'obligeant à espérer que ce ne serait pas considéré comme un refus, il se coucha sur les oreillers, attirant Alain à côté de lui.

— J'essaie.

Les derniers mots auraient dû être rassurants, mais cela n'en était pas moins blessant qu'Orlando doive essayer de lui faire confiance. Se rappelant que tout le monde aurait du mal à faire confiance après ne serait-ce qu'une partie de ce que son vampire avait traversé, Alain s'allongea à côté de lui et étudia son beau visage. Quelques jours plus tôt, il n'aurait pas hésité à prendre leur position comme une invitation, initiant des baisers et des caresses qui entraîneraient Orlando à l'aimer comme il le faisait si bien, mais trop de choses s'étaient passées depuis pour qu'il prenne simplement cela pour acquis.

— Je t'aime, répéta-t-il doucement, pas sûr que n'importe quelle autre avance serait la bienvenue.

Orlando ferma les yeux alors que les mots qu'il désirait entendre depuis si longtemps glissaient sur lui. Il avait été seul pendant si longtemps, croyant aux mensonges que son créateur lui avait assénés, se croyant indigne même de l'estime de ceux qui l'entouraient et encore moins de plus tendres émotions. Les autres jeunes soldats avec qui il avait eu des expériences avant d'être transformé avaient été agréables, mais il ne s'était pas fait d'illusions et leurs mains sur les membres les uns des autres avaient plus un but de jouissance mutuelle que toute autre chose et les souvenirs n'étaient certainement pas suffisants pour compenser les dépravations de son créateur.

— Je t'aime aussi.

Sa voix se brisa tandis qu'il prononçait ces mots qu'il n'avait jamais dits à personne depuis qu'il avait été transformé, et avant cela, il les avait réservés seulement à sa mère et sa sœur.

Quand ses mots ne rencontrèrent qu'un tendre baiser sur son front plutôt que le prélude à faire l'amour comme il l'avait espéré, le cœur d'Orlando se brisa.

— Ne veux-tu plus de moi ?

— Comment peux-tu seulement croire cela ? protesta Alain. Je ne veux simplement pas te faire de mal.

— Te souviens-tu de ce que tu m'as dit lorsque je t'ai avoué que j'étais une marchandise endommagée ? Tu m'avais dit d'arrêter de me rabaisser, que je n'étais pas endommagé, mais je le suis, Alain. Je ne pense pas que tu aies compris alors et peut-être que tu ne le comprends toujours pas maintenant. Je ne serai peut-être jamais en mesure de te donner tout ce dont tu as besoin. Je ne serai peut-être pas en mesure d'oublier complètement ce que ce bâtard m'a fait. Cela ne veut pas dire que je ne te fais pas confiance pour ne pas me traiter correctement. Je *sais* que tu ne me feras jamais de mal, mais cela fait à peine deux semaines que je t'aime, et aussi merveilleuses que ces deux semaines aient été, cela ne suffit pas pour surmonter une centaine d'années d'abus, expliqua Orlando.

— Je le sais, insista Alain. Et j'ai essayé de le respecter. Est-ce que je déteste que son fantôme finisse au lit avec nous chaque fois que nous faisons l'amour ? Bien sûr que oui, mais j'essaie de l'accepter et d'être patient jusqu'à ce que tu puisses l'exorciser. Je ne sais tout simplement pas comment te toucher sans empirer les choses. Je vais t'aider autant que je peux mais tu dois me montrer comment faire. Il te suffit de ne pas t'éloigner à nouveau de moi.

Il fit courir son pouce tendrement sur la courbe de la lèvre inférieure d'Orlando, sentant la pointe d'un croc attraper la pulpe de son doigt. Malgré l'insistance du vampire pour maintenir l'alimentation séparée du sexe, dans l'esprit Alain ils étaient devenus inexorablement liés. Il espérait seulement qu'un jour, son amant aurait suffisamment confiance en lui pour les relier aussi dans la réalité.

— Aide-moi à t'aimer comme tu mérites d'être aimé.

Orlando retint un cri étouffé alors qu'il attirait Alain contre lui avec urgence. Il se cramponna au corps solide du sorcier, aux prises avec toutes les impulsions contradictoires qui l'envahissaient. Il voulait faire rouler Alain sous lui et le pénétrer profondément, il voulait dénuder son cou et y enfoncer ses crocs tandis qu'il rendait son amant fou de désir ; il voulait se détendre et s'offrir à son partenaire comme il ne s'était jamais offert à qui que ce soit, il voulait laisser des morsures d'amour partout sur le corps de son sorcier, de petites piqûres de ses crocs alors qu'il attisait la passion d'Alain de plus en plus haut ; il voulait voir à quel point l'orgasme de son amant serait puissant s'il se nourrissait pendant qu'ils faisaient l'amour ; il voulait…

Avec un soupir, il leva la tête et croisa le regard d'Alain. Il voulait beaucoup de choses, et aucune n'était terriblement réaliste à l'heure actuelle compte tenu de sa myriade de craintes et d'hésitations, mais il pouvait demander une chose. Laissant ses mains commencer à errer sur la poitrine de son amant, il tira doucement sur le boxer qu'Alain n'avait plus jamais porté au lit depuis leur première fois ensemble.

— Débarrasse-toi de ça, suggéra-t-il. Je veux faire l'amour avec toi.

Alain s'empressa de faire ce qu'Orlando demandait, retirant le tissu collant de sa peau avec un soupir de soulagement. Il s'apprêtait à le jeter de côté quand Orlando attrapa sa main en prenant le boxer, le levant à son visage. Inspirant profondément, il regarda Alain avec des yeux étincelants.

— J'aime savoir que je peux te faire jouir sans rien faire, admit-il avant de laisser choir le vêtement sur le sol pour attirer son amant dans ses bras.

— Putain, Orlando ! murmura Alain, son érection gonflant sous le regard décadent et les propos incendiaires de son amant. Tout ce que tu as à faire, c'est de me regarder et je bande comme un fou.

— Tout ce que j'ai à faire, c'est penser à toi, répondit Orlando avec un sourire, commençant enfin à sentir qu'ils étaient de retour sur la bonne voie.

Il poussa doucement sur l'épaule d'Alain, le pressant de s'allonger. Lorsque le sorcier obéit, il s'étendit à ses côtés, appuyé sur un coude pour pouvoir admirer son amant tandis qu'il le touchait. En dépit de tout ce qui s'était passé depuis leur rencontre, leur relation était encore assez nouvelle pour Orlando qui s'émerveillait chaque fois de sa bonne fortune et voulait encore s'attarder sur ces moments avant que le désir submerge ses sens, le laissant seulement capable de sentir ce qu'Alain lui faisait.

— Que veux-tu que je fasse ? demanda Alain en tremblant, partagé entre son envie de faire plaisir à Orlando et sa peur d'effrayer son amant à nouveau.

Les règles avaient changé tellement de fois qu'il ne savait plus quelles caresses étaient permises.

— Tout ce que tu veux, répondit Orlando d'une voix rauque. Je ne veux pas que tu te retiennes, juste que tu acceptes si je te demande d'arrêter.

Alain hocha la tête, mais il détestait les lignes floues. Elles lui laissaient un sentiment d'incertitude, comme s'il n'avait plus pied. Au moins, quand Orlando mettait une limite spécifique sur sa vision de leurs rapports, il pouvait se détendre à l'intérieur de cette limite au lieu de toujours s'inquiéter que le contact suivant puisse être celui qui, à lui seul, gâcherait l'ambiance entre eux. Réprimant un soupir qui serait certainement mal compris, il caressa légèrement la joue d'Orlando en soulevant sa tête afin que leurs lèvres se rencontrent dans un autre tendre baiser. Cela au moins, il pouvait le faire sans crainte. Il était tout à fait sûr que Thurloe n'avait simplement jamais posé sa tête à côté de celle d'Orlando pour l'embrasser.

Le vampire se détendit sous le baiser, le seul contact digne d'amants, pas juste de partenaires sexuels ou pire encore : de maître et d'esclave. Il tint ses crocs bien à l'abri, mais même sans le sang d'Alain dans sa bouche, il pouvait sentir la dévotion dans cette union et il fit de son mieux pour investir le même degré d'émotion de son côté de l'équation. Bientôt pourtant, le baiser ne fut plus suffisant. Il avait besoin d'Alain contre lui, autour de lui, lui prouvant de la façon la plus basique qu'ils étaient toujours ensemble, qu'ils étaient vraiment amoureux et que le malentendu de la veille ne les avait pas déchirés. Une main saisit la tête d'Alain, gardant leurs lèvres scellées dans un rapide et profond baiser. L'autre se mit à bouger, caressant la fine toison qui recouvrait sa peau, descendant vers un mamelon rose, puis vers l'autre. Immédiatement, Alain roula vers Orlando amenant leurs corps dans un contact allant de la poitrine à la cuisse, leurs érections cognant malicieusement l'une contre l'autre.

381

Se souvenant de la façon dont Orlando avait réagi lorsqu'il avait touché ses mamelons, le sorcier caressa la poitrine de son amant, encerclant et taquinant, faisant de petits cercles de plus en plus serrés. Lorsqu'il entendit des soupirs d'approbation, Alain s'enhardit, rompit le baiser et fit glisser ses lèvres sur la peau d'Orlando, sur son cou puis vers son épaule. Il voulait goûter la chair satinée, mais cela voulait dire délaisser ses lèvres, prendre le risque que ses dents capturent de la peau et surprennent le vampire. Ils faisaient à nouveau l'amour ; la dernière chose qu'il voulait, c'était de faire quoi que ce soit qui puisse perturber cela. Il garda son regard fixé sur le visage d'Orlando à la recherche de n'importe quel signe de détresse, de n'importe quelle indication qu'il devait arrêter, mais il n'y lut que du plaisir. Ses lèvres glissèrent plus bas en direction des petits points sombres qu'il avait taquinés de ses doigts. Les doigts d'Orlando s'enfouirent dans ses cheveux, lui faisant faire une pause et chercher à nouveau le visage de son amant mais il ne vit que du ravissement sur ses traits classiques. Puis les mains d'Orlando le repoussèrent plus fort guidant ses lèvres vers la chair couleur café. Il caressa un mamelon, puis l'autre, le désir d'y goûter surpassant finalement ses réserves. Sa langue se précipita et lécha la chair tendre. Le gémissement de son amant se répercuta directement à son membre qui avait atteint sa pleine vigueur au cours des dernières minutes. Il lécha à nouveau, impatiemment, mais toujours en prenant soin de garder ses dents en retrait. Il ne voulait rien qui rappelle Thurloe à Orlando, surtout pas maintenant.

Les pensées du vampire ne pouvaient pas être plus éloignées de son passé qu'à cet instant sauf pour comparer une fois encore la façon dont tout était différent lorsque c'était Alain qui le touchait. Il pouvait presque croire que tout irait bien, qu'ils trouveraient un moyen d'être vraiment ensemble en dépit de son passé et de ses craintes. Son dos s'arqua, poussant sa poitrine en avant vers la bouche d'Alain. Il voulait ressentir plus encore les attentions de son amant, il voulait qu'Alain continue de lécher et de sucer ses mamelons jusqu'à ce que son désir devienne douloureux.

— S'il te plaît, murmura-t-il, ses mains se refermant sur le cuir chevelu du sorcier.

Levant la tête, Alain croisa le regard d'Orlando.

— Que veux-tu ? murmura-t-il, ses lèvres bougeant contre la peau soyeuse.

— Plus, répondit le vampire d'une voix rauque. Donne-m'en plus.

Le ventre d'Alain se noua en réponse au ton de la voix d'Orlando. Il baissa à nouveau la tête et reprit ses attentions, laissant ses mains errer sur le corps Orlando comme elles le faisaient, caressant son dos, ses hanches, l'arrière de ses cuisses. Il évita soigneusement de toucher les fesses du vampire ou son érection, certain qu'elles avaient été les cibles privilégiées de la plupart des agressions de Thurloe.

Orlando pouvait presque croire qu'il sentait de la possessivité dans les caresses d'Alain, pas de la manière dont Thurloe l'avait été – voulant seulement dominer le jeune et faible vampire, l'écrasant de son corps et de son esprit d'une poigne de fer – mais plus avec une sorte d'adoration, comme s'il était un trésor à portée de main, quelque chose qu'on devait chérir. C'était un sentiment nouveau mais l'un de ceux qu'Orlando pourrait apprendre à apprécier. Les lèvres d'Alain délaissèrent ses mamelons, dérivant doucement vers son abdomen. Le désir de les sentir encercler sa verge à nouveau le fit se précipiter en avant et ses mains se déplacèrent inconsciemment pour diriger son amant en conséquence.

Alain se souvint, quand il réalisa la direction vers laquelle le conduisait Orlando, qu'aucun problème n'était intervenu la dernière fois alors qu'il suçait son vampire, mais seulement un peu plus tard, lorsqu'il avait mordillé le cou de son amant. Cela lui semblait toujours aussi étrange qu'une caresse aussi légère ait pu déclencher une telle dispute entre eux, mais c'était le passé. Il avait plutôt besoin de se concentrer sur l'avenir afin d'être sûr de ne rien faire qui puisse les renvoyer vers la tension qui avait régné entre eux au cours de ces dernières vingt-quatre heures. Avec cette pensée au premier plan de son esprit, il lécha le bout du sexe d'Orlando, sa langue glissant dans la fente alors qu'il décalottait le prépuce d'une main tendre. Il prit la résolution de lui faire la meilleure fellation qu'Orlando ait jamais reçue. Déjà, la verge du vampire était rouge et quelques gouttes de sperme commençaient à perler, recouvrant la langue d'Alain d'un fluide salé. Il suça légèrement le gland, laissant sa main entourer le membre dressé alors qu'il le taquinait. Les mains d'Orlando se serrèrent sur sa tête mais un coup d'œil vers le haut lui révéla le visage crispé de plaisir de son amant. Se disant de faire confiance à Orlando pour l'arrêter si nécessaire, Alain prit plus encore de son sexe épais dans la bouche.

Orlando resta immobile aussi longtemps qu'il le put, se délectant de la caresse amoureuse de la bouche et des mains d'Alain. Chaque geste, chaque coup de langue assouplissaient son cœur et guérissaient une petite partie de son âme, permettant lentement de remédier aux dommages causés par des années d'abus. Il n'osait toujours pas espérer être à jamais complètement libre de son passé, mais avec chaque geste tendre d'Alain, il laissait un petit morceau s'éloigner. Quand il sentit son orgasme commencer à l'envahir, il se retira, attrapant le menton d'Alain alors que son amant voulait poursuivre.

— Pas comme ça, insista-t-il. Avec moi.

— Laisse-moi te donner du plaisir, plaida Alain.

— Tu le feras, promit Orlando, mais il n'y a pas de plaisir à jouir seul.

Il roula sur le dos.

— Chevauche-moi ?

Alain déglutit, la gorge soudain serrée. Oui, ils avaient déjà fait l'amour de cette façon une fois avant, mais même alors, Alain avait vu ce qu'il en avait coûté à Orlando de renoncer ainsi au contrôle. Et c'était quand son amant avait encore confiance en lui. Maintenant…

— S'il te plaît ?

Alain attrapa le lubrifiant sur la table de lit, répandit généreusement le gel sur le membre d'Orlando avant de se positionner à califourchon sur le vampire. Aussi tenté fut-il de se pencher en avant et d'embrasser les lèvres sensuelles, il s'en abstint, ne voulant pas qu'Orlando se sente piégé par son poids d'une manière quelconque. Au lieu de cela, il posa les mains d'Orlando sur ses hanches tout en sachant que le vampire était suffisamment fort pour l'arrêter s'il en sentait le besoin. Il s'empala lentement sur cette belle érection, laissant le manque de préparation de côté au moment de la pénétration. Cela faisait mal mais pas suffisamment pour l'arrêter. Lorsqu'il l'engloutit en entier, il se pencha en arrière, posant les mains sur ses talons alors qu'il commençait à se mouvoir avec une lenteur délibérée. L'angle différent laissait la verge d'Orlando frotter son passage d'une nouvelle manière, le laissant haletant.

Les yeux d'Orlando s'élargirent lorsqu'il sentit Alain commencer à s'empaler sur lui sans aucune préparation. Ses mains se crispèrent sur les hanches de son amant, prêt à l'arrêter si le sorcier montrait le moindre signe d'inconfort. Orlando savait combien cela pouvait faire mal d'avoir un membre introduit dans un corps non préparé, mais le visage d'Alain ne montra que de la béatitude si bien qu'il se détendit et laissa le sorcier donner le rythme. L'image de son amant à cheval sur ses hanches, chevauchant sa verge, le dos voûté pour que sa propre érection puisse l'assaillir dans une invitation muette, coupa le souffle d'Orlando.

— Tu es si beau.

Alain secoua la tête à ce compliment inattendu.

— Pas moi, insista-t-il, les yeux vitreux de passion dont le bleu s'approfondissait à chaque coup d'Orlando sur sa prostate. Pas à côté de toi. As-tu une idée de combien je t'aime ? Tu as mis mon monde complètement à l'envers ces deux dernières semaines. Je m'étais résigné à être seul même si je survivais à cette guerre. Mais maintenant j'ai une autre raison non seulement de me battre, mais aussi de rester en vie et de gagner. Je veux passer ma vie avec toi, à t'aimer, à être aimé de toi.

Sa voix se brisa sur les derniers mots alors qu'il combattait son envie de jouir trop tôt, ses émotions étant si près de la surface qu'elles unissaient son corps à son cœur. Il serra fortement la base de son érection, essayant de repousser son orgasme, mais Orlando lui donna une tape sur la main et le tira en avant, unissant leurs lèvres. Ce contact fit s'envoler en éclat le peu de contrôle qu'Alain retenait, son orgasme jaillissant du plus profond de lui et giclant sur l'abdomen d'Orlando, ce qui facilita le frottement de leurs ventres l'un contre l'autre. Presque immédiatement, il sentit la semence d'Orlando le remplir de sa chaleur. Tremblant, il s'effondra sur le côté, incapable de se tenir mais craignant d'écraser Orlando en dessous de lui. Le vampire roula avec lui, gardant leurs lèvres soudées dans une étreinte tendre et passionnée qui se poursuivit longtemps après que leurs pulsations soient revenues à la normale.

— MESDAMES ET Messieurs, appela Marcel en montant sur le podium.

Il était dix-neuf heures, juste assez longtemps après le coucher de soleil pour que l'assemblée de journalistes présente ne se pose pas de question sur la présence de Jean à la conférence de presse quand Marcel annoncerait l'Alliance et inviterait le Chef de la Cour à dire quelques mots. Les prochaines minutes, si tout se déroulait comme prévu, seraient le plus beau coup de théâtre que Marcel ait jamais entrepris.

— Nous avons beaucoup de points à aborder ce soir, donc je vais commencer dès que j'aurais l'attention de tout le monde.

Les journalistes s'installèrent rapidement, voulant clairement savoir pourquoi le chef de la Milice les avait convoqués à cette conférence de presse imprévue.

— Comme vous me l'avez tous entendu dire à plusieurs reprises au cours de ces deux dernières années, la guerre que nous menons affecte bien plus que les sorciers qui participent activement à ces batailles dans chaque camp, ou même ceux qui choisissent de ne pas le faire. Il y a beaucoup plus en jeu que simplement l'avenir de la démocratie française. Nous en avons vu un exemple parfait il y a seulement quelques jours lorsqu'un terrible typhon a frappé La Réunion. C'est un déséquilibre magique qui a causé cette tempête, mais il ne l'a pas entretenu. De tels déséquilibres pourraient détruire le monde tel que nous le connaissons. Je vois certains d'entre vous faire un signe de tête et d'autres lever les yeux au ciel, se demandant pourquoi cet homme gâteux évoque le même sujet encore une fois. Il y a deux raisons. Tout d'abord, je ne cesserai pas d'insister sur l'importance de ce message encore et encore. Nous devons gagner cette guerre si nous souhaitons avoir un avenir. Heureusement pour la Milice et pour le gouvernement, nous, les sorciers, ne sommes pas les seuls à avoir réalisé cet état de fait. Après de longues négociations et délibérations, la Milice est heureuse d'accueillir de nouveaux alliés dans son combat, une nouvelle force qui, jusqu'ici, s'est révélée incroyablement puissante contre nos ennemis. Le Chef de la Cour de Paris, Jean Bellaiche, a eu la clairvoyance de comprendre que perdre cette guerre serait un désastre total pour son peuple et il a donc engagé sa Cour de vampires et lui-même à notre cause.

Marcel marqua une pause théâtrale, laissant l'importance de la nouvelle faire son chemin dans l'esprit de la foule recueillie. Un silence accueillit ses paroles dans un premier temps, puis soudain, une clameur les fit crier des questions. Marcel étouffa un sourire alors qu'il jetait un regard vers le côté de la salle de conférence. Jean sortit de l'ombre et se plaça sous les lumières de la salle, le médaillon autour de son cou étincelant de milliers d'éclats. C'était le seul aspect de son costume qui sortait de l'ordinaire. Il savait, ou pouvait deviner, ce que la majorité des hommes et des femmes de la salle s'attendaient à voir, mais les stéréotypes que les humains avaient assignés à ceux de son espèce ne s'appliquaient pas du tout à lui. Oui, il avait la peau claire mais elle n'était pas assez pâle pour être inhabituelle. Ses lèvres étaient rose pâle, pas de la couleur du sang comme les films des mortels les dépeignaient si souvent. Son pantalon sombre et sa chemise de soie étaient d'excellente coupe et de qualité, mais sinon cela restait discret. Élégant, à la mode, mais sans rien de particulier. Seuls ses crocs, s'il les laissait sortir, le marqueraient comme vampire de telle manière que les journalistes le reconnaîtraient comme tel. Il connaissait bien l'image qu'il renvoyait de lui puisqu'il la maîtrisait depuis quelques années. Il devait l'utiliser à présent pour contrer la suspicion qu'il pouvait lire sur les visages des journalistes.

— Ce n'est pas un vampire, cria immédiatement l'un d'entre eux.

Marcel commença à protester, mais à la place, Jean s'avança vers le microphone.

— Et comment voulez-vous que je vous prouve mon identité ? les défia-t-il, laissant ses crocs dépasser alors qu'il parlait, parfaitement visibles lorsqu'il sourit, mais il n'y avait rien d'amical dans son expression. Dois-je mordre l'un d'entre vous ? Qui est prêt à offrir son cou ? Ou peut-être attendez-vous de moi que je me transforme en chauve-souris et que je vole autour de la salle ?

Une nuée de rires s'éleva à son commentaire.

— J'ai beaucoup de talents, mais la métamorphose n'en fait pas partie. Je suis un vampire, pas un lycan.

— Alors pourquoi avez-vous un reflet ? demanda un autre journaliste, pointant le miroir qui renvoyait l'image de Jean.

— Parce que, vampire ou non, je me tiens ici devant vous. Je ne suis pas un fantôme qui va disparaître à la moindre bouffée d'air, rétorqua Jean. Vous pensez que vous connaissez les vampires mais ce n'est pas vrai. Pas vraiment. Oui, nous avons besoin de sang pour survivre et oui, nous sommes vulnérables à la lumière du soleil et au feu, mais le reste de ce que vous pensez connaître provient de vieilles légendes perpétrées par des gens trop effrayés pour l'admettre. Bien que différents, nous ne sommes pas mauvais. Heureusement, la Milice n'est pas étroite d'esprit. Ils ont accepté l'aide que nous pouvons offrir.

— Et que peuvent offrir des vampires que les sorciers de la Milice ne possèdent déjà ?

— Leur force, leur discrétion, leur vitesse et leur sagesse, intervint Marcel, déterminé à montrer tout son soutien à Jean et aux vampires.

Raymond et Orlando leur avaient tous les deux reproché de ne pas montrer un front uni. Tout signe de désunion maintenant serait fatal à la cause des vampires.

— Depuis qu'ils nous ont rejoints, il y a deux semaines, nous avons gagné plus de batailles, capturé plus de sorciers et avons eu moins de pertes qu'à n'importe quel autre moment depuis le début de cette guerre. Je n'ai aucun doute sur le fait que nous devons remercier les vampires pour ces succès. Et il y a seulement deux jours, le Chef de la Cour d'Amiens a également rejoint nos rangs.

— Mais ce sont des vampires !

— Oui et quel est le problème ? fit Marcel en fronçant les sourcils.

— Ils ne sont pas naturels !

— Non, mais ils sont magiques, ce qui les place d'office sous ma protection. La magie, en soi, n'est ni bonne ni mauvaise. Les vampires ne sont pas le mal, pas plus que ne le sont les sorciers ou les mortels. Plus tôt tout le monde le comprendra, mieux ce sera, déclara fermement Marcel. Heureusement, nombre de législateurs ont des points de vue similaires et à la lumière de notre Alliance et des sacrifices que les Cours de Paris et d'Amiens ont déjà faits et qu'ils continueront de faire, ils ont l'intention d'introduire des projets de loi antidiscriminatoires afin d'accorder aux vampires une protection légale en vertu de la loi. Nous avons atteint un nouveau carrefour dans cette guerre et dans l'Histoire. Et l'Alliance entre les sorciers et les vampires n'en est que le début.

Liste des personnages

Alain Magnier : Sorcier de la Milice, apparié à Orlando Saint-Clair
Aleth Dumont : Épouse décédée de Thierry
Adèle Rougier : Sorcière de la Milice, appariée à Jude
Angélique Bouaddi : Vampire, propriétaire de 'Sang Froid', appariée à David Sabatier,
Antonio : Vampire non apparié
Blair Nichols : Vampire apparié à Laurent Copé
Caroline Bontoux : Sorcière de la Milice, appariée à Mireille Fournier
Catherine Raynaud de Lage : Sorcière de la Milice, appariée à Justin Molinière
Charlotte Pasquier : Sorcière de la Milice, appariée à Sophie Gasquet
Christophe Lombard : Le plus ancien vampire de Paris
Claude Blanchet : Sorcier
David Sabatier : Sorcier de la Milice, apparié à Angélique Bouaddi
Dominique Cornet : Sorcier
Éric Simonet : Sorcier, a changé de camp après la mort de sa femme et de ses enfants
François Roche : Gérant pour Angélique du 'Sang Froid'
Hugues Fouquet : Lieutenant d'Alain
Jean Bellaiche : Chef de la Cour de Paris, apparié à Raymond Payet
Joëlle Morvilliers : Sorcière
Jude : Vampire, apparié à Adèle Rougier
Julien Aubert : Vampire, propriétaire de club
Justin Molinière : Vampire, apparié à Catherine Raynaud de Lage
Karine Gaudier : Maîtresse occasionnelle de Jean
Lætitia Bastian : Vampire, propriétaire d'un café
Laurent Copé : Sorcier de la Milice, lieutenant de Thierry, apparié à Blair Nichols
Luc Cabalet : Chef de la Cour d'Amiens
Magalie Ducassé : Sorcière de la Milice
Malika Robin : Vampire, propriétaire d'un cybercafé
Marie Jacquet : Sorcière de la Milice, appariée à Geneviève Iserin
Mathieu Gastineau : Sorcier de la Milice, apparié à Fabienne Bruguière
Mireille Fournier : Vampire, appariée à Caroline Bontoux
Orlando Saint-Clair : Vampire, apparié à Alain Magnier
Pascal Serrier : Leader des Sorciers
Raymond Payet : Sorcier de la Milice, apparié à Jean Bellaiche
Sébastien Noyer : Vampire, apparié à Thierry Dumont
Simon Aguiraud : Sorcier
Sophie Gasquet : Vampire, appariée à Charlotte Pasquier

Thibaut : Défunt Avoué de Sébastien
Thierry Dumont : Sorcier de la Milice, apparié à Sébastien Noyer
Vincent Jonnet : Sorcier

ARIEL TACHNA vit dans la banlieue de Houston avec son mari, sa fille et son fils, et leurs deux chiens. Avant de s'installer là-bas, elle a voyagé partout dans le monde, tombant amoureuse de la France, où elle a rencontré son mari, et de l'Inde, où elle rêve de prendre un jour sa retraite. Elle est parfaitement bilingue et a des connaissances dans quatre autres langues à son actif, et elle est aussi amoureuse des langues qu'elle ne l'est de l'écriture.

Visitez le site Web d'Ariel: http://www.arieltachna.com

ou par courrier électronique: arieltachna@gmail.com

Découvrez comment tout a commencé :

Alliance
de sang

ARIEL
TACHNA

http://www.dreamspinnerpress.com

SES DEUX PAPAS

ARIEL
TACHNA

http://www.dreamspinnerpress.com